Sarah Sundin

Das Strahlen des Himmels

francke

Über die Autorin:

Sarah Sundin ist Krankenhausapothekerin im Bereitschaftsdienst und lebt mit ihrem Mann und ihren drei Kindern in Nordkalifornien. Ihr Großonkel war mit der 8. US-Luftflotte in England stationiert. Sundin hat an der UCLA Chemie studiert und an der University of California in San Francisco in Pharmazie promoviert. In ihrer Gemeinde engagiert sie sich in der Sonntagsschularbeit und leitet Bibelgruppen für Frauen.

Bibliografische Information Der Deutschen Nationalbibliothek
Die Deutsche Nationalbibliothek verzeichnet diese Publikation in der Deutschen Nationalbibliografie; detaillierte bibliografische Daten sind im Internet über http://dnb.ddb.de abrufbar.

2. Auflage 2017
ISBN 978-3-86827-455-4

Originally published in English under the title *Blue Skies Tomorrow*
by Revell, a division of Baker Publishing Group,
Grand Rapids, Michigan, 49516, USA

35037 Marburg an der Lahn
Deutsch von Julian Müller
Original cover design by James W Hall, JWH Graphic Arts
Cover Photography by Steve Gardner, Pixelworks, and iStock
© shutterstock.com / Victor Torres
Umschlaggestaltung: Verlag der Francke-Buchhandlung GmbH / Christian Heinritz
Satz: Verlag der Francke-Buchhandlung GmbH
Druckerei Totem, Inowroclaw

www.francke-buch.de

Kapitel 1

Antioch, Kalifornien
Mittwoch, 1. März 1944

Helen Carlisle lief die G Street hinunter und gab sich Mühe, bekümmert auszusehen. Es gab Tage, an denen ihr diese zur Schau gestellte Trauer leichter fiel, aber das war sie ihrem Sohn nun einmal schuldig.

Sie hievte den zweijährigen Jay-Jay auf ihrer Hüfte etwas höher und sog die frische Brise ein, die von der Bucht von San Francisco ins Sacramento River Delta wehte. Die Luft war vom Regen gereinigt und roch nach frischem Gras.

Mit einem Hüftstoß öffnete sie die Tür zu Dellas Boutique und ließ ihre Notizbücher auf den Tisch am Eingang fallen. Aus einem schwarzen Bilderrahmen lächelte Jim Carlisle sie an – groß, schlank und in der schicken blauen Uniform der Navy. Der Held der Kleinstadt. Ob er diese Uniform getragen hatte, als sein Zerstörer vor Guadalcanal von einem japanischen Torpedo getroffen worden war?

Helen küsste ihre Fingerspitzen und drückte sie auf das kalte Glas über Jims Gesicht. Dann ließ sie den Blick durch das Geschäft schweifen, aber ihre Schwiegereltern waren nirgendwo zu sehen. Als aus dem Hinterzimmer Schritte erklangen und der Vorhang schwungvoll zur Seite geworfen wurde, wiederholte sie die Prozedur schnell und hob das Bild dann für ihren Sohn hoch. „Gib Daddy einen Kuss."

Jay-Jay patschte sich das Händchen auf den Mund, woraufhin irgendetwas knirschte, und gab den Kuss an den Vater weiter, an den er sich nicht erinnern konnte.

Es knirschte? Jay-Jays eines Bäckchen sah voller aus als sonst. „Schätzchen, was hast du da im Mund?"

Der Kleine schüttelte die blonden Locken und presste die Lippen aufeinander.

„Lass Mama mal sehen." Helen hockte sich hin, setzte sich den Jungen auf den Schoß und versuchte, seinen Mund zu öffnen. Jay-Jay heulte auf und schlug mit seinen Ärmchen nach ihr.

„Bitte, Jay-Jay!“ Ihr wurde übel. Auf seiner Zunge lagen schleimiggraue Stücke. Dabei hatte sie ihn nur einen Augenblick abgesetzt, einen kurzen Augenblick, während sie das Plakat mit dem aktuellen Spendenbarometer ins Schaufenster der Rotkreuzfiliale gehängt hatte.

„Was machst du da mit meinem Enkel?“ Della Carlisles Stimme klang hart und unnachgiebig.

„Er ... er hat eine Schnecke im Mund.“ Helen zog ein Taschentuch aus ihrem Kleid, holte die Überreste vorsichtig heraus und versuchte, sich nicht an den scharfen Zähnchen zu verletzen.

„Eine Schnecke? Um Himmels willen! Hat dir deine Mommy nichts zu essen gegeben?“

„Doch, natürlich. Schnittchen mit Schinken, einen Apfel und Milch.“

Jay-Jay wand sich aus ihren Armen. „Gamma!“

Mrs Carlisle hob ihn hoch. „Komm, wir gucken mal, ob deine Grandma etwas hat, was kleinen Jungs wirklich schmeckt.“

Helen seufzte und stand auf. Mrs Carlisle hatte ein einzigartiges Geschick dazu, immer genau dann anwesend zu sein, wenn Helen ein Fehler unterlief. Sie knüllte das Taschentuch vorsichtig zusammen und nahm sich vor, es nach ihrer Schicht auszuwaschen.

„Da ist ja mein Goldjunge.“ James Carlisle kam mit dem gleichen schwungvollen Schritt aus dem Lager, den sein Sohn einst gehabt hatte. In einer fließenden Bewegung schnappte er sich Jay-Jay aus Mrs Carlisles Armen und nahm ihn Huckepack. „‚Hoppe, hoppe, Reiter, wenn er fällt, dann schreit er. Fällt er in die Hecken, isst der Kleine Schnecken!‘ Ist doch nicht schlimm. Dreck reinigt den Magen.“

Mrs Carlisle zog sich ins Lager zurück.

Jay-Jay juchzte vor Freude, als sein Großvater mit ihm um einen Kleiderständer galoppierte.

Helen freute sich über die Zuneigung, die zwischen dem alten Mann und seinem Namensvetter bestand. „Mrs Carlisle kann gerne nach Hause gehen, wenn sie möchte. Ich bin bis um eins hier.“

„Bis um drei.“

Sofort dachte Helen an die Notizbücher am Eingang, in denen sie unter anderem ihren heutigen Tagesplan schriftlich festgehalten hatte. „Ich kann leider nur eine Stunde bleiben. Ich muss mit Mrs Novak das Frühlingsteekränzchen besprechen, die Spende fürs Rote Kreuz einzahlen und die Strickmuster zu Dorothy bringen, damit sie Socken für die Soldaten stricken kann. Um halb vier kommen dann die Rotkreuzkinder ...“

James Carlisle lachte auf. „Und ich muss die Mieten eintreiben und zur Vorstandssitzung in der Bank. Um drei. Familie geht vor.“ Er schnaubte und trabte weiter.

Wie könnte sie sich ihm widersetzen? Ihr Haus gehörte ihrem Schwiegervater und er ließ sie mietfrei wohnen, solange sie stundenweise im Geschäft aushalf. Außerdem kam sie für wenig Geld an gute Garderobe. Helen zog die Kassenschublade auf und stellte derweil im Kopf ihren Tagesplan um. Mrs Novak und Dorothy würde sie dann wohl heute Abend aufsuchen müssen. Das Frühlingskränzchen musste schließlich geplant werden.

Jay-Jays Locken hüpften bei jedem Schritt seines Großvaters. Das taten sie auch immer, wenn Helen mit ihm tanzte. Aber heute Abend würden das Tänzchen und die Gutenachtgeschichte wohl ausfallen müssen.

„Mama, Mama!“ Jay-Jays fröhliches Lachen vermischte sich mit dem Klang der Türglocke.

„Habe ich doch richtig gesehen.“ Victor Llewellyn trat mit kurzen, präzisen Schritten an die Theke. Immerhin war dank der Navy seine gebeugte Haltung verschwunden.

„Hallo Vic. Hab gehört, dass du in der Stadt bist.“ Sie reichte ihm freundschaftlich die Hand über die Theke. Er griff danach, beugte sich vor und küsste Helen auf die Wange. „Wie geht es meiner Zukünftigen?“

„Woher soll ich das wissen? Ich kenne sie ja nicht.“ Hilfe! Fing er jetzt wieder damit an? Sie wollte diese unschöne Episode aus der Highschool nicht noch einmal wiederholen. „Ich habe gehört, die Navy hat dich nach Port Chicago versetzt.“

„Das Büro des Militärstaatsanwalts hat mich zum Verbindungsoffizier ernannt. Nicht gerade die beste Stellung, aber für den Anfang ...“

„Dort wird Munition verladen, oder?“

„Ja. Und meine Aufgabe ist es, Spannungen unter den Männern abzubauen. Die sind nämlich alle schwarz und die Offiziere sind alle weiß. Ich habe schon viele Beschwerden bekommen, und das zu Recht: fehlende Pausen, schlechte Arbeitsbedingungen, unfaire Arbeitsplatzverteilung. Da muss ein Collegeabsolvent Munition verladen, stell dir vor. Wäre er weiß, wäre er Offizier. Tja. Das ist unsere Navy."

Helen lächelte Vic verständnisvoll an. Seine Haare und Augen waren braun wie Jod.

„Aber eigentlich ist es langweilig." Er verschränkte die Arme. „Könnte zur Abwechslung mal 'nen kleinen Mord vertragen", sagte er mit einem Augenzwinkern.

Helen lachte. College, Jurastudium, Navy ... Vic war selbstbewusster geworden.

„Oder eine Sekretärin."

„Ach?"

„Ich bin autorisiert worden, eine Zivilistin anzustellen. Interesse?"

„Oh ja. Ich bin hier ja auch nur beim Roten Kreuz, dem Women's Club, dem Frauenkreis und dem Jugendrotkreuz und schmeiße nebenher den Haushalt. Ich habe jede Menge Zeit."

„Schade." Vic wurde ernst. „Hat Mr Carlisle dir gesagt, dass ich mit ihm gesprochen habe?"

„Gesprochen? Worüber?" Helens Blick wanderte zu dem silberblonden Schopf ihres Schwiegervaters zwischen den Kleiderständern hinüber.

Mr Carlisle kam ohne Jay-Jay auf sie zu. „Hast du sie gefragt?"

„Noch nicht. Hast du ihr nicht Bescheid gesagt?"

„Ich dachte, du ..."

„Mir was gesagt?", ging Helen unwirsch dazwischen.

Die beiden Männer sahen sich an. Vic nickte Mr Carlisle zu. „Du solltest es ihr sagen."

Mr Carlisle schob das Kinn vor und sah Helen an. „Also schön. Es ist Zeit, dass du an deine Zukunft denkst. Um Jay-Jays willen. Natürlich wirst du nie aufhören, um Jim zu trauern ..."

Helen vernahm ihr Stichwort, zog den Kopf ein, sortierte die Pennys in der Kassenschublade und ließ ihre Augen feucht werden.

„Natürlich wirst du das nie tun", wiederholte Mr Carlisle mit fester Stimme. „Aber das ist nun über ein Jahr her. Du musst an den Jungen denken. Er braucht einen Mann im Haus. Es wird langsam Zeit, dass du wieder ausgehst."

Helens Blick schnellte zu ihrem Schwiegervater hoch. Glaubte er etwa, dass sie als zweiundzwanzigjährige Frau dafür noch eine Erlaubnis brauchte? Aber dann rauschte eine eigenartige Gefühlswelle über sie hinweg: Freude über die Freiheit und Angst vor dem Ungewissen.

„Tut mir leid, Helen." Auf Vics Stirn formte sich ein V, passend zu seinem Namen. „Ich wollte dir eigentlich Zeit geben, darüber nachzudenken."

„Ist schon okay." Wieso hatte sie das nur gesagt? Natürlich brauchte sie Zeit.

„Wie wäre es mit Freitagabend?"

Helen stürzte zum Ständer mit den neuen Frühlingskleidern. Ihr linker Fuß, der polioruinierte Schwächling, hing herab und sie wandte ihre Balletttechniken an, um ihn zum Gehorchen zu bringen. „Ich ... ich kann nicht, Vic. Ich kann nicht."

Er nickte, als würde er es verstehen, kaute aber schmollend auf seiner Lippe ... wie damals, als sie sich für Jim entschieden hatte.

Mrs Carlisle kam emsig aus dem Lager. „Helen, guck mal, was ich letztens ... oh! Lieutenant Llewellyn, was für eine nette Überraschung."

„Danke, Mrs Carlisle. Ich wollte Helen einen Besuch abstatten."

„Ich sollte ein Stoffmuster für Ihre Mutter fertig machen. Das können Sie ihr doch geben, oder? Ach ..." Sie sah auf den Gegenstand in ihrer Hand und dann in Richtung Lager. „Hach ..."

„Ich kann warten." Vic zog seine blaue Uniformjacke zurecht. „Was haben Sie denn da?"

„Das ist für Jay-Jays Daddy-Buch." Mrs Carlisle strich liebevoll darüber. „Ich ... ich habe gestern Jimmys Zimmer aufgeräumt. Und das steckte hinter der Schublade im Schreibtisch. Ihr wisst doch, wie impulsiv Jimmy sein konnte. Er hat es wohl vergessen, jedenfalls hat er es mir nie zum Annähen gegeben."

„So?" Helen tat es ihrer Schwiegermutter gleich und ließ ihre Stimme beben.

Mrs Carlisle reichte Helen den Stoffstreifen. „Sein Pfadfinderabzeichen. Für Camping, Lagerfeuer oder so."

Auf dem runden Stoffabzeichen formten sich gelbe, orangefarbene und rote Fäden zu einer Flamme. Helens Hand schloss sich um die glatte Narbe in ihrer Handfläche und Tränen schossen ihr in die Augen.

„Der Junge war so ein eifriger Pfadfinder, immer aktiv, immer unterwegs ... du hast doch ein Foto von Jimmy in seiner Pfadfinderkluft im Album, oder?"

Helen nickte. Warum halfen die Tränen nicht gegen den Schmerz? Arbeit – sie musste arbeiten. Das war die einzige Abhilfe gegen Schwäche, gegen Schmerz. „Ich ... ich muss ..."

„Ich gehe dann mal", meinte Vic. „Port Chicago ist ja nicht weit weg. Wir sehen uns."

Helen richtete ihren verschwommenen Blick auf sein resigniertes Gesicht. Ob eine neue Beziehung helfen würde? Sie war durchaus bereit das herauszufinden – aber nicht mit Vic. „Bis dann."

* * *

Luftwaffenstützpunkt Pyote
Pyote, Texas

Lt. Raymond Novak sah aus dem rechten Cockpitfenster der Fliegenden Festung und betrachtete den schlanken Aluminiumflügel, der die Luft zerschnitt. „Feuer an Motor drei."

„Was?" Lieutenant Flynn beugte sich vor, um an Ray auf dem Kopilotensitz vorbeizusehen. „Feuer? Ich sehe nichts."

„Ist ja auch ein Übungsflug."

Flynn schlug mit dem Hinterkopf gegen das Polster. „Ach kommen Sie, den Teil habe ich doch längst bestanden. Das hier ist eine Bombardierung aus großer Höhe. Rauf, die blaue Bohne abwerfen und wieder heim."

Die blau angemalte Übungsbombe hatte gewaltige Sand- und Staubfontänen aufgewirbelt, aber Ray war noch nicht fertig. Er lächelte seinen Schüler an. „Sie haben wohl einen Spaziergang erwartet? Keine Flak, keine Jäger, keine Probleme?"

Flynns Augenlider flackerten. „Wir sind in Texas."

„Ja, und Motor drei geht gerade in Flammen auf."

Flynn fluchte in seine Gasmaske hinein. „Ich weiß, wie man mit Feuer umgeht."

„Gut. Dann wird ja alles glattgehen heute." Er verbannte jeglichen Humor aus seiner Stimme. „Sie sind bald im echten Feuergefecht. Mein Job ist es, Sie darauf vorzubereiten."

Trotz der vier dröhnenden Motoren war Flynns Kommentar nicht zu überhören: „Und der Blinde führt den Lahmen."

Rays Griff um das Steuerrad wurde fester. Ein Feigling. Dafür hielt ihn Flynn und alle anderen taten das auch.

Er hätte gleich aufs Predigerseminar gehen sollen. Die silbernen Schwingen waren ohne Gefechtsabzeichen nichts mehr wert. Vier Jahre lang hatte Ray seinen Traum, Pastor zu werden, auf Eis gelegt. Er hatte die Uniform der Army Air Force angezogen, Hunderte von Piloten ausgebildet und zugesehen, wie Ausbilderkollegen in einem Feuerball explodierten. Aber er galt als Feigling, weil er nicht an der Front war. Schwachsinn!

Und doch: Wie konnte er Männer für Situationen schulen, in denen er selbst nie gewesen war? Wie viele hatte er aufs Töten und auf ihren eigenen Tod vorbereitet?

Ray seufzte. Auf jeden Mann im Gefecht kamen Dutzende, die hinter den Kulissen aktiv waren. Waren sie etwa weniger wichtig? Waren sie Feiglinge? Nein! Also war er auch keiner.

Er versuchte das nagende Gefühl abzuschütteln, aber es gelang ihm nicht. „Feuer in Motor drei, Flynn. Der Flügel ist in Gefahr. Was tun Sie?"

* * *

„Rühren, Lieutenant Novak."

„Ja, Sir." Ray setzte sich vor dem Schreibtisch seines Vorgesetzten, Colonel Beckett, auf einen Stuhl.

Der Kommandeur zupfte an seiner olivbraunen Uniformjacke und schloss damit zumindest zeitweise die Beulen zwischen den Knöpfen. Er räusperte sich und schob ein paar Papiere auf seinem Schreibtisch zurecht.

Ray öffnete den Reißverschluss seiner Fliegerjacke und betrachtete den Offizier, dessen ausgedünntes schwarzes Haar, die schlaffen Wangen, seine ausdruckslose Miene. Warum hatte er ihn herbeizitiert? Wollte er seine Meinung über Flynn hören? Die anderen Ausbilder hatten wohl die Geduld mit ihm verloren.

Colonel Beckett setzte ein künstliches Lächeln auf, das seine Augen nicht erreichte. „Ich habe gute Neuigkeiten für Sie."

Gute Neuigkeiten? Nicht mit dem Gesicht. Dr. Jamison hatte so geguckt, als er Ray eröffnet hatte, er brauche künftig nicht mehr zum

Sport gehen – weil sein Bein gebrochen sei. Dolores Eaton hatte so geguckt, als sie ihm gesagt hatte, er müsse ihren extravaganten Geschmack künftig nicht mehr finanzieren – weil sie die Verlobung löse.

Ray strich über seine Hosenbeine und legte die Hände auf seine Knie. „Neuigkeiten?"

„Sie wissen doch, wie es mittlerweile in der oberen Etage aussieht. Sie sind schießlich schon eine ganze Weile als Fluglehrer dabei, oder?"

„Ja, Sir. Über vier Jahre."

„Vier Jahre. Vier Jahre." Colonel Becketts wurstige Finger blätterten durch die Akten. „Richtig. Fortgeschrittenentraining auf dem Kelly Field, Umgewöhnung auf die B-17 und jetzt hier im Ersatztruppenzentrum. Sie müssen doch darauf brennen, endlich hier rauszukommen."

Raus? Bis der Krieg vorbei war, gab es nur drei Wege nach draußen: unehrenhafte Entlassung, Ausmusterung aus medizinischen Gründen und Tod. So sehr er das Soldatenleben auch hasste, vor diesem Hintergrund wollte Ray lieber bis zum Ende dabeibleiben.

Der Colonel schob den Papierstapel zusammen. „Tausende von Piloten sind nach ihrer Einsatzrunde an der Front nach Hause zurückgekehrt. Wir wollen ihre wertvollen Erfahrungen nutzen."

„Ja, Sir. Manche von ihnen werden hervorragende Fluglehrer sein." Und andere überhaupt nicht.

„Freut mich, dass Sie das auch so sehen." Das künstliche Lächeln kehrte zurück. „Dann verstehen Sie sicher, dass es ab sofort Voraussetzung für alle Pilotenausbilder ist, Gefechtserfahrung zu haben."

Ray knüllte den Wollstoff seiner Hose über den Knien zusammen. „Alle?"

„Sie sind doch aus Kalifornien. Antioch – das musste ich erst einmal auf der Karte suchen. Ich habe einen Traumjob für Sie im Luftwaffendepot von Sacramento. Ihren neuen Kommandeur habe ich schon überzeugt, dass Sie am Wochenende Freigang bekommen. Wie gefällt Ihnen das? Essen zu Hause, fischen, das Mädchen von nebenan?"

Das Mädchen von nebenan war neun. „Und was genau würde ich da machen ... im Luftwaffendepot?"

„Versorgungsoffizier. Besser geht's nicht. Keine gefährlichen Flüge, keine aufmüpfigen ..."

„Kein Fliegen mehr? Sir, ich liebe das Fliegen. Ich bin gerne Ausbilder. Von Versorgung habe ich doch keine Ahnung."

„Das lernen Sie schon. Wird Ihnen alles beigebracht. Ist ein Traumjob."

„Versorgungsoffizier?" Eine Lagerhalle mit Kisten, Formulare in dreifacher Ausfertigung, ein riesiger Papierberg – was konnte schlimmer sein?

Beckett steckte Rays Akte in einen Ordner. „Seien wir doch mal realistisch. Sie können nur als Ausbilder weitermachen, wenn Sie eine Runde Einsätze an der Front fliegen. Und Sie sind wie alt? Einunddreißig? Da wollen Sie doch nicht mehr in den Krieg ziehen."

„Nein, Sir", erwiderte Ray durch die zusammengebissenen Zähne. Der Luftkampf an der Front wäre tatsächlich noch schlimmer als eine Lagerhalle.

„Die Ausbilderposten sind als Belohnung für die Helden gedacht. Aber es können nun mal nicht alle von uns Helden sein."

„Nein, Sir." Ray war den Stich ins Herz gewohnt. Er war der Einzige der drei Novaks, der kein Held war. Jack, sein jüngerer Bruder, hatte während des Angriffs auf Pearl Harbor mit einer Fliegenden Festung Widerstand geleistet und flog nun für die 8. US-Luftflotte in England. Walt, der Jüngste, hatte seinen Arm im Luftkampf gegen die Nazis verloren. Und Ray? Ray versteckte sich auf einem Ausbildersessel. Nein, in einer Lagerhalle.

Colonel Beckett legte Rays Akte in eine Schreibtischecke. Sein Schicksal war besiegelt.

Ray stand auf, machte auf dem Absatz kehrt und ging nach draußen. Er zog sein kleines Ledernotizbuch aus der Brusttasche und schrieb „Niemals lächeln, wenn du schlechte Nachrichten überbringst" hinein. Vielleicht konnte er diese Geschichte irgendwann in einer seiner Predigten verwenden.

Er sah zum Himmel, von dem man ihn soeben heruntergeschossen hatte – ohne Fallschirm. Feine Federwolken zogen Bremsstreifen über das klare Blau.

„Herr, hilf mir, irgendetwas Gutes daran zu entdecken." Er brauchte irgendeinen Silberstreifen am Horizont. Aber im Augenblick sah die Realität grau und trüb aus.

Kapitel 2

Antioch
Freitag, 10. März 1944

Während Helen die Sixth Street hinunterradelte, trat sie mit dem linken Bein stärker in die Pedale als mit dem rechten. Es musste für seine Schwachheit bestraft werden, so hatte sie es auf der Kinderlähmungsstation und im Ballettunterricht bei Madame Ivanova gelernt.

Sie war bereits bei der Bank gewesen, im Lebensmittelgeschäft und im Rotkreuzbüro. Antioch hatte in diesem Monat erst eintausend Dollar für das Rote Kreuz gespendet, es war also noch ein langer Weg bis zum Ziel von zehntausend Dollar. Helen musste bei den Frauen dringend Werbung machen. Jetzt würde sie aber erst einmal die Socken von Dorothy Wayne abholen, mit Mrs Novak den geplanten Frauenkreis abstimmen und dann Jay-Jay bei ihrer Schwester abholen.

Ein plötzlicher Windstoß riss Blüten vom Pflaumenbaum der Fergusons und ein blassrosa Regen ging auf Helen nieder. Auch wenn sie Gefahr lief, genauso herzlos zu wirken wie die Witwe Scarlett O'Hara, die in *Vom Winde verweht* in Trauerkleidung übers Tanzparkett flog, ließ Helen ein fröhliches Lachen aus sich heraussprudeln. Jetzt, wo ihr die Carlisles neue Männerbekanntschaften ausdrücklich erlaubt hatten, würde sie das enge Witwenkorsett bestimmt irgendwann loswerden, wie ihrerzeit die verhasste Beinschiene.

Natürlich waren Männer während des Kriegs Mangelware. Wie hieß noch das Lied? „They're Either Too Young or Too Old" – sie sind entweder zu jung oder zu alt. Oder sie hießen Victor Llewellyn.

Blätter streiften ihr Gesicht. Helen rollte einen kleinen Abhang hinunter, streckte die Beine vom Fahrrad und lachte. Wieso auch nicht? Niemand konnte sie hören.

„Schöner Tag heute, was?"

Helen zuckte zusammen. Auf der anderen Straßenseite lief ein Offizier.

Ray Novak legte die Hand an die Mütze. „Hallo Helen."

„Hi.“ Sie nahm eine Hand vom Lenker. Sollte sie winken? Salutieren? Das Fahrrad fing an zu taumeln. Nein, sie sollte lenken.

Helen griff nach dem Lenker und suchte mit den Füßen die Pedale, aber da verschwammen Himmel, Asphalt und Zweige schon miteinander. Erst gab ihr verräterisches linkes Bein nach, dann ihr linkes Handgelenk und sie krachte mitsamt Fahrrad zu Boden. Nur die jahrelange Erfahrung erstickte ihren Schrei.

Krüppelmädchen Helen,
hässlich wie die Nacht.
Ecken, Stufen, Stolperstellen,
wieder ist sie hingekracht.

Helen stöhnte, wischte sich die blonden Haare aus dem Gesicht und zog ihren Rock zurecht.

Schritte eilten herbei. „Alles in Ordnung?“ Ray zog das Fahrrad beiseite und reichte ihr die Hand.

„Es geht mir gut.“ Die Berührung seiner starken Hand schickte eine kleine Gänsehaut über ihren Arm, wie zu Kindertagen, als sie in ihn verschossen gewesen war.

Als sie aufstand, stolperte sie und verlor halb ihren Schuh.

Ray fing sie am Ellbogen auf. „Vorsicht.“

„Danke.“ Sie drückte ihre Ferse wieder in den Espadrille und sah in Rays freundliches Gesicht. Was für ungewöhnliche Augen er hatte – grau und weich wie eine Regenwolke.

„Bist du verletzt?“

Ihr linkes Fußgelenk schmerzte. Das Handgelenk pochte. Sie bewegte die Finger. „Meinem Fuß geht es gut. Und das Handgelenk ist nur verstaucht, nicht gebrochen.“

Er schmunzelte. „Da spricht Dr. Jamisons Tochter.“

„Ja, als Dauerpatientin.“ Huch, sie stand viel zu nah neben ihm. Es war zwar weit und breit niemand zu sehen, aber sicherheitshalber trat sie einen Schritt zurück.

„Wir sollten dich lieber zu ihm bringen. Ach nein, er wurde in die Sanitätstruppe eingezogen, oder?“

„Mh-hm. Washington D.C. Mom ist mitgegangen.“

„Also zu Dr. Dozier oder Dr. Libbey.“

„Lass nur, es geht mir gut. Außerdem muss ich noch alles Mögliche erledigen, meinen Sohn bei Betty abholen und diese Einkäufe nach Hause bringen."

„Dieses Gespräch kommt mir doch sehr bekannt vor." Er lächelte verschmitzt. „Wie alt warst du? Zehn?"

Helen stand vor Schreck der Mund offen. Der hübsche Collegestudent Ray hatte sie mit einem verstauchten Fuß nach einem Fahrradunfall ins Büro ihres Vaters getragen. Kein Wunder, dass sie damals in ihn verknallt gewesen war. „Oh nein ... Daran erinnerst du dich noch?"

„Natürlich! Wann bringt man schon mal die Tochter des Arztes zum Arzt?" Ray zupfte ihr Pflaumenblüten aus dem Haar. „Und wie sollte ich das Mädchen mit den Blumen im Haar vergessen?"

Er war so romantisch und sie eine tollpatschige Nuss. Seit Ewigkeiten hatte sie sich nicht mehr wehgetan. Das letzte Mal war am Abend von George und Bettys Hochzeit gewesen. Während Jims letztem Heimaturlaub.

Helen wischte die Ärmel und den Rock ihres braunen Kostüms ab. „Wie sehe ich nur aus ..."

„Toll, wenn du mich fragst."

Es war höchste Zeit, dass sie das Thema wechselten. „Deine Mutter hat mir von deiner Versetzung erzählt. Du hast dich sicher gefreut."

Ray schnitt eine Grimasse. „Wohl kaum. Ich darf den langweiligsten Acker der Welt pflügen. Kein Fliegen, kein Predigen. Ich suche immer noch nach dem Silberstreif am Horizont."

Helen hatte es immer gefallen, dass Ray mit ihr wie mit einer Erwachsenen sprach, schon damals, als sie sechs gewesen war. „Du findest ihn bestimmt. Und wenn nicht, stricke ich dir einen."

Hinter ihr bellte und knurrte es.

Sie drehte sich um. Ein Beagle und ein räudiger grauer Terrier spielten mit einem in Papier gewickelten Päckchen Tauziehen. „Meine Koteletts!"

„Hey!" Ray stürmte auf die Hunde zu, stampfte auf und ruderte wild mit den Armen. „Aus!"

Ein kurzes Jaulen und der Terrier nahm mit dem Fleisch Reißaus. Der Beagle setzte ihm nach.

„Blöde Köter." Ray rannte hinterher.

„Ray, lass nur!" Helen musste lachen, obwohl sie gerade zwei Rationspunkte verloren hatte. Wenigstens kostete Schwein diesen Monat weniger. „Selbst wenn sie auf dich hören sollten, würde ich es doch nicht mehr wollen."

Ray drehte sich um und lachte mit. „Du hast recht."

„Aber trotzdem danke."

Er kehrte zurück und wiegte den Kopf. „Eigentlich habe ich mich immer für einen Friedensstifter gehalten, aber Hunde sind mit Argumenten schwer zu überzeugen."

Helen sammelte kichernd ihre Lebensmittel von der Straße auf und hielt eine viereckige Dose hoch. „Wenigstens haben sie mir das Schinkenfleisch gelassen."

„Psst. Sonst kommen sie wieder." Ray stellte ihr Fahrrad auf und klappte den Ständer aus. „Schade um das Fleisch."

Helen hob ihr Notizbuch vom Frauenkreis auf. „Ach was. Jay-Jay und ich machen uns gar nichts aus Koteletts."

Ray sammelte eine Suppendose von der Straßenmitte ein. „Warum hast du sie dann gekauft?"

„Es ist Freitag."

„Und?"

„Freitag ist Koteletttag bei den Carlisles."

Ray warf die Dose wie einen Baseball in die Luft und kam zurück zum Fahrrad. „Routine tut gut, oder?"

Helen erwiderte seinen verständnisvollen Blick. „Ja, in der Tat."

Er nahm ihr die Dose mit dem Schinkenfleisch und das Notizbuch aus der Hand und legte beides in den Fahrradkorb. „Du magst zwar kein Kotelett, aber freitags isst du es gern."

„Stimmt. So habe ich das noch nie gesehen."

„Wohin geht's?" Er griff nach dem Lenker. „Ich werde das Fahrrad schieben. Mit dem Handgelenk darfst du nicht fahren. Außerdem muss der Lenker gerichtet werden."

Ein Lächeln huschte über ihr Gesicht. „Wieder mal."

„Wenigstens kriegst du dieses Mal keinen Ärger mit deinem Vater."

„Nein, zum Glück."

„Also, wohin?"

Helen massierte ihr Handgelenk. „Nach Hause, bitte." Sie durfte ihn nicht auch noch mit ihren Besorgungen belästigen. Die würde sie später zu Fuß erledigen. Dorothy, Betty, Mrs Novak. Ach, wie dumm!

Würde es nicht aussehen, als wäre sie hinter Ray her, wenn sie nachher noch Mrs Novak besuchen würde?

„Und dein Zuhause ist ...?"

Helen lachte auf. „Entschuldige. Ich habe vergessen, dass du schon lange nicht mehr hier warst. Ich wohne Seventh Ecke D Street."

Ray schob das Fahrrad die Sixth Street hinab. „Gibt's noch mehr feste Routinen?"

Helen überquerte den Rasenstreifen und lief auf dem Gehweg. „Wo soll ich anfangen? Routinen, Pläne, Listen ... ohne sie wäre ich aufgeschmissen."

„Du scheinst gut organisiert zu sein."

Helen zuckte die Achseln. „Betty meint ja, ich übertreibe. Sie sagt immer, ich sei Martha und sie Maria."

Ray grinste. „Und, hat sie recht?"

„Vielleicht. Aber ohne Marthas würde in dieser Welt überhaupt nichts fertig werden."

„Das stimmt. Wenn wir alle wie Betty wären ... Für mich war sie immer ..." Er sah zum Himmel, als hoffte er zwischen den Wolken das Ende seines Satzes zu finden.

„Ein kleines Klatschmaul?"

Ray lachte. „Na, ihr seid ja gut aufeinander zu sprechen."

„Wir sind Schwestern. Wir lieben uns."

„Das ist es: Familienbande. Liebe." Ray lehnte das Fahrrad gegen sich selbst und griff in seine Brusttasche. „Entschuldige. Ich muss kurz etwas aufschreiben."

„Ich wusste gar nicht, dass ich Zitierwürdiges von mir gebe."

Er warf ihr einen Blick zu und lächelte kurz. „Eine dumme Angewohnheit von mir."

„Wieso dumm? Wenn du eine gute Idee hast, solltest du sie lieber aufschreiben, bevor du sie wieder vergisst."

„Ja, aber das sind Predigtideen. Und so, wie sich der Krieg entwickelt, komme ich in den nächsten Jahren vermutlich gar nicht zum Predigen."

Helen stellte sich immer wieder auf die Zehenspitzen, machte das *Relevé*, eine kleine Übung aus dem Ballett, um ihre Waden zu stärken. „Dann lohnen sich die Notizen doch noch mehr. Als Soldat erlebst du Dinge, die du sonst nie erlebt hättest. Wenn der Krieg vorbei ist, hast du eine riesige Fundgrube."

Ray sah auf und erwischte sie im vollen *Relevé*. Langsam ging sie wieder auf die Fersen hinunter. Unentwegt blickte er sie an und steckte derweil sein Notizbuch weg. „Dolores war anderer Meinung."

Dolores. Helen kannte die Geschichte, die sich hinter diesem Namen verbarg, und sie gefiel ihr überhaupt nicht. Wie hatte diese Frau nur die Verlobung lösen und diesem tollen Mann das Herz brechen können? „Das verstehe ich nicht. Du bist doch Pastor. Das warst du schon als junger Mann. Du hast mich besucht, als ich krank war und hast mir Mut gemacht, als ich wieder ... wieder laufen gelernt habe. Außerdem darf man doch nicht aus der Übung kommen, oder?"

Ray schob das Fahrrad um die Ecke auf die D Street. „Ja, die Übung ... aber irgendwie steckt noch mehr dahinter. Manchmal habe ich das Gefühl, ich verschrumple innerlich und gehe ein, wenn ich nicht jeden Tag einen Stift auf Papier setzen kann. Das hört sich komisch an, ich weiß."

„Überhaupt nicht. Es steckt dir nun mal im Blut."

„Es steckt mir im Blut." Ray sah nachdenklich in die Baumkronen. „Da ist was Wahres dran."

„Man darf so etwas nicht unterdrücken. Ich habe das jahrelang versucht."

Ray sah sie fragend an.

Helen kaute auf ihrer Lippe. „Jim ... na ja, Jim wollte mich ganz für sich haben, also habe ich die Ehrenämter aufgegeben. Aber sie haben mir gefehlt. Ich war nicht ich selbst ohne Planungstreffen, Komitees und etwas, das meinem Leben Sinn gab. Nicht, dass Frau und Mutter sein sinnlos ..."

„Aber du hast unterdrückt, was dir im Blut steckt."

Helen seufzte. „Genau. Und als Jim dann gefallen ist, habe ich wieder damit angefangen und war froh." Oh nein, ihre Stimme hatte nicht gebebt, nicht ein bisschen.

Ray sah nicht schockiert aus. „Ist doch gut. Mom erzählt mir immer, wie viel Gutes du für die Kirche tust, für das Rote Kreuz ... und bestimmt weiß ich nur die Hälfte."

Helen blieb vor ihrem kleinen cremefarbenen Häuschen stehen. „Wir sind da." Sie führte ihn die Einfahrt zur Garage hinauf, die schräg neben dem Haus stand.

Ray stellte das Fahrrad auf den Ständer und zog die Garagentür auf. „Wir brauchen nur kurz eine Zange."

„Lass nur. Das kann doch mein Schwager …"

„Dauert nicht lange." Er wühlte sich durch das Chaos auf der Werkbank.

Helen nahm derweil den Fahrradkorb ab.

„Warte, lass mich das nehmen", ging er dazwischen. „Du darfst nichts Schweres tragen."

„Geht schon. Es tut nicht mehr weh." Vom Schmerz im Handgelenk war nur noch ein warmes Gefühl geblieben, das nicht der Rede wert war.

Wortlos löste Ray den letzten Riemen und trug den Korb zum seitlichen Hauseingang, der direkt in die Küche führte.

„Nein, wirklich. Ich mach das." Sie folgte ihm, so schnell ihr verstauchter Fuß es zuließ. Was, wenn ihn jemand sah? „Bitte, Ray. Lass mich das machen."

„Die Novaks sind ein stures Völkchen, wusstest du das nicht?" Er stieg die drei Stufen hinauf und trat über die Schwelle.

Helen klammerte sich an das Geländer und wagte es nicht zu atmen. Hatte ihn jemand gesehen? Mrs Llewellyn von gegenüber konnte doch nichts für sich behalten.

„Auf die Anrichte, ja?"

Helen füllte ihre Lunge mit Luft, setzte ein Lächeln auf und ging in die Küche. „Ja."

Ray leerte den Korb. „Muss irgendwas davon in den Eisschrank?"

„Nicht mehr", gab Helen zurück und freute sich über ihren kessen Ton. Jetzt war es auch egal. Das Küchenfenster ging außerdem nach hinten raus.

„Blöde Hunde." Ray drehte sich zu ihr um. „Was gibt's denn bei dir zum Abendbrot?"

Helen hob mit einem koketten Lächeln das Schinkenfleisch und die Tomatensuppe hoch. Wenn sie jetzt noch ihre gerüschte Schürze angehabt hätte, hätte man sie glatt auf dem Titelbild der *Good Housekeeping* abbilden können. „Alles schon fertig."

Ray nahm ihr fast zärtlich die Dosen aus der Hand. „Ich habe da eine bessere Idee."

Kapitel 3

Aus den Töpfen auf dem Herd stiegen wohlriechende Dampfwolken auf. Rote Ginganvorhänge hingen am Fenster. Draußen wiegten sich die mit Blüten besetzten Äste des Nektarinenbaums. Dieses Jahr würde Ray bei der Ernte dabei sein.

„Dein erster Abend zu Hause und schon Gäste." Mom schnalzte mit der Zunge und schälte eine weitere Kartoffel, aber ihre Wangen verrieten, dass sie lächelte.

Ray lehnte sich an den Küchenschrank. „Die Hunde haben ihr das Essen geklaut. Ich dachte, das wäre das Richtige."

Seine Mutter murmelte Zustimmung. Kartoffelschalen sprangen vom Schäler und landeten mit akrobatischen Flugeinlagen im Müll.

Ray griff in die blaue Glasschüssel und steckte sich eine Erdbeere in den Mund. Er genoss den starken Kontrast zwischen weicher Haut und harten Samen, bis er der Versuchung nicht länger widerstehen konnte. Mit der Zunge zerdrückte er die Beere am Gaumen und eine perfekte Mischung aus Süße und Säure floss heraus.

Mom schnitt die Kartoffel in Viertel und warf sie in den Topf. „Helen sagte, sie habe etwas zu besprechen?"

Widerwillig schluckte er die Beere hinunter. „Irgendwas wegen des Frauenkreises."

„Sie ist so fleißig." Mom spülte den Spargel ab und warf Ray einen vielsagenden Blick zu. „Und zudem attraktiv und zu haben."

Ray stocherte lächelnd in der Erdbeerschale. „Ich stehe über solchen oberflächlichen Überlegungen."

Mom zog ihm die Schale weg. „Lass noch ein paar für die arme Witwe Carlisle übrig!"

Ray lachte. „Das klingt, als wäre sie eine alte Dame."

„Nein, sie ist jung. Sehr jung. Aber sie ist Witwe und das dürfen wir nicht vergessen. Helen und Jim ... du hast das nicht miterlebt, aber die beiden hatten nur noch Augen füreinander. Du weißt doch, wie sehr sich die Carlisles manchmal abschotten. Helen trauert immer noch um ihn."

Ray spielte mit den Blüten aus Helens Haar, die er in seine Hosentasche gesteckt hatte. Die hübsche Frau, die da im Blütenregen gelacht hatte, trauerte nicht mehr.

Mom drehte sich zur Spüle um und schnitt das untere Ende einer Spargelstange ab. Viele Silberfäden durchzogen mittlerweile ihre schwarzen Haare. „Ihre ganzen Aktivitäten sind eine Schutzmauer, hinter der sie ihren Schmerz versteckt."

Ray schnappte sich noch eine Erdbeere. Seine Mutter hatte nicht das Strahlen in Helens Augen gesehen, als sie über ihre Arbeit gesprochen hatte.

Mom machte kurze, schnelle Schnitte und holzige Strünke wanderten in den Müll. „Sei vorsichtig. Ich weiß, wie schnell so etwas bei dir geht."

Vorsichtig? Er kannte Helen schon seit Ewigkeiten, hauptsächlich als kleines Mädchen, aber heute hatte er sie in einem anderen Licht gesehen. Sie war tatsächlich attraktiv und zu haben und er würde sich seine Neuentdeckung nicht zunichte machen lassen.

„Ray?" Seine Mutter hatte diesen Ich-warte-auf-eine-Antwort-Blick.

Er stopfte sich die Beere in die Wange. „Ich bin immer vorsichtig." Es klang vernuschelt.

Mom kniff die Augen zusammen.

Er grinste und versuchte, nicht zu schlucken.

Mom lachte auf. „Ihr Jungs habt wohl immer gedacht, ich merke es nicht, wenn ihr heimlich Früchte klaut. Natürlich habe ich es gemerkt. Aber euerm Grinsen konnte ich nie widerstehen."

Ray kaute, schluckte und zeigte sein unschuldigstes Lächeln.

Seine Mutter legte ihm eine wassergekühlte Hand an die Wange. „Ich bin froh, dass du hier bist, mein Junge. Ich bin froh, dass du in Sicherheit bist, dass du nicht die Dinge sehen musst, die deine Brüder gesehen haben. Ich weiß nicht, ob ..."

Die Wahrheit tat weh, aber Ray weigerte sich, es zu zeigen. Mom wusste nicht, ob er das durchstehen würde.

Und er genauso wenig.

* * *

„Das Interesse ist abgeflaut. Ich finde kaum noch Spender." Helen saß im Esszimmer am Tisch. Sie trug immer noch das braune Kostüm mit der cremefarbenen Bluse und war damit passend und angemessen gekleidet.

Ray hielt sein Glas mit Eistee hoch. Der Tee passte haargenau zu Helens Augen. Nicht nur von der Farbe her, sondern auch von der Klarheit, der Lichtdurchlässigkeit und diesem goldenen Schimmer. Ihr blondes Haar glänzte wie Honig. Tee mit Honig hatte er schon immer gemocht.

„Wir Amerikaner sind eben ungeduldig." Dad nahm sich nach. „Die Opferzahlen steigen. Wir haben noch keinen Fuß auf französischen oder deutschen Boden gesetzt, in Italien stecken wir fest und auf dem Pazifik geht es nur schleppend voran. Wie schafft man es, dass das Thema trotzdem in den Köpfen bleibt?"

„Mir ist da eine Idee gekommen. Eine Talentbühne für Kinder. Für das aktuelle Spendenziel bekomme ich es nicht mehr rechtzeitig organisiert, aber es ist nie zu spät, sich zu engagieren." Helen schnitt ihrem Sohn das Hühnchen klein.

„Nein! Is mache." Jay-Jay schob ihren Arm weg.

„Schätzchen, bitte." Helen sah nervös in die Runde.

Ray lächelte verständnisvoll. Er beneidete sie nicht um die Aufgabe, Manieren einzufordern und dabei ruhig und geduldig zu bleiben.

Dad nahm sich eine Unterkeule und beugte sich zu Jay-Jay. „Das ist Hühnchen, Kleiner. Kannst du ruhig mit den Fingern essen. Einfach in die Hand nehmen und knabbern." Er knurrte das Hühnchen an.

Jay-Jay gluckste und verzog den Mund. „Grr."

„John, du übst einen ganz schlechten Einfluss auf den Jungen aus", lachte Mom. Ray griff nach einem weiteren Hühnchenschenkel, warf seiner Mutter einen grimmigen Blick zu und knurrte ebenfalls.

Helen fing an zu lachen. „Hört sich an, als wäre Fütterungszeit im Zoo."

„Immer. Hier immer. Tut mir leid, Helen." Mom lachte mit gerunzelter Stirn weiter. „Die Jungs werden doch nie erwachsen."

Ray knurrte so gut er konnte.

„Ich sehe schon." Helen warf ihm einen halb ernsten, halb verspielten Blick zu.

Ray wurde plötzlich warm. Mom hatte definitiv unrecht. Helen war bereit. Und war das Knurren nicht ein Beweis dafür, dass sie einen Mann daheim brauchte? Jeder Junge brauchte eine feste Hand, aber auch jemanden, der ihm beibrachte, wie man mit den Achseln lustige Geräusche machte. Und Helen wäre doch bestimmt froh über eine Schulter zum Anlehnen und einen starken Rücken, der half, ihre Lasten zu tragen, oder?

Ray pumpte seinen Brustkorb voll Luft. Nora, Ann und Dolores hatten seine kräftige Statur geliebt. Na gut, sie hatten sich auch alle von ihm getrennt. Aber Jim war doch eher eine Bohnenstange gewesen. Ray atmete aus. Ja, er war definitiv nicht von der langsamen Sorte.

Helens Lachen holte ihn zurück in die Gegenwart. Ein sonniges, fröhliches Lachen, passend zum Tee.

„Das sehe ich auch so“, sagte sie. „Es muss ja gar nichts Großes sein. Rote, weiße und blaue Schärpen, Papierhütchen. Die Kinder könnten mit kleinen Flaggen winken, die sie selbst bemalt haben. Wäre das nicht toll? Lieder, patriotische Gedichte, vielleicht ein kleines Theaterstück.“

Mom, ganz die Lady, schnitt ihr Hühnchen mit Messer und Gabel. „Wie schön.“

„Das ist die Idee. Wir erinnern die Leute daran, dass wir für die Kinder kämpfen, für die Zukunft. Dann verteilen wir die Listen fürs Blutspenden, verkaufen die Kriegsanleihen und rekrutieren ein paar Tischdamen für das Soldatenheim.“

Ray freute sich im Stillen. Ihre Energie, Leidenschaft und ihr Organisationstalent würden eine perfekte Pastorenfrau aus ihr machen. Gut, das war etwas vorschnell, aber vielleicht hatte alles so kommen müssen. Nora, Ann und Dolores waren für das Leben im Pfarrhaus nicht geschaffen gewesen. Wenn er früher darauf geachtet hätte, wären ihm ein dreifach gebrochenes Herz und zwei gelöste Verlobungen erspart geblieben.

„Nein! Dassn!“, quengelte Jay-Jay.

„Liebling, nein. Heute nicht.“ Helens Stimme klang angespannt. Sie nahm ihren Sohn auf den Schoß und küsste ihn auf die Stirn.

„Nein! Mama dassn!“

„Dassn?“, fragte Ray.

„Tanzen“, erwiderte sie. „Das machen wir manchmal.“

„Eine deiner Routinen?“

Ihr Lächeln war kaum zu erkennen. „Nach dem Abendessen tanzen wir zur Musik aus dem Radio. Aber das ist nichts weiter."

Nichts? Der kleine Junge, der sich auf ihrem Schoß wand und schon viel zu früh aussah, als würde er nach Hause wollen, sah das offensichtlich anders.

„Jay-Jay", raunte Ray gerade laut genug, um seine Aufmerksamkeit zu erlangen. „Soll ich ein bisschen Klavier spielen?"

Jay-Jay hatte zwei Finger im Mund und sah Ray mit seinen blauen Augen interessiert an.

„Oh, nein", erwiderte Helen. „Das kann ich unmöglich verlangen ..."

„Du hast es ja auch nicht verlangt. Ich habe es angeboten. Deine Koteletts hast du schon eingebüßt. Du solltest nicht auch noch auf deinen Tanz verzichten müssen."

Mom stand auf und sammelte die Teller ein. „Ray spielt sowieso den ganzen Abend. Dann hat er wenigstens ein Publikum. Ich gehe nämlich mit Pastor Novak ins Arbeitszimmer. Dort lese ich und er feilt an seiner Predigt."

„Ich möchte nicht aufdringlich sein", sagte Helen.

Ray beugte sich vor. „Jay-Jay, was ist dein Lieblingslied?"

„Moo", sagte der Kleine mit den Fingern im Mund.

„Moo?"

Helen strich ihm über den Kopf. „,In the Mood.' Ihm gefällt alles, was schnell und vergnügt ist."

„Na dann." Ray warf seine Serviette auf den Tisch und ging ins Wohnzimmer.

„Ich sollte lieber mit dem Geschirr helfen ..."

„Die größte Hilfe bist du, wenn du Ray unterhältst, damit ich sein Gejammer nicht hören muss", erwiderte Mom.

„Typisch Jungs", seufzte Helen, aber sie klang amüsiert. Stuhlbeine schabten über den Boden.

Im Wohnzimmer schob Ray den kleinen Tisch und den Läufer beiseite, legte die Uniformjacke ab und setzte sich im Hemd ans Klavier.

Jay-Jay kam ins Zimmer gelaufen. „Dassn. Moo."

„Kommt sofort." Nach ein paar Akkorden zum Warmwerden setzte Ray zu ,In the Mood' an. Als Helen sich ins Wohnzimmer schlich, deutete Ray mit dem Kopf auf die Tanzfläche hinter sich. „Dassn."

„Ich setze mich lieber hin und gucke zu."

„Nein, Mama, dassn."

„Du kannst ruhig tanzen, Helen. Ich gucke nicht hin." Noch nicht, jedenfalls.

Sie lachte nervös und bald darauf schlurften, quietschten und tapsten vier Füße übers Parkett. Jay-Jay quiekte vor Vergnügen.

Ray steuerte aufs Finale zu und sah hinter sich. Helen hatte Jay-Jay auf ihre Hüfte gesetzt und drehte sich im Kreis. Ihr Haar flog wie ein goldener Schleier. Sie bewegte sich anmutig, grazil und nichts wies auf ihre Gehbehinderung hin.

Ray erinnerte sich noch, wie die kleine Helen bei den Jamisons im Wohnzimmer ans Bett gefesselt gewesen war, wie sie mühsam mit ihren Beinschienen aus Stahl und Leder laufen gelernt hatte und nach einer Weile erst die eine, dann die andere Schiene losgeworden war, alles mit eiserner Entschlossenheit. Dass sie sich an seine Besuche erinnerte, mochte Ray kaum glauben. Es war nichts Besonderes gewesen, aber er hatte es nicht mit ansehen können, wie Betty Jamison mit Helens bester Freundin Dorothy Carlisle auf gesunden Beinen um die Häuser gerannt war. Ein Junge war kein Ersatz für eine Schwester oder eine Freundin, aber Ray hatte Helen immerhin etwas vorlesen oder mit ihr eine Partie Dame spielen können.

Helen sah ihn erschrocken an. „Du hast gesagt, du guckst nicht."

„Genau. Ich habe gesagt, ich gucke nicht, und nicht ‚ich gucke nie'." Ray spielte den letzten Akkord. „Was jetzt?"

Helen verdrehte die Augen. „Vielleicht ‚Don't Be That Way?'"

Ray lachte. „Ach komm, wir brauchen etwas Fröhliches, stimmt's, Jay-Jay?" Er stimmte „Beat Me, Daddy, Eight to the Bar" an.

Wegen des hohen Tempos war seine ganze Aufmerksamkeit vonnöten, aber hin und wieder wagte er einen Blick auf Mutter und Sohn, die den Jitterbug tanzten, vergnügt quiekten und rote Gesichter bekamen. Irgendwann ließ sich Jay-Jay prustend auf die Erde plumpsen.

„Onkel Ray! Onkel Ray! Wir sind kaputt." Helen taumelte erschöpft zur Wand und lehnte sich gegen das Klavier. „Wir brauchen eine Pause."

Ray betrachtete zufrieden ihre rosigen Wangen und das zerzauste Haar und spielte schnell eine Überleitung zu „Taking a Chance on Love". Vielleicht ein bisschen offensichtlich, aber es fiel ihm schwer, sich zurückzuhalten.

„Was ist das denn?“ Helen stocherte zwischen den Fäden des Häkeldeckchens auf dem Klavier herum.

„Du hast das tiefste, schwärzeste Geheimnis der Familie Novak entdeckt“, raunte Ray geheimnisvoll.

„Sieht aus wie ein Tintenfleck.“

„Ja. Sehr tief. Sehr schwarz.“

„Das geht bestimmt aufs Konto von euch drei Brüdern.“

„Jack, um genau zu sein.“

„Er hat oft Ärger gekriegt, stimmt's?“

Ray konzentrierte sich kurz auf eine komplizierte Passage. „Dafür haben wir alle Ärger gekriegt.“

Eine Narbe auf ihrer Wange machte ihr Lächeln etwas schief und süß. „Wie ist das denn passiert?“

„Ganz einfach. Jack war fünf. Ich wollte nicht, dass er noch eine Tracht Prügel kriegt, also habe ich Mom gesagt, ich sei es gewesen. Dummerweise hatte Jack den kleinen Walt überredet, es auf seine Kappe zu nehmen ...“

„Typisch. Walt lügt, Jack manipuliert und du bist wieder einmal zu nett.“

„Ich habe ja auch gelogen.“

Ihr Blick war wie ein Magnet. „Aber das ist was anderes.“

Ihm wurde wieder warm. Eigentlich dumm von ihm, anzubieten, dass er Klavier spielen würde, wenn er doch eigentlich tanzen wollte. „Jay-Jay, möchtest du mal spielen?“

„Is?“

„Ray, er haut doch bloß auf die Tasten.“

„Wo ist denn da der Unterschied? Das mache ich doch auch.“ Er hob Jay hoch und setzte ihn auf die Klavierbank.

Jay-Jay patschte mit beiden Händen auf der Klaviatur herum.

„Wo da der Unterschied ist?“ Helen hielt sich die Ohren zu. „Ich weiß nicht. In der Melodie vielleicht? Im Rhythmus?“

Ray nahm Jay-Jays Hand und spreizte ein kleines Fingerchen ab. „Pass auf. Immer nur ein Finger.“ Gemeinsam spielten sie die Melodie von „Mary Had a Little Lamb“. Sofort danach begann der kleine Junge seine eigene disharmonische Improvisation.

Ray beugte sich zu Jay-Jay herunter. „Darf ich deine Mama zum Tanzen auffordern?“

Jay-Jay nickte und hackte mit zwei Fingern wie verrückt gewordene Spechte auf die Tasten ein.

Helen wurde ganz steif.

Ray stand auf und verbeugte sich. „Darf ich um den nächsten Tanz bitten?"

Helen lachte nervös. „Gern, aber braucht man dazu nicht Musik?"

Ray nahm ihre zarte Hand und drehte Helen einmal unter seinem Arm hindurch. „Hört sich doch an wie ‚Ein Specht kommt selten allein'."

Dieses Mal war die Nervosität aus ihrem Lachen verschwunden. „Du hast recht. Das Stück hat zwar keine Melodie, aber einen Rhythmus hat es allemal."

Ray grinste und ließ seine Füße arbeiten. Er hatte seit über einem Jahr nicht mehr getanzt, aber er war sofort wieder drin. Helen schien auch nicht eingerostet zu sein. Sie war die perfekte Tanzpartnerin.

Endlich hatte sein Horizont einen Streif. Allerdings war er nicht silbern, sondern golden.

Kapitel 4

Samstag, 18. März 1944

Helen hängte ihr weißes Baumwollnachthemd auf die Wäscheleine und suchte in ihrer Tasche nach Klammern. Nur zwei Klammern waren übrig und in einem Kampf um Leben und Tod ineinander verbissen. Helen stöhnte. Sie ließen sich nur mit beiden Händen auseinanderbringen. Aber kaum hatte sie ihr Nachthemd losgelassen, riss der Wind es fort und es wanderte aufgebläht wie ein Geist über den Rasen.

„Jedes – einzelne – Mal." Mit jedem Wort schnappte sie nach dem Hemd, was ihr Handgelenk schmerzen ließ, aber das war ihre gerechte Strafe. Nichts konnte sie, noch nicht einmal Wäsche aufhängen. Die frische Brise aus der Bucht von San Francisco strömte ins Tal und zerrte an Antioch und Helens Wäsche.

Was für ein Reinfall das Wochenende gewesen war. Wie kindisch von ihr, darauf zu hoffen, dass Ray am Freitag anrufen oder vorbeikommen würde. Letzte Woche hatte sie noch gedacht, er hätte sich in sie verguckt, aber sie war es wohl gewesen, die sich verguckt hatte. Er war nur freundlich gewesen. Hand aufs Herz: Was hatte sie erwartet?

Sie befestigte das Nachthemd mit beiden Klammern und ging in Richtung Garage, um Nachschub zu holen. Jay-Jay spielte derweil in dem großen alten Weidenkorb, den ihre Mutter für die Wäsche benutzt und zurückgelassen hatte, als Helens Vater und sie im November nach Washington gezogen waren.

„Oh nein! Ein Sturm zieht auf!" Helen hob ihren Sohn hoch, setzte ihn ins Gras und stülpte den Korb über ihn. Er quiekte vor Vergnügen. Ihre Mutter hatte recht gehabt – ein Extrakorb konnte nicht schaden.

Die Garage roch nach Staub und Öl und Jim. Helen füllte sich die Tasche mit einem Nachschub an Wäscheklammern und ging schnell wieder hinaus.

„Hallo." Am Fuß der Einfahrt stand Ray und tippte sich an die Mütze.

„Oh. Hallo." Helens Herz überschlug sich wie eine Wäscheladung in der Waschmaschine. Als sie ihre Hand aus der Tasche zog, um zu winken, fiel eine Klammer zu Boden. Dummes, unfähiges Mädchen. Sie hob sie auf. „Gehst du spazieren?"

„Mh-hm. Tolles Wetter." Wie er so in seiner gebügelten Uniform die Einfahrt hochgeschlendert kam, sah er sehr attraktiv aus.

Und sie hatte ein altes braunes Baumwollkleid und eine schäbige graue Strickjacke an. Und trug ein Kopftuch. Noch nicht einmal Lippenstift hatte sie aufgetragen.

Ray lächelte, als würde er nichts davon bemerken. „Ich hab gestern Abend an dich gedacht."

„Ach ja? Wieso?"

„Koteletts bis zum Umfallen, oder?"

„Und du hast mich trotzdem im Stich gelassen?"

„Ich hatte keine Wahl. Auf dem Luftwaffendepot bin ich Laurel und Hardy in Personalunion und ich konnte die Lieferung nicht mehr rechtzeitig auf den Weg bringen, um den Bus noch zu erwischen. Bin erst heute Morgen angekommen."

„Ein Jammer." Bei seinem Lächeln schmolz ihre Enttäuschung dahin. Wenn sie bloß nicht so aussehen würde wie Ma Joad aus *Die Früchte des Zorns*.

Ray spähte in den Garten. „Ähm, dein Korb bewegt sich."

Der Korb kroch wie eine kopflose Schildkröte über den Rasen. „Und er kichert wahrscheinlich noch dazu."

„Ja?" Ray ging zu ihm hinüber und hockte sich davor. „Mann, was für ein großer Panzer. Komisch, was macht denn ein Panzer hier?"

Zwischen den Weidenstäben strahlte ein Gesicht hindurch. „Nein. Day-Day."

„Ach, das ist gar kein Panzer? Das ist Jay-Jay? Na, ein Glück. Ich dachte schon, ich müsste die Army rufen."

Jay-Jay steckte einen Finger durch die Stäbe. „Peng!"

Helen ging zum anderen Wäschekorb und nahm ein blau geringeltes T-Shirt von Jay-Jay heraus. „Ray, möchtest du auch einen Korb, damit ihr eine Panzerschlacht machen könnt?"

„Gute Idee." Er setzte sich im Schneidersitz ins Gras. „Dann hast du die Koteletts ja doch überlebt."

Helen befestigte das Shirt mit Klammern an der Leine. „Ja, aber danach hatte ich Besuch von Vic und Jeannie."

„Vic Llewellyns und seine Schwester? Ich dachte, ihr seid Freunde."

Helen schüttelte ihren gelben Bauernrock aus. „Das sind wir auch. Jeannie und ich sind Freundinnen, seit ... seit ich krank war. Wir versuchen uns immer gegenseitig auszustechen. Aber du kennst doch die Llewellyns. Vic liegt mir damit in den Ohren, dass ich für ihn in Port Chicago arbeiten soll, und Jeannie wirft ständig mit französischen Sätzen um sich und sagt dann hinter vorgehaltener Hand: ‚*Pardon, chérie*. Ich habe ganz vergessen, dass du ja nur in der Highschool Französisch hattest.'"

„Ach, wirklich? Ich sollte dir ein paar deftige Sätze auf Deutsch beibringen. Oder auf Hebräisch, Latein oder Altgriechisch."

„Das kannst du alles?"

„Lesen ja. Sprechen kaum."

Helen steckte in einer langen Reihe Klammern auf die Wäscheleine. „Jeannie macht im Juni ihren Abschluss. Mills College. Eigentlich wollten wir zusammen studieren."

„Aber du bist nicht hingegangen."

„Jim wollte das nicht." Helen atmete scharf ein. Wo kam das auf einmal her? „Wir wollten doch heiraten."

„Junge Liebe ist eben ungeduldig."

„Ja." Sie kämpfte mit einem Laken gegen den Wind und fand sich plötzlich in einer klammen Umarmung wieder.

Ray stand auf und half ihr, das Laken aufzuhängen. „Das hört sich so an, als würdest du es bereuen."

Helen starrte über die Wäscheleine in wissende Augen. „Nicht, wenn ich meinen Sohn angucke."

Jay-Jay buddelte derweil in der Erde unter den Oleanderbüschen, die Mr Carlisle gepflanzt hatte. Sie verstellten fast den ganzen Blick auf die Umgebung. Aber die blöden Büsche wollten einfach nicht eingehen, egal, wie lange Helen ihnen das Wasser vorenthielt.

„Er ist ein toller Junge", meinte Ray. „Ein Musiker in spe und ein hervorragender Tänzer."

Helen suchte verlegen in ihrer Tasche nach Klammern.

„Gestern Abend", fuhr Ray fort, „hätte ich viel lieber getanzt, als in der Kaserne zu sitzen und mir wegen dir und den Koteletts Sorgen zu machen. Und dabei wusste ich ja noch nicht einmal von der Llewellynplage."

Helen versuchte sich an einem neckischen Blick, aber sie war aus der Übung. „Du bist mir ein schöner Ritter in strahlender Rüstung."

„Haha. Ich bin kein Ritter."

„Doch, natürlich bist du einer. Du hast mich schon zweimal nach einem Fahrradunfall gerettet." Sie hängte ein Söckchen auf und kam sich schrecklich kindisch dabei vor, aber der Mangel an Strumpfhosen ließ ihr keine Wahl.

Ray runzelte die Stirn und sah zum Himmel. „Ritter ziehen in die Schlacht und besiegen den Drachen. Ich nicht. Wenn ich einen Drachen treffen würde, würde ich ihn wohl überreden, seinen Feueratem für etwas Gutes zu benutzen."

Helen lachte und hängte die Zwillingsschwester der Socke auf. „Ich hoffe, du triffst nie auf einen Drachen, der nicht auf Argumente hört."

„Ja." Rays Stimme klang traurig, aber er drehte sich weg, bevor Helen seinen Gesichtsausdruck entziffern konnte. „Wie wär's, wenn ich mir diesen kleinen Drachen hier vorknöpfe?"

Der Wind blies ins Laken und Jay-Jay versuchte es mit dreckigen Fingern einzufangen.

Ray schnappte ihn sich und hob ihn hoch über seinen Kopf. „Sag mal, bevor er jetzt ganz aufgedreht wird, macht er immer noch ... ist es schon so weit?"

Sie nickte. Beeindruckend, dass ein Mann an Mittagsschlaf dachte, noch dazu ein Junggeselle. „In einer halben Stunde."

Ray sah den kleinen Jungen an, den er mit starken Armen über sich hielt. „Na, kleiner Mann, wie wär's mit einer Geschichte?"

Helen zeigte auf die Veranda hinter dem Haus. „Auf dem Tisch liegen ein paar Bücher."

„Bücher. Deine Mommy weiß genau, was ich mag." Ray ließ Jay-Jay wie ein Flugzeug durch die Luft sausen, setzte sich mit ihm hin und durchstöberte den Bücherstapel. „Was möchtest du hören? *Familie Schnack*? *Die Malerkätzchen?*"

„Daddy Bu."

Ray warf Helen einen fragenden Blick zu.

„Sein Daddy-Buch." Sie ließ ihre Stimme ernst klingen. „Das braune Einklebebuch."

Ray lehnte sich zurück und blätterte die schwarzen Seiten durch, während Jay-Jay auf dies und jenes zeigte und vor sich hinbrabbelte.

Helen hängte ein Wäschestück nach dem anderen auf und versuchte sich darauf zu konzentrieren, wie viele Klammern für jedes vonnöten waren.

„Hast du das alles selbst gemacht? Das muss eine Heidenarbeit gewesen sein."

„Aber genau das habe ich gebraucht." Als das Telegramm gekommen war, hatte Helen gelacht. Ihr Vater hatte den Leuten gesagt, sie sei verrückt vor Trauer. Einen Monat lang hatte sie sich komplett zurückgezogen, Fotoecken mit Montagekleber angeklebt und ein Album voller Fotos und Andenken geschaffen, das Jim so zeigte, wie die Leute ihn sahen und wie Jay-Jay sich an ihn erinnern sollte. Während dieser Zeit hatte sie gelernt, wie man sich als Witwe verhielt.

„Für Jay-Jay."

„Ich finde es gut, dass du das gemacht hast."

Helen hockte sich vor den Wäschekorb und schüttelte zwei Socken aus. Wie lange musste sie wohl noch Mitgefühl und Bewunderung für ihre Tapferkeit ertragen? Würde sie je wieder einfach sie selbst sein können? Wusste sie überhaupt noch, wer sie war?

* * *

„Und ...?" Betty Jamison Anello dehnte das Wort bis ins Unerträgliche. „Erzähl schon!"

Helen schnitt gleichmäßig den Sellerie. „Erzählen? Was denn?"

„Zum Beispiel, warum Ray Novak in meinem Wohnzimmer sitzt?"

„Dein Mann George hat ihn eingeladen." Helen schob die Selleriestückchen vom Brett in die Schüssel, während ihre ältere Schwester untätig herumstand. Betty war bei allen beliebt. Sie musste nicht dafür arbeiten wie Helen. „Das Brot, Betts."

Betty seufzte widerwillig und fing an, das Brot in Stücke zu reißen und in die Schüssel zu werfen. „Ja, schon, aber warum hat George Ray letztens ganz gemütlich auf deiner Veranda sitzen gesehen?"

Helen öffnete den Küchenschrank und durchwühlte die Gewürzdosen. „Er hat einen Spaziergang gemacht."

„Ganz schöner Umweg für einen Spaziergang, findest du nicht?"

Ein Umweg von mehreren Kilometern. Helen zuckte die Schultern und war froh, dass die Tür vom Küchenschrank ihr Lächeln verbarg.

Endlich hatte sie den Salbei gefunden. „Wie kannst du in dieser Küche nur arbeiten?"

„Ach, das ist so süß. Wie schön!" Betty lehnte sich mit ihrer korpulenten Hüfte an den Küchenschrank. „Weiß er, dass du dir Geschichten über Sir Raymond, den tapferen Recken, ausgedacht hast?"

Helen hielt ihrer Schwester den Holzlöffel vor die Nase. „Wehe, du sagst ihm das, oder ich ... ich ..."

„Du rührst mich um, bis ich völlig durcheinander bin?"

„Ich geb dir eins mit dem Löffel wie Papa früher."

Betty ließ ihr klingelndes Lachen ertönen. „Und dann geht mein guter Löffel zu Bruch. Wage es ja nicht."

Helen widmete sich der Füllung. „Schneid lieber das Schinkenfleisch."

„Also ich finde, er sieht hinreißend aus und ist sehr nett. Und du hast immerhin den carlisleschen Segen bekommen." Betty senkte den Kopf, damit ihre Stimme tiefer wurde. „Ich habe in meiner maskulinen Erhabenheit beschlossen, dir die Erlaubnis für eine neue Beziehung zu geben. Also im Ernst ..."

„Schneid das Fleisch." Helen studierte das Rouladenrezept, das Betty aus Georges *National Geographic* ausgeschnitten hatte.

„Die Carlisles denken wohl, es ist 1844, nicht 1944. Erst die Sache mit der Versicherung und jetzt das."

Helen stellte die Schüssel, die Backform und die Zahnstocher nebeneinander. Jim hatte seine Eltern als Begünstigte seiner Soldatenlebensversicherung über zehntausend Dollar eingesetzt, was Helen wurmte, aber die Carlisles gaben ihr immerhin ein großzügiges Taschengeld und ein Haus, in dem sie mietfrei wohnen konnte.

Die Küchentür ging auf. „Dudi?", fragte Jay-Jay.

„Hoffentlich spricht er den Namen seiner Cousine eines Tages richtig aus", empörte sich Betty scherzhaft.

Helen hockte sich vor ihren Sohn. „Judy schläft, mein Schatz. Sie ist doch noch ein Baby, kein großer Junge wie du."

Der Kleine schob die Unterlippe vor. „Bieln."

„Ich weiß, du möchtest spielen, aber Judy muss jetzt schlafen."

Betty gab Jay-Jay zwei alte Blechtiegel von ihrer Mutter. „Judy schläft selbst dann noch, wenn ein Erdbeben kommt. Das hat sie von den Jamisons."

Genau wie Jay-Jay. „Los, mach ein bisschen Musik für Onkel George und Lieutenant Novak."

Jay-Jay ließ die Tiegel gegeneinanderknallen und zog begeistert los.

Die beiden Schwestern widmeten sich wieder den Rouladen. Helen legte sie ordentlich nebeneinander in die Backform.

„Können wir uns ein paar Löffel borgen?" Ray kam strahlend in die Küche.

„Löffel?" Trotz eines Herzaussetzers schaffte Helen es, die Backform ohne Missgeschick in den Ofen zu befördern.

Als Nächstes trat der schlaksige George ein und durchquerte mit ungleich langen Schritten die Küche. „Da in der Schublade links. Liebling, wo stehen die leeren Marmeladengläser?"

„Marmeladengläser?", gab Betty zurück. „Was habt ihr denn vor?"

Jay-Jay stand im Türrahmen und hüpfte begeistert auf und ab. „Bieln! Bieln!"

„Wir gründen eine Band." Ray zwinkerte Helen zu und ging aus der Küche.

Ein Kribbeln durchwanderte Helen.

Betty öffnete den Eisschrank und versetzte der Götterspeise einen Stoß. „Eigentlich wollte ich vorschlagen, nach dem Essen Bridge zu spielen, aber ich glaube, ich habe meine Meinung geändert. ‚Stardust' auf dem Plattenspieler, tanzen … Es liegt was in der Luft!"

Die Küchenschublade stand noch offen. Helen griff nach dem erstbesten Löffel und schlug ihrer Schwester auf den Allerwertesten.

* * *

Auf dem Nachhauseweg versuchte Helen, nicht ständig zu Ray hinüberzusehen. Aber es gelang ihr nicht. Wie auch? Er lief mit dem schlafenden Jay-Jay über der Schulter die D Street hinab und summte ‚Stardust'. Nur ... bedeutete sein Schweigen Zufriedenheit, Erschöpfung oder hatte er genug von ihr? „Ich hoffe, es war nicht zu anstrengend für dich heute."

„Hm?"

Helen zerknüllte das Innenfutter ihrer Manteltasche. „Betty und George haben so viel geredet, dass du kaum eine Chance hattest, dich zu beteiligen."

„Brauchte ich doch auch gar nicht. Es war ein toller Abend, vor allem das Tanzen." Ray zog die Decke über Jay-Jays Schultern, aber sie rutschte wieder herunter.

Helen schlang die Decke fester um ihren schlafenden Sohn. „Die Musik war gut, stimmt's?"

„Wer einen guten Tanzpartner hat ..." Ray lächelte sie an. „Du kannst wirklich gut tanzen."

Ohne darüber nachzudenken, nahm sie eine Pose aus *Schwanensee* ein, bei der die überkreuzten Hände vor der Brust flatterten. „Dank der achtjährigen Tortur in Madame Ivanovas Ballettstudio."

Jim wäre über ihren Kommentar empört gewesen, aber Rays Mundwinkel gingen nur noch weiter nach oben. „Ach, richtig. Du bist jeden Sommer dort gewesen, stimmt's?"

„Ja ... In Tante Olives altem Gemäuer mitten im kalten, diesigen San Francisco." Ein guter Ort, um ein kleines Krüppelchen loszuwerden.

„Das klingt nicht so, als würdest du dich gern daran erinnern."

Helen schwieg ein paar Schritte lang. Dann sagte sie: „Das Tanzen mochte ich und Tante Olive auch, aber das Wetter war einfach grauenvoll und ich hasste es, von meinen Freundinnen getrennt zu sein. Und am allermeisten hasste ich Madames Gerte."

„Gerte?"

„Ihr Korrekturinstrument." Helen machte das brennende, knallende Geräusch nach. „Du bist schwach, Helena. Streng dich mehr an! Das *Plié* muss tiefer. Füße nach außen! Die Zehen gerade! Du bist schwach."

„Ist nicht wahr."

Helen sah Ray erschrocken an. Er musste sie für verrückt halten. „Sie hatte ja recht. Wenn ich mich noch mehr angestrengt und keine Fehler gemacht hätte, dann hätte sie die Gerte nicht gebraucht."

Ray presste die Lippen aufeinander. „Gab es das denn überhaupt? Einen Tag, an dem sie dich nicht bestraft hat?"

„Ich war nie gut genug. Nicht mit ... mit diesem Fuß."

Rays Augen funkelten wütend. „Das finde ich nicht richtig." Seine Halsmuskeln waren zu sehen. „Kinder sollten für Ungehorsam bestraft werden und nicht, weil sie nicht perfekt sind. Was sagt das denn dem Kind? Der einzige Weg zu Anerkennung und Liebe ist, gut genug zu sein und keine Fehler zu machen."

Helen bog in ihre Einfahrt ab und drehte sich weg von der Spannung, die in der Luft lag. „So schlimm war es auch wieder nicht."

„Hast du deiner Tante davon erzählt?"

„Sie meinte, ich solle mich nicht beschweren und mehr anstrengen. Also habe ich das getan." Sie lächelte Ray über die Schulter hinweg an. „So ist das Leben nun mal. Aber ich bin schließlich besser geworden und konnte besser laufen. Also waren alle glücklich."

„Außer dir."

Helen ging die Stufen zu ihrem Haus hoch und versuchte, noch überzeugender zu lächeln. „Keine Angst, das war alles schon ganz gut so."

„Was soll ich denn mit dem kleinen Zwerg hier machen?"

„Gib her." Sie nahm Ray ihren Sohn ab. Dabei berührten sich ihre Hände und Schultern. Jay-Jays Hände suchten Halt in der Luft. Er hob den Kopf, sah Helen und schmiegte sich an sie.

Ray lehnte sich in seiner olivbraunen Uniformjacke gegen den Türrahmen und verschränkte die Arme. „Bist du denn jetzt glücklich?"

„Ja. Ich habe einen tollen Jungen, Freunde und Familie in der Nähe und viel Zeit, um Gutes zu tun."

Ray hatte diese wundervolle Angewohnheit, sie einen langen Augenblick anzusehen, bevor er sprach. „Heute sahst du jedenfalls glücklich aus."

Sie lehnte ihren Kopf gegen Jay-Jays Locken und wich Rays Blick nicht aus. „Wer gute Gesellschaft hat ..."

Kapitel 5

Luftwaffendepot Sacramento
Montag, 27. März 1944

Ray saß an der Schreibmaschine und versuchte sich einzureden, er schreibe eine Predigt und tue etwas Sinnvolles. Aber nein, es war nur ein weiteres dämliches Bestellformular.

Er schob den Schlitten nach rechts, freute sich über das „Pling" und tippte: „PILOTENHANDSCHUHE SOMMER, NICHT GEFÜTTERT, GRÖSSE M, B-3A, KISTE 1 EA." Die *M*-Taste klemmte etwas. Er musste extra kräftig drücken, damit der Buchstabe durch das Durchschlagpapier ging.

Ray ließ den Blick durch das winzige Büro mit den Aktenschränken und Regalen voller Formulare schweifen. Seine Weinpresse. Gideon aus der Bibel hatte sich vor den feindlichen Midianitern versteckt und seinen Weizen in einer Weinpresse gedroschen. Machte Ray nicht dasselbe? Das Kriegsministerium hatte die Einberufung verschärft, Väter anders klassifiziert und zog jetzt jeden zwanzigsten Mann aus der zivilen Kriegsproduktion und Landwirtschaft ein. Familienväter zogen in den Krieg und Ray versteckte sich.

Er knurrte und griff nach dem letzten Formular auf dem Stapel. Na wunderbar, jetzt musste er neue bestellen. Ray steckte den Kopf aus der Bürotür und hielt in der Lagerhalle Ausschau nach Corporal Shuster, seiner rechten Hand. Nein, er musste das allein schaffen. Es gab doch auch dafür ein Formular, ein ganz spezielles, das Formularbestellformular.

Genervt durchwühlte er die Stapel in den Regalen. „Wenn die Deutschen uns besiegen wollen, müssen sie uns nur den Papiernachschub abstellen."

Corporal Shuster betrat das Büro. „Die Lieferung ist bereit zur Inspektion, Sir."

Ray folgte ihm nach draußen. Mit seinem spitzen Gesicht, den strahlenden Augen und den fahrigen, ruckhaften Bewegungen erinnerte ihn der Corporal an eine Maus. Was war er für ein Mensch? Vielleicht war Ray ja auch hier, um sich mit den Leuten anzufreunden?

„Wo kommen Sie her, Corporal?"

„Sie meinen ursprünglich? Aus einer Kleinstadt in Vermont." Shuster nieste und wischte sich mit einer schnellen Hin- und Herbewegung die Nase.

Ray trat beiseite, um einen Gabelstapler vorbeizulassen. „Und wie sind Sie hier gelandet?"

„Hab mich beworben, Sir." Er führte Ray durch Schluchten voller Kisten. „Früher bin ich illegal auf den Zügen durchs Land, auf der Suche nach Arbeit. Kommt mir vor, als wäre es gestern gewesen. Da legt mir Uncle Sam einen Test vor, findet raus, dass ich fürs Depot tauge, steckt mich in eine schicke Uniform und gibt mir täglich was zu essen. Ist doch ein gutes Leben."

Ray seufzte. Schade, dass er die positive Einstellung des Mannes nicht teilen konnte.

Shusters Blick wanderte über die Kisten. Wahrscheinlich kannte er den Inhalt und das Reiseziel jeder einzelnen von ihnen. „Das hier ist gute, ehrliche Arbeit. Wenn ich meine Arbeit gut mache, haben die Jungs an der Front, was sie brauchen, um den Krieg zu gewinnen."

„Das stimmt." Ray durfte diese einfache Wahrheit nicht unter die Formulare kehren. Diese Kisten voller Nachschub halfen Jack in England, seinem Freund Bill Ferguson im Pazifik und auch allen anderen Männern an der Front.

Er trat nach draußen in die kühle Morgensonne. Die Luft war von Motorenlärm erfüllt. Eine C-47 Frachtmaschine reckte ihre kurze Nase in den Himmel, während eine andere gerade zur Landung ansetzte. Ray ballte die Finger zur Faust. Wie ihm das Steuerrad fehlte.

Er hatte sich um eine Versetzung ins Air Transport Command beworben, aber selbst die militärische Luftfracht war jenen Piloten vorbehalten, die aus dem Krieg kamen. Den Helden eben.

„Lieutenant?" Corporal Shuster hielt ihm mit einem angestrengten Lächeln ein Klemmbrett hin. Wie lange wartete er schon?

„Entschuldigung. Wo muss ich unterschreiben?"

Shuster führte ihn zu einem Lkw und zeigte auf die verschiedensten Kisten und Frachtzettel. Ray musste hier unterschreiben, dort, hier seine Initialen hinsetzen, dort, da – nein, hier. Ray fühlte sich wie ein menschlicher Stempel, eine bürokratische Hürde für Shuster, der ohne ihn die Lieferungen viel schneller auf den Weg hätte bringen können.

„Sind wir so weit?", fragte Shuster.

„Das müssen Sie mir sagen", erwiderte Ray.

Shuster winkte den Fahrer herbei und warf ihm einen imaginären Baseball zu. „Ab die Post."

Der Lkw rollte davon und gab die Sicht auf das flache Sacramento Valley frei. Man sah sogar den Mount Diablo in knapp fünfzig Meilen Entfernung. Die Hügel drumherum sahen aus wie faule Studenten, die sich in ihre Sitze fläzten, aber der Mount Diablo überragte sie alle, als wäre er der Einzige in der Klasse, der die Antwort wusste.

Antioch schmiegte sich an den Fuß der Berge, und irgendwo dort war die fleißige Helen.

Das vergangene Wochenende klang in Ray nach. Er hatte die Freitagslieferung rechtzeitig auf den Weg gebracht, seinen Bus bekommen und Helen und den Kleinen zu einem Abendessen und Hausmusik bei seinen Eltern abgeholt. Als Jay-Jay auf dem Sofa eingeschlafen war, hatten Helen und er zum Radio getanzt.

Am Samstag hatte sie ihn, ihre Schwester und George zu sich eingeladen. Nach vielen langen Blicken am Tisch und zu wenigen Tänzen hatte Ray sich verabschieden wollen, aber die Anellos waren zuerst gegangen. Helen und er hatten sich daraufhin bis nach Mitternacht auf der Hollywoodschaukel auf der Veranda unterhalten. Über ihnen hatte der Kirschbaum gerauscht. Jedes Mal, wenn Ray gesagt hatte, er müsse jetzt gehen, hatte Helen ein neues Gesprächsthema angefangen.

Er hatte unter dem Vorwand, ihre feinen Narben vom Kochen zu begutachten, ihre Hand gehalten. Am liebsten hätte er die Narben geküsst, auch die in ihrem Gesicht, und schließlich Helen selbst, aber ihm war klar, dass er behutsam sein musste.

Jay-Jay brauchte ein stabiles Umfeld. Bevor Ray diese Schwelle übertrat, wollte er fest davon überzeugt sein, dass das das Richtige war. Felsenfest, nicht sandsteinfest.

„Lieutenant, wo soll die Palette hin?"

Ray blinzelte den Staplerfahrer an und zeigte neben das Tor. „Erst einmal dorthin. Ich suche solange einen Platz."

Shuster kam zum Gabelstapler gejoggt und ließ sich den Lieferschein zeigen. „Der Lieutenant ist in Ordnung", raunte er dem Staplerfahrer zu. „Schlau und alles, aber auch ein ziemlicher Hans-guck-in-die-Luft."

Schon sein ganzes Leben. Ray kehrte ins Büro zu den stupiden Formularen zurück. Als Hans-guck-in-die-Luft verpasste er wenigstens nicht den goldenen Silberstreif am Horizont.

* * *

Antioch
Freitag, 31. März 1944

„Sehr gut gemacht." Helen lächelte die Mädchen des Jugendrotkreuzes im Klassenzimmer der Antioch Highschool an. Der Talentwettbewerb für Kinder, den sie „Vaudeville for Victory" getauft hatten, hatte die Gruppe viel mehr motiviert als chirurgische Verbände zusammenzulegen oder zum Spendensammeln von Haustür zu Haustür zu ziehen. Antioch hatte sein Spendenziel erreicht – mehr als zwölftausend Dollar –, dank einer großzügigen Spende von Carlisles Möbelpolsterei und Dellas Boutique.

„Gehen wir alles noch einmal durch. Wir treffen uns am El Campanil Theatre spätestens um ...?"

„Neun", schallte es aus allen Mündern.

„Genau." Helen überflog die von Mary Jane Anello verfasste Liste. „Nancy Jo, Rita, Anne und Peggy werden die Eintrittskarten einsammeln und Klemmbretter und Spendenbüchsen verteilen. Evelyn, Margie, Carol und Gina werden die Kinder aufreihen, die Kostüme kontrollieren und die Kleinen hinter der Bühne beschäftigen. Und zwar leise. Mary Jane und ich leiten das Programm auf der Bühne."

Evelyn Kramer meldete sich. Ihre erdbeerblonde Schmalzlocke übertraf selbst die der Andrews Sisters. „Mrs Carlisle, darf ich ein Spiel mitbringen?"

„Ja. Solange die Kinder leise bleiben."

„Ich weiß, was ich mitbringe", meinte Margie Peters. „Handschellen und Knebel."

Als das Gekicher abgeflaut war, nickte Helen der Vorsitzenden der Jugendrotkreuzabteilung Antioch zu. „Danke, Mary Jane. Gute Arbeit."

Mary Jane, deren schwarze Locken von einer rosafarbenen Schleife zusammengehalten wurden, strahlte.

Helen entließ die Mädchen in ihren Nachmittag und sah auf die Uhr. Eine Stunde in der Boutique, ein Kurzbesuch bei Jims Schwester Dorothy Wayne und ihrem neuen Baby und dann war sie mit Ray und seinen Eltern zum Essen verabredet.

Schmetterlinge machten sich in ihrem Bauch bemerkbar. So hatte sie sich zum letzten Mal gefühlt, als das mit ihr und Jim noch frisch gewesen war. Aber dieses Mal war es anders; es war eine kontinuierliche Steigerung, kein zerklüftetes Auf und Ab. Ray hatte etwas Beständiges an sich, das mit ihm fühlte sich wie vorherbestimmt an. Diese Beziehung würde zwar nicht von Leidenschaft regiert werden, aber dafür würde auch nicht permanent unterschwellig die Verzweiflung köcheln, diese ständige Angst, ihn zu verlieren, wenn sie einen Fehler machte.

Helen ging den Schulflur hinunter und dachte daran, wie sie vor vier Jahren als Zwölftklässlerin hier mit ihrer Entscheidung gerungen hatte. Die Zusage vom Mills College hatte an ihrer Pinnwand gehangen, aber Jims Gesicht hatte sich von Tag zu Tag mehr verdüstert. Das Mills sei zwar ein reines Mädchencollege, hatte Jim argumentiert, aber in ihrer Freizeit würde sie bestimmt etwas mit den männlichen Studenten aus der Umgebung unternehmen. Warum sollte er also auf sie warten, wenn er doch wisse, dass sie es nicht schaffen würden?

Helen zog die Tür auf, sog die frische Luft ein und drängte die Erinnerung wieder an ihren Platz zurück. Dann stellte sie sich den attraktiven blonden Jim vor, wie er sie auf diesen Stufen gefragt hatte, ob sie ihn zum Winterball begleiten würde.

„Du spinnst. Doch nicht unsere Mrs Carlisle. Die ist doch zu alt." Evelyn Kramers Stimme klang von hinter der Ecke des Schulgebäudes zu Helen herüber.

Alt? Helen blieb stehen. Noch nie hatte sie jemand alt genannt.

„Gar nicht wahr", erwiderte Margie Peters. „Sie ist nicht alt. Mein Bruder ist mit ihr zur Schule gegangen."

„Aber sie ist eine Witwe. Und Mutter ist sie auch."

„Na und?", lachte Mary Jane Anello. „Ist doch schön, dass sie wieder glücklich ist. Habt ihr nicht gemerkt, wie sie strahlt?"

Helen befühlte ihre Wange. Hatte sie zu viel Rouge aufgelegt?

„Mein Bruder George sagt, da bahnt sich was an", erklärte Mary

Jane. „Und Papa meint, Ray Novak ist ein guter Mann. Das ist so romantisch!“

Die Leute redeten über sie? Jetzt schon? Die Gerüchte machten das Ganze auf eine merkwürdige Art und Weise realer. Die Schmetterlinge machten sich zum großen Flug auf und Helen hielt sich am Geländer fest. Sie wollte diese Beziehung, oder?

Warum zitterten dann ihre Hände?

* * *

„Guten Tag, Mrs Jeffries.“ Helen nickte ihrer Nachbarin zu, die ihr auf der G Street entgegenkam.

Im Schaufenster bei Molander Repairs hingen zwei Poster. Eins zeigte einen Piloten, der gen Himmel spähte – „Keep ’Em Flying“. Auf dem zweiten stand „Vaudeville for Victory“. Der kleine Donald Ferguson hatte es gemalt. Seine Schrift fing groß an, wurde immer kleiner und das Wortende TORY war hochkant an den Rand gequetscht. Süß.

Ein paar Häuser weiter hing ein sauber gemaltes Plakat im Schaukasten der Holy Rosary Church und ein Stück die Straße hinunter hatte der Reifenhändler Linda Jeffries Plakat aufgehängt, auf dem „Vauddeville for Victory“ stand, mit einem großen X durch das überflüssige D. Helen lächelte in sich hinein. Die kleinen Fehler machten die Schilder nur noch überzeugender. Genau so hatte sie sich das vorgestellt.

„Da bist du ja.“ Wie eine Amsel auf dünnen Stelzen rannte Victor Llewellyn auf sie zu. „Ich habe dich überall gesucht. Wow, du siehst toll aus.“

„Danke.“ Sie hoffte, Ray würde das auch so sehen. Sie liebte ihr neues karamellfarbenes Kostüm mit dem asymmetrischen Blazer und den Kellerfalten im Rock. Einer der Vorzüge, eine Carlisle zu sein.

„Deine Haare gefallen mir hochgesteckt“, sagte Vic. „Passt perfekt für heute Abend.“

„Heute Abend?“

„Wir haben einen Tisch im Milan’s, um sieben.“

„Wie bitte?“ Helen blieb vor dem Women’s Club stehen. „Du kannst mich doch nicht einfach verplanen, ohne mich zu fragen.“

„Ich habe dich nirgendwo erreicht. Also habe ich beschlossen, Nägel mit Köpfen zu machen."

Die typische Llewellyn'sche Arroganz. Helen lief weiter. „Tut mir leid, aber ich habe andere Pläne."

„Was denn für Pläne?" In seiner Stimme schwang ein leicht scharfer Unterton mit.

Helen überquerte die Fifth Street und achtete dabei genau auf ihre Füße. „Mrs Novak hat mich zum Abendessen eingeladen. Der Kinderwettbewerb ist in zwei Wochen."

„Kommt Ray auch?"

Sie blieb mit dem linken Fuß am Bordstein hängen. „Ich denke schon", erwiderte sie betont beiläufig. „Wenn er es zeitlich schafft."

„Ihr habt euch in letzter Zeit ziemlich häufig gesehen, habe ich gehört."

Gehört? Garantiert von seiner Mutter. Warum hatten die Carlisles für Jim ausgerechnet das Haus gegenüber der alten Klatschtante gekauft? Dummerweise hatte sie nie Augen für das, worauf es ankam.

„Ich dachte, du bist noch nicht bereit für eine Beziehung."

„Ich habe keine Beziehung. Ray und ich sind nur Freunde." Helen schob die Tür zur Boutique auf.

„Gut. Dann geh heute Abend mit mir aus. Ich weiß, wie gern du tanzt."

„Wird auch langsam Zeit, dass ihr beiden mal miteinander ausgeht." Mr Carlisle tauchte hinter einem Kleiderständer auf.

Helen erstarrte. Vic stand so nah, dass sie den Erwartungsdruck körperlich spürte. Das Atmen fiel ihr schwer. Alle erwarteten, dass sie ihrem gefallenen Mann die Ehre erwies und sein Bild küsste. Mr Carlisle erwartete, dass Vics Angebot Begeisterungsstürme bei ihr auslöste. Ray würde erwarten, dass sie Vic aus Loyalität zu ihm einen Korb gab und seine eigene Hoffnung auf eine romantische Liaison nicht enttäuschte.

Vic grinste. „Ich habe einen Tisch bei Milan's bestellt."

„Sehr gut", antwortete Mr Carlisle.

Helen beschloss, dass sie nur eine einzige Rolle ehrlich spielen konnte. „Ich habe dir doch gesagt, dass ich schon andere Pläne habe."

„Mit den Novaks."

„Ja, für den Wettbewerb." Helen flüchtete hinter die Kasse.

Mr Carlisle brummte missbilligend und hängte die Blusen zurecht. „Du verbringst viel zu viel Zeit mit denen."

„Ich bin nun mal die Leiterin des Frauenkreises."

Vic verschränkte die Arme vor der Brust. „Ray Novak hat ein Auge auf sie geworfen."

Helen atmete scharf ein. Wie kindisch von ihm.

Mr Carlisle lachte und sortierte weiter. „Lass ihn bloß nicht auf Ideen kommen. Ich würde nie zulassen, dass ein Novak meinen Enkel erzieht. Vor allem nicht Ray. Der ist doch gar kein richtiger Mann."

Jim hatte damals ähnliche Dinge über Ray gesagt, ihn einen Feigling genannt. Helen spielte mit den Dollarnoten in der Kassenschublade und versuchte sich an einem Lachen. „Du liebe Güte. So ein Tamtam um nichts."

„Gut. Dieser Novak wird nämlich genauso enden wie sein Vater. Das tun nämlich alle Jungs."

Sie schaffte es nicht, die Scheine zu zählen. Wieso? Wieso mussten Jungs so werden wie ihre Väter?

Mr Carlisle nahm eine Bluse vom Bügel, sah sie prüfend an und warf sie sich dann über die Schulter. „Die Carlisles gehen seit Generationen in dieselbe Kirche und so ein aufdringlicher Pastor wird daran nichts ändern. Aber der Mann sollte lieber aufhören, seine Nase in anderer Leute Angelegenheiten zu stecken." Er marschierte mit der ausrangierten Bluse ins Hinterzimmer.

Helen starrte verwirrt auf den pendelnden Vorhang. Pastor Novak und aufdringlich? Was hatte er denn bloß zu Mr Carlisle gesagt? Und merkte Mr Carlisle nicht, dass er drauf und dran war, sie mit dem Sohn der aufdringlichsten Frau der ganzen Stadt zu verkuppeln?

„Wenn du mit mir ausgehen würdest, wäre alles einfacher." Vic zwinkerte ihr zu.

Helen biss die Zähne zusammen und beugte sich über die Kassenschublade. „Auf Wiedersehen, Vic."

Kapitel 6

Samstag, 1. April 1944

Ray lehnte sich zufrieden gegen den Rumpf des alten Doppeldeckers in Grandpas Scheune. Grandpa und Grandma Novak knieten mit Helen und Jay-Jay auf einer Decke, umgeben von Katzenjungen, die umhertapsten und ihre Schwänzchen in die Luft streckten.

„Genau so. Schön vorsichtig." Helen hatte ein orange getigertes Kätzchen auf dem Arm und führte die Hand ihres Sohnes über das Fell. Am Abend zuvor war sie ziemlich müde und gestresst gewesen, auch wenn das Tanzen ihr offensichtlich gutgetan hatte. Heute trug sie eine gelbe Baumwollbluse und einen weiß-gelb karierten Rock und strahlte mit der Sonne, die schräg durchs Scheunentor fiel, um die Wette. So ein Tag auf der Farm war anscheinend genau das, was sie nach einer anstrengenden Woche gebraucht hatte.

Jay-Jay quiekte vergnügt und ein graues Kätzchen hüpfte erschrocken beiseite. Jay-Jay versuchte, nach ihr zu greifen. „Tatze."

„Vorsichtig", mahnte Helen. „Sie kommt, wenn du schön langsam machst."

„Sieh nur", meinte Grandma. „Hier kommt die Katzenmama. Zeit für einen Imbiss und ein Schläfchen."

Helen seufzte ausgiebig. „Das könnte ich auch gebrauchen."

Ein Schläfchen? Daran hatte Ray überhaupt nicht gedacht. So viel zu seinen romantischen Nachmittagsplänen.

„Wenn Sie so weit sind ... ich habe das Gästebett für den Kleinen bezogen."

Grandpa richtete sich ächzend auf. „Ihr zwei Turteltäubchen wollt sicher etwas Zeit für euch haben."

„Grandpa!" Ray klammerte sich an den Rand des Cockpits.

„Was ist?"

„Es ... es ist nicht so, wie du denkst."

„Du hast doch gesagt, du bringst das Mädchen mit, auf das du ein Auge geworfen hast."

Ray stöhnte und griff nach einem Lappen, der auf der Tragfläche hing. Ja, genau so hatte er es gesagt.

„Du lieber Himmel, Jacob", schimpfte Grandma. „Lass uns lieber gehen, bevor du mit dem anderen Fuß auch noch in ein Fettnäpfchen steigst. Also, Helen, wann immer Sie bereit sind, bringen Sie den kleinen Engel rein, ja?"

Ray schrubbte konzentriert den Dreck von *Jennys* Flügel. Der Anfang einer Beziehung war ein komplizierter Balanceakt, bei dem man nicht zu früh zu viel preisgeben durfte. Grandpa hatte ihn völlig aus dem Gleichgewicht gebracht.

„Das Fliegen fehlt dir, oder?", fragte Helen.

Sie war nicht davongestürmt? Ray polierte weiter. „Ja, schon."

Schritte raschelten im Stroh und kamen auf ihn zu. „Zu schade, dass du dich nicht mit dem alten Doppeldecker in die Lüfte schwingen kannst."

„Kein Sprit." Er biss die Zähne zusammen und versuchte angestrengt, einen Fleck neben dem Cockpit wegzuschrubben.

„Ich bin froh, dass ich nicht die Einzige bin, deren Familie sie andauernd blamiert."

Ray warf ihr einen kurzen Blick zu. „Deine Eltern sind doch in Washington."

Ein Lächeln huschte über ihr Gesicht. „Meinst du nicht, Betty gleicht das hervorragend aus?"

„Betty?"

„Hast du schon vergessen, wie sie mich letzte Woche wegen der Geschichten aufgezogen hat?"

„Die du als kleines Mädchen geschrieben hast? Was ist daran denn peinlich?"

Helen fuhr mit dem Finger über die Stelle, an der gerade noch der Fleck gewesen war. „Dass sie von dir handelten."

Kurz war sein Kopf wie vernebelt. Dann machte es Klick. Die Balance war wiederhergestellt. „Von mir?"

„Wollen wir spazieren gehen? Du hast doch versprochen, mir die Farm zu zeigen. Dann erzähle ich es dir."

„Okay." Ray warf den Lappen auf die Tragfläche. Vielleicht hatte ihm Grandpa sogar einen Gefallen getan.

Helen lockte Jay-Jay mit der Aussicht auf noch mehr Tiere aus der

Scheune und sie schlenderten am Weidezaun entlang. Jay-Jay muhte Flossie, die alte Kuh, an und iahte mit Sahara Sue, der schwarzen Eselin, die Jack aus Tunesien mitgebracht hatte, um die Wette.

Ray hob Jay-Jay in die Luft und versteckte sich hinter dem Kopf des Kleinen. „Mommy, erzähl mir eine Geschichte!"

Helen musste lachen. „Setz ihn ab, dann kann er sich müde laufen."

Ray folgte ihrer Anweisung. „Also, wie bin ich in deine Geschichten gekommen?"

„Nach dem Fahrradunfall mit zehn habe ich eben heimlich für dich geschwärmt." Ihr Rock raschelte beim Laufen um ihre Knie.

Das wurde ja immer spannender. Ray stupste sie mit der Schulter an. „Märchenstunde."

Helen warf ihm einen Seitenblick zu. „Es war nichts Außergewöhnliches. Sir Raymond rettete Prinzessin Helene vor den Drachen, aus hohen Türmen und reißenden Flüssen. Was ein kleines Mädchen eben so träumt."

„Ein Ritter in strahlender Rüstung." Es war doch immer dasselbe. Für Dolores hatte er sich extra bei der Army Air Force beworben und das nicht als Kaplan, aber die Uniform hatte ihr nicht gereicht. Sie hatte ein verwegenes Fliegerass gewollt. Es war ja nicht ihr erstes gewesen.

„Na los, Ray. Rette mich!" Helen kletterte auf den Weidezaun und lächelte ihn aufmunternd durch die blonden Haare, die ihr ins Gesicht wehten, an. „So wie der Heilige Georg mit seiner treuen Lanze den Drachen getötet und die Prinzessin gerettet hat."

Ray ging auf sie zu. Er hatte sie anders eingeschätzt. Wenn sie ihn nicht so respektieren konnte, wie er war, sollte er das besser gleich herausfinden.

Helen wischte sich die Haare aus dem Gesicht und wurde ernst.

Er blieb vor ihr stehen. „Ich bin kein Held. Ich will Gottes Wort unter die Menschen bringen. Wenn du einen Helden suchst, bin ich der Falsche für dich."

Helen riss die Augen auf. „So habe ich das nicht ... das waren doch nur Geschichten. Für ... für mich warst du ein Held. Du warst nett zu mir, hast dich mit mir unterhalten wie mit einem richtigen Menschen, keinem Krüppelmädchen. Deswegen habe ich mich in dich verliebt."

Irgendetwas an ihrem Blick sagte Ray, dass sie sich noch einmal in ihn verlieben würde, wenn er es nicht vermasselte. Er seufzte und legte die Hände an ihre Taille. „Komm runter. Du brauchst keinen Helden, der dich rettet. Ein Gentleman reicht vollkommen."

Sie schlang die Arme um seinen Nacken. „Ja, aber gibt's hier welche?"

Ray lachte und setzte sie schwungvoll auf den Boden. Dann nahm er ihre Hand und führte sie über den kleinen Hügel, der die Weide vom Obstgarten trennte. „Besteht eine Chance, dass das Gefühl von damals wieder auflebt?"

Helen betrachtete ihre ineinandergeschlungenen Hände. Ihre Augenlider flatterten. „Hast du ... hast du wirklich ein Auge auf mich ..."

„Und wie." Seine Stimme verriet noch mehr als seine Worte.

Helen nickte und schmiegte ihren Kopf an seine Schulter.

Am liebsten hätte er sie auf der Stelle an sich gezogen und geküsst, aber sie hatten gerade schon einen riesengroßen Schritt gemacht. Er musste auf die Bremse treten.

„Wie lange warst du denn in mich verschossen?", fragte er augenzwinkernd. „Bis Jim dich nicht mehr vom Fahrrad geschubst und mich vom Thron gestoßen hat?"

Helen zuckte zusammen. „Das hat er nie gemacht."

Ray schmunzelte. „Ich war doch dabei. Ich habe gesehen, wie du ihm beim Fahrradrennen davongefahren bist und er dir den Stock zwischen die Speichen gesteckt hat."

„Hat er nicht. Das hätte er nie gemacht." Ihre Hand wurde steif. „Das war ein Unfall. Ich bin hingefallen."

Ray runzelte die Stirn. Er hatte Jims wütenden Blick noch vor Augen. Aber wer wusste schon, was Liebe mit Erinnerungen anstellen konnte?

Helen zog ihre Hand zurück.

„Hey." Ray blieb stehen, griff nach ihren Händen und wartete, bis Helen ihm in die Augen sah. „Ich war dreimal verliebt, hatte drei ernste Beziehungen. Zweimal war ich verlobt. Alle drei Frauen haben mich verlassen. Das ist jetzt ein Teil von mir und ich kann nichts daran ändern."

Ihr Blick wurde sanfter.

„Du hast Jim eine lange Zeit geliebt. Du hast ihn geheiratet, ihm einen Sohn geschenkt, ihn verloren und betrauert. Jim ist ein Teil von dir. Das kann ich nicht ändern und will es auch nicht. Ich möchte nicht, dass du für eine Zukunft deine Vergangenheit verneinen musst."

Ihre Augen hatten die Farbe von warmem Tee und waren mit Gold besprenkelt. Jetzt blies ihr der Wind die Haare ins Gesicht. Helen lachte nervös, aber es gelang ihr nicht, sie wegzuschütteln.

Ray ließ ihre eine Hand los und strich ihr die Haare aus dem Gesicht. „Wir werden das ganz in Ruhe angehen. Ich muss aufpassen, dass meine Vergangenheit mich nicht zu vorschnellen Entscheidungen treibt, und du hast auch noch einiges zu bewältigen. Und außerdem gibt es noch den kleinen Zwerg. Apropos Zwerg ... wo ist er eigentlich?"

* * *

Helen ließ erschrocken den Blick über die Farm schweifen. „Oh nein." Was hatte sie ihm heute früh nur angezogen? Warum wusste sie das nicht mehr? Was war sie überhaupt für eine Mutter? Welche Frau vergaß ihren einzigen Sohn?

„Jay-Jay!" Sie drückte die Hand gegen ihre Stirn. „Was habe ich nur getan? Jay-Jay!"

„Jay-Jay!" Rays tiefe Stimme war viel weiter zu hören als ihre.

Helen rannte zurück zum Zaun, wo sie mit Ray geflirtet hatte. Selbstsüchtige Göre, konnte wieder nur an sich selbst denken. „Ich mache auch nichts richtig. Jay-Jay!"

Die Weide. Hilfe. Was, wenn er unter dem Zaun durchgekrochen und zertrampelt worden war? Helen kletterte auf die Zaunlatten. „Wie konnte ich nur! Jay-Jay!"

„Helen." Ray drückte fest ihren Arm. Er sah ruhig und gefasst aus. „Denken wir doch einmal nach. Wir gehen ins Haus und holen meine Großeltern. Acht Augen sehen mehr als vier."

„Mein Baby." Ihr Sichtfeld verschwamm. „Wie konnte ich nur mein Baby vergessen?"

„Bleib ruhig. Wir finden ihn." Ray hob sie vom Zaun herunter. „Bestimmt ist er ins Haus gegangen, Kuchen essen. Oder zu den Katzen."

„Die Katzen." Jetzt konnte sie wieder klar denken.

„Komm." Ray schnappte sich ihre Hand und lief mit ihr zur Scheune.

Helen rannte durch das offene Scheunentor, blieb stehen und wartete, bis ihre Augen sich an das Dämmerlicht gewöhnt hatten. „Jay-Jay?"

Auf einer braunen Decke lag die Katzenmutter. Fünf Katzenbabys steckten wie Zähne eines Kamms parallel an ihrem Bauch. Jay-Jay hatte sich daneben zusammengerollt und schlief, während die Katzenmutter eifrig sein Gesicht leckte. Schlagartig fiel die ganze Anspannung von Helen ab.

Ray lachte laut auf, als er Jay-Jay und die Katzen sah.

Helen wirbelte herum, drückte ihm eine Hand auf den Mund und schob ihn rückwärts aus der Scheune, bis er mit dem Rücken gegen die Wand prallte. „Wecke nie, niemals ein Baby auf, wenn es schläft. Nie. Es sei denn, es brennt. Und selbst dann muss es ein großes Feuer sein."

„Habe verftandn", murmelte er. Helen nahm die Hand weg.

„Hast du das gesehen? Wie die Katze ihn gewaschen hat?"

„Pscht!" Aber sie musste selbst lachen. „Er hat doch zum Mittagessen Thunfisch gegessen."

Ray konnte nicht mehr an sich halten und Helen wurde von seinem Lachen angesteckt. Schnell verbarg sie ihr Gesicht an seiner Brust und zog seinen Kopf zu sich herunter, um das Geräusch zu dämpfen.

„Der liebe Gott passt auf", meinte Ray, als er wieder reden konnte. „Er hat sogar für ein Bad gesorgt."

„Thunfisch." Helens Brustkorb zuckte weiter vor Lachen. Was war schöner – dass ihr Sohn in Sicherheit war oder die lachende Umarmung des Mannes, der echtes Interesse an ihr hatte? Und wie, hatte er gesagt.

Allmählich beruhigten sie sich beide. Rays Arme lagen immer noch um Helens Taille. Ihre Hand immer noch um seinen Hinterkopf.

Ray vergrub seine Nase in ihrem Haar. „Mmmh. Du riechst nach Gras und Sonne."

Helen ließ sich in seine feste, aber nicht schraubstockartige Umarmung sinken. Ray hatte genau die richtige Größe. Sie musste sich nicht verrenken. „Da bin ich ja froh, dass ich nicht nach Thunfisch rieche."

Er richtete sich auf und schnupperte an ihr. „Nein. Eher nach Erdbeerkuchen."

Gütiger Himmel, das hier passierte wirklich. Helen schmiegte sich noch enger an ihn.

In Rays Augen flackerte etwas. Offensichtlich versuchte er sich im Zaum zu halten und sie musste dafür sorgen, dass er den Kampf verlor. Sie wandte ihm ihre Lippen zu.

Ray legte den Kopf gegen die Scheunenwand. „Helen, Liebste, wir müssen warten."

„Wieso?“ Sie fuhr ihm mit den Händen durchs Haar. Ihr war ganz schwindlig vor Nähe. „Uns sieht doch keiner.“

Ein Lächeln umspielte seinen Mund. „Vor fünf Minuten habe ich dir noch versprochen, dass wir es langsam angehen lassen.“

„Dann küss mich doch langsam.“

Seine Augen wurden groß. Er hatte die Schlacht verloren. Langsam und genüsslich verschmolzen ihre Lippen miteinander.

Auf so eine Leidenschaft war sie nicht vorbereitet gewesen.

Leidenschaft?

Leidenschaft hatte doch mit Wut zu tun. Helen versuchte sich zu lösen, aber Ray hielt sie zärtlich fest. Sein ganzer Charakter lag in diesem Kuss und Helen sehnte sich nach seiner Fürsorge, seiner Stärke und eines Tages hoffentlich auch seiner Liebe.

„Oh, Helen“, raunte er und zog sie noch näher.

Das hatte sie sich schon immer erträumt. Und sie hätte darauf warten sollen.

Ray löste sich und sah mit seinem verschmitzten Lächeln verdammt süß aus. „Unser erstes Rendezvous sollte besser etwas Besonderes sein.“

„Rendezvous?“ Der Gedanke ließ sie erstarren.

„Dad hat mir beigebracht, eine Frau nicht vor dem dritten Date zu küssen, und wir ... es sei denn, wir zählen die gemeinsamen Abendessen.“

„Natürlich. Natürlich zählen die auch.“

„Also gehen wir nächste Woche schön essen.“

Essen gehen? Wo alle sie sehen konnten, verurteilen und sich das Maul über sie zerreißen? Helen lachte nervös. „Und was willst du machen? Ins White Fountain gehen, einen Milchshake teilen und zur Jukebox Jitterbug tanzen? Sind wir nicht ein wenig zu alt für so etwas?“

„Du hast recht. Da erscheint mir das Milan's schon angemessener.“

Himmel, bloß nicht. Obwohl sie sich innerlich verkrampfte, streichelte sie ihm über die Wange. „Du brauchst mich nicht zu beeindrucken. Das hast du längst. Außerdem ist ein Date doch dafür da, um sich besser kennenzulernen. Machen wir das nicht gerade?“

Ray küsste sie auf die Nasenspitze. „Wie du meinst.“

Kapitel 7

Samstag, 8. April 1944

Ray hielt die Tür vom Milan's auf und die Gruppe trat in den kühlen Abend hinaus: George und Betty Anello, Rays jüngster Bruder Walt mit seiner Verlobten Allie Miller und Helen.

Ein Abendessen zu sechst war Ray genau richtig erschienen, als Walt und Allie am Abend zuvor völlig überraschend aus Seattle gekommen waren – um Mom und Dad zu Ostern eine Freude zu machen. Aber Ray hatte falsch gelegen. Er lief neben Helen. „Das war eine blöde Idee."

„Wieso denn? War doch ein toller Abend." Die Anspannung in ihrer Stimme sagte etwas anderes.

Ray knurrte Zustimmung. Er wollte sie nicht eine Lügnerin nennen.

„War ich zu still? Tut mir leid, aber so viel, wie George und Walt aufzuholen hatten ... sie sind eben beste Freunde, weißt du? Natürlich weißt du das. Na ja, und Betty und Allie hatten lauter alte Collegegeschichten aufzuwärmen und über die Hochzeitspläne und ..."

„Schon gut. Ich hätte dich nicht überrumpeln sollen."

„Nein, macht doch nichts. Ich habe mich amüsiert."

Wenn sie sich amüsiert hatte, warum hatte sie sich dann die ganze Zeit über geradezu panisch umgesehen, als wäre sie eine verängstigte Gangsterbraut auf der Flucht? Als hätte sie Angst, geschnappt zu werden?

„Hi, Mr Anello." Eine Gruppe Teenager schlenderte an der D Street an ihnen vorbei.

„Hey, solltet ihr nicht zu Hause sein und lernen?" George täuschte Empörung vor. Dann wandte er sich an Walt. „Lehrer zu sein wird immer schwerer. Die Klassen von heute wollen kein Geschichte lernen. Sie wollen Geschichte schreiben."

Walt schmunzelte. „Hoffentlich kommt es nie so weit."

„Ach ja? Ich wünschte, man würde mir mal die Chance dazu geben."

„Lieber nicht. Wenn du in den Krieg ziehst, haben wir quasi schon verloren.“ Walt schlug George mit der linken Hand freundschaftlich auf den Rücken. Seiner einzigen Hand.

Ray ballte in den Hosentaschen die Fäuste. George und Walt waren beide wie Zivilisten gekleidet, aber George hatte das Herz eines Soldaten, trotz seiner Gehbehinderung, und Walt sah mit dem Stahlhaken im rechten Arm aus wie ein Kriegsheld. Ray trug Uniform, aber er war ein Hochstapler.

„Tut mir leid.“ Helen hakte sich bei Ray ein und sah ihn zärtlich an. „Ich geb mir mehr Mühe.“

Ray lächelte und seufzte. Die Arme dachte, er sei böse auf sie.

An der Kinokasse vom El Campanil kaufte Ray sechs Karten. Schließlich war dieser blöde Abend seine Idee gewesen. Helen unterhielt sich derweil etwas abseits mit Jeannie Llewellyn.

Jeannie war mit ihrem riesengroßen roten Hut, den sie schräg auf dem Kopf hatte, nicht zu übersehen. Hoffentlich saß er im Kino nicht hinter ihr.

Helen hingegen sah in ihrem Kostüm richtig elegant aus. Es hatte dieselbe goldene Farbe wie die Hügel um Antioch während des Sommers. Ihre Haare hatte sie unter einem dazu passenden Hut irgendwie hochgesteckt. Ray legte ihr eine Hand auf die Schulter.

Sie zuckte zusammen. „Du liebes bisschen … Hast du mich erschreckt!“

„Entschuldige.“

Jeannie zog eine dünne Augenbraue hoch. „Seid ihr beide etwa zusammen?“

„Wir sind doch als Gruppe hier.“ Helen zeigte ruckartig auf die anderen. „George und Betty, Walt und seine Verlobte. Kennst du Allie schon?“

„Ja.“ Jeannie beäugte Ray weiter.

„Dann komm, wir sagen Hallo.“ Helen packte Jeannie am Arm und zog sie weg.

Ray stand plötzlich allein da und merkte, wie in ihm Wut aufstieg. Normalerweise ließen sich Frauen gern mit ihm sehen, aber Helen tat so, als wäre sie verheiratet und er ihr heimlicher Geliebter.

Wieso? Glaubte sie, die Leute erwarteten, dass sie anderthalb Jahre nach Jims Tod immer noch in Trauer war? Oder schämte sie sich, mit Ray gesehen zu werden?

Walt grinste ihn an. „Hast du die Tickets?"

Ray zwang sich zu einem Lächeln. „Sechsmal *Cover Girl.*"

„Das lohnt sich", warf George ein. „Rita Hayworth, Gene Kelly und die Filmmusik kommt von einem aus Antioch."

„Du bist doch mit Carmen Dragon zur Schule gegangen, oder, Ray?", fragte Walt.

Ray gab der Einlassdame die Tickets. „Ich war ein Jahr über ihm in der Riverview High."

„Riverview?" Jeannies Stimme klang lauter als nötig. „Die hat doch schon vor Ewigkeiten zugemacht. Antioch High gibt's schon *depuis longtemps.*"

„Siehst du, was ich meine?", flüsterte Helen.

Ihr verschwörerisches Lächeln besänftigte ihn. „*Oui, oui.* Sie hat sich in einem Atemzug über deine Schulbildung und mein Alter lustig gemacht." Er schob Helen sanft durch die verzierte Lobby in Richtung Kinosaal.

„Hi, Mrs Carlisle." Eine junge Platzanweiserin winkte so heftig, dass die Puscheln an ihrem winzigen Sombrero wackelten. Als sie Ray sah, kicherte sie.

„Hallo Evelyn." Helen klang wieder steif.

Ray seufzte, lief mit Helen zu ihren Plätzen und setzte sich in seinen Plüschsessel. Hatte sie allen Ernstes vor, ihre Beziehung geheim zu halten? In einer Stadt mit siebentausend Einwohnern? Und warum? Wie konnte sie ihn erst so innig küssen und eine Woche später so tun, als würde sie ihn kaum kennen? Bereute sie ihre Küsse?

Er nun schon. Obwohl er noble Absichten gehabt hatte, war er vorschnell gewesen. Helen war noch nicht bereit und er hatte sich in die ganze Sache hineingesteigert, genau wie Mom gesagt hatte. Aber wie hätte er so einer Einladung widerstehen sollen?

Nachdem das Licht im Saal heruntergefahren und der Vorhang aufgegangen war, gab es erst Goofy als Matrose und dann die Wochenschau, in der man sah, wie die 8. US-Luftflotte nach einem Bombenangriff auf deutsche Flughäfen wieder in England landete.

Ray hielt nach seinem Bruder Jack oder einem seiner ehemaligen Schüler Ausschau. Einer der Piloten warf seine Ausrüstung ab und schnitt für die Kamera Grimassen. Alberte er herum, weil er seinen Job liebte, weil er überlebt hatte oder war das Ganze eine Maskerade für die anderen Männer und die Leute zu Hause? War dieser Pilot tief drinnen vielleicht ein Feigling?

Und selbst wenn! Er hatte sich wenigstens seinen Ängsten gestellt. Im Gegensatz zu Ray.

Endlich fing der Film an. Als Carmen Dragons Name im Vorspann über die Leinwand flimmerte, brach der gesamte Kinosaal in Jubel aus.

Nur Helen rührte sich nicht und blinzelte angestrengt.

Wahrscheinlich hatte sie sich mit all ihren Ehrenämtern, der Hausarbeit und ihrem Sohn einfach übernommen. Sie war bestimmt müde und überarbeitet. Das erklärte auch ihr komisches Verhalten. Ray fühlte sich gleich etwas erleichtert und merkte, wie sein Beschützerinstinkt erwachte. Er stupste sie freundlich an.

Helen erschrak und schlug sich die Hände vor den Mund.

Ray lehnte sich zu ihr. „Du warst wohl gedanklich ganz weit weg?"

Sie blinzelte und ordnete ihr Haar. Ihr Atem ging schnell. „Ja. Ziemlich weit weg."

Er lächelte sie im flackernden Schein der Leinwand an. Für nächstes Wochenende würde er einen ruhigen Abend planen.

* * *

Ray summte „Long Ago and Far Away" und drehte Helen beim Abbiegen auf die D Street. „Schade, dass ich nicht wie Gene Kelly singen kann."

„Oder so tanzen."

Er zog sie nach der Drehung an sich. „Ach komm, so schlecht bin ich nun auch wieder nicht."

Ihre Augen schimmerten im Mondlicht. „Nein. Du bist genau richtig."

Ja, jetzt könnte er sie wieder küssen. Aber er wollte warten, bis Mrs Carlisle nach Hause gegangen war und sie es sich auf der Hollywoodschaukel bequem gemacht hatten. Hinter den Kirschbaumästen konnte sie niemand sehen.

Sie stiegen gerade die Stufen zur Veranda hinauf, als die Eingangstür aufging und Jay-Jay herausgelaufen kam. „Mama!"

Helen nahm ihren Sohn auf den Arm. „Schätzchen, warum bist du denn noch wach? Es ist doch längst Schlafenszeit! Wir haben schon halb elf!"

„Er wollte auf dich warten." Mrs Carlisle stand im Türrahmen und sah Ray kühl an.

Ray lächelte freundlich und fasste sich an die Offiziersmütze. „Guten Abend, Mrs Carlisle." Warum die Carlisles die Novaks nicht leiden konnten, wusste er nicht so genau, aber er vermutete, dass es etwas mit der großen Gemeindediskussion 1928 zu tun hatte. Damals war es wohl um die Chorroben gegangen.

Helen strich ihrem Sohn über die Locken. „Er sollte längst im Bett sein. Morgen ist Ostern. Wir müssen zum Gottesdienst und zum Abendessen sind wir auch eingeladen."

„Er wollte nicht ins Bett."

„Tein Bett", sagte Jay-Jay.

„Komm Schätzchen. Du musst jetzt ganz schnell ins Bett."

„Nein!" Jay-Jay haute ihr ins Gesicht.

Sie drehte sich weg. „Bitte, Liebling. Bitte?"

Ray runzelte die Stirn. Warum schimpfte sie nicht mit dem Kleinen? Und warum fragte sie einen Zweijährigen um Erlaubnis? Damit es vor ihm keine Szene gab?

Mrs Carlisle verschränkte ihre dünnen Arme. „Was ist denn so schlimm daran, wenn er einmal spät schlafen geht?"

Helen suchte angestrengt nach Worten. Ray musste etwas tun. „Hast du einen Osterkorb für ihn?", flüsterte er ihr ins Ohr.

Sie nickte und setzte Jay-Jay auf den Boden. „Sag mal, kleiner Zwerg, wusstest du, dass der Osterhase erst kommt, wenn du schläfst?"

Jay-Jays blaue Augen wurden groß.

Helen warf Ray einen dankbaren Blick zu. „Ach du meine Güte. Wenn der Osterhase dich hier noch sieht! Nachher hoppelt er schnell weiter und kommt nie wieder."

„Snell Bett." Jay-Jay trappelte ins Haus, gefolgt von seiner Großmutter.

Ray griff nach Helens Hand. „Ich warte hier draußen. Lass dir ruhig Zeit."

Helen sah Mrs Carlisle nach und ging dann rückwärts durch die Tür. „Vielen Dank fürs Nachhausebegleiten, Lieutenant. Vielleicht sehen wir uns morgen im Gottesdienst?"

Lieutenant? Vielleicht? Hitze stieg in Ray auf. „Ja. Bis irgendwann dann." Er marschierte die Treppe hinunter und winkte ihr über die Schulter noch einmal zu.

„Ray ...“ Helens leise Stimme klang flehend, aber sie lief ihm nicht nach.

„Gute Nacht, Mrs Carlisle.“ Inzwischen hatte die Hitze Rays Kopf erreicht. Er hasste dieses Gefühl. Er musste es schnellstmöglich loswerden und er kannte genau den richtigen Ort dafür.

* * *

Rays Kleidung klebte ihm am nassen Körper, aber der San Joaquin war nun mal kalt gewesen und die Luft nicht viel wärmer. Außerdem hätte das Risiko bestanden, wegen Erregung öffentlichen Ärgernisses verhaftet zu werden, wenn er gewartete hätte, bis er an der Luft getrocknet war.

Er bog auf die D Street ab. Helen schlief bestimmt schon, aber er musste es zumindest versuchen.

An den Rändern der dunklen Vorhänge in Helens Wohnzimmer war ein schmaler Lichtstreifen zu sehen. Ray blieb auf dem Bürgersteig stehen. Wenn es allein nach ihm gegangen wäre, hätte er noch gewartet und darüber gebetet, aber Gott wollte anscheinend, dass er es gleich über die Bühne brachte.

Er klopfte. Einen Augenblick später ging die Tür erst einen Spalt auf, dann richtig. „Ray? Was machst du denn hier? Ich sehe schrecklich aus.“

Schrecklich? Überhaupt nicht. Sie trug eine lange lavendelfarbene Seidenrobe über einem passenden Nachthemd und ihre Haare hingen offen herunter. Das Make-up hatte sie entfernt, aber auch ohne Lippenstift sah ihr Mund noch sehr verführerisch aus.

Doch deswegen war er nicht hier. „Ich bin erstaunt, dass du noch wach bist.“

„Ich konnte nicht schlafen. Wegen des Wettbewerbs nächste Woche.“ Sie fuhr sich durch die Haare. „Warum bist du zurückgekommen?“

„Ich wollte mich entschuldigen.“

„Entschuldigen? Wofür?“ Sie sah an ihm vorbei. „Komm lieber rein, bevor Mrs Llewellyn mich so sieht.“ Sie winkte ihn hinein.

Ray schloss die Tür hinter sich und lehnte sich dagegen. Die Hände steckte er in die Hosentaschen, dorthin, wo sie sicher waren. „Ich muss mich für einiges entschuldigen. Erstens: Du hattest gesagt, du möchtest kein Date, und trotzdem habe ich das mit Walt und George ausgeheckt."

„Tut mir leid, wenn ich eine schlechte Begleitung war. Ich fand es nämlich sehr schön. Es war toll, die alte Truppe wieder einmal beisammenzuhaben."

Ray legte den Kopf schief. Vielleicht hatte sie das tatsächlich schön gefunden, aber es hatte ihr nicht gefallen, dass ihr Treffen in der Öffentlichkeit stattgefunden hatte. „Ich war außerdem vorschnell. Das letzte Woche auf der Farm war unglaublich, aber ich hätte warten sollen."

Helen umschlang ihre Taille. „Ich war daran nicht ganz unbeteiligt, schon vergessen?"

„Das weiß ich noch sehr gut, aber mit dem Treffen heute bin ich zu weit gegangen."

„Nein, das bist du nicht. Es tut mir leid. Ich weiß nicht, was in mich gefahren ist. Ich ... ich bin nur schon seit Jahren nicht mehr ausgegangen und es fühlte sich an als ..."

„Als wärst du das Stadtgespräch?"

„Ja, genau." Sie kaute auf ihrer Unterlippe.

Ray sah zur Decke. „Vielleicht, aber vielleicht haben sich die Leute auch einfach nur für dich gefreut."

Helen seufzte. „Entschuldige. Ich muss immer alles ruinieren. Es lief so gut. Immer mache ich alles falsch."

Ray runzelte die Stirn. „Nichts ist ruiniert. Das sind doch nur Wachstumsschmerzen. Verständlich, findest du nicht?"

Helen drückte eine Hand auf ihre Augen. „Ich bin so eine dumme Gans."

„Dumme Gans?" Ray schmunzelte. „Ich glaube, den Preis für den Dummkopf gewinne ich. Dein Sohn braucht dich, deine Schwiegermutter hat dich auf dem Kieker und ich spiele die beleidigte Leberwurst, bloß weil ich keinen Gutenachtkuss bekomme."

Helen spähte durch ihre Finger.

Ray nickte. „Jawohl, die beleidigte Leberwurst. Du hast schon einen kleinen Jungen in deinem Leben. Du brauchst nicht zwei davon."

Helen ließ lächelnd die Hand sinken. „Apropos kleine Jungs, was ist denn mit deinem Hemd passiert? Das war doch vorhin noch richtig geknöpft."

Na großartig, er hatte einen Knopf ausgelassen.

Helen musste lachen. „Und deine Krawatte? Wo ist die? Und deine Haare sehen aus …“

„Ich war schwimmen.“ Er klopfte auf die Jackentasche, in der seine aufgerollte Krawatte steckte, und versuchte sich die Haare zu richten. „Bin einem Impuls gefolgt, ins Wasser gehüpft, hab mit Gott geredet und hier bin ich.“

„Und was hattest du an?“ Helen schlug sich die Hand vor den Mund und lachte los. „Du bist doch nicht etwa ...“

Ray warf einen Blick ins Wohnzimmer, wo ein Sofa, ein Radio und ein Tisch voller Papierkram standen. „Name, Dienstgrad, Dienstnummer. Mehr kriegen Sie aus mir nicht heraus, Lady.“

Ihr Lachen weckte Emotionen in ihm, die er seit über einem Jahr nicht mehr verspürt hatte. Ray zwinkerte ihr zu. „Sieht so aus, als hättest du doch zwei kleine Jungs.“

„Ich mag kleine Jungs.“ Helen kaute wieder auf ihrer Lippe. „Möchtest du den Gutenachtkuss immer noch?“

Oh ja, aber wie konnte er, mit ihr in diesem Nachthemd? Er ging auf sie zu, behielt die Hände in den Hosentaschen und wollte ihr einen flüchtigen Kuss geben.

„Du bist vielleicht ein kleiner Junge, aber ich bin nicht deine Mutter.“ Sie schlang ihm die Arme um den Hals. „Außerdem sieht uns hier niemand.“

Wusste sie es? Wusste sie, was das mit ihm machte? Er zog sie an sich und küsste sie nach allen Regeln der Kunst. Er war vielleicht kein Held, aber er war ein Mann. Jeden Tag nagten sein Job bei der Army und seine Umgebung an seiner Männlichkeit, aber bei Helen Carlisle war er sich ihrer plötzlich wieder gewiss.

Aber Helen war zu nah, zu verlockend. Und auch wenn sie fast zehn Jahre jünger war als er; sie war mehr als nur Küssen gewohnt.

Ray löste sich von ihr. „Ich sollte lieber gehen.“

„Warum? Es ist doch so schön.“

„Zu schön.“ Er drückte ihr einen Kuss auf die Stirn und trat einen Schritt zurück. Mit den verwuschelten Haaren und dem verträumten Blick sah sie noch hinreißender aus als vorher.

„Ich bin froh, dass du noch mal gekommen bist.“ Ihr Flüstern erschwerte ihm den Abschied noch mehr.

Ray atmete tief ein und aus. „Ich muss los." Er öffnete die Tür und ging hinunter auf den Gehweg, um eine möglichst große Distanz zwischen Helen und sich zu bringen. „Wir sehen uns morgen im Gottesdienst."

„Ich wünsche dir ein schönes Osteressen mit deinen Eltern."

„Lieber wäre ich bei dir."

Sie lehnte den Kopf gegen den Türrahmen. „Ich auch."

Ihre Stimme zog ihn an wie ein Magnet. Ray sprang die Stufen wieder hinauf und schwang die lachende und wegen der Nachbarn protestierende Helen durch die Luft, bis sich ihre Lippen zu einem letzten leidenschaftlichen Kuss vereinten.

Im nächsten Jahr würden sie Ostern zusammen verbringen. Als Familie.

Kapitel 8

Sonntag, 9. April 1944

„Is hab ein Ei!“ Jay-Jay hielt seinen Fund triumphierend in die Luft und kam zu Helen gerannt.

Sie hielt ihm den Korb hin. „Sehr gut, mein Schatz. Welche Farbe ist das?“

„Trün.“ Er stürmte davon. „Nomehr Eier!“

Helen atmete die Frühlingsluft ein. Nur der leichte Oleanderduft, den die Hecke rings um den Garten verströmte, störte.

„Such mal dort drüben“, forderte Mr Carlisle seinen Enkel auf. „Aber beeil dich. Ich liiiebe nämlich Ostereier.“ Er rieb sich den Bauch.

„Nein! Meine!“

Helen wackelte in ihren cremefarbenen Pumps mit den Zehen. Ray hatte vorhin in der Kirche gemeint, sie sehe hübsch aus. Hübscher als je zuvor, aber das sagte er jedes Mal, wenn sie sich sahen. Sie strich über ihre Rocktasche mit der Nachricht darin.

Wie romantisch von ihm, erst zu fragen, ob sie ein Gesangbuch brauchte, und dann eins zu ihr durchzugeben, in dem ein kleiner Zettel steckte.

Helen drehte mitten auf der Wiese eine Pirouette und ließ ihr geblümtes fliederfarbenes Kleid fliegen. Lachen sprudelte aus ihr heraus. Was sollten die anderen denken? „Jay-Jay, wo steckst du?“, rief sie, um von sich abzulenken.

Jay-Jay holte ein Ei aus den Tomatenpflanzen im Gemüsegarten. „Plau.“

„Du bist so schlau.“ Und er sah so süß aus in seinem grauen Anzug mit der hellblauen Krawatte. Die kleinen Beinchen in den kurzen Hosen arbeiteten so schnell es ging, als er mit dem Ei zu ihr geflitzt kam. „Das war das letzte Ei.“

Mr Carlisle kratzte sich am Kopf. „Oh nein. Und ich habe kein einziges gefunden. Jay-Jay hat mich nach Strich und Faden besiegt.“

„Nächstes Jahr kriegt er Konkurrenz.“ Helen lächelte ihre Schwägerin an. Dorothy saß in einem Korbstuhl und hielt die drei Wochen alte Susie im Arm.

Mr Carlisle hob Jay-Jay hoch und drehte sich mit ihm im Kreis. „Oh, nein. Meinen Großen schlägt niemand."

„Ich muss nach Hause." Dorothy sah erschöpft aus. „Ich habe meiner Schwiegermutter versprochen, dass ich ihr in der Küche helfe. Ich gehe mich schon mal von Mom verabschieden."

„Ich komme mit. Die Küche ruft." Helen folgte ihrer Schwägerin zum Hintereingang. „Mach dir keine Sorgen. Männer haben zwar keine Ahnung von Babys, aber sobald Susie herumläuft und ihn mit ihren großen braunen Augen ansieht, wird ihr Grandpa dahinschmelzen."

Dorothy ging in die Küche. „Mach's gut, Mom. Ich muss Susie nach Hause bringen."

Mrs Carlisle zerstampfte gerade Kartoffeln. Ihr blaues Kleid mit dem floralen Muster entsprach ganz dem letzten Schrei und stand in einem krassen Gegensatz zu ihrer altmodischen Frisur. „Schön, dass du hier warst."

Helen lächelte ihre Schwägerin an, auch wenn ihr nicht danach war. „Ich komme dann morgen bei euch vorbei und hole die Schärpen für die Kinder ab. Danke, dass du mir hilfst."

Ein kurzes Nicken ließ Dorothys braune Locken wippen und dann war sie durch die Eingangstür verschwunden.

Helen seufzte. Obwohl ihre Schwester Betty mit ihrer fröhlichen Art das Lieblingskind ihrer Eltern war, hatte sich Helen nie ungeliebt gefühlt. Zum Glück hatten die Waynes Dorothy freudig in ihre Familie und ihr Haus aufgenommen, jetzt wo ihr Mann Art mit der 5. US-Armee in Italien feststeckte.

Helen stellte das Körbchen mit den Eiern in den Eisschrank. „Kann ich dir helfen?"

Mrs Carlisle musste sich auf die Zehenspitzen stellen, um die Kartoffeln zerdrückt zu bekommen. „Ich brauche deine Hilfe nicht."

Ihr kalter Tonfall ließ Helen erschaudern. Sie brauchte keine Hilfe? Der gekochte Schinken stand herum, der Tisch war noch nicht gedeckt, der Kirschkuchen noch nicht im Ofen und die Erbsen kochten gerade über.

Sie drehte das Gas herunter, griff nach einem Handtuch und hob den Topf hoch, bis die Blasen sich beruhigt hatten. „Ich helfe dir gern. Schließlich gehöre ich doch zur Familie."

„Nein, das tust du nicht." Die Stimme ihrer Schwiegermutter bebte.

Was zum ...? Seit ihrer Hochzeit mit Jim bestanden die Carlisles darauf, dass sie eine Carlisle sei, und die Jamisons waren einverstanden gewesen. „Wie bitte?"

„Nicht nach dem, was ich gehört habe. Du solltest lieber hoffen, dass Mr Carlisle nicht davon Wind bekommt." Sie stampfte mit solch einer Wut auf die Kartoffeln ein, dass die Glasschüssel laut gegen den Küchenschrank donnerte. „Ist das zu fassen …"

Ein altbekanntes kaltes Schaudern erfasste Helen. „Was meinst du?"

„Spiel hier nicht die Unschuldige. So ein Verhalten an den Tag zu legen … Du solltest dich schämen!"

Schämen? Ihr fiel nicht ein, wofür. Es sei denn ...

Helen nahm Topf und Deckel und ging zur Spüle. „Ich weiß nicht, was du meinst."

„Und dann auch noch mit einem Novak. Und der kleine Jay-Jay schläft im Nebenzimmer! Hast du denn überhaupt keinen Anstand?" Mrs Carlisle goss Milch in die Schüssel. Viel zu viel Milch.

„Keine Ahnung, was du meinst." Helens Hände zitterten so sehr, dass sie etliche Erbsen in den Ausguss verschüttete.

„So, du hast also keine Ahnung? Mrs Llewellyn hat gesehen, wie Ray Novak in dein Haus gegangen ist und erst eine ganze Weile später wieder herauskam. Eine ganze Weile! Und du in deinem Nachthemdchen, so einem hautengen Ding, wie Pin-ups es tragen, küsst ihn auch noch vor aller Welt!"

„So war es nicht." Helen lief mit dem Topf herum und suchte nach einer Schüssel.

„Ach ja? Wie war es dann? Raus mit der Sprache!" Mrs Carlisle kratzte den Kartoffelbrei in eine Schüssel und hinterließ gelbe Kleckser auf dem Tisch.

Helen wischte sich Wasserdampf von der Stirn. „Als du ... nachdem du gegangen warst, konnte ich nicht schlafen und habe mich an den Papierkram gesetzt. Ray kam irgendwann zurück, um sich für etwas zu entschuldigen, was er gesagt hatte. Wir haben uns unterhalten, vielleicht fünf Minuten, gleich hinter der Tür. Er hat nicht ... wir haben nicht ..."

Mrs Carlisle wirbelte herum. Ihre Augen waren feurige Schlitze. „Hast du ihn verführt?"

„Du liebe Güte, nein!"

„Hast du ihn geküsst?"

Helen fiel die Kinnlade herunter. „Ja, aber Mr Carlisle hat gesagt, ich dürfe wieder mit Männern ausgehen."

„Mit Victor! Er hat gesagt, du dürfest mit Victor Llewellyn ausgehen."

„Aber ich mag Victor nicht. Jedenfalls nicht so."

„Das sollst du ja auch gar nicht. Du hast meinen Jimmy geliebt."

„Natürlich habe ich das." Helen wandte sich ab und griff nach der erstbesten Schüssel.

„Wenn du Jimmy wirklich geliebt hättest, könntest du nie wieder einen anderen Mann lieben. Du hättest gar nicht erst so eine grässliche Liebesaffäre! Du würdest aus Kameradschaft heiraten und um einen Rückhalt zu haben, aber nicht mehr."

Helen schüttete die Erbsen in die Schüssel. Sie verschwammen zu einer grünen Masse. Sie hatte nicht vorgehabt, mit Ray zusammenzukommen. Es war eine schöne Überraschung gewesen. Sollte sie diese wundervolle Beziehung etwa abbrechen, nur um den Schein zu wahren?

„Ich ... ich ..." Helen drehte sich um und erschrak über den Blick ihrer Schwiegermutter. Aus ihren Augen sprach pure Trauer.

Wie würde sie sich fühlen, wenn Jay-Jay sterben würde und seine Frau wieder auf Männerschau ginge? Als würde ihr Sohn noch einmal sterben, als würde sogar die Erinnerung an ihn zu Grabe getragen.

Solange Helen um Jim trauerte, lebte ein Stück von ihm.

Mrs Carlisle schniefte. „Ich werde Mr Carlisle kein Sterbenswörtchen darüber sagen. Zu Mrs Llewellyn meinte ich, sie müsse sich verguckt haben. Aber du ... du solltest anfangen, dich wie eine ordentliche Witwe zu benehmen."

Helen wischte sich mit dem Handrücken über die Augen. Sie hatte sich die vergangenen siebzehn Monate wie eine ordentliche Witwe benommen. Jetzt hatte sie endlich eine neue Rolle, eine frische und fröhliche Rolle, bei der sie sich nicht verstellen musste. Wie lange erwarteten die Carlisles noch, dass sie die alte Rolle spielte? Und wann würde die rissige Fassade endgültig in sich einstürzen?

* * *

Der Duft von Brathähnchen wehte Ray um die Nase und zog ihn in die Küche, wo Walt schon saß und die Haut von einer Keule pulte.

Ray begutachtete den zweiten Vogel und entdeckte dabei ein loses Stück Fleisch, das in der Pfanne schwamm und geradezu seinen Namen zu rufen schien.

Mom kam in die Küche und schnappte nach Luft. „Weg mit euch, ihr Geier!"

„Man kann noch nicht mal den Tisch decken gehen." Allie schob Walt vom Geflügel weg. „Husch."

Walt zog sie sofort an sich, tanzte los und sang „‚Shoo, shoo, shoo, baby.'"

Allie musste lachen. Bei der Drehung flogen ihre braunen Locken durch die Luft.

Ray nutzte die Ablenkung und stibitzte sich noch ein Stück Fleisch.

Mom packte ihn am Arm, drehte ihn herum und schob ihn zur Tür. „Raus mit euch, alle beide."

„Ich weiß nicht, wie du das aushältst." Allie tanzte mit ihrem Verlobten zur Tür und gab ihm dort einen Schubs.

Er schob die Unterlippe vor. „Liebst du mich nicht?"

„Doch, mein Schatz. Von ganzem Herzen. Aber das will ich dir zeigen, indem ich ein gutes Essen auf den Tisch stelle – ohne Diebstahlverluste." Sie lächelte und schloss die Tür.

Walt sah finster drein. Eine schwarze Locke hing ihm über die Stirn. „Mist. Ich hatte die Keule fast."

Ray leckte sich die Finger ab. „Du hättest sie haben können. Früher waren wir in der Überzahl, aber du musstest ja weibliche Verstärkung holen."

Walt grinste. „Sie ist toll, oder?"

„Ja, das ist sie." Ray war beeindruckt, wie sehr Walt sich verändert hatte, einerseits durch Allies Liebe, andererseits durch … nun, seine Erfahrung im B-17-Bomber über dem nazibesetzten Europa. „Ist ja keinen Monat mehr bis zur Hochzeit. Freust du dich schon?"

„Und wie." Walt ging in Richtung Esszimmer und ließ die Zähne blitzen. „Und du? Läuten da auch schon die Hochzeitsglocken?"

Ray musste lachen. „Das mit Helen und mir ist doch noch ganz frisch."

„Ja, mach lieber langsam. Nach allem, was sie durchgemacht hat."

„Jep." Im Esszimmer steckte Ray die Nase in den Brotkorb. „Hey, guck mal, echte Sauerteigbrötchen. Natürlich wieder mal ohne Butter. Blöde Rationierung." Er nahm zwei Brötchen heraus und warf Walt eins zu.

Walt mühte sich mit dem durch die Luft tanzenden Brötchen ab und bekam es schließlich zwischen Armstumpf und Brustkorb gepackt.

„Tut mir leid", sagte Ray und schämte sich.

„Quatsch. Ich bin nur noch nicht so lange Linkshänder." Er biss ab. „Sag mal, ging es Helen gestern gut? Sie wirkte so ... nervös."

Ray zuckte die Schultern und setzte sich direkt neben den Brotkorb. „Sie geht nicht gern aus." Er sprach mit vollem Mund. Moms Brötchen waren nun mal die besten, schön teigig mit einer scharfen Kruste. Und der Geschmack erst.

„Mom bringt Allie hoffentlich bei, wie man die hier bäckt." Walt zog sich mit seiner Armprothese einen Stuhl heran, setzte sich und kippelte. „Ja, das macht Sinn."

„Das mit den Brötchen?"

„Nein, Helen. Sie und Jim haben sich oft abgeschottet. Manchmal waren sie auch mit der ganzen Truppe unterwegs, aber eher selten. Sie blieben lieber für sich."

Ray kaute auf dem letzten Bissen herum und fühlte sich plötzlich, als fiele eine Last von seinen Schultern. Sie wollte lieber für sich bleiben? War das vielleicht die Lösung? Für eine junge, lebendige Frau kam ihm das zwar eigenartig vor, aber wenn ihr mehr nach Zweisamkeit war, würde er sich bestimmt nicht beschweren.

Gott sei Dank hatte das mit der Entschuldigung funktioniert. Sie hatte im Gottesdienst deutlich gelöster gewirkt. Wie sie ihn angesehen hatte … aber hallo! Und der kleine Zettel, den sie mit dem Gesangbuch zurückgegeben hatte, lag mittlerweile in seiner Bibel: „Wie es mir geht? Ich kann mich nicht zwischen den Novak-Pastoren entscheiden. Mein Verstand sagt mir, ich solle dem älteren zuhören. Aber mein Herz möchte die ganze Zeit den jüngeren anschauen. Wenn du auf der Kanzel stehen würdest, wäre das Problem gelöst." Wieder dort oben zu stehen und dieses hübsche Gesicht im Publikum zu haben – was könnte schöner sein?

Walt hielt seine Hand hoch. „Wirf mal noch ein Brötchen rüber."

Ray holte aus. „Pass auf. Meinen Curveball fängt keiner."

„Raymond Novak!" Mom stand mit einem Servierteller im Türrahmen, Allie dahinter.

Ray drehte sich schnell zu ihnen hin. „Wollt ihr auch eins? Hier, fangt!"

Mom verdrehte die Augen. „Allie, Liebes, bete, dass ihr nur Töchter bekommt."

„Mach ich", erwiderte Allie lachend.

Mom stellte den Servierteller mit dem Hühnchen auf den Tisch. „Ruft doch bitte euren Vater zum Essen."

Ray und Walt grinsten sich an. „Euren Vater zum Essen!"

„Du meine Güte! Allie, bitte glaub mir, ich habe sie so gut es ging erzogen und versucht, ihnen Manieren beizubringen."

„Ich weiß. Aber noch wichtiger: Du hast sie mit viel Liebe erzogen." Allies grüne Augen leuchteten, während sie die Schüsseln auf dem Tisch verteilte.

Walt tätschelte ihr den Rücken.

Ray seufzte. Wenn er doch nur Allies Eltern davon überzeugen könnte, die Hochzeit nicht zu boykottieren, bloß weil Walt nicht dem entsprach, was sie sich unter einem High-Society-Gentleman für Allie vorgestellt hatten. Walt war ein toller Kerl. Was hatten ihre Eltern bloß gegen ihn?

„Die Distinguished Unit Citation", sagte Dad zu Grandpa Novak, als sie das Esszimmer betraten. „Eine höhere Auszeichnung gibt es nicht. Und Jack ist an der Spitze geflogen."

„Eine große Ehre." Grandpa zog den Stuhl für Grandma hervor.

„Jack wiegelt natürlich ab, aber er war maßgeblich daran beteiligt."

Walt schmunzelte. „Na ja, der Kommandeur ist mit ihm geflogen. Jack hatte nicht die Entscheidungsgewalt."

Dad hob das Tranchiermesser, um seiner Aussage Nachdruck zu verleihen. „Wenn er dabei war, dann hatte er auch Anteil am Erfolg."

Ray nickte und strich über die Brötchenkruste. Jacks Stolz hatte garantiert dafür gesorgt, dass seine Leistung nicht unbemerkt blieb.

Mom stellte eine Schüssel mit dampfendem Spargel auf den Tisch. „Ich wünschte trotzdem, er wäre nicht dort. Eine zweite Einsatzrunde in England? Nach all seinen Einsätzen im Pazifik?"

„Edie, was sollte er denn deiner Meinung nach machen? Am Schreibtisch versauern?" Dad stach mit der Spitze in das erste Hähnchen.

Ray spürte die Messerspitze in sein Herz dringen. An Schreibtischen saßen nur Männer ohne Mumm.

Grandpa schüttelte seine Serviette aus. „Am Schreibtisch würde Jack schneller eingehen als unter deutscher Folter."

„Es würde einfach seine Lebenskraft aufzehren." Dad schnitt weiter gekonnt das Fleisch. Scheibe für Scheibe löste sich und offenbarte die blanken Knochen.

Die Brötchenkruste zerknackte in Rays Griff. Wenn Gideon sagte: „Ich bin der Kleinste im Haus meines Vaters" – das war er.

„Das war aber nicht der einzige Grund." Walt reichte Mom einen vollen Teller. „Er wollte seine Fehler ausbügeln. Und Wiedergutmachung bei den Leuten leisten, die er verletzt hat."

„Und sich mit sich selbst versöhnen", fügte Ray hinzu. „Manchmal kann man nämlich allen anderen vergeben, nur sich selbst nicht."

„Da hast du recht, Junge", antwortete Grandpa. „Niemand kann einen mehr verletzen als man selbst."

„Ihm hat wohl nicht gefallen, was er in sich gesehen hat." Ray vergrub die Finger in der aufgeknackten Kruste und brach das Brötchen entzwei. „Er wollte ein besserer Menschen werden."

Kommentare flogen quer über den Tisch und Teller machten die Runde, aber Ray starrte wie gebannt auf den frischen Teig und das Loch im Brötchenbauch. Was steckte unter Ray Novaks Kruste? Starkes Gebirge oder feige Löcher? Ein gutes Aroma oder fade Masse?

„Amen", tönte es um den Tisch.

Ray erschrak. Dad hatte das Tischgebet gesprochen und er hatte geträumt.

Mom zerschnitt ihren Spargel. „Ich werde nie verstehen, warum Männer sich in Gefahr stürzen müssen, um sich zu beweisen, aber danke, dass du es mir erklärt hast, Ray."

Er lächelte sie matt an.

„Das ist mein Bruder", meinte Walt. „Der Friedensstifter vom Dienst."

Dad warf Ray einen ernsten Blick zu. „Aber immer geht das nicht. Manchmal muss ein Pastor auch hart sein."

Ray schluckte einen Bissen Fleisch hinunter. „‚Die Wahrheit reden in *Liebe*', Dad."

„Ja, aber die *Wahrheit*. Wie Jesus."

„Er kam aber als Friedensfürst."

„Und als ‚verzehrendes Feuer'."

„‚Selig sind die Friedfertigen, denn sie werden Gottes Kinder heißen.'"

„‚Selig seid ihr, wenn euch die Menschen um meinetwillen schmähen und verfolgen und reden allerlei Übles gegen euch.'" Dad beugte sich vor. „Das heißt, wir werden uns auf dieser Erde Feinde machen. Jesus ging es nicht anders."

„Du meine Güte", warf Allie ein. „In diesem Haus ist das Wort Gottes wirklich ein scharfes Schwert."

Erleichtertes Gelächter ertönte.

„Mach dir nichts draus", sagte Walt. „Die diskutieren für ihr Leben gern."

Mom versuchte die Kontrahenten mit einem friedfertigen Blick zu beruhigen. „Und sie wissen beide, dass Jesus als Löwe und als Lamm kam, voller Gnade *und* Wahrheit."

„Hörst du die Weisheit, die aus ihren Worten spricht?" Ray zog die Augenbrauen hoch und sah Allie an. „Ich komme auf jeden Fall nach Mom."

Allie lächelte brav zurück. Das sittsame Mädchen würde sich schon noch an ihre verrückte Familie gewöhnen.

„Raymond", sagte Dad ernst und bestimmt. „Hast du je eins deiner Gemeindeglieder zur Rede gestellt?"

Ray blinzelte einige Male. „Ich war doch nur zwei Jahre als Pastor tätig, und das auch nur als Hilfspastor. Ich habe Kranke besucht, Beerdigungen gemacht ..."

„Ein Pastor muss Sünde offen ansprechen, bevor sie die Person und die Gemeinde zerstört."

„Das weiß ich."

„Da hilft kein Drumherumreden. Das musst du frontal angehen. Und wenn du das tust, wird nicht immer eitel Sonnenschein herrschen. Du schaffst einen Konflikt. Machst dir Feinde."

„Herrgott noch mal." Grandpa sah Dad finster an. „Warum müssen deine Söhne immer so sein wie du? Ray ist Ray, so wie der Herr ihn wollte. Sei einfach du selbst, Junge."

Ray nickte und biss in den Spargel, einen bitteren Stängel, so bitter wie Dads Worte und die Erkenntnis, dass er noch von Grandpa in Schutz genommen werden musste. Beide Männer hielten ihn für einen Schwächling.

Dads Nackenmuskeln waren angespannt. „Er soll er selbst sein, ja. Aber er muss bereit sein, dem Bösen entgegenzutreten und Widerstand auszuhalten."

Ray richtete sich auf und schob das Kinn vor. Wenn Dads grobe Herangehensweise die beste war, wieso hatten die Carlisles dann etwas gegen ihn? Warum konnte er diesen Riss nicht kitten? „Und, Dad, wie läuft es mit deinen Konfrontationen so?" Seine Stimme klang angespannt.

Dad schob seine Kartoffeln auf dem Teller hin und her wie beim Hütchenspiel. Seine Wangen zuckten. „Manche Menschen kommen zur Umkehr. Andere nicht. Aber das ist eine Sache zwischen ihnen, dem Herrn Jesus und denjenigen, die sie verletzt haben."

Genau das hatte Ray vermutet. Er würde sich dann doch lieber an das halten, was er konnte und was in seinen Augen funktionierte. Aber selbst mit einem ganzen Glas Wasser vermochte er den bitteren Geschmack in seinem Mund nicht hinunterzuspülen.

Kapitel 9

Samstag, 15. April 1944

„Let freedom ring.'" Die Stimmen der Grundschüler erfüllten den Saal des El Campanil Theatre und ernteten großen Applaus.

Hinter der Bühne rückte Helen die Schleifen am Ende von Connie Scalas Zöpfen zurecht, schob Connie und ihren Bruder Alfie näher an den schweren Vorhang und gab dem Kinderchor ein Zeichen. Zum Glück lenkte sie die ganze Vorbereitung von der Sache mit Ray ab, von der Feindseligkeit der Carlisles und all dem Getuschel, durch das sie hindurchmanövrieren musste.

Nachdem Mary Jane Anello den Chor wieder von der Bühne geleitet hatte, strich Helen ihren roten Rock und das blau-weiße Leinenjackett glatt und ging ans Mikrofon.

Gegen die Scheinwerfer strahlte sie die schwarzen Umrisse im Publikum an. „Als Nächstes zeigen Alfredo und Constance Scala einen Stepptanz zu ‚Stars and Stripes Forever'." Sie nickte der Schulband der Antioch High zu, die vor ihr saß, und ging zurück hinter die Bühne.

Einer dieser schwarzen Umrisse war Ray. Wegen ihm war Helen aufgeregt wie ein Teenager. Zwei andere Umrisse waren die Carlisles, die von ihr erwarteten, dass sie ihr Leben lang trauerte. Wenigstens konnte Helen im hellen Scheinwerferlicht der Bühne ganz die kompetente, dynamische Freiwillige des Roten Kreuzes sein – mit dieser Rolle waren alle einverstanden.

Sie sah auf ihr Klemmbrett. Sie lagen gut in der Zeit. Mary Jane hatte inzwischen Donald Ferguson geholt. „Bist du bereit, Donald?", flüsterte Helen.

„Hab alles vergessen." Der rothaarige Fünftklässler mit den ausgeprägten Sommersprossen sah Helen ängstlich an.

Helen strich seinen Anzug an den Schultern glatt. „Bei den ganzen Scheinwerfern siehst du nur ein paar schwarze Puppen. Such dir eine Puppe ganz vorne aus, tu so, als wäre es deine Mom, und sag ihr das Gedicht auf, wie du es schon die ganze Woche gemacht hast."

„Mom hat gesagt, sie wird verrückt, wenn sie es noch mal hören muss."

Helen schmunzelte. „Na, dann mal los."

Sie beobachtete den Schluss von Alfies und Connies Tanz und klopfte den Takt mit ihren blau-weißen Pumps mit. Die Kinder endeten mit einer überschwänglichen Verbeugung und liefen dann schnell von der Bühne, ohne auf ihren Applaus zu warten.

Helen tätschelte Donalds Rücken, führte ihn ans Mikro und ging auf ihren Platz zurück. „Mary Jane", flüsterte sie. „Holst du bitte Jay-Jay?"

Donald sagte Lincolns Rede in Gettysburg mit Pathos und fester Stimme auf.

Was Nora Ferguson wohl durch den Kopf gegangen war, als Helen ihren Sohn auf die Bühne gebracht hatte? Nora hatte sich ihr gegenüber in letzter Zeit komisch verhalten und Helen hatte so getan, als wüsste sie nicht, dass Nora und Ray in der Highschool ein Paar gewesen waren. Und was mochte Ray denken, als er nun den Jungen ein Gedicht aufsagen sah, der sein Sohn hätte sein können?

Donald hob die Hand. „‚Es liegt also an uns, uns selber der großen Aufgabe zu weihen, die noch vor uns liegt; von diesen in Ehren Gestorbenen die stets wachsende Kraft der Hingabe an das Ziel zu erben, dem sie in der Fülle ihrer äußersten Hingabe dienten.'"

Kleine Ärmchen umschlangen Helens Knie. „Mama!"

„Pscht!" Sie hob ihren Sohn hoch und gab ihm einen Kuss auf die Wange. „Ich hab dich vermisst."

Er warf sich ihr an den Hals und drückte ihr einen feuchten Schmatzer auf die Wange. Was war schöner als die Liebe eines Kindes?

Mary Jane rückte Jay-Jays Matrosenmütze zurecht. „Er ist so süß. Am liebsten wäre ich auch Mutter."

„Warte." Helen sah Mary Jane eindringlich in die Augen. „Warte, bis du einen guten Mann gefunden hast."

„Wie du."

Helen nickte, wie es sich gehörte. Als der Applaus für Donald abebbte, trat sie auf die Bühne, schüttelte Donald die Hand und wandte sich dem Publikum zu. Jay-Jay schirmte seine Augen ab und vergrub dann sein Gesicht an Helens Schulter. Aus dem Publikum ertönten „Oohs".

Helen lächelte. „Der Herr hat uns in Antioch reich beschenkt. Unser

Land wurde noch nie von Feinden zertreten, von Granaten durchlöchert oder von feindlichen Flugzeugen überschattet. Unsere Kinder leben in Freiheit, weil unsere Männer anderswo die Tyrannei bekämpfen. Unsere Kinder leben ohne Angst, weil unsere Männer anderswo der Gefahr entgegentreten. Unsere Kinder leben dank der Opfer, die unsere tapferen Soldaten und Matrosen bringen."

Sie stupste Jay-Jay an, damit er ins Publikum sah. Die Stille im Saal war mehr als nur höfliches Zuhören. Hier und da hörte man unterdrücktes Schniefen. Helen stockte der Atem. Für diese Menschen war sie ein Symbol für dieses Opfer. Ihre Rolle als trauernde Witwe war ein wichtiger Kriegsbeitrag. Die Stadt brauchte ihre Trauer als Motivationshilfe, um zu spenden, zu dienen und zu kämpfen. Solange der Krieg dauerte, würde sie nie frei sein.

„Die Kinder …", brachte sie mühsam hervor. „Die Kinder sind der Grund, warum wir uns ‚der großen Aufgabe weihen' müssen. Wie zu Lincolns Zeiten ist auch unser Krieg noch lange nicht gewonnen. Wir dürfen nicht nachlassen. Ich möchte Sie alle bitten, großzügig Zeit und Energie zu spenden, Geld und, ja, auch Ihr Herzblut."

Sie lächelte verlegen. „Zum Schluss singen alle Kinder nun ‚God Bless America', aber zuerst hat Jay-Jay Ihnen noch etwas mitzuteilen."

Der Kleine lehnte sich so weit vor, dass Helen erschrocken nachfassen musste. „Penden!", schrie er.

„Schätzchen, das geht doch auch netter."

Gelächter rollte durchs Publikum. Der neugeborene Komiker grinste. „Bitte bitte."

Wenn das die Stadt nicht aufrüttelte, dann wusste Helen auch nicht weiter. Sie trat beiseite, damit die Kinder auf die Bühne marschieren konnten. Die Jungs trugen ihre Sonntagsanzüge und hatten Pomade im Haar, die Mädchen Kleidchen mit Reifröcken und überwiegend Zöpfe. Jedes Kind trug eine rot-weiß-blaue Schärpe, eine der vielen Spenden der Carlisles für diese Veranstaltung.

Das Publikum stimmte voller Überzeugung in den Gesang der Kinder ein und Helen bekam eine Gänsehaut. Das Programm war ein Erfolg, aber würde die emotionale Ergriffenheit die Leute auch zum Handeln bringen?

Nachdem das Programm vorbei war, holten die Eltern ihre Kinder an der Bühne ab, die Jungs aus der Band packten ihre Instrumente ein und die Mädchen vom Jugendrotkreuz bezogen ihre Posten an den Tischen mit den Helferlisten oder räumten auf.

Helen schaltete in die letzte Phase dieses Tages und sortierte ihre Blätter auf dem Klemmbrett um.

„Mrs Carlisle?“, fragte Peggy Lindstrom. „Darf ich bitte mit Jay-Jay spielen?“

Helen lächelte das groß gewachsene blonde Mädchen an. „Das wäre mir eine große Hilfe.“

Peggy quiekte und schwang Jay-Jay auf ihre Hüfte. „Komm, wir spielen.“

Was würden Mütter nur ohne heranwachsende Mädchen tun? Helen tippte zufrieden Evelyn Kramer auf die Schulter. „Warte noch zehn Minuten, dann kannst du den Staubsauger holen.“

Evelyn strahlte. „Okay, ich weiß, wo der ist. Ich arbeite ja hier.“

„Prima.“

„Hi, Helen.“ Ray stand in Ausgehuniform am Fuß der Treppe, die auf die Bühne führte.

Helens Herz begann zu tänzeln. „Oh, hallo.“

Seine Eltern standen hinter ihm. „Tolles Programm“, sagte Pastor Novak.

„Und eine bewegende Rede. Kein Auge ist trocken geblieben“, meinte Mrs Novak und hielt ihr Taschentuch hoch.

„Du bist ein richtiges Rednertalent.“ Ray lächelte, aber sein Augenlid zuckte.

„Danke.“ Ihre Rede hatte ihn verletzt, oder? Dachte er, sie hätte weniger Achtung vor ihm, weil er an der Heimatfront war und nicht auf dem Schlachtfeld?

Er setzte einen Fuß auf die unterste Stufe. „Kann ich irgendwie helfen?“

„Oh ja.“ Helen freute sich über die Gelegenheit, ihm das Gegenteil zu beweisen. „Ich könnte hier einen starken Mann gebrauchen, der die Kulisse abbaut.“

„Da suchst du beim Falschen, aber ich werde mir alle Mühe geben.“ Er zwinkerte ihr zu, knöpfte seine Uniformjacke auf und warf sie seiner Mutter zu. „Wir sehen uns zu Hause.“

Helen verabschiedete sich von den Novaks, zeigte Ray, wo die Leiter stand und ließ den Blick über die immer kleiner werdende Menschenmenge schweifen. Die Carlisles. Die Llewellyns. Helen wurde nervös. Sie musste sich unbedingt woanders nützlich machen als Ray, damit die Gerüchteküche nicht noch höher kochte.

Sie ging zur gegenüberliegenden Seite der Bühne. „Carol und Gina, ihr könnt schon einmal mit dem Flaggentuch anfangen."

„Ah, habe ich doch meine Zukünftige gefunden."

Helen zuckte zusammen, drehte sich zu Vic um und zwang sich zu einem Lächeln. „Freut mich zu hören. Kenne ich sie?"

Ray kam mit der Leiter, als Vic nach ihrer Hand griff und ihr einen Kuss auf die Wange gab. Helen blieb fast das Herz stehen. Was würde Ray jetzt von ihr denken?

„Hi, Vic." Ray stellte die Leiter auf und tat so, als würde er nicht sehen, wie Vic Helens Hand umklammert hielt. „Kommst du zum Helfen? Hierfür braucht man zwei Männer."

„Wenn du auf mich verzichten kannst ..." Vic schmachtete Helen an, als wäre sie seine feste Freundin. Wie konnte er nur? Ray dachte jetzt bestimmt, dass sie ihn hinterging. Wie Jim.

„Ich schaffe das schon." Sie zog ihre Hand zurück und lief mit hochrotem Kopf die Bühnentreppe hinunter. Sie musste etwas tun und zwar schnell.

Wortlos half sie Carol und Gina, das Flaggentuch zusammenzulegen.

Was sollte sie nur mit Ray machen? Sie mochte ihn so sehr, aber nun dachte er sicher, sie wäre ein leichtes Mädchen. Und selbst wenn er ihr das eben mit Vic nicht nachtrug, erwarteten die Carlisles und die ganze Stadt trotzdem, dass sie die ewig Trauernde war. Könnte sie eine geheime Beziehung führen? Oder sollte sie das mit Ray lieber gleich beenden? Warum musste immer alles so kompliziert sein?

Ray stand oben auf der Leiter und hakte die Sperrholzkulisse aus, während Vic die Leiter festhielt. Vics Miene war wie versteinert, aber Ray lächelte vergnügt und unterhielt sich mit ihm.

Er schien überhaupt nicht eifersüchtig zu sein. Hatte er es vielleicht nicht gesehen? Oder war es ihm egal?

Helen merkte, wie ihr heiß wurde. Nein, es war ihm nicht egal. Dafür gab es viel zu viele Beweise. Er war nur deswegen nicht eifersüchtig, weil er sich ihrer Zuneigung sicher war. Und aufgrund dieser Sicherheit konnte er auch Vic freundschaftlich begegnen. War es ein Wunder, dass sie sich in so einen gütigen und einfühlsamen Mann verliebte?

„Mrs Carlisle?“ Gina tippte Helen auf den Arm. „Wohin soll denn die Schachtel?“

„Gib her.“ Sie nahm den Karton mit dem Flaggentuch und stieg die Bühnentreppe hinauf.

„Faszinierend“, sagte Ray gerade zu Vic. „Du leistest gute Arbeit da in Port Chicago.“

„Ich versuch's.“ Vics Miene weichte etwas auf.

„Okay, dann nimm du die Ecke da.“ Ray hob die Kulisse an einer Seite an. „Wohin, Boss?“, rief er und zwinkerte Helen zu.

„Folgt mir.“ Sie ging hinter die Bühne. Helens Herz war ebenso randvoll wie die Schachtel, die sie trug. Sie war ihm nicht egal, so viel stand fest.

„Weißt du, Helen“, rief Vic. „Ich könnte immer noch eine Sekretärin gebrauchen.“

Helen lachte und fasste an der Schachtel nach. „Ich auch.“

Ray knurrte. „Ist doch echt unglaublich. Kalifornien war schon immer ein freier Staat, aber in Port Chicago und allen Militärstützpunkten überhaupt herrscht Rassentrennung, als wäre dies der tiefste Süden.“

„Pass auf den Vorhang auf“, sagte Vic. „Stell dir mal vor, wie sich das für die Schwarzen aus den Nordstaaten anfühlen muss. Sie sind solch eine offene Diskriminierung überhaupt nicht gewohnt.“

„Es ist einfach falsch. Die Sklaverei gibt's seit achtzig Jahren nicht mehr.“

„Und diese armen Kameraden kämpfen an der Front für eine Freiheit, die sie zu Hause nicht haben.“

Ray lachte verächtlich und setzte seine Seite ab. „Und das nennt sich ‚Freiheit und Gerechtigkeit für alle‘.“

„Wir arbeiten ja dran.“ Vic ging mit Ray zurück auf die Bühne, um das nächste Teil zu holen.

Helen stellte ihre Schachtel ab. Ray Novak war wirklich der geborene Diplomat.

In der nächsten halben Stunde machte Helen ein Häkchen nach dem anderen auf ihrer Liste, leitete die Freiwilligen an und verräumte die benutzte Ausrüstung. Im Foyer sammelte sie die Listen und Spenden ein.

„Sehen Sie, wie viele Frauen sich eingetragen haben, um Bandagen zu nähen?“, meinte Nancy Jo. „Vielleicht schaffen wir doch noch unser

Ziel. Und so viele Freiwillige fürs Blutspenden hatten wir auch noch nie."

Helens Erinnerung reichte weiter zurück als die von Nancy Jo. Kurz nach Pearl Harbor hatten sie die Spender abweisen müssen, weil die Kühlräume voll gewesen waren. Trotzdem war sie froh. Die Leute hatten reagiert. Sie konnte es nicht abwarten, ihrem Vater davon zu schreiben – er war immer so stolz, wenn sie etwas erreichte.

„Die Kulisse ist weg. Noch was?" Ray und Vic salutierten.

Helen musste lachen. Waren Ray und Vic jetzt Freunde? „Nein, das war's. Vielen Dank für eure Hilfe."

„Ach übrigens, Helen …", sagte Ray. „Meinst du, es macht Betty etwas aus, wenn Vic mit uns zum Essen kommt?"

Helen fiel die Kinnlade herunter. Mit dieser Frage hatte Ray Vic genau gezeigt, wie er zu Helen stand, und ihm zugleich ein Friedensangebot gemacht. Aber sie wollte nicht, dass Vic den Abend ruinierte. Außerdem konnte Betty die Llewellyns nicht ausstehen. „Sie freut sich bestimmt."

Vic runzelte die Stirn und schob den Kiefer zur Seite. „Danke, aber ich habe schon was vor."

„Schade. Dann ein andermal." Ray gab Vic die Hand. „Hat mir Spaß gemacht, mit dir zusammenzuarbeiten."

Vic ging davon und hielt beim Rausgehen Nancy Jo und Rita die Tür auf.

Ray lächelte Helen an. „Und? Fertig?"

„Ja." Zufrieden betrachtete sie ihre ganzen Häkchen. „Ich muss nur noch meine Handtasche, meine Jacke, meinen Schirm und meinen Sohn finden."

„Keine Ahnung, wo deine Handtasche, deine Jacke oder dein Schirm sind, aber dein Sohn rennt mit einer der Lindstroms durch die Reihen um die Wette."

„Dann schläft er wenigstens heute Nacht." Helen ging den rechten Gang hinunter, einen hohen Tunnel, der ins Theater führte.

Ray stupste sie an. „Hat mir gut gefallen heute. Du hast getan, wofür dein Herz brennt. Du hast richtig gestrahlt."

Sie stupste zurück. „Du auch. Du hast meinen Drachen erlegt."

„Vic? Vic ist doch kein Drache. Nur ein verliebter Mann. Und ich kann ihn gut verstehen."

Sein Lächeln ließ ihre Knie weich werden. „Du bist süß.“

„Ach was. Aber wenn du willst, dass ich Drachen erlege, dann sollte ich mir vielleicht Vics Mutter vorknöpfen.“

Helen stöhnte. Hatte er diese Gerüchte also auch gehört?

„Tut mir leid.“ Ray griff nach ihrer Hand. „Mom hat mir erzählt, was sie gesagt hat. Wenn einer daran schuld ist, dann ich.“

„Du? Du hast die Gerüchte doch nicht verbreitet.“

„Nein, aber ich habe mich letzte Woche hinreißen lassen. Ohne darüber nachzudenken, wie das aussehen muss. Und du hast den Preis dafür bezahlt.“

„Es geht mir gut. Ich habe mich gut beschäftigt.“

„Ich verstehe, wenn du mich nicht mehr sehen willst.“

Helens Brustkorb zog sich zusammen. Es war ihr egal, was die Carlisles dachten. Oder sonst irgendjemand. Was sie mit Ray hatte, war kostbar – die Zuneigung und ja, auch die Leidenschaft. Sollte sie ihm einen Korb geben, nur weil sie sich zu ihm hingezogen fühlte? Das war doch Irrsinn.

In der Ungestörtheit des Tunnels ging sie auf Ray zu und lehnte ihren Kopf an seine Schulter. „So leicht kommst du nicht aus dem Abendessen heraus.“

Er seufzte spürbar und legte die Arme um ihre Schultern. „Ich werde mich bemühen, diskreter vorzugehen.“

Helen nickte und kuschelte sich enger an ihn. Ob Diskretion die Carlisles beruhigen würde? Und ob Ray das auf lange Sicht reichte?

Kapitel 10

Samstag, 29. April 1944

Ray hatte es sich in einem Korbstuhl auf der Veranda hinter Helens Haus bequem gemacht. Seine Füße lagen auf einem zweiten Stuhl. Am Himmel standen Federwolken, als wären sie von Gott mit einem leichten Pinselstrich extra hingetupft worden. Bald würde die Sonne hinter dem Mandelbaum hervorkommen und Ray direkt in die Augen strahlen, aber im Augenblick hatte alles einen wunderschönen Glanz – das Himmelblau über ihm, die grüne Hecke und Helen, die in ihrem hellblauen Kleid Wäsche aufhängte.

Verglichen mit dem letzten Mal, als er sie beim Wäscheaufhängen gesehen hatte, war sie diesmal richtig herausgeputzt. Sogar ihre Haare waren lockiger. Für ihn. Ray lächelte und malte mit dem Finger Figuren in das Kondenswasser außen an seinem Glas.

Helen erzählte derweil munter von ihrem jüngsten Projekt mit dem Roten Kreuz und Ray flocht hin und wieder eine passende Bemerkung ein. Wenn sie mit Ray allein war oder im Kreis seiner oder ihrer Familie, blühte sie richtig auf.

Sie richtig auszuführen wäre sicher toll, aber nach einer Woche Armeefraß, Lärm im Offiziersclub und gottlosem Geplänkel in der Kaserne war er mit einem hausgemachten Essen mehr als zufrieden.

Helen sah Ray über die Schulter an. „Was meinst du?“

Sein Finger blieb auf dem Glas stehen. „Hört sich gut an.“

„Ach ja?“ Sie setzte den Wäschekorb auf ihre Hüfte. „Evelyn und Peggy haben Krach wegen eines Jungen und bringen die ganze Arbeit des Jugendrotkreuzes durcheinander, ausgerechnet jetzt, wo ich sie am dringendsten brauche. Und das hört sich also gut an, ja?“

Er setzte ein unschuldiges Lächeln auf. „Ja, großartig. Deine beste Idee bisher.“

Sie musste lachen. „Du hast nicht ein Wort von dem gehört, was ich gesagt habe.“

„Doch, na klar. Nicht alles, aber manches.“

„So?“ Sie ging langsam auf ihn zu. Der Wäschekorb schwang mit ihrer Hüfte.

„Die Melodie deiner Stimme verzaubert mich zu sehr, als dass ich noch auf die Worte hören könnte.“

„Du Süßholzraspler.“ Sie stieß mit ihrem Knie gegen seine ausgestreckten Beine. „Langweile ich dich?“

„Niemals.“ Er nahm die Füße beiseite, sodass Helen Platz zum Hinsetzen hatte. „Du schaffst es, mich zugleich zu entspannen und zu beleben.“

„Also quatsche ich dich erst in den Schlaf und dann wecke ich dich wieder auf?“

Er schmunzelte und tippte mit seinem Fuß gegen ihre Hüfte. „Ich meinte, dass ich bei dir ganz ich selbst sein kann. Ich muss nicht immer der weise und tiefgründige Pastor sein. Sondern einfach nur ein Mann.“

„Ein Mann, der tagträumt?“

„Von dir? Absolut.“ Er winkte sie mit einem Finger zu sich heran. „Vergibst du mir?“

„Dir könnte ich niemals böse sein.“ Sie nahm seine Hand und setzte sich auf seinen Schoß. Der Korbstuhl ächzte protestierend, hielt aber.

Ray strich ihr zärtlich über die Wange und zog sie für einen Kuss zu sich heran. Sie roch nach Gras und frisch gewaschener Wäsche und er konnte gar nicht genug bekommen von ihr.

Mit Mühe unterdrückte er das Bedürfnis, ihr seine Liebe zu gestehen. Seine Liebe ging eng mit dem Wunsch einher, sie zu heiraten, und er wollte mit dem Antrag bis zum Juni warten, wenn sich die Aufregung um Walt und Allies Hochzeit gelegt hatte.

Ray nahm Helens Gesicht in beide Hände, löste sich von ihr und blickte in ihre teefarbenen Augen. Dieses Mal würde es keine lange Verlobung geben. Er wollte sie bald heiraten, spätestens Weihnachten.

„Woran denkst du?“, fragte sie mit kehliger Stimme.

Er grinste, um sie beide abzulenken. „Waschpulver und Tee.“

„Was?“ Sie knuffte ihn. „Ganz im Ernst, Ray.“

„Im Ernst? Du hast mir nicht zugehört. Bei dir brauche ich nicht ernst zu sein. Das gefällt mir.“

„Weil ich nur ein kleines dummes Mädchen bin?“ Trotz des fröhlichen Tonfalls sah Ray ihre Augen blitzen.

„Du? Du warst nie dumm, auch nicht als kleines Mädchen." Er strich mit dem Daumen sanft über ihre Wangenknochen. „Ich muss bei dir nicht ernst sein, weil du in dir ruhst und ausgeglichen bist. Seelsorge macht mir ja Spaß, aber manchmal ist es schön, mit jemandem zusammen zu sein, der nicht innerlich kaputt ist."

Helens Blick schnellte zu Boden. „Ich ... ich glaube, ich höre Jay-Jay. Er muss aufgewacht sein."

Der Korbstuhl quietschte beim Aufstehen. Ray seufzte und nahm einen großen Schluck Wasser. Es war zwar nicht mehr eiskalt, aber immerhin noch kühl.

Nächstes Wochenende würden sie einen guten Schritt vorankommen. Bei Walt und Allies Hochzeit würde man sie zwar nicht als Paar, aber immerhin zusammen sehen. Dann würde Helen merken, dass alle nur ihr Bestes wollten und dass sie glücklich war. Und sobald sie erst einmal verlobt waren, würden die vielen Glückwünsche ihr helfen, das endgültig anzunehmen.

Die Carlisles hingegen würden ein hartes Stück Arbeit werden. Wahrscheinlich kam ihnen das Ganze vor, als würde Helen die Erinnerung an ihren Sohn mit Füßen treten. Trotzdem konnten sie Helen nicht für immer an den Sarg ihres Mannes fesseln. Sie war eine junge, lebenslustige Frau mit einem Sohn, der einen Vater brauchte.

Stück für Stück würde er auf freundliche Art diese Fehde überwinden, die sie mit seinem Dad hatten, ihnen zeigen, dass er ein würdiger Ersatzvater für ihren Enkel war und sie auf seine Seite bringen.

Kindergeheul drang aus dem Haus. Offensichtlich gefiel Jay-Jay nicht, was seine Mutter von ihm wollte. Plötzlich durchdrang der Schrei einer Frau alle Wände.

Ray saß mit einem Ruck aufrecht. Helen! War ihr etwas passiert?

„Nein! Aufhören. Bitte! Aufhören!" Noch mehr Gebrüll von Jay-Jay, ein dumpfes Geräusch und dann schrie Helen erneut auf.

Es war jemand im Haus! Rays Herz raste. Jetzt musste er der Held sein. Aber wie? Seine Augen suchten die Veranda nach irgendetwas ab, das er als Waffe benutzen konnte, aber ihm blieben nur die Fäuste.

Lieber Gott, hilf mir. Er rannte ums Haus zum Seiteneingang.

Das letzte Mal hatte er mit diesen Fäusten Bill Ferguson die Nase gebrochen. Bill war umgekippt und hatte sich den Kopf am Bürgersteig angeschlagen. Ihm war nichts Schlimmes passiert, aber Ray stand immer noch vor Augen, wie dem bewusstlosen Bill das Blut übers Gesicht gelaufen war und wie fassungslos die anderen Erstklässler ihn angestarrt hatten.

An jenem Tag hatte er sich geschworen, nie wieder aus Wut zu handeln.

Aber heute musste er die Frau beschützen, die er liebte.

Ray riss die Fliegengittertür auf und blieb wie angewurzelt stehen. Helen kauerte vor der Wand und hielt die Hände schützend vor ihr Gesicht, Jay-Jay saß brüllend auf dem Küchenschrank. Kein Dieb. Nur Mutter und Sohn, ein Stuhl am Küchenschrank und eine aufgerissene Schachtel Kekse.

Jay-Jay schrie und warf einen Apfel nach seiner Mutter.

„Hör auf", schluchzte Helen. „Bitte hör auf."

Was zum ...? Wieso kauerte sie da?

Jay-Jay griff nach dem nächsten Apfel.

„Nein." Ray nahm ihm den Apfel aus der Hand. „So geht man nicht mit seiner Mutter um."

Der Junge starrte ihn mit rot geweinten, aufgerissenen Augen an.

Ray schnappte sich ihn, marschierte mit ihm in sein Zimmer und setzte ihn aufs Bett. „Du bleibst hier drin, bis deine Mutter dich holt." Er schloss hinter sich die Tür und blieb lauschend im Flur stehen. Aber das Kind blieb still, als wäre es völlig perplex, als hätte noch nie jemand so mit ihm gesprochen.

Vielleicht stimmte das sogar.

Ray verschränkte die Arme. Verständlich, dass Helen in der Öffentlichkeit nachgab, damit es keine große Szene gab, aber war das etwa immer so? Wenn sie heirateten, würde er sich den kleinen Burschen vorknöpfen müssen.

Was war nur mit Helen los? Warum verhielt sie sich, als würde sie bedroht? Jay-Jay war doch gerade einmal zwei.

Noch ein Grund sie zu heiraten, je früher desto besser. Sie brauchte Hilfe. Jay-Jays Verhalten war für sein Alter völlig normal, aber wenn sie dem nichts entgegensetzte, würde er die Trotzphase nie hinter sich lassen.

In der Küche hörte man Stuhlbeine über den Fußboden schaben.

Ray beugte sich näher an Jay-Jays Tür. Nichts zu hören. Wenn der Junge ausbüxte, würde er ihn wieder in sein Zimmer stecken. Er ging in die Küche, wo Helen gerade einen Apfel aufhob, sich die Haare aus dem geröteten Gesicht strich und einen Schluchzer unterdrückte.

Sie sah Ray nicht an.

Er lehnte sich gegen den Türrahmen. „Habe ich mir zu viel erlaubt?"

„Nein, du hast geholfen. Vielen Dank." Sie legte den Apfel in den Korb, warf diesen aber dabei um und alle Äpfel rollten über den Boden. Helen stützte sich am Tisch ab, ließ den Kopf hängen und schluchzte. „Ich bin eine schreckliche Mutter."

„Quatsch." Er stieg über die Äpfel und nahm sie in den Arm.

Ihr Körper zitterte und sie vergrub das Gesicht an seiner Schulter. „Ich bin eine Versagerin. Ich komme nicht mehr mit ihm zurecht. Ich schaffe das einfach nicht."

„Hör auf. Du bist einfach müde. Du arbeitest hart und bist alleinerziehend. Kein Wunder, dass dich das alles überwältigt. Ja, ich glaube, du bist nicht streng genug mit ihm, aber das kannst du lernen."

„Er ist manchmal so aggressiv, so wie ... Nein!" Sie presste ihr Gesicht noch fester an ihn.

Ray verwirrte ihre Überreaktion. Sein Schlüsselbein tat weh und er schob ihren Kopf sanft ein Stück beiseite. „Er ist zwei Jahre alt. Er testet dich, verstehst du? So lange, bis er deine Grenzen erreicht. Du musst dagegenhalten, ihm Grenzen setzen, ihm zeigen, wer das Sagen hat."

„Aber er ist ... er ... das ist zu viel für mich."

„So schwer ist das gar nicht, Liebling. Er wiegt doch kaum dreißig Pfund. Du schnappst ihn dir, klemmst ihn dir unter den Arm und trägst ihn fort, bis er aufhört zu schreien und zu treten. Du musst mit ihm in der Autorität sprechen, die dir von Gott gegeben wurde. Und lass ihm keinen fehlenden Respekt durchgehen. Kein bisschen."

Helen hob ihr tränenüberströmtes Gesicht. „Ich bin auch eine von diesen kaputten Leuten. Tut mir leid."

Ray wischte ihr die Tränen ab. Manchmal machte sie einen so kompetenten und energischen Eindruck, als wäre sie die letzte Person, die ihn brauchen würde. Und dann wiederum sah sie mit den feinen weißen Narben im Gesicht und der Unsicherheit in ihren Augen aus, als würde sie ohne ihn nicht leben können.

Dieser Widerspruch, ihre verletzliche Stärke, zog ihn an.

Sie schniefte. „Es tut mir leid. Du mochtest mich, weil ich ..."

Er küsste sie auf eine Narbe am Wangenknochen. „Niemand ist perfekt."

„Aber ich ... immer mache ich alles kaputt ..."

Er brachte sie mit einem Kuss auf die Lippen zum Schweigen. Er schmeckte salzig. „Liebling, ich bin verrückt nach dir. Verstehst du das? Meinst du, ich laufe wegen eines kleinen Zusammenbruchs davon?"

Kapitel 11

Samstag, 6. Mai 1944

Helen ließ ihren Blick über Rays Schulter hinweg durch den gefüllten Raum im Belshaw Building schweifen.

Niemand würde Walt als gut aussehend oder Allie als Schönheit bezeichnen, aber als Mann und Frau auf dem Tanzparkett strahlten sie pures Glück aus. Wegen der Seidenknappheit trug Allie Mrs Novaks altes Hochzeitskleid, das von Della Carlisle gekonnt und kreativ aufgearbeitet worden war. Walt flüsterte Allie etwas ins Ohr und sie lachte und drückte ihre Wange an die seine.

George und Betty tanzten ebenso wie Ray und Helen gemeinsam mit den Frischvermählten, aber warum gesellten sich die anderen Hochzeitsgäste nicht zu ihnen? Wieso guckten sie alle so?

„Ich mag ja grüne Augen", sagte Ray. „Aber braune noch lieber."

Helen richtete ihre Aufmerksamkeit wieder auf die grauen Augen, die ihr am allerbesten gefielen. „Hmm?"

„Das Lied. Hörst du nicht zu?" Seine Mundwinkel wanderten nach oben. Seine Lippen erinnerten sie an seine Küsse.

Sie konzentrierte sich auf die Musikkapelle und erkannte „Green Eyes". „Natürlich höre ich zu", erwiderte sie lächelnd. „Immer."

„Autsch. Treffer ins Herz." Er wand sich, zog sie dann aber zu sich heran. „Volltreffer", raunte er ihr ins Ohr.

Alles in ihr schmolz dahin und wurde weich, aber die ganze Stadt wachte mit Argusaugen über jede ihrer Bewegungen. Dort drüben saß Mr Carlisle und blickte finster drein. Und Mrs Carlisles Gesicht war genauso in Aufruhr wie Helens Gefühle.

Seitdem Helen auf die Bühne ihres Lebens geschubst worden war, hatten viele Regisseure sie mit einander widersprechenden Drehbüchern herumgescheucht und ihr Bühnenanweisungen entgegengebrüllt. Helen hatte ihre Rolle dennoch stets ausgefüllt – frühreifes Kind, entschlossene Patientin, energische Studentenführerin, aufopfernde Ehefrau, trauernde Witwe. Das einzige Mal, dass sie mit ihren

Rollen durcheinandergekommen war, war, als Jim verlangt hatte, dass sie ihre Leitungsfunktionen aufgeben sollte.

Damals war ihr schnell klar geworden, dass sie ihm gehorchen musste. Sie hatte mit der Entscheidung gelebt, sie sogar verteidigt. Zugleich hatte sie sie bereut. Trotzdem hatte sie die Rolle ebenso auf sich genommen wie die des verkrüppelten Mädchens. Niemand ahnte, wie schwer diese Bürde gewesen war. Erst ein japanischer Torpedo hatte sie von ihren Schultern geschossen.

Helen spürte Rays Seufzen auf ihrer Wange. „Ich muss meine brüderliche Pflicht erfüllen, aber ich bin bald wieder da."

Sie murmelte Verständnis und tanzte plötzlich mit Walt, während Ray Allie herumwirbelte. Es machte doch hoffentlich niemandem etwas aus, wenn sie mit dem Bräutigam tanzte, oder?

Wieder tauschten die Partner und jetzt tanzte sie mit George. Ein Stechen im linken Arm erinnerte sie daran, was Jim davon gehalten hatte, dass sie mit dem Bräutigam, ihrem eigenen Schwager, getanzt hatte.

Aber Ray sah gar nicht zu ihr. Ihn schien es nicht weiter zu stören. Irgendwie störte ihn überhaupt nichts. Entweder er war nicht von der eifersüchtigen Sorte oder es war ihm doch egal. Hatte Jim etwa recht gehabt? War Eifersucht ein Beweis für tiefe Liebe?

Helen zwang sich zu tanzen, zu lächeln, zu atmen.

Vic tippte George auf die Schulter und wirbelte Helen davon, als die Band gerade zu „Perfidia" ansetzte. Er kam ihr viel zu nah. „Die nächste Hochzeit ist unsere."

Ein Lachen platzte aus ihr heraus. „In deinen Träumen vielleicht." Die Carlisles lächelten. Warum versuchten sie immer, sie zu beherrschen?

Selbst als das nächste Lied anfing, löste Vic seinen Griff nicht. Jetzt gab es erst recht Grund für Tratsch. Helen Carlisle hatte nicht nur ein Techtelmechtel mit dem Sohn des Pfarrers, sondern betrog ihn auch noch mit Vic …

„Darf ich bitten?" Rays Hand lag auf Vics Schulter.

Vic schob trotzig die Unterlippe vor, trat aber anstandsgemäß zurück.

Ray nahm sie in seine starken Arme. „Hab dich vermisst."

In Helens Kopf drehte sich alles. Die Leute würden ihre Tänze mit Ray zählen. Wie viele durfte man als Witwe haben? Die Hochzeitsfeier war kein Ort für ein kleines Kind, aber Helen wünschte, sie hätte Jay-Jay nicht bei Betty gelassen, wo Mary Jane Anello auf ihn und auf Judy aufpasste. Dann hätte sie nun eine Entschuldigung gehabt, um von der Tanzfläche zu fliehen.

Sie löste sich aus Rays Tanzumarmung und wäre dabei fast gestolpert. „Ich muss ... muss helfen gehen. Ich bin schließlich Brautjungfer und einer muss helfen. Betty macht das bestimmt nicht."

Ray legte den Kopf schief und lächelte. „Martha, Martha ... Komm, tanz mit mir."

„Später. Versprochen." Helen machte kehrt und verfing sich mit ihrem langen Kleid an einem Stuhlbein. Kleines Krüppelchen. Sie steuerte auf den Geschenketisch zu. Arbeit – sie musste jetzt etwas tun.

Niemand hatte sich um die Geschenke gekümmert. Helen stellte die großen Schachteln nach hinten, die mit Schleife auf solche ohne, und drehte die Schildchen mit den Namen nach vorn, damit ja niemandes Stolz verletzt wurde.

„*Bon soir, chérie.*" Vics Schwester Jeannie lehnte in einem eleganten, cremeweißen Kostüm mit rotem Saum am Geschenketisch. „Wie schön, dass du das gelbe Kleid noch einmal anziehen konntest."

Helens Schultern verkrampften sich. Sie hatte eben nicht den Schwarzmarkt in San Francisco bemüht. „Ein kleiner Beitrag für unser Land."

„Die gute alte Helen. Du bist ein fleißiges kleines Bienchen, was?"

Helen unterdrückte das Bedürfnis, eine Grimasse zu schneiden. Zu Schulzeiten war ihr kleiner Konkurrenzkampf noch ausgeglichen und lustig gewesen, aber das war lange her. Wie könnte sie am besten mit ihrer alten Freundin auskommen? „Und, wie gefällt dir die Feier?"

Jeannie befühlte die Schleife auf der Schachtel von Clara Jeffries, in der wahrscheinlich die gleichen bestickten Handtücher steckten, die in Helens Bad hingen. „Ich geb mir ja alle Mühe, aber *c'est très difficile.* Wenn es doch nur nicht so traurig wäre."

„Traurig?"

Jeannie beugte sich herüber und ein Wölkchen Chanel No. 5 folgte ihr. „Die Novaks mussten halb Antioch einladen, weil die arme unansehnliche Allie keine Freunde hat."

Helen biss die Zähne zusammen. „Komm, sei fair. Sie kommt aus Riverside und hat das vergangene Jahr in Seattle gewohnt. Beides ist

Hunderte von Meilen von ihrem Zuhause weg und du weißt doch, Reisen ist heutzutage nicht so einfach ..."

„Schon gut. Musst ja nicht gleich aus der Haut fahren. Aber fragst du dich nicht, warum ihre Eltern nicht da sind oder warum sie nicht eine Freundin – nur eine – mitgebracht hat, die wenigstens ein bisschen für Gleichgewicht sorgt? Ich weiß, dass Allie und du nie so richtig dicke wart, und trotzdem bist du ihre Brautjungfer."

Helen starrte auf Jeannies perfektes Make-up. Warum war ihr noch nie aufgefallen, wie ähnlich sie ihrer Mutter war? Und nicht nur vom Aussehen her? „Dorothy kam nicht infrage, so kurz nach der Geburt, und für mich war es eine Ehre. Ich freue mich schon darauf, Allie besser kennenzulernen."

„Als Schwägerin?" Jeannie grinste und stupste sie an.

Helens Kiefermuskeln arbeiteten. Schweigend schob sie ein paar Geschenke hin und her.

Jeannie legte Helen einen Arm um die Schulter. „Hör nicht auf meine angestaubte Mutter. Ich finde das süß! Für mich ist Ray Novak viel zu alt und langweilig, aber du scheinst glücklich zu sein. Und du wärst das perfekte Pastorenfrauchen. Aber eigentlich habe ich ja gehofft, du würdest Vic heiraten, damit wir richtige Schwestern sind."

„Du willst, dass ich als Helen Llewellyn durchs Leben gehe?"

„*Terrible.*" Jeannie schürzte die Lippen wie ein Hoffräulein. „Das wäre wohl ziemlich egoistisch von mir."

Helen lächelte müde. „Ich hätte nichts anderes erwartet. So, wenn du mich entschuldigen würdest, ich muss mit der Hochzeitstorte helfen."

Jeannie gab sie mit einem Fingerwink frei. Zum Glück half Jeannies viel gepriesene Collegeausbildung ihr nicht, den wahren Sinn hinter ihren Worten zu entdecken.

Helens Rock raschelte auf dem Weg zum Tisch mit der Hochzeitstorte um ihre Füße, vorbei an zu vielen Augen, die auf sie gerichtet waren. Warum konnten die Leute nicht einfach auf die Braut gucken? Wieso kümmerten sie sich nicht um ihr eigenes Zeug? Warum konnten sie sie nicht einfach in Ruhe lassen?

* * *

Als Walt und Allie das Messer in die Hochzeitstorte drückten, applaudierte Ray lauter als nötig. Er wollte zeigen, wie sehr er sich als älterer Bruder freute.

Ray hätte als erster Bruder heiraten sollen. Nicht nur, weil er der Älteste war, sondern weil Jack lieber auf Trophäenjagd ging, als sesshaft zu werden und Walt in Gegenwart von Frauen für gewöhnlich zur Salzsäule erstarrte.

Am Kuchentisch stapelte Helen Teller aufeinander, legte Gabeln in einer Reihe daneben und kam dabei Mrs Anello und Mrs Lindstrom in die Quere. Keine Frage – sie ging ihm aus dem Weg.

Als er noch in Pyote gewesen war, hatte einer seiner Ausbilderkollegen eine Freundin gehabt, die im Privaten überschwänglich und in der Öffentlichkeit kühl gewesen war. Wie Helen. Wie sich herausstellte, war die Frau verheiratet gewesen. Sein Freund hatte sich benutzt gefühlt.

Ray konnte ihn gut verstehen.

Er hatte Noras nichtssagende Briefe an ihn während der Studentenzeit ignoriert, als sie sich längst in Bill Ferguson verliebt hatte. Er hatte Anns abfällige Witzeleien über das Leben im Pfarrhaus ignoriert und Dolores' rastlosen Blick, während sie ihn mit der halben Kadettenklasse betrogen hatte.

Aber das hier würde er nicht ignorieren.

Ray bahnte sich einen Weg durch die Gäste. *Herr, hilf mir ruhig und diplomatisch zu bleiben. Aber ich will nicht noch einmal der Dumme sein. Lass mich bitte die Wahrheit sehen.*

„Hey." Er legte Helen sanft eine Hand ins Kreuz. „Willst du nicht mal Pause machen? Selbst Marthas brauchen Ruhephasen."

Sie drehte sich um und machte einen Schritt zurück. Seine Hand fiel ins Leere. „Später. Es ist noch so viel zu tun."

Ray setzte ein Lächeln auf und wandte sich an Mrs Anello. „Haben Sie hier alles im Griff? Darf ich Ihnen Helen für einen Augenblick entführen?"

„Aber bitte." Mrs Anellos Lächeln war genauso künstlich wie Rays, aber in ihren Augen konnte er Dankbarkeit entziffern. Mrs Anello drückte Ray und Helen Teller in die Hand. „Mach eine Pause, Helen. Du hast es verdient."

„Aber …"

„Wir kommen hier klar. Na los, ihr jungen Leute sollt doch Spaß haben."

Ray nahm Helen an der freien Hand und zog sie zu einem Tisch in der Ecke.

„Ray, bitte." Sie wand ihre Hand aus seinem Griff.

Er sah sie so entspannt an, wie er nur konnte. „Wieso nicht? Die anderen Paare halten auch Händchen."

Sie bekam große Augen und Ray spürte Wut in sich aufsteigen. Er hatte vor sie zu heiraten und sie betrachtete sie noch nicht einmal als Paar?

Sie lächelte nervös. „Wir wollten doch diskret sein, schon vergessen?"

Er stellte seinen Teller ab, zog Helen einen Stuhl zurecht und beugte sich vor. „Diskretion verstehe ich, Geheimniskrämerei nicht."

„Geheimniskrämerei?"

„Wenn wir für uns sind, ist alles toll, aber in der Öffentlichkeit behandelst du mich wie einen normalen Bekannten. Wenn überhaupt."

Ihre Schultern wanden sich in seinem Griff. „Ich … es ist nur … es ist nur noch zu frisch."

Zwei Monate waren noch zu frisch? Er atmete tief ein, setzte sich und stützte die Ellenbogen auf den Knien ab. „Du willst nicht, dass die Leute von uns wissen, aber das tun sie bereits."

Sie zerdrückte ein Stück Torte mit ihrer Gabel. „Ich weiß. Oh Schreck."

Seine Kiefermuskeln mahlten. Wie sollte er die Härte aus seiner Stimme heraushalten? „Schämst du dich etwa für mich?"

Ihr Blick flog zu ihm hinauf. „Schämen? Du lieber Himmel, nein. Ich würde nie …"

„Aber genau danach sieht es aus. Du warst mit einem Helden verheiratet und jetzt hast du nur einen feigen Bürohengst."

Helen rang nach Luft. „Oh Ray, so habe ich nie …"

„Ich muss es jetzt wissen." Er sah ihr tief in die Augen. „Ich meine es ernst mit dir und ich möchte wissen, ob ich nur ein Platzhalter bin, mit dem du dir die Zeit vertreibst, bis dieser verdammte Krieg vorbei ist und die echten Helden heimkehren."

Ihr Mund sprang auf, als hätte sie jemand in den Magen geboxt. „Das könnte ich nie. So bin ich nicht."

„Warum willst du nicht, dass wir zusammen gesehen werden?"

Sie schüttelte unmerklich ihren Kopf. „So ist es nicht. Wirklich, du musst mir glauben."

Er hielt ihr beide Hände hin. „Dann lass mich dir zeigen, wie viel ich für dich empfinde. Nimm meine Hand. Tanz mit mir, zwei, drei, vier Lieder am Stück."

Helen schlug die Hand vor den Mund und kniff die Augen zu. „Bitte nicht."

Ray starrte auf seine Hände. Sie würden immer leer bleiben, oder?

„Ich muss gehen." Er stand auf, das Gesicht in einem höflichen Lächeln gefroren, um das Brodeln in ihm zu verbergen. Er musste jetzt dringend schwimmen gehen, dringender denn je.

„Bitte geh nicht." Helens schlanke Finger umklammerten seinen Arm. „Ray, bitte."

„Ich bin müde. Ich gehe nach Hause."

Rote Ränder umrahmten Helens liebliche Augen. „Es tut mir so leid. Ich schäme mich nicht für dich. Du bist der großartigste Mann, den ich je kennengelernt habe, aber alle schauen zu und ich … ich weiß einfach nicht mehr, welche Rolle ich spielen soll."

„Spielen?"

Sie drückte ihre Hand auf ihre Stirn. „Ich weiß überhaupt nichts mehr. Die ganze Stadt will mich als tapfere kleine Witwe, die Carlisles wollen, dass ich den Rest meines Lebens in Trauer verbringe, und du willst, dass …"

Ray hob ihr Kinn mit einem Finger an. „Hör auf, dir einen Kopf um die anderen zu machen. Wenn du weißt, was du willst, dann sag mir Bescheid." Er wandte sich ab, aber ihr Griff wurde fester.

„Es tut mir leid. Ich will bei dir sein. Wirklich."

„Mir tut es auch leid. Dass ich zu sehr aufs Tempo gedrückt habe. Vielleicht sollten wir …"

„Bitte. Würdest du mich bitte, bitte noch einmal zum Tanzen auffordern? Ich möchte einfach nur in deinen Armen liegen. Ich möchte mit dir tanzen. Es wäre mir eine Ehre, von mir aus die ganze Nacht."

Vielleicht hatte Dad recht und Ray war schwach, aber dieser flehende Blick in diesen braunen Augen weichte seine harte Schale auf und er führte Helen auf die Tanzfläche und legte seinen Arm um sie.

Sein Herz aber blieb schwer. Was ging hinter den hochgesteckten honigblonden Locken vor, die sich an seine Wange pressten? Warum ließ sie sich von den Carlisles so unter Druck setzen? Und sogar ihr Sohn durfte sie herumkommandieren.

Worauf in aller Welt hatte er sich da eingelassen? Auch wenn sie gerade das Gegenteil behauptet hatte, wusste sie nicht wirklich, was sie wollte, oder?

Seine geheimen Pläne beförderte er in den Papierkorb.

Kapitel 12

Die Anspannung kauerte sprungbereit wie eine Raubkatze über ihr und Helen gab sich Mühe, leise aufzutreten, als Ray sie nach Hause brachte. Diese Fähigkeit hatte sie sich in ihrer Ehe sehr schnell angeeignet.

Manchmal stahl sich die Raubkatze still davon und manchmal sprang sie los und biss zu.

Das Mondlicht über ihrem Haus offenbarte Mitgefühl in Rays Augen, aber auch Schmerz. Er seufzte. „Ich muss mich bei dir entschuldigen. Ich bin zu schnell vorgeprescht. Du bist noch nicht bereit für eine Beziehung. Ich sollte es ruhig angehen lassen und dir erst einmal Zeit geben."

Angst stieg in Helen auf. Nein, sie durfte ihn nicht verlieren. Egal wie, sie musste dranbleiben. „Quatsch. Ich habe dir gesagt, dass ich mit dir zusammen sein möchte, und das meine ich auch so."

„Aber …"

„Es tut mir leid." Sie ging einen Schritt auf ihn zu, nestelte an seinem Uniformkragen und überspielte das panische Zittern in ihren Lippen mit einem Lächeln. „Mein Verhalten war lächerlich. Warum sollte das niemand wissen dürfen? Also ehrlich. Jim ist nun mal tot und die Carlisles müssen sich daran gewöhnen."

Er legte den Kopf schief. „So habe ich das nicht …"

„Du willst, dass es öffentlich wird. Ich verstehe das, siehst du?" Sie zog ihn zu sich heran und küsste ihn leidenschaftlich. Erst spürte sie Widerstand, aber dann gab er nach. Wenn sie ihn nur lange genug in ihren Armen hielt, vielleicht würde er dann merken, wie sehr sie ihn anhimmelte, wie sehr sie ihn brauchte. Wenn sie ihn nur nah genug an sich heranzog, würde er vielleicht das letzte Stückchen Finsternis in ihr vertreiben.

„Wow." Er lächelte berauscht. „Eigentlich meinte ich mit öffentlich, mal auszugehen, Händchen zu halten. Das – das hier kann ruhig im Privaten bleiben."

„Dann lass uns reingehen." Sie warf ihm einen koketten Blick zu und öffnete die Tür. Er zögerte, folgte ihr dann aber. Jim hatte ihr vorgeworfen, unzählige Männer über diese Schwelle gelockt zu haben.

Nein, daran würde sie heute nicht denken.

Sie legte ihre Handtasche auf den kleinen Flurtisch, dem sie die Narbe auf der Wange zu verdanken hatte, und knipste das Licht an. Die letzte Lampe war auf ihrem Kopf zerschellt. Jim hatte herausgefunden, dass der Klempner wegen der Spüle im Haus gewesen war.

Nein!

Sie wirbelte herum und schlang Ray die Arme um den Hals. Schwarze Haare, nicht blonde.

„Liebes, alles in Ordnung?"

„Mm-hm." Sie vergrub ihre Lippen unter seinem Kinn und küsste seine Bartstoppeln. Sie würde nicht zulassen, dass Jim zwischen ihr und Ray stand.

„Wir sollten reden." Seine Stimme klang erregt, aber er drückte sie an der Taille sanft von sich.

„Lieber nicht."

„Komm, wir setzen uns." Er führte sie durch den Flur, wo sie sich nach Bettys Hochzeit versehentlich den Arm gebrochen hatte, weil Jim mitbekommen hatte, wie sie mit George tanzte.

Nein!

Vor dem Sofa zögerte sie. Hier war sie festgehalten worden und hatte sich die Schulter ausgekugelt. Ein Unfall, natürlich. An jenem Tag war sie nicht zu Hause gewesen, als Jim angerufen hatte.

„Nein!"

Ray zog fragend die Augenbrauen hoch. „Was ist denn los?"

„Nichts. Nichts." Helen versuchte sich an einem Lächeln und legte Ray die Arme um die Hüfte. „Mir ist nur nicht nach reden."

„Mir schon." Er sah sie väterlich an. Bestimmt dachte er, er wisse am besten, was jetzt dran war. Weil er älter war, ein Pastor, ein Mann.

Nun, sie wusste auch so einiges. Sie wusste mehr über Liebe als er.

Ray streichelte ihre Wange. „Zwischen uns geschieht etwas Wunderbares. Aber wir müssen es langsam angehen lassen. Manchmal denke ich, du bist die Frau, auf die ich mein Leben lang gewartet habe und ich ..."

Sie küsste ihn, damit er den Gedanken nicht vollenden konnte. „Ja? Und worauf wartest du noch?"

Er grinste. „Sehr clever."

„Hm? Worauf wartest du noch?" Sie fuhr mit den Händen unter seine Uniformjacke und seinen Rücken hinauf.

Seine Augen fielen zu. „Hab ich vergessen."

Helen bedeckte Zentimeter um Zentimeter seines Kiefers mit Küssen, bis er leise aufstöhnte und sie an sich zog. An dieser Berührung war nichts Väterliches mehr.

Sie gab sich seinem Kuss hin, aber mit offenen Augen, um Ray tief in ihr Herz zu schreiben – sanftes Grau über beißendes Blau, stiller Humor über geselligen Charme, gefühlvolles Streicheln über Schläge.

Nein! Sie küsste ihn noch intensiver. Diese Erinnerungen mussten weggeätzt werden. Hier und jetzt.

Seine Schultern spannten sich plötzlich an und er löste sich. „Ich muss", raunte er schwer atmend, „ich muss los."

„Nein, lass mich nicht allein." Sie klammerte sich an ihn und suchte wieder seine Lippen. „Helen", murmelte er mit seinen Lippen auf ihren. Dann nahm er ihr Gesicht in beide Hände und brachte Abstand zwischen sich und sie. „Glaub mir, ich möchte nicht gehen, aber das ist genau der Grund, warum ich gehen sollte."

„Nein, nein, nein." Sie schüttelte den Kopf zwischen seinen Händen. Wenn er jetzt ging, würde sie explodieren. Etwas in ihr würde explodieren und sie umbringen. „Geh nicht. Bitte, geh nicht. Bleib."

„Bist du … ist alles in Ordnung?"

„Bleib. Ich brauche dich. Ich brauche dich hier."

Er rieb sich den Mund. „Helen, wirklich, ich muss gehen."

„Warum?" Ein Funke entzündete ihre Zündschnur. Er verlangte so viel von ihr. Warum wollte er ihr dann nicht geben, was sie brauchte? „Du hast gesagt, du willst mich lieber küssen, wenn wir allein sind. Wir sind allein. Hast du deine Meinung geändert? Willst du lieber wieder rausgehen und mich vor aller Welt küssen?"

Er schüttelte den Kopf. „Ich … ich verstehe gar nichts mehr."

„Dann will ich mal Licht ins Dunkel bringen." Sie stürmte zum Fenster und riss die gerüschten weißen Vorhänge auf. „Da draußen soll ich also an deiner Seite sein, immer hübsch an deiner Seite, mit dir Händchen halten und dich anhimmeln, aber hier drin – hier drin darfst du mit mir machen, was du willst, ja? Mich küssen, mich schlagen, ganz wie du willst, ja?"

Rays ganzes Gesicht wurde zum Fragezeichen. „Dich schlagen? Was redest du da?“

„Oh nein!“ Sie hielt sich die Ohren zu. „Das habe ich nicht gesagt. Niemals.“

Ray stand auf und kam auf sie zu. Er sah ernst aus. „Hat Jim … hat er dich etwa geschlagen?“

„Nein! Sag das nicht. Natürlich nicht. Er hat mich nicht geschlagen. Er liebte mich doch.“

„Ich weiß, aber hat er …“

„Nein!“ Helen raufte sich die Haare. „Er war ein Held. Alle haben ihn geliebt.“

Rays Arm ging nach oben.

Reflexartig schossen ihre Arme nach oben, um sich zu schützen, aber sie hatte es verdient. Sie hatte angefangen.

Kein Schlag rauschte auf sie nieder.

„Oh, Helen.“ Stattdessen hörte sie nur seine Stimme, seine tröstende Stimme.

Helen spähte vorsichtig durch ihre Arme.

„Oh, Liebling. Wie konnte er das nur tun? Was für ein Mann schlägt seine Frau?“

Sein Mitgefühl streichelte ihre wunde Seele, aber die Wahrheit, zum ersten Mal ausgesprochen, drang bis in ihr Innerstes vor, entfachte das letzte Stückchen Lunte und brachte alles zum Explodieren. Ray bekam den ganzen Splitterregen ab.

Sie ballte die Hände vor ihrer Brust zu Fäusten. „Nein. Sag das nicht. Jim war ein Held. Ein Held!“

„Aber einer, der seine Frau schlägt …“

„Nein, hat er nicht. Nicht ein einziges Mal. Wie kannst du nur so was sagen? Du machst alles kaputt.“

„Ich … ich versuche es nur zu verstehen. Er hat dir wehgetan und du verteidigst ihn noch?“

Sie presste ihre Arme an die Seite und versteifte. „Ich verteidige hier die Wahrheit. Den Vater meines Sohnes. Und du greifst ihn an!“

„Helen …“

„Wie kannst du es nur wagen! Du … du bist ein Bürosklave, ein Feigling. Ja, das bist du. Jim hat gesagt, du seist ein Schwächling, ein Feigling. Und er hatte recht. Du traust dich nicht in die Schlacht und jetzt hackst du auf Jim herum. Er ist tot und du ziehst sein Ansehen in den Schmutz. So was machen nur Feiglinge. Sie suchen sich Gegner, die sich nicht wehren können."

Rays Gesichtszüge wurden hart. „So wie Jim auf dir herumgehackt hat?"

„Nein! Hat er nicht." Ihre Fäuste zitterten. „Niemand – niemand steht in meinem Haus und beleidigt meinen Mann, den Vater meines Kindes. Du wolltest doch gehen, oder? Verschwinde."

„Helen ..."

„Verschwinde!" Ihre Stimme tat in ihren Ohren weh. Sie musste Ray Novak loswerden, ein für allemal. Sie stampfte mit dem Fuß auf und deutete mit einem zitternden Finger in Richtung Tür. „Verschwinde und komm nicht wieder."

Irgendetwas war in seinem Blick. Angst. Er hatte Angst vor einer wütenden Frau. Jim hatte also recht gehabt. Jim hatte immer recht. „Du Feigling. Raus aus meinem Haus!"

Seine Lippen waren nur noch ein Strich. Er drehte sich um. „Ich gehe."

Sie lief ihm nach, um sicherzustellen, dass er auch wirklich verschwand. Er lief die Stufen zur Veranda hinab und sie verdrängte den Schmerz beim Anblick seines Rückens, dessen Stärke sie nur wenige Augenblicke zuvor unter ihren Händen gefühlt hatte. Aber sie lag nun einmal falsch, wie immer. Ray war ein Schwächling. „Und komm ja nicht wieder."

Er sah sie über die Schulter hinweg an, die Augen zu Schlitzen verengt. „Das werde ich nicht."

Helen knallte die Tür zu. Ihre Knie zitterten und ein verzweifeltes Stöhnen brach sich in ihr Bahn.

Sie war allein mit ihren Erinnerungen. Verborgen auf der Seitenbühne waren sie stets da gewesen, anwesend, aber nicht beachtet. Und nun hatten sie sich auf die Hauptbühne geschlichen und überwältigten sie.

Helen vergrub das Gesicht in den Händen. „Nimm sie weg, oh Herr. Nimm sie weg."

* * *

„Was bitte schön war das denn?" Ray marschierte in Richtung Zuhause, um seine Badehose und ein Handtuch zu holen.

„Sie ist krank, Herr. Verrückt. Die hat doch nicht mehr alle Tassen im Schrank. Und ich wollte mit ihr auch noch mein Leben verbringen!"

Er holte tief Luft und ließ seine Lippen vibrieren, als könnte er so ihre Küsse loswerden. Erst war sie so leidenschaftlich gewesen, dass er gedacht hatte, er müsse sie noch diese Woche heiraten, und dann war etwas Neues, Heftiges, regelrecht Aggressives gekommen.

Er zog die Uniformjacke aus und warf sie sich über die Schulter.

Helen hatte so verzweifelt darum gebeten, dass er bleiben solle, als hätte sie Angst, sonst den Verstand zu verlieren.

Ray schnaubte. „Zu spät."

* * *

Helen nahm Jay-Jays Daddy-Buch vom Wohnzimmertisch und stolperte mit schwerem linken Fuß durch den Flur. Sie musste jetzt etwas tun.

Alle hielten große Stücke auf Jim Carlisle und so sollte es auch sein. Jay-Jay durfte nie erfahren, wie sein Vater wirklich gewesen war, und deswegen durfte auch niemand anderes davon wissen, inklusive ihr selbst. Sie musste es wieder vergessen.

Na gut, Ray wusste es jetzt. Aber er würde es niemandem verraten und wiederkommen würde er auch nicht. Sie spürte einen Stich in ihrem Herzen und hielt sich schnell am Türknauf fest.

Selbst wenn er ihr vergeben würde – und das war unmöglich –, konnte sie ihn nicht zurücknehmen. Und das wusste er. Um Jay-Jays willen war er für sie tabu.

Sie zog ihr Kleid aus, das nach Ray roch, schlüpfte in das lavendelfarbene Nachthemd, das Jim so gemocht hatte und betrachtete sich im Spiegel. Das Nachthemd saß noch genauso gut wie kurz nach ihrer Hochzeit. Bei Jims letztem Heimaturlaub im Juni 1942 hatte es ziemlich eng gesessen, weil sie nach Jay-Jays Geburt noch nicht wieder ihr altes Gewicht gehabt hatte. Jim hatte von manchen ihrer Körperteile geschwärmt und sie für andere verspottet.

Sie kniff die Augen zu. Nein, Jims dunkle Seite sollte zurück auf die Seitenbühne, wo sie hingehörte. Und dafür brauchte sie Licht.

Aus der obersten Schublade der Kommode holte sie zwei Kerzen und eine Schachtel Streichhölzer. Die Kerzen steckte sie in den blöden Leuchter, ein Erbstück der Carlisles. Dämliches Ding, wackelte wie verrückt. Sie zwängte die Kerzen hinein, so gut es ging.

Jim hatte Kerzen geliebt. Er hatte das Feuer geliebt, nicht wahr? Er hatte es gern benutzt, sie gern verbrannt, hatte gern ihre Hand auf die heiße Ofenplatte gedrückt, wenn ihr das Abendessen misslungen war oder sie vergessen hatte, freitags Koteletts zu machen.

Helen wirbelte zum Bett herum. Nur die guten Dinge. Nur die guten Dinge. Sie warf sich auf die Matratze, legte das Daddy-Buch vor sich auf ein Kissen und schlug das Foto von Jim im Matrosenanzug auf, wie er den drei Monate alten Jay-Jay zum ersten Mal im Arm hielt. Seine Ellbogen waren eigenartig nach außen gedreht und sein ganzes Gesicht verriet Staunen.

Das war der Jim, den sie erhalten musste, der Mann mit dem entwaffnenden Lächeln, der immer einen Scherz auf den Lippen gehabt hatte, der Mann, der ihr Liebeslieder ins Ohr gesäuselt hatte und für sein Land gestorben war.

Helen blätterte weiter und füllte ihr Gedächtnis mit der ausgewählten Vergangenheit, die darin konserviert war, der gesäuberten, der falschen Vergangenheit, aber die düsteren Erinnerungen weigerten sich, die Bühne zu räumen. Sie spielten ihr giftige Szenen vor und probten jeden Schlag und jeden Tritt.

„Hilf mir, Herr." Sie ließ den Kopf aufs Kissen sinken, die Finger über ihrem Hochzeitsfoto. Ihr gezeichneter, vernarbter Körper rollte sich um das Buch der Lügen zusammen und sie ließ der Trauer freie Bahn.

* * *

„Ein Feigling?" Ray stapfte über die kleine verlassene Strandbucht am San Joaquin. Der Mond beleuchtete schwach die schwarzen Wellen. Nachdem er sein Handtuch und die Kleidung unter die Weide gelegt hatte, rannte er direkt ins Wasser. Oh, wie gut das tat. Er strich die nassen Haare nach hinten und schüttelte Helens sanfte Berührungen ab.

„Ein Feigling, ja?" Mit kräftigen Zügen zerpflügte er das Wasser.

Herr, du hast gesagt „Selig sind die Friedensstifter" und das bin ich. Wieso macht mich das zum Feigling?

Mit allem, was die Muskeln hergaben, kämpfte er sich über den Fluss. Wie viele deutsche oder japanische Drachen musste er besiegen, bevor sie ihn respektieren würde? Er trug doch Uniform und leistete seinen Beitrag.

Feiglinge fürchteten den Tod und den Krieg, aber er bestimmt nicht.

Die Last der Lüge drückte seinen Körper nieder. Er begann zu strampeln, um an der Oberfläche zu bleiben.

Vor dem Tod hatte er keine Angst, aber vor dem Krieg. Er wollte keine Schmerzen verursachen, keine Zerstörung. Er wollte niemanden töten, auch nicht aus Versehen, kein Blut riechen, dem Tod nicht ins Auge sehen oder den Adrenalinrausch der Schlacht erleben. Was, wenn er dem nicht gewachsen war? Wenn er sich wirklich hinter seinem Alter, seiner Berufung als Pastor und seiner sicheren Stelle im Hinterland versteckte?

Was, wenn er wirklich ein Feigling war?

Auf der anderen Uferseite trennten schwarze Hügel den Himmel von seiner Spiegelung. Vor heute Abend war Rays Sicht auf sich selbst so klar wie der sternenübersäte Himmel gewesen. Aber jetzt, durch die dunkle Linse von Helens Anschuldigungen, wankte sein Selbstbild wie die Sterne auf dem Fluss.

„Herr, bin ich ein Feigling, wenn ich mich meinen Ängsten nicht stelle?"

Er tauchte mit dem Kopf unter und spuckte Flusswasser aus, angeekelt von sich selbst und von dem, was er tun musste, um ein anderer zu werden.

Kapitel 13

Jim drückte Helens Hand über die Kerzenflamme auf der Kommode, tiefer und tiefer.

Sie schrie und wand sich, aber sie konnte ihn nicht aufhalten. Die Flamme leckte an ihrer Handfläche. Wie sollte sie diese Verletzung erklären? Noch ein Kochunfall?

„Schwöre, dass du zu Hause bleibst, wenn ich bei der Arbeit bin." Jims kalte Stimme stand in einem krassen Gegensatz zu der Hitze, die ihre Haut verbrannte.

„Ich schwöre es! Ich schwöre."

„Keine Anrufe, keine Gäste und du gehst nirgendwohin, ist das klar?"

„Ja! Ja!" Mit ihrem Schrei blies sie die Kerze aus.

Jim fluchte und warf sie aufs Bett. Ihr Schienbein krachte gegen die Fußstütze. Sie rollte sich vor Schmerz zusammen, presste ihre rußgeschwärzte Hand gegen ihre Brust und sperrte die Hitze mit zugekniffenen Augen aus.

So viel Hitze. Ein orangefarbenes Glühen leuchtete durch ihre Augenlider. Es knisterte und knackte.

Helen öffnete die Augen und schnappte nach Luft. Es war nur ein Traum gewesen. Jim war tot. Sie öffnete die rechte Faust und sah auf die schimmernde rundliche Narbe. Die Hitze war noch da, das orangefarbene Glühen, der Rauch.

Rauch?

Helen setzte sich auf und erschrak. Flammen leckten über der Kommode und um den Türrahmen herum die Tapete hinauf. Eine der Kerzen war aus dem Leuchter gefallen.

„Hilfe!"

Trotz der Wärme durchfuhr sie ein kalter Schauer. „Jay-Jay!"

Sie sprang zur Tür, aber die Flammen waren schon dort.

„Jay-Jay! Aufwachen! Raus aus dem Haus!" Sie würde außen herum gehen müssen. Am Fenster griffen die Flammen bereits gierig nach den Vorhängen.

„Halt!“ Sie kletterte über das Bett und riss die Vorhänge zurück. „Jay-Jay, du musst raus! Raus mit dir!“

Helen klappte den Fensterriegel auf, hustete und versuchte, den beißenden Rauch fortzuwedeln. Sie drückte gegen das Fenster, aber es bewegte sich nicht. Helen schrie ihren Frust und ihre Verzweiflung heraus. Jim hatte das blöde Fenster niemals repariert und einen Handwerker durfte sie nicht kommen lassen.

Helen griff nach der Nachttischlampe und warf sie gegen das Fenster. Die Lampe zerbrach, aber das Fensterglas hielt stand. Helen schrie, bis sie einen Hustenanfall bekam.

„Bitte, Herr.“ Sie ließ den Blick durch den verrauchten Raum schweifen. Es musste doch irgendetwas geben, mit dem sie das Fenster einschlagen könnte.

Nichts. Alles war entweder zu groß, zu klein oder zu weich.

Jeder Atemzug brannte. „Herr, bitte. Hol mich hier raus! Und rette mein Baby!“

* * *

Ray trocknete sich ab und schüttelte die Beine aus, um sich aufzuwärmen. Normalerweise war nach einem Bad die Welt wieder in Ordnung, aber er war von Helens Wutausbruch immer noch wie betäubt.

Ein Schauer lief ihm den Rücken hinunter, als er seine Hose über die klammen Badesachen zog. „Oh Mann. Was für ein Albtraum.“

Heute Abend hatte er eine ganz neue Seite von Helen Jamison Carlisle kennengelernt. Sie war ihm gegenüber noch nie aufgebracht gewesen. Stattdessen war sie immer sofort vergebungsbereit, als würde sie alles tun, um einem Streit aus dem Weg zu gehen.

Natürlich! Jim hatte ja jederzeit ausfällig werden können. Hatte sie sich deswegen bei Jay-Jays Wutanfall ängstlich zusammengekauert? Sie hatte überreagiert, ja, aber als Jay-Jay sich wie sein Vater aufgeführt hatte, war für sie wahrscheinlich der Eheterror zurückgekehrt. Und als er heute Abend den Arm nach ihr ausgestreckt hatte, war es nicht das erste Mal gewesen, dass sie angstvoll zusammengezuckt war.

Ray stöhnte. „Warum kapiere ich das jetzt erst?“

Sie zeigte die klassischen Anzeichen einer Frau, die unter häuslicher Gewalt litt: Konfliktvermeidung, Kontaktscheu. Und diese Narben stammten überhaupt nicht von Kochunfällen und waren aus Tollpatschigkeit entstanden, sondern zeugten von einem gewalttätigen Ehemann.

Hatte Jim seine Frau an der kurzen Leine gehalten? Natürlich. Sie hatte nicht aufs College gehen dürfen, oder? Nach der Hochzeit hatte sie ihre Ehrenämter aufgegeben und erst wieder damit angefangen, nachdem Jim tot gewesen war. Nicht, weil sie sich hatte ablenken wollen, sondern weil es ihr Herzensanliegen war. Jim hatte sie davon abgehalten.

Hatte er sie auch von Familie und Freunden isoliert? Hatten nicht die anderen gesagt, Jim und Helen würden sich abschotten? Dass sie lieber für sich waren? Wohl kaum. Jim hatte sie nur besser kontrollieren wollen.

Ray schüttelte den Sand von seinem Hemd, stärker als nötig. „Ich bin so blind. Was bin ich bloß für ein Pastor? Ich war so versessen darauf, den Platz an meiner Seite zu besetzen, dass ich überhaupt nichts mitbekommen habe."

Er boxte sich selbst gegen den Arm. Sein Traum von einer gesunden Ehe mit einer gesunden Frau war geplatzt.

Und nun? Helen brauchte Hilfe, aber Ray war nicht der richtige Mann dafür und eine Liebesbeziehung nicht das richtige Mittel. Liebe machte alles nur noch schlimmer.

Er seufzte und lief mit offenem Hemd zurück in die Stadt.

Ein rotes Glühen leuchtete trotz der Verdunkelungsanweisungen weithin sichtbar über Baumwipfeln und Gebäuden.

Ein Feuer.

Ray pfiff durch die Zähne. „Hoffentlich sind alle noch rausgekommen."

* * *

Um Helen war alles voll schwarzem Rauch. Die Flammen schlugen in Richtung Fenster, ihrem einzigen Ausweg.

„Herr, Hilfe!" Sie wuchtete den Nachttisch hoch, aber selbst in ihrer Panik hatte sie nicht genügend Kraft, um ihn hoch genug zu stemmen, geschweige denn damit das Glas zu durchschlagen. Tränen rollten ihr die Wangen hinunter, weil der Rauch in ihren Augen brannte.

Sie versuchte, sich unter die Rauchwolken zu ducken und kostbaren Sauerstoff einzuatmen. Das Schubfach!

„Bitte, lass es funktionieren." Sie riss die Lade aus dem Nachttisch und kippte den Inhalt aus. Mit beiden Händen schwang sie das Holzgestell so heftig sie konnte gegen das Fenster. Es knackte.

Noch mal! Noch stärker! Die Schublade durchbrach das Glas und verkeilte sich. Helen riss sie heraus, ging mit ihrem Gesicht an das Loch und sog frische, kühle Luft ein.

„Feuer!", rief sie. „Hilfe! Feuer!"

Sie rammte die Lade so lange gegen das zersplitterte Glas, bis ihre Arme zitterten. Ein zerklüfteter Rand blieb rings um den Rahmen, aber jetzt war der falsche Zeitpunkt, um sich über neue Schnitte und Narben Gedanken zu machen. Helen griff nach dem Fensterrand, zog sich auf die Fensterbank hoch, schwang die Füße nach draußen und sprang.

Schmerz schoss ihr durch die nackten Füße. Sie stolperte zu Boden. „Nicht jetzt." Als wären es nicht ihre eigenen, zog sie sich einen Splitter nach dem anderen aus den Fußsohlen.

Wo waren denn alle? Wo blieb die Feuerwehr? Mrs Llewellyn spähte doch den ganzen Tag ihre Nachbarn aus. Wieso musste sie ausgerechnet jetzt schlafen, jetzt, wo ihre Neugier einmal nützlich gewesen wäre?

Helen rappelte sich auf und zuckte vor Schmerzen in den Füßen zusammen. Dann stolperte sie voran. „Feuer! Hilfe! Mein Baby!"

Ihre Schreie kamen gegen das Knacken und Knistern des Feuers nicht an. Sie erreichte die Hausecke, lief die Stufen zur Veranda hinauf und zog an der Haustür. Rauch erfüllte das Wohnzimmer. Helen stürmte hinein, aber die Flammen fraßen sich schon durch den Flur. „Jay-Jay!" Der Schrei versengte ihr die Kehle.

Sie würde ihn durchs Fenster retten müssen. Helen wirbelte herum und rannte zurück zur Tür, vorbei am großen Spiegel, vor dem sie sich in einem anderen Leben hübsch gemacht hatte, vor der Hochzeit, bevor sie Jay-Jay zu Betty gebracht hatte.

Helen blieb abrupt stehen. Betty?

Sie presste drei Finger gegen ihre Stirn. Die Hochzeit war heute gewesen – ja, heute, und Jay-Jay …

Richtig! Jay-Jay war bei Betty.

„Gott sei Dank." Als sie wieder aufsah, bemerkte sie die Flammen an der Decke über sich.

„Hilfe!“ Helen drehte sich um und starrte einem Drachen mit feurigem Atem ins Maul, der sie zu verschlingen drohte.

Sie machte einen Satz in Richtung Tür. Wie der Drache.

* * *

Ray rannte die McElhenny Road gen Süden auf den flackernden Schein und die Rauchsäule zu, die nach Osten abzog. Keine Feuerwehrsirene war zu hören, keine freiwilligen Helfer zu sehen, kein Wasserstrahl machte einen Bogen durch die Luft.

„Feuer!“, rief Ray. „Feuer!“

An der Sixth Street bog er nach rechts ab. Er stieß sich den Zeh an einem Stein und rannte weiter. Wenn noch jemand im Haus war, könnte er ohne Schlachtfeld zum Helden werden.

Ray stöhnte über sich selbst. „Lass es, Novak.“

Er ließ das kleine Krankenhaus an der Ecke A Street hinter sich. Sein Puls beschleunigte sich. Es brannte in der Nachbarschaft. Bei seiner Familie? Bei Freunden?

Sein Elternhaus war unversehrt. Ray warf das Handtuch und seine Uniformjacke auf die Wiese vor dem Haus. „Feuer! Feuer!“

Aus westlicher Richtung durchbrachen Sirenen die nächtliche Stille. Endlich hatte jemand die Feuerwehr alarmiert.

Die Flammen kamen mehr von Süden, irgendwo in der Nähe von Helens Haus.

Obwohl Ray mittlerweile der Schweiß lief, rollte ihm ein kalter Schauer den Rücken hinunter. Er hatte sie in keiner guten Verfassung zurückgelassen. Hatte sie etwa in einem Tobsuchtsanfall ihr Haus angesteckt?

Ray fing an zu rennen. „Helen!“

Mit jedem Schritt wuchs die Übelkeit. Es war Helens Haus, das sagte ihm sein Gefühl, und als er in die D Street einbog, wurde es zur Gewissheit.

„Helen!“ Ray sprintete auf das Haus zu. Die Flammen vollführten Freudentänze auf dem Dach. Es knackte laut und ein Dachabschnitt krachte ins Haus. Eine Fontäne aus Funken und Flammen stieg in den Himmel. Zum Glück war Jay-Jay nicht da.

„Herr, ich muss sie finden.“ Er nahm zwei Stufen auf einmal, aber die

Hitze stieß ihn zurück. Feuer war schon etwas Eigenartiges – durchsichtig und doch eine Wand. Der Türknauf war keinen Meter entfernt und hätte genauso gut in einem anderen Land liegen können.

Über ihm knackte es. Ray sprang die Treppe hinunter und entging dem brennenden Balken, der auf die Veranda fiel.

„Helen!" Wie sollte er sie retten? Und selbst wenn er ins Haus käme, würde sie mit ihm mitkommen?

„Wasser." Vielleicht könnte er sich mit einem Gartenschlauch nassspritzen und sein Gesicht mit einem nassen Tuch bedecken – seinem Hemd. Ray rannte zum Nachbarhaus.

An der Hauswand beugte sich eine Frau über den Wasserhahn.

„Helen!" Erleichtert wollte er sie umarmen, aber die Erinnerung an ihren Abschied bremste ihn. „Gott sei Dank geht es dir gut."

„Ich muss … muss …" Sie mühte sich mit dem aufgerollten Gartenschlauch ab. „Feuer – da ist ein Feuer. Ich muss den … den Wasserhahn … Es brennt! Ich muss …"

„Lass mich dir helfen." Mit dem Gartenschlauch konnten sie überhaupt nichts ausrichten, aber Helen stand offensichtlich unter Schock. Sie musste irgendetwas tun. Er hob die Schlauchrollen vom Haken und drehte das Wasser auf.

Sie zog den Schlauch bis zum Ende und richtete einen schlaffen Wasserstrahl in Richtung Feuer. Erst als sie den Daumen aufs Schlauchende drückte, kam Leben ins Wasser. Die feinen Tropfen verdampften sofort in den Flammen.

Helen stand tapfer und entschlossen da und versuchte das Unmögliche. Ihre schwarze Silhouette hob sich vor der Feuerwand ab. Auf der einen Seite waren ihre Haare noch hochgesteckt, auf der anderen hingen sie wirr herab. Der Schein des Feuers glänzte auf ihren nackten Armen und umspielte ihre Kurven in diesem hautengen Nachthemd.

Ray wollte sie in den Arm nehmen, aber sie wehrte sich.

„Zu kurz … der ist zu kurz." Sie ließ den Schlauch fallen und rannte hinters Haus.

Er folgte ihr, aber dann hielt die Feuerwehr vor der Tür und Männer kletterten heraus. Nachbarn in Bademänteln bildeten auf der Straße kleine Grüppchen.

Ray lief zum Feuerwehrauto. „Sie ist draußen. Alles in Ordnung. Helen ist gerettet."

„Aber ihr Kind!“, schluchzte Mrs Jeffries.
„Dem geht’s auch gut. Jay-Jay ist bei George und Betty Anello. Alles okay.“
„Gott sei Dank.“
Ray ließ die Leute stehen und suchte Helen. Die Arme. Was wollte sie hier noch ausrichten? Selbst die gesamte Feuerwehr von Kalifornien könnte ihr Haus nicht mehr retten.
Helen kam verstört aus der Garage. „Kein Schlauch. Kein Schlauch. Bei der Sammelaktion gespendet.“
„Ist schon gut. Die Feuerwehr ist da.“
Sie rannte an ihm vorbei. „Das Buch.“
Ray lief neben ihr her. „Welches Buch?“
„Das Daddy-Buch. Jay-Jays Daddy-Buch.“
„Keine Chance.“ Die Wand neben ihnen kollabierte und er zog sie schnell von der flammenden Hitze weg.
„Nein!“ Sie schüttelte ihn ab und humpelte zurück. „Ich brauche es.“
„Du kannst da nicht reingehen. Es ist zu spät.“
„Nein! Das kann nicht sein.“ Mit verbissener Miene versuchte sie, noch schneller zu laufen. „Jay-Jay braucht es. Das ist alles, was wir noch von Jim haben. Alles.“
Ray bemühte sich, mit ihr Schritt zu halten. Dachte sie wirklich, sie könnte dort hineingehen? „Helen, hör auf.“
„Ich muss. Ich muss aber!“ Sie erreichte die Hausecke und sah nicht danach aus, als würde sie stehen bleiben.
„Helen, nein!“ Er schnappte sie sich und schlang die Arme um ihre Hüfte.
„Nein!“ Sie schlug wild um sich. „Lass mich! Lass mich los!“
„Es ist zu spät. Das Buch ist längst hin. Es ist fort.“
„Nein …“ Ihre Stimme verhallte und ihr Körper wurde schlaff. Stumm sah sie zu, wie ihr Haus und ihr Leben in Flammen aufgingen.
„Es tut mir leid, Liebling“, flüsterte er ihr ins Ohr. „Tut mir leid.“
„Alles ist weg. Alles, was ich noch von ihm hatte. Jim ist fort.“
Gewaltige Wasserfontänen schossen in die Luft, Tausende Tröpfchen regneten auf sie nieder und hämmerten die Wahrheit in ihn hinein. Ihr Mann hatte sie geschlagen. Er war tot. Und doch kontrollierte er sie noch.
Ray strich Helen über die rußgeschwärzten Haare. Mit einem Geist

konnte er es nicht aufnehmen. Jedenfalls nicht als der Mensch, der er momentan war.

Kapitel 14

Montag, 15. Mai 1944

Helen schleppte einen alten Koffer die Sixth Street hinunter. Neben ihr ging Dorothy Wayne. Das einzig Gute daran, ihr Heim und all ihren Besitz zu verlieren, war die damit verbundene Arbeit. Es gab unendlich viel zu tun. Sie musste sogar beim Preisüberwachungsamt neue Rationskarten beantragen. Aber die viele Arbeit lenkte sie vom Verlust ab. Von Erinnerungen, die nicht weichen wollten. Von der Scham über die Dinge, die sie Ray an den Kopf geworfen hatte. Vom Schmerz, den Mann vertrieben zu haben, den sie liebte, und von der Sorge, Jay-Jay, ihre Ehrenämter und die ganzen Erledigungen unter einen Hut zu kriegen.

Ihr Leben lag in Schutt und Asche, genauso wie das kleine Grundstück an der Ecke D Street und Seventh.

„Bist du dir sicher, dass du bei meinen Eltern einziehen willst?" Dorothy schob die kleine Susie im Kinderwagen.

„Eine andere Wahl habe ich nicht." Helen fasste am Koffer nach, der voller gespendeter Kleidungsstücke war – einige passten nicht zur Saison, viele waren unvorteilhaft und die meisten altmodisch.

Jay-Jay zerrte an ihrer Hand und bückte sich. „Tock."

„Ja, Schatz. Schmeiß wieder hin, den Stock."

„Und was ist mit deinen Eltern?", fragte Dorothy.

„In Washington D.C.? Sie wohnen im Militärkomplex in einer Einzimmerwohnung. Außerdem arbeitet meine Ma. Wer soll sich dann um Jay-Jay kümmern?" Und nicht zu vergessen Papas eindeutige Worte, als sie Jim gegen ihren Willen geheiratet hatte: „Und komm ja nicht angelaufen und bettle."

„Tock, tock, tock!"

„Nein, Liebling, den Stock nehmen wir nicht mit."

Dorothy runzelte die Stirn. „Und bei Betty kannst du nicht unterkommen?"

„Die haben doch überhaupt keinen Platz. Ich habe jetzt schon eine

Woche auf ihrer Couch geschlafen. Aber nun ist der Fuß wieder in Ordnung und ich muss weiter."

„Gibt es nicht irgendwo was zur Miete?"

Helen seufzte und bog nach rechts in die C Street ein. Alle anderen hielten ihren Plan für perfekt. „Mein Taschengeld von der Lebensversicherung reicht zum Leben, aber ich muss ja auch neue Möbel, Kleidung, Bettwäsche, Töpfe, Pfannen, Geschirr kaufen – also alles. Wenn ich ein paar Monate lang drei Tage die Woche für Vic arbeite und bei deinen Eltern wohne, kann ich mir genug Geld zusammensparen."

Dorothy blieb vor dem Haus ihrer Kindheit stehen, einem zweistöckigen Holzhaus im Craftsmanstil. „Solange es nur übergangsweise ist."

Helen sah ihre Freundin verwirrt an. Dorothy schien es bei ihren Schwiegereltern zu gefallen, aber vielleicht gab es ja Probleme? „Wieso?"

„Ach, nur so." Dorothy warf lachend ihre braunen Locken zurück. „Nur weil meine Eltern mich zur Weißglut bringen, heißt das ja nicht, dass ihr nicht prima miteinander klarkommt." Sie schob den Kinderwagen vor. „Ich muss nach Hause, Susie braucht ihr Fläschchen. Sag Mom Hallo von mir. Bis später."

„Mach's gut." Helen versuchte zu lächeln, aber in der vergangenen Woche fiel ihr das genauso schwer wie das Laufen während der Reha. Finde die Muskeln, fühle die Muskeln, nimm all deine Willenskraft und Stärke zusammen und bewege sie.

„Tock." Jay-Jay schlug Helen gegens Knie.

„Au!" Sie rieb ihr schmerzendes Bein. „Ich habe dir doch gesagt, du sollst den Stock liegen lassen."

„Mein Tock." Auf seiner Stirn braute sich ein Sturm zusammen.

„Liebling, bitte." Aber Bitten hatte den Sturm noch nie aufgehalten, oder? Nicht beim Vater und nicht beim Sohn.

Helen setzte ein strenges Gesicht auf und hockte sich vor Jay-Jay. Sie musste ihre Autorität festigen, wie Ray gesagt hatte. „Liebling, gib mir den Stock." Aber ihre Stimme ließ sie im Stich und schwächelte.

„Tock!"

„Oh, du armer Kleiner." Mrs Carlisle kam angelaufen. „Dein Daddy-Buch ist weg, dein Spielzeug und jetzt will dir deine Mommy auch noch den Stock wegnehmen."

„Er schlägt mich damit."

„Er ist ein Junge." Mrs Carlisle hob ihren Enkel schwungvoll hoch. „Und er ist ein Kleinkind. Er denkt nicht darüber nach, was er macht."

Helen lief es kalt den Rücken hinunter. Wie sollte er das Nachdenken lernen, wenn sie es ihm nicht beibrachte? Und wie könnte sie es ihm beibringen, wenn seine Wut sie in Angst und Schrecken versetzte und die Carlisles ihn nach Strich und Faden verwöhnten? Hatten sie Jim auch so erzogen?

„Komm, wir sehen uns dein Zimmer an." Mrs Carlisle ließ Jay-Jay auf ihrer Hüfte hüpfen und ging ins Haus. Jay-Jay tippte ihr mit dem Stock auf dem Arm herum. „Ja, das ist ein guter Stock für einen guten Jungen."

Helen seufzte, nahm den schweren Koffer und folgte ihrer Schwiegermutter in das abgedunkelte Haus. Die Vorhänge waren wie immer zugezogen, damit es nicht zu warm wurde.

„Du schläfst in Dorothys altem Zimmer", sagte Mrs Carlisle zu Helen, während sie mit Jay-Jay die Treppe hinaufging.

Schon als Kinder waren sie Freundinnen gewesen, aber Helen konnte sich nicht daran erinnern, wie Dorothys Zimmer aussah. Helen, Betty und Dorothy hatten entweder bei den Jamisons gespielt oder draußen.

Mrs Carlisle drückte eine Tür auf. „Wir haben ihre Möbel aus der Garage hochgeholt. Die hatten wir nach ihrer Hochzeit weggestellt."

Helen trat in den schmalen Raum. Ein Doppelbett mit einer weißen Bettdecke aus Chenillestoff stand an einer Wand, an der anderen eine Kommode und ein Kleiderschrank. Die karge Einrichtung schrie nach einem Läufer oder einem Bild an der Wand, aber Helen lächelte. „Danke. Das ist wunderbar."

„So, Jay-Jay, und nun zeige ich dir dein Plätzchen. Du wohnst nämlich im Zimmer deines Vaters." Mrs Carlisle öffnete die nächste Tür.

Was Helen sah, schmerzte ihr in den Augen. Die Wände waren voller Wimpel der Antioch High School in Schwarz und Gold, dazu Jims Trikots vom Football, Basketball und Baseball. Helen umklammerte den Türknauf. Jim war zwei Klassen über ihr gewesen. Wieso interessierte sich eine gut aussehende Sportskanone für ein verkrüppeltes Mädchen? Helen hatte hart dafür gearbeitet, war bei jedem Spiel gewesen, hatte sich jeden seiner Spielzüge gemerkt und ständig mit ihm geflirtet.

Hätte sie das bloß nie gemacht.

„Guck mal, Jay-Jay. Willst du sehen, womit dein Daddy gespielt hat?" Mrs Carlisle holte Spielzeugautos, einen Kreisel und einen Holzlaster heraus.

Helens Blick wanderte durchs Zimmer. Dorothys Zimmer war nackt, Jims ein richtiger Schrein. Gut, viele Familien rührten das Zimmer ihrer toten Söhne nicht an, aber Jim hatte drei Jahre früher als Dorothy geheiratet.

Kein Wunder, dass Dorothy Helen nie zum Spielen eingeladen hatte.

„Ich … ich hole mal den anderen Koffer."

„Mach das. Wir sind hier oben." Mrs Carlisle zog ein Buch aus dem Regal. „Das hier hat sich dein Daddy am liebsten angeguckt."

Helen starrte auf ihren kleinen Sohn im Zimmer seines Vaters, umgeben von all seinen Besitztümern, und spürte Panik in sich aufsteigen. Hier war Jim zu dem geworden, der er gewesen war.

Schnell drehte sie sich um und ging die Treppe hinunter. Dabei klammerte sie sich ans Geländer, weil ihr linker Fuß nicht so wollte wie sie.

Erst als sie draußen war, atmete sie tief durch. „Herr, bitte lass meinen Sohn nicht so werden wie seinen Vater."

Eine Frau bog um die Straßenecke und kam auf sie zu. Mrs Novak.

Oh nein. Helen hatte seit dem Brand kein Wort mit ihr gewechselt. Wie viel hatte Ray ihr erzählt? Wusste sie, was sie ihm für schreckliche Dinge an den Kopf geworfen hatte? Machte sie ihr Vorwürfe, weil er letztes Wochenende nicht nach Hause gekommen war?

Rays Abwesenheit schmerzte und war zugleich eine Erleichterung. Eines Tages würde sie ihm entgegentreten müssen, aber wie? Und was sollte sie seiner Mutter sagen? Wenn sie sich jetzt umdrehte oder die Straßenseite wechselte, würde Mrs Novak wissen, dass sie ihr aus dem Weg ging.

Mrs Novak winkte. „Helen, da bist du ja. Deine Schwester hat gesagt, ich würde dich bei den Carlisles finden."

„Ich habe nur schnell den ersten Koffer hergebracht." Helen setzte ein Lächeln auf.

Auch wenn ihre Augen blau waren, war der Blick von Mrs Novak genauso sanft wie Rays. „Es tut mir so leid mit dem Brand. Wir beten für dich."

„Danke." Helens Kehle schnürte sich zu. Mitgefühl hatte sie nicht verdient.

Mrs Novak nestelte an ihrer Handtasche. Ihre Wangen waren röter als normal – fast fleckig. „Ich habe heute Post von Ray bekommen."

„Post?" Wieso schrieb er ihr einen Brief? Er war doch um die Ecke stationiert.

„Er hat auch ein paar Zeilen an dich dazugelegt." Mrs Novak hielt ihr einen Zettel hin. „Mach dir bitte keine Vorwürfe."

Helen bekam Gänsehaut. „Vorwürfe?"

„Ihr beiden … ihr habt euch nach der Hochzeit gestritten, nicht wahr?"

Helen nickte.

„Also. Mach dir bitte keine Vorwürfe." Mrs Novak drückte Helen den Zettel in die Hand.

Helens Finger wollten ihr kaum gehorchen, aber irgendwie schaffte sie es, das Papier auseinanderzufalten.

10. Mai 1944

Liebe Helen,
wenn du das hier liest, bin ich schon auf dem Weg an die Front. Ich habe mich für dreißig Einsätze verpflichtet. Das kommt jetzt vielleicht überraschend, aber insgeheim habe ich schon lange darüber nachgedacht. Als Schreibtischtäter bremse ich nur die Kriegsanstrengungen, aber als Pilot kann ich meinem Land endlich wirklich dienen.
Lass mich eine Sache klarstellen: Diese Entscheidung ist im Laufe von vielen Monaten und unter Gebet gereift und nichts von dem, was du gesagt hast, hat irgendetwas damit zu tun.
Trotzdem ist es das Beste, dass ich einige Zeit nicht da bin. Ich habe dich zu etwas gedrängt, wozu du noch nicht bereit warst, und dafür möchte ich mich entschuldigen. Ich bewundere dich und du liegst mir sehr am Herzen und es tut mir leid, wie sich alles entwickelt hat. Bitte nimm meine Entschuldigung an.
Ich werde dafür beten, dass Gottes heilende Hand in deinem Leben zu spüren ist. Er wird dir Kraft geben und dich trösten.

Helens Kopf fühlte sich an, als wäre er voller geschmolzenem Blei. „Front?"

„Ich weiß." Mrs Novak wischte sich ein paar Tränen ab. „Ray ist kein Soldat. Dafür ist er einfach nicht gemacht."

Helen überflog die Zeilen. „Warum?", flüsterte sie, obwohl die Erinnerung an ihre unfairen Beschuldigungen ihr die Antwort entgegenschrie.

„Mein Schwiegervater sagt, er habe es zu Ostern schon bemerkt. Ray hat wohl das Gefühl, er müsse sich beweisen." Ihre Stimme brach. „Aber ich kann mir nicht vorstellen, warum."

Helen schon, und die Scham lastete wie eine Tonne auf ihr. „Oh nein."

„Ich sollte mir keine Sorgen machen", sagte Mrs Novak, „aber ich kann nicht anders. Grandpa Novak meint, wir hätten mehr Anlass zur Sorge, wenn Ray nicht gegangen wäre. Er meint, wenn Ray das nicht getan hätte, hätte er nie inneren Frieden gefunden."

Zum ersten Mal seit Jahren sehnte sich Helen nach ihren alten Beinschienen. Irgendetwas, das ihr Halt gab. Sie sollte nicht schuld sein an der ganzen Sache? Ihre unüberlegten Worte hatten einen empfindsamen Mann dazu gebracht, sich tödlichen Gefahren auszusetzen.

Kapitel 15

1. Rekrutierungs- und Ersatztruppenzentrum Bovingdon
Hertfordshire, England
Mittwoch, 7. Juni 1944

Rays Augen gewöhnten sich an das Halbdunkel in der Baracke, einer langgezogenen Büchse aus Wellblech. Mehrere Dutzend Feldbetten waren an den Wänden aufgereiht und drei Kanonenöfen standen in der Mitte.

„Verdammte Quonsethütte", sagte der Offizier neben Ray und fluchte.

„Verdammte Grünschnäbel." Der Mann, der das gesagt hatte, lag auf einem Feldbett und hatte das Gesicht hinter einer Männerzeitschrift mit Pin-ups verborgen. „Wenn ihr auch noch so klingen wollt, bitte sehr, nennt es Quonsethütte. Hier heißen die Teile Nissenhütte."

Ray zermalmte Erdklumpen unter seinen Stiefeln, als er durch den Raum ging und sich ein Feldbett aussuchte, auf das er seine Tasche warf. „Besser als ein Schützenloch an der Küste der Normandie."

Das Männermagazin sank herunter. „Sag mal, Väterchen, was machst du eigentlich hier? Soll ich dir eine Heizdecke besorgen?"

Ray lächelte. „Klar. Aber erst helfe ich dir aus deinem Gitterbett."

Das allgemeine Gelächter verriet ihm, dass er den ersten Test bestanden hatte. Wenn doch alle kommenden Tests auch so einfach wären.

„Der Captain ist da. Alle Neulinge draußen antreten."

Ray sammelte sich mit den anderen elf Neuankömmlingen unter einem grau verhangenen Himmel vor der Hütte.

Der Captain, ein gedrungener, grobschlächtiger Mann, kam ihm bekannt vor. „Männer, willkommen im CCRC. Ich bin Captain Hawkins."

Ray musste über den Akzent lächeln. Maine. Vor gerade einmal zwei Jahren war Kadett Hawkins einer seiner besten Schüler auf dem Kelly Field gewesen.

„Damit eins klar ist. Alles, was ihr zu Hause über das Fliegen gelernt habt, ist falsch. Ihr glaubt, ihr beherrscht den Instrumentenflug, aber das stimmt nicht. Ihr glaubt, ihr könnt in einer Formation fliegen, aber das stimmt nicht. Ihr glaubt, ihr könnt es mit der deutschen Luftwaffe aufnehmen, aber ich sage: Das könnt ihr euch abschminken. Verstanden?"

„Ja, Sir!" In Ray regte sich Protest. In der Fliegerausbildung gaben sie sich viel Mühe, Hinweise aus den Luftkämpfen in das Training einzubauen.

„Meine Aufgabe ist es, euch vorzubereiten, bevor ihr einem Geschwader zugeteilt werdet." Hawkins schnippte mit Wurstfingern die Asche an seiner Zigarette fort. „Gestern war D-Day, falls einer von euch Grünschnäbeln das nicht mitbekommen hat, und die 8. US-Luftflotte hat über zweitausend Bomber am Himmel gehabt. Nur einen einzigen hat der Feind abgeschossen. Aber einer ist beim Start abgestürzt, einer bei der Landung, zwei B-24 sind zusammengestoßen und irgend so ein Stümper hat mit dem Flügel seiner B-17 das Fahrwerk seines Staffelkommandeurs abgesäbelt, sodass dieser notwassern musste, nachdem die Crew abgesprungen war." Er zeigte mit der Zigarette auf die Soldaten, als wären sie persönlich dafür verantwortlich. „Dämlicher Anfängerfehler."

Ray runzelte die Stirn, hielt sich aber zurück, schließlich stand er stramm. Hawkins war früher ein netter junger Mann gewesen, aber der Krieg hatte einen ganz anderen aus ihm gemacht.

Hawkins Blick wanderte von einem zum anderen, als wäre er ein Schulmeister mit einer Rute. „Ihr werdet solche Fehler nicht machen. Verstanden?"

„Ja, Sir!"

Hawkins sah Ray mit zugekniffenen Augen an, dann zog er erstaunt die Augenbrauen hoch.

Ray nickte ihm unmerklich zu.

Hawkins klappte die oberste Seite über sein Klemmbrett. „Also schön. Rühren! Halbe Stunde zum Fertigmachen. Um 1200 antreten vor der Messe, um 1300 beim Flugsimulator. Alle Mann wegtreten, bis auf Lieutenant Novak."

Nachdem die anderen Männer wieder in der Hütte verschwunden waren, brach Hawkins in ein Grinsen aus und schüttelte Ray kräftig die Hand. „Mensch, schön dich zu sehen. Was zum Teufel machst du denn hier?"

Ray genoss den Ausbruch von familiärer Vertrautheit. „Wollte mir doch schon immer mal England anschauen."

„Quatsch. Du bist der beste Pilotenausbilder, den die Air Force hat."

„Außer, dass man jetzt Kampferfahrung braucht, um Ausbilder sein zu dürfen. Also haben sie mich ins Versorgungsdepot gesteckt."

„Ist nicht wahr. Kein Wunder, dass du hergekommen bist. Du bist der geborene Pilot."

„Jep." Auch wenn das nur die halbe Wahrheit war, stellte sie die meisten Leute zufrieden, abgesehen von denen, die ihn wirklich kannten. Während der Truppentransport nach Übersee zusammengestellt worden war, hatten ihn die Briefe von zu Hause erreicht. Mom hatte Angst um ihn, Dad konnte es nicht glauben. Grandpa hatte den Finger in die Wunde gelegt: *Ich weiß, du kannst dich selbst nicht ertragen, wenn du das hier nicht tust, aber denk dran, du musst niemandem etwas beweisen.*

Das mochte vielleicht stimmen, aber sich selbst musste er es sehr wohl beweisen.

„Hey, Novak, wollen wir zusammen essen? Dann können wir uns das Neuste erzählen."

„Hört sich toll an, aber zuerst hätte ich noch eine Bitte, Sir."

Hawkins lachte. „Sir?"

Ray salutierte lächelnd. „Du stehst rangmäßig über mir."

„Na und", erwiderte Hawkins und verdrehte die Augen. „Was für einen Gefallen?"

„Mein Bruder ist im 94. Bombergeschwader. Könnten wir ihm Bescheid geben, dass ich hier bin?"

„Natürlich." Hawkins bedeutete Ray, er solle mitkommen. „Wir rufen in Bury St. Edmunds an."

Sie liefen auf der schlammigen Straße gen Süden, weg von den Quartieren in Richtung Flugfeld und Militäranlage – der Kommandozentrale, den Lagerhallen und Werkstätten.

Hawkins lächelte Ray verlegen an. „Tut mir leid, was ich über das Flugtraining gesagt habe. Aber wenn ich die nicht von ihrem hohen Ross herunterhole, dann überleben sie niemals ihren ersten Einsatz, geschweige denn eine Runde von dreißig Stück."

„Klar. Unwissenheit ist eine Sache. Hochnäsigkeit eine andere." Ray beobachtete lächelnd eine Staffel von zwölf Fliegenden Festungen, die durch die Wolkendecke brach. „Wunderschön."

„Die fliegen viel zu eng", rief Hawkins gegen den Lärm von achtundvierzig Wright-Cyclone-Motoren.

„Nicht, wenn du mich fragst."

„Das ist einer der Unterschiede zwischen Training und Kampfeinsatz. In Europa ist das Wetter oft turbulent und man muss die Formation etwas lockern, um Unfälle zu vermeiden. Vor allem unter Beschuss."

Ray horchte in sich hinein. Wenn jemand ihn beschießen oder ein feindlicher Flieger auf ihn zuhalten würde, würde sein Instinkt ihm befehlen, auszuweichen. Und dann würde er in den Nebenmann krachen.

Hawkins bog auf eine Seitenstraße mit neuen Wellblechhütten ab. Ein Jeep fuhr vorbei. „Das letzte Mal, als wir uns gesehen haben, hast du mich angeschwärzt, weil ich nach der Abschlussprüfung am Tower vorbeigedonnert bin. Daran muss ich jedes Mal denken, wenn ich hier deswegen Strafen verteile. Was mindestens einmal pro Woche vorkommt."

Ray lachte. „Das Anschwärzen hat mir nie Spaß gemacht. Aber bei dir war das auch das einzige Mal, wenn ich mich recht erinnere. Anders als dieser andere Kerl aus deiner Klasse, wie hieß er noch? Rivers, oder?"

„Ja, Ted Rivers. Die deutsche Luftwaffe hat ihm den Schädel weggeballert."

Ray blieb erschrocken stehen.

Hawkins drehte sich um und verzog das Gesicht. „Tut mir leid. Hab vergessen, dass du neu bist. So ist das hier nun mal. Da gewöhnst du dich dran."

Ray nickte, aber er wollte sich nicht daran gewöhnen, dass junge Männer auf gewaltsame Art ihr Leben verloren.

Hawkins führte ihn in eine Wellblechhütte, die in einzelne Büros unterteilt war. Er zog die Fliegerjacke aus und hängte sie an eine Garderobe. „Setz dich. Das dauert vielleicht eine Weile. Wie heißt dein Bruder? Welcher Rang?"

„Major Jack Novak. Er ist Staffelkommandeur, es sei denn, er wurde befördert. Was bei ihm dran wäre." Durch die Wollhose spürte er das kühle Metall des Stuhls.

Hawkins sprach mit dem Telefonisten, den Hörer zwischen Ohr und Schulter geklemmt, und spielte nebenbei mit seinem Feuerzeug.

Die gelbe Flamme rief Erinnerungen in Ray wach. Das Feuer in Helens Haus war für Ray ein Zeichen gewesen. Es hatte ihn daran denken lassen, wie Gott Gideons Opfer mit Feuer verzehrt, seine letzten Bedenken ausgeräumt und ihn gegen die Midianiter in den Krieg geschickt hatte.

Er versuchte, so wenig wie möglich an Helen zu denken. Es war einfach zu schmerzhaft. Er betete für sie, ja, aber wie sollte er ihr helfen? Wenn er sich nicht Hals über Kopf in eine Liebesbeziehung gestürzt hätte, hätte er ihr jetzt wenigstens schreiben und als Freund zur Seite stehen können.

Als er herausgefunden hatte, wie Jim wirklich gewesen war, hatte Helen um sich geschlagen – aber ihre Wut hatte sich nicht gegen Jim, sondern gegen Ray gerichtet. Sie hasste ihn, weil er nun die Wahrheit kannte und sie ihm nicht länger ins Gesicht sehen konnte.

Ray stand wieder einmal vor einer gescheiterten Beziehung, aber zum ersten Mal war er schuld daran.

„Novak?“ Über Hawkins Stirn zogen sich tiefe Furchen. „Erinnerst du dich, was ich über den notgewasserten Bomber gesagt habe?“

Ray blinzelte die Erinnerungen davon. „Ja?“

„Das war dein Bruder.“

* * *

Ray stützte sich mit den Ellbogen auf den Knien ab und fuhr sich durch die Haare. Jack sah so klein und blass aus in seinem Krankenbett, gar nicht mehr wie der Draufgänger vom Dienst.

Die Ärzte sagten, man habe ihn gerade noch rechtzeitig aus dem Ärmelkanal gezogen, aber es habe nicht viel gefehlt. Mom und Dad wären am Boden zerstört gewesen, genau wie Walt und er selbst.

„Herr, was tue ich hier?“, flüsterte Ray. Seine Entscheidung, an die Front zu gehen, hatte nicht nur Auswirkungen auf ihn selbst, sondern auf die ganze Familie. War es egoistisch, sich selbst etwas zu beweisen, wenn er dabei draufging und seine Lieben unglücklich machte? Oder war sein Sicherheitsbedürfnis der Beweis dafür, dass er ein riesiger Feigling war, der nur seine eigene Haut retten wollte?

Er schnaubte und zog sein kleines schwarzes Notizbuch aus der Hemdtasche. „Was ist Mut?“, kritzelte er hinein. „Was ist Feigheit?“

Angst allein machte aus einem Mann keinen Feigling, aber die Unfähigkeit, im Angesicht der Angst zu handeln, sehr wohl. Würde er, wenn es darauf ankam, mutig sein können? Bestand sein Glaube aus mehr als nur Studienwissen? Konnte er auf ihn bauen, egal, was kam?

Das Leben hatte ihn noch nie so richtig auf die Probe gestellt, also musste er es selbst tun. Unten auf die Seite schrieb er: „Werde ich bestehen?“

Ein Stöhnen erklang vom Krankenbett und die Decke bewegte sich.

Ray steckte das Notizbuch ein. „Jack?“

Jacks Blick wanderte ziellos im Raum umher, bis er an Ray hängen blieb.

„Jack?“ Er rieb ihm den kalten Oberarm. „Hallo. Meinst du, du kannst ein bisschen wach bleiben?“

„Wach?“ Jack hustete so stark, dass das Metallbett quietschte.

„Sieh mal einer an, wer gerade rechtzeitig zur Schlafenszeit wach geworden ist.“ Die Schwester, Lieutenant Taylor, schwirrte an sein Bett. „Gegen den Husten darf ich Ihnen leider nichts geben, Major. Das Meerwasser muss raus. Aber möchten Sie vielleicht etwas Morphium?“

Jacks Lippen unter dem schwarzen Schnurrbart mühten sich ab. „Aber ich bin doch … oder nicht? Bin ich nicht tot?“

„Du warst kurz davor. Als dich die Seenotrettung aufgesammelt hat, warst du schon bewusstlos. Besonders schwerer Fall von Unterkühlung.“

Jack reckte den Hals, starrte auf seinen rechten Fuß, der in einem weißen Verband hing, und bekam wieder einen Hustenanfall. „Mein Fuß!“

„Oh, da sind so einige Knochen gebrochen.“ Die Schwester lachte keck und winkte ab. „Der Gips wird sechs Wochen dranbleiben müssen, junger Mann.“

Jack sah angestrengt zum Fenster. „Der Wievielte ist heute?“

„Der Siebte“, antwortete Ray. „Die Invasion war ein Erfolg. Wir kommen voran.“

„Und meine Crew? Haben die Männer es geschafft?“

„Alle in Sicherheit. Haben wohl eine Schafherde ziemlich erschreckt, aber es geht ihnen gut.“

„Ein Glück.“ Jack runzelte die Stirn. „Wo bin ich?“

Die Schwester schob ihm ein Thermometer in den Mund. „Sie sind im 65. Militärkrankenhaus. Wir haben gerade erst in Redgrave Park hier in Botesdale die Zelte aufgeschlagen. Sie glauben gar nicht, was es hier für urige Dörfchen gibt. Die nächste Stadt ist Bury St. Edmunds, ungefähr …"

„Ish war hier schom", unterbrach sie Jack.

Ray lächelte die Schwester an. Es war nicht das erste Mal, dass er die Wogen für seinen Bruder glätten musste. „Jack ist in Bury St. Edmunds stationiert", erklärte er.

Jacks graublaue Augen wurden zu Schlitzen. „Und wash machs du hier?"

„Na, der Groschen ist aber langsam gefallen."

„Aber wash … wie?"

„Das Rekrutierungszentrum in Bovingdon. Ausbildung und bevorstehende Zuteilung zu einem Bombergeschwader."

„Wekupierungs…" Jack setzte sich auf und spuckte das Thermometer aus. „Aber … aber du bist doch Fluglehrer. Nein, du bist in diesem Versorgungsdepot. Was ist passiert?"

Seine Entscheidung zu erklären erforderte Fingerspitzengefühl. Wenn Jack ihn durchschaute, würde er seinen höheren Rang nutzen, um seine Pläne zu durchkreuzen. „Ich habe mich freiwillig gemeldet."

„Du hast was?"

„Major, ich muss Ihre Temperatur aufschreiben." Die Schwester hielt ihm das Thermometer wieder an die Lippen.

„Jetzt nicht!" Jack sah sie böse an.

Sie huschte fort und schimpfte aufgebracht mit sich selbst. Jack hatte Dads autoritäre Persönlichkeit geerbt. Das machte ihn zu einem guten Kommandeur, aber auch zu einem ungemütlichen Patienten.

Sein Blick bohrte sich in Ray. „Du hast dich freiwillig gemeldet?"

„Ja." Ray versuchte, resolut auszusehen. „Ich werde hier gebraucht."

„Aber warum? Und wieso jetzt? Ich dachte, du und Helen …"

Jack hätte ihm genauso gut in die Magengrube boxen können. „Ist 'ne lange Geschichte. Erzähl ich dir später."

„Wenn es um Frauen geht, ist es irgendwie immer eine lange Geschichte."

Ray sah ihn verständnisvoll an. Jack war seit einem Jahr dabei, einer Krankenschwester den Hof zu machen. „Ist wohl nichts geworden aus dir und Ruth?"

„Nein. Kategorie E, Totalschaden." Er rutschte unter die schwere Decke. „Erinnerst du dich an diese kleinen Flugzeuge aus Balsaholz, die Grandpa uns immer zu Weihnachten geschenkt hat?"

Ray stützte die Ellbogen auf den Knien ab. „Natürlich. Aber lange gehalten haben die nie, stimmt's?"

„So ähnlich wie Makronen."

Makronen? Ray verscheuchte mit einer Hand Lieutenant Taylor, die sich ihnen mit einer Spritze näherte. Das Letzte, was Jack jetzt brauchte, war noch mehr Morphium.

„Weißt du noch? Ein, zwei Mal flogen sie gut, dann brach das Höhenleitwerk ab und man musste es wieder ankleben. Bei der nächsten Bruchlandung knackte der halbe Flügel weg und man hat wieder geklebt. Zack, der Bug weg, noch mehr Kleber. Und irgendwann war das Flugzeug durch den ganzen Klebstoff so schwer, dass es gar nicht mehr flog."

Ray grummelte zustimmend.

„Genauso war es mit Ruth. Zu viele Bruchlandungen, zu viele Bruchstellen, zu viel Klebstoff. Fliegt nicht mehr."

Irgendwie hatte das, was Jack sagte, Hand und Fuß, trotz der ganzen Medikamente. Selbst wenn Ray seine Einsatzrunde überlebte und Helen nicht nur ihre Probleme bewältigte, sondern auch die Männer links liegen ließ, die sie umwarben, war es zu spät.

Helen Carlisle war die wundervollste Frau, die Ray je kennengelernt hatte. Er hatte die Chance seines Lebens gehabt. Und er hatte sie versaut.

Kapitel 16

Munitionsdepot Port Chicago
Freitag, 9. Juni 1944

„Helen, keine Angst. Die Zünder fehlen. Das Zeug kann nicht hochgehen."

„Ich weiß." Sie lächelte Vic an, obwohl er das in den vergangenen zwei Wochen mindestens ein Dutzend Mal gesagt hatte.

Trotzdem wagte sie auf der Fahrt von Vics Büro zum Pier kaum zu atmen, als könnte ein falscher Luftstoß eine Explosion verursachen. Hunderte Güterwagen voller Bomben, Torpedos und Unterwasserminen verbargen sich hinter hohen Erdaufschüttungen.

Vic parkte den Dienstwagen und öffnete Helen in ihrem neuen grauen Anzug die Autotür. Sie stieg aus und hielt ihr Klemmbrett so, als wüsste sie, was sie täte. Dabei hatte sie nie einen Kurs für Sekretärinnen besucht, weil sie eigentlich mit Jeannie aufs College hatte gehen wollen. Jeannie hatte gerade ihren Abschluss gemacht und irgendeinen Angeberjob in San Francisco ergattert. Helen konnte noch nicht einmal Steno. Aber sie konnte schnell tippen, Geschäftsbriefe verfassen und sich wie eine Wilde Notizen machen.

Vic stand in seiner blauen Uniform vor ihr. „Ich bin froh, dass du hier bist. Das gibt mir Hoffnung."

Helen seufzte. Für so einen intelligenten Mann wiederholte er sich ziemlich häufig. „Du weißt, dass ich nur hier arbeite, damit ich einen Hausstand gründen kann."

„Heirate mich und wir gründen zusammen einen. Du bräuchtest nie wieder zu arbeiten."

„Willst du mir das jetzt jeden Tag vorschlagen?"

„Nur so lange, bist du Ja sagst."

Helen wurde ungehalten. Aber sie brauchte diese Stelle, wenigstens für drei Monate. „Wir sind gerade auf dem Weg zu Bootsmann Carver Jones, richtig?"

Vic reagierte beleidigt auf den Themenwechsel. „Ja. Er ist der mit einem Abschluss von der Howard University."

„Das hast du erwähnt." Mehrfach.

Vic führte sie zum Pier, wo ein Frachter angelegt hatte. Hier in der Suisun Bay trafen sich der San Joaquin und der Sacramento River, vereinigten ihre Kräfte und bewältigten das letzte Stück ihrer Reise in die San Francisco Bay gemeinsam.

„Die Piererweiterung ist endlich fertig", versuchte Vic den Lärm von Mensch und Maschine zu übertönen. „Jetzt können wir zwei Schiffe gleichzeitig beladen und …"

„… die doppelte Menge an Munition zu den Jungs im Pazifik bringen", vollendete Helen seinen Satz.

Vic zog die Augenbrauen hoch und grinste. „Genau."

Am Dock salutierte Vic einem Offizier, der einen Matrosen beauftragte, Bootsmann Jones zu finden. Im Ladebereich waren Hunderte von Männern damit beschäftigt, Kisten zu tragen, Torpedos zu rollen, Ladenetze zu bestücken, Seilwinden und Schwenkarme zu betätigen. Marinesoldaten standen Wache und Marineoffiziere riefen Kommandos. Sie alle waren weiß. Die Matrosen, die die harte Arbeit machten, waren alle schwarz.

Wie auf den Bildern von Plantagen vor dem Bürgerkrieg früher in Helens Geschichtsbuch. Irgendwie fühlte sich das hier sehr falsch an. Fehlten nur noch die Peitschen und die Hunde.

Ein Schwarzer mit einem blauen Chambrayhemd und Arbeitshose kam auf sie zu und salutierte. „Guten Morgen, Lieutenant."

„Rühren. Mrs Carlisle, das ist Bootsmann Carver Jones. Jones, meine neue Sekretärin."

Sie gab ihm die Hand. „Angenehm."

„Ma'am." Er nickte ihr zu. Sein schmaler Körperbau passte eher zu einem Akademiker als zu einem Dockarbeiter.

Vic legte die Hände hinter dem Rücken ineinander. „Also, Jones, sind die Männer zufrieden mit dem neuen Freizeitzentrum?"

„Ja, Sir, aber sie fragen sich, warum die Navy anderthalb Jahre dafür gebraucht hat, diesem Wunsch nachzukommen."

„Eine Schande. Deswegen habe ich mich so dafür eingesetzt, dass der Prozess beschleunigt wird." Vic warf Helen einen Seitenblick zu.

Sie zog die Kappe von ihrem Stift ab und machte sich notizbereit.

„Wir wissen das zu schätzen, Sir, aber die Männer haben noch mehr Klagen."

„Dann schicken Sie sie her."

Bootsmann Jones biss sich auf die Lippen und ließ den Blick über den Pier schweifen, der in den Fluss hinausragte. „Sie haben Angst vor Vergeltung, Sir, und wollen ihre Beschwerden lieber anonym vorbringen. Sie hoffen, meine diplomatischen Worte werden Sie überzeugen."

„Wissen Sie, was mich überzeugt? Wahrheit. Gerechtigkeit."

„Ja, Sir. Irgendwann werden sie begreifen, so wie ich, dass Sie auf unserer Seite stehen."

Helen kratzte mit dem Füllfederhalter in der oberen Ecke der Seite herum, um die Tinte zum Fließen zu bringen. Vic hatte zwar einige ziemlich anstrengende Eigenschaften, aber er war trotzdem ein guter und gerechter Mann.

„Danke, Jones." Sein Blick war ernst. „Ich wünschte, ich könnte am Lohn, den ungleichen Beförderungen oder der Rassentrennung etwas ändern, aber das geht nicht. Und ich kann auch an der veralteten Regel der Navy, euch nicht mitkämpfen zu lassen, nichts ändern. Aber gibt es sonst etwas, was ich tun kann?"

„Zwei Dinge, Sir. Sie haben beide mit der Sicherheit der Männer zu tun. Erstens: Die Offiziere haben die Konkurrenz zwischen den Schichten verstärkt. Wir glauben, sie schließen heimlich Wetten darüber ab. Und wir machen uns Sorgen, dass die Sicherheit unter dem Geschwindigkeitsdruck leidet."

Helen schrieb mit, sah aber zum Dock hinüber. Was waren das für Männer, die auf so etwas wetteten? Und wollte sie wirklich so nah dabei sein, wenn schlampig mit Munition umgegangen wurde, Zünder hin oder her?

„Das zweite betrifft die Ausbildung." Jones rieb sich den Nacken. „Die Männer sind nervös. Keiner von uns hat den Umgang mit Munition gelernt. Wir lernen es erst bei der Arbeit und es gab noch nicht eine einzige Sicherheitsschulung. Das geht irgendwann schief."

„Ich kümmere mich sofort darum und sehe, was ich machen kann."

Beide salutierten und Jones ging seiner Wege.

Vic hielt Helen die Wagentür auf. „Guter Mann, dieser Jones. Irgendwann wird er unter den Schwarzen ein angesehener Mann sein. Weißt du, ich dachte erst, das hier sei ein Rückschritt für mich, aber inzwischen sehe ich das anders. Ich kann hier Gutes tun und nebenbei Verbindungen knüpfen. Und einen Mann mit einer so glänzenden Zukunft heiratest du doch gern, oder?", fügte er scherzhaft hinzu.

„Nein, danke." Sie ließ sich in den Sitz gleiten und biss die Zähne zusammen. Wieso wollten die Männer in ihrem Leben sie immer kontrollieren? Vic belästigte sie ständig mit Heiratsplänen, Mr Carlisle schrieb ihr vor, wie sie ihren Sohn zu erziehen hatte, und Jim ... Jim kontrollierte sie selbst noch aus seinem Wassergrab.

Vic fuhr los und Helen kritzelte auf ihrem Blatt herum, als würde sie ihre Notizen verarbeiten.

Von allen fühlte sie sich von Jim am meisten beherrscht. Egal, wie sehr sie sich auch anstrengte, die Erinnerungen ließen sich nicht verdrängen. Ihre Fassade lag in Schutt und Asche wie das Daddy-Buch, an das sie sich geklammert hatte. Mrs Carlisle wollte, dass Helen ein neues Erinnerungsbuch bastelte, aber Helen konnte das Lügengebäude nicht mehr aufrichten. Der Mann hatte sie geschlagen, ihr Verbrennungen zugefügt und zwei Fehlgeburten verursacht.

Babys, die er aus ihr herausgetreten hatte.

Trauer überkam sie und sie sah schnell aus dem Fenster, um die Tränen zu verstecken. Das erste Mal, als er sie bewusstlos geschlagen hatte, als er das erste Kind in ihr getötet hatte, hatte sie ihm angedroht, ihrem Vater bei der ärztlichen Untersuchung alles zu sagen. Aber Jim hatte geweint. Er hatte tatsächlich geweint und gesagt, es tue ihm so leid, er liebe sie so sehr und deswegen mache es ihn wütend, wenn sie sich schlecht benehmen würde, und es würde nie wieder passieren. Nie wieder.

Sie hatte ihrem Vater erzählt, sie sei in der Badewanne ausgerutscht und die Blutungen seien schon vorher da gewesen.

Jim war damit durchgekommen. Er war immer damit durchgekommen.

Helen, kleines Krüppelmädchen.

Vic parkte am hölzernen Verwaltungsgebäude.

„Ich muss dringend mal wohin." Helen sprang aus dem Wagen und eilte in die Damentoilette.

Jim meinte, es würde ihr sowieso niemand glauben. Der lustige, vergnügte, beliebte Jim. Wer würde glauben, dass er seine Frau schlug?

Ray hatte ihr geglaubt.

Helen schluchzte und lehnte sich gegen die Wand. Mit einer Hand suchte sie in ihrer Handtasche nach einem Taschentuch.

Ray war der Einzige auf der Welt, der die Wahrheit herausgefunden hatte. Und der Einzige, der ihr sofort geglaubt hatte, obwohl Helen es abgestritten und ihm gehässige Sachen an den Kopf geworfen hatte, gerade weil er durch ihr Lügengeflecht gedrungen war.

„Oh, Herr." Sie drückte sich das Taschentuch aufs Gesicht. „Die Wahrheit tut so weh." Aber die Lüge schmerzte genauso. Nur anders, wie ein langsames Gift.

Helen sank auf die Knie und drückte die Wange gegen die raue Wand. Sie hielt das nicht aus, diese Erinnerungen, diesen Schmerz. Egal, was sie auch versuchte, wie sie es auch verdrängte und wie gut ihre Maskerade auch war – Jim hatte sie geschlagen.

Er hatte sie verprügelt. Auf sie eingedroschen. Sich an ihr abreagiert.

Helen klemmte den Kopf zwischen die Knie, als würden seine Schläge auf sie niederprasseln. „Herr, hab Erbarmen!"

Ein Flüstern. Ein leises Säuseln im Ohr. Er wusste es. Jesus wusste, was sie durchgemacht hatte. Er hatte dasselbe durchlitten und fühlte mit ihr.

Zum ersten Mal öffnete sie sich zaghaft für seinen Trost. Jesus nahm nicht ihre Tränen fort, er nahm sie entgegen. Er löschte nicht die Erinnerungen, er teilte sie. Zum ersten Mal hatte sie das Gefühl, die Last tragen zu können. Sie war nicht allein.

* * *

„Zehn Uhr?" Betty stemmte die Hände in die Hüften. „Zu viel Nähe bewirkt das Gegenteil. Hat Vic das noch nie gehört?"

Helen kämpfte gegen ihre schweren Lider. Sie war müde, fertig, erledigt. „Er denkt, je mehr Zeit wir miteinander verbringen, desto schneller verliebe ich mich in ihn."

„Typisch arroganter Llewellyn."

„Heute nicht, Betts, bitte. Ich möchte nur Jay-Jay holen und schlafen." Sie lief um ihre Schwester herum ins Haus.

„Hast du Hunger? Möchtest du Abendbrot?"

„Nein danke. Vic hat etwas aus der Messe kommen lassen, der Gentleman." Helen lief an ihrem Schwager vorbei, der im Sessel saß. „Hi, George."

Er drehte gerade ein Blatt Briefpapier um. „Hi, Helen."

Sie ging ins Kinderzimmer, wo Jay-Jay auf einem provisorischen Bett lag, das Hinterteil in die Luft gestreckt, den Mund leicht geöffnet. Sie konnte ihm stundenlang beim Schlafen zusehen. So ein winziges Menschlein, völlig abhängig von ihr. War es die richtige Entscheidung gewesen, arbeiten zu gehen? Sie brauchte ein Zuhause für ihn, damit er nicht ständig von den Großeltern verhätschelt wurde und sie ihn mit der gebotenen Strenge erziehen konnte. Aber um das zu erreichen, war sie zu oft weg. Richtete sie am Ende mehr Schaden an?

„Er sieht ganz unschuldig aus", meinte Betty. „Aber …"

Betty hatte es gut. Judy wurde nächste Woche ein Jahr alt. In dem Alter hatte Jay-Jay auch noch keine Wutanfälle gehabt.

Helen beugte sich vor und hob ihren Sohn hoch. Seine verschlafenen Muskeln zuckten, bis er sich kurz darauf an sie schmiegte. Helen machte extra langsam, damit sie nicht das Gleichgewicht verlor.

Betty legte Jay-Jays Decke um ihn. „Der Kleine hat vielleicht ein Temperament."

Ja, das hatte er. Helen lief es kalt den Rücken hinunter und sie drückte ihren Sohn noch mehr an sich. Jungs eiferten ihren Vätern nach. Deswegen hatte sie die ganze Fassade überhaupt erst errichtet, damit Jay-Jay dem Jim nacheiferte, den sie konstruiert hatte, und nicht dem echten Jim.

Was aber, wenn er Jims Art in sich trug? Wenn auch keine strenge Erziehung mehr half?

Helen drückte ihre Wange gegen das kleine Gesicht an ihrer Schulter. *Herr, bitte lass ihn nicht so werden wie seinen Vater.*

* * *

65. Militärkrankenhaus, Botesdale, Suffolk
Samstag, 24. Juni 1944

Ray spazierte um den länglichen See, der sich durch Redgrave Park zog, den alten Landsitz, wo das Krankenhaus seine Zelte aufgeschlagen hatte. Wenn er doch nur hineinspringen und seine Wut herausschwimmen könnte. Man hatte ihn dem 94. Bombergeschwader zugeteilt. Jacks Bombergeschwader. Jack hatte sich also eingemischt und würde es auch weiterhin tun, bis Ray irgendeinen sicheren Job am Boden hatte.

Die Wut kochte in Ray hoch – aber am meisten über sich selbst.

Im Zug hatte er einen Brief von George Anello gelesen. George meinte, Helen sähe noch schlechter aus als nach Jims Tod, völlig verzweifelt und erschöpft.

Ray dachte eigentlich, er hätte ihr mit seiner Abreise einen Gefallen getan. Aber stimmte das auch? Seine Liebe hatte das Feuer entfacht, dem ihr ganzes Leben zum Opfer gefallen war, und er blieb noch nicht einmal da, um die Trümmer aufzuräumen.

Was konnte er tun? Ihm blieb höchstens ein Brief. Aber was würde sie von ihm hören wollen?

Ray hob einen kleinen Stein auf und warf ihn über den See. Als Pastor, als der Mann, der sie liebte, und als der Einzige, der die Wahrheit über Jim wusste, war es seine Pflicht. Noch heute Abend würde er ihr schreiben.

Die Schönheit der Landschaft tat ihm gut – sanfte Hügel und wo man hinsah saftiges Grün. Jacks Krankenschwester hatte ihn in den Park geschickt, weil Jack und ein paar Freunde hier an den See gegangen waren. Patienten spazierten zwischen den Bäumen in der Sonne umher, erzählten und rauchten. Unter einer alten Eiche stand ein leerer Rollstuhl und ein Mann turtelte auf einer Decke mit einer Rothaarigen in einem hellblauen Kostüm herum.

Jack. Da hatte er ja nicht lange gebraucht, um über Ruth hinwegzukommen.

„Ray? Bist du das?“ Major Charlie de Groot, Jacks bester Freund, kam von hinten angelaufen und zog eine kleine Blondine in derselben graublauen Uniform hinter sich her, die Jacks Mädchen trug. „Habe ich dich gerade noch erwischt. Komm, lass dem Skipper noch ein bisschen Zeit.“

„Zeit? Sieht so aus, als würde er nichts anbrennen lassen.“

Die Blondine lachte. „Das köchelt doch schon über ein Jahr.“

Ein Jahr? Ach, natürlich. Auf ihrer Uniform waren ein Hermesstab und ein goldenes Fliegerabzeichen. Sie war fliegende Krankenschwester … sie war Ruth. Also hatte Jack die Sache doch noch einmal gekittet.

Charlie legte einen Arm um die Blondine. „May, das ist Jacks älterer und besserer Bruder. Ray, das ist meine Freundin, Lt. May Jensen."

Ray legte die Hand an die Mütze. „Älter, ja. Besser, nein."

„Auf jeden Fall bescheidener." Die Frau mit der Porzellanhaut lächelte.

„Ah, die beiden haben eine Pause eingelegt", meinte Charlie.

Jack und Ruth bewegten sich auf den Baum zu, wo Jack Ruth noch einmal küsste. Aber Ray konnte nicht warten. Er musste um 1700 zurück im Rekrutierungszentrum sein und die Sache mit Jack musste geklärt werden. Jetzt sofort.

„Hi, Jack."

Jack sah auf und strahlte bis über beide Ohren. „Hey! Grüßt euch. Soll ich euch was sagen? Wir sind verlobt!"

May quiekte vor Vergnügen und umarmte Ruth. Ray und Charlie schüttelten Jack die Hand und setzten sich im Schneidersitz auf die braune Armeedecke. Jack stellte Ray seine Verlobte Lt. Ruth Doherty vor, eine richtige Schönheit mit einem Chicagoer Akzent.

Zum zweiten Mal in zwei Monaten spürte Ray den hässlichen Stich der Eifersucht. Beide Brüder würden eher vor dem Traualtar stehen als er. Er versuchte den Gedanken zu verdrängen. Stattdessen setzte er ein Lächeln auf. „Hast du also doch noch Klebstoff gefunden, kleiner Bruder."

Ruth richtete die Schlinge über ihrem Gipsarm mit einem Fragt-mich-bloß-nicht-wie-das-passiert-ist-Blick. „Wir haben uns für etwas Dauerhafteres als Klebstoff entschieden."

Ray nickte ihr zu. Wenigstens hatte seine zukünftige Schwägerin etwas im Kopf, anders als dieses Mädchen, mit dem Jack auf dem Predigerseminar zusammen gewesen war.

„Na Skipper, jetzt bereust du deine Versetzung in den Pazifik, was?" Charlie pflückte einen Grashalm und steckte ihn sich zwischen die Zähne.

„Darauf kannst du wetten. Das Erste, was ich am Montag mache, ist zu Colonel Dougher zu gehen und das Gesuch zurückzuziehen." Er drückte Ruths Schulter. „Du bist nämlich mit dem neuen Luftkommandeur des 94. Bombergeschwaders verlobt."

Ray gefiel es überhaupt nicht, an einem so schönen Tag für Spannungen zu sorgen, aber das Thema musste auf den Tisch. Er beugte sich vor und presste die Handflächen aufeinander. „Dann werden wir ja viel Zeit miteinander verbringen.“

Jack grinste ihn an. „Du hast deine Zuteilung gekriegt.“

„Ist das auf deinem Mist gewachsen?“

„Und ob. Dougher wird dich gut behandeln.“

Ray sah seinen Bruder an. „Versprich mir eins: keine Sonderbehandlung. Ich fliege auch die gefährlichen Einsätze, wie alle anderen Piloten.“

Jacks Grinsen gefror. „Dir ist klar, dass wir dich da einsetzen, wo deine Stärken liegen.“

Ray schwamm in Gedanken eine Runde im See. „Wenn ich eine nichtkämpfende Position haben wollte, wäre ich in den Staaten geblieben. Ich bin nur aus einem Grund hier. Ich will fliegen.“

„Aber du hast doch ganz andere Talente und Stärken ...“

„Und wenn ich nicht dein Bruder wäre? Was würdest du tun? Wenn du mich nicht kennen würdest?“

„Aber ich kenne dich nun mal und du bist am besten bei ...“

„Ich bin ein qualifizierter Pilot. Seit über vier Jahren fliege ich für die Army Air Force, über anderthalb davon in einer B-17, viel länger als diese Kinder, die ihr ohne zu fragen jeden Tag in den Krieg schickt. Und ich habe mich für Kampfeinsätze gemeldet. Halte mich bloß nicht auf.“

Charlie streckte die Beine aus. „Hör mal, Jack. Du bist jetzt ein anderer. Fang nicht wieder mit dem Manipulieren an.“

Jack schloss die Augen und seufzte. „Ich will doch gar nicht manipulieren. Wirklich nicht.“

„Dann lass es“, sagte Ray. „Ich möchte nämlich nicht deswegen zum Kommandeur gehen.“

Jack stöhnte und verdrehte die Augen. „Ist ja gut.“

„Fein.“ Ruth hob ihren Gips hoch, auf den ein Verlobungsring gemalt war. „Ich würde den hier nämlich nur sehr ungern zurückgeben, aber ich möchte auf jeden Fall den neuen Jack Novak heiraten ...“

Gelächter vereinte die Gruppe. Ray stützte sich nach hinten auf den Handflächen ab und betrachtete die Äste über ihm. Diese Schlacht hatte er gewonnen.

Aber es war eine Schlacht mit Worten gewesen, sein Steckenpferd, und hatte nur etwas mehr Rückgrat gefordert als eine normale Diskussion. Was würde er tun, wenn erst richtige Kugeln flogen?

Ray schmunzelte. Kaum zu glauben, dass er für sein Recht zu kämpfen gekämpft hatte.

Kapitel 17

Antioch
Freitag, 30. Juni 1944

Vic öffnete Helen die Autotür. „Warum machst du dich nicht ein bisschen frisch? Dann gehen wir essen, feiern deinen ersten Gehaltsscheck – und unsere Verlobung."

Das Einzige, was Helen feiern wollte, war, dass sie einmal nicht zu spät zu Hause war. Sie lächelte betont freundlich. „Mach's gut. Bis Montag."

Müde stieg sie die Stufen zum Haus der Carlisles hinauf. Ihre Mutter hatte in ihrem letzten Brief geschrieben, der einzige Weg, so einer Hartnäckigkeit zu begegnen, sei, stark zu sein und ihn nie zu ermutigen.

Dasselbe hatte sie zu Jay-Jays Wutanfällen gesagt: Helen solle stark sein und nie nachgeben, so, wie Mama es in Helens Trotzphase gemacht habe. Helen hatte irgendwann gelernt, sich unter Kontrolle zu halten. Jim nicht.

Mr Carlisle saß mit dem *Ledger* im Sessel, dessen Schlagzeilen „Fortschritt auf Saipan" und „Spargelsaison beendet" lauteten. Er ließ die Zeitung sinken und sah Helen freundlich an. „Wie war dein Tag?"

„Gut. Ich habe mein erstes Gehalt bekommen. Nicht besonders viel, aber es ist ein Anfang." Helen ging weiter in Richtung Küche, aus der Jay-Jays Kinderlachen tönte. An Tagen, an denen Helen arbeitete, holte Mrs Carlisle Jay-Jay inzwischen auf dem Rückweg von der Boutique bei Betty ab.

„Also?", sagte Mr Carlisle.

„Also was?"

Er streckte die Hand aus. „Der Scheck."

Ihre Hand schloss sich unwillkürlich um das kostbare Stück Papier. „Ich eröffne am Dienstag ein Konto."

„Du hast doch Jims Konto."

Helen bekam Gänsehaut. „Aber das hat er dir vermacht. Mein Name taucht da nirgendwo auf. Ich kann damit keine Rechnung bezahlen."

„Ja, das stimmt. Ein Mann ist das Oberhaupt der Familie, auch in Sachen Finanzen."

„Ich kann sehr gut mit meinem eigenen Geld umgehen."

Mr Carlisle legte die Zeitung auf den Beistelltisch und sah sie väterlich an. „Wie sieht das denn aus, wenn die Schwiegertochter des Bankdirektors sich um ihre eigenen Finanzen kümmern muss? Als würde ich nicht für dich sorgen."

„Aber ich …"

„Und wozu brauchst du das überhaupt? Ich habe dir immer genug Geld zum Leben gegeben."

„Ja, aber ich muss doch einen neuen Hausstand gründen, damit ich wieder auf eigenen Füßen stehen kann."

Mr Carlisle erhob sich und kam auf Helen zu. Jim hatte seinen schlaksigen Körperbau ohne Zweifel von ihm geerbt. „Ich werde einen Teil deines Gehalts dafür beiseitelegen, sobald du deine Schulden bezahlt hast."

Helen fiel die Kinnlade herunter. „Schulden?"

„Du hast schließlich eins meiner Häuser abgebrannt. Es wird tausend Dollar kosten, das wieder aufzubauen. Und Jims Geld kann ich dafür nicht nehmen. Es reicht gerade so, dich und Jay-Jay durchzubringen, bis er achtzehn ist. Siehst du? Deswegen sollte lieber ich die finanziellen Entscheidungen treffen."

„Hat nicht die Versicherung …"

„Versicherungen sind der reinste Betrug, auf den nur Menschen reinfallen, die nicht auf Gottes Fürsorge vertrauen."

Helen fröstelte. Ja, Gott sorgte für sie – mit einem Gehaltsscheck.

Mr Carlisle zupfte ihr den Scheck aus den kalten Fingern. Vic bezahlte ihr fünfzig Dollar im Monat. Wie lange würde es dauern, diese Schuld abzutragen? Wie lange, bis sie endlich ausziehen könnte? Fast zwei Jahre. Die Erkenntnis allein raubte ihr auf dem Weg in die Küche die Luft zum Atmen.

Mrs Carlisle stand am Herd und Jay-Jay saß hinter ihr auf dem Boden. Mit einem Holzlöffel schlug er ihr gegen die Waden. Sie zuckte bei jedem Schlag zusammen, sagte aber nichts.

Helen zog ihren Sohn erschrocken fort. „Jay-Jay! Man schlägt seine Großmutter nicht."

Er protestierte schreiend.

„Macht doch nichts." Mrs Carlisle lächelte matt. „Er wollte trommeln und ich hatte keine Töpfe mehr übrig. Mein Fehler."

„Dein Fehler? Er ist derjenige, der hier um sich schlägt." Helen nahm Jay-Jay den Löffel weg.

„Nein! Mein Nöffel." Jay-Jay boxte sie gegen die Schulter.

Panik stieg in Helen auf, aber sie versuchte stark zu bleiben und nicht nachzugeben. „Es wird nicht geschlagen."

Jay-Jay heulte auf und warf sich auf den Boden.

„Oh nein." Mrs Carlisle rang die Hände. „Du verdirbst ihm ganz die Laune."

Helen war Jay-Jays Laune nicht halb so wichtig wie sein Charakter, aber was sollte sie mit dem Wutbündel jetzt machen? Mama meinte, sie solle ihn ruhig Konsequenzen spüren lassen. Aber sie hatte Angst davor. Wegen Jim. Aber wenn sie sie nicht überwand, würde etwas eintreten, vor dem sie sich noch mehr fürchtete: Jay-Jay würde werden wie er. Also hob sie ihn hoch, klemmte ihn sich unter den Arm und schob mit dem Hintern die Tür auf.

„Was machst du da?", rief Mr Carlisle.

„Er kommt in sein Zimmer, bis es Essen gibt", versuchte sie ihren brüllenden Sohn zu übertönen und wich einer kleinen Faust aus. Darin hatte sie jede Menge Übung.

„Es ist aber bereits Essenszeit."

„Er kann essen, wenn er sich beruhigt hat."

„Er muss was essen. Der Junge wächst doch noch." Mr Carlisle entriss ihr seinen Enkel mit derselben Leichtigkeit wie den Scheck.

Jay-Jay klammerte sich an seinen Großvater und sah Helen finster an.

Helen kämpfte gegen die Übelkeit an. Ja, der Junge wuchs heran – zum Ebenbild seines Vaters.

* * *

Militärflugfeld Bury St. Edmunds, Suffolk
Samstag, 8. Juli 1944

Ray sah angestrengt auf die teilweise erleuchtete Landebahn vor sich. Mit dem Fuß hielt er die Bremse der *One O'Clock Jump* gedrückt, seiner B-17G. Die *Jump* hatte achtundsechzig kleine Bomben auf dem

Bug, für jeden Einsatz eine. Grünschnäbel bekamen natürlich nie die neuen Fliegenden Festungen.

Die vier Wright-Cyclone-R-1820-Motoren kämpften mit vollem Schub gegen die Bremse und schüttelten das ganze Flugzeug durch. Ray atmete tief ein und dehnte seinen Brustkorb unter der schweren Fliegerkombi aus – Unterhemd, Wollhemd, Mae-West-Schwimmweste, Fallschirm und die neue Fliegerjacke mit Alpacawolle.

„Heckrad eingerastet?", fragte er.

„Check." Der Kopilot Lt. Leo Goldman warf ihm einen genervten Seitenblick zu.

Ja, Ray hatte schon zweimal danach gefragt, aber er konnte sich bei seinem ersten Einsatz keinen Fehler leisten, vor allem nicht, wenn sein Bruder im Tower saß.

Um 0337, dreißig Sekunden, nachdem das letzte Flugzeug gestartet war, flog eine grüne Leuchtkugel aus dem Fahrzeug am Ende der Startbahn.

Rays Herz schlug ihm bis zum Hals. Als der Herr Gideon in die Schlacht geschickt hatte, hatte er gesagt: „Geh hin in dieser deiner Kraft." Aber würde Rays Kraft ausreichen?

Er nahm den Fuß vom Bremspedal und die Fliegende Festung rumpelte die Landebahn hinunter, hüpfte und rüttelte. In ihrem Rumpf trug sie eine Ladung Bomben für das deutsche Versorgungsdepot in Méry-sur-Oise nördlich von Paris.

Bei 115 Meilen pro Stunde zog Ray sanft am Steuerrad und die *Jump* hob ab. Er drückte kurz auf die Bremse, um die Räder anzuhalten. „Fahrwerk einfahren."

Goldman legte den Schalter auf der Konsole um. „Check."

Ray reduzierte den Schub, bis die Fluggeschwindigkeit auf 150 Meilen pro Stunde bei einer Steigungsrate von 300 Fuß gesunken war.

„Heckschütze an Pilot. Können wir noch mal umdrehen?" Staff Sergeant Harland Burgess' weinerliche Stimme erklang in Rays Kopfhörer. „Ich muss mal."

Ray lächelte. Er hatte also nicht als Einziger Angst. „Das hätten Sie besser mal vor dem Start gemacht."

„Habe ich ja. Acht Mal."

„Nehmen Sie den Urinalbeutel. Aber machen Sie es jetzt, bevor es zu kalt wird."

Goldman lachte. „Ja. Da ist doch mal einer festgefroren am Schlauch. Er musste amputiert werden. Jetzt hat er sich beim Frauenkorps beworben."

Ray warf seinem Kopiloten einen strengen Blick zu, musste dann aber doch lachen. „Glauben Sie ihm nicht, Burgess. Mit diesen Geschichten wollen die uns nur Angst machen."

Zwei Minuten waren seit dem Start vergangen, also flog Ray eine sanfte Kurve nach links. Er spähte in die Dunkelheit und hielt die Augen nach den Aldislampen offen, die jedes Flugzeug am Heck trug, um die Bildung der Formation zu erleichtern. Über England war der Nachthimmel wolkenlos, doch für Frankreich waren Wolken angesagt. Sollten sie das Ziel nicht eindeutig identifizieren können, würden sie das Alternativziel bombardieren.

Bei Sonnenaufgang würde er schon über Feindesland fliegen. Ob er bei Sonnenuntergang noch lebte? Er grummelte in die Sauerstoffmaske. *Herr, nimm diese blöden Gedanken weg!*

Die nächste halbe Stunde stieg Ray in einem rechteckigen Muster auf. Mit jeder Kurve rückten die Fliegenden Festungen enger zusammen. Zuerst bildete Ray mit zwei anderen ein *V*, dann das *A* aus zwölf Flugzeugen mit Colonel Dougher an der Spitze und schließlich die „Faust" aus drei Dutzend B-17.

Die ganze Gruppe flog schließlich eine enge Kurve und nahm Kurs auf die englische Küste. Die vierzig Geschwader der 8. US-Luftflotte teilten sich auf verschiedene Ziele in Frankreich auf, um die Transport- und Versorgungsmöglichkeiten der Deutschen zu schwächen.

„Zehntausend Fuß, Goldman", sagte Ray. „Sauerstoffcheck alle fünfzehn Minuten."

Der Kopilot funkte die zehn Crewmitglieder durch. Der Sicht wegen hatten sie die ganze Zeit schon Sauerstoffmasken auf, aber ab einer gewissen Höhe war das auch lebensnotwendig.

Ray sah durch das Cockpitfenster nach oben. Über sich entdeckte er den Drachen am Sternenhimmel. Heute würde Ray das erste Mal einem deutschen Drachen entgegentreten, der feurige Kugeln und Granaten spie. Hatte er das Zeug dazu? Konnte er dem Drachen seiner eigenen Feigheit das Schwert ins Herz stoßen? Hatte er überhaupt ein Schwert?

„Heckschütze an Pilot. Paps, mir geht es nicht gut. Ich glaube, ich kriege zu wenig Sauerstoff."

Paps. Ray hatte seinen Spitznamen weg, aber das störte ihn nicht. Von den Jungs war nur einer über einundzwanzig. Sie durften noch nicht einmal wählen gehen. „Haben Sie sich ordentlich rasiert, Burge? Sitzt die Maske eng genug?“

„Ja, Sir.“

„Er hat sich letzte Woche rasiert“, warf Goldman ein. „Das reicht noch bis September.“

Ray musste lächeln. „Überprüfen Sie den Schlauch und das Ventil.“

„Habe ich. Sieht alles gut aus, aber mir ist trotzdem schwindlig.“

Er zeigte Nerven, klarer Fall. „Tief einatmen, entspannen und beten.“

„Ja, Sir. Im Namen des Vaters und des Sohnes und des Heiligen …“

„Funk bitte frei halten.“

„Jawohl, Sir. Kein Gequatsche im Funk.“

Ja, der Funkkanal musste frei gehalten werden, aber Gebet war mehr als nur Gequatsche. Genauso wie der wellige Schlauch an Rays Maske seine Verbindung zum Sauerstoff war, war Gebet seine Verbindung nach oben.

Er hatte im Vorfeld des heutigen Einsatzes viel Zeit mit Gott verbracht. Ob Helen auch bei Jesus Trost fand?

Immer wieder musste er an sie denken. Ob sie seine Briefe inzwischen bekommen hatte? Sein Plan war, ihr ein- bis zweimal pro Woche zu schreiben, bis sie sich entweder meldete oder George ihm zu verstehen gab, dass sie keine Post mehr von ihm wollte.

„‚There'll be bluebirds over the white cliffs of Dover‘“, erklang die Stimme des Flugingenieurs, Technical Sergeant Hank Hewett, hinter Ray im Cockpit.

Ja, fünfzehntausend Fuß unter ihnen waren die Kreidefelsen von Dover, aber es war noch zu dunkel, um sie zu sehen.

„Nachts sind alle Katzen blau“, sang Hewett weiter. „Ooh, seht euch mal die Sterne an.“

Was zum …? Ray drehte sich um.

Obwohl sie noch nicht über Feindesland waren, stand Hewett schon auf der kleinen Plattform des Geschützturms, die Unterarme auf die Griffe gelegt und drehte sich im Kreis. „Huiii!“

„Hewett?“

„Sterne, ich sehe Sterne!“

Verlor er die Nerven oder waren das die ersten Anzeichen von Sauerstoffmangel? „Goldman, holen Sie ihn da runter, bevor er noch rumballert! Geben Sie ihm eine mobile Sauerstoffflasche. Buffo, Sauerstoffcheck", rief Ray dem Bombenschützen im Bug zu. „Buffo?"

Ray und Goldman sahen sich besorgt an. „Radovich, was ist mit Buffo los?", fragte er den Navigator.

„Irgendwas stimmt nicht. Er stiert einfach vor sich hin."

„Geben Sie ihm eine Sauerstoffflasche. Burgess, alles in Ordnung?"

„Meine Lippen kribbeln."

„Holen Sie sich eine Flasche." Ray merkte, wie ihm selbst schwindlig wurde. Er schaltete über sich den Bordfunk auf Befehlsmodus und gab Dougher Bescheid, dass sie umdrehten.

Dann setzte er zu einem leichten Sinkflug an und sah verzweifelt zum Sternbild über sich hinauf. Sein innerer Drache der Feigheit durfte also weiterleben, aber was hatte er für eine Wahl? Bei zwanzigtausend Fuß wurde man nach drei Minuten ohne Sauerstoff bewusstlos und war nach zwanzig Minuten tot und die mobilen Sauerstoffflaschen waren nach einer Viertelstunde leer.

Sobald er die Flugformation verlassen hatte, ging er vom Gas und drückte das Steuerrad nach vorn. Sie mussten jetzt schleunigst zehntausend Fuß erreichen.

In die Schlacht zu fliegen wäre vermutlich leichter gewesen als zur Basis zurückzukehren. Ein Abbruch beim ersten Einsatz sah überhaupt nicht gut aus. Vor allem vor Jack.

* * *

„Ich kann an dem Vogel nichts entdecken." Technical Sergeant Bodey, der Leiter von Rays Bodencrew, sprang aus der Bugklappe.

Ray stöhnte. „Am Regulator vielleicht? Den Ventilen? Den Sauerstofftanks?"

Bodey beugte seinen silbrigen Schopf vor und rieb sich mit den ölgeschwärzten Fingern eines erfahrenen Mechanikers das Kinn. „Hören Sie: Die B-17 verfügt über achtzehn G-1-Zylinder in vier voneinander getrennten Systemen, um auch bei Kampfschäden ihren Dienst zu leisten. Was Sie da beschreiben, würde den Ausfall von drei dieser Systeme bedeuten, ohne dass eine einzige Kugel geflogen ist."

Rays Blick sprang zu seinem Bruder, der auf Krücken neben ihm stand. „Ich weiß nur, dass drei Crewmitglieder Anzeichen für Sauerstoffmangel zeigten, und mehreren anderen schwindlig oder übel war."

Bodey schob sich an Jack vorbei und lief in Richtung Werkstatt. „Fracksausen."

„Jep", erwiderte Jack kurz und bündig.

Ray schnaubte. Dachten sie, seine Crew litt an einer Massenpsychose? Gruppenfeigheit?

„Hast du es dir anders überlegt? Das mit dem Fliegen?"

„Natürlich nicht. Bodey muss irgendwas übersehen haben."

„Er ist unser bester Mechaniker. Er hat schon an Flugzeugen gearbeitet, da war ich noch nicht mal geboren. Außerdem ist die *One O'Clock Jump* gerade im Flugdepot Troston generalüberholt worden. Sie ist tipptopp in Ordnung."

Ray ließ den Blick über das Flugzeug streifen, vom Plexiglasbug bis zur Heckflosse. „Ich habe nicht den Schwanz eingezogen. Ich war bereit."

Jacks Krücken knirschten auf dem Rollfeld. „Wir könnten hier einen guten Fluglehrer gebrauchen. Übung schadet den Jungs bestimmt nicht."

„Nächstes Mal läuft alles planmäßig. Versprochen."

„Es wird kein nächstes Mal geben."

„Jack ..."

„Weißt du, wie viel so ein Abbruch kostet? Ich meine nicht nur an Sprit und Zeit und Aufwand, sondern das ganze Geschwader? Das 94. war ohne deine Bomben über feindlichem Territorium, ohne deine defensive Feuerkraft und mit einem gefährlichen Loch in der Formation."

„Es wird nicht wieder vorkommen."

Jack sah zum Tower. „Verstehst du nicht? Wenn ich dich noch mal fliegen lasse, denken sie, ich behandle dich anders, weil du mein Bruder bist."

Ray hielt die Spannung aus und wartete, bis Jack ihm in die Augen sah. „Was würdest du tun, wenn ein anderer Pilot abgebrochen hätte?"

„Es war dein erster Einsatz."

„Eben. Würdest du einen Piloten für eine abgebrochene Mission rausschmeißen, nach all dem, was die Air Force an Training in ihn investiert hat?"

Jack seufzte.

„Eine Chance noch, Jack. Eine einzige. Wenn ich wieder abbreche, schmeiße ich mich selbst raus."

Jack humpelte fort. „Na schön. Aber das ist hier kein Baseballspiel. Das hier ist der Krieg."

Ray nickte. Und manche Schlachten mussten innerlich ausgefochten werden.

Kapitel 18

Antioch
Dienstag, 11. Juli 1944

Mit einem Kloß im Hals begutachtete Helen den Brief im Licht ihrer Nachttischlampe. Es gab keinen besseren Mann als Ray und sie hatte ihn vertrieben.

Als George ihr am Abend vorher den Brief gegeben hatte, hatte sie es kaum glauben können. Aber ihr Name stand in der Anrede.

Helen fuhr mit dem Finger über die trockene Tinte. Im Schönschreiben hatte er bestimmt die besten Zensuren gehabt – sein Schriftbild war so sauber, mit der immer gleichen Neigung und gleichmäßigen Bögen. Ihr Name in seiner Handschrift gefiel ihr gut.

Ein leichter Windstoß bewegte die Vorhänge, war aber zu warm, um den Raum abzukühlen. Helen saß in ihrem Baumwollnachthemd auf dem Bett, hatte die Haare hochgesteckt und lehnte an einem Kissen. Der Schweiß kitzelte sie im Nacken und an den Stirnseiten und beim Lesen des Briefes erreichte die Feuchtigkeit auch ihre Augen.

Den ganzen Tag hatte sie trotz Frauenkreis und etlicher Besorgungen mit Jay-Jay überlegt, wie sie darauf reagieren sollte. Nun lag Jay-Jay in seinem Bett und sie konnte zur Tat schreiten.

Noch einmal las sie Rays ersten Satz: *Ich kann verstehen, wenn dieser Brief nicht willkommen ist oder du nicht antworten willst, aber ich habe unsere Freundschaft sehr genossen und würde mich freuen, wenn wir uns hin und wieder schreiben könnten.*

Das war kein Auftakt zu einer zweiten Liebesgeschichte, sondern der Brief eines Pastors an einen Menschen in Not. Helen legte einen Briefbogen auf die Schachtel auf ihrem Schoß. Vielleicht könnte diese Brieffreundschaft Ordnung in das Chaos ihres Lebens bringen? Nicht nur wegen Rays Weisheit, sondern auch über den Akt des Schreibens.

Sie zog die Kappe von ihrem Füller. „Herr, bitte gib mir die richtigen Worte."

Lieber Ray,
hab vielen Dank für deinen Brief. Ich freue mich, dass es dir im Rekrutierungszentrum gut geht. Es ist bestimmt schön, wieder fliegen zu können und deinen Bruder zu sehen. Der Herr wird mit dir sein und dich bewahren und du wirst deine neue Aufgabe bestimmt gut bewältigen.

Helen seufzte. Warum konnte sie nicht einfach schreiben: „Bitte, bitte vergib mir, dass ich dich einen Feigling genannt habe! Ich habe mich vom Zorn verleiten lassen. Das war vorschnell und unbedacht, dabei liebe ich dich so, wie du bist: sanft und freundlich und einfühlsam." Stattdessen schrieb sie:

Auf der Arbeit läuft es gut, auch wenn ich lange arbeiten muss und die Ehrenämter darunter leiden. Die Stadt hat aber bewiesen, dass sie auch ohne mich zurechtkommt, und 440.000 Dollar in Kriegsanleihen gesammelt. Damit haben wir unser Soll zu 126 % erfüllt, während Nordkalifornien nur 39 % erreicht hat. Dafür hinkt das Rote Kreuz weit hinterher, was die chirurgischen Verbände betrifft, und ich würde so gern helfen. Mir fehlt diese Arbeit, weil ich weiß, dass ich das kann und damit Gutes tue.
Ich ermahne mich dann, dass das hier notwendig ist, damit ich wieder auf eigenen Beinen stehen kann. Mit Jay-Jay versuche ich etwas strenger zu sein, aber das ist nicht leicht, wenn die Großeltern im selben Haus wohnen und ganz vernarrt in ihren Enkel sind.

Helen lehnte den Kopf an die Wand. Mehr durfte sie dazu nicht schreiben. Bei Tisch hatte Mr Carlisle seine Frau eine dumme Gans genannt, weil sie den Pfeffer am Hackbraten vergessen hatte, und sie hatte sich tausendmal entschuldigt.

Jim hatte Helen auch oft schlecht gemacht und sie hatte gelernt, sich sofort zu entschuldigen, damit es keine Schläge gab. Manchmal hatte es funktioniert. Manchmal nicht.

Ob Mr Carlisle seine Frau auch schlug? War sie deswegen so eine verhuschte, schwache Person?

Trotz der Sommerhitze fröstelte Helen. Wenn Jim noch leben würde, wäre aus ihr dann auch so eine duckmäuserische Frau geworden? Sie waren nur dreieinhalb Jahre verheiratet gewesen und hatten das letzte

Jahr glücklicherweise durch die allgemeine Mobilmachung getrennt voneinander verbracht. Helen hatte Jim Stück für Stück zum Patrioten gemacht. War es nicht besser, freiwillig zu gehen und sich den Dienst auszusuchen, als auf Uncle Sams Entscheidung zu warten? Jim hatte sich für die Navy entschieden und Helen hatte ihn dafür gelobt, was für ein Held er doch sei, ihr tapferer Ehemann. Aber insgeheim hatte sie sich seinen Tod gewünscht und danach gesehnt, verwitwet und frei zu sein.

Helen schlang die Arme um ihren Bauch. Manches konnte niemals aufgeschrieben werden.

* * *

Über Frankreich
Freitag, 14. Juli 1944

„Da ist das nächste Signalfeuer", rief Lt. Earl Radovich vom Navigatortisch unten im Bug der *One O'Clock Jump*. „Wir sind genau auf Kurs."

„Check", erwiderte Ray. Zweitausend Fuß unter ihm kämpfte ein orangefarbener Punkt gegen die Dunkelheit und tat, als könne er das kleine Scheibchen Sonne imitieren, das sich am Horizont emporschob.

Ray drückte gegen das Steuerrad, um auf fünfhundert Fuß zu sinken. Die Résistancekämpfer warteten auf ihre Versorgungslieferung. Anstatt Funknavigation zu verwenden, die die Deutschen auf ihre Fährte locken könnte, verließ sich das 94. Bombergeschwader auf Signalfeuer, eine altmodische Navigationshilfe.

Die schwarzen Silhouetten der dreiunddreißig anderen B-17 hoben sich vor dem rötlichen Himmel ab.

Dieser Einsatz war ein Test für Ray und er war sich dessen bewusst. Die mittlere Flughöhe machte keine Sauerstoffmasken nötig und keine Abbruchausrede möglich. Nicht, dass er eine gebraucht hätte – Hewett sang kein wirres Zeug, Buffo war nicht in Trance und Burgess hatte keine kribbelnden Lippen. Und Ray hatte keine Angst. Kein bisschen. Sondern inneren Frieden.

Was Jack nicht wissen konnte, war, dass bei diesem Einsatz auch Rays

Bedenken, Menschen zu töten, überflüsig waren. Es sei denn, einer der Résistancekämpfer bekam einen Kanister auf den Kopf.

„Verzeihung bitte, die Herren." Der Bombenschütze Lt. John Buffo zwängte seinen gewaltigen Körper zwischen den Pilotensitzen aus dem Bugraum. „Für einen zarten Mann wie mich ist die Air Force vielleicht doch nicht so geeignet."

„Wer sonst würde dich schon nehmen, Proffo?", sagte Goldman.

Ray amüsierte sich immer wieder aufs Neue über die Kombination des Gehirns eines Englischprofessors mit dem Körperbau eines Footballspielers.

Buffo quetschte sich an Hewetts Geschützturm vorbei, um die Versorgungskanister im Bombenschacht zu überprüfen. „Verflucht sei mein neugieriger Geist und diese Liebe zur Fliegerei."

Als Buffo zurückkehrte, schien die Sonne gelb und die Flugzeuge glänzten silbern. Die vordersten Bomber streckten ihre Räder nach unten wie Vögel, die auf Telefondrähten landen wollten.

Ray sah auf den Höhenmesser. „Tausend Fuß. Fahrwerk ausfahren."

Neben ihm legte Leo Goldman den Schalter um. „Check."

„Bombenschacht geöffnet", sagte Buffo.

Das Mahlen des Fahrwerks gesellte sich zum Motorengeräusch und die *Jump* wurde wie geplant noch langsamer, um eine höhere Abwurfgenauigkeit zu erreichen.

Unter ihnen zogen bewaldete Hügel und grüne Wiesen vorbei. Der französische Maquis hatte eine dünn besiedelte Gegend im Rhonetal für den Abwurf ausgesucht. Der Rest der Dritten Division hatte sich auf sechs andere Regionen aufgeteilt und die B-24 Liberators der Zweiten Division bombardierten als Ablenkungsmanöver verschiedene Flughäfen.

Achthundert Fuß, siebenhundert. Selbst bei reduzierter Fluggeschwindigkeit von 130 Meilen pro Stunde war das Fliegen jetzt kein Kinderspiel mehr. Ray ließ die Formation und das Terrain unter sich nicht aus den Augen. Fünfhundert Fuß war noch keine Mutprobe im Tieffliegen, aber viel fehlte nicht.

„Bereich 5-A voraus." Radovich benutzte den Code für die geheime Abwurfzone. Wenn sie abgeschossen und verhört wurden, gingen sie sonst Gefahr, die Résistance zu verraten.

„Ich sehe sie." Buffo hatte vom konischen Bug aus die beste Sicht.

Als sie die Abwurfzone erreichten, ließ das erste Flugzeug seine Ladung fallen. Die anderen taten es ihm gleich.

„Kanister raus." Buffo klinkte zwölf Behälter à dreihundert Pfund mit Nahrungsmitteln, medizinischer Ausrüstung und Munition aus. Lauter kleine Fallschirme in Rot, Weiß und Blau segelten dahin und riefen den französischen Nationalfeiertag in Erinnerung.

„Sie winken", rief Buffo. „Ich glaube … ja, sie machen das Victoryzeichen."

Ray warf einen kurzen Blick nach unten, wo winzige Personen ihre Arme schwenkten und Luftküsse warfen. Schnell sah er wieder auf die Formation und den Höhen- und Geschwindigkeitsmesser. Zufriedenheit erfüllte ihn. Diese Männer hatten vier Jahre lang unter der Tyrannei der Nazis gelitten. Sie riskierten ihr Leben, um Flüchtlingen zu helfen, Sabotage zu betreiben und Informationen über den Feind zu sammeln. Das waren echte Helden.

Sie konnten ihn nicht sehen, aber er salutierte trotzdem. „Den nächsten Nationalfeiertag dann in Freiheit!"

Ray fand es schon mutig, in einem Flugzeug über Feindesland zu fliegen, aber er war hier oben und nicht dort unten. Er musste keine schweren Entscheidungen treffen. Was war richtig, was falsch? Sich der Obrigkeit unterzuordnen, wie die Bibel es lehrte? Oder dem Bösen zu widerstehen, wofür sie genauso eintrat?

Das Fahrwerk war wieder eingefahren und Ray gewann an Geschwindigkeit und Höhe. Die Staffel drehte bei. Die deutsche Luftwaffe hatte sich nicht blicken lassen und Flakfeuer gab es auch keines – jedenfalls noch nicht. Ray konzentrierte sich darauf, den viermotorigen Bomber in der Formation zu halten und war froh, dass seine Crewmitglieder sich um den Beschuss kümmern würden, falls es dazu kommen sollte.

„Leute, behaltet die Wolke auf zwei Uhr im Auge", sagte Hewett mit dem Kopf in der Plexiglaskuppel hinter Ray. „Irgendwas ist da aufgeblitzt."

„Buffo, Hewett, eure Aufgabe", befahl Goldman. „Der Rest konzentriert sich auf seinen Sektor."

Die *One O'Clock Jump* hatte zwölf Maschinengewehre. Buffo hatte das Zwillingsgewehr Kaliber .50 im Kinnturm, Radovich bemannte ein einzelnes Gewehr auf jeder Seite und Hewett bediente Zwillingsrohre im Geschützturm. Hinten im Rumpf hatten Tucker und Paladino jeweils Kaliber .50 in den Fenstern und Finley drehte sich mit zwei Gewehren im Kugelturm unter dem Rumpf. Burgess im Heck hatte seine zwei Gewehre für sich.

Ray sah nach rechts oben. Das Blitzen kam näher und er wurde nervös. Der Fallschirm an Rücken und Sitz beruhigte ihn etwas, aber er wollte sein eingerostetes Deutsch heute lieber nicht zum Einsatz bringen. *Herr, bitte bring mich da durch. Lass mich jetzt keine Dummheit machen.*

Hewett drehte den Geschützturm. „Okay, Jungs, feindliche Flieger auf zwei Uhr."

Ray atmete tief ein und musste wegen seiner trockenen Kehle beinahe husten. Die Formation halten. Keine Ausweichmanöver. Aufs Fliegen konzentrieren. Die Schützen machen schon ihre Arbeit. Ruhig bleiben. Geradeaus fliegen. Beten.

Das Aufblitzen nahm Form an – acht kleine Messerschmitt 109, schnell und wendig.

„Erinnert mich an ein Gedicht", sagte Buffo im Bordfunk. „‚Todesgruß und Todeskuss, falle, was da fallen muss, in den Höllenrachen.'"

„‚Der Angriff der leichten Brigade'", antwortete Ray.

„Genau. Alfred Tennyson."

„Sie sind alle gestorben."

„Nicht alle."

„Der Prof heitert uns mal wieder großartig auf", spottete Goldman. „Warum lässt du uns nicht gleich mal eine Hausarbeit darüber schreiben?"

Während die Jagdflieger auf sie zuhielten, verstand Ray die berittenen Soldaten aus dem Gedicht plötzlich besser. Ihr Mut war noch anders als der des Maquis. Sie ritten mitten in die Gefahr, weil es keine andere Lösung gab.

„‚Vorwärts; sie fragen und zagen nicht, vorwärts; sie wanken und schwanken nicht, vorwärts, gehorchen ist einzige Pflicht, ins Todestal, in voller Zahl, reiten die Sechshundert.'"

Goldman stöhnte. „Danke, Prof. Jetzt malt Paps hier gleich den Teufel an die Wand."

Recht hatte er. Erstens war der Funk frei zu halten und zweitens war es Rays Aufgabe als Pastor, den Männern Trost zuzusprechen. Aber wie sollte er das tun, wenn die Me 109 im Sturzflug auf die obere Staffel zuhielten und Blei spuckten?

Manche Männer liebten den Adrenalinkick und sehnten sich sogar danach, aber Ray mochte den metallischen Geschmack nicht, den fahrigen Herzschlag, die angespannten Muskeln und die Art, wie sein Gehirn vernebelte.

Eine weitere Me 109 schälte sich aus der Formation und nahm die untere Staffel aufs Korn. Die *Jump* war in der oberen Staffel, mitten in der „Faust". Die Jäger donnerten rechts an den Fliegenden Festungen vorbei und Leuchtspurgeschosse zogen helle Bahnen.

Burgess jubelte. „Sie haben ihn erwischt! Er stürzt ab."

Weniger als eine Sekunde. Das Ganze hatte weniger als eine Sekunde gedauert. Das Adrenalin in Rays Körper schien zu gefrieren. „Ist ein Fallschirm zu sehen?"

„Ja, sieht so aus. Mist. Morgen steigt er wieder auf."

Ray seufzte erleichtert.

„Augen auf, Jungs", sagte Goldman. „Da kommen die Nächsten."

Sechs Jagdflieger stürzten sich wie Hornissen von jeder Seite auf sie, aber Ray hielt das Steuerrad und den Gashebel fest in der Hand. Er hatte keine andere Wahl als sich voranzukämpfen.

Und ob ich schon wanderte im finstern Tal, fürchte ich kein Unglück; denn du bist bei mir. Du bist bei mir. Du bist bei mir.

Die Maschinengewehre der *Jump* ratterten in Stakkatosalven und ließen das ganze Flugzeug vibrieren. Deutsche Kugeln durchschlugen das hintere Ende der rechten Tragfläche, aber nicht die Landeklappen, das Querruder, keine der Hydraulikleitungen, Benzinschläuche oder Steuerkabel, die im Flügel verlegt waren. Und Ray hielt weiter auf die Heimat zu.

Kurz darauf drehten die Jagdflieger bei und brachen den Angriff ab. Niemand war verletzt worden, das 94. Geschwader hatte keinen Bomber eingebüßt und sie überflogen die Grenze zur Normandie – von den Alliierten besetztes Gebiet.

„Gute Arbeit, Männer. Gute Arbeit." Ray klopfte Goldman auf die Schulter. Seine Wangen taten ihm vom Lächeln weh. Er konnte es kaum erwarten, Helen davon zu erzählen, selbst wenn sie den Brief nie lesen würde. Und was Jack für Augen machen würde! Und zum ersten Mal in seinem Leben hatte er das Bedürfnis, am Tower vorbeizudonnern.

Kapitel 19

Munitionsdepot Port Chicago
Montag, 17. Juli 1944

So lang hatte Vic sie noch nie arbeiten lassen.

Helen stützte die Ellbogen auf die Tischplatte, rieb sich die müden Augen und sah auf die Uhr. Es war doch tatsächlich schon zehn nach zehn. Ein neuer Rekord.

Sie seufzte. *Herr, so geht es nicht weiter. Ich möchte mehr Zeit mit Jay-Jay verbringen, mehr Zeit mit dir. Gib mir den Mut, etwas zu sagen. Und Weisheit für die richtigen Worte.*

Ray hatte beides, Mut und Weisheit. In seinem letzten Brief hatte er geschrieben, dass Gott ihnen Kraft geben würde: ihm für die bevorstehenden Einsätze und ihr für ihre eigenen Kämpfe.

Helen lächelte dankbar vor sich hin. Ray hatte schon drei Briefe geschickt, obwohl er ihre Antworten noch gar nicht bekommen haben konnte. An manchen Stellen war er zensurfreundlich und beschrieb einfach die Schönheit des Sonnenaufgangs über den Wolken, die Marotten der Männer auf dem Stützpunkt oder die kleinen Dörfer in der Umgebung. An anderen Stellen ging er plötzlich in die Tiefe und schrieb offen über seine Ängste und Sorgen.

In ihrer letzten Antwort hatte sie geschrieben, dass der tapfere Recke Sir Raymond seinen Drachen gewiss zur Strecke bringen würde wie einst der Drachentöter Georg.

Helen stand auf und ging zu Vic ins Büro. Jetzt war es für sie an der Zeit, das Schwert zu schwingen. „Es ist schon spät. Ich möchte nach Hause."

„Natürlich." Vic lächelte und klappte seine Aktenmappe zu. „Wir haben heute viel geschafft."

Tatsächlich? Für sie sah es eher nach sinnloser Beschäftigung aus. Akten gingen hin und her, aber an den Klagen der Männer änderte sich nichts. Hatte die Navy Vic nur für den schönen Schein eingestellt?

Er hielt ihr die Tür auf. „Nach dir."

Helen hängte sich ihre Umhängetasche um und verließ das Büro. Dabei stolperte sie auf der Schwelle.

„Vorsicht. Hak dich doch lieber bei mir ein."

Sie ignorierte das Angebot, marschierte den Flur hinunter und trat hinaus in die kühle Abendluft. „Ich brauche deine Stütze nicht. Was ich brauche, ist mein Zuhause. Es ist schon spät und ich bin müde."

„Weißt du, wenn du mich heiraten würdest, dann müssten wir auch nicht so lange im Büro bleiben. Wir könnten unsere Arbeit auf dem Sofa fertig machen, hübsch aneinandergekuschelt."

Irgendetwas in Helen sperrte sich und sie richtete innerlich die Borsten auf. Wenn das Mut war, der in ihr aufflammte, dann musste sie die Gelegenheit beim Schopf ergreifen. Sie blieb neben dem Auto stehen und sah Vic unter einem mondlosen Himmel an. „Vic, hör auf damit. Ich werde dich nicht heiraten. Nie. Ich mag dich. Ich habe dich schon immer gemocht, als Freund. Aber wenn du nicht aufhörst, den Feierabend immer weiter hinauszuschieben, weil du glaubst, ich würde mich in dich verlieben, dann ... dann fällt es mir immer schwerer, dich überhaupt zu mögen."

Das einzige Licht kam von Flutlichtmasten in der Ferne, wo die Nachtschicht zwei Frachter belud. Trotzdem konnte Helen die Enttäuschung in Vics Blick und seine verhärteten Gesichtszüge erkennen.

Sie hatte ihn verletzt, aber er würde sie nicht verletzen, jedenfalls nicht auf diese bestimmte Art. Außerdem musste sie das hier endlich tun und mit bloßen Andeutungen war man bei Vic noch nie weit gekommen. „Es tut mir leid, aber mein Kleiner fehlt mir. Ich möchte ihm jeden Abend etwas vorlesen, mit ihm tanzen und ein Abendgebet sprechen und ihm sagen, dass ich ihn lieb habe. Aber heute habe ich ihn noch überhaupt nicht gesehen."

Vic schob den Kiefer zur Seite. „Ich fahre dich jetzt nach Hause."

Helen klammerte sich am Riemen ihrer Tasche fest, als könnte ihr Gott durch den Stoff Kraft einflößen. „Ich arbeite ab jetzt wie vereinbart von neun bis sechs für dich. Und wenn du noch nicht so weit bist, dann nehme ich den Bus. Der Greyhound hält hier in der Stadt und er bringt mich bis fast vor die Tür."

Vic schob das Kinn vor. „Du fährst nicht mit dem Bus. Das lasse ich nicht zu. Ich werde dich ..."

Ein orangefarbener Blitz zuckte am Fluss und blendete sie, als wäre das Flutlicht zur Sonne selbst geworden.

Es krachte in Helens Ohren und sie wurde zu Boden geworfen, als wäre eine gigantische Tür zugeschlagen worden – die Tür zum Himmel.

„Was zum …?“ Vic lag neben ihr.

Der ganze Himmel glühte. Helen versuchte aufzustehen und zuckte vor Schmerz zusammen. Glassplitter vom Autofenster steckten in ihren nackten Fußsohlen.

Nackt? Wo waren ihre Schuhe?

Dort, neben dem Auto. Es hatte Helen wortwörtlich aus den Schuhen herauskatapultiert.

Ein Donnerschlag dröhnte, krachte, hallte wider und drückte sie zu Boden. Heißer Schmerz durchfuhr ihre Wange.

„Wir werden angegriffen!“, schrie Vic. „Die Japaner, sie bombardieren uns!“

Helen stockte der Atem. Ein japanischer Flugzeugträger? Wie hatte der Navy das entgehen können? Und die Verteidigungsanlagen an der Küste? Niemand hatte etwas bemerkt? Keinerlei Warnung?

Sie ignorierte Vics ausgestreckte Hand und krabbelte in Richtung Auto. „Ich brauche meine Schuhe.“

„Vergiss die blöden Schuhe. Wir müssen in einen Bunker.“

„Das Glas. Ich brauche sie.“ Schnell schlüpfte sie hinein.

„Großer Gott, steh uns bei.“ Vic stand da, ohne Hut, und starrte mit aufgerissenen Augen in Richtung Fluss.

Helen rappelte sich auf. Der Anblick ließ ihr das Blut in den Adern gefrieren.

Eine riesige weiße Rauchsäule stieg in den Himmel auf und schäumte in einem fort über. Rote Blitze durchzuckten sie, ein Feuerwerk des Grauens.

„Sie müssen …“ Vics Stimme klang kratzig. „Sie haben das Schiff getroffen … eins der Schiffe. Die Munition. Oh nein, die Männer.“

„Wie viele … sind es?“

„Zwei Schichten. Dreihundert Männer.“

Helen wollte aus diesem Albtraum aufwachen. „Wir müssen sofort hin und helfen.“

„Bist du verrückt? Wir werden angegriffen!“ Er griff nach ihrem Arm und zog sie in Richtung Gebäude, aber nach wenigen Schritten blieb er wie angewurzelt stehen.

Eine Wand des Bürogebäudes war krumm, das Dach hing windschief da und alle Fensterscheiben waren geborsten.

Ein Pfeifen ging durch die Luft. Bodenschläge erschütterten die Erde.

Vic warf Helen zu Boden und sich auf sie.

Helen drehte ihren Kopf, um etwas zu sehen. Ein glühendes Metallteil in der Größe einer Tür rammte sich wenige Meter neben ihr in den Boden. Helen schrie auf und verbarg ihr Gesicht zwischen Vics Brustkorb und dem Bürgersteig. So fühlte es sich also für die armen Leute in Europa und Asien an, wenn der Luftangriff kam. Pure Angst und Hilflosigkeit.

Wo bombardierten die Japaner noch? In Antioch gab es bis auf den kleinen Hafen keine militärisch wichtigen Ziele, aber wussten die Japaner das? War es ihnen vielleicht egal? „Bitte, Herr, pass auf mein Baby auf!"

Stille kehrte ein. Und Dunkelheit. Komplette Finsternis.

„Ich glaube, sie sind weg", meinte Vic.

„Ich habe gar keine Flugzeuge gehört."

„Ich auch nicht. Komisch." Er half ihr hoch. „Wir müssen in Sicherheit, schnell."

Sie schob sich die verfilzten Haare aus dem Gesicht. „Ich muss helfen. Die Männer am Dock, auf den Schiffen, in der Kaserne. Guck dir doch das Verwaltungsgebäude an. Wie erst die Kaserne aussehen wird! Die steht doch direkt am Fluss!"

„Mach dich nicht lächerlich. Da ist es viel zu gefährlich."

„Gefährlich?" Sie verschränkte die Arme und ihre Finger ertasteten Risse in ihrem Kostüm. „Das hier ist Krieg. Da ist es überall gefährlich. Ich bin ausgebildete Freiwilligenhelferin beim Roten Kreuz, die Tochter eines Arztes, und glaub mir, mit Verletzungen kenne ich mich aus."

„Helen …"

„An die Arbeit." Sie ging zum Auto. „Wir fahren schnell zum Sanitätslager und holen ein paar Sachen – Verbandszeug, Jod, Schienen. Hast du eine Taschenlampe?"

„Im Handschuhf… Helen, das ist doch verrückt."

Sie stemmte die Hände in die Hüften. „Nichts zu tun wäre verrückt.

Wenn du mich nicht fährst, dann laufe ich, aber das kostet nur wertvolle Zeit. Dort unten sind Männer verletzt, bluten, sterben."

Er zögerte. „Na schön. Ich muss sowieso dorthin."

Nachdem sie die Splitter von den Autositzen gewischt hatten, fuhren sie zur Sanitätsstelle. Mithilfe von Autoscheinwerfern versuchten Männer in einer Eimerkette Verwendbares aus dem teilweise eingestürzten Haus zu retten. Ein stämmiger Mann in Marineuniformjacke, Pyjamahosen und einem Stethoskop erteilte Befehle.

Helen ging zu ihm. „Sir, ich heiße Helen Carlisle. Ich bin freiwillige Ersthelferin beim Roten Kreuz. Ich brauche Verbandszeug, Jod, Schienen, Scheren, alles, was Sie erübrigen können."

Er runzelte die Stirn und taxierte sie von oben bis unten.

„Sie gehört zu mir, Dr. Thompson", warf Vic ein. „Und ihr Vater ist Arzt."

Dr. Thompson nickte besänftigt. „Haben Sie schon mal Morphium gespritzt?"

„Nein, Sir, aber ich kenne das Schulungsvideo und habe bei meinem Vater zugesehen."

Der Arzt ging zu einem Stapel mit Kisten. „Übernehmen Sie da unten, was Sie können. Die schweren Fälle schicken Sie hierher. Es werden gerade Arbeitskolonnen zusammengestellt. Die Nigger sollen zur Abwechslung mal was tun."

Helen hörte weg. Soweit sie gesehen hatte, machten die Schwarzen die gesamte Arbeit in Port Chicago.

Mit dem Auto voller Matrosen und medizinischer Ausrüstung düste Vic die dunkle Straße hinunter.

An einer Gabelung stand ein Marinesoldat und deutete nach links. „Zur Kaserne. Dort werden Sie gebraucht."

„Wie sehen die Bombenschäden aus?", fragte Vic.

„Bombenschäden? Das war keine Bombe. Ein Unfall, Sabotage, ich habe keine Ahnung, aber die *E. A. Bryan* hat es in tausend Stücke zerfetzt. Sie ist praktisch nicht mehr da. Und ein paar Sekunden später hat es die *Quinault Victory* aus dem Wasser gehoben und in Einzelteile zerlegt. Das Dock ist weg, der Zug ist weg. Da unten ist nichts und niemand mehr. Jede Hilfe kommt zu spät." Er winkte sie nach links weiter.

Helen saß eingeklemmt zwischen Vic und einem Offizier im Schlafanzug, der sich mit Südstaatenakzent jedes Mal entschuldigte, wenn er sie anstieß. Auf dem Schoß hatte sie eine Kiste mit Verbandsmaterial. Nichts übrig? Niemand? Wie viele waren getötet worden? Und wie sah es in der Kaserne aus?

„Eine Explosion", stellte Vic fest. „Carver Jones hat uns gewarnt. Er hat gesagt, dass irgendwann mal was passiert." Er schlug mit der Faust aufs Lenkrad.

„War er … hatte er heute Abend Dienst?"

„Das werden wir herausfinden."

Die Kaserne stand noch – achtzehn lange, zweistöckige Holzgebäude. Die Autoscheinwerfer beleuchteten heraushängende Fensterrahmen, eingestürzte Dächer und Schutt. Männer kamen aus den Gebäuden gewankt, andere stützten ihre Kameraden, einige liefen mit Taschenlampen und Brecheisen hinein.

Vic parkte den Wagen so, dass er geradewegs in eine dunkle Eingangstür leuchtete. „Okay, Männer, ihr vier dort hinten kommt mit mir. Ihr zwei hier vorne bleibt bei Mrs Carlisle und baut eine Erste-Hilfe-Station."

Helen breitete im Lichtkegel Decken aus, während die Männer die Kisten ausluden und Holzlatten für Schienen suchten.

„Ma'am? Sind Sie Krankenschwester?" Der Mann, der sie ansprach, hatte einen anderen so fest im Griff, als wolle er ihn verhaften. „Mein Kamerad hat Glas im Auge und will sich andauernd das Auge reiben. Aber damit macht er es nur noch schlimmer."

„Ihr Freund hat recht." Helen legte dem Kranken die Hände auf die Schultern, obwohl das blaue Arbeitshemd voller Blut und Scherben war. „Setzen Sie sich, Sir. Und Sie halten seine Hand", wandte sie sich an den Ersten.

Ihr Patient wand sich vor Schmerzen, folgte aber ihrer Aufforderung.

„Sir, Sie müssen jetzt stillhalten." Helen kniete sich vor ihn. Vorsichtig zog sie sein unteres Augenlid nach unten und nahm ein Stück Mullbinde zu Hilfe, um die kleinen Splitter herauszuholen. „Sehr still bitte, Sir."

Sein intaktes Auge richtete sich auf sie. „Sir hat mich noch keine weiße Frau genannt."

Helen lächelte. „Dann ist das heute Abend für uns beide eine Premiere. Ich habe auch noch nie Splitter aus einem Auge geholt."

Sie klappte sein oberes Lid nach oben und wiederholte die Prozedur. Um die Splitter, die im Glaskörper steckten, würde sich Dr. Thompson kümmern müssen. Bis sie ihrem Patienten einen lockeren Verband um den Kopf gelegt hatte, warteten schon ein Dutzend weitere Männer auf Hilfe. Der Südstaatler im Schlafanzug wusch mit einem Eimer Wasser Wunden aus und der andere half den Schwerverwundeten auf einen Lkw. Helen schickte ihren ersten Patienten zu ihm.

„Helen! Helen!" Vic stützte einen Mann in zerrissener Arbeitsuniform. „Es ist Carver. Ich habe ihn unter ein paar Holzbalken herausgezogen. Sieht nicht gut aus. Ich glaube, er hat sich den Arm gebrochen. Ich habe ihm schon ein wenig Morphium verpasst." Er half Jones, sich auf die Decke zu legen, und lief auf seinen dünnen Beinen davon.

Helen holte ihren Lippenstift aus der Umhängetasche. „Verzeihen Sie die Erniedrigung, Mr Jones, aber Dr. Thompson muss über das Morphium Bescheid wissen." Sie schrieb ihm in Rot „MS 10:45" auf die Stirn und war froh, die Abkürzung für Morphinsulfat von früher in der Praxis ihres Vaters noch zu wissen.

Jones stöhnte und hielt sich den Arm. Auf seiner Brust klafften Wunden.

„Also schön, dann sehe ich mir den Arm mal an." Helen schnitt ihm den Hemdärmel auf.

Im Halbdunkel glitzerte rotes Blut auf dem blauen Stoff.

Jim hatte dieselbe Uniform getragen. Wie stark hatte er vor seinem Tod geblutet? Wie viel Schmerz hatte er ertragen müssen? War er sofort tot gewesen oder hatte er sich stundenlang gequält? Selbst nach all dem, was er getan hatte – das hatte er nicht verdient. Das hatte niemand verdient.

Helen drehte sich weg und kramte in der Kiste. Sie legte von jeder Seite eine abgebrochene Leiste an Carver Jones Arm und fixierte alles mit Verbandsmull.

Die kühle Luft ließ sie frösteln. *Herr, vergib mir. Ich wollte, dass Jim so leidet wie ich.*

Was für eine Frau wünschte sich den Tod ihres Mannes?

Kapitel 20

Über Deutschland
Dienstag, 18. Juli 1944

Ray strich mit den Fingern im Handschuh über das Steuerrad. Schwarze Wölkchen von explodierenden Flugabwehrgeschossen verunstalteten den blauen Himmel und die dicken weißen Wolken unter ihnen und die *One O'Clock Jump* wurde durchgerüttelt, wann immer eine Explosion zu nahe kam. Die meisten Männer hassten Flak noch mehr als Jagdflieger, weil sie nicht zurückschießen konnten. Aber Ray sah das anders. Der Kampfpilot sah einem ins Auge und schwor, einen zu töten, aber die Flakschützen zwanzigtausend Fuß unter ihnen zielten nur auf Radarechos und schützten ihr Heimatland.

Konnte man ihnen das verübeln? Die *Jump* hatte vier Tonnen Bomben für eine Ölraffinerie in Kiel geladen. Ohne Öl würde Deutschland zugrunde gehen.

Ray wurde wieder schwarz vor Augen und er atmete die nach Gummi schmeckende Luft aus der Sauerstoffmaske ein. Egal, was Sergeant Bodey sagte, irgendetwas stimmte nicht. „Sauerstoffcheck, Goldman."

Der Kopilot malte mit einer Hand eigenartige Kreise in die Luft. Seine Augenlider flatterten.

Ray rüttelte an Goldmans Arm. „Goldman! Leo! Aufwachen. Hewett, holen Sie ihm eine mobile Sauerstoffflasche. Radovich, wie weit noch bis zum Ziel?"

„Etwa zehn Minuten."

„Linker Rumpfschütze an Pilot. Paladino ist bewusstlos. Ich habe ihm Sauerstoff verpasst."

„Danke, Tucker." Ray steuerte mitten durch ein Flakwölkchen. Schwarzer Rauch kroch über die Cockpitscheibe, Splitter regneten gegen den Rumpf und Ray blinzelte erschrocken.

Er konnte mit einem vollen Bombenschacht bei stärker werdendem Flakbeschuss nicht einfach umdrehen. Nach ihrem Einsatzabbruch letztens hatte jemand „Angsthasen" auf den Bug geschrieben. Selbst nach dem erfolgreichen Versorgungsflug würde Jack ihn abziehen, wenn er diesen Einsatz vermasselte.

Oder brachte er hier absichtlich zehn Leben in Gefahr – und wofür? Um sich als Mann zu beweisen? Um sich Dads Respekt zu verdienen? Gottes Gunst? Was für ein Humbug. Hatte er den Verstand verloren? Es wurde auf ihn geschossen, seine Männer wurden bewusstlos, und wofür? Wofür das alles?

„Novak!" Jemand zog an seiner Maske.

Ray blinzelte und sah in Hewetts sommersprossiges, angsterfülltes Gesicht. „Was?"

„Sie waren weg. Atmen Sie tief ein. Ich habe Ihnen eine mobile Sauerstoffflasche gegeben."

Er war bewusstlos gewesen? Wie lange?

Goldman, hellwach, hielt das Steuerrad. „Okay, Leute, herhören. Wir müssen diesen Einsatz schaffen. Niemand nennt uns Angsthasen. Jeder holt sich eine mobile Sauerstoffflasche, reihum wird am Hauptsystem aufgefüllt."

Ray legte sich die gelbe Flasche auf den Schoß und verschaffte sich auf den Anzeigeinstrumenten einen Überblick. „Wie lange noch, Radovich?"

„Wir sollten längst da sein. Ich weiß nicht, warum der Anführer noch nicht ausgeklinkt hat."

„Funker an Pilot. Ich weiß, warum. Das vorderste Flugzeug sagt, das H2X funktioniert nicht. Wir sollen zum Alternativziel fliegen."

Das Radar streikte. Na großartig. Das Alternativziel in Cuxhaven lag hundert Meilen hinter ihnen, vierzig Minuten Flug, dazu das komplexe Manöver einer Kehre in Formation. Wie lange konnten sie mit den mobilen Flaschen durchhalten? Was, wenn Goldman und er zugleich das Bewusstsein verloren?

Ray stöhnte. Er schaltete den Bordfunk auf Extern um und informierte seinen Staffelkommandeur, dass er zum Stützpunkt zurückkehren würde.

„Ach, schon wieder?" Der zynische Ton des Majors bohrte sich wie ein Korkenzieher in Ray.

Sanft senkte er die *Jump* aus ihrem Platz in der Formation. Die Staffel würde nach rechts abdrehen, also flog er nach links über Jütland, kurz vor der dänischen Grenze. Er nahm Kurs auf die Schichtwolke unter ihm und brachte die *Jump* auf 200 Meilen pro Stunde. „Radovich, steht der neue Kurs?“

„Wohl eher nicht“, antwortete Buffo. „Er hat hier nur Häschen auf die Karte gemalt. Ich habe ihm eine gelbe Flasche gegeben.“

Die *Jump* tauchte in die milchige Wolke ein und Ray konzentrierte sich auf die Instrumente. Manchmal bekamen Piloten in Wolken Schwindelgefühl und flogen plötzlich kopfüber. Solange er sich nicht auf seine Instinkte, sondern auf die Instrumente verließ, war ihm die Wolke aber ein willkommenes Versteck.

Auf 12.000 Fuß brach die Wolkendecke plötzlich auf. Unter ihm erstreckte sich Deutschland in einem grünen Flickenteppich und gelegentlichen Ansammlungen aus roten Dächern.

So sehr auf dem Präsentierteller hatte sich Ray noch nie gefühlt, noch nicht mal, als er am San Joaquin sein Handtuch vergessen hatte und an der Luft hatte trocknen müssen. Er sah Helens amüsiertes Gesicht über seinen durchnässten Anblick noch vor sich und spürte wieder ihren Kuss.

Ray schüttelte heftig den Kopf. „Männer, Augen auf wegen der Jagdflieger.“

„Großartige Idee“, meinte Buffo. „Zehn Meilen von hier ist ein Flugfeld der Nazis.“

„Können wir dran vorbeifliegen?“

„Die sehen uns trotzdem.“

„Hey, Paps.“ Goldman grinste. „Wir haben doch unsere Bomben noch. Wär doch schade drum, sie nach Hause zu schleppen.“

Ray rutschte auf seinem Sitz hin und her. Die Idee gefiel ihm nicht, aber es war nun mal seine Pflicht, ein Gelegenheitsziel zu suchen. Vielleicht könnten sie ein paar Flugzeuge am Boden zerstören und sie davon abhalten, aufzusteigen.

„Also schön. Buffo, dann können Sie wenigstens mal das Norden-Bombenvisier einsetzen.“ Jetzt, wo immer Flugzeuge der Pathfinder Force mit Radar die Staffeln anführten, mussten die meisten Bombenschützen nichts weiter tun, als im richtigen Moment den Schalter für den Bombenschacht umzulegen.

„Neuntausend Fuß. Bombenanflug gestartet.“ Ray riss seine Sauerstoffmaske herunter und aktivierte das Automatic Flight Control Equipment. Mit eingeschaltetem Autopiloten und dem Bombenvisier korrigierte Buffo den Kurs der *Jump* auf das Ziel.

Ein paar Minuten später kam das Flugfeld mit seinen sich kreuzenden Startbahnen, Hangars und winzigen Flugzeugen in Sicht. Schwarze Flakwölkchen schrieben Punktmuster an den Himmel. Sie waren etwa eintausend Fuß zu hoch.

„Was sind denn das für Flieger?", meinte Buffo. „Sehen fast dreieckig aus."

Ray runzelte die Stirn. Auf den Stützpunkten der 8. US-Luftflotte ging das Gerücht um, die deutsche Luftwaffe teste neue Fluggeräte. „Schmidt, ist die Einschlagkamera bereit?"

„Ja, Sir", sagte der Funker. „Das hier halten wir schön fest. Ich will keine Hasenohren in der Kaserne mehr sehen. Wir sind keine Angsthasen."

„Stimmt", pflichtete Buffo bei, „aber hier kommen ein paar schöne Ostereier. Bomben raus."

Die *Jump* gewann durch den Ladungsverlust an Höhe.

„Oh nein", ertönte Burgess weinerliche Stimme aus dem Heck. „Drei Jäger auf fünf Uhr über uns."

Ray stöhnte und drückte das Steuerrad nach vorn. Einem Jagdflieger im Sturzflug konnte man mit einem schweren Bomber nicht entkommen, aber jedes bisschen Geschwindigkeit half und die veränderte Höhe machte es den Flakschützen nochmals schwerer.

„Okay, Jungs", meinte Goldman im Bordfunk. „Denkt an das, was ihr gelernt habt. Kein Gequatsche im Funk. Vergesst das Zielen nicht. Und nur kurze Feuerstöße, damit die Geschützrohre nicht überhitzen."

Der Fahrtmesser zeigte 270, das Maximum laut Handbuch, aber Ray wollte 310. Andere Piloten hatten es schon auf 350 oder noch mehr gebracht, das wusste er. Je höher die Geschwindigkeit, desto länger würden die Jäger brauchen, um aufzuschließen, und desto länger hatten seine Schützen Zeit, sich einzuschießen.

„Sie feuern!", rief Burgess. „Ha! Lächerlich. Die Leuchtspur ist sonst wo."

Daneben. Gott sei Dank. Vielleicht waren sie jung und unerfahren. Womöglich würden sie ihre Munition und den Sprit aufbrauchen, bevor sie Schaden anrichten konnten.

Es knackte in Rays Ohren. Der Gurt schnitt ihm in die Hüfte.

„Sie kommen", rief Burgess. „Einer auf sechs Uhr, einer auf fünf, einer auf vier."

Sechs Uhr? Wusste nicht jeder deutsche Pilot, dass es einem Selbstmordkommando glich, eine Fliegende Festung von hinten anzugreifen?

„Hab einen im Sehschlitz", rief Paladino aus dem rechten Rumpf. „Hewett, Finley, er kommt gleich zu euch rüber."

Ray klebte mit seinem Blick an den Instrumenten. Sein Herz pochte wie verrückt.

Geschütze ratterten, im Rumpf knallten Einschläge, Hewett drehte sein Blei spuckendes Rohr und ein Schatten huschte über das Cockpit. Hewett fluchte. „Daneben."

„Schaden?"

„Er hatte es auf mich abgesehen", berichtete Paladino. „Hab aber nur ein paar neue Atemlöcher gekriegt."

„Er hält auf mich zu", jammerte Burgess. „Oh, nein, oh nein, oh nein!"

„Dann schieß, du Blödmann", gab Goldman zurück.

„Mach ich ja. Mach ich." Plötzlich jubelte er so laut, dass es Ray in den Ohren wehtat.

„Ich fasse es nicht", meinte Finley aus dem Kugelturm. „Der Blödmann hat seinen ersten Abschuss. Guck mal, wie der trudelt! Yeah! Er ist explodiert."

Rays Magen zog sich zusammen. Ein Mann war in einem Feuerball ums Leben gekommen und alle freuten sich. Aber da war schon der nächste Jagdflieger zur Stelle und stanzte ihnen eine Reihe Löcher in die Tragfläche. Die einzige Überlebenschance für seine zehn Männer war, wenn die beiden Deutschen starben oder beidrehten.

Was für eine grausame Angelegenheit der Krieg doch war. Aber Ray hatte sich das so ausgesucht.

Die Erde kam rasend schnell näher. Sobald er hochzog, würde er an Geschwindigkeit verlieren und den schlimmsten Teil des Angriffs erleiden. Welche Höhe sollte er wählen?

Gar keine. Er würde über der Grasnarbe fliegen.

Ray musste lachen. Er brachte die *Jump* auf fünfzehn Meter und donnerte an weißen Häusern mit roten Dächern vorbei. Menschen hielten ihre Hüte fest und sahen ihnen mit offenen Mündern nach.

Ray trat aufs Seitenruder und verfehlte knapp einen Kirchturm. Deutschland hatte er schon immer einmal sehen wollen, aber aus der Nähe eigentlich erst nach Kriegsende.

„Die Jäger halten Abstand“, sagte Tucker aus dem Rumpf.

Natürlich. Sie wollten nicht auf ihre eigenen Leute schießen.

Hinter dem Dorf ging Ray auf sechs Meter hinunter, auch wenn Goldman fluchte und sich vor Nervosität mit dem Handrücken über den Mund wischte. In dieser geringen Flughöhe fehlte den Jägern ein Großteil ihrer Manövrierfähigkeit.

Ray behielt die Gegend im Auge. Er berührte mit der Tragfläche fast einen Baumwipfel und machte *Jumps* Namen mit einem Satz über eine Stromleitung alle Ehre.

„Eine Me 109 im Anflug“, verkündete Tucker. „Auf vier Uhr, im Sturzflug.“

Der Geschützturm hinter Ray spuckte Kugeln und Schimpfwörter.

Die *Jump* wurde von der Explosion durchgerüttelt und nach vorn gedrückt.

„Wer ist hier der Blödmann?“, rief Burgess. „Der blöde Krautfresser hat nicht rechtzeitig hochgezogen.“

Ray seufzte. Ein zweiter Mann war gestorben, ein Junge wie die, die *Jumps* Stationen bemannten. *Herr, lass das aufhören, bitte!*

„Ha! Wer ist jetzt hier der Angsthase?“, frohlockte Burgess. „Der Dritte haut ab. Auf Wiedersehen, du feiges Huhn! Bok, bok, bok!“

Der Pilot war überhaupt nicht feige, fand Ray. Überhaupt nicht.

Eine Kuhherde zerstob vor ihm und in der Ferne war blauer Dunst zu sehen. Das Meer.

Ein bittersüßes Lächeln breitete sich auf Rays Gesicht aus. „Wir haben es geschafft, Jungs.“

* * *

Antioch

Das morgendliche Sonnenlicht glitzerte in der zerborstenen Wohnzimmerscheibe der Carlisles. Fünfzehn Meilen Abstand hatten Antioch nicht vor Schaden bewahrt.

Ging es Jay-Jay gut? Helen hastete auf das Haus zu, obwohl ihr linker Fuß aus Erschöpfung an der Erde zu kleben schien. Vic stützte sie am Ellbogen.

Mrs Carlisle stieß die Tür auf und schlang ihre dünnen Arme um

Helen. „Gott sei Dank, du lebst. Ich habe mir solche Sorgen gemacht."

Helen runzelte die Stirn. Genau der richtige Zeitpunkt, um plötzlich warmherzig zu werden. „Was ist mit Jay-Jay? Geht es ihm gut?"

„Ja. Er ist noch nicht mal richtig wach geworden davon. Du weißt doch, was für einen tiefen Schlaf er hat."

Helen nickte erleichtert. „Ja. Ja, das hat er."

Mrs Carlisles Augen waren gerötet. „Die erste Druckwelle hat Mr Carlisle fast aus dem Sessel geworfen. Wir dachten, es wäre ein Erdbeben, aber dann kam die zweite und hat die ganzen Fenster zerstört. Wir sind so schnell es ging nach oben und da war unser kleiner Engel und saß im Bett. Er guckte mich böse an, meinte nur ‚Nis aufstehn' und ist unter die Decke gekrochen."

„Wo ist er jetzt?"

Jay-Jay tauchte im blau-weiß gestreiften Nachtzeug im Türrahmen auf. Helen hob ihn hoch und küsste sein schlafgewärmtes Gesicht und die strubbeligen Locken. „Mein kleiner Schatz. *Danke, Herr.*"

„Victor, danke, dass du auf Helen aufgepasst hast." Mrs Carlisle hob die Arme, als wolle sie auch Vic umarmen, ließ sie aber wieder sinken. „Im Radio haben sie erst nach Mitternacht gebracht, was passiert ist, die Telefonleitungen sind tot und ihr wart beide nicht zu Hause. Wir haben uns solche Sorgen gemacht. Wir dachten schon, der arme Jay-Jay wäre jetzt ein Waisenkind."

Helen setzte sich auf die Stufen und umklammerte ihren Sohn. Sie hätte nie gedacht, dass ihr Job lebensgefährlich sein könnte.

„Wo ist Mr Carlisle?", fragte Vic.

„Er sieht nach den Schäden im Möbelgeschäft, der Boutique und bei seinen Mietern."

Vic legte Mrs Carlisle die Hände auf die Schultern. „Helen braucht jetzt viel Ruhe. Und schick bitte ein Telegramm an ihre Eltern. Das hier wird landesweit in den Nachrichten sein."

„Oh ja, würdest du das machen?", fragte Helen.

„Natürlich."

„Ich gehe zu meinen Eltern", sagte Vic, „und lege mich ein paar Stunden hin. Auf dem Weg schaue ich bei Betty und George vorbei. Und was den Rest der Stadt betrifft: Sobald es meine Mutter weiß, weiß es auch ganz Contra Costa County." Vic sah müde aus.

Helen strich Jay-Jay über die Wange. „Danke, Vic."

Jetzt musste nur noch Ray Bescheid bekommen, aber dieser Brief hatte Zeit bis zum Abend. Helens Augenlider zog es zu wie schwere Verdunkelungsvorhänge.

* * *

Militärflugfeld Bury St. Edmunds

Ray lehnte sich im Polsterstuhl im Offiziersclub zurück und hielt seine Kaffeetasse fest. Irgendjemand gab „One O'Clock Jump" am Klavier zum Besten, wenn auch mit mehr Enthusiasmus als Talent.

Rays Mundwinkel gingen mit dem aufsteigenden Kaffeedampf nach oben. Später heute Abend würde er Helen schreiben. Er war seinen Ängsten begegnet und der Herr hatte ihn bewahrt. Egal, was ihm das Leben noch entgegenwarf, ein Angsthase war er bestimmt nicht.

„Da ist er ja, das Stadtgespräch von ganz Bury St. Edmunds." Jack setzte sich Ray gegenüber. Sein Schnurrbart stand schief vom Lächeln.

„Ich kann eben nicht nur abbrechen."

Jack sah zu Boden. „Tut mir leid, dass ich an dir gezweifelt habe."

„Ach, schon gut. Ich hab ja selbst an mir gezweifelt."

„Also, jetzt sind jedenfalls alle Zweifel ausgeräumt. Ich sag dir, die 8. US-Luftflotte hat sich heute einen Namen gemacht. Die Erste Division hat eine Fabrik dem Erdboden gleichgemacht, wo die Deutschen diese V1-Raketen bauen, die Zweite Division hat den britischen Truppen geholfen, aus Caen auszubrechen, und die Dritte hat Ölraffinerien aufs Korn genommen. Aber alle reden nur über die Fotos, die ihr gemacht habt."

„Gute Fotos?"

„Hervorragende."

Ray nickte. Also hatte der Geheimdienst etwas Verwertbares darauf entdeckt.

Jack wickelte ein Päckchen aus Segeltuch aus und hielt Ray einen gewellten Gummischlauch vor die Nase. „Bodey hatte recht. Das Sauerstoffsystem funktioniert einwandfrei. Aber du hattest auch recht. Guck mal genau hin." Er zog den Gummischlauch auseinander. Kleine Risse waren zu sehen.

„Wow."

„Der Vogel ist schon älter. Die viele Kälte hat den Gummi spröde gemacht und euch ein schleichendes Leck beschert."

Ray nippte an seinem Kaffee. „Entschuldigung angenommen."

„Oh, ganz ungeschoren kommst du nicht davon. Im wahrsten Sinne des Wortes." Jack schmunzelte und zog einen ziemlich ramponierten Ast aus dem Segeltuch. „Der hier klemmte an der Antenne vom Radiokompass."

Die Antenne vom Radiokompass war unten am Rumpf montiert und sah aus wie ein Fußball. Ray begutachtete den Ast.

„Ich fasse es nicht, dass du Parterre geflogen bist."

Ray hielt grinsend seine Trophäe hoch. „Ein Souvenir aus Deutschland."

* * *

Antioch

Obwohl es zwei Uhr nachmittags war, ließen die Bretter vor den Fenstern es wie zwei Uhr morgens wirken.

„Kann ich irgendwie helfen?", fragte Helen.

Mrs Carlisle sah vom Sofa aus über den Rand ihrer *McCall's*-Zeitschrift. „Oh, ich bin schon fertig. Ich mache nur ein Päuschen, solange Jay-Jay schläft. In dieser Ausgabe stehen einige fleischlose Rezepte, weißt du?"

Helen sah sich um. Sie hatte sich auf Arbeit eingerichtet und extra ein Kopftuch umgebunden und eine alte rote Bluse angezogen, die sie nach dem Feuer gespendet bekommen hatte. Und jetzt hatte sie nichts zu tun. Ausnahmsweise reizten ihre Pläne und Komitees sie kein bisschen.

„Ich gehe zu Betty. Vielleicht braucht sie Hilfe."

„Gute Idee. Sie freut sich bestimmt, dich zu sehen."

Helen lief die C Street hinunter und kam an ihrem Elternhaus vorbei. Mittlerweile wohnte ein Mann aus Philadelphia dort zur Miete, der im Labor der Fibreboard Paper Products arbeitete. Die Firma hatte sich im Gebäude der alten Riverview Union Highschool niedergelassen, dort, wo Helen früher zur Schule gegangen war.

Sie sah sehnsüchtig zu ihrem alten Zimmer hinauf, wo noch immer die cremefarbene Rüschengardine hing. Wenn sie und Jay-Jay doch nur dort wohnen könnten.

Schwermut erfasste sie und trieb sie an der Sixth Street nach rechts – weg vom Haus ihrer Schwester. Helens Hände gingen auf und zu, ihr Herz raste und sie stolperte über einen Spalt im Bürgersteig.

Jetzt, wo sie nicht mehr tapfer sein musste, brach sich das Trauma der letzten Nacht Bahn. So viel Tod, so viel Elend, so viel Blut. Sie würde später zu Betty gehen. Jetzt nicht.

Pastor Novak fegte gerade einen Berg von Scherben auf der Veranda zusammen. Er winkte Helen zu. „Ich bin froh, dass du gestern nicht mehr dort warst."

„Ja." Sie würde das später klären. Vielleicht würde sich Ray auch weniger Sorgen machen, wenn er hörte, wie spät die Explosion stattgefunden hatte.

Sie bog nach links auf die D Street ein und lief den vertrauten Weg zu einem vertrauten Ort. Die Überreste vom Feuer waren mittlerweile beseitigt worden und alles, was von ihrem Haus noch stand, waren die Garage und die Oleanderhecke.

Helen lief an den geschwärzten Grundmauern ihres Hauses entlang. Sie fand die Umrisse der Küche, schwarz wie die Brandwunden, die Jim ihr zugefügt hatte. Dann das Schlafzimmer – den Ursprung des Feuers, so wie Jims Missbrauch der Ursprung für das Chaos in ihrem Leben war. Sie trat gegen die Asche, wo ihr Bett einst gestanden hatte. „Warum? Warum musstest du das tun?"

Diese blöde, giftige Oleanderhecke. Sie hatte nur einen Zweck. Niemand sollte sehen und erfahren, was im Haus vor sich ging.

Helen schnappte sich einen Strauch und zerrte daran. „Du wolltest es geheim halten, stimmt's? Du meintest, ich würde es nicht anders verdienen und es wäre dein Recht als mein Mann. Und trotzdem wolltest du es geheim halten. Du hast allen gesagt, dem kleinen Dummchen ist mal wieder ein Missgeschick passiert. Helen, das kleine Krüppelmädchen. Du wusstest, dass es falsch war. Du wusstest es, aber das hat dich nicht davon abgehalten."

Die Hecke saß bombenfest, obwohl Helen sie nie gegossen und extra kurz geschnitten hatte.

Sie stapfte zur Garage, zog das Tor auf und griff nach einem Spaten.

Dann setzte sie das Spatenblatt an und trieb es mit ihrem Fuß tiefer und tiefer, bis der Strauch kippte. Sie packte ihn mit beiden Händen und riss ihn aus dem Boden.

„Es ist vorbei. Ich behalte das nicht mehr für mich. Ich kann das nicht mehr."

Sie gab dem Strauch einen Tritt und trampelte dann darauf herum.

„Helen?" Mrs Llewellyn spähte um die Hecke. „Alles in Ordnung?"

Helen brachte gerade so ein Lächeln zustande und wischte sich über die Stirn. „Ich … Oleander mochte ich noch nie."

Mrs Llewellyns Miene entspannte sich. „Freut mich zu hören. Ich habe mich immer gefragt, warum ihr so eine giftige Pflanze habt, wo doch ein Kleinkind in der Familie ist."

„Das war nicht meine Entscheidung." Helen drehte sich um, wartete, bis ihre Nachbarin verschwunden war und knöpfte sich dann den nächsten Strauch vor. Die Hecke musste weg, die Fassade runter, aber diskret. Jay-Jay sollte stolz auf seinen Vater sein und Antioch brauchte seinen Kriegshelden.

Aber Helen hatte auch Bedürfnisse. Sie musste ihre inneren Dämonen ans Licht holen und ihnen entgegentreten.

Schwungvoll warf sie den nächsten Strauch beiseite. Gott hatte schon vorgesorgt und ihr einen Mann zur Seite gestellt, der zumindest einen Teil der Wahrheit kannte. Ray würde ihr zuhören. Er würde ihr helfen, damit fertig zu werden.

Helen wischte sich ihre brennenden Augen an der Schulter ab. Ein Schluchzen entfuhr ihr. „Danke, Herr."

Kapitel 21

Bury St. Edmunds
Donnerstag, 27. Juli 1944

Ray atmete den historischen Duft des quadratischen, im normannischen Stil errichteten Abbey Gate ein und ging mit Jack in eine der Nischen. Kalifornien mochte wunderschön sein, aber dort fehlte die Verbindung zu vergangenen Jahrhunderten. In England spürte man Geschichte, wohin man sah. Ray hatte schon Cambridge besucht und konnte es kaum erwarten, London zu sehen.

„Weißt du was?" Jack zeigte auf die schmalen Schlitze in den massiven Mauern. „Damals haben sie mit Pfeilen durch Löcher im Stein geschossen. Und heute schießen wir .50-Kaliber-Kugeln durch Löcher in Plexiglas."

„Stimmt." Ray spazierte durch die Grünanlage, die die Ruinen der Abtei umgaben. Er stellte sich lieber die Mönche und ihre Gesänge vor oder wie sie die Heilige Schrift kunstvoll illuminierten.

„Hab gestern Post von Dad bekommen." Jack seufzte und stopfte die Hände in seine A-2-Fliegerjacke. „Er hat meinen Brief gekriegt. Du weißt schon, dass ich lieber im Militärdienst bleiben und kein Pastor werden will."

„Wir wussten doch, dass ihm das nicht gefallen würde."

Jack schnaubte. „Wollen wir hoffen, dass ihm meine Zukünftige wenigstens gefällt."

„Ganz bestimmt. Ruth ist eine tolle Frau." Ray trat in ein Parkrondell, das in voller Blüte stand. „Ist das eigentlich das erste Mal, dass Dad nicht stolz auf dich ist?"

Jack warf ihm einen vielsagenden Blick zu. „Hast du vergessen, wie viele Dummheiten ich als Kind angestellt habe?"

Ray schmunzelte. „Ich glaube, da hast du wohl was vergessen. Dad hat dir eine Tracht Prügel verabreicht und ist dann mit einem heimlichen Grinsen davonspaziert. Er hat als Junge doch denselben Blödsinn verzapft. Er war stolz auf seinen kleinen Racker."

„Stolz." Jack schüttelte den Kopf. „Derselbe Stolz hat ihn dazu gebracht, seine drei Söhne dazu zu drängen, Pastor zu werden. Und jetzt hat er nur noch einen, der diesem Plan folgt."

Ray zuckte die Schultern. „Du folgst Gottes Plan für dein Leben, Walt genauso und ich auch. Wenn Dad mit unserer Berufswahl ein Problem hat, soll er das mit dem da oben klären."

„Sag du ihm das. Ich würde es lieber mit einer Staffel von diesen neuen deutschen Jägern aufnehmen."

„Ich bestimmt nicht." Auf seinem letzten Einsatz war auf einmal ein dreieckiges Flugzeug mit über fünfhundert Meilen pro Stunde an ihm vorbeigezischt – ohne auch nur einen Propeller. Jetzt konnte er nachvollziehen, wie Grandpa sich gefühlt haben musste, als er auf der Straße eine Kutsche ohne Pferde hatte fahren sehen.

„Walt würde bestimmt gern einen Blick auf diese Düsenflugzeuge werfen", flüsterte Jack.

Ray hegte auch die Vermutung, dass Walts geheime Arbeit als Ingenieur bei Boeing etwas mit Düsentriebwerken zu tun hatte.

Sie bogen nach rechts in die Ruinen ab und begegneten drei britischen Soldaten, die lautstark „Hang out the Washing on the Siegfried Line" sangen. Die Tommys und die Yankees salutierten sich gegenseitig.

„Düsenjets", meinte Jack. „Umso wichtiger, dass wir ihre Fabriken, Ölraffinerien und diese Hydrierwerke ausschalten. Die Luftüberlegenheit haben wir uns lange und hart erarbeitet. Tausende von guten Männern haben dafür ihr Leben gelassen und das Überleben unserer Truppen auf französischem Boden hängt davon ab. Wir dürfen das nicht wieder einbüßen."

Ray lächelte angestrengt. Das klang wie eine von Jacks Ansprachen bei den Einsatzbesprechungen. Er war vielleicht kein Pastor, aber Reden schwingen konnte er.

Als sie die Abteiruine erreichten, setzte sich Jack auf eine niedrige Mauer. „Und deswegen wollte ich mit dir reden."

„Mit mir?" Was hatte er mit der Luftüberlegenheit zu tun?

„Ich brauche Leute, die den radargestützten Bombenabwurf lernen und in der 333. Staffel die Pathfinder Force in unserer Geschwadergruppe bilden. Du bist dafür prädestiniert. Du bist ein hervorragender Pilot und deine Crew respektiert dich. Und nicht nur die. Nach deinem Flug über die Grasnarbe gilt das für die ganze Geschwadergruppe. Ich wollte deine Meinung dazu hören."

„Meine Meinung." Ray setzte sich neben Jack und befühlte mit den Händen die glatten Steine, die in dem alten, rauen Mörtel steckten. Die Pathfinder flogen an vorderster Position und bekamen den Hauptstoß der deutschen Luftwaffe zu spüren, während „Tail-End Charlie", das Schlusslicht, die meisten Flaktreffer wegstecken musste, weil die Flakschützen sich dann eingeschossen hatten. In der 8. US-Luftflotte war die Einsatzrunde auf fünfunddreißig Einsätze erhöht worden und die meisten Männer brauchten drei Monate dafür. Wer in der Pathfinder Force flog, musste nur dreißig Einsätze absolvieren, aber weil diese nicht bei jedem Einsatz dabei war, dauerte es doppelt so lang.

Ray betrachtete die zerklüftete Wand, die einst eine große Kathedrale gewesen war. Helens erster Brief steckte in seiner Innentasche, unpersönliche Zeilen, die man einem Bekannten schrieb – der Überrest von etwas, das eine großartige Beziehung hatte werden sollen.

Sein ursprüngliches Ziel, weswegen er nach England gekommen war, hatte er erreicht. Trotzdem hatte er es nicht eilig, wieder nach Hause zu kommen. Außerdem konnte der radargestützte Bombenabwurf helfen, die zivilen Opfer zu reduzieren und den Krieg schneller zu beenden.

Ray sah seinen Bruder an. „Fragst du die Männer immer, bevor du ihnen Aufgaben erteilst?"

Jack grinste. „Nie."

„Dann bin ich dabei."

* * *

Antioch
Donnerstag, 10. August 1944

Helen stand bis zur Taille im San Joaquin und hatte Jay-Jay auf der Hüfte. „Bist du bereit? Eins, zwei, drei." Sie ging in die Knie, bis ihm das Wasser über die Schultern ging.

Er schrie vergnügt und krallte sich in ihre Schultern.

Helen stand wieder auf. Das verdunstende Wasser kühlte ihre Haut angenehm ab. „Du bist aber mutig."

„Nomal! Nomal!"

Helen machte Kniebeugen im Wasser und Jay-Jay und sie lachten vergnügt.

„Martha, Martha …“, schalt Betty. „Da meintest du doch wirklich, du hättest keine Zeit für einen Ausflug.“

„Habe ich auch nicht. Ich hinke bei meinen Ehrenämtern hinterher, die Wäsche stapelt sich und ich muss einige Besorgungen machen, aber mein kleiner Schatz lebt am Fluss und er muss schwimmen lernen.“ Eine Woche zuvor war ein zehnjähriger Junge vom Pier gefallen und ertrunken. Wenn er doch nur hätte schwimmen können!

„Is swimmen“, sagte Jay-Jay.

„Ja, du wirst bald schwimmen lernen.“ Helen legte eine Hand unter seine Schultern, die andere unter seinen runden Bauch und ließ ihn durchs Wasser gleiten. Jay-Jay reckte den Hals nach oben und grinste, bis die Grübchen kamen.

Betty nahm etwas Wasser in die Hand und ließ es auf Judys Bäuchlein tropfen. „Vic hält sich nicht an die Abmachung.“

„Das gestern war eine Ausnahme. Wir mussten nach Vallejo fahren, um zu gucken, was da auf Mare Island los ist.“

„Darfst du es erzählen?“

Helen schwang Jay-Jay im Kreis herum. Es würde sowieso in den Zeitungen stehen. „Ich habe doch erzählt, dass die Überlebenden von der Explosion ins Munitionsdepot auf Mare Island gebracht wurden. Bis Port Chicago wieder aufgebaut ist, kann dort nichts verladen werden.“

„Und?“

„Na, jedenfalls sollten die Männer gestern zum ersten Mal wieder arbeiten. Aber als sie mitbekamen, dass sie Munition verladen sollten, haben sich 258 von ihnen geweigert. Sie meinten, sie hätten Angst.“

„Ach du liebe Zeit. Und was hat die Navy gemacht?“ Betty hielt Judy hoch und tauchte ihre Füße ins Wasser. Judy quiekte und zog die Beinchen hoch.

„Sie haben sie auf einen Lastkahn gesperrt. Das Schiffsgefängnis ist nicht groß genug. Und jetzt versuchen sie, sie zur Vernunft zu bringen.“

„Hat Vic das gemacht?“

„Ich musste auf dem Dock bleiben, aber Vic hat für sie Partei ergriffen.“

„Wie bitte? Haben die sich nicht neulich erst darüber beschwert, dass die Navy sie nicht in den Krieg ziehen lässt? Und jetzt haben sie Angst, weil die Arbeit gefährlich ist?“

„Das habe ich auch gedacht, aber Vic ist anderer Meinung.“ Ihre Arme wurden müde. Sie ging mit Jay-Jay zum Ufer und setzte ihn in flaches Wasser. „Hier kannst du rumplantschen, ja?“

„Hat er vergessen, dass wir im Krieg sind?“

Helen setzte sich neben ihren Sohn und trat Wasser, um ihre Fuß- und Beinmuskeln zu stärken. „Er meinte, die Männer hätten über dreihundert ihrer Kameraden sterben sehen und seien erschüttert. Das verstehe ich; ich bin auch noch aufgewühlt. Und ich musste nicht die Überreste beseitigen wie sie.“

„Ich weiß, aber trotzdem …“ Betty ließ sich neben Helen ins Wasser plumpsen und setzte sich Judy auf die Oberschenkel. „Die Männer an der Front sehen auch schreckliche Dinge und sie müssen trotzdem weitermachen. Jim war tapfer genug.“

Helen nickte und ließ artig ihre Lippen beben. „Die Männer wollen Erholungsurlaub. Man muss dazusagen, dass die weißen Überlebenden Erholungsurlaub bekommen haben. Aber du hast recht, die Matrosen auf See haben diesen Luxus nicht.“

„Und Vic war auf ihrer Seite?“

„Er sagt, sie hätten nicht ganz unrecht. Noch ist nicht klar, was die Explosion verursacht hat. Sie arbeiten unter denselben Offizieren und im Hinblick auf ihre Sicherheit ist nichts getan worden.“

Jay-Jay stand bis zur Brust im Wasser. Helen sprang auf und schnappte ihn sich. „Oh nein, du kleiner Fisch. Nicht ohne deine Mama.“

Jay-Jay heulte auf, aber Helen zog ihn durchs Wasser, bis er lachte.

„Die Aprikosen werden eingedost“, sagte Betty.

„Mh-hm.“ Der süße Duft von Aprikosen aus der Hickmott-Konservenfabrik lag in der Luft.

Betty lächelte den blauen Himmel an. „Ich liebe es hier im Sommer. Was haben wir nicht für schöne Erinnerungen …“

„Ich nicht.“ Helen beugte sich vor, bis das Wasser Jay-Jay ans Kinn reichte. „Meine Sommererinnerungen bestehen aus Tante Olives altem Haus, einer Hexe als Ballettlehrerin und dem ewigen Nebel in San Francisco.“

„Aber das hast du doch in den letzten beiden Schuljahren wieder wettgemacht, als du hiergeblieben bist, weil du lieber mit Jim flirten wolltest." Betty zwinkerte ihr zu. „Hat ja auch funktioniert."

Helen mühte sich ein Lächeln ab. Sie hatte lediglich Madame Ivanovas Gerte gegen Jims ausrutschende Hand getauscht. Schnell vergrub sie ihr Gesicht in Jay-Jays feuchten Locken. Es war eine qualvolle Ehe gewesen, aber wenigstens konnte sich das Ergebnis sehen lassen.

„Ist es eigentlich schwer, bei den Carlisles zu wohnen?"

Helen richtete sich ruckartig auf. „Was?"

Betty lachte. „Ich meinte es nicht so, wie es klang. Die Carlisles sind tolle Leute. Vielleicht ein bisschen altmodisch, aber er ist so lustig und sie passen wunderbar zusammen. Und freigiebig sind sie. Und ich meine nicht nur in Sachen Wohltätigkeit. Mensch, Helen, du hast immer so entzückende Kleider. Die verwöhnen dich nach Strich und Faden."

„Wenn du meinst." Aber Mr Carlisle redete mit seiner Frau genauso wie Jim immer mit Helen geredet hatte – in diesem gekränkten Ton, wenn sie ihn enttäuschte, dieses Abfällige in seiner Stimme, wenn sie ihre Meinung kundtat, der scharfe Unterton, wenn sie einen Fehler gemacht hatte.

Bettys Gesicht wurde ernst. „Ich meine, es muss schwer sein dort zu wohnen, wo Jim aufgewachsen ist. Erinnert dich nicht alles an ihn?"

Zum ersten Mal seit Langem musste Helen ihren Schmerz nicht spielen.

Betty stand auf und ging zu ihrem Handtuch unter der Weide. „Ich war ein bisschen vorschnell, oder? Mit dir und Ray. Ihr habt so gut zueinander gepasst und ich dachte, du seist bereit. Aber wenn ich mir vorstelle, dass George etwas zustoßen würde … Gott bewahre. Ich würde Jahre brauchen, bis ich wieder so weit bin. Wenn überhaupt."

Helen schleppte sich aus dem Wasser. Ein Teil von ihr wollte Betty den wahren Grund verraten, warum sie noch nicht bereit war, aber damit würde sie nur Jay-Jay verletzen. Und was würde Betty von ihr denken, die zu dumm war, auf den Rat ihrer Familie zu hören und mit der Hochzeit zu warten? Die so dumm war, einen prügelnden Mann zu heiraten? Jim hatte schon vor ihrer Eheschließung versucht sie zu kontrollieren. Hätte sie es da nicht längst merken müssen?

Betty trocknete Judys dunkle Löckchen ab. „Vielleicht wirst du so weit sein, wenn Ray wieder nach Hause kommt."

„So ist es nicht. Nicht mehr."

Betty winkte ab. „Ich sehe doch, wie oft er dir schreibt. Oh! Fast vergessen. Ich habe dir den neusten Brief mitgebracht. George fühlt sich wie ein Geheimagent, wenn er immer die Briefe für dich in Empfang nimmt. Er möchte sich sogar einen Trenchcoat zulegen." Sie kramte in ihrer Tasche.

Helen versuchte so locker wie möglich auszusehen, während sie den kleinen Jungen abtrocknete, den Ray seinen „Zwerg" genannt hatte. Ray war so liebevoll mit Jay-Jay umgegangen. Und zugleich entschlossen und streng. Nie hatte sie ihn attraktiver gefunden als an dem Tag, als er sich Jay-Jay geschnappt und in sein Zimmer gebracht hatte.

Betty winkte mit einem Briefumschlag. „Dieses Mal ein richtiger Brief im Umschlag. Oh, das wird ein Liebesbrief sein."

„Hör doch auf." Helen zupfte ihr den Umschlag aus der Hand und riss ihn auf. „Siehst du, nichts Privates. Warte mal, da liegt was drin. Ein Blatt?"

„Ein Blatt? Nicht gerade romantisch."

„Habe ich doch gesagt." Helen zog ein getrocknetes Blatt heraus und runzelte die Stirn. „Was soll ich denn damit?"

„Mensch, nun lies endlich den Brief und finde es heraus."

„Helen mach dies, Helen mach das ..." Aber sie faltete trotzdem den Brief auf und las.

18. Juli 1944

Liebe Helen,
bis zum heutigen Tag weiß ich nicht, ob du dir mit mir Briefe schreiben willst, ich tue es einfach. Ich bitte Gott regelmäßig, dass er dir Kraft und Frieden schenkt und dich durch deine schwere Zeit trägt.
Du fragst dich bestimmt, was das Blatt soll. Es ist Tradition bei den Soldaten, dass sie Trophäen aus der Schlacht nach Hause schicken, und das ist meine. Ich darf nicht zu viel verraten, aber heute bin ich unter feindlichem Beschuss im Tiefstflug über Feindesland geflogen.
Als Kind hast du Geschichten über einen Ritter mit komischem Namen geschrieben. Und so merkwürdig das auch klingen mag, heute habe ich die strahlende Ritterrüstung angelegt – okay, die Flakweste – und mit Gottes Hilfe den Drachen der Feigheit erlegt.

Und nun, holde Prinzessin, nehmt diese Trophäe als Zeichen meiner Wertschätzung entgegen.

„Und? Warum hat er das Blatt geschickt?", fragte Betty.

Helen befühlte ihr Geschenk und fühlte sich ganz benebelt vor Glück. „Das ist kein Blatt. Das ist die Schuppe eines Drachen."

Kapitel 22

Militärflugfeld Bury St. Edmunds
Freitag, 18. August 1944

Ray saß auf einer umgedrehten Kiste hinter seiner Wellblechhütte und sah in Richtung Wald. Das T-Shirt-Wetter und ein Übungseinsatz am Spätnachmittag hatten ihm diesen Luxus beschert.

Er warf einen Blick in die kleine Bibel, die er immer bei sich hatte. Psalm 19 war aufgeschlagen: „Die Furcht des Herrn ist rein und bleibt ewiglich. Die Rechte des Herrn sind Wahrheit, allesamt gerecht. Sie sind köstlicher als Gold und viel feines Gold, sie sind süßer als Honig und Honigseim."

Behutsam strich er über die Pflaumenblüte, die er im März zwischen diesen Seiten gepresst hatte, die Blüte aus Helens Haar. Damals hatte er die Stelle wegen der Verweise auf Gold und Honig passend gefunden, aber jetzt verstand er, was eigentlich gemeint war. „Ich habe das ganz falsch gesehen, Herr. Du sollst das Zentrum sein, für mich und für Helen. Vergib mir, dass ich nur auf meine egoistischen Ziele geschielt habe." Hatte er nicht insgeheim darauf gehofft, Helens Liebe wäre ein Beweis für seine Männlichkeit?

Er seufzte, klappte das kleine Buch zu und holte ihren letzten Brief hervor. Mit den Ellbogen auf den Knien las er zum wiederholten Mal die dritte Seite.

Beim Abendessen brachte Mrs Carlisle das Gespräch auf Jim und ich drückte ein paar Tränen hervor und ließ mein Kinn beben. Aber ich habe es satt. Du hältst mich bestimmt für einen schrecklichen Menschen, aber ich habe es satt so zu tun, als würde ich trauern.
Was, wenn meine Ehe nicht das Paradies auf Erden war? Und Jim nicht der perfekte Ehemann? Was, wenn meine Trauer nie so tief war wie alle denken?
Ich schäme mich dafür, aber ich bin eine ziemlich gute Schauspielerin.

Meine Trauer hilft Jay-Jay, seinen Vater zu bewundern, wie ein kleiner Junge es tun sollte, und Antioch hat seinen Helden. Also spiele ich weiter, tue so als ob und lüge.

Du hast meine hässlichste Seite schon gesehen und mich gebeten, dir ganz offen zu schreiben. Vielleicht wirst du das Angebot einmal bereuen, aber wenn ich die Wahrheit nicht endlich herauslasse, wird der kümmerliche Rest, der noch von mir existiert, völlig in sich zusammenfallen.

„Du machst das gut, Liebes", flüsterte Ray. „Weiter so."

Die Enthüllung von Jims Missbrauch, das Feuer und die Explosion in Port Chicago hatten ihre Fassade zum Einsturz gebracht und jetzt kam die heilende Wahrheit endlich ans Licht.

Ray zog die Kappe von seinem Füller ab und schrieb an seinem Brief weiter.

Du solltest Jay-Jay und den Leuten nicht sofort reinen Wein einschenken, das sehe ich auch so. Ehrlichkeit ist wichtig, aber man muss auch behutsam vorgehen. Dass du an ihre Bedürfnisse denkst, finde ich sehr umsichtig von dir.

Der Weg, den du gewählt hast – jemanden ins Vertrauen zu ziehen –, ist der beste und es ist mir eine Ehre, dieser Jemand zu sein. Nichts von dem, was du mir schreibst, wird an die Öffentlichkeit gelangen. Denk aber auch dran: Der Herr ist dein bester, weisester und dich am meisten liebender Freund. Und er kennt bereits jedes Detail.

Es raschelte im Busch. Ein kleiner brauner Vogel hüpfte heraus und pickte Samen auf.

Zu Rays Linken duckte sich eine Katze sprungbereit an den Boden. Sie war weiß und hatte große schwarze Flecken, als hätte der kleine Jack das Tintenfässchen nicht nur auf dem Klavierdeckel geleert.

Wie gebannt starrte die Katze auf den Vogel, schlug mit dem Schwanz hin und her, als würde sie die nötige Sprungkraft ermitteln, und meckerte wie eine Ziege. „Ack, ack, ack, ack."

Ray schmunzelte. Die Engländer nannten Flak oft *ack-ack* und diese Katze hielt sich offensichtlich für einen Flakschützen.

Ihr Hinterteil fing kurz an zu zittern und sie sprang. Der Vogel flatterte davon. Nach ein paar Sekunden der aufgeregten Suche setzte sich die Katze hin und putzte ihre Hinterpfoten.

Das gab doch eine süße Geschichte für Jay-Jay ab. Die Katze sah etwa so alt aus wie die Kätzchen von Grandma, die Jay-Jay so gut gefallen hatten.

„Da bist du ja.“ John Buffo kam angeschlendert und die kleine Katze nahm Reißaus.

„Hi John. Was gibt's?“ Ray rutschte beiseite und machte Platz für seinen Bombenschützen.

Buffo ließ seinen massigen Körper auf die Kiste plumpsen, nahm seine Mütze ab und fuhr sich durch die drahtigen braunen Haare. „Ein intellektueller und empfindsamer Mensch zu sein ist eine echte Bürde in diesem Beruf.“

Ray faltete seinen Brief zusammen. „Erste Zweifel an dem, was wir hier tun?“

„Erste? Zweite, dritte, millionste. Wir werfen aus zwanzigtausend Fuß Bomben ab und die da oben sind begeistert, wenn wir in einem Radius von fünfhundert Metern treffen. Das ist ein halber Kilometer, Ray. Wie viele unschuldige Zivilisten sterben wegen uns?“

Ray erwiderte Buffos sorgenvollen Blick. Er hatte ganz ähnliche Gedanken und unterhielt sich oft mit William Miller, dem Seelsorger des Stützpunkts, darüber. „Nach jedem Einsatz bitte ich Gott um Vergebung für die Menschen, die ich verletzt oder getötet habe. Aber am nächsten Tag klettere ich in meine Fliegende Festung und tue es wieder. Manchmal frage ich mich, ob diese Reue echt ist oder ob ich inzwischen genauso hartherzig bin wie die anderen.“

Buffo rutschte herum und die Kiste knarzte. „Manchmal wünsche ich mir, ich wäre einfach ein Dummkopf, der ein paar Bier hinunterkippt und sagt: ‚Aber die haben angefangen.‘“

Rays Blick wanderte über die Kante zwischen grünen Baumwipfeln und blauem Himmel. „Vielleicht reicht das ja als Grund.“

„Was? Das ist doch billige Propaganda aus den Trainingsfilmen.“

„Meinst du?“ Ray spielte mit seinem Füller. „Auf jeden Fall ist das hier ein Konflikt, in dem Verhandlungen gescheitert sind. Deutschland hat Europa überrannt und greift ständig Großbritannien an. Sie zielen auf alles und nichts und hoffen, viele Zivilisten zu töten. Könnte ein vernunftbegabter Mensch da nicht argumentieren, die Alliierten versuchen sich nur zu verteidigen?“

„Ja, aber wir greifen ja genauso an und verteidigen uns nicht nur.“

„Aber wenn wir unsere Angriffe einstellen würden, würden die Deutschen immer stärker werden, bis sie unsere Verteidigung überrennen.“

Buffo kniff die Augen zusammen und kaute auf seiner Lippe. „Es muss doch einen besseren Weg geben.“

„Vielleicht eines Tages, aber im Augenblick führt der einzige Weg zum Frieden durch das Tal des Kriegs.“ Ray tippte mit dem Stift auf sein Knie. Ob Gideon damals die Ironie auch erkannt hatte? Als der Herr ihn zum Kampf gerufen hatte, hatte er einen Altar gebaut, den er „Jahwe-Schalom“ nannte – „Der Herr ist Frieden“. Und das galt nicht nur für Gideon oder die Alliierten, sondern auch für Helen und Ray.

Sie mussten kämpfen, um Frieden zu finden.

* * *

Flottenstützpunkt Treasure Island, Yerba Buena Island
Mittwoch, 13. September 1944

„Meuterei? Wie können die meinen Mann wegen Meuterei anklagen?“ Eine schwarze Frau riss die Tür von Vics Büro in einer alten Kaserne der Marinesoldaten auf. Sie trug ein sauber geschneidertes dunkelblaues Kostüm mit buttergelbem Rand und Ärmelaufschlag, und als sie auf Helens Schreibtisch zumarschierte, blitzte dasselbe Gelb in den Gehfalten ihres Rocks auf. Sie funkelte Helen an. „Meuterei?“

Helen lächelte beruhigend. „Ma'am, Lieutenant Llewellyn gehört zur Verteidigung. Er ist auf der Seite Ihres Mannes, Mrs …?“

Die Frau seufzte und reichte ihr eine behandschuhte Hand. „Jones. Mrs Carver Jones.“

Helen stand auf und erwiderte die Begrüßung. „Ich bin Mrs Carlisle. Ich sage dem Lieutenant Bescheid, dass …“

„Esther Jones, wie schön.“ Vic trat aus seinem Büro. „Ich bin ein großer Bewunderer Ihres Mannes. Kommen Sie doch rein.“

Helen nahm ihren Notizblock und folgte Mrs Jones in das Büro.

„Was ist da los?“ Mrs Jones setzte sich und legte ihre buttergelbe Handtasche auf den Schoß.

„Mrs Jones, machen Sie sich mal keine Sorgen."

„Ihm wird Meuterei vorgeworfen. Darauf steht die Todesstrafe!"

„Keine Sorge. Keiner dieser Männer wird schuldig gesprochen werden, vor allem nicht Carver. Er kann nachweislich aus gesundheitlichen Gründen nicht arbeiten."

„Aber wie ist er denn überhaupt in die ganze Sache verwickelt worden?"

Vic strich mit den Fingern über seinen Bleistift, als könnte er ihn verlängern. „Am 9. August bekamen die Männer den Befehl, Munition zu verladen, und 258 von ihnen weigerten sich. Zwei Tage später wurde ihnen der Befehl erneut erteilt, unter Androhung einer Anklage wegen Meuterei, und fünfzig Männer verweigerten erneut den Dienst."

„Aber Carver …"

„Ich weiß. Aber auch er hat die Frage, ob er bereit sei, Munition zu verladen, verneint."

Mrs Jones stand die Empörung ins Gesicht geschrieben. „Er hat einen gebrochenen Arm. Der eingegipst ist."

Helen nickte. Sie konnte sich noch sehr gut an seine Verletzung erinnern.

„Das wird morgen in dem Prozess alles herauskommen", beschwichtigte sie Vic. „Alles, was wir brauchen, sind die Aufzeichnungen von Dr. Thompson in Port Chicago."

Mrs Jones setzte sich noch gerader hin. „Ich habe mit ihm gesprochen. Er meinte, er suche sie heraus, wenn er Zeit habe. In einem so herablassenden Ton hat noch nie jemand mit mir gesprochen. Als könnte ich kein Englisch, geschweige denn hätte es studiert."

Vic warf Helen einen Blick zu. „Carver und Esther Jones haben beide einen Abschluss vom Howard."

Helen, die Einzige im Raum ohne einen Collegeabschluss, lächelte angestrengt.

„Er ist vorgeladen worden, nicht wahr?", fragte Mrs Jones. „Er hat keine Wahl, oder?"

„Das stimmt." Vic tippte mit dem Bleistift auf einem Aktenstapel herum. „Ich muss Sie warnen: Dieser Prozess wird nicht gerade schön werden. Die Navy will an den Männern ein Exempel statuieren. Aber die Gerechtigkeit wird siegen. Carvers Anklage wird fallen gelassen, genauso wie die der beiden anderen Männer mit ärztlichem Attest.

Und der Rest wird freigesprochen. Im schlimmsten Fall sind sie der Befehlsverweigerung schuldig, aber nicht der Meuterei. Es gab keine Verschwörung, keinerlei Versuche, die Offiziere zu stürzen. Das ganze siebenköpfige Team der Verteidigung hat hart gearbeitet und wir werden dafür sorgen, dass die Sache gut ausgeht."

„Ich hoffe, Sie haben recht, Lieutenant." Mrs Jones stand auf. „Vielen Dank für Ihre Hilfe."

„Es ist meine Pflicht und mir eine Ehre. Da drüben steht übrigens mein Motto." Vic deutete auf ein kleines Stickmustertuch im Kreuzstich, auf dem stand: „Es soll Gerechtigkeit geschehen, und gehe die Welt darüber zugrunde."

Mrs Jones gab ihm die Hand. „Ein gutes Motto."

Helen brachte Mrs Jones zur Tür, kehrte zurück und lehnte sich gegen den Türpfosten von Vics Büro. Das Stickmuster war in Blau und Rot gehalten – Blau für die Wahrheit, die Vic im Gerichtsprozess ans Licht bringen wollte, und Rot für den Mut, den er brauchte, um für Gerechtigkeit zu kämpfen.

Vic war die Verteidigung von zehn der angeblichen Meuterern übertragen worden und sein Schreibtisch war voller Akten. Gebeugt über eine offene Akte machte Vic sich Notizen.

„Du kämpfst für eine gute Sache", sagte Helen.

„Hmm?" Es dauerte ein paar Sekunden, bevor er aufsah.

„Ich finde es gut, was du machst. Man braucht Mut, um für das Richtige einzustehen, selbst wenn man damit allein steht."

Vic sah sie an, als hätte er etwas auf dem Herzen. Doch dann presste er die Lippen aufeinander und wandte sich wieder seinen Notizen zu. „Danke."

Sie lächelte. Seit der Explosion hatte er ihr keinen einzigen Antrag mehr gemacht. Zurück an ihrem Schreibtisch ordnete sie einen Stapel Papiere, die mit Vics kleiner Handschrift überzogen waren und die sie abtippen musste.

„Sag mal, Helen", rief Vic. „Woher weißt du, dass ich nicht so bin wie mein Vater? Dass ich nicht nur auf Beziehungen aus bin und mich bei den Schwarzen anbiedern will?"

Helen spannte ein neues Blatt in die Schreibmaschine ein. „Mit dem Risiko, es dir mit den Weißen zu verscherzen? Wohl eher nicht. Ich fürchte, dein Motiv könnte durch und durch gut sein."

„Ja.“ Seine Stimme klang leise. Er war schon wieder in die Arbeit vertieft.

Helen kannte das nur zu gut. Sie ließ die Schreibmaschinentasten klackern, ein lautes, geschäftiges Geräusch, mit dem sie ihre Erinnerungen in Schach halten konnte.

Aber die Arbeit tröstete sie nicht mehr so wie früher und selbst ihre Ehrenämter vermochten dies nicht.

Eigenartigerweise war ihr größter Trost, was sie jahrelang um jeden Preis vermieden hatte – der Wahrheit ins Auge zu sehen. In jedem Brief an Ray öffnete sie die Mottenkiste der Erinnerungen ein Stückchen weiter, ließ ein paar schlimme Erinnerungen heraus und beendete ihren finsteren Flug, indem sie ihre staubigen Flügel auf Papier heftete.

Schwungvoll schob sie den Wagen nach rechts, klappte die Papierhalter nach oben und stellte das nächste Formularfeld ein.

Brief für Brief bekam Ray einen abgeschwächten Katalog von Jims Missbrauch und er ermutigte sie und schrieb ihr als Gegenleistung offen von seinen Ängsten und Zweifeln. Die räumliche Trennung gab ihr Sicherheit, genauso seine Schweigepflicht als Pastor. Er hatte ihr sogar versprochen, ihre Briefe über Jack zurückzuschicken, falls ihm etwas zustoßen sollte.

Aber die Alliierten standen bereits am Westwall an der deutschen Grenze und der Krieg in Europa konnte Ende des Jahres schon vorbei sein. Und selbst wenn nicht, Ray würde seine Einsatzrunde beenden und mit diesen Augen voller Mitgefühl, den starken Armen und den heißen Küssen zurückkehren.

Aber nicht für sie. Helen zog die Seite aus der Schreibmaschine, legte sie beiseite und griff nach dem nächsten Formular. Sie bemühte sich, nicht zu schluchzen. Je tiefer ihre Brieffreundschaft wurde, desto mehr empfand sie für ihn, aber desto mehr musste sie ihn auch auf Abstand halten.

Kapitel 23

Militärflugfeld Bury St. Edmunds
Freitag, 15. September 1944

Glenn Millers Orchester spielte die ersten Akkorde von „In the Mood" und dreitausend Männer in Hangar eins pfiffen und grölten.

Ray hatte das Lied schon oft auf Platte und im Radio gehört, aber so klar, lebendig und auf den Punkt, das gab es nur live auf der 200. Einsatzfeier des 94. Bombergeschwaders.

Major Glenn Miller trug Uniform und spielte seine Posaune zur Band, nicht zum Publikum – ein Musiker eben, kein Showman. Ray bewunderte ihn für seine Bescheidenheit. Miller hatte sein Orchester verlassen und war zu den Luftstreitkräften gegangen, um die Soldaten in Übersee zu unterhalten.

England war jedoch alles andere als ein sicherer Hafen. Gerüchte über einen Giftgasangriff machten die Runde und die V-1-Raketen flogen mit feurigem Schweif über ihre Köpfe.

Trotzdem war sogar Walt gekommen. Ray beobachtete seinen jüngsten Bruder aus dem Augenwinkel. Er war der Einzige hier in Zivilkleidung. Aber niemand beschwerte sich darüber, dass der Bruder des Luftkommandeurs gekommen war, noch dazu ein Veteran der 8. US-Luftflotte, bevor das 94. Geschwader überhaupt hier stationiert worden war.

Boeing hatte Walt irgendeiner geheimen Einheit der Air Force als beratenden Ingenieur zur Seite gestellt, wahrscheinlich, um die Informationen über die deutschen Düsenflugzeuge auszuwerten.

Als der Applaus für „In the Mood" verklungen war, spielte die Band „Moonlight Serenade", Millers bekanntestes Stück.

„Allie liebt diesen Song", flüsterte Walt.

Ray murmelte seine Zustimmung. An Triebwerken herumzubasteln und seine Brüder zu besuchen war ein schwacher Trost dafür, von seiner Frau getrennt zu sein, vor allem jetzt, wo sie schwanger war.

Als das Konzert vorbei war, standen Ray und die anderen Offiziere auf. Die normalen Soldaten blieben zum Tanzen zu der Musik von Glenn Millers Orchester hier, aber die Offiziere hatten ihre eigene Veranstaltung im Kinosaal mit Griffiss Airacobras, der Band der US-Strategic Air Forces.

Ray versuchte vergeblich Jack bei den höheren Offizieren ausfindig zu machen und irgendwann gingen Walt und er in die feuchte Abendluft hinaus. Sie versuchten, auf dem Weg zu bleiben und nicht in den Schlamm zu geraten.

„Unglaublich." Walt sah sich um. „Als ich hier war, gab es gerade einmal sechs Geschwader und wir waren schon stolz, wenn wir einhundert Flugzeuge losschicken konnten. Heute sind es vierzig Geschwader und gut zweitausend Flugzeuge. Das will nicht in meinen Kopf."

„Wie ist es denn so, wieder hier zu sein? Schwer?"

Walt legte den Kopf schief. „Gibt ein paar schlimme Erinnerungen, ja. Aber auch gute. Es gibt doch nichts Besseres als Kameradschaft in schweren Zeiten."

„Hey, Paps." Leo Goldman überholte sie mit Buffo, Radovich und Sig Werner, dem neuen Radarschützen. „Es gibt Freibier. Beeilt euch, wenn ihr einen guten Platz an der Bar wollt."

Ray grinste. „Hol mir eine Tasse Kaffee, ja?"

Buffo schlug die Hände vor die Brust. „Du stichst mir mitten ins Herz. Diese große Feier schreit doch danach, mit gewaltigen Mengen Feuerwasser ertränkt zu werden."

„Schon gut, schon gut. Dann eben zwei Tassen Kaffee."

Rays Kameraden stöhnten, winkten ab und liefen weiter.

Ray stieß Walt an. „Fehlt dir das auch?"

„Na klar. Bei meinen Leuten hieß ich nur Preach."

Die Brüder kamen an einem Lkw voller junger Frauen aus den umliegenden Orten vorbei und gingen ins Kino. Auf der rot-weiß-blau dekorierten Bühne saß bereits die Band. Ein Banner mit einer „200" und dem Bild einer Staffel Fliegender Festungen hing über ihr.

„Da ist Jack." Walt zeigte auf einen Tisch in ihrer Nähe.

„Ah, Ruth hat es also doch geschafft. Oh, Charlie und May auch."

Sie begrüßten einander. Walt hatte Charlie und Ruth schon kennengelernt, aber May noch nicht.

Während May Blassrosa trug, verdrehte Ruth den Männern in Pfauenblau reihenweise die Köpfe. Die meisten Frauen störten sich an auffälligen Schönheiten wie Ruth, aber May offensichtlich nicht.

Walt stützte sich mit den Ellbogen auf den Tisch, wobei seine Prothese ein dumpfes Geräusch machte. „Also Charlie, Jack hat mir erzählt, du seist über Holland abgeschossen worden. Da hast du doch bestimmt einiges erlebt."

„In der Tat", ging Jack dazwischen. „Aber das meiste davon ist geheim, um den holländischen Maquis zu schützen."

Charlie nippte an seinem Kaffee. „Sobald Holland befreit ist, kann ich dich damit zu Tode langweilen."

„Was war denn das Schlimmste?"

Charlie hatte sich den Kaffeelöffel in den Mund gesteckt, sah zur Decke und ließ ihn auf und abwippen. „Diese Hilflosigkeit. Zu Hause hielten mich alle für tot und ich konnte nichts dagegen tun. Ich konnte mich noch nicht mal dem Widerstand anschließen. Wenn ich als Luftwaffenangehöriger gefangen genommen worden wäre, hätten sie mich in eines der Stalag Lufts gesteckt, und wer weiß schon, wie es in diesen Gefangenenlagern für Luftwaffenangehörige aussieht. Und wenn ich Sabotage betrieben hätte, hätte man mich als Spion erschossen."

May kuschelte sich an ihren Freund. „Du hast die richtige Wahl getroffen."

„Triff noch einmal eine", sagte Jack. „Hör auf mit diesen Radartests und komm zurück als bester Bombenschütze der 8. Luftflotte!"

„Jack Novak!" Ruths Augen funkelten wie Signalfeuer. „Halt dich da raus."

Jack grinste und sang näselnd „Pistol Packin' Mama".

Ruth lachte auf und boxte ihn spielerisch gegen den Arm. „Du Raubein."

Jack wandte sich an seine Brüder. „Was dagegen, wenn Charlie und ich mit unseren Damen das Tanzbein schwingen?"

„Überhaupt nicht."

Doch sobald sie aufgestanden waren, legte sich ein dunkler Schleier über Ray. Nicht weil er tanzen wollte, Walt war ja auch noch da. Sondern weil er an das letzte Mal denken musste, als er getanzt hatte – mit Helen auf Walts Hochzeit. Wenn er doch nur jetzt mit ihr tanzen könnte! Sie könnte sich an seiner Schulter ausweinen, er ihre weichen Haare küssen und ihr Trost zusprechen. Das wäre tausendmal besser als diese lächerlichen Briefe, die auch noch wochenlang unterwegs waren.

Ihr Brautjungfernkleid war gelb gewesen, ein kräftiges Gelb.

„Schade, dass das mit dir und Helen nichts geworden ist."

Ray blinzelte Walt überrascht an. „Der Mann heiratet und kann auf einmal Gedanken lesen."

„Das ist das Erste, was du lernst in der Ehe." Walt nickte weise. „Ich habe doch recht?"

Ray seufzte. „Ja."

„Liebst du sie?"

„Mutig hat die Ehe dich also auch noch gemacht."

„Also: ja oder nein?"

Ray sah auf die Tanzfläche, wo sich Dutzende Pärchen zu „Stardust" wiegten.

„Weiß sie, dass du sie liebst?"

„Ich habe doch gar nicht gesagt …"

„Ich kann Gedanken lesen, schon vergessen?" Walt tippte sich an die Schläfe.

Ray lächelte. „Nein, weiß sie nicht."

Walt beugte sich vor. Sein Blick war ernst geworden. „Lerne aus meinen Fehlern. Sag es ihr."

Die Band änderte die Tonart und spielte „Long Ago and Far Away", eine genauso grausame Wahl wie „Stardust". „Gedankenlesen, Mut, und große Weisheit – die Ehe war ja ein Volltreffer."

„Und ob. Befolge meinen Rat. Ich habe es auf die harte Tour gelernt."

„Lass uns uns einen Kaffee holen." Ray stand auf, ließ seine Uniformjacke an den Armen herabgleiten und hängte sie über die Lehne, um seinen Platz zu reservieren.

Er hatte nicht die Absicht, den Rat seines kleinen Bruders zu befolgen. Helen hatte Fortschritte gemacht und schrieb ihm offen über Jims grauenvollen Missbrauch. Selbst wenn sie etwas für ihn empfand, was unwahrscheinlich war, würde ein Liebesgeständnis diesen Fortschritt nur gefährden. Und wenn ihr Interesse rein platonischer Art war, würde sie die Brieffreundschaft nach einem Geständnis erst recht abbrechen und Monate der Heilung wären verloren.

Ray bahnte sich einen Weg durch die Menge und musste über die

Ironie der Situation schmunzeln. Er liebte Helen zu sehr, um es ihr zu sagen.

* * *

Munitionsdepot Port Chicago
Mittwoch, 4. Oktober 1944

Der Sanitäter starrte Helen erstaunt an, aber sie konnte es ihm nicht verübeln. Wie viele weibliche Zivilisten verirrten sich schon in die Sanitätsstelle in Port Chicago?

Vic hatte alle Hände voll zu tun, aber warum musste er ausgerechnet sie schicken? Obwohl es in ihrem Bauch rumorte, lächelte Helen. „Ich möchte gern zu Dr. Thompson, in offizieller Sache für den Rechtsoffizier."

„Gern, Ma'am. Ich sehe nach, ob er gerade in einer Behandlung ist."

„Danke." Vier Männer in Marineuniform saßen im Warteraum – zwei Schwarze, zwei Weiße. Um der allgemeinen Empörung entgegenzuwirken, hatte die Navy das Verladen von Munition derzeit zwei weißen Divisionen übertragen.

Durch eines der Fenster sah Helen Gebäude in verschiedenem Reparaturstatus, bis hin zum neuen Pier, wo ein Frachter beladen wurde.

Was, wenn das Versprechen der Navy, die Sicherheitsbedingungen zu verbessern, genauso leer war wie das, den vermeintlichen Meuterern einen fairen Prozess zuzugestehen? Viele der schriftlichen Aussagen waren ungenau transkribiert worden und Vic war über die Vorurteile und die einschüchternde Art des Verhörs durch die Staatsanwaltschaft regelrecht erbost. Die schwarze Bürgerrechtsorganisation NAACP schickte ihren obersten Anwalt, Thurgood Marshall, um den Prozess zu beobachten und den Rassismus anzuprangern.

Der Sanitäter führte Helen in ein Büro, wo Dr. Thompson neben einem Schreibtisch stand.

Helen streckte ihre Hand aus. „Guten Tag. Mein Name ist Helen Carlisle. Ich freue mich, Sie unter besseren Umständen wiederzusehen."

Ein Lächeln kroch in sein rundliches Gesicht und er schüttelte ihr die Hand. „Ja, richtig. Sie haben nach der Explosion geholfen. Die Tochter eines Arztes, nicht wahr?"

„Ja, Sir. Mein Vater ist in der Sanitätstruppe der Army."

„Der Army? Nicht der Navy? Na, macht ja nichts." Er deutete auf einen Stuhl vor dem eingedellten Metallschreibtisch. „Was kann ich für Sie tun?"

Es ließ sich nicht vermeiden. Die Freiheit eines Mannes stand auf dem Spiel. „Mein Chef, Lieutenant Victor Llewellyn, gehört zum Team der Verteidigung im Prozess um die Meuterei. Einer seiner Mandanten, Bootsmann George Washington Carver Jones, wurde wegen eines gebrochenen Arms von Ihnen nach der Explosion behandelt."

Seine Gesichtszüge versteinerten. „Ich habe meine schriftliche Aussage bereits gemacht."

Ein einziger medizinischer Satz über die Art der Verletzung, aber nichts über die Arbeitsunfähigkeit. Helen atmete tief ein und betrachtete den grauen Schreibtisch voller Akten, medizinischer Bücher und Verschreibungsblöcke. „Sir, ich weiß, dass Sie sehr beschäftigt sind, aber die Verteidigung muss jetzt liefern. Die Staatsanwaltschaft hat verlauten lassen, es gäbe ‚jede Menge Dinge, die ein Mann mit einem Arm am Dock machen könnte'. Eine Aussage von Ihnen könnte die Rettung für einen unschuldigen Mann sein."

„Unschuldig? Dieser träge, stinkfaule Haufen von …" Er lächelte verlegen. „Bitte um Verzeihung. Ich bin schon länger nicht von einer Frau beehrt worden."

Helen drehte sich der Magen um. Seine herablassende Haltung brachte sie jedoch auf eine Idee. „Ist es nicht eine Schande, dass die Navy wegen dieses Prozesses so durch den Dreck gezogen wird? Ich … ich bin ja selbst Witwe eines Marinesoldaten." Sie blinzelte und setzte ihren schmerzvollen Blick auf.

„Oh, Mrs Carlisle. Das tut mir leid."

Ihr Verhalten war schamlos, aber es war für einen guten Zweck. Helen hob tapfer das Kinn. „Um meines Mannes willen, um unseres Sohnes willen. Ich kann es nicht ertragen, dass der Name der Navy derartig entehrt wird. Wenn doch wenigstens ein unschuldiger Mann freigesprochen würde, ein so guter noch dazu, dann vielleicht … vielleicht …" Sie öffnete ihre Handtasche und fischte ein Taschentuch heraus.

„Aber gewiss. Sicher. Ich schreibe das nur schnell auf."

Ein paar Minuten später trat Helen in den Sonnenschein hinaus und zeigte Esther Jones das Blatt Papier. „Der Mann ist eine Schande für seinen Beruf."

Mrs Jones' kaffeebraune Augen leuchteten. „Sie haben es geschafft!"

Helen stöhnte und lief in Richtung Bahnhof. „Nur, weil ich mit dem Taschentuch gewunken und meinen verstorbenen Mann ins Feld geführt habe."

„Oh, das tut mir leid. Ich hoffe, das war nicht allzu schmerzhaft für Sie."

„Er ist seit fast zwei Jahren tot und ich vermisse ihn kein bisschen." Entsetzt über ihre Ehrlichkeit blieb Helen mit offenem Mund stehen.

Mrs Jones zog erschrocken die Augenbrauen hoch, aber dann tätschelte sie Helens Unterarm. „Für jeden schlechten Mann schuf Gott mehrere gute."

Der Gedanke an einen guten Mann auf einem Militärstützpunkt in England und einen weiteren in Haft auf dem Lastkahn trieb Helen echte Tränen in die Augen. „Männer wie Carver."

„Und Lieutenant Llewellyn." Mrs Jones führte sie weiter zum Bahnhof. „Er hält sehr viel von Ihnen."

Helen blinzelte die Tränen weg. „Wir sollten ihm die Aussage bringen."

„Ich stehe in Ihrer Schuld."

„Nein, ich in Ihrer. Ich bin Teil einer Welt, die diesen Schwachsinn toleriert. Ich wusste nicht, wie schlimm es wirklich ist, bevor ich diesen Job angefangen habe. Was die Leute für schreckliche Dinge sagen und wie sie Menschen Ihrer Hautfarbe behandeln. Da möchte einem doch die Hutschnur platzen!"

„Dann war es ja doch für etwas gut. Ich wusste, dass Gott aus Carvers Prozess etwas Gutes machen kann und jetzt sehe ich es. Dieser Prozess zeigt die hässliche Schattenseite unserer Nation und wenn genug Leute darauf aufmerksam werden, kann sich endlich etwas ändern. Der Herr möge sein Volk gegen die Ungerechtigkeit aufstehen lassen!"

„Sie wären ein guter Pastor, Mrs Jones."

Ihr Blick war wärmer als Kaffee. „Nennen Sie mich doch Esther."

Helen versuchte, mit ihrem Lächeln Schritt zu halten. „Nur, wenn du Helen zu mir sagst."

* * *

Antioch
Dienstag, 24. Oktober 1944

Connie Scala und Linda Jeffries saßen im Schneidersitz auf dem Bürgersteig und spielten Murmeln. Jay-Jay zog an Helens Hand. „Zututn."

„Ja, du darfst zugucken, aber nur ein paar Minuten." Helen war früh dran und Rays Brief brannte ihr ein Loch in ihre Handtasche. Sie holte ihn heraus und suchte ihre Lieblingsstelle.

> *Gestern auf der Feier haben Walt, Jack und ich über den Tintenfleck auf dem Klavier gesprochen. Er steht für unsere jeweiligen Schwächen – für Walts Lügen, für Jacks Manipulieren und für meine Schwäche, Frieden um jeden Preis haben zu wollen. Ja, Jesus wollte Friedensstifter aus uns machen, aber er will keinen Frieden, bei dem die Wahrheit auf der Strecke bleibt. Mein Hauptziel sollte nicht die Abwesenheit von Konflikten sein, sondern seinen Willen zu tun.*
> *Ein Pastor muss für die Wahrheit eintreten, selbst wenn das den Frieden stört. Ich weiß nicht, ob ich das kann. Wenn ich gewusst hätte, was Jim dir antut, hätte ich ihn darauf angesprochen?*
> *Mut hat viele Gesichter, aber ich weiß nicht, ob ich das richtige habe.*

Helen küsste das Papier. „Oh, Liebling. Das hast du, ich weiß es."

Ein Kichern ertönte und Helen sah in Connies grinsendes Gesicht. Helen zog scherzhaft an einem ihrer schwarzen Zöpfe. „Du führst bestimmt auch manchmal Selbstgespräche. Na komm, Jay-Jay. Mrs Novak meinte, sie backe extra Cookies für dich."

„Tootie!" Jay-Jay stürmte die Sixth Street hinab und die Stufen zum Haus der Novaks hinauf.

Mrs Novak umarmte ihn und führte Helen und ihn ins Wohnzimmer. „Ich hole gleich die Cookies. Guck mal, ich habe die alten Zinnsoldaten von den Jungs runtergeholt."

Jay-Jay ließ sich auf den Holzboden plumpsen. In seinen kleinen Händchen erwachten zwei Soldaten zum Leben und machten sich sofort daran, einander umzubringen.

Helen sah sehnsüchtig zum Klavier, wo sie romantische Abende mit Ray verbracht hatte, wo der Tintenfleck war und das Bild von Ray. Sie hatte kein Foto von ihm, also versuchte sie jedes Mal, wenn sie hier war, es förmlich in sich aufzusaugen – die freundlichen Augen unter der Offiziersmütze, das verschmitzte Lächeln, den vorgeschobenen Unterkiefer. Die Sehnsucht schmerzte. Ende des Jahres würde seine Einsatzrunde beendet sein und er würde nach Hause zurückkehren. Aber nicht zu ihr.

„Ich hätte nie gedacht, dass alle meine Jungs mal im Krieg sein würden. Nicht, nachdem Walt entlassen wurde." Mrs Novak hielt einen Teller mit Cookies und ein Glas Milch in der Hand. „Wenigstens habe ich zum ersten Mal eine Tochter im Haus."

„Ich bin so froh, dass ihr mich aufgenommen habt." Allie kam mit einem Tablett herein. „Möchtest du einen Tee, Helen?"

„Gern." Helen setzte sich in einen Ohrensessel und zwang sich, die gute Freundin ihrer Schwester anzulächeln. Eine von vielen. Betty umgab sich gern mit stillen, unscheinbaren Freundinnen, die ihr nicht die Show stahlen.

„Danke, dass du gekommen bist, Helen." Mrs Novak gab Jay-Jay einen Cookie und stellte das halb volle Glas Milch auf einen Untersetzer auf dem Klavierhocker. „Ich wollte mit dir über etwas reden."

Helen klappte das Notizbuch auf, das zuoberst auf ihrem Schoß lag. „Ja. Der Oktober ist fast vorbei und wir sollten die Weihnachtsfeier für die Soldatenkinder planen."

Mrs Novak setzte sich aufs Sofa und nahm von Allie eine Tasse entgegen. „Ich dachte da an etwas anderes." Sie fuhr mit dem Finger über den zarten Tassenrand.

„Die Metallsammelaktion? Die Blutspendeaktion?" Helen blätterte ihre Notizbücher durch.

„Eigentlich alles." Mrs Novak schürzte die Lippen. „Ich mache mir Sorgen um dich."

„Um mich?"

„Du wirkst ziemlich müde in letzter Zeit und ich habe mich gefragt, ob du vielleicht Hilfe brauchst. Allie hat beschlossen, nicht arbeiten zu gehen, jetzt, wo das Kind kommt, und sie könnte dir ein bisschen Last abnehmen."

„Es ist keine Last. Ich mache das total gern. Ich liebe es."

„Bitte lass mich dir helfen." Allie sah sie mit großen Augen an. „Die letzten zwei Jahre hatte ich immer eine Aufgabe, zuerst beim Roten Kreuz in Riverside und dann bei Boeing. Walt wollte mich hier haben, damit ich bei der Familie bin, aber ich fühle mich nutzlos. Wenn ich dir irgendwie helfen kann …"

Helen strich über ihr Notizbuch. Sollte sie etwa aufgeben, wo sie ihr Herzblut hineinsteckte?

Jay-Jay stellte die Soldaten auf dem Kaffeetisch für einen Angriff auf. In Helen war dieser längst im Gange. Jay-Jay brauchte mehr von ihr. Die Arbeit bei Vic nahm sie so sehr in Anspruch und daran würde sich nichts ändern, bis sie ausgezogen war. Aber wie sollte sie Gott gefallen, wenn sie nichts für ihn tat?

Helen seufzte leise. Gerade an diesem Morgen hatte sie Galater 3 gelesen. „Habt ihr den Geist empfangen durch des Gesetzes Werke oder durch die Predigt vom Glauben? Seid ihr so unverständig? Im Geist habt ihr angefangen, wollt ihr's denn nun im Fleisch vollenden?"

Versuchte sie sich wie die Galater Gottes Liebe zu verdienen? Seine Gnade? Seine Vergebung dafür, dass sie für den Tod ihres Mannes verantwortlich war?

„Helen? Du musst das nicht heute entscheiden."

„Doch." Ihre Stimme klang rau. „Du hast recht."

Das Telefon klingelte. „Entschuldigt mich", meinte Mrs Novak. „Ich erwarte einen Anruf."

Allie lächelte scheu. „Ich bin nicht so gut darin, Leute anzuleiten wie du, aber ich würde wirklich gern helfen."

Helen wechselte lächelnd aufs Sofa, obwohl sie sich fragte, was eine Tochter aus höheren Gesellschaftskreisen schon tun konnte. „Lass mich mal sehen, was ich dir geben könnte."

„Ich kann Besorgungen machen, Anrufe, Briefe tippen, ganz egal."

Jede abgegebene Aufgabe fühlte sich an, als würde man ihr einen Finger abhacken, aber Helen nickte und öffnete mit einem Kloß im Hals ihr Notizbuch. Wenn sie tatsächlich dem Irrglauben aufsaß, sich Gottes Liebe verdienen zu müssen, dann war es wohl an der Zeit, ein paar Finger einzubüßen.

„Helen?" Mrs Novak trat in den Türrahmen. „Der Anruf ist für dich. Victor Llewellyn."

„Victor?"

„Mrs Carlisle hat ihm gesagt, dass du hier bist."

Helen ging in den Flur und nahm den schwarz glänzenden Hörer in die Hand. „Ja?"

„Ich dachte mir, du willst das vielleicht wissen“, sagte eine traurige Stimme. „Das Urteil ist verkündet worden.“

„Schon? Du hast doch gesagt, die Beratungen fangen heute erst an.“

„Das haben sie auch. Aber nach achtzig Minuten waren sie beendet.“

„Achtzig? Aber …“

„Weniger als zwei Minuten pro Angeklagtem. Wozu auch beraten, wenn das Urteil bereits feststeht?“

Helens Kopf begann sich zu drehen. „Du meinst doch nicht etwa …“

„Schuldig. Das Gericht hat alle fünfzig der Meuterei für schuldig befunden. Fünfzehn Jahre für jeden. Das ist eine Farce! Sie erfüllen in keiner Weise den Tatbestand für Meuterei. Es gibt keine Verschwörung. Keinen Versuch, die Offiziere zu stürzen. Die Navy will bloß ein Exempel statuieren, damit niemand es mehr wagt, Befehle zu verweigern. Der ganze Prozess war eine Farce und wir sind mit hineingezogen worden. Sie haben eine Lachnummer aus uns gemacht.“

Helen lehnte sich gegen die Wand und zog ihre Finger aus der Telefonschnur. „Alle fünfzig? Aber doch nicht …“

„Auch Carver.“

Helen presste eine Hand gegen ihre Stirn. „Oh nein. Der arme Carver. Die arme Esther.“

Kapitel 24

Militärflugfeld Bury St. Edmunds
Freitag, 10. November 1944

Die Räder quietschten auf dem Rollfeld und Ray genoss das Geräusch nach dem schweren Flakbeschuss, der sie über dem Fliegerhorst in Wiesbaden erwartet hatte.

Seine nagelneue B-17G Pathfinder mit H2X-Radar rauschte die Landebahn hinunter. Ray hatte sie *Ascalon* genannt, nach der Lanze, mit der Georg den Drachen besiegt hatte. Mit festem Druck auf der Bremse schaltete er auf der Mittelkonsole die Lader ab, während Goldman die Landeklappen ausfuhr.

„Heckrad entriegeln“, sagte Ray, als die Geschwindigkeit auf dreißig Meilen pro Stunde gefallen war.

Goldman beugte sich nach vorn und legte den Riegel um. „Heckrad entriegelt.“

Ray bog auf die Rollbahn ab, die um die Landebahnen führte, und reihte sich in die dröhnende Prozession der silbernen B-17 ein, auf deren Heckflosse das Zeichen des 94. Bombergeschwaders thronte, ein *A* auf einem weißen Quadrat. Ganz ungeschoren waren sie nicht davongekommen und vier der achtunddreißig Bomber hatten die Formation verlassen müssen. Wenigstens waren Frankreich und Belgien nicht länger in der Hand der Deutschen und ein beschädigtes Flugzeug konnte an mehreren Stellen notlanden.

Ray erreichte den löffelförmigen Parkplatz für die *Ascalon* und seine Bodencrew wies ihn ein.

Ray und Goldman arbeiteten sich durch das Protokoll fürs Abstellen der Motoren – Leerlauf bis die Zylindertemperatur gefallen war, dreißig Sekunden bei hohen Umdrehungen und dann den Benzinhahn auf „Aus“.

Nach sechs Stunden Motorenlärm verebbte endlich das Dröhnen. Ray zog seinen ledernen Flughelm ab. „Hey, weiß jemand, was heute Abend im Kino läuft?“

„*Cover Girl* mit Rita Hayworth." Goldman schloss genüsslich die Augen. „Mmmh. Was würde ich alles dafür geben, um diesen Rotschopf mal in die Finger zu bekommen …"

„Nicht, wenn ich sie zuerst kriege." Hewett wuchtete das Maschinengewehr gemeinsam mit dem Waffenmeister aus dem Geschützturm. „Ich singe besser als Gene Kelly." Er stimmte „Long Ago and Far Away" an.

Vielleicht war Ray doch nicht nach Kino. Er brauchte keine Erinnerung an das schiefgelaufene Date mit Helen. Andererseits war es lange her und sie war weit weg.

Während seine Crew hitzig darüber debattierte, wem die Granate aus Hollywood gehörte, legte Ray eine ganze Legion von Schaltern an der Konsole um.

Manchmal flackerte allerdings Hoffnung auf, dass es mit Helen doch noch etwas werden könnte. Zum Beispiel nach ihrem letzten Brief. Sie glaubte an ihn. Sie meinte, er hätte Mut genug für alle Herausforderungen, die sich ihm in den Weg stellten, und das gab ihm Kraft. Wenn er sie doch nur an seiner Seite halten könnte, bis seine Selbstzweifel ausgeräumt waren.

Und ihre gleich mit. Aus ihren Briefen sprach so viel Reife, so viel Wachstum. Sie hatte aufgehört, sich ständig die Schuld zu geben, und echte Wut zugelassen. Ray hoffte, sie irgendwann zur Vergebung und innerem Frieden führen zu können, aber zuerst musste sie ihre Wut und den Vertrauensbruch verarbeiten.

Ray schwang die Beine zur Seite, stieg über die Luke zum Bug und stellte sich hinter seinen Sitz. Er drückte die Ellbogen nach hinten und streckte sich. Viel mehr war im engen Flugzeug nicht drin, aber selbst das tat unwahrscheinlich gut.

Er hob die Flakweste und den Flakhelm auf, die er über dem Ärmelkanal hinter sich geworfen hatte, und folgte Goldman und Hewett durch den Bombenschacht und den Funkerstand.

Im Rumpf war noch ein Mann zugange: Lt. Sig Werner, der Radarschütze. Er suchte Blickkontakt mit Ray und wartete, bis Goldman und Hewett verschwunden waren. „Hey, Paps, ich muss mit dir reden."

„Klar, was gibt's?"

Werner rieb sich die kurzen blonden Haare. Mit seinen blauen Augen und dem breiten Kiefer könnte er wunderbar untertauchen, wenn sie über Deutschland abgeschossen würden – vorausgesetzt, er käme an eine Uniform. „Danke noch mal für das Gespräch letztens. Ich war ziemlich sauer auf dich, aber es war trotzdem richtig so."

Ray öffnete lächelnd den Verschluss seines Fallschirmrucksacks. Am 7. Oktober waren acht Bomber vom 94. Geschwader über Böhlen abgeschossen worden, darunter Werners frühere Crew. Er hatte daraufhin jeden Abend tief ins Glas geschaut und seine Leistungen hatten darunter gelitten. „Du schlägst dich sehr gut diese Woche."

„Ich habe keinen Tropfen mehr angerührt. Eigentlich dachte ich ja, der Schmerz würde mich umbringen, wenn ich ihn nicht ertränke. Aber du hattest recht, wenn man nicht aufpasst, ertrinkt man selbst mit."

„Das sehe ich leider ziemlich oft hier." Auch, wie die Männer versuchten, ihre Sorgen bei Prostituierten in London loszuwerden. Dann hielten sie die Sanitäter mit ihren Geschlechtskrankheiten auf Trab.

Werner massierte sich den Nacken. „Ich hab da ein paar hässliche Dinge zu dir gesagt."

Ja. Dinge wie „blöder Besserwisser" und „Heiliger". Ray ließ seinen Rucksack zu Boden gleiten. „Schon vergessen."

Werners blaue Augen waren auf Ray gerichtet. „Du bist der Einzige, der den Mut hatte, es mit mir aufzunehmen. Ich schulde dir was."

Ray klopfte ihm auf den Rücken. „Wie wäre es mit einer schönen Tasse Kaffee im Offiziersclub?"

Werner schlenderte zur Luke, sprang hinaus und grinste Ray an. „Aber erst nach dem Film. Den Fusel gebe ich auf, aber nicht Rita."

Ray lachte und sprang hinaus. Der Asphalt erschütterte seine Füße und ein Gedanke blitzte durch seinen Kopf. Helen hatte recht. Er hatte einen Konflikt mit Werner ausgelöst und doch langfristig für Frieden gesorgt.

Er schlenderte am Flugzeug entlang und fuhr über die aufgemalte Drachenlanze auf dem Bug. Der nächste Drache war besiegt.

* * *

Munitionsdepot Port Chicago
Mittwoch, 15. November 1944

Helen trommelte mit den Fingern auf der Tischplatte und machte damit den Regen auf dem reparierten Dach des Verwaltungsgebäudes nach. Jetzt, wo Vics Arbeit als Verteidiger im Prozess vorüber war, hatte man ihn zurück nach Port Chicago versetzt – eine Strafe, wie er fand. Aber Helen fand diesen Schritt überhaupt nicht sinnlos. Vics Gegenwart hatte eine beruhigende Wirkung auf die Männer, weil sie wussten, er hatte an ihrer Seite gekämpft.

Ohne überlebende Augenzeugen hatte das Untersuchungsgericht der Navy keine schlüssige Ursache für die Explosion gefunden und geschlussfolgert, es müsse an der mit Zündern versehenen Munition, am unsanften Verladen oder an einem defekten Kran gelegen haben.

Helen hatte alles erledigt, was sie schreiben und einsortieren sollte. Bis Vic von seinem Termin bei Admiral Wright wegen eines Gnadengesuchs zurückkam, hatte sie nichts zu tun. Private Briefe während der Arbeitszeit zu schreiben war ihr eigentlich zuwider, aber sie konnte schließlich nicht stundenlang Löcher in die Luft starren.

Sie zog die unterste Schreibtischschublade auf und holte ihren Brief an Ray heraus. Sie überflog die Seite und atmete tief durch. Wenn ein Brief ihn endgültig in die Flucht schlagen würde, dann dieser, aber das letzte hässliche Stück Wahrheit musste jetzt einfach heraus.

Beide, Madame Ivanova und Jim, haben mir die Schuld für den Missbrauch gegeben. Madame hat immer gesagt, wenn ich besser tanzen könnte, müsste sie mich nicht schlagen. Jim meinte, wenn ich eine bessere Ehefrau wäre, müsste er mich nicht verprügeln. In der Öffentlichkeit hat er meine Verletzungen immer auf die Tollpatschigkeit wegen der Kinderlähmung geschoben. Sogar mein Vater hat ihm das geglaubt. Um es einmal klarzustellen: Nicht eine einzige Verletzung ging auf mein Konto.

Aber Jims Tod ist meine Schuld. Oh, Ray, ich habe dafür gebetet, frei zu werden. Ich habe tatsächlich dafür gebetet. Als der Krieg anfing, habe ich meine Chance gewittert, wenigstens für die Zeit des Krieges meinen Frieden zu haben. Ich habe Jims Patriotismus angefacht, von ihm in

Uniform geschwärmt und zugleich so getan, als hätte ich Angst, dass Uncle Sam ihn tatsächlich einzieht.
Wenn ich ihn nicht manipuliert hätte, wäre er nie am 13. November 1942 auf der USS Laffey gewesen. Ich bin genauso verantwortlich für seinen Tod wie der Torpedoschütze selbst. Und ich habe vor Erleichterung gelacht, als das Telegramm kam – gelacht, verstehst du! Jim hatte eine Strafe verdient, aber doch nicht den Tod. Er hatte es verdient, Reue zeigen zu dürfen, sich ändern zu können, Gottes und meine Vergebung zu erlangen, aber ich habe ihm diese Chance verwehrt.

Ein Wassertropfen verschmierte die Tinte und Helen sah zur Decke. War das neue Dach schon undicht? Sie blinzelte und Tränen liefen ihr über die Wangen.

Noch nie – nicht ein einziges Mal in den zwei Jahren und zwei Tagen seit Jims Tod – hatte sie um ihn geweint.

Sie steckte den Brief in ihre Handtasche und holte ihr Taschentuch heraus. „Herr, kannst du auch Mord vergeben? Bitte, bitte, vergib mir."

Sie stand so schnell auf, dass der Stuhl fast umkippte. Sie brauchte jetzt etwas zu tun. In Vics Büro strich sie die Falten aus seinem Rechtsanwaltsdiplom der Boalt Law School und aus dem Stickmustertuch. Dann wandte sie sich dem Schreibtisch zu und sortierte die Bleistifte. War nicht wenigstens irgendwo eine Mine abgebrochen?

Da! Auf der Ecke des Schreibtischs lag ein unsortierter Papierstapel. Warum sollte sie warten, bis er ihn ihr zum Wegsortieren gab? Sie drückte ihn an sich, ging zu ihrem Schreibtisch hinüber und machte kleine Häufchen.

Ein Zettel kam ihr sofort bekannt vor. Helen runzelte die Stirn. Das war doch das Behandlungsprotokoll für Carver Jones, unterzeichnet von Dr. Thompson, dem Mistkerl. Brauchte Vic das nicht beim Admiral?

Die Tür knarrte. Vic nickte Helen zu und stapfte in sein Büro. Seit dem Urteil war er stiller geworden und oft zerstreut.

Helen stellte sich in den Türrahmen. „Ähm, Vic, ich habe das hier beim Einsortieren gefunden."

Er setzte sich, warf seine Aktenmappe auf den Tisch und hielt ihr die offene Hand hin.

Sie gab ihm das Protokoll. „Das ist das Behandlungsprotokoll von Carver Jones. Hättest du das nicht heute gebrauchen können?"

Vic spitzte den Mund. „Nein. Das … die haben das schon gesehen. Hat auch etwas geholfen. Admiral Wright hat die Strafe bei den meisten auf zwölf Jahre reduziert und bei Carver und ein paar anderen sogar auf acht."

Helens Brustkorb sackte zusammen. „Acht Jahre? Aber er hat doch nichts Falsches getan. Er sollte freigesprochen werden."

„Ja. Ist er aber nicht." Vic öffnete ruppig seine Aktenmappe.

„Du gehst in Berufung, oder?"

„Ich werde Berufung einlegen, sobald ich kann."

Helen seufzte und ging zu ihrem Schreibtisch zurück. Auf dem Weg fiel ihr das Stickmustertuch ins Auge. „Es soll Gerechtigkeit geschehen und gehe die Welt darüber zugrunde." Und was, wenn die ganze Welt sich einen feuchten Kehricht um Gerechtigkeit kümmerte?

Kapitel 25

Militärflugfeld Bury St. Edmunds
Sonntag, 24. Dezember 1944

„Das war der letzte Einsatz. Endlich!" Leo Goldman tunkte den Pinsel in die blaue Farbe und malte Ray eine „30" auf die Stirn.

Die Farbe gefror sofort und Ray zuckte zusammen. Schnell zog er den Schal über seinen Mund.

„Ist dem Kalifornier wohl zu kalt?" Sig Werner zog den Reißverschluss seiner Fliegerjacke herunter und entblößte seine Brust. „In North Dakota wäre das ein schöner Frühlingstag. Ein echter Winter macht echte Männer."

„Ach ja? Also, dieser falsche Mann braucht jetzt einen heißen Kaffee." Ray deutete auf den wartenden Lkw. „Kommt, wir feiern drinnen weiter."

Die Männer trugen ihre Fliegerausrüstung zur Ladefläche, schubsten einander an und lachten das befreite Lachen von Männern, die dem Tod ein Schnippchen geschlagen hatten.

Ray ließ sich zurückfallen und warf noch einen Blick auf die *Ascalon*, die der nächsten Besatzung zugeteilt werden würde, sobald er die Insel verlassen hatte. Wo war seine Freude darüber, überlebt zu haben? Es sich selbst bewiesen zu haben? Nach Hause zu kommen?

Ein ungutes Gefühl rumorte in ihm und das schon seit dem 16. Dezember, als die Deutschen eine Überraschungsoffensive in den Ardennen gestartet hatten und die 8. und 9. US-Luftflotte sowie die Royal Air Force wegen des dichten Nebels und vereister Landebahnen nicht hatten abheben können. Die Alliierten waren ohne Luftunterstützung gewesen. Erst am dreiundzwanzigsten war es ihm besser gegangen, als das Wetter aufgeklart und er wieder hatte fliegen können. Die Schlacht in den Ardennen zeigte, dass der Krieg noch längst nicht vorbei war – aber für Ray schon. Das ungute Gefühl grub sich tiefer.

„Na komm, Paps. Dein Triumphwagen wartet." Buffo winkte von der Ladefläche herunter.

Ray setzte sich in Bewegung. Der Schnee unter seinen Stiefeln knirschte und sein Atem hinterließ stechend kalte Tröpfchen im Schal. Leichter Nebel hing über dem Flugfeld, ein zinngrauer Schleier im Dämmerlicht. Vor über einer Stunde war die *Ascalon* mit den anderen fünfzig Fliegern des 94. Geschwaders gelandet und trotzdem war über ihnen noch immer Motorenlärm zu hören. Da die Flugfelder der Ersten Division tief im Inland lagen, wo noch dichter Nebel herrschte, mussten die meisten ihrer Flugzeuge auf Stützpunkten der Dritten Division in Ostanglien landen.

Das Flugfeld war ringsherum von im Nebel verklärten Landescheinwerfern erhellt. Eine bessere Weihnachtsbeleuchtung würde es für Ray dieses Jahr nicht geben.

Er warf seine Ausrüstung auf die Ladefläche und kletterte hinauf.

„Diese beknackten Deutschen", fluchte Goldman, als der Lkw anfuhr. „Habt ihr gehört, dass sie Spione in amerikanischer Uniform hinter unseren Linien abgeworfen haben, die auch noch perfektes Englisch sprechen?"

„Ja, aber ein paar sind schon aufgeflogen", erwiderte Radowich. „Diese Krautfresser sind nicht weit gekommen."

„Standrechtlich erschossen." Buffo klopfte eine Zigarette aus seiner Schachtel. „Die passende Bestrafung für Spionage und Sabotage. Davon abgesehen finde ich nicht, dass es so etwas wie ein perfektes Englisch gibt."

Ray massierte die rote Stelle an seiner Wange, wo der Verschluss der Sauerstoffmaske gewesen war. „Ein Gutes hatte die Ardennenoffensive."

„Gut?", erwiderte Werner. „Sie haben uns überrumpelt, fünfzig Meilen zurückgedrängt, die 101. US-Luftlandedivision in Bastogne eingekesselt und wer weiß wie viele umgebracht oder gefangen genommen."

„Ja, aber warum haben sie das gemacht? Was hat Colonel Dougher noch mal in der Einsatzbesprechung gesagt? Die Deutschen sind auf Öl aus. Sie brauchen verzweifelt Öl. Die schweren Einsätze über Merseburg, Magdeburg, Böhlen – sie haben funktioniert."

„Ja, aber zu welchem Preis …" Werners Stimme klang traurig.

Plötzlich erschütterte eine Explosion die Erde und Rays Ohren dröhnten. Er reckte den Hals und sah aus dem Lkw. Am Ende der Hauptlandebahn stieg eine feurige Wolke in den Himmel, ein gespenstischer Anblick im Nebel.

Er seufzte. „Abgestürzt beim Landeanflug."

Unterdrücktes Fluchen erfüllte die Ladefläche. Bei derartigen Wetterbedingungen konnte das jedem passieren, auch einer Besatzung nach ihrem letzten Einsatz.

Der Lkw kam zum Stehen. Nachdem die Männer ihre Ausrüstung abgegeben und sich einen Kaffee und ein Sandwich mit Corned Beef bei den Frauen vom Roten Kreuz abgeholt hatten, traten sie in die rauchgeschwängerte Luft des Besprechungsraums. Die Besatzung der *Ascalon* scharte sich um einen Tisch bei Captain Winchell, einem Nachrichtenoffizier und Freund von Jack.

Winchell schenkte Whisky aus, um die Männer aufzulockern und leichter an Informationen heranzukommen.

Goldman hielt den Flachmann hoch. „Hey Paps. Du wolltest dich doch aufwärmen, oder?"

Ray nippte lächelnd an seinem Kaffee und ließ seine Lippen am Tassenrand auftauen. Bei 23.000 Fuß stand das Thermometer auf minus fünfundvierzig Grad. Weder *Ascalons* Aluminiumhülle, noch die lächerliche Kabinenheizung oder die Zwiebelschichten der Fliegerausrüstung konnten dieser Kälte noch etwas entgegensetzen.

Die nächste halbe Stunde lang ließ sich Winchell jedes Einsatzdetail beschreiben. Die Me 109 hatten über Liège angegriffen, waren aber von den „Kleinen Freunden", der Eskorte aus P-51 Mustangs, vertrieben worden. Die schlechte Sicht über dem Zielflugfeld in Babenhausen hatte den Bombenzielflug mit Radar notwendig gemacht, aber es hatte nur leichten Flakbeschuss gegeben und die deutsche Luftwaffe hatte sich nicht noch einmal blicken lassen. Das 94. Geschwader hatte keine Fliegende Festung verloren.

„Gute Arbeit, Jungs." Jack legte Ray von hinten die Hände auf die Schultern: „Und herzlichen Glückwunsch zur absolvierten Einsatzrunde. Kann ich euch zu einer zweiten Runde überreden?"

Die Männer stöhnten und winkten ab.

Jack lachte. Gekünstelt.

Ray sah seinen Bruder an. Jacks Wangen, normalerweise gerötet von der Kälte, waren blass und er hatte ein nervöses Muskelzucken im Auge.

„Bist du fertig, Winch?", fragte Jack.

„Mit der Befragung bin ich durch." Ein Lächeln kroch über Winchells breites Gesicht. „Aber die Party hat gerade erst begonnen."

„Kann ich dich unter vier Augen sprechen?“, fragte Jack leise.

„Klar.“ Ray stand auf und schickte seine Leute zur Messe. Dann sah er Jack ernst an. Das ungute Gefühl wurde zu einem harten Knoten im Magen. Hatte eine V-1 Walts Stützpunkt getroffen? Hatte Jack ein Telegramm von zu Hause bekommen? Grandpa und Grandma waren auch nicht mehr die Jüngsten.

„Gehen wir zu mir in die Stube.“ Jack ging voran. Als Kommandeur genoss er den Luxus eines Einzelzimmers, während Ray und die anderen sich im doppelten Dutzend eine Wellblechhütte teilten.

Sie traten in den frostigen Abend hinaus und Ray schlang sich den Schal wieder um den Mund.

„Neuer Schal?“, fragte Jack.

„Weihnachtsgeschenk.“ Ray lächelte in die weiche graue Wolle hinein, den Silberstreif, den Helen versprochen hatte, ihm zu stricken. „Was ist los?“

Jack betrachtete die vorbeigehenden Soldaten. „Augenblick. Die kriegen das noch früh genug mit …“

Der Knoten in Rays Magen verschob sich. Es waren also Kriegsneuigkeiten, keine Familienneuigkeiten.

„Lange wird es jedenfalls nicht dauern“, meinte Jack. „Siebzig zusätzliche Flugzeuge landen heute noch hier, sogar eine Staffel Lancaster der Royal Air Force. Wir müssen siebenhundert Männer extra unterbringen. Die Armen müssen im Besprechungsraum schlafen, im Offiziersclub, im Aeroclub.“

„Dann müssen wir den Truthahn morgen wohl teilen.“

„Sieht so aus.“

Sie bogen auf eine Straße ab, auf der der Schnee von Hunderten von Stiefeln geräumt worden war. Es ging vorbei an schneebedeckten Bäumen, an denen lange Eiszapfen hingen. Die Schönheit der Natur war nicht mit Worten einzufangen, aber Ray würde es für Helen zumindest versuchen.

Jack ging in die Hütte der Kommandooffiziere und hielt Ray die Tür zu seinem für militärische Standards luxuriös eingerichtetem Zimmer auf: ein Feldbett, ein Schreibtisch, ein Waschbecken und ein Kohleofen. Er durchstieß mit einem Finger die dünne Eisdecke im Waschbecken. „Ich mache ein Feuer.“

Während er einen Eimer Kohlen in den Kanonenofen leerte, nahm sich Ray den Stuhl am Schreibtisch und setzte sich rittlings darauf. „Schlechte Neuigkeiten?"

„Im Doppelpack." Ray entzündete das Feuer, klopfte sich den Kohlenstaub von den Händen und setzte sich aufs Bett. „Und beide werden die Männer schwer treffen."

Ray zog seinen Schal herunter und guckte erwartungsvoll.

„Glenn Miller ist am fünfzehnten zu einem Konzert bei den Kameraden in Frankreich geflogen. Aber er ist nie angekommen. Wir wissen nicht, ob er über dem Ärmelkanal abgeschossen wurde oder wegen des Wetters abgestürzt ist. Die Männer werden es heute Abend erfahren."

„Verdammt." Ray schloss die Augen. Obwohl er ihn nie persönlich kennengelernt hatte, war ihm, als hätte er einen Freund verloren. Und es würde nicht nur ihm so gehen. Glenn Miller war nicht einfach ein Prominenter. Er war einer von ihnen.

„Und Colonel Castle – ich meine General Castle." Jack fuhr sich durch die Haare. „Ich fasse es nicht. Er ist doch gerade vor einer Woche befördert worden … nein, vor zehn Tagen. Zehn Tagen!"

Brigadier General Frederick Castle, dem ehemaligen Kommandeur des 94. Geschwaders, unterstand die Vierte Geschwadergruppe und er hatte den Einsatz nach Babenhausen angeführt. „Was ist mit Castle?"

„Sein Flugzeug ist abgestürzt. Sieben Fallschirme."

„Bitte nicht." Wie der Kapitän auf einem Schiff verließ der Pilot sein Flugzeug immer als Letzter.

„Sieht so aus, als hat er seinen Vogel noch stabilisiert, damit die Männer abspringen können, aber er selbst hatte keine Zeit mehr. Sein Flieger ist explodiert."

Ray fühlte sich, als hätte man ihm eine Tonne aufgeladen. „Verdammt. Das tut mir so leid."

Jack stützte die Ellbogen auf die Knie und raufte sich die Haare. „Als er hier nach Bury kam, konnte ich ihn erst überhaupt nicht ausstehen. Er war Versorgungsoffizier, verdammt noch mal, hatte keine Kampferfahrung, sprach leise und war so gar nicht, wie man sich einen Kommandeur vorstellt. Aber dann … er war der beste Mann, unter dem ich je gedient habe. Mit Abstand. Intelligent, streng, einfühlsam, mutig. Bei den schwersten Einsätzen war er immer persönlich dabei, jedes Mal, und hat so einiges hier optimiert. Er hat mich bestraft, als ich es verdient hatte, aber nie, nicht ein einziges Mal, hat er mich aufgegeben."

Das letzte Mal, dass Ray Jack so am Boden zerstört gesehen hatte, war letztes Weihnachten gewesen, als er gedacht hatte, sein Freund Charlie sei gefallen.

Er setzte sich neben seinen Bruder und legte ihm einen Arm um die herabhängenden Schultern. Dann schloss er die Augen. „Herr, du hast einen Plan für uns, aber manchmal verstehen wir ihn nicht. Es tut weh. Bitte tröste meinen Bruder. Halt ihn fest und hilf ihm, stark zu sein für die Kameraden. Wir brauchen dich. Lass uns Ruhe finden in der Gewissheit, dass du alles in deiner Hand hältst und es gut mit uns meinst."

Jack sah mitgenommen aus. „Danke. Das habe ich gebraucht. Es fällt mir schwer, dich zu fragen, schließlich freust du dich auf zu Hause, aber könntest du noch ein wenig bleiben? Eine Woche vielleicht? Die Männer brauchen dich. Miller sagt immer, du seist wie ein zweiter Seelsorger hier auf dem Stützpunkt."

Ray ließ seine Hände in den Schoß fallen. Das ungute Gefühl hatte einen Namen – unfertig. Seine Arbeit hier war noch nicht fertig.

Natürlich, die Bodentruppen brauchten die Luftunterstützung, um zu gewinnen, aber da war noch mehr. Der Krieg hatte ihn von der Kanzel ferngehalten, aber nicht vom Dienst. Hier wurde er gebraucht – um den Männern mit ihrer Trauer zu helfen, ihren Krisen und aus ihren moralischen Zwickmühlen.

Helens Gesundung war zwar vorangeschritten, aber sie brauchte ihn weiterhin als Gesprächspartner in der Ferne. Ein kleines grünes Hoffnungsblättchen schob sich durch die Schneedecke. Noch ein paar Monate und sie wäre für ihn bereit, von Angesicht zu Angesicht, womöglich sogar für seine Liebe.

Ray starrte ins Feuer. „Ich bleibe länger als eine Woche. Ich fliege eine zweite Einsatzrunde."

„Was?"

„Ich bin ausgebildeter Pathfinder-Pilot. Wenn ich gehe, musst du erst jemanden aus dem aktiven Dienst abziehen und ausbilden lassen."

„Oh, nein. Kommt nicht infrage." Jack sprang auf und sah Ray wütend an. „Alle werden denken, ich habe dir das eingeredet und meine alten manipulativen Tricks wieder ausgepackt."

„Ich werde ihnen sagen, dass du es mir ausreden wolltest. Aber dass es nicht funktioniert hat."

Jack schnaubte und starrte an die Decke. „Mom bringt mich um, wenn dir etwas passiert."

„Ich bin in Gottes Hand, nicht in deiner."

„Ja, als wenn Mom das auch so sehen würde." Jack trat gegen den Ofen. Als er sich umdrehte, umspielte ein Lächeln seine Lippen. „Warte mal, wenn du eine zweite Runde fliegst, wirst du zum Captain befördert."

„Und?"

„Und du kriegst einen Monat Heimaturlaub."

„Ich nehme ihn nicht. Je mehr Flugzeuge wir hier haben, desto schneller ist dieser Krieg vorbei und wir können alle nach Hause gehen."

Jack rieb sich den Mund und sah Ray eine Weile stumm an. „Ich dachte immer, du wärst der mit dem kleinsten Dickkopf bei den Novaks."

Ray zog eine Augenbraue hoch. „Falsch gedacht."

Kapitel 26

Antioch
Montag, 25. Dezember 1944

„Für Della, meine wunderhübsche Prinzessin.“ Mr Carlisle legte seiner Frau ein weiteres Geschenk in den Schoß und gab ihr einen Kuss.

„Oh James, du sollst doch nicht …“ Ihr verliebtes Lächeln reichte nur bis zu einer Beule an der Wange. Eine dicke Schicht Make-up verbarg die Rötung, aber nicht die Schwellung.

Helen drehte sich der Magen um. Sie hatte den Streit vorgestern Abend mitbekommen und Mrs Carlisle weinen hören und die Überfülle an Geschenken und Komplimenten jetzt war der endgültige Beweis – Mr Carlisle schlug seine Frau. Helen erinnerte sich, wie sie selbst auf Jims Entschuldigungen, Geschenke und Komplimente nach einem seiner Gewaltausbrüche hereingefallen war.

„Zeig mal hoch, Kleiner“, sagte Mr Carlisle. „Zeig mal, was dir der Weihnachtsmann gebracht hat.“

Jay-Jay zerriss das Geschenkpapier, blickte finster drein und hielt zwei schwarze Pumps hoch.

Helen eilte zu ihm, rang sich ein Lachen ab und suchte nach dem Namensschild. „Süßer, die sind doch für Mama. Guck mal hier: *H* für Helen. Das ist Mama.“

Er schob die Unterlippe vor.

„Guck mal hier.“ Mr Carlisle winkte mit einer grün eingepackten Schachtel. „Das ist für meinen Jungen.“

Helen ging zurück zu ihrem Stuhl an der Seite und öffnete die Schachtel von Mama und Papa erneut, in der nagelneue schwarze Leder-Pumps gelegen hatten und sich noch ein elegantes Kostüm aus burgunderroter Wolle verbarg.

Helen bekam feuchte Augen. Die Rationierung sah nur zwei Paar Lederschuhe pro Person pro Jahr vor und Helen trat ihre an Jay-Jays wachsende Füße ab. Dieses Geschenk bedeutete, dass Papa und Mama ihre für sie geopfert hatten. Sie fehlten ihr schrecklich. Papa wurde auch manchmal wütend auf Mama und er knurrte und knallte Türen, aber noch nie war ihm die Hand ausgerutscht.

Aber Papa war Helens Hausarzt. Hatte er sich nie gefragt, warum ihre „Unfälle“ nach der Hochzeit zugenommen hatten, plötzlich aufhörten, nachdem Jim eingerückt war, und sich gerade während seiner Heimaturlaube wieder häuften? Hatte er das nicht bemerkt? Oder war es ihm egal gewesen?

Zugegeben, die meisten ihrer Verletzungen hatten nicht behandelt werden müssen. Manche konnte man noch nicht mal sehen und für alle gab es eine plausible Erklärung. Aber trotzdem, war ihm das nie komisch vorgekommen?

Oder dachte Papa etwa auch, dass sie das verdient hatte? Er hatte ihr nie so richtig verziehen, dass sie an Kinderlähmung erkrankt war. Sie, die Tochter des Arztes, hätte immun sein sollen, gesund und stark wie Betty. Nie hätte sie sich so tief herablassen sollen, Beinschienen zu tragen. Manche Eltern verhätschelten ihre kranken Kinder, aber nicht Papa. Er war noch strenger mit ihr gewesen, hatte noch mehr verlangt. Und nie hatte es gereicht.

Es klingelte. Helen sprang auf, sammelte sich und öffnete.

Dorothy Wayne stand vor der Tür. „Fröhliche Weihnachten. Ich habe ein paar Geschenke für euch.“

„Komm rein. Wo ist Susie?“

„Zu Hause. Ich kann nicht lange bleiben.“ Sie beugte sich ins Haus und winkte ihren Eltern. „Fröhliche Weihnachten!“

Die Carlisles kamen zur Tür, gaben ihrer Tochter einen Kuss, tauschten Tüten mit Geschenken aus und verschwanden wieder im Wohnzimmer.

Helen starrte ihnen ungläubig hinterher. Mehr hatten sie sich zu Weihnachten nicht zu sagen? Was war nur los mit dieser Familie?

„Bis später.“

„Warte. Ich muss mit dir reden.“ Helen zog die Tür hinter sich zu und führte die verwirrt dreinblickende Dorothy unter den unbelaubten Nektarinenbaum vorm Küchenfenster. Es war kalt, aber in ihr brodelte es. „Hat er dich auch geschlagen?“

„Wie bitte?“

„Dein Vater schlägt deine Mutter. Hat er dich auch geschlagen?“

Dorothy verschränkte die Arme und sah weg. „Ich weiß nicht, wovon du redest.“

Helens Nackenhaare stellten sich auf. „Oh doch, du weißt es sehr wohl. Deswegen willst du so wenig mit ihnen zu tun haben."

Dorothys braune Augen funkelten, als wäre Helen diejenige, der die Hand ausgerutscht war. „Ich dachte, das wäre normal. Ich dachte, so behandeln alle Männer ihre Frauen."

„Hat er dich geschlagen? Sag's mir. Hat er oder nicht?"

„Nein." Dorothy zog die Schultern hoch. „Das war Jims Aufgabe", sagte sie kleinlaut.

„Jim?" Also hatte er an seiner kleinen Schwester geübt. Was für eine Familie ließ so etwas zu? Aber das hieß … das hieß doch … „Du wusstest es. Du wusstest, was Jim für einer ist. Warum hast du mich nicht gewarnt? Warum hast du zugelassen, dass ich ihn heirate?"

Dorothy wich einen Schritt zurück. „Ich … ich …"

„Warum? Warum, Dorothy? Du hättest mich aufhalten können. Warum hast du nichts gesagt?"

„Ich dachte, das wäre normal so."

„Normal? Wenn das normal ist, warum halten sie es dann geheim?"

„Ich … ich dachte, du …"

„Du dachtest, ich hätte es nicht anders verdient? Weil ich ein Krüppel war? Weil ich nicht so lustig war wie Betty?"

„Helen!" In Dorothys Augen standen Tränen.

Helen presste die Lippen aufeinander, damit sie nicht auch anfing zu weinen, und schlang die Arme um ihre Taille. „Tut mir leid. Ich weiß, das würdest du nie denken."

Dorothy vergrub ihr Gesicht in den Händen. „Mir tut es leid. Ich wusste nicht, wie falsch das ist, bis ich Art geheiratet und bei den Waynes gewohnt habe. Jetzt verstehe ich, warum Mom und ich nichts von dem erzählen durften, was Dad und Jim getan hatten. Weil es nicht normal war. Und falsch."

„So lange hast du gebraucht, um darauf zu kommen?"

Dorothy fing an zu schluchzen. „Oh Helen. Da steckte noch mehr dahinter. Viel mehr. Es tut mir so leid! Du wirst mir das nie verzeihen. Ich wollte, dass er weg ist. Weg von zu Hause. Deswegen habe ich dich nicht gewarnt. Das war so, so egoistisch von mir! Ich habe nur an mich gedacht. Und überhaupt nicht an dich."

Helen starrte ihre weinende Freundin an. Ihre Gefühle fuhren Achterbahn. Wie hatte Dorothy ihr das nur antun können? Aber dann besann sie sich. Sie hatte Jim genauso loswerden wollen. Wie konnte sie Dorothy das vorwerfen? Sie hatte dasselbe getan.

„Dorothy“, wisperte Helen so leise wie früher, als sie sich als Kinder Geheimnisse zugeraunt hatten. „Ich wollte ihn auch loswerden. Wirklich. Ich habe ihn dazu gebracht, sich zur Armee zu melden. Ich wollte, dass er stirbt.“

Dorothys Hände sanken. „Ich … ich verstehe das.“

„Nimmst du mir das übel? Denkst du, ich bin schuld an seinem Tod?“

„Nein. Die Japaner sind schuld, nicht du. Du nicht.“ Zögerlich streckte Dorothy die Arme aus. „Oh Helen. Kannst du mir je vergeben?“

Helen versuchte zu nicken, aber der Kloß in ihrem Hals war zu dick. Sie schlang die Arme um Dorothy und sie weinten Schulter an Schulter.

Irgendwie taten die Tränen gut. Endlich kannte noch jemand die Wahrheit, noch jemand verstand sie, noch jemand hasste, was geschehen war. Ray wusste auch Bescheid, aber er würde es nie so verstehen können wie jemand, der es auch erlebt hatte.

„Das habe ich noch nie jemandem erzählt“, sagte Dorothy. „Noch nicht mal Art.“

„Sag es ihm. Zur Not im Brief.“

„Wenn er wieder nach Hause kommt.“

Helen hielt Dorothy umarmt und nickte. Noch schöner wäre so eine Offenheit in den Armen eines Mannes, der einen liebte. „Ich bin froh, dass es für dich vorbei ist.“

Dorothy löste sich. „Ich hätte etwas sagen sollen, als du hier eingezogen bist. Aber Dad wird dich nicht schlagen und in deiner Anwesenheit behandelt er Mom besser.“

„Das mag sein, aber ich bin hier weg, sobald ich kann.“

„Ich wünschte, bei den Waynes wäre Platz.“

„Ist schon gut.“ Durch den Krieg war der Wohnraum in Kalifornien knapp geworden und niemand hatte mehr Platz übrig. Möglicherweise hätte sie Vic nicht andauernd einen Korb geben sollen – dann wäre sie zumindest raus bei den Carlisles. Aber schon bei dem Gedanken musste sie lachen. Sie müsste schon sehr verzweifelt sein, bevor sie den Namen Helen Llewellyn annehmen würde. Und außerdem hatte Vic aufgehört, ihr ständig Anträge zu machen.

Dorothy lächelte matt. „Ich muss los. Danke für … Es tut mir leid, dass … Fröhliche Weihnachten."

„Ich danke dir auch und mir tut es auch leid. Fröhliche Weihnachten." Helen winkte ihr zum Abschied und ging zurück ins Haus. Heute Abend würde sie Ray schreiben. Sie hatte einen großen Schritt getan. Außerdem wollte sie sich für das Bilderbuch bedanken, das er Jay-Jay geschenkt hatte, und für das Tagebuch. Für die Dinge, die sie ihm nicht schreiben konnte, hatte er gesagt. Als wenn sie ihm nicht schon ihr ganzes Herz ausgeschüttet hätte – mal abgesehen von ihren Gefühlen für ihn, natürlich.

Kaum hatte sie die Tür geöffnet, fing Jay-Jay an zu brüllen und eine leere Schachtel flog durch die Luft und traf Mrs Carlisle.

„Jay-Jay!"

„Ist schon gut", meinte Mrs Carlisle. „Das war leider sein letztes Geschenk."

Ein Zittern erfasste Helen. Nein, sie würde nicht zulassen, dass sich die Geschichte bei ihrem Sohn wiederholte. Auf keinen Fall.

Sie trat auf zerknülltes Geschenkpapier und schnappte ihn sich. „Nein, Jay-Jay. So was macht man nicht, haben wir uns verstanden?"

„Nicht so schlimm", beschwichtigte Mrs Carlisle. „Ich kann verstehen, warum er wütend ist."

„Das gibt ihm noch lange nicht das Recht …" Sie marschierte mit ihrem wild um sich schlagenden Sohn zur Treppe.

„Und was soll das jetzt bitte schön werden?", fragte Mr Carlisle.

„Ich bringe ihn auf sein Zimmer."

„Nicht doch", rief seine Großmutter. „Es ist doch Weihnachten."

„Das ist mir egal." Helen ging vorsichtig die Treppe hinauf und versuchte ihre zitternden Gliedmaßen und den sich windenden Jungen unter Kontrolle zu halten. „Er muss lernen, dass man so nicht mit anderen Leuten umgeht. Niemals. Das lasse ich nicht zu."

Hinter ihr waren schwere Schritte zu hören. Mr Carlisle hielt sie am Ellbogen fest und riss sie herum.

Helen schrie auf, fiel zu Boden und landete mit dem Steiß genau auf der Treppenkante. Instinktiv umklammerte sie Jay-Jay und versuchte, den nächsten Schlag mit einem Arm abzublocken.

Aber es kam kein Schlag.

Jay-Jay wimmerte und Helen atmete schwer. Im Hintergrund säuselte Judy Garland „Have Yourself a Merry Little Christmas“ im Radio.

„Mein Kleiner, alles in Ordnung?“ Mr Carlisle wand Jay-Jay aus Helens Umklammerung. „Deine Mama sollte auf der Treppe vorsichtiger sein. So ein Tollpatsch. Du hättest dir wehtun können.“

Jay-Jay blinzelte Helen verwirrt an.

Ihr Herz pochte. Mr Carlisle machte sie für sein Verhalten verantwortlich und Jay-Jay würde sich das genauso abgucken.

„Na komm. Wir spielen mit deinen neuen Spielsachen.“ Mr Carlisle ging mit ihm die Treppe hinunter.

Helen stöhnte. Ihr Sohn! Ihr Ein und Alles.

Sie machte sich klein und weinte still auf der Treppe. James Carlisle III durfte nicht so enden wie seine Vorfahren.

Kapitel 27

Militärflugfeld Bury St. Edmunds
Montag, 15. Januar 1945

„Ein überaus wichtiges Ziel." Jack tippte mit dem Zeigestock auf die Leinwand und ließ das Bild wabern, als wäre es unter Wasser. „Auf dem Fliegerhorst Lechfeld sind Düsenkampfflugzeuge vom Typ Messerschmitt 262 stationiert, außerdem dient Lechfeld als Ausbildungs- und Forschungsanlage."

Ray betrachtete das Diafoto eines grauen Flugplatzes mit Startbahnen und Hangars, im Osten von einem breiten Waldstreifen und einem Fluss umgeben. Das H2X-Radar zeigte den Kontrast zwischen Wasser und Land am deutlichsten, daher waren Flüsse erstklassige Orientierungspunkte. Der Lech entsprang in den Alpen, führte an Lechfeld vorbei, durch Augsburg und floss in die Donau.

„Also schön, Männer." Jack legte sich den Zeigestock wie ein Gewehr über die Schulter. „Es ist bestes Flugwetter. Ab mit euch und zerlegt ein paar Jets."

Die Männer erhoben sich und allgemeines Gemurmel brandete auf. Obwohl Jack betont hatte, wie wichtig das Ziel sei, schickte die Dritte Division nur 297 Fliegende Festungen. Die *Ascalon* würde die vierzehn B-17 des 94. Geschwaders anführen.

Ray winkte seinem Bruder zum Abschied. Jack klimperte in der Luft imaginäre Klaviertasten und Ray nickte grinsend. Heute Abend würden sie gemeinsam im Offiziersclub spielen, Kaffee trinken und sich unterhalten.

Angespannt folgte Ray der Menge nach draußen. Der Anblick des glitzernden Mondlichts auf dem Schnee verschlug ihm den Atem. Weit über ihm rollte sich der Schwanz des Drachen um den Kleinen Wagen, als hütete er einen Schatz.

„Nimm dich in Acht, Drache", flüsterte Ray. „Gleich kommt die *Ascalon*."

* * *

„Funker an Pilot. Befehl von oben. Wir sollen zum Alternativziel fliegen."

„Alles klar, danke … Fitzgerald. Okay, Männer. Neuen Kurs berechnen." Ray runzelte die Stirn. Er hatte seine neue Crew jetzt seit zwei Wochen. Den Namen hätte er längst parat haben sollen.

Bald gab ihm Casey, der Navigator, neue Koordinaten und Ray nahm Kurs auf den Rangierbahnhof von Augsburg.

Eintausend Fuß über ihnen flogen P-51 Mustangs einen Zickzackkurs und wären sofort zur Stelle, sollte die Luftwaffe auftauchen.

Wenn doch bei Helen bloß auch jemand zur Stelle gewesen wäre.

Ray seufzte und korrigierte die vier Gashebel. In Helens letztem Brief hatte sie ihm ihre Schuldgefühle gestanden, weil sie Jim den Tod gewünscht hatte. Ray machte ihr keine Vorwürfe deswegen – der Mann hatte sie regelrecht gequält. Zum Glück war Jim Carlisle bereits tot, denn zum ersten Mal seit der ersten Klasse verspürte Ray das Bedürfnis, Gewalt anzuwenden. Damals hatte er Bill Ferguson eine verpasst, weil er die portugiesischen Kinder gehänselt hatte.

„Wir sind am IP", sagte der Funker.

„Danke, Kenton." Ray konzentrierte sich wieder. Am Initialpunkt begann der Bombenanflug.

„Bombenschacht geöffnet", sagte Lieutenant Rogers, der Bombenschütze.

„Zwei gelbe Signale raus", rief Fitzgerald vom Funkerstand. Der offene Schacht und die Signalraketen markierten den IP für den Rest der Staffel.

Die nächsten zehn Minuten konzentrierte sich Ray auf die Höhe und die Fluggeschwindigkeit, während der Navigator, der Bombenschütze und der Radarschütze über den Bordfunk Augsburg ausfindig machten, das am Lech und der Wertach lag.

Vor der *Ascalon* wurden schwarze Flecken an den Himmel gespuckt – moderater Flakbeschuss, wobei ein einziger Volltreffer einen Flieger vom Himmel holen konnte.

Rays Lächeln schob seine Sauerstoffmaske nach oben. Dies war sein dreiunddreißigster Einsatz und obwohl er unter Feindbeschuss wohl nie so locker bleiben würde wie Jack, wusste er sich doch in Gottes

Hand, wo Angst keinen Platz hatte und ihn Mut wie ein Mantel umgab.

Sein Kopilot, Lieutenant Donatelli, verfluchte die Flakschützen.

Ray klopfte ihm aufmunternd auf den Rücken. „In ein paar Minuten sind wir schon weg."

„Das dauert mir zu lange."

„Da, ich hab's", rief Kenton aus dem Rumpf, wo das H2X-Radar eingebaut worden war. „Was für ein Traumziel. Immer raus damit, Rogers."

„Bomben raus."

„Zwei rote Signalraketen abgefeuert."

„Okay, Leute", fasste Ray zusammen. „Der Rundflug ist beendet. Auf nach Hause."

Plötzlich eine Explosion auf zwei Uhr, ohrenbetäubendes Krachen. Eine flammende Zunge, schwarz beißender Atem. Splitter regneten gegen das Flugzeug wie Steine auf ein Blechdach.

Ray duckte sich. Sein Flakhelm und sein Arm kassierten Treffer.

Er wirbelte herum und erschrak. Faustgroße Löcher mit Reißzähnen aus Aluminium und Plexiglas klafften in der rechten Seite und im Dach des Cockpits.

Donatelli sackte in seinem Sitz zusammen und fasste sich an den Hals. Dann fiel der schlaffe Arm in seinen Schoß. Ein blutiger Arm. In einen blutigen Schoß.

„Donatelli!" Ray brüllte gegen die Erkenntnis an, dass sein Kopilot nie wieder antworten würde.

Ray umklammerte das Steuerrad und ging die Instrumente durch. Alle vier Motoren waren noch intakt. „Schadensbericht. Bombenschütze? Navigator?"

Keine Antwort.

Der Bordfunk. Der Bordfunk war ausgefallen.

Ray flog eine Linkskurve. Er musste dem Rest der Division folgen und sein Geschwader nach Hause leiten. „Shreve!", rief er den Flugingenieur hinter sich. „Der Bordfunk ist im Eimer. Geh runter in den Bug und hol den Navigator hoch!"

Ray sah aus den Seitenfenstern, um die Formation zu überwachen, jetzt, wo ihm seine Crew keine Rückmeldung mehr geben konnte.

„Shreve." Ray schlug mit dem linken Arm hinter sich, um die Aufmerksamkeit des Schützen zu bekommen – doch er schlug ins Leere.

Shreve lag zusammengesackt auf der Geschützplattform.

„Verdammt." Der rostige Geruch von Blut ließ Ray übel werden. Das Flakgeschoss hatte die Plexiglaskuppel des Geschützturms weggeschossen – und den Großteil von Shreves Kopf.

Ray wirbelte wieder zum Steuerrad herum. Ihm war schwindlig vor Übelkeit, aber er musste sich zusammenreißen. Der Rest der Crew und des Geschwaders hing von ihm ab. „Herr, hilf mir!"

Er zwang sich, den Griff um das Steuerrad zu lockern und durchzuatmen. Die Steuerung und die Motoren sahen noch gut aus. Alles, was er jetzt tun musste, war, der Division nach Hause zu folgen.

Aber schon wieder regnete es Flaksplitter. Rays Augen brannten und plötzlich roch es verbrannt. Weißer Rauch stieg aus den Ritzen der rechten Konsole auf.

Ray lief es kalt den Rücken runter. Der Feuerlöscher hing außer Reichweite an der Trennwand hinter dem Sitz des Kopiloten.

Er tarierte die Flügel aus, schaltete den Autopiloten ein und stellte das Seitenruder, das Querruder und das Höhenruder fest. „Pilot an Crew. Könnt ihr mich hören? Ich brauche dringend im Cockpit Hilfe. Sofort!"

Nachdem er nach einer mobilen Sauerstoffflasche gegriffen hatte, holte Ray den Feuerlöscher. Gelbe Flammen züngelten aus der Konsole. Mit zitternden Händen hob er den Trichter, zielte auf das Feuer, drehte den Hahn auf und schlug oben auf den Kolben. Pudriges Tetrachlormethan legte sich wie eine Decke auf die Konsole.

Ray wendete den Strahl ab. Die Flammen kehrten zurück, noch höher, und krochen in Richtung Konsolenmitte.

Mit einem Schrei der Verzweiflung entleerte Ray den restlichen Inhalt des Feuerlöschers in die Flammen.

„Was ist los?" Lieutenant Casey, der Navigator, steckte den Kopf aus der Luke. „Der Bordfunk ist … ach du …" Ihm blieb der Mund offen stehen. Dann ließ er mehrere Flüche vom Stapel.

„Hol mir einen Feuerlöscher. Schnell! Los!"

Irgendetwas unter der Konsole explodierte, zerdellte sie und die Flammen fraßen weiter.

Casey duckte sich. „Verdammt, der Sauerstoff."

Ray hustete. Das Phosgengas aus dem Feuerlöscher war giftig. Er würde die Fenster öffnen müssen, aber das würde das Feuer nur noch mehr anfachen. Und die Flammen griffen bereits nach dem Steuerrad und verzerrten seine Sicht nach vorn.

Er musste an das Feuer in Helens Haus denken, an die undurchdringbare Feuerwand – und daran, dass sich das Leben von einer Sekunde auf die andere völlig verändern konnte.

Er wandte sich an Casey. „Spring ab! Geh zum Bug, sag Rogers Bescheid und mach, dass du wegkommst! Ich gehe nach hinten und hole die anderen."

Ray griff neben den Pilotensitz und betätigte die Notfallglocke. Einmal lang zum Bereitmachen, dann dreimal kurz für das Signal zum Absprung. Aber er konnte sich nicht auf die Glocke verlassen. Er würde es den Männern persönlich sagen.

Es wurde immer heißer im Cockpit, aber Ray war noch nicht fertig hier. Nachdem er den Autopiloten abgeschaltet hatte, versuchte er der Hitze zu trotzen und das Flugzeug in einen sanften Sinkflug aus der Formation zu bringen. Dann warf er die Sauerstoffflasche weg, tastete in seiner linken Tasche nach dem Schlauchende für die Absprungflasche und steckte es an seine Sauerstoffmaske. Anschließend warf er die „Flimsies", den vervielfältigten Flugplan, ins Feuer.

Er fühlte sich überhaupt nicht gut dabei, Donatelli und Shreve zurückzulassen. Schnell kämpfte er sich durch den Bombenschacht und hielt sich an den Stützen der Bombenregale fest. Sein Fallschirm schlug ihm von hinten gegen die Knie.

Heute würde er ihn brauchen.

Panik drohte ihn zu befallen, aber er versuchte sie niederzukämpfen.

„Spring ab", befahl er dem Funker an seinem Funkerstand. „Es brennt im Cockpit. Raus hier!"

„Aber ... aber ..."

„Sofort." Ray öffnete den Verschluss an Fitzgeralds Flakweste und ließ seine eigene kurz darauf zu Boden fallen. „Wo ist dein Fallschirm?"

Fitzgerald holte seinen Brustschirm unter dem Funkertisch hervor. Ray lief weiter in Richtung Heck. „Leg ihn an und ..."

Ein ohrenbetäubender Knall riss Ray von den Füßen. Der Boden buckelte wie ein bockiges Pferd. Ray stieß sich an der Decke und knallte mit Schulter, Kopf und Rücken gegen die Wand. Instinktiv griff er zu und bekam Kabel zu fassen. Seine Beine wirbelten durch die Luft und donnerten gegen die Wand.

Dort, wo eben noch das Heck gewesen war, war jetzt … nichts als Luft und Himmel.

„Hilfe!" Ray klammerte sich an den Kabeln fest, so gut er konnte. Ein Flaktreffer musste das Heck zertrümmert haben.

Die *Ascalon* stürzte mit dem Bug voran zur Erde und Ray starrte auf die Kabel in seiner Faust, die ihn nach unten zogen.

Es gab nur noch eine einzige Überlebenschance. Er musste loslassen.

* * *

Antioch

Helen wälzte sich im Bett herum und kuschelte sich in die feine Bettdecke ein, aber sie wusste, dass an Schlaf nicht mehr zu denken war. Wie auch, wenn die Stimmung im Haus der Carlisles so angespannt war wie ihre Beinmuskeln damals bei Ausbruch der Kinderlähmung?

Am Samstag war sie mit Jay-Jay zu einer Frühvorstellung von *Red River Valley* mit Roy Rogers gegangen und war danach bei Betty geblieben, bis Jay-Jay ins Bett gemusst hatte. Nach dem Gottesdienst am Sonntag hatte sie sich von den Llewellyns zum Mittagessen einladen lassen und den Nachmittag mit Gelegenheitsbesuchen bei allen möglichen Leuten herumgekriegt. Aber zum Abendbrot hatte sie wieder nach Hause gemusst, wo Mr Carlisle sich über das zerkochte Gemüse beschwerte und die ewig leiernde Countrymusic im Radio. Noch nicht einmal der Fortschritt der Alliierten auf den Philippinen oder die gestoppte Ardennenoffensive hatten ihn aufheitern können.

Es war bald wieder so weit.

Helen setzte sich auf, knipste das kleine Licht an und griff nach ihrer Bibel. Nur bei Gott konnte sie jetzt Ruhe finden. Den guten Rat, Zuflucht bei Gott zu suchen, hatte sie Ray zu verdanken – und das war längst nicht alles, was sie von ihm gelernt hatte.

Am Tag zuvor hatte Pastor Novak über das Jüngste Gericht gepredigt. Viele hatten wegen des Krieges Angst, dass die Welt untergehen könnte, aber der Pastor hatte sie daran erinnert, dass Angst nicht von Gott kam.

Ihr Lesezeichen steckte noch immer in Obadja, also begann sie zu lesen. „Selbst wenn du dich in die Lüfte erhöbest wie die Adler und dein Nest in den Sternen bautest, werde ich dich hinabstoßen, sagt der Herr."

Helen lief es kalt den Rücken runter. Vielleicht sollte sie lieber schnell beten. Sie bat Gott, bei Ray in den Lüften zu sein und bei Jay-Jay unter den Wölfen. Sie betete für Carver und die anderen Männer im Gefängnis, für Esther und alle Witwen.

Rastlosigkeit kribbelte ihr in den Armen und Beinen. Helen fuhr in ihre Hausschuhe, schlüpfte in den Bademantel und zog den Mantel darüber. Leise ging sie nach unten und hinaus auf die Veranda. Bodennebel lag in der C Street, eine dicke Suppe, die jeden Winter in Kalifornien und im Delta Einzug hielt. Irgendwo hinter dem Nebel ging die Sonne auf.

Feuchte Kälte kroch durch Helens Pyjamahose. Sie schüttelte die Beine aus, setzte sich auf den Rattanschaukelstuhl und fing an, mit verschränkten Armen zu schaukeln. Noch eine halbe Stunde, dann musste sie sich anziehen und Jay-Jay wecken.

Irgendwie brachte ihr die morgendliche Stille keinen Frieden.

Sie wollte weg. Aber wie? Es würde noch ein ganzes Jahr dauern, bis sie ihre Schulden abbezahlt hatte und endlich etwas von ihrem Gehalt für Miete und ihren eigenen Hausstand abzwacken konnte. Ihr Vater würde ihr dabei nicht helfen. Das hatte er damals überdeutlich gemacht. Und wo sonst sollte sie hin? Betty erwartete Nachwuchs, wodurch ihr Haus ab Mai sogar übervoll sein würde. Alle ihre Freunde hatten Mieter aufgenommen. Es gab keinen Ausweg.

Helen schaukelte stärker.

Im Augenwinkel sah sie eine Bewegung auf der Wiese. Die rote Katze der Scalas stolzierte durchs Gras, ein liebes Tier. Helen schnalzte mit der Zunge, um ihre Aufmerksamkeit auf sich zu ziehen. Durch den dichten Nebel kam ihr das Geräusch lauter vor als sonst.

Die Katze blieb stehen und drehte Helen den Kopf zu. Sie hatte einen Vogel im Maul.

Ray hatte ihr von einer Katze geschrieben, die sich wie ein Flakschütze benahm, aber ihre fliegende Beute nicht erlegen konnte. Die Katze der Scalas hatte den Dreh offensichtlich raus.

„Ich werde dich hinabstoßen.'" Helen zog fröstelnd ihren Mantel enger um sich.

Kapitel 28

Über Deutschland

Ray ließ los.

Himmel, Flugzeug und Wolken drehten sich. In seiner Panik war er versucht, sich an ein vermeintlich sicheres Flugzeugteil zu klammern.

Stopp. Das war eine trügerische Sicherheit. Ray versuchte sich auf das zu konzentrieren, was er in der Ausbildung gelernt hatte. Er musste sich so weit wie möglich von *Ascalons* Trümmerregen entfernen.

Als er Wolken zu sehen bekam, breitete er schnell Arme und Beine aus. Sein Körper wurde vom Fallwind hin und her geworfen, aber wenigstens fiel das Flugzeug jetzt schneller als er. Ohne jeden Anhaltspunkt war das Heulen der kalten Luft der einzige Hinweis darauf, wie schnell er auf die Erde zuraste.

Bis zehn zählen. Man sollte bis zehn zählen. Aber wie sollte er sich mit nichts als Wolken zwischen sich und der harten Erde auf Zahlen konzentrieren?

Zehn Sekunden waren sicher vorbei. Er zog an der linken Reißleine und umklammerte das Ende mit seinem Handschuh. Wenn der Fallschirm nicht aufging, würde er in weniger als zwei Minuten im Himmel sein.

Plötzlich ein kräftiger Ruck. Der Schirm rauschte heraus, sprang auf und zerrte an Rays Brustkorb und Leiste. Ray musste husten, so stark war der Stoß. Aber das Heulen des Windes hatte nachgelassen.

Ray wurde schwarz vor Augen. Wie lange war er schon ohne Sauerstoff? Er tastete um seine linke Tasche herum, fand den grünen Holzball mit der Reißleine für die Absprungflasche und zog. Er nahm tiefe Atemzüge, bis das Schwindelgefühl nachließ. Das Herz pochte ihm bis zum Hals, aber was hatte er erwartet? Er hing in zwanzigtausend Fuß Höhe an einem dünnen Seidenschirm.

Die brennenden Trümmer der *Ascalon* verschwanden in den Wolken. Zwei Fallschirme blähten sich vor und unter ihm. Wahrscheinlich Casey und Rogers aus dem Bug. Mehr nicht? Was war mit den anderen?

„Oh Gott.“ Zum ersten Mal in seinem Leben fiel Ray nicht ein, was er beten sollte. Die anderen Männer waren nicht rausgekommen. Sie hatten keine Chance gehabt.

Ray sank in die Wolken und sah zum letzten Mal nach oben, wo die silberne Schar der Fliegenden Festungen zog. Sie würden den Absturz der *Ascalon* und die Sichtung von drei Fallschirmen melden.

Nur drei. Jack würde sicher davon ausgehen, dass er tot war. Mom und Dad würden ein Telegramm bekommen, dass er vermisst wurde, aber Jack würde einen Brief mit mehr Details nachreichen. Alle würden ihn für tot halten, bis sein Name in den Listen der Kriegsgefangenen auftauchte, was Monate dauern konnte.

„Oh, nein. Helen.“ Sie würde um ihn trauern oder, noch schlimmer, sich Vorwürfe machen. In ihrem letzten Brief hatte sie geschrieben, dass sie nicht nur Jim in Gefahr gebracht hatte, sondern auch ihn. Aber das stimmte nicht. Er hatte seine Antwort abgeschickt, oder nicht?

„*Bitte sei vorsichtig, Ray.*“ Ihr flehentlicher Satz fiel ihm ein.

Das Herz wurde ihm schwer und zog zusätzlich am Fallschirm. „Liebling, es tut mir so leid.“

Als er die Wolkenschicht durchbrochen hatte, schwebte er über einer malerischen Landschaft aus schneebedeckten Feldern, sanften Hügeln, Waldstücken und kleinen Ortschaften mit einer Kirche in der Mitte. Aber so wollte er Deutschland nicht erleben. Anstatt den Rhein zu befahren, die Alpen zu besteigen oder Heidelberg und Neuschwanstein zu besuchen, würde er den Rest des Krieges in einem Stalag Luft zubringen.

Leben im Kriegsgefangenenlager. Kälte und Hunger, Gefangenschaft und Entbehrungen. Er würde das Beste daraus machen müssen. Wenigstens gab es für einen Pastor dort jede Menge zu tun.

Bald konnte er Menschen, Autos und Tiere erkennen. Er löste eine Seite der Sauerstoffmaske und sie klappte weg.

Unten liefen Leute aufgeregt herum. Einer der Fallschirme fiel in sich zusammen, als Rays Kamerad landete. Ein Deutscher lief zu ihm, nahm ihm irgendetwas ab, ging ein paar Schritte zurück und hob den Arm. Ein Knall und Rays Landsmann fiel vornüber.

Ray stockte der Atem. Sie hatten ihn erschossen! Erschossen mit der eigenen Pistole.

Der andere Fallschirm ging zu Boden. Eine wütende Menschenmenge umzingelte den Offizier mit Stöcken und Fäusten. Sie prügelten auf ihn ein, bis er reglos am Boden lag.

Rays Atem kam stoßweise. Er musste weg. So stark er konnte, zog er an den Leinen des Fallschirms und steuerte nach links.

„Herr, hilf mir! Bring mich zu jemandem, der mich nicht gleich erschießt."

Ein schneebedecktes Feld, eine Scheune, zur Linken ein dichter Wald und keine Menschen in Sicht. Vielleicht könnte er sich bis zur Dämmerung im Wald verstecken und dann zur Stadt durchkämpfen, bis zu einer Kirche, wo man ihn nicht sofort lynchen würde.

Ray zog die Beine an und umklammerte die Fallschirmriemen. Der Boden raste auf ihn zu. Ein heftiger Ruck ging durch seinen ganzen Körper und er fiel mit dem Gesicht vornüber in den Schnee.

Einen schrecklichen Augenblick lang bekam Ray keine Luft. Nur mit größter Anstrengung bekam er seinen Brustkorb wie einen Blasebalg auseinandergezogen und sog gierig die kalte Luft ein.

Er rappelte sich auf, nur um vom wehenden Fallschirm sofort wieder umgeworfen zu werden. Ray zog an den Riemen, um ihn zu sich zu ziehen.

„Hände hoch!"

Ray gehorchte und hob die Hände. *„Ich ergebe mich"*, sagte er so gut es ging auf Deutsch.

Ein alter Mann in einer abgewetzten Winterjacke fuchtelte mit einer Mistgabel. *„Terrorflieger! Terrorflieger!"*

Terrorflieger? *„Nein. Ich ergebe mich. Ich ergebe mich."*

Der Alte stach mit der Mistgabel in Richtung Rays Bauch. *„Saubande."* Er spuckte Ray an und verstieg sich in eine Tirade aus Flüchen in einem Ray unbekannten Dialekt. Irgendetwas über Bomben, ein Haus und eine Tochter.

Ray spürte Mitgefühl und Reue. Zivilisten zu verletzen war nie seine Absicht gewesen. Aber auch wenn er sein Möglichstes dafür getan hatte, war ihm klar, was eine verirrte Bombe anrichten konnte.

Ray sah den armen Mann so freundlich an wie er konnte. *„Es tut mir leid. Ich meine es nicht böse mit Ihnen."*

„Nicht böse?" Der Mann fuchtelte weiter mit der Mistgabel. *„Sie sind böse."*

Offensichtlich hielt er ihn für das Böse in Person.

„*Ach du je.*“ Eine ältere Frau mit Kopftuch stand am Scheunentor und schlug die Hände vor den Mund.

Das Pärchen führte eine hitzige Diskussion und Ray sah sich um. Immer noch niemand.

Der Mann deutete in Richtung Scheune. „*Bring eine Leiter*“, rief er seiner Frau zu.

Eine Leiter?

Sie machte kehrt. „*Ein Seil auch?*“

Was wollten sie mit einem Seil?

„*Nein, er hat einen Fallschirm.*“

Er hat einen Fallschirm? Was wollte er denn damit sagen?

Ray gefror das Blut in den Adern. Sein Fallschirm. Sie wollten ihn an seinem Fallschirm aufhängen.

Stimmen kamen näher und ein Motorgeräusch. Das Gesicht des Mannes hellte sich auf. Er bekam Hilfe, wahrscheinlich von der aufgebrachten Menge, die Casey und Rogers auf dem Gewissen hatte.

Ray sprach zwar Deutsch, wenn auch nicht perfekt, und er hatte die besten Absichten, aber bei einer solchen Wut war die Hoffnung auf Verhandlungen vergebens.

Er biss die Zähne zusammen. *Herr, hilf mir! Ich habe keine Angst zu sterben, aber den Gedanken an eine trauernde Helen, die sich Vorwürfe macht, ertrage ich nicht. Dad, Mom, Jack und Walt – um ihretwillen muss ich weiterleben.*

Entschlossenheit strömte durch seine Muskeln.

Der Bauer sah Ray finster an und hielt ihn mit der Mistgabel in Schach.

Ray riss den Kopf zur Seite, als hätte er etwas gehört. Der Bauer tat es ihm gleich und schwenkte dabei die Mistgabel herum.

Ray machte einen Satz nach vorn, griff mit der Linken nach der Mistgabel und verpasste dem Bauern mit der rechten einen Haken aufs Ohr.

Der Mann krachte zu Boden und Ray entschuldigte sich. „*Es tut mir leid!*“ Schnell löste er die Riemen seines Fallschirms und ließ das Gurtzeug zu Boden gleiten. Es würde ihn nur behindern.

Die Stimmen wurden lauter und Ray rannte in Richtung Wald. Doch was würde das bringen? Wie weit könnte er es schaffen? Könnte er sich tatsächlich verstecken?

Ray brach durchs Unterholz, wich Bäumen aus, sprang über Baumstämme und kämpfte sich durch weiß gepudertes Gestrüpp. Vom Bauernhof her waren Rufe zu hören. Sie hatten den alten Mann gefunden und würden Ray umso wütender nachjagen.

Wo könnte er sich verstecken? Und wie? Er kletterte über einen frisch umgestürzten Baum, einen Nadelbaum mit langen, dichten Nadeln. Voller Panik kroch er an den Baumstamm, schlängelte sich unter die Äste und so tief in den Schnee, wie er konnte. Dann zog er die langen Äste über sich.

Der kalte Schnee kribbelte an seiner Wange. Duftende Nadeln kitzelten seine Nase, aber er lag still und versuchte flach zu atmen. *Herr, bedecke mich, schütze mich!*

Die Rufe kamen näher. Sie hatten natürlich gesehen, in welche Richtung er gerannt war.

„*Warten Sie hier.*" Die gebieterische Stimme gehörte nicht dem Bauer. Die Menge schien dem Sprecher offensichtlich zu gehorchen und am Waldrand zu warten.

Einzelne Schritte kamen durchs knackende Unterholz genau auf ihn zu. Spuren. Er hatte im Schnee Spuren hinterlassen.

Ray duckte sich, aber es nützte nichts. *Bitte lass ihn ein gutes Herz haben.*

„*Kommen Sie raus*", sagte der Mann.

Ray reagierte nicht. Vielleicht war er doch gut genug versteckt? Der Mann würde ihn nicht ansprechen, wenn er wüsste, wo er war.

„*Sie sprechen Deutsch, nicht wahr? Das ist gut.*"

Was hatte er vor?

Die Schritte kamen näher. Die Äste über Ray raschelten. Ray spürte einen harten Tritt in den Magen. „*Aufstehen!*"

Ray krümmte sich vor Schmerzen, rappelte sich aber auf und hob die Hände. „*Ich ergebe mich.*"

Der Mann hielt ihm eine Pistole vors Gesicht. Er trug einen schwarzen Mantel, offensichtlich ein Nazifunktionär in den Fünfzigern, mit dunklen, berechnenden Augen.

Ray versuchte tapfer auszusehen, obwohl er noch nie mit einer Waffe bedroht worden war. Dieser Mann war sicher verpflichtet, ihn als Kriegsgefangenen zu behandeln. „*Ich ergebe mich.*"

„*Sie haben den Bauern angegriffen.*"

Ray seufzte. Ja, er hatte ihn angegriffen – weil dieser ihn töten wollte. „*Er wollte mich tot machen.*"

Der Nazi maß ihn von Kopf bis Fuß. „*Sie sprechen mit Akzent, aber Sie sind klug und stark. Gut.*"

Was sollte das alles? „*Ich verstehe nicht.*"

Ein Lächeln huschte über sein Gesicht. „*Haben Sie eine Pistole?*", fragte er.

„*Nein.*"

Der Funktionär sah ihn skeptisch an. Er hob die Pistole direkt an Rays Kopf und öffnete mit der anderen Hand den Verschluss von Rays Rettungsweste. Dann zog er den Reißverschluss von Rays Fliegerjacke auf und tastete seine Brust ab, wo viele Piloten ein Schulterhalfter trugen. „*Keine Waffe.*"

Ray war so angespannt, dass sein Deutsch ihn beinah im Stich gelassen hätte. „*Immer die Wahrheit sag ich.*"

„*Das könnte gefährlich werden.*" Der Deutsche deutete mit der Pistole in Richtung Waldrand.

Mit erhobenen Händen folgte Ray seinen eigenen Fußspuren. Als er aus dem Wald trat, brachen ein Dutzend Männer mit erhobenen Fäusten in Jubel aus. Ray verstand die Rufe nicht, aber der Nazifunktionär brachte die Menge mit einer Hand zum Schweigen und versicherte ihnen, er werde mit Ray so verfahren wie mit den anderen.

Der erneute Jubel ließ Ray übel werden. Sie wollten ihn tot sehen. Über einen Transport ins Stalag Luft würden sie sich nicht so freuen.

Die Bauersfrau hielt Rays zu einem Ball gerollten Fallschirm hoch. „*Bitte, darf ich ihn haben? Er ist aus Seide.*"

Warum nicht? Ray brauchte ihn nicht mehr. „*Sie können ihn haben. Ich brauche ihn nicht.*"

Die Frau bekam große Augen.

„*Nein.*" Der Funktionär nahm ihn der Frau ab. „*Er braucht ihn für sein Leichentuch.*"

Ray rutschte das Herz in die Hose. Der Pistolenlauf wurde ihm in den Rücken gerammt und Ray hielt die Hände höher – sie waren wohl ebenfalls nach unten gerutscht.

Der Nazi schubste ihn bis zur Straße.

Bald würde kein Crewmitglied der *Ascalon* mehr leben. Ray könnte losrennen, eine Kugel in den Rücken kriegen und einen schnellen Tod sterben. Oder den Befehlen folgen und von der Gestapo zu Tode gequält werden.

Niemand würde je erfahren, für welchen Weg er sich entschieden hatte.

Ray sah zum verhangenen Himmel. „Aber ich werde es wissen", flüsterte er durch die zusammengebissenen Zähne. Er war nicht bis hierher gekommen, um dann mit einer feigen Entscheidung abzutreten.

* * *

Antioch

Ein dumpfer Schlag auf der Veranda schreckte Helen auf.

„Tut mir leid, Mrs Carlisle. Ich wollte Sie nicht erschrecken." Donald Ferguson stieg unten am Bürgersteig wieder auf sein Fahrrad und schob die Umhängetasche nach hinten.

Der *Ledger*. Helen hob ihn auf und winkte dem Zeitungsjungen zu, der zum Glück zu weit weg war, um ihr zittriges Lächeln zu erkennen. „Guter Wurf, Donald."

„Danke. Ich will ja auch ins Baseballteam der Antioch High. Mein Dad hat damals für die Riverview gespielt."

Die Riverview High. Ray Novak und Bill Ferguson waren zusammen im Baseballteam gewesen, bevor Ray aufs College gegangen war und Bill es irgendwie fertiggebracht hatte, Rays Freundin zu heiraten.

Und nun war Helen ein weiterer Eintrag auf Rays Liste schiefgegangener Beziehungen.

Helen seufzte, erhob sich und klappte die Zeitung auf. „Fall von Manila steht unmittelbar bevor" lautete die Titelschlagzeile.

Zurück im Haus legte Helen die Zeitung auf die Armlehne von Mr Carlisles Sessel und ging nach oben, um sich für die Arbeit fertig zu machen. Jetzt, wo die verurteilten Matrosen auf Terminal Island im südkalifornischen San Pedro einsaßen und Carver Jones' Berufung eingereicht worden war, war Vics Arbeit zu einer sinnlosen Beschäftigung verkommen. Die Beschwerden von schwarzen Matrosen waren weniger geworden, seitdem die Navy auf einigen Schiffen und in einigen Abteilungen die Rassentrennung aufgehoben hatte. Außerdem sollten Weiße bei Beförderungen nicht mehr bevorzugt werden.

Nachdem Helen ihr burgunderrotes Kostüm angezogen hatte, ging sie in Jay-Jays Zimmer, aber sein Bett war leer. Er sollte sich immer vor dem Frühstück anziehen, trotzdem stahl er sich gern im Nachtzeug nach unten. Wenn seine Großmutter das nicht tolerieren und ihm ein schönes Frühstück vorsetzen würde, könnte Helen bei ihm vielleicht endlich Fortschritte machen.

„Zum letzten Mal. Wo ist meine Zeitung?" Mr Carlisles scharfe Stimme drang durch die Küchentür.

„Ich … ich weiß es nicht", schluchzte Mrs Carlisle. „Sie lag nicht da, als ich draußen war."

„Du faules Weib." Eine Ohrfeige. „Gammelst im Bett rum, während mir einer die Zeitung klaut!"

Sie wimmerte. „Es tut mir leid. Du hast recht. Ich bin faul. Es wird nicht wieder vorkommen."

Helen stand wie angewurzelt im Flur. Alles in ihr schrie nach Flucht, aber nur sie kannte die Wahrheit und konnte die arme Frau verteidigen. „Herr, gib mir Mut."

Sie schob die Tür auf. Mrs Carlisle kauerte vor der Spüle und ihr Mann thronte darüber, ihre Haare in seiner Faust.

Helen schob das Kinn vor. „Deine Zeitung ist auf deinem Sessel."

Mr Carlisle ließ seine Frau los und kam mit wutentbranntem Blick auf Helen zu.

Der bekannte Anblick ließ Helen zusammenzucken, aber sie blieb aufrecht stehen. „Ich bin früh aufgestanden. Und als der Zeitungsjunge kam, war ich gerade draußen, also habe ich sie reingebracht. Mrs Carlisle trifft keine Schuld."

Die Ohrfeige kam wie aus dem Nichts und warf ihren Kopf mit einem heftigen Ruck zur Seite.

Helen schrie auf, hielt sich die brennende Wange und wandte das Gesicht ab. Das war immer die beste Strategie.

„Niemand … niemand redet so mit mir. Meine Zeitung gehört auf den Küchentisch auf meinen Platz. Niemand liest meine Zeitung vor mir."

„Ja, Sir." Helen kauerte sich weg und machte sich klein. Sie war schuld an dem ganzen Durcheinander. Sie hatte alles ruiniert. Also hatte sie die Strafe auch verdient.

Die Tür knallte. Helen spähte vorsichtig durch ihre Haare und die

Wahrheit kämpfte sich an die Oberfläche – die Wahrheit, die der ungeschonte Blick in die Vergangenheit und Rays Seelsorge freigelegt hatten. Sie schob die Haare und die Lüge beiseite. Sie hatte überhaupt nichts falsch gemacht und die Ohrfeige nicht verdient. Niemand hatte das.

Helen drehte sich zu ihrer Schwiegermutter um. „Alles in Ordnung?"

Mrs Carlisle spülte die Pfanne ab. „Natürlich. Ich habe bekommen, was ich verdient habe."

„Nein." Helen legte ihr eine Hand auf die schmale Schulter. „Keiner von uns hat das verdient. Ich habe einen dummen Fehler gemacht und du hattest nichts damit zu tun. Und es ist nie richtig, wenn ein Mann eine Frau schlägt. Vor allem nicht die Frau, die er zu lieben vorgibt."

Mrs Carlisle starrte sie an. „Du hältst dich wohl für was Besseres, ja? Die Tochter des Arztes mit ihrem gotteslästerlichen Geschwätz. Ein Mann hat die Pflicht, seine Frau zu züchtigen. Ich bin froh, dass wir Jim das beigebracht haben. Ich bin froh, dass er dich das gelehrt hat."

Helens Augen brannten. Sie starrte in das wutverzerrte Gesicht ihrer Schwiegermutter. Über fünfundzwanzig Jahre in dieser grausamen Ehe hatten ihren Verstand vergiftet. Ob Helen auch so geworden wäre, wenn Jim noch lebte?

Eine Gabel klirrte auf den Teller.

Helen wirbelte herum. Jay-Jay kauerte mit aufgerissenen Augen in seinem Küchenstuhl.

„Oh, Schätzchen." Er hatte alles mit angesehen. Helen lief schnell zu ihm und streichelte ihn. Wie konnte Mr Carlisle so etwas vor einem fast Dreijährigen tun?

„Mama?" Der Kleine legte ihr zärtlich eine Hand an die Wange. „Nis Opa böse machen."

Sein Mitgefühl trieb Helen Tränen in die Augen und sie hob ihn hoch und drückte ihn an sich. Sie mussten raus hier, bevor dieses Haus ihn emotional verstümmelte.

Ihr blieb keine andere Wahl: Sie musste ihre Lieblingstätigkeiten aufgeben. Warum musste das Leben immer so unfair sein?

Kapitel 29

Vor Augsburg

„*Aussteigen.*" Der Nazi sprach weiterhin nur Deutsch mit ihm.

Die Hände mit Handschellen hinter dem Rücken zusammengebunden schwang Ray seine Beine aus dem Wagen und beugte sich vor, um aufzustehen. Vor ihm stand ein kleines, farbloses Bauernhaus, dessen Dach sich unter der Schneelast beugte. Sie waren weit weg von jeglicher Zivilisation. Das hier war also das letzte Haus, das er betreten würde.

Auch wenn ihm die Knie zitterten, versuchte Ray gerade zu gehen und stieg die knarrende Treppe hinauf. In der Drachenhöhle roch es modrig, nach Schinken und Rauch. Vereinzelt standen Möbelstücke herum, die Wände waren rußgeschwärzt.

Der Deutsche öffnete eine Tür, warf Rays Fallschirm eine Kellertreppe hinunter und nahm Ray die Handschellen ab.

„*Dankeschön.*" Rays Hände hingen frei. Er widerstand dem Bedürfnis, die schmerzenden Muskeln zu massieren.

Der Deutsche zeigte auf die Kellertreppe. „*Die Fluchtausrüstung hier rein.*"

„*Ich weiß nicht, was das ist.*"

„*Ihr Zeug. Für die Flucht.*"

Ray hielt den Blick auf den Mann mit der Pistole geheftet, knöpfte die Schienbeintasche auf und warf das olivbraune Täschchen die Treppe hinunter.

„*Alles. Den Helm auch.*"

Ray leerte seine Taschen. Flugrationen und das Taschenmesser flogen davon. Dann nahm er den stählernen Flakhelm und den ledernen Fliegerhelm ab, an dem noch die Sauerstoffmaske hing. Das alles ergab keinen Sinn, aber solange es seinen Befehlen nicht zuwiderlief, wollte Ray sich kooperativ zeigen.

„*Geben Sie mir Ihre persönlichen Dinge. Ausweise, Briefe, Talismane.*"

„*Ich habe keine.*" Alles, was er hatte, war seine Bibel, aber er wollte lieber sterben, als sie herzugeben.

„Hinsetzen." Der Mann zog einen Stuhl zum Tisch, nahm seinen Wintermantel ab, warf ihn über eine Lehne und steckte die Pistole in den Halfter. *„Haben Sie Hunger?"*

War es schlau, Hunger zuzugeben? Ray ließ sich auf den Stuhl sinken. „Captain Raymond Garlovsky Novak, *Dienstnummer …"*

„Ja, ja." Der Deutsche winkte ab und warf dürre Äste in das matte Feuer im Kamin. *„Sie werden Hunger haben. Ich habe nicht viel, aber Brot und Käse."*

„Nein, danke." War das nicht eine typische Verhörtaktik? Freundlich zu beginnen, damit der Inhaftierte nicht auf der Hut war?

Der Mann zog zwei Bündel aus einem Regal, legte sie auf den Tisch und packte ein dunkles Brot und einen blassen Käse aus. *„Ist nicht höflich, gutes Brot abzulehnen. Essen Sie. Das ist bayrische Gemütlichkeit."*

Ray nickte, aber die Art, wie seine Kameraden empfangen worden waren, spiegelte nicht die berühmte Gastlichkeit der Bayern wider.

Nachdem der Deutsche ihm eine dicke Scheibe Brot und ein Stück Käse gereicht hatte, setzte er sich und legte die Füße auf den Tisch. *„Viel zu essen habe ich nicht, aber ich erzähle Ihnen eine Geschichte. Meine Geschichte."*

Ray ermahnte sich, sich nicht einlullen zu lassen und dadurch irgendwelche Informationen preiszugeben.

Der Nazi nahm seine Mütze ab. Darunter kamen graue Haare zum Vorschein, dicht und glatt. *„Nachdem ich im letzten Krieg gekämpft hatte, traf ich eine junge Frau in München. Sehr hübsch. Einen Monat später haben wir geheiratet."*

Ray nahm einen Bissen von seinem Henkersmahl.

„Drei Söhne hat sie mir geschenkt. Etwa in Ihrem Alter. Wie alt sind Sie?"

Ray zögerte. „Captain Raymond …"

„Schon gut." Sein schmaler Mund stand schräg. *„Drei gute Söhne. Starke Jungs. Aber ihre Mutter wurde dick und hässlich und ich fand heraus, warum – sie war Jüdin. Das hatte sie mir nie verraten. 1935 kamen dann die Nürnberger Gesetze. Ich sah viel Potenzial in Hitlers Deutschland, aber nicht an der Seite einer Jüdin. Juden sind Schweine. Ich ließ mich scheiden. Sie haben sie '38 abgeholt."*

Brot und Käse wurden in Rays Magen zu einem unverdaulichen Klumpen.

„Sie halten mich bestimmt für ein Schwein, nicht wahr? Aber ich tat das Richtige. Ich bin in die Partei eingetreten, habe viele blonde Mädchen gehabt, und bin aufgestiegen."

Ray betrachtete die harten Gesichtszüge, die ihn älter machten, als er wahrscheinlich war. Wenn er das Richtige getan hatte, wo war dann sein innerer Frieden?

Der Deutsche stand auf und goss Wasser in zwei Tassen. *„Kein Bier. Es sind harte Zeiten in Deutschland."* Er setzte sich und sein Stiefelhacken rammte den Tisch. *„Prost."*

„Prost." Ray erwiderte den Toast des Drachen.

„Als der Krieg anfing, war ich plötzlich wer. Meine größte Tat war die Aufdeckung einer Widerstandsgruppe. Deutsche Verräter, die Juden aus dem Land schmuggelten."

Ray nahm einen Schluck Wasser und war froh, dass es gute Leute gab, die gegen dieses böse Regime aufstanden.

Der Nazi wischte sich mit dem Handrücken über den Mund. *„Der Kern der Widerstandsgruppe bestand aus drei Männern. Drei Brüdern. Meine Jungs, meine guten Söhne."*

Schmerz loderte in den Augen des Deutschen auf. *„Ich habe sie gehängt. Wenn nicht, hätte man mich zu Tode gequält. Ich habe dabei zugesehen, wie meine drei Söhne gestorben sind."*

Was für ein Vater konnte so eine Entscheidung treffen? Und was für eine Welt konnte einem Vater so eine Entscheidung abverlangen?

„Sie konnten den Tod ihrer Mutter nicht verzeihen, weder mir noch ihrem Land." Er schlug mit der Faust auf den Tisch. *„Und was ist der Dank für meine Treue? Die Partei vertraut mir nicht mehr. Man hat mich hierher geschickt. Ins letzte Loch. Ich habe nichts mehr. Meine Söhne sind tot. Meine Karriere ist im Eimer. Ich habe nur noch eins: Vergeltung."*

„Vergeltung? Ich kenne das Wort nicht."

Der Deutsche malte Kreise in die Luft. *„Vergeltung. Vergeltungswaffen. Die V-1, V-2."*

„Ich verstehe." Der Mann hatte nur noch Rache im Sinn. Ray gefror das Blut in den Adern.

„Hitler hat uns das Blaue vom Himmel versprochen, aber was hat er uns gebracht? Den Tod. Das Volk hungert, unsere Städte werden bombardiert, unsere Jugend fällt auf den Schlachtfeldern. Ich sehe, wohin dieser Krieg führt. Unser Vaterland wird zerstört."

Der Mann litt ziemliche Qualen und Rays Seelsorgerherz reagierte sofort. Aber Drachen waren verschlagene Wesen und am gefährlichsten waren die, denen man den Schatz gestohlen hatte.

Der Deutsche sprang auf und stocherte im Feuer herum. *„Jetzt hasse ich die Partei noch mehr, als meine Söhne es taten. Ich nehme Rache, ein Leben für ein Leben. Zwei habe ich schon auf dem Gewissen und Sie werden mir mit dem dritten helfen."*

Helfen? Nein, Ray würde der Dritte sein und er versuchte nicht daran zu denken, was man mit dem glühenden Feuerhaken anstellen konnte.

Draußen näherte sich ein Motorengeräusch. Der Deutsche sah aus dem schmutzigen Fenster. *„Es ist so weit."*

Rays Magen rebellierte. Jeder Krümel Brot und jeder Bissen Käse waren zu viel gewesen.

„Schnell! In den Keller." Der Mann zog in Windeseile die Pistole und deutete in Richtung Kellertür. *„Ein Mucks und Sie sind tot."*

Erschossen zu werden erschien Ray immer noch reizvoller als alles, was in der Folterkammer auf ihn warten mochte, aber im Keller lagen nur Schinken und ein Sack mit Kartoffeln und Äpfeln. Die Tür ging zu und ein Riegel wurde davorgeschoben. Ray war im Dunkeln. Was in aller Welt ging hier vor?

Er setzte sich auf die Kellertreppe und spähte durch die schiefen, vergammelten Bretter. *Herr, lass es schnell gehen, damit ich bei dir sein kann. Danke, dass meine Familie und Helen nie erfahren werden, wie ich gestorben bin. Sei bei ihnen.*

Die Eingangstür ging auf. *„Guten Abend, Herr Oberleutnant. Heil Hitler!"*

„Heil Hitler." Die zweite Stimme gehörte einem jüngeren Mann. *„Ich suche einen amerikanischen Piloten. Die Bauern haben gesagt, Sie haben einen mitgenommen."*

„Ach ja. Sie wollen ihn wohl fürs Stalag Luft abholen."

Rays Mundwinkel zuckten nach oben. Er würde überleben! Im Stalag Luft würde er den Boden küssen!

„Kommen Sie rein. Es ist bitterkalt." Der Jüngere trat ein. *„Ich habe keinen Piloten für Sie. Die Dörfler haben drei Männer getötet, bevor ich sie aufhalten konnte."*

Keinen Piloten? Ray griff nach der Tür, aber sie war verriegelt und der Deutsche würde nicht zögern zu schießen.

„Das geht so nicht weiter", sagte der Jüngere. *„Die Piloten stellen keine unmittelbare Gefahr dar. Ein weißer Fallschirm ist doch ein Zeichen dafür, dass sie sich ergeben. Wenn sie ermordet werden, müssen auch unsere eigenen Piloten um ihr Leben fürchten, falls sie abgeschossen werden. Das ist nicht gut."*

„Das sehe ich auch so." Der Ältere ging zum Regal beim Kamin. *„Wollen Sie was trinken? Sich am Feuer wärmen?"*

„Nein danke. Nur ein bisschen aufwärmen." Der Soldat hockte sich vors Feuer und streckte die Hände aus.

Zwei Schritte, dann blitzte etwas Silbernes auf. *„Hände hoch."*

Ray schnappte nach Luft, genau wie der Luftwaffenoffizier. Eine Pistole – der Nazi hielt dem jüngeren Mann eine Pistole an den Kopf.

„Aufstehen." Er drückte ihm den Lauf gegens Ohr.

„Ich stehe ja. Ich stehe. Was ist los?"

„Ausziehen."

„Ausziehen? Was ist denn in Sie gefahren?"

Ray wich zurück. Er wollte nicht sehen, was jetzt kam.

„Ausziehen." Die Pistole klickte.

Der Luftwaffenoffizier ließ Flüche vom Stapel, die Ray am Predigerseminar nie gelernt hatte. Kleidung raschelte und metallene Knöpfe klackten zu Boden.

Ray vergrub das Gesicht in den Händen. *Herr, beschütze diesen Mann.* Sie waren Feinde und doch derselben Bestie in die Hände gefallen. Was könnte Ray tun?

„Hinten raus."

Mehr Flüche, Befehle und Rufe, dann ging die Hintertür des Hauses auf.

„Ich muss etwas tun. Das kann ich nicht zulassen." Ray trommelte gegen die Tür. Er schob die Finger zwischen zwei Brettern hindurch und zog. Das Brett war morsch. Schnell ging er zwei Stufen tiefer und trat zu. Es knackte. Er trat noch einmal zu und sein Fuß durchbrach das Holz. Schnell steckte er den Arm durch das Loch und fand den Riegel.

Die Rufe des Luftwaffenoffiziers waren inzwischen zu Flehen und Wimmern verkommen.

Ray stürzte zur Hintertür. Wenigstens würde er bei dem Versuch sterben, einem anderen Menschen zu helfen, oder womöglich könnte er sogar fliehen.

Er riss die Tür auf.

Ein gelbes Mündungsfeuer blitzte im Dämmerlicht auf und der dunkelhaarige Mann in langer Unterwäsche fiel nach vorn zu Boden.

„Nein!“, rief Ray. Der Nazifunktionär war völlig übergeschnappt – er hatte seinen Landsmann erschossen.

Die Pistole richtete sich auf Ray. *„Ausziehen.“*

„Was?“, rief Ray. „Erschießen Sie mich in Uniform.“

„Auf Deutsch.“

Ray blinzelte mehrmals und hielt die Hände hoch. Langsam ballte er die Hände zur Faust. *„Schießen Sie mich, aber ich ziehe mich nicht aus.“*

Der Nazifunktionär lachte und steckte die Waffe zurück ins Halfter. *„Ich erschieße Sie nicht. Sie sind ja schon tot. Und der Oberleutnant lebt.“*

„Sie sind verrückt.“

„Nein, nein. Ich bin schlau. Er wird Ihre Uniform tragen und Sie seine. Und alles ist in Ordnung.“

„Was? Das ist doch Schwachsinn.“

„Wenn es dunkel ist, gehen Sie. Wenn Sie die amerikanische Uniform tragen, wird man Sie festnehmen und ich werde sagen, Sie hätten den Oberleutnant erschossen. Man wird Sie foltern und töten. Wenn Sie aber die Luftwaffenuniform tragen, können Sie vielleicht überleben.“

Ray brummte der Schädel. *„Das ist … das ist doch verrückt. Ich ergebe mich. Bringen Sie mich zur deutschen Luftwaffe.“*

„Nein. Sie müssen weg hier.“ Der Alte rollte den toten Luftwaffenoffizier in ein teilweise mit Schnee gefülltes Loch.

Ray keuchte. Das war vorsätzlicher Mord gewesen. Der Mann hatte gewusst, dass die Luftwaffe jemanden schicken würde. Ray war der Köder in der Falle dieses Wahnsinnigen gewesen.

Der Mann warf Ray einen Schulterblick zu. *„Ziehen Sie seine Sachen an und geben Sie mir Ihre. Holen Sie Ihr Zeug aus dem Keller. Es ist sicher nützlich und deutsche Luftwaffenoffiziere holen sich oft amerikanische Ausrüstung von den Gefangenen. Oder von Toten. Und geben Sie mir Ihre Hundemarken.“*

„Nein.“ Rays Hand legte sich automatisch auf seinen Brustkorb. Bisher würde er als vermisst gelten und seine Familie und Freunde hätten Grund zur Hoffnung. Wenn der Nazifunktionär seine Hundemarken dem Toten umhängte, würde er offiziell als im Kampf gefallen gelten,

als „killed in action". Das konnte er Helen und seiner Familie nicht antun.

Der Ältere kam mit ausgestreckter Hand auf Ray zu. „*Ich habe das schon zweimal so gemacht. Ob die Männer noch leben, weiß ich nicht. Ist mir auch egal. Ich habe meine Rache. Deutschland hat mir meine Söhne gestohlen und ich habe Deutschland drei Söhne gestohlen. Aber Sie, Herr Novak, könnten überleben.*"

Ray dachte an Helens schöne Augen. Er musste die Chance ergreifen, wenn sie auch noch so klein war, diese Augen wiederzusehen.

Zögerlich nahm er die Hundemarken ab und ließ seine Identität – sein Leben – in die Hand des Nazifunktionärs fallen.

Um leben zu können, musste er sterben.

Kapitel 30

Antioch
Donnerstag, 18. Januar 1945

„Das wäre dann das Letzte.“ Helen legte ihr Notizbuch und damit ihre ganzen Ehrenämter in Allie Novaks Hände. Da sie künftig Vollzeit für Vic arbeiten würde, blieb ihr keine Zeit mehr dafür.

Allie stapelte die Notizbücher neben sich auf dem Kaffeetisch der Novaks. Mit dem Baby im Bauch war ihr Schoß längst zu klein dafür geworden. „Ich werde mein Bestes geben. Ich weiß doch, wie wichtig diese Arbeit ist.“

Helen nickte schnell, um ihre Tränen zurückzuhalten. „Du machst das sicher gut.“ Allie hatte sich in den letzten Monaten als belastbar und arbeitsam erwiesen.

„Man braucht schon eine Betty und mich, um eine Helen zu ersetzen“, sagte Allie und lächelte schüchtern. „Betty hält die Damen bei Laune und motiviert sie und ich behalte die Tagesordnung im Auge.“

„Ach Quatsch. Allie macht die ganze trockene, harte Arbeit und jeder weiß das.“ Betty saß in ihrem Ohrensessel und schlürfte Tee. „Aber Helen, du musst uns bald erlösen. Das bringt einen ja um. Wie lange musst du denn Vollzeit arbeiten?“

„Bis Ende August, bis ich ausziehen kann.“ Durch ihren Plan konnte Helen ihre Haftstrafe bei den Carlisles um fünf Monate verkürzen.

Betty rieb sich ihren ebenfalls rundlichen Bauch. „Ein Jammer, dass du Papa nicht um Geld bitten kannst. Aber wir wissen ja, was er dazu denkt. Wir sind alle erwachsen.“ Sie lachte, aber Betty hatte auch leicht reden. Sie hatte einen guten Mann und ein sicheres Zuhause. „Warum willst du eigentlich so schnell da raus?“

Helen starrte auf ihren leeren Schoß. „Ich habe die Carlisles lange genug belästigt. Sie haben Ruhe verdient.“

Betty und Allie nickten verständnisvoll. Sie würden den wahren Grund, warum Helen unter Tränen ihre geliebten Ehrenämter opferte, nie erfahren.

Aber tat es ihr so weh, weil sie Gottes Plan für sie in den Wind schrieb? Oder war ihr Stolz verletzt, weil sie es gewohnt war, über Erfolg an Anerkennung zu gelangen?

„Möchte jemand Kuchen?“ Mrs Novak kam mit einer weißen Torte ins Wohnzimmer. „Heute ist nämlich Rays zweiunddreißigster Geburtstag.“

Helen stockte der Atem. Wenn sie ihn nicht vertrieben hätte, würde er zu Hause feiern können. Wer weiß, vielleicht sogar mit ihr zusammen.

„Nein danke“, sagte Betty. „Sie sollten das lieber für Ihre Familie aufheben.“

Mrs Novak stellte die Torte auf den Kaffeetisch. „Pastor Novak muss auf seine Linie achten, Allie darf nicht so viel Süßes essen, also bleibe nur ich. Außerdem essen die zwei kleinen Helfer schon in der Küche, also sollten ihre Mamis doch auch etwas kriegen, oder?“

Die Torte sah tatsächlich so aus, als hätten Jay-Jay und Judy bei der Glasierung ihre Finger im Spiel gehabt. Mrs Novak hatte sich die beiden gleich nach der Ankunft geschnappt. Sie wäre eine tolle Oma.

„Nächstes Jahr …“, meinte Mrs Novak tapfer. „Nächstes Jahr ist Ray an seinem Geburtstag zu Hause und Jack und Walt auch. Aber jetzt hole ich erst einmal Teller und Kuchengabeln.“

Es klingelte und sie stand lächelnd auf. „Nachdem ich an der Tür war.“

Helen betrachtete den kleinen Kuchen, von dem bereits ein Stück fehlte. In einem Jahr würde Jay-Jay fast vier Jahre alt sein. Und sie in ihrer eigenen Wohnung. Mit Ehrenämtern. Aber allein. Der Krieg konnte unmöglich noch so lange dauern. Ray würde nach Hause kommen und sich eine Frau suchen, die nicht so kaputt war wie sie.

Mrs Novak stand in der Tür, das Gesicht so grau wie die Strähnen in ihren schwarzen Haaren. „Warum immer ich?“

In ihrer zitternden Hand hielt sie zwei Briefe. Telegramme von Western Union.

Helen hatte vor zwei Jahren gelacht, als sie ihr Telegramm bekommen hatte, aber jetzt kribbelte ihr ganzes Gesicht.

„Das hier … das ist mein viertes Telegramm vom Kriegsministerium. Einmal, als Walt verwundet war, zweimal wegen Jack und jetzt … sollte es nicht eine Grenze geben, wie oft … wie oft man …“

Einer der drei Brüder war entweder verwundet, vermisst oder gefallen. Helen presste die Hände auf dem Schoß ineinander und betete, dass es nicht Ray war. Aber es war genauso falsch zu hoffen, dass es Jack oder Walt erwischt hatte, vor allem, wo Walts schwangere Frau im Raum saß.

„Okay, Mom, setz dich erst einmal hin." Allie führte ihre Schwiegermutter zum Sessel. „Soll ich schnell zur Kirche laufen und Dad holen?"

„Nein, Allie, bleib hier. Ich hole Pastor Novak." Betty sprang auf und lief zur Haustür hinaus.

Helen konnte weder atmen noch sich vom Fleck rühren. Die Frauen, die sie in eine Schublade gesteckt hatte – die eine als verhätscheltes Prinzesschen und die andere als Tratschtante –, waren die Einzigen, die sich nützlich machten.

„Möchtest du lieber auf Dad warten?", fragte Allie.

„Nein … nein. Ich habe ja euch." Mrs Novaks Augen glänzten feucht und waren unentwegt auf die beiden Telegramme gerichtet.

Allie kniete neben ihr. „Der hier kommt aus England, nicht vom Kriegsministerium. Sollen wir den zuerst aufmachen?"

Mrs Novak nickte und schob mit einem Schaudern einen Finger unter die Klappe des Umschlags. Helen konnte das gut verstehen. Solange der Umschlag noch geschlossen war, konnte Mrs Novak so tun, als würde es allen drei Söhnen gut gehen.

Helen schlang die Arme um ihren Bauch. Sie hatte einen Kloß im Hals.

„Ich kann nicht. Meine Finger ... Allie, würdest du … macht es dir etwas aus, wenn …?"

Allie schüttelte den Kopf, biss sich auf die Lippe und riss den Umschlag auf. Dann las sie. „Er ist von Jack."

Helen schluckte. Also war es Ray. Walt flog keine Einsätze mehr. Die V-1 und V-2-Raketen töteten Tausende von Zivilisten, aber am gefährlichsten waren sie für die Piloten.

Allie legte ihrer Schwiegermutter eine Hand auf den Arm und sah sie voller Mitgefühl an. „Rays Flugzeug wurde über Deutschland abgeschossen."

Helen schlug sich eine Hand vor den Mund und erstickte ihren Schrei.

Mrs Novak stöhnte und vergrub das Gesicht in ihren Händen.

Allie streichelte ihre Schulter. „Jack schreibt, es gab mindestens drei Fallschirme. Wir dürfen die Hoffnung nicht verlieren. Wir müssen hoffen."

Hoffen? Im besten Fall war Ray ein Kriegsgefangener und das ausgerechnet jetzt, wo in Europa ein Rekordwinter herrschte.

„Er ist bestimmt in Sicherheit. Irgendwo in einem Kriegsgefangenenlager. Sie werden uns das bald bestätigen. Jack schreibt bestimmt demnächst mehr Details und Neuigkeiten. Wir dürfen jetzt nur nicht die Hoffnung verlieren."

Es konnte Wochen dauern, bevor sie etwas hörten. Aber es würde keine Nachricht kommen. Drei Fallschirme. Ray wäre als Letzter abgesprungen, nicht als Erster. Und das bedeutete …

Helens Blick fiel auf die kleine weiße Torte, die jetzt niemand mehr essen würde, das Symbol für einen Geburtstag, den sie nie wieder feiern würden.

Helen war zum Weinen zumute, aber sie hatte kein Recht zu trauern. Sie hatte noch einen Mann in den Tod getrieben.

* * *

Am Lech
Samstag, 20. Januar 1945

Ray schleppte sich in Richtung Süden durch den verschneiten Wald und achtete darauf, den Lech zur seiner Linken nicht aus den Augen zu verlieren. So hungrig und durchgefroren war er noch nie gewesen.

Die Luftwaffenuniform war eigentlich dafür ausgelegt zu wärmen: eine Strickjacke unter der blaugrauen Uniform, eine Hose mit eingeknüpfter Thermoschicht und ein schwerer Mantel, aber Ray wurde das Frösteln nicht los, das der Gedanke mit sich brachte, die Kleidung eines toten Mannes zu tragen.

Johannes Gottlieb war sein Name gewesen.

Oberleutnant Johannes Gottlieb, siebenundzwanzig Jahre alt, schwarze Haare und blaue Augen laut Ausweis. Ein paar Zentimeter größer und schlanker als Ray, gemessen daran, wie eng die Uniform saß.

Johannes Gottlieb hatte sterben müssen, damit Ray diese Uniform tragen konnte.

Ray blieb stehen und kniff die Augen zu, um das Bild von Gottliebs Tod loszuwerden. Der Nazifunktionär hatte dreimal vorsätzlich gemordet, aber er hätte genauso gut Ray und seine Kameraden erschießen können.

Wie standen seine Chancen überhaupt?

In einer fremden Uniform hinter feindlichen Linien unterwegs zu sein, war Grund genug für eine standrechtliche Erschießung nach den Regeln der Genfer Konvention. Selbst wenn er sich bis zur Schweizer Grenze oder den alliierten Streitkräften durchschlagen sollte, wie sollte er hinüberkommen?

Ray lief um ein dichtes Gebüsch herum, ein gutes Versteck, aber er wollte noch eine Stunde weiterlaufen. Um Gottliebs willen musste er weitermachen.

In der Nacht zuvor war er mit Gottliebs Motorradgespann durch Friedberg und südlich von Augsburg über den Lech gefahren. Niemand hatte ihn angehalten. Als der Tank leer gewesen war, hatte er das Motorrad in den Graben gefahren. Mit seinem Akzent konnte er nirgendwo Benzin kaufen. Er wusste ja noch nicht einmal, wie das deutsche Rationierungssystem funktionierte.

Also hatte er seine Sachen in den Fallschirm gewickelt und war zu Fuß weitergezogen. Der Lech führte gen Süden in die Alpen und von dort aus hoffte er in Richtung Westen in die Schweiz zu entkommen.

Ein sinnloses Unterfangen. Mindestens hundertsechzig Kilometer im tiefsten Winter, fast ohne Essen. In Rays Fallschirmsitz steckten zwei K-Rationen mit jeweils drei Mahlzeiten und in seinem Überlebenstäschchen befanden sich einige Brühwürfel, Bonbons und Angelhaken. Der arme Gottlieb hatte jede Menge Geld in seinem Portemonnaie gehabt, aber Ray konnte wohl kaum in einen Laden schlendern und einkaufen.

Er sah durch die Äste zum dunklen Himmel hinauf. „Herr, lass mich wenigstens nicht die Hoffnung verlieren. Hoffnung brauche ich noch dringender als Essen."

Die Hoffnung, dass er irgendwie überleben und Helen wiedersehen würde, hielt seine Beine in Bewegung.

Warum hatte er ihr nie seine Liebe gestanden? Damals waren ihm seine Argumente vielleicht gewichtig vorgekommen, aber heute wirkten sie einfach nur fadenscheinig. Sie würde denken, er sei tot, und wahrscheinlich war er das auch bald. Wäre sein Tod für Helen schwerer oder leichter zu ertragen, wenn sie seine wahren Gefühle kennen würde?

Ray trat auf eine Lichtung. Er erschrak und duckte sich schnell hinter eine Fichte. Das war leichtsinnig gewesen. Die Müdigkeit, der Schrecken und die Anspannung machten sich bemerkbar. Ray schloss die Augen und lehnte die Stirn an den Baumstamm. *Herr, ich weiß nicht, wie lange ich noch durchhalten kann. Zeig mir, was ich tun soll! Gib mir ein Zeichen.*

Er spähte am Baum vorbei und versuchte, trotz der Dunkelheit etwas zu erkennen. Nur eine Lichtung, Gott sei Dank, und keine Straße, kein Nebenfluss oder das Ende des schützenden Waldes. In der Mitte der Lichtung ragte aus dem unberührten Schnee ein Schornstein empor.

Ray schlich langsam vorwärts. Offensichtlich hatte dort ein Haus gestanden. Eine Senke neben dem Fundament deutete darauf hin, dass hier eine Bombe gefallen war.

Vielleicht gab es einen Keller. Dann könnte er wenigstens einmal schlafen. Schlafen, ohne sich im Unterholz in den Fallschirm einzuwickeln, um im Schnee nicht aufzufallen. Ohne ständig auf der Hut sein und auf Stimmen oder Schritte lauschen zu müssen. Ohne Albträume.

Ray kletterte über zersplittertes, verkohltes und schneebedecktes Gebälk und stampfte mit den schwarzen Stiefeln auf. Neben dem, was einst der Kamin gewesen sein musste, klang es hohl. Unter dem Schnee war eine Falltür. Er hob sie hoch und stieg eine lange Treppe hinunter.

Im Dunkeln tastete er umher. Er fühlte leere Säcke und roch erdige Kartoffeln.

Zum ersten Mal seit Tagen musste Ray lächeln. „Nahrung und ein Unterschlupf. Herr, du bist gut."

Vielleicht könnte er ein paar Tage hierbleiben und Kraft für die nächste Etappe schöpfen. Ray legte sein Fallschirmbündel ab und stieg wieder nach oben, um die Gegend zu erkunden.

Im Osten war nur der Fluss und auch im Süden sah es gut aus. Ray ging nach Westen. Soweit er das beurteilen konnte, bildete der Wald einen gut fünfhundert Meter breiten Streifen am Fluss entlang.

Als der Wald lichter wurde, kauerte Ray sich auf den Boden. Das Land vor ihm war flach und leer. Er wartete und spähte in die Dunkelheit, bis der Morgen graute.

In der Ferne machte er große viereckige Gebäude aus.

„Hangars“, flüsterte er. Und nicht nur Hangars, sondern auch Landebahnen und Dutzende Flugzeuge auf dem Flugfeld. Wenn er doch nur in einen dieser Vögel steigen und wegfliegen könnte.

Ein verrückter Gedanke, der Ray noch verrückter vorkam, als er die dreieckige Form der Flugzeuge erkannte. Das waren keine normalen Flugzeuge. Das waren Jets. Messerschmitt 262, um genau zu sein.

Ray musste über die Ironie der Situation schmunzeln. Er hatte Lechfeld erreicht. Das war das Primärziel gewesen an jenem Tag vor einer gefühlten Ewigkeit, als Jack gemeint hatte, sie sollten ein paar Jets lahmlegen.

Vielleicht könnte er ein paar Steine werfen und sein Missionsziel erfüllen.

Ray kroch rückwärts wieder in den Wald, stand auf und klopfte sich den Schnee von der Uniform. Die Wolle fühlte sich feucht an, als wäre Tau auf ihr gelandet. Hatte er nicht um ein Zeichen gebetet, wie Gideon?

Ein deutscher Fliegerhorst. Und eine deutsche Uniform.

Ein neuer Plan fügte sich in Rays Kopf zusammen, wurde klarer und brachte ihm Erleichterung. Mit seiner Uniform würde er hier kaum auffallen. Er hatte Nahrung, einen Unterschlupf und alles Nötige zum Überleben. Anstatt zu den Alliierten durchzustoßen, würde er einfach warten, bis die Alliierten ihn erreicht hatten. Die Gefahr der nahenden Front war mit Sicherheit nicht größer als die Gefahr, Hunderte von Kilometern durch Feindesland zu marschieren.

Ray fuhr sich über das bärtige Kinn. Wenn er nicht auffallen wollte, sollte er lieber die Rasierklingen in seinem Überlebensset benutzen.

Kapitel 31

Antioch
Samstag, 10. Februar 1945

„Wegen eines Hundes."

„Hmm." Helen stocherte in ihrem Eis herum. Dem Geschwätz ihrer Schwester im gut besuchten White-Fountain-Café zu lauschen war schwer, zumal der Brief in ihrer Handtasche unaufhörlich nach ihr rief.

„Also wirklich, Helen. Du hörst überhaupt nicht zu."

„Doch, doch, das tue ich." Sie wischte dem protestierenden Jay-Jay eine Schokoladenspur vom Mund. „Du sprichst von den LeRoys. Police Chief LeRoy ist im Dezember gestorben, dabei war er noch so jung. Und der arme Leon war auf See und hat erst vom Tod seines Vaters gehört, als er wieder in den Hafen eingelaufen ist. Und als er nach Hause wollte, um seine Mutter zu trösten, klaute ihm der Hund von Elliott Roosevelt den Platz in der Militärmaschine."

„Gehört ja auch dem Präsidentensohn. Aber es kam sogar im *Time Magazine* und überall. Ob Antioch es schon vorher mal ins *Time* geschafft hat? Na ja, Colonel Roosevelt wusste nicht, dass sein Hund behandelt wird wie ein König, und war ziemlich geschockt. Warte mal. Die Jukebox braucht die nächste Münze." Betty sprang auf. Für eine Schwangere im sechsten Monat war sie ziemlich agil. Bald säuselte Bing Crosby sein „Swinging on a Star".

Die kleine Judy schaukelte in ihrem Stuhl vor und zurück. Sie hatte das Beste von Betty und George abbekommen. „Uu uu ei ei die daa", sang sie.

Jay-Jay tippte seiner Cousine mit einem Löffel auf den Arm. „Nein, Dudy. Das deht ‚Wu du weit du sing a staw'."

Betty kicherte und wischte ihrer Tochter den Eisfleck vom Arm. „Da wird er gerade mal drei und weiß schon alles besser."

Helen lächelte, aber es tat weh. Jay-Jays Haare waren kurz geschnitten, aus den Locken war eine kleine Welle geworden. Der Babyspeck im Gesicht, den Armen und an den Knien war verschwunden. Zum Glück war er derzeit am liebsten bei der Jamison-Seite seiner Familie.

„Mensch, Helen!“, stöhnte Betty. „Jetzt lies doch endlich diesen Brief.“

Helens Griff um ihre Handtasche wurde unwillkürlich fester. „Das passt jetzt nicht hierher. Wir feiern doch Jay-Jays Geburtstag.“

Betty zog eine Augenbraue hoch. „Und du bist ja in so toller Feierlaune. Jetzt lies schon. Schlimmer kann es ja kaum werden.“

Helen seufzte und holte die beiden Seiten heraus, die Ray ihr geschrieben hatte.

14. Januar. Der Tag, bevor er abgeschossen worden war. Sein letzter Brief an sie. Selbst wenn er noch lebte, wovon die ganze Stadt überzeugt war, durfte er im Gefangenenlager nur noch wenige Briefe pro Monat schreiben und die gingen natürlich an seine Eltern, nicht an sie.

Helen riss sich zusammen und las still.

Heute ist es spät geworden und morgen müssen wir früh raus, also fasse ich mich kurz.

Du hast von deinen Gewissensbissen wegen der Mordgedanken gegenüber Jim geschrieben. Glaub mir, auch ich habe schon Mordgedanken gehabt. Dein Zorn ist der gerechte Zorn einer schlecht behandelten Frau.

Schenk den Lügen in dir keinen Glauben. Du bist nicht verantwortlich für Jims Tod. Wenn deine vielen liebevollen Taten und Worte ihn nicht überzeugen konnten, dich gut zu behandeln, dann solltest du auch nicht glauben, dass du ihn überzeugt hast, zur Navy zu gehen.

Du hast ein gutes Herz, das dem Herrn gehört, und irgendwann wirst du Jim vergeben können. Aber du musst dir auch selbst vergeben. Du hast dich in einen charmanten Mann verliebt – das kann wohl keine Sünde sein. Durch die rosarote Brille hast du seinen Kontrollzwang nicht gesehen und dich in eine Ehe gestürzt – auch keine Sünde. Und als sein wahres Ich nach der Hochzeit zum Vorschein kam, war es schon zu spät. Der Einzige, der gesündigt hat, war er.

Gott liebt dich und er hat dir längst vergeben. Glaub ihm das. Vertrau auf seine Vergebung.

Und hör bitte auf, dich bei mir dafür zu entschuldigen, dass du mir deine Probleme „aufládst“. Habe ich dir meine Probleme nicht auch aufgeladen? Eine Sache habe ich dieses Jahr gelernt: Wir haben alle unser Päckchen zu tragen und brauchen Gottes Heilung. Unsere gegenseitige Offenheit war für mich immer eine Ehre.

Helen konnte nicht weiterlesen, wenn sie ihre Haltung bewahren wollte.

„Und …?" Betty spielte mit ihrer Tochter Zehn kleine Zappelmänner.

Helen versuchte, durchzuatmen. „Ich werde seine Briefe vermissen."

„Quatsch. Du weißt, dass es ihm gut geht. Unsere Truppen stehen am Rhein und der Krieg in Europa kann jeden Tag zu Ende sein. Er wird nach Hause kommen und dein Herz im Sturm erobern."

Mit Mühe schaffte Helen es, die Augen zu verdrehen.

Betty sah auf. „Oh, Dorothy, da bist du ja."

Dorothy Wayne zog sich einen Stuhl heran und setzte Susie auf ihren Schoß. „Tut mir leid. Ich habe es nicht übers Herz gebracht, sie zu wecken."

Die zehn Monate alte Susie rieb sich die Augen und kuschelte sich an Mamas Brust.

„Ich fasse es immer noch nicht, wie sehr sie nach Art kommt", meinte Betty.

„Ich bin froh." Dorothy küsste ihre Tochter auf die glatten, braunen Haare. „Arthur ist schon seit anderthalb Jahren in Italien. Manchmal … manchmal habe ich Angst zu vergessen, wie er aussieht, aber dann guckt mich Susie an wie er und alles ist wieder gut."

Helen bekam Kopfschmerzen. Ray hatte kein Kind und niemand hatte seine nachdenklichen grauen Augen.

„Alles in Ordnung?"

„Klar." Aber Helens Lippen wollten ihr kaum gehorchen. „Es ist nur … du meine Güte, die Kinder. Wie schnell die wachsen. Bald gehen sie zur Schule, suchen sich Arbeit und heiraten."

Betty lachte. „Er ist drei geworden, nicht achtzehn."

Helen nickte, aber sie konnte den Mann in ihrem kleinen Jungen schon erkennen.

„Und, wie steht es sonst?" Dorothys Stimme klang vergnügt, aber sie sah Helen wie so oft seit Weihnachten mit einem eindringlichen Blick an.

Helen erwiderte ihn. „Alles beim alten." Das Haus der Carlisles erholte sich in der Ruhe zwischen den Stürmen.

„Wie läuft es mit deinen Ehrenämtern? Oh, die hast du ja alle an Allie abgegeben, richtig?"

„Mh-hm." Helen kratzte ihr Eisschälchen aus. „Da fällt mir ein, ich habe noch das Notizbuch vom letzten Frühlingsfest gefunden. Das muss ich auf dem Nachhauseweg abgeben."

Dorothy bekam große Augen. „Du gehst doch nicht heute zu den Novaks, oder?"

„Doch ..." Helens eine Augenbraue wanderte nach oben.

„Hast du es nicht gehört? Es ist schrecklich, aber Mr Wayne sagt, lieber die traurige Gewissheit als dieses grauenvolle Warten."

Die Worte umkreisten Helens Kopf und sie versuchte sie abzublocken und daran zu hindern, in ihren Ohren zu landen und in ihren Kopf zu kriechen.

„Dorothy", sagte Betty streng. „Wir haben keine Ahnung, wovon du sprichst."

Helen hatte sehr wohl eine Ahnung. Schon seit das Telegramm gekommen war und ihr den Atem abgeschnürt hatte, wusste sie es.

„Entschuldigung", erschrak Dorothy. „Dann hat es sich noch gar nicht rumgesprochen. Mein Schwiegervater sitzt im Gemeinderat und da hat er gehört ..."

„Was hat er gehört?", bohrte Betty nach.

Helens Augenlider flatterten. Das Eisschälchen stand vor ihr, das klare Glas mit weißen Schmierspuren überzogen. Geschmolzenes Eis sammelte sich in der Mulde in der Mitte, wo man nicht herankam, nie herankam.

„Sie haben gestern vom Roten Kreuz gehört. Rays Hundemarken sind gekommen."

Die Worte trafen Helen wie ein Schlag. Ray war tot. Sein Leichnam lag in Deutschland, zerschmettert oder verbrannt, unwiderruflich. Ray würde nie wieder lächeln, nie wieder sprechen, nie wieder schreiben. Wie hatte dieses Licht nur ausgelöscht werden können?

Ein Stöhnen entfuhr ihr, ohne dass sie es kontrollieren konnte.

„Alles in Or... du meine Güte, wie konnte ich das vergessen. Ihr wart letztes Jahr zusammen! Oh Helen, es tut mir so leid."

Wellenartige Krämpfe erfassten ihren Körper, wie damals bei den

Wehen, bevor ihr Vater ihr Äther verabreicht hatte. Diesmal rief jedoch nicht ein neues Leben den Schmerz hervor, sondern der Tod. Die Erkenntnis schnürte Helen regelrecht die Luft ab.

„Wir müssen sie hier rausbringen“, befahl Betty. „Weißt du nicht mehr, wie hysterisch sie wurde, als Jim tot war?“

Betty und Dorothy schnappten sich die Kinder, legten Geld und Trinkgeld auf den Tisch und halfen Helen hoch. Ihr linkes Bein weigerte sich standhaft zu kooperieren.

Betty legte Helen einen Arm um die Taille und zog sie halb aus dem Café. „Na komm, Helen. Wir gehen zu mir nach Hause.“

Helen stieß tiefe, kehlige Geräusche aus, die nicht auf die G Street an einem Samstagnachmittag gehörten, aber sie konnte nicht anders.

„Wie konnte ich nur“, schimpfte Dorothy mit sich selbst. „Wie konnte ich nur so gedankenlos sein?“

„Sie musste es ja irgendwann erfahren“, erwiderte Betty. „Lieber jetzt als morgen in der Kirche.“

Helen sah zum Himmel, der so grau war wie Rays Augen, die sich nun für immer geschlossen hatten. Würde sie je wieder den Himmel betrachten können, den Ray so liebte und der ihn so im Stich gelassen hatte?

* * *

Lechfeld
Montag, 12. Februar 1945

Ray saß in langer Unterwäsche im Schneidersitz auf dem Kellerboden. Den Fliegerhelm hatte er aufgesetzt, den langen Mantel über seine Schultern gezogen. Er machte in seiner Bibel ein Eselsohr im zwölften Kapitel des zweiten Buch Mose – das zweite Buch für den zweiten Monat, das zwölfte Kapitel für den zwölften Tag. Dann zog er Gottliebs Uhr auf. Diese beiden täglichen Rituale halfen ihm, den Verstand nicht zu verlieren.

Das letzte Tageslicht drang durch einen kleinen Spalt im Kellerfenster knapp unter der Decke. Ray schlug den Vers auf, der ihn schon den ganzen Tag beschäftigte: Johannes 4,34. „Da erklärte Jesus: ‚Meine Nahrung ist, dass ich den Willen Gottes tue, der mich gesandt hat, und sein Werk vollende.‘“

Ray seufzte. „Dann ist das hier doppelter Hunger."

Sein einziger Lebenssinn bestand darin, zu überleben. Es gab niemanden, zu dem er predigen, den er seelsorgerisch betreuen oder dem er etwas beibringen konnte. „Wer bin ich, Gott, wenn ich nichts für dich tun kann?"

Das Einzige, was er tun konnte, war beten, was er mit jedem Tag inbrünstiger tat. Er stützte die Ellbogen auf die Knie und legte den Kopf in die Hände. Dann dankte er Gott für den Sonnenuntergang und bat ihn, ihn den nächsten auch noch erleben zu lassen. Er bat um Trost für seine Familie und flehte um Beistand für Helen. Dabei kniff er die Augen so sehr zu, dass er Sterne sah.

„Herr, wenn du irgendeinen Weg kennst, ihr zu zeigen, dass ich noch lebe und sie liebe, dann tu bitte etwas. Aber noch wichtiger: Zeig ihr, dass du lebst und sie liebst."

Es war fast dunkel geworden und Ray musste sich beeilen.

Er zog das hellblaue Hemd und die graublaue Hose an, die längst nicht mehr zu eng saßen. Als Nächstes kamen die Krawatte, die Strickjacke und die zu kurze Jacke. Darüber zog er den Mantel, dann schlüpfte er in die Stiefel und Handschuhe. Den warmen Fliegerhelm tauschte er gegen die schräge Offiziersmütze des Deutschen. Als Letztes band er sich Helens grauen Schal um und küsste die Wolle. Das war das einzige Kleidungsstück, das ihn an zu Hause erinnerte.

Die Zahnbürste aus seinem Überlebenskit wusch er im Stahlhelm und schrubbte sich die Zähne so blank er konnte.

Er stank.

Jeden Abend benutzte er ein Stück Fallschirmseide als Waschlappen. Montags wusch er seine Unterhose im Fluss aus, donnerstags das Hemd, aber ohne Seife wurde der Gestank trotzdem immer widerlicher.

Ray prüfte den Inhalt seiner Manteltasche: das kleine Sägeblatt aus dem Überlebenskit, das Taschenmesser, die Kartoffel für heute und die letzten zwei Streichhölzer. Wäre Johannes Gottlieb kein Raucher gewesen, wären die Streichhölzer schon längst aufgebraucht. Ein Feuer nur mit zwei Stöcken entfachen hatte er noch nie gut gekonnt und er freute sich überhaupt nicht darauf.

Ganz oben in die Manteltasche legte er den großen Fetzen Fallschirmseide, den er an jenem Glückstag als weiße Fahne benutzen wollte, an dem er amerikanische oder britische Stimmen hörte. In die Brusttasche steckte er einige kleinere Fetzen als Taschentuch oder Toilettenpapier.

Ray setzte sich wieder und wartete.

Um neun Uhr stieg er die Kellertreppe hinauf und klappte vorsichtig die Falltür hoch. Letzte Woche, nach dem heftigen Schneefall, hatte er sie kaum bewegen können.

Weit und breit keine deutsche Einheit zu sehen. Ray seufzte erleichtert und stieg in die kalte Nacht hinaus. Sterne waren schon seit Wochen keine mehr zu sehen gewesen. Abgesehen vom eigenartigen Heulen der Me 262 hatte er seit dem 5. Februar auch keine Flugzeuge mehr gehört. Hatte die 8. US-Luftflotte Startverbot oder konzentrierten sie sich auf den Norden und Westen Deutschlands?

Ray ging nach Norden und achtete darauf, in seine alten Fußstapfen zu treten, damit es so aussah, als wäre nur einmal jemand durch den Wald gelaufen.

Nachdem er sich erleichtert hatte, lief er gen Süden zu der kleinen Bucht im Fluss, wo er zwischen zwei gegenüberliegenden Büschen die Angelsehne aufgespannt hatte. In der Mitte hing eine kurze Sehne mit seinem letzten Angelhaken im Wasser.

Die Sehne war gespannt und Ray freute sich. Er zog einen fünfundzwanzig Zentimeter langen Fisch mit silbernen Schuppen heraus. Wie auch immer diese Fische hießen, ihnen gefiel das kalte, rauschende Wasser des Lech mit seinen kiesigen Untiefen.

Ray hätte auf dem Weg zur Kochstelle am liebsten gepfiffen. Er hatte sie extra so weit weg vom Keller errichtet, dass der Rauch oder der Duft von gebratenem Fisch niemanden zu seinem Versteck lockte. In Nächten wie diesen, mit einem guten Essen in Aussicht, war er stolz darauf, in der Wildnis zu überleben – noch dazu hinter feindlichen Linien. In anderen Nächten fühlte er sich mehr wie ein Waschbär als wie ein Mensch.

Unter einem Busch an der Kochstelle hatte er sein Dreibein aus Stöcken und Fallschirmseil versteckt, außerdem den geschnitzten Holzlöffel und die Holzschüssel. Er befreite die Kochstelle vom Schnee und entzündete mit einem Streichholz das Feuer, Gott sei Dank mit dem ersten, und dann stellte er das Dreibein darüber und nahm den Flakhelm als Topf.

Ray entschuppte den Fisch und kochte ihn mit der geviertelten

Kartoffel im Helm. Das Wasser lief ihm im Mund zusammen. Selbst wenn er nicht so ausgehungert gewesen wäre, hätte ihm dieser Fisch geschmeckt – er erinnerte an Lachs mit einem Hauch von Thymian.

Ray setzte sich auf einen umgestürzten Baumstamm und dankte Gott, dass er ihn mit allem Nötigen versorgte. Während er aß, überlegte er, wie er die Nacht nutzen könnte.

Sobald der Helm im Schnee abgekühlt war, würde er ihn im Fluss waschen und sich Trinkwasser abkochen. Die Tabletten für die Wasseraufbereitung waren aufgebraucht und er musste vorsichtig sein. Das Feuer würde er mit Schnee löschen, was ein zischendes und funkensprühendes Spektakel geben würde. Vor Sonnenaufgang würde er noch einmal zurückkehren und die Feuerstelle unter Schnee verstecken.

Den größten Teil der Nacht würde er im Wald rings um den Fliegerhorst verbringen. Manche Jets standen nicht weiter als dreißig Meter vom Waldrand entfernt. Die meisten alliierten Piloten sahen diese Vögel nur, wenn sie mit über fünfhundert Meilen pro Stunde an ihnen vorbeizischten. Ob Ray der erste war, der so nah herankam?

Er grinste. „Walt wäre sicher neidisch."

Schnell schlug er sich die Hand vor den Mund. Stille war sein oberstes Gebot und wenn er schon sprechen musste, dann auf Deutsch.

Ray hob ein Stück Holz auf, das vom Schnitzen der Essensutensilien übrig geblieben war. Walt konnte am besten schnitzen, aber Walt war nicht da.

Entschlossen steckte er das Holzstück ein. Wenn er das hier überleben sollte, würde er seinem kleinen Bruder ein Modell einer Me 262 mitbringen.

Ein Jammer, dass er ihm nicht das echte Flugzeug vorführen konnte.

Kapitel 32

Antioch
Sonntag, 18. Februar 1945

Mit einem höflichen, gequälten Lächeln eilte Helen durch den Mehrzweckraum der Kirche, als hätte sie wer weiß was zu tun.

Jahrelang hatte sie Trauer gespielt und sich eigentlich gut gefühlt und jetzt musste sie gute Laune vortäuschen, während sie eigentlich trauerte. Sie hatte kein Recht, um Ray zu trauern. War sie es nicht gewesen, die ihre Beziehung hatte geheim halten wollen? Wenn sie die Zeit hätte zurückdrehen können, hätte sie in die Welt hinausposaunt, wie sehr sie ihn liebte.

Irgendjemand stieß gegen ihren linken Ellbogen und Helen verschüttete vor Schreck und Schmerz fast ihren Tee. Einen Augenblick lang vergaß sie sogar ihre innere Qual.

Mrs Llewellyn legte ihr eine Hand auf die Schulter. „Tut mir leid. Alles in Ordnung?"

Helen rieb sich den Arm und brauchte all ihre Konzentration, um einen ganzen Satz zu formulieren. „Ja. Ich bin gestern im Regen ausgerutscht und genau auf den Ellbogen gefallen."

„Sie sollten besser auf sich aufpassen", meinte Richter Llewellyn.

„Ja … ich weiß." Wie um alles in der Welt sollte sie das Gespräch mit den Llewellyns überstehen?

„Das war eine bewegende Predigt", sagte der Richter.

Mrs Llewellyn beugte sich zu ihr. „Ich weiß nicht, wie Pastor Novak es heute auf die Kanzel geschafft hat. Die Novaks sind so tapfer, nicht wahr?"

Auf der anderen Seite des Raums standen Pastor Novak und seine Frau und unterhielten sich mit den Waynes. Der Pastor hatte einen Arm um die Taille seiner Frau gelegt. Sie trugen beide Schwarz und waren blass.

Helen fühlte sich plötzlich eingeengt und konnte nicht mehr atmen.

„Ich … Entschuldigung. Ich muss noch etwas trinken." Sobald

sie außer Sicht war, stellte sie ihre Tasse auf den nächstbesten Tisch, schnappte sich ihren Regenmantel und floh aus der Kirche hinaus in den Regen. Die Ärmel waren völlig verdreht und es wollte ihr einfach nicht gelingen, in den Mantel zu schlüpfen.

Ohne es kontrollieren zu können, begann sie zu schluchzen. Auf ihren Wangen vermischten sich Tränen mit Regentropfen. Als Jim gestorben war, hatte Helen jede ihrer Emotionen präzise geplant und alle hatten sie für tapfer gehalten. Sie dachte, sie wäre die perfekte trauernde Witwe gewesen, aber weit gefehlt. Bei echter Trauer bebten Lippen nicht, sie zuckten. Helen konnte keinen klaren Gedanken fassen, machte ständig unkontrollierte Handbewegungen und nichts half. Keine Arbeit, kein Ausruhen, nichts.

Helen zog an ihrer Kapuze. Der Gottesdienst hatte alles noch schlimmer gemacht.

Pastor Novak hatte nichts über die Situation gesagt. Aber das Sprechen war ihm schwergefallen und seine Hände hatten die ganze Zeit über an der Kanzel geklebt.

Wie würde er den Verlust seines erstgeborenen Sohnes verkraften?

Helen hob ihr Gesicht in den Regen. „Herr, ich zerstöre alle Männer, die ich liebe. Bitte, lass mich nicht Jay-Jay auch noch zerstören."

Jay-Jay.

Helen blieb so ruckartig stehen, dass sie fast ausgerutscht wäre. Jay-Jay war doch mit ihr zur Kirche gegangen, wohingegen die Carlisles wegen ihrer Erkältung zu Hause geblieben waren. Rannte er nicht mit Judy und seinen anderen Freunden herum?

Jay-Jay war noch in der Kirche.

„Oh nein." Helen drehte um und lief schwankend zurück, weil ihr linker Fuß bei jedem Schritt nachgab. Auf einem nassen Blatt rutschte sie aus, schrie auf und konnte sich gerade noch an einem Laternenmast auffangen. Zwei Unfälle in zwei Tagen konnte sie sich nicht leisten.

Jay-Jay ging es sicher gut. Er spielte. Die Leute gingen frühestens in einer halben Stunde nach Hause. Jay-Jay würde noch nicht einmal merken, dass sie weg war. Niemand würde erfahren, dass sie ihn vergessen hatte.

Niemand durfte es erfahren.

Und doch stand eine winzige Person vor der Kirche auf dem Bürgersteig, viel zu nah an der Straße. Ein kleiner Junge mit blonden Haaren und ohne Jacke. Seine kleinen Schultern hoben und senkten sich, während seine Augen die Sixth Street absuchten.

Helen schluckte. „Oh, Schätzchen. Mein Liebling."

Sie lief zu ihm, sah sein tränenverzerrtes Gesicht und hörte ihn verzweifelt weinen. Schnell ging sie vor ihm auf dem glitschigen Bürgersteig auf die Knie und drückte ihn an sich. „Mein Liebling. Es tut mir leid. Es tut mir so leid."

Seine Tonlage änderte sich und er schlug sie mit seinen winzigen Fäusten. „Böse Mama. Böse Mama!"

Helen biss die Zähne zusammen und ertrug die Schläge, weil eine böse Mama sie verdient hatte.

Nein. Falsch. Sie wäre eine noch schlimmere Mama, wenn sie ihm das durchgehen lassen würde.

„Nein, Schatz. Nein." Sie nahm seine Arme und hielt sie fest. Sein nasses, rotes Gesicht war nur wenige Zentimeter von ihrem entfernt. „Es tut mir leid, Liebling. Ich wollte dich nicht allein lassen. Aber deswegen darfst du mich nicht hauen. Ich lasse mich nicht von dir schlagen. Dafür liebe ich dich viel zu sehr, als dass ich das zulasse."

Mit jedem Fünkchen Willen, das sie besaß, richtete sie ihren Blick auf ihn – zärtlich und schuldbewusst, aber unnachgiebig.

Jay-Jays Arme wurden schlaff. „Wieder lieb?" Seine Stimme klang weinerlich und sehnsüchtig.

„Mein großer Junge." Sie zog ihn an sich und verbarg ihr Gesicht in seinem regennassen, wilden Haar. Auf sein Schluchzen antwortete sie mit heißen Tränen, die plötzlich aus ihr herausströmen und nicht mehr versiegen wollten.

* * *

Klosterlechfeld
Montag, 19. Februar 1945

Ray trat den Schlamm von seinen Stiefeln ab, fuhr sich mit trockener Zunge über die Lippen und griff nach der Türklinke.

In den Dorfladen zu gehen kostete ihn noch mehr Überwindung als sein erster Kampfeinsatz. Aber ihm blieb keine Wahl. Er atmete einmal durch, drückte die Türklinke herunter und schlüpfte hinein.

Der Ladenbesitzer an der Theke unterhielt sich mit einer älteren Frau und winkte ihm zu.

Rays Herz machte einen Satz wie ein Fisch an Land und er eilte durch die Regalflure. Über einen Monat lang hatte er keinem Menschen mehr in die Augen gesehen. Er hatte vergessen, wie intensiv so ein Augenblick sein konnte.

Ray versuchte, tief und gleichmäßig zu atmen und überflog die größtenteils leeren Regale. Dort lag Seife, aber man brauchte eine Rationsmarke dafür, außerdem sah sie klumpig und grau aus. Ein Jammer. Seine schmierige, klebrige Haut störte ihn fast genauso sehr wie sein leerer Magen.

Da – Streichhölzer. Ray schob die Schachtel auf und freute sich über den Schwefelduft. Die letzten zwei Nächte hatte er vergebens versucht, Feuer zu machen. Rohe Kartoffeln vertrug er nicht und von dem unabgekochten Wasser hatte er sich die Ruhr eingefangen. Er konnte jede seiner Rippen spüren.

Weiter hinten im Laden stand auf einem Schild, man solle dem Führer dienen, indem man sich selbst Fische fing. Ray griff erleichtert nach der unerwarteten Angelsehne und den Haken. Jetzt würde er sich nicht mehr den Kopf darüber zerbrechen müssen, wie man Haken selbst herstellte, falls seiner verschwand.

Ray biss die Zähne zusammen. Jetzt kam der schwerste Teil. Er legte seinen Einkauf auf den Ladentisch vor den Besitzer, einen älteren Mann mit hohen, rundlichen Wangenknochen. Körpergeruch drang in Rays Nase. Vielleicht stach Ray wegen der Seifenknappheit gar nicht so sehr aus der Menge heraus.

„*Guten Morgen, Herr Oberleutnant! Wie sieht es aus bei der Luftwaffe? Jeden Tag höre ich eure Flugzeuge.*“

„*Ja.*“ Rays lange Zeit unbenutzte Stimme klang belegt. Er räusperte sich.

„*Sind Sie krank? Gibt es bei der Luftwaffe nichts mehr zu beißen?*“ Der Ladenbesitzer tippte auf die Angelhaken.

Rays Mund wurde noch trockener. Jede Antwort war eine Antwort zu viel. Er schob den Einkauf noch ein Stück über den Ladentisch. „*Wie viel?*“

Der Mann seufzte und gab die Sachen an der Registrierkasse ein. „*Wie viel? Wie viel? Immer in Eile diese jungen Leute.*“

Ray gab dem Mann eine Reichsmark und floh mit seinen Einkäufen aus dem Laden.

Draußen atmete er tief durch, um seinen Puls zu beruhigen. Er hatte es geschafft. Na schön, der Ladenbesitzer hielt ihn jetzt für einen Flegel, aber er hatte es geschafft.

Ray ließ den Blick über die weißen, grauen und gelblichen Gebäude mit den roten Ziegeldächern streifen, die frühes Tauwetter freigelegt hatte. Auf der anderen Straßenseite stand auf einem Schild „Buchhandlung".

Er spürte, wie ein anderer Hunger ihn über die Straße trieb. Geld war doch genug da. Ohne Lebensmittelkarten konnte er seinen Magen nicht füllen, aber wenigstens Nahrung für die Seele kaufen.

Er öffnete die Tür und tauchte in den Duft von Papier, Tinte und Buchkleber ein.

„*Grüß Gott.*" Hinter dem Ladentisch strahlte ihn eine winzige Frau mit weißen Zöpfen, die zu einer Art Krone gebunden waren, an. Als sie seine Uniform erblickte, riss sie erschrocken die Augen auf und den rechten Arm hoch. „*Heil Hitler!*"

Die Arme dachte, sie wäre in Schwierigkeiten, weil sie den traditionellen bayrischen Gruß verwendet hatte. Ray lächelte sie an. „*Grüß Gott.*"

Dann wirbelte er zum nächstgelegenen Regal herum. Was tat er hier? Weder konnte er das R rollen noch einen ordentlichen Umlaut sprechen. Warum fragte er nicht gleich nach einem Hot Dog und den letzten Baseballergebnissen?

Das Regal vor ihm war von oben bis unten mit *Mein Kampf* gefüllt. Hier im Feindesland brauchte er nicht auf eine freundliche Unterhaltung mit der Buchhändlerin hoffen.

Ray schlich durch die Regale. So viele große deutsche Literaten waren als „entartet" aus den Geschäften verbannt worden und was geblieben war, stank nach Nazipropaganda. Er griff nach einem Kinderbuch mit Versen über Tiere, das harmlos und ganz vergnüglich aussah.

Vielleicht noch eine Biografie? Beethoven sah finster von einem Buchcover herunter und Ray griff lächelnd nach dem Buch, ein winziger Akt der Verbrüderung. Beethovens fünfte Symphonie war die Hymne der Alliierten. Die machtvollen ersten Töne gingen „kurz-kurz-kurz-lang" und waren die Morsezeichen für den Buchstaben *V*. Zusammen mit dem römischen Zeichen V für fünf verkündete die Symphonie „V für Victory“.

Ray ging durch die Abteilung Nachschlagewerke. Ein Wörterbuch? Das wäre sicher hilfreich.

Doch als er davorstand, wusste er nicht, was er tun sollte. Ein Wörterbuch Deutsch-Englisch.

Er streckte die Hand aus und zog sie wieder zurück. Flog er damit als Spion auf? Oder ging er als Offizier durch, der an seiner Bildung arbeitete?

Er strich über den Buchrücken. Ein riskanter Kauf, aber sein schlechtes Deutsch war das größere Risiko.

Das Blut rauschte ihm in den Ohren, aber er legte das Wörterbuch unter die anderen Bücher und ging zum Ladentisch, bevor er es sich anders überlegen konnte.

„Drei Bücher gleich?“ Die alte Dame klatschte begeistert in die Hände. *„Ach, wie schön.“*

Obwohl er sich geschworen hatte, sich nicht aus der Ruhe bringen zu lassen, lächelte Ray zurück. Erst jetzt fiel ihm auf, wie einsam er gewesen war.

Die Dame drückte den Gedichtband an sich. *„Was für ein schönes Buch. Die Kinder lieben es. Haben Sie Kinder?“*

„Nein.“ Sein Lächeln erstarb. Beinahe hätte er einen Sohn gehabt. Wenn er es je wieder nach Hause schaffte, würde er Jay-Jay das Buch als verspätetes Geburtstagsgeschenk mitbringen. Drei Jahre war er nun. Er war inzwischen sicher ordentlich gewachsen.

Die Dame legte ihre Hand auf das Wörterbuch und starrte es an.

Rays gesamter Muskelapparat spannte sich an. Wie schnell könnte er weglaufen, wenn sie um Hilfe rief? Sollte er zurück zu seinem Versteck oder die Gegend lieber ganz verlassen? Er würde seine ganze Ausrüstung einbüßen.

„Die Amerikaner sind bald hier, nicht wahr?“ Ihre Stimme bebte.

Ray atmete weiter. Dank des frühen Tauwetters würde die Frühjahrsoffensive nicht mehr lange auf sich warten lassen und damit auch die Amerikaner – Rays größte Hoffnung und die größte Sorge dieser Frau. *„Ja“*, sagte er leise.

Sie nickte und sah ihn mit feuchten Augen an. Sie waren mittelbraun, genau wie eine Tasse guter Tee.

Und sie war im Augenblick die einzige Frau in seinem Leben. Helen, seine Mutter, seine Großmutter – sie alle trauerten am anderen Ende der Welt um ihn. Sie konnte er nicht trösten, aber wenigstens dieser einen verängstigten Seele beistehen.

Still legte er seine Hand im Handschuh auf ihre knöchernen Finger, die ihn an Grandma Novaks Hände erinnerten. „*Keine Angst*“, sagte er und dachte an Gottes „Fürchte dich nicht“, das er schon so oft gelesen hatte.

„Ja, keine Angst. Gott ist mit mir und mit Ihnen auch, nicht wahr?“

Ray nickte ergriffen.

Schnell bezahlte er seinen Einkauf und floh, bevor er noch mehr sagen konnte.

Auf der Straße begegneten ihm drei Offiziere der Luftwaffe und Ray blieb wie angewurzelt stehen. Innerlich bereitete er sich auf eine Flucht durch die Straßen vor, aber sie hoben nur grüßend die Hand und schlenderten weiter.

Ray blieb eine Weile stehen, um sich zu beruhigen. Erst dann ging er schnellen Schrittes weiter durch den kleinen Ort.

Die Unterhaltung mit der Buchhändlerin war zu lang gewesen, zu gefährlich. Was hatte er sich nur dabei gedacht? Ein Monat Überleben in der Wildnis und er vermasselte es fast mit ein paar unbedachten Worten.

Kapitel 33

Port Chicago
Dienstag, 20. Februar 1945

Helen zerknüllte das Blatt Schreibmaschinenpapier und warf es in den Müll. Frustriert rieb sie sich die Nase. Noch nicht einmal auf einen Brief konnte sie sich konzentrieren.

Das Telefon klingelte und Helen stöhnte auf. Woher sollte sie bloß die fröhliche Bürostimme nehmen? „Lieutenant Llewellyns Büro, Mrs Carlisle am Apparat."

„Hallo Helen. Ich bin's, Esther Jones."

„Esther." Ausnahmsweise musste sie nicht so tun, als würde sie sich freuen. „Wie geht's? Hast du Arbeit gefunden?"

„Ja, bei der NAACP in San Francisco. Ich wohne mit ein paar der Mädchen aus dem Büro zusammen. Es fühlt sich an, als würde ich Carver helfen, wenn auch nur ein kleines bisschen."

„Wie geht es ihm denn?"

„Er hält sich tapfer, aber es geht ihm an die Substanz. Er ist für ein Leben im Gefängnis einfach nicht gemacht."

„Nein." Er gehörte in einen Hörsaal. Helen wickelte sich die Telefonschnur um den Finger.

„Deswegen rufe ich an." Esthers Stimme klang fester. „Lieutenant Llewellyn meinte, es sollte inzwischen Neuigkeiten von Carvers Berufung geben, aber wir haben noch nichts gehört. Ihr vielleicht?"

„Ich nicht. Warte, ich stelle dich zum Lieutenant durch." Helen klopfte an Vics offene Tür. Er blickte von seinem Gesetzbuch auf. „Esther Jones ist am Telefon für dich."

Seine Augenbrauen schossen in die Höhe, er atmete tief ein und nahm den Hörer ab. „Esther, wie schön, von Ihnen zu hören. Wie geht's? … Also haben Sie einen neuen Job? … Die NAACP hat mich während des Prozesses schwer beeindruckt."

Helen kehrte an ihren Schreibtisch zurück und spannte ein neues

Blatt Papier in die Schreibmaschine. Vic hielt Esther derweil mit Small Talk in Schach.

„Ja, die Berufung“, sagte er irgendwann.

Helens Finger schwebten über den Tasten.

„Ja. Also, heute Morgen kam die Nachricht. Ich wünschte, ich hätte Besseres zu vermelden, aber ich fürchte, die Berufung wurde abgelehnt.“

„Oh nein.“ Helen ließ die Schultern hängen und legte die Hände auf den Tisch.

„Nein. Nein, haben sie nicht. Sie müssen keine Begründung liefern … Ja, ich weiß, das ist unfair.“

Helen lauschte angestrengt.

„Ich wünschte es, glauben Sie mir. Aber wir haben unsere Möglichkeiten ausgeschöpft. Wir können nichts mehr tun.“

Die Ungerechtigkeit bereitete Ruth Kopfschmerzen. Wie sollte Esther das ertragen? Und Carver erst?

„Wenn ich noch etwas für Sie tun kann, irgendetwas, dann rufen Sie bitte an. Und wenn sich etwas auftut, ein neuer Kurs, dann klemme ich mich dahinter. … Ja … Ihnen auch.“

Helen konnte nicht herumsitzen und auch nicht tippen. Sie stand auf und nahm sich den Stapel mit wegzusortierenden Akten, aber die Beschriftung verschwamm vor ihren Augen.

Verzweifelt lehnte sie die Stirn gegen den kühlen Stahlschrank. Wie konnte sich die Welt unter der Last von so viel Ungerechtigkeit einfach weiterdrehen? Ein unschuldiger Mann im Gefängnis. Eine liebevolle Frau getrennt von ihrem Ehemann. Ein guter Mann viel zu früh aus dem Leben gerissen. Ein kleiner Junge, gefangen in einem Zuhause, das ihn zerstören wollte.

Und eine Frau, die versuchte, das Chaos zu ordnen.

Helen drückte die Akten an sich. Die Arbeit war kein Trost und war es auch nie wirklich gewesen. Nur bei Gott konnte man getröstet werden, aber Helen war so beschäftigt, dass dafür einfach keine Zeit blieb. Noch nicht einmal für Jay-Jay hatte sie genug Zeit. Aber um seinetwillen musste sie die letzten Monate ihrer Schuld abbezahlen und endlich dieses Haus verlassen. Ihren Vater konnte sie nicht um Geld bitten, ohne das Familiengeheimnis der Carlisles zu verraten, was nicht richtig wäre. Außerdem war er sowieso schon enttäuscht von ihr, weil sie so früh geheiratet hatte. Wenn er das ganze Ausmaß ihrer Dummheit kannte, würde er jeden Respekt vor ihr verlieren.

„Bist du müde?"

Helens Kopf schnellte hoch. „Müde? Ich denke schon."

Vic setzte sich mit einem schiefen Lächeln auf Helens Schreibtischkante. „Du hast mehr geschafft, als du noch Teilzeit bei mir gearbeitet hast."

Helen zerrte eine Schublade heraus und stopfte einen Aktenordner hinein. „Tut mir leid. Ich gebe mir mehr Mühe. Wird nicht mehr vorkommen." Schwungvoll schob sie die Schublade zu und klemmte sich dabei den Finger ein. Erschrocken schrie sie auf und schob den schmerzenden Finger in ihren Mund.

Vic verschränkte die Arme über seiner doppelreihigen blauen Uniformjacke. „Diese Arbeit ist nichts für dich. Du solltest die Frau irgendeines Glückspilzes sein, einen effizient organisierten Haushalt führen, blitzsauber geschrubbte Kinder großziehen und Vorsitzende von allen Gemeindekomitees sein."

Helen hatte einen Kloß im Hals. „Das ist leider keine Option."

„Doch, ist es." Vic sprach so leise, dass sie es kaum hörte.

Helens Finger strichen über die obere Ecke des Aktenschranks – kalt, glatt und hart.

Vic räusperte sich. „Am Abend der Explosion hast du meinen Antrag sehr deutlich abgelehnt und ich habe mir geschworen, das Thema nie wieder anzusprechen. Aber nichtsdestotrotz steht mein Angebot noch immer. Und das wird auch so bleiben. Du weißt, was ich für dich empfinde."

Wie in Zeitlupe drehte sich Helen dem Fluchtweg zu, der sich vor ihren Augen auftat.

Vic starrte auf seine polierten schwarzen Schuhe und trommelte mit den Fingern auf seinen Oberarmen. Sein Kinn war trotzig nach vorn geschoben.

Er würde sie nie schlagen – nicht dieser Mann, der für die Unterdrückten kämpfte und sich nach der Explosion schützend über sie geworfen hatte. Er war ein guter Mann, ehrlich und rechtschaffen, und ein Freund. Was hatte Mrs Carlisle über die zweite Ehe gesagt? Kameradschaft und gegenseitige Unterstützung, darum ging es, und ausnahmsweise hatte sie recht gehabt. Wenn sie Vic heiratete, hätte sie einen guten Mann, ein sicheres Heim, und sie könnte ihre Arbeit aufgeben und sich um Jay-Jay und die Ehrenämter kümmern.

„Also schön", sagte Helen.

Vic starrte sie verblüfft an. „Wie bitte?"

Helen wischte sich die Augen trocken. „Also schön, ich heirate dich."

Ihm fiel die Kinnlade herunter. „Was?"

„Ich will ehrlich sein. Ich liebe dich nicht, aber ich mag dich und respektiere dich. Ich weiß, du wirst mich und Jay-Jay gut behandeln, und ich werde auch gut zu dir sein. Ich werde dir eine gute Frau sein. Zumindest, wenn du damit leben kannst, dass ich dich nicht liebe."

„Ist das dein Ernst?"

Ihr Magen verknotete sich. „Du meine Güte. Was sage ich da? Das kann ich nicht von dir verlangen. Du hast eine Frau verdient, die dich liebt. Du solltest …"

Vic lachte kurz und laut. „Mach jetzt ja keinen Rückzieher. Das mit der Liebe macht mir nichts. Und außerdem: Du magst mich vielleicht jetzt nicht lieben, aber bald wirst du es."

Helen schlug eine Hand vor ihre Augen. „Das willst du nicht. Glaub mir. Die Männer, die ich liebe, sterben."

Der Schreibtisch knarrte, Schritte kamen näher und dann nahm Vic Helen die Akten aus der Hand und legte sie auf den Tisch. Er nahm Helen in den Arm und drückte ihren Kopf sanft an seine Schulter. „Mach dir keine Sorgen. Ich kann schon auf mich aufpassen. Mit dir an meiner Seite werde ich mit allem fertig."

Helen presste ihr Gesicht an die blaue Wolle. Er war ein besserer Mann, als sie verdient hatte.

Vic löste sich von ihr und sah sie zögernd mit seinen rostbraunen Augen an. „Darf ich dich küssen?"

Wenn sie eine gute Ehefrau sein wollte, musste sie jetzt damit anfangen. Jetzt sofort. Sie nickte.

Vic drückte seine Lippen auf ihre. Ein feuchtkalter Kuss, aber sie ließ es geschehen.

Sobald sie verheiratet waren, würde sie ihm ihren Körper schenken und ihn glauben machen, dass es ihr gefiel. Warum nicht? Sie hatte auch mit Jim geschlafen, als sie ihn gehasst und gefürchtet hatte, als ihr alles von seinen Schlägen wehgetan hatte. Da konnte sie sich wohl auch einem Mann hingeben, der ihr nichts bedeutete.

Helen seufzte und begriff, dass das Schauspiel von vorn begonnen hatte.

* * *

Lechfeld
Freitag, 23. Februar 1945

Donnerschläge rissen Ray am zweiten Tag in Folge aus dem Schlaf. Außer, dass Donner eigentlich nicht wie ein Erdbeben den Boden erschütterte.

Er kauerte sich an die zitternde Wand des Kellers. Ein Teil von ihm fürchtete sich und hatte Angst, dass eine Bombe den kleinen Rest Leben, der noch in ihm steckte, auslöschen könnte. Aber der größere Teil von ihm wollte fröhlich herumhüpfen und den Bombern über ihm mit dem Hut in der Hand zuwinken.

Die Alliierten waren auf dem Vormarsch. Vielleicht war sogar Jack dort oben. Wahrscheinlich könnte Ray sogar das silberne Pünktchen am Himmel entdecken, wenn er sich nach draußen trauen würde.

Ach, wenn er doch irgendetwas machen könnte! Den ganzen Tag versteckte er sich in seinem Loch und nachts streunte er herum wie ein Hund. Da hatte er sogar im Luftwaffendepot von Sacramento mehr ausgerichtet.

Rastlosigkeit ergriff ihn. Lieber wollte er auf den Beinen sterben als sich unter der Erde verkriechen.

Als er sich fertig angezogen hatte, den Gürtel mittlerweile im letzten Loch, hatte das Donnern aufgehört. Langsam kroch er an die frische Luft.

Ray blinzelte in die Sonne und lief vorsichtig auf dem schlammigen Pfad zum Fliegerhorst. Er achtete darauf, den Wald nicht zu verlassen und arbeitete sich an der Südseite entlang, um die Schäden zu begutachten. Ein paar Rauchsäulen stiegen aus Kratern und Gebäuden auf, kaum nennenswerte Zerstörung.

Männer rannten kreuz und quer über die Startbahn, kletterten in Jets und karrten Feuerwehrausrüstung über den Platz.

Wenn Ray den Fliegerhorst genauer in Augenschein nehmen wollte, wäre dies der perfekte Zeitpunkt.

Er hockte sich hinter einen Baum und atmete durch. Was für eine verrückte Idee. Sich mit einer netten alten Dame im Buchladen zu unterhalten war eine Sache, über einen Militärstützpunkt zu schlendern eine ganz andere.

Von Norden ertönte ein neues Geräusch, das Dröhnen von Kampffliegern, die guten alten mit Propeller, die besten ihrer Art – amerikanische P-51 Mustangs.

Ray spähte hinter dem Baum hervor und genoss das Geräusch der Rolls-Royce Merlin-Motoren. Die silbernen Mustangs gingen in Tiefflug über und spuckten Leuchtspurmunition. Dahinter spritzten Erdklumpen in einer Reihe in die Höhe wie Steine, die auf einer Wasseroberfläche springen. Eine Me 262 ging in Flammen auf, eine andere fiel krachend auf die Seite. Diese beiden würden sich nie wieder in die Lüfte erheben.

„Los, zerlegt ein paar Jets", flüsterte Ray. Als Jack ihm diesen letzten Befehl erteilt hatte, hätte keiner von ihnen geahnt, wie nah dran Ray kommen würde. Trotzdem hatte er nichts ausgerichtet.

Die Mustangs drehten nach Westen ab, zurück zu ihren Flugfeldern in England oder Frankreich. Ray stand auf und lief auf die Startbahn.

Für seine Familie war er schon tot, für Helen auch, und bald würde er tatsächlich tot sein, hingerafft von der Ruhr und der Unterernährung. Oder geschnappt. Wenn man ihn sowieso als Spion hinrichten würde, könnte er sich auch wie einer benehmen.

Das Adrenalin schoss ihm durch die Adern und er hielt zielstrebig auf das Durcheinander zu. Flugzeuge brannten, überall war beißender Rauch und Männer rannten oder taumelten herum. Niemand achtete auf Ray. Tiefer und tiefer hinein lief er, über die Landebahn, an den Werkstätten vorbei, genau auf eine Messerschmitt zu.

Ray berührte das Düsentriebwerk und bekam eine Gänsehaut. War er der erste Alliierte, der das tat? Und wennschon. Niemand würde es je erfahren.

Ganz egal, was er hier täte, es bliebe sein Geheimnis. Ray musste schmunzeln. Seine Familie würde niemals glauben, dass der brave Ray Sabotage betrieb.

Nur Helen würde ihm das zutrauen. Sie war die Einzige, die ihn für einen mutigen Drachentöter gehalten hatte. Für sie würde er es tun, und um seinen Bruder und seine Freunde am Himmel zu unterstützen.

Ray lief um das Flugzeug und überlegte.

Ein Mann lag ausgestreckt auf dem Rollfeld, tot. Er sah so jung aus, hatte sogar noch Pickel im Gesicht. Seine blonden Haare bewegten sich im Wind. Er war mitten im Laufen niedergestreckt worden, vermutlich, als er zum Flugzeug hatte rennen wollen. Neben ihm lagen ein brauner Fliegerhelm und eine schwere Fliegerjacke aus graublauer Wolle mit einem Kragen aus Pelzimitat.

Ob er auch Familie hatte, die auf ihn wartete? Eine Freundin? Ray schloss die Augen. *Herr, sei bei seinen Lieben.*

Sein Blick fiel auf die Fliegerjacke. Sah ziemlich warm aus das Teil. Aber Stehlen war falsch. Oder könnte er das als seinen ersten kleinen Sabotageakt verbuchen? Alles, was er mitnahm, müsste ersetzt werden, eine zusätzliche Belastung für das System.

Ray bückte sich und nahm Fliegerhelm und Jacke. „*Tut mir leid*“, entschuldigte er sich bei dem Jungen, der die Sachen nicht mehr brauchte. Unter der Jacke lag ein Buch.

„*Pilotenhandbuch: Messerschmitt Me 262 Schwalbe.*“

Hatte er richtig gelesen?

Trockenes Papier auf der Rollbahn. Trockene Wolle auf nassem Boden.

Ray schnappte sich das Handbuch, stopfte es unter seinen Mantel und marschierte in Richtung Wald. Das Blut rauschte ihm in den Ohren.

Jetzt war er ein echter Spion.

Kapitel 34

Antioch
Samstag, 3. März 1945

Vic lächelte quer über den reich gedeckten Tisch im Esszimmer der Llewellyns und tätschelte die Brusttasche seiner Uniform.

Obwohl Helens Magen so ähnlich verknotet war wie die Schnörkel auf dem Llewellyn'schen Besteck, lächelte sie zurück und sah dann wieder auf ihren Teller, um sich ein Stück Rinderbraten abzuschneiden. Wo hatte Vics Familie bei der landesweiten Fleischknappheit nur so einen Braten aufgetrieben?

„Das kommt mal in die Geschichtsbücher." Richter Llewellyn saß mit stolzgeschwellter Brust da. „Als sie auf Iwojima die Fahne aufgestellt haben, war das für alle Amerikaner eine Genugtuung."

Rings um den Tisch nickten alle – Mr und Mrs Carlisle, George und Betty Anello, Dorothy Wayne und Jeannie Llewellyn.

„Und die armen Zivilisten sind aus den Gefangenenlagern auf den Philippinen raus. Was die unter den Japanern alles erleiden mussten!" Mrs Llewellyn schüttelte den Kopf. Ihre von grauen Strähnen durchzogenen braunen Locken waren nach der neusten Mode hochgesteckt. „Mr und Mrs Crawford sind endlich frei, genau wie ihre drei süßen Kinder. Ist das zu fassen, dass Leute aus unserem kleinen beschaulichen Antioch in diese Dinge verwickelt waren? Aber warum hat uns noch niemand gesagt, wann sie nach Hause kommen? Das hätten sie inzwischen ja mal tun können."

„Keine Sorge, Mutter." Jeannie warf Helen einen genervten Blick zu. „Du kriegst als Erste ein Telegramm. Noch vor ihren Familien."

Helen schob einen Bissen grünen Spargel mit Mandeln auf ihre Gabel. Jeannies unverhohlene Respektlosigkeit gefiel ihr genauso wenig wie die Tratscherei ihrer Mutter.

„Mutter, es gibt eine Neuigkeit, die du hier garantiert als Erste hörst." Vic schob seinen Stuhl zurück und stand auf.

Helen wischte sich den Mund ab. Konnte er nicht wenigstens bis nach dem Essen warten?

Vic verschränkte die Hände hinter dem Rücken und lächelte selbstgefällig. Bei Helen bewirkte seine Miene überhaupt nichts, aber sie würde sich daran gewöhnen. „Wie ihr wisst, habe ich vor langer Zeit versucht, das Herz der wundervollen Helen Jamison zu gewinnen. Aber ich habe gegen einen Besseren verloren." Er nickte den Carlisles zu.

Mrs Carlisle ließ ein kaum hörbares Seufzen vernehmen.

Alles in Helen protestierte. Das Schauspiel heute Abend würde ihr eine große Bandbreite an Emotionen abverlangen. Könnte sie ein so kritisches Publikum überzeugen? Und warum konnten Vic und sie diesen ganzen Pomp nicht überspringen und es einfach hinter sich bringen?

„Aber nun", brachte Vic seine Rede mit lauter Stimme zum Abschluss, „habe ich Helen einen Heiratsantrag gemacht und sie hat mir die große Ehre erwiesen, ihn anzunehmen."

Die einzigen Geräusche im Raum waren erstauntes Einatmen und Besteck, das auf einen Teller fiel.

Helen musste darauf reagieren, Vic unterstützen. „Das musst du ihnen schon ein bisschen erklären, Schatz."

Irgendjemand rang um Fassung, wahrscheinlich Betty, aber Helen wandte ihren Blick nicht von Vic ab. *Liebling* wie Jim oder Ray würde er nie werden, also versuchte sie es mit *Schatz* und sicher würde sie das irgendwann auch so meinen.

„Das überrascht euch?" Vic grinste von einem Ohr zum andern. „Also, mich hat es am allermeisten überrascht. Ich liebe Helen schon seit ich denken kann, aber wir mussten erst Monate zusammenarbeiten und eine grauenvolle Explosion überleben, bis ich sie davon überzeugt hatte, was für ein toller Kerl ich bin."

„Ist das dein Ernst?" Der Blick des Richters nahm Vic unter die Lupe, als wäre er im Zeugenstand. „Bitte sag mir, dass du das ernst meinst."

„Gerade du hast mir doch beigebracht, nur die Wahrheit und nichts als die Wahrheit zu sagen, oder etwa nicht?" Vic zog eine kleine weiße Schachtel aus seiner Tasche. „Die meisten Kinder kriegen eins hinter die Ohren, wenn sie lügen. Aber bei Jeannie und mir, da ging's gleich immer um Meineid."

Mrs Llewellyn rang die Hände. „Oh Victor, mein Lämmchen. Wie wundervoll."

„Das wurde ja auch langsam Zeit.“ Erleichterung sprach aus Mr Carlisles Stimme.

„Wie wunderbar“, ergänzte Mrs Carlisle. „Ich habe schon immer davon geträumt, dass unsere Familien einmal vereint werden.“

Helen wurde ganz übel, aber sie hielt tapfer ihr Lächeln, während Vic den Tisch umrundete und vor ihr auf die Knie ging. Das hier war notwendig, um Jay-Jays willen, und Vic war ein guter Mann, der sie auf Händen tragen würde. Es hätte schlimmer kommen können. Es war schon schlimmer gekommen.

Also nahm sie Vics Ring entgegen, ein geschmackvolles Ensemble aus in Platin eingefassten Steinen, und blinzelte ein paar Tränen fort. Eine angemessene Reaktion für eine Verlobte, eine Witwe.

„Du liebe Zeit, Helen. Das kommt aber alles plötzlich“, sagte Betty und lachte nervös.

„Quatsch. Wir kennen uns schließlich schon ewig.“ Sie klang defensiv, weil sie wusste, was Betty dachte – es war zu früh nach Rays Tod, eine unüberlegte Reaktion auf den Verlust des Mannes, den sie eigentlich liebte, und wie konnte sie es wagen, einen Llewellyn zu heiraten?

Sobald sie allein waren, würde Betty wissen wollen, ob Helen die Entscheidung im Gebet überdacht hatte. Im Vorhinein nicht, aber danach. Gott wollte Jay-Jay beschützen und das war offensichtlich seine Strategie. Nur warum hatte sie dann so ein widerliches Gefühl beim Beten?

Jeannies rote Lippen verzogen sich zu einem breiten Grinsen. „Wir werden richtige Schwestern. Ich kann's kaum erwarten!“

Helen lächelte steif zurück und nahm sich vor, diese Schwester auf Distanz zu halten.

„Ich freue mich so für euch.“ Dorothys Blick war verständnisvoll.

Helen biss die Zähne zusammen und ertrug das Brennen in den Augen. Vor Feindschaft war ihr Schauspiel gefeit, aber nicht vor Mitgefühl.

„Aber diesen Sommer wäre zu früh“, stellte Mrs Llewellyn fest. „Und heiraten im Herbst oder Winter, das erweckt den falschen Eindruck. Als könnte das Paar nicht auf die Hochzeitssaison warten. Also im nächsten Frühling oder im Sommer.“

Noch ein ganzes Jahr? Da wäre sie ja selbst schneller aus dem Haus der Carlisles heraus. „Nein, dieses Jahr. Am 28. April. Das Datum steht.“

„April? Dieses Jahr? Nächsten Monat?" Mrs Llewellyns Lächeln gefror. „Aber nein, das geht nicht. Das geht einfach nicht. Es gibt so viel vorzubereiten. Und deine Eltern ... so schnell schaffen sie es doch gar nicht hierher."

Vic stand hinter Helens Stuhl und legte ihr die Hände auf die Schultern. „Habe ich dir nicht gesagt, dass meine Mutter ein Jahrhundertfest wollen wird?"

„Aber du hast es versprochen." Helen sah ihn flehend an. Am liebsten wäre sie dieses Wochenende noch mit dem Zug nach Reno, aber Vic hatte auf eine kirchliche Hochzeit bestanden. Und das war ihr Kompromiss gewesen. Ja, Papa und Mama würden enttäuscht sein, dass sie die Trauung verpassten, aber sie würden sowieso nur eine kleine Hochzeit wollen, weil es die zweite war. Und je früher Vic und sie verheiratet waren, desto weniger Zeit hatte Mrs Llewellyn, sich wegen der Details verrückt zu machen.

„Was ich verspreche, das halte ich auch." Vic tätschelte ihr die Schulter. „Tut mir leid, Mutter, wir heiraten am 28. April. Und wir haben den Jamisons geschrieben. Wir wollen eine einfache kirchliche Zeremonie. Falls du darauf bestehst, den Termin zu verschieben, oder du es mit den Vorbereitungen übertreibst, werden wir durchbrennen."

Helen drückte ihm dankbar die Hand. Ihre Ehe auf dem Fundament der Liebe und Leidenschaft war gescheitert, aber diese Ehe würde auf gegenseitigem Respekt gebaut werden – ein stärkeres Fundament, wenn auch weniger aufregend.

* * *

Lechfeld
Samstag, 10. März 1945

Abendlicht schien durch das Kellerfenster auf das Handbuch der Me 262 auf Rays Schoß und das Wörterbuch auf dem fast leeren Kartoffelsack.

Die Fachbegriffe überstiegen Rays Sprachkompetenz um Längen. Fast jedes Wort musste er mehrfach nachschlagen und sich den Sinn zusammenreimen. Aufschreiben durfte er nichts. Wenn man ihn mit diesem Handbuch schnappte, würden ihn englische Notizen noch schneller verraten als sein Akzent.

Ray fuhr mit dem Finger die schematische Darstellung eines Cockpits nach und stellte sich vor, am Steuerknüppel solch einer Schwalbe zu sitzen. An manchen Tagen kam ihm das gar nicht so haarsträubend vor – immer dann, wenn der Hunger zu schlimm war. Er war schon viele Flugzeuge geflogen und immerhin hatte er die Blaupause für den kleinen Düsenjet auf dem Schoß.

Wäre es nicht grandios, dem amerikanischen Geheimdienst einen intakten Düsenjet abzuliefern und das Handbuch gleich mit? Walt würde vor Begeisterung aus den Latschen kippen, Jack wäre schockiert und Helen würde ihn nur so anhimmeln.

„Nein. Das ist Wahnsinn." Ray klappte das Handbuch zu. Er hatte keinerlei Erfahrung mit düsengetriebenen Flugzeugen und wie zum Henker sollte er unentdeckt in so einen Vogel einsteigen und ohne Freigabe starten?

Er zog seine Armbanduhr auf und machte ein Eselsohr in der Bibel in 3. Mose 10 für den 10. März. Hoffentlich kamen die Alliierten bald, denn das dritte Buch Mose hatte nur siebenundzwanzig Kapitel. Und Ray hatte nur noch neun Kartoffeln.

Er schlug Psalm 19 auf. Vorsichtig nahm er die Pflaumenblüte hoch und küsste sie. Heute vor einem Jahr, in einem anderen Leben, hatte er diese Blüte aus Helens honigfarbenem Haar gelesen.

„Herr, sie fehlt mir so sehr." Einsamkeit ergriff ihn und schmerzte ebenso sehr wie die Krämpfe seines leeren Magens.

Ray atmete tief ein. „Nein. Ich will dankbar sein. Ich habe dich, Herr, und einen Plan für heute Nacht."

* * *

Ray drehte das Handgelenk und versuchte, im fahlen Mondlicht seine Uhr zu erkennen. Mitternacht.

Er wartete noch fünf Minuten im Wald, bis Zigarettenduft vorbeizog und Schuhe im Gras raschelten.

Nachts patrouillierte nur ein einziger Wachposten rings um den Fliegerhorst, aber wer rechnete auch schon mit feindlichen Aktivitäten tief im Vaterland?

Ray lächelte vor sich hin und wartete noch einmal fünf Minuten. Mit einem rechnete die Luftwaffe bestimmt nicht: Captain Raymond Novak – Pastor, Pilot, Saboteur.

Er nahm noch einen tiefen Atemzug und lief dann auf ein Flugzeug zu, das etwas abseits gen Norden stand.

Seinen Sabotagefeldzug hatte er damit begonnen, Werkzeug zu stehlen, um die Reparaturen zu verlangsamen und sich ein kleines Lager aufzubauen. Jede Nacht schlug er an einem anderen Ort zu, aber nicht so oft, dass man einen Saboteur vermuten würde.

Er schlüpfte in eine Werkstatt und sah sich um. Vor Kurzem hatte er zu seiner großen Freude eine Dose mit Flugrationen gefunden. Gerade als er eine Schachtel Streichhölzer einsteckte, fiel ihm etwas Gläsernes ins Auge – eine halb volle Flasche Brandy. Könnte zum Wundenreinigen ganz nützlich sein. Das Antiseptikum aus seinem Fluchtkit war längst aufgebraucht. Er steckte die Flasche ein und ging nach draußen.

Zwei Parkplätze weiter stand eine Me 262. Manchmal machte er kleine Löcher in den Tank oder zerstörte den Elektroschalter für das Geschütz, damit die Maschine keine Bomber abschießen konnte.

Heute Nacht hockte er sich unter den Bug, griff in die Klappe vom Bugrad und zog die Hydraulikleitung vom Fahrwerk ab. Der Pilot würde seinen Einsatz abbrechen müssen. Ray wollte nicht, dass jemand zu Schaden kam; er wollte nur den alliierten Piloten helfen.

Er überquerte die dunkle Landebahn und hielt nervös auf eine Ansammlung von Gebäuden zu. Weiter hinten brannte irgendwo Licht. Gedämpftes Lachen war zu hören und aus mehreren Männerkehlen erklang „Lili Marleen".

Ray fühlte sich hin- und hergerissen zwischen der Angst, entdeckt zu werden, und der Sehnsucht nach Menschen. Mittlerweile verstand er, warum Einzelhaft eine effektive Strafe war.

Er lief an einem Hangar vorbei und hielt vorsichtshalber die Luft an, aber so spät arbeitete niemand mehr. Das nächste Gebäude, quadratisch und klein, beherbergte sein eigentliches Ziel: die Alarmsirene. Sein bisher mutigstes Unterfangen.

Ray studierte die Sirene, die knapp dreißig Zentimeter über seinem Kopf hing. Wenn er sie lahmlegen könnte, würde es beim nächsten Bombardement der Alliierten oder beim nächsten Gegenangriff der

Me 262 viel länger dauern, bis die Deutschen einsatzbereit waren. Mit einer einzigen Tat könnte er vielleicht Dutzende amerikanischer Leben retten oder den Mustangs und Thunderbolts mehr Zeit verschaffen, wenn sie Lechfeld ins Kreuzfeuer nahmen.

Nachdem er sich umgeschaut hatte, zog er eine Kiste heran. Aus seiner Manteltasche voller Werkzeug kramte er einen Schraubendreher und einen Seitenschneider heraus. Letzteren klemmte er sich zwischen die Zähne.

Er drehte vier große Schrauben heraus und steckte sie sich in die Brusttasche. Anschließend legte er die Sirene vorsichtig auf seine linke Schulter. Drähte kamen aus der Wand. Ein paar Knipser, dann wuchtete er die Sirene wieder auf ihren Platz und brachte die Schraubenlöcher in Position. Eine Schraube, zwei, drei.

Die letzte Schraube fiel ihm herunter und prallte von seinem Stiefel ab. *Na großartig.*

Ray ließ die Sirene vorsichtig los. Sie schien zu halten und sah ziemlich gerade aus. Er schob die Kiste beiseite, ging auf alle Viere und tastete im Dunkeln nach der Schraube.

Plötzlich leuchtete ihm der Kegel einer Taschenlampe genau ins Gesicht. „*Was machen Sie da?*"

Ray erstarrte, die Hände flach auf dem Boden. Das war's. Das war sein Todesurteil. Er hatte eine Pistole, die von Johannes Gottlieb, aber er weigerte sich, sie zu benutzen.

Herr, gib mir Kraft. Er rappelte sich auf und stieß gegen die Flasche in seiner Manteltasche. Plötzlich hatte er ein Bild von David aus der Bibel vor Augen, der vor dem König von Gat einen Geisteskranken spielte.

„*Raus mit der Sprache!*"

Ray taumelte zur Seite und hielt dem Soldaten die Flasche hin. „*Wollen Sie?*", lallte er so stark er konnte. Dann schnitt er eine Grimasse und schirmte seine Augen vor dem Lichtkegel ab.

Der Mann stöhnte auf. „*Sie sind ja betrunken! Gehen Sie ins Bett.*"

Ins Bett? Halleluja! König David war ein Genie gewesen.

„*Ja, ja. Bett.*" Ray torkelte an dem Mann vorbei. Da fiel ihm eins der Trinklieder ein, das ihm sein Professor an der Uni vorgesungen hatte. „*Du, du liegst mir im Herzen, du, du liegst mir im Sinn*", krakeelte er und versuchte, seinen Akzent wegzunuscheln.

Er stolperte in Richtung der Unterkünfte. Sobald er sich sicher sein konnte, dass der Mann mit der Taschenlampe außer Sichtweite war, würde er sich in den sicheren Wald retten.

Vor Angst und Erleichterung zitterte er am ganzen Leib.

Sabotage war nichts für Feiglinge.

Kapitel 35

Antioch
Samstag, 17. März 1945

„Oh Allie, ist der süß." Helen hielt den zwei Wochen alten Francis Raymond Novak im Arm, rieb ihre Wange am sanften Flaum auf seinem Kopf und genoss den Duft von Milch, Puder und neuem Leben.

„Ich kann mich einfach nicht sattsehen." Allie strahlte und ließ sich auf das Sofa sinken.

Helen setzte sich neben sie und wiegte den kleinen Frankie. Er streckte kleine, dünne Finger aus und griff nach der Luft. Mit einer Hand patschte er sich selbst ins Gesicht. Helen lachte. „Ich habe ganz vergessen, wie drollig Neugeborene sind. Sieh dir nur die winzigen Händchen an!"

„Und dazu diese ernste Miene." Allie ahmte die gerunzelte Stirn nach. „Wie ein Opa."

Helen und Allie kicherten. In den letzten Monaten hatte Helen begriffen, warum Betty Allie so mochte.

Jay-Jay beugte sich über das Baby. „War is au mal so tlein?"

„Ja, aber du hattest überhaupt keine Haare, sondern eine richtige Glatze."

Jay-Jay bekam große Augen. Dann fuhr er sich erleichtert über den Kopf und wandte sich wieder den Zinnsoldaten auf dem Fußboden zu.

Helen sah Allie zögernd an. „Deine Eltern … haben sie …?"

Allie schüttelte den Kopf und biss sich auf die Unterlippe. „Ich habe ihnen ein Telegramm geschickt, aber sie haben nicht reagiert. Sie können mir wohl nicht vergeben. Ich habe ihnen alles verziehen, aber mehr kann ich nicht tun."

Helen sah in Frankies große, wissbegierige Augen. „Selbst schuld. Aber Walt ist bestimmt stolz."

„Und wie. Ich wünschte, er könnte hier sein. Aber er ist dort, wo er gebraucht wird, dient seinem Land und passt auf Jack auf."

Frankies Hand griff nach Helens kleinem Finger. Schwermut erfasste sie. „Wie geht es den beiden denn?"

Allie seufzte. „Walt so weit ganz gut, glaube ich, aber Jack fühlt sich extrem schuldig. Er hat ja damals den Einsatzbefehl erteilt."

Helen runzelte die Stirn. Sie hatte nicht damit gerechnet, dass sich noch jemand verantwortlich fühlte.

Allie nahm die Wickeldecke von der Sofalehne. „Gibt zurzeit so einige Schuldgefühle in der Novakfamilie."

„Wieso?"

Allie legte die Decke zusammen. „Pastor Novak wollte am liebsten alle drei Söhne in seine Fußstapfen treten sehen. Walt war der erste Rebell und ist Ingenieur geworden. Dann wollte Jack plötzlich im Militärdienst bleiben. Das hat seinen Vater natürlich verärgert. Und nun ist der einzige Sohn gefallen, der selbst Pastor werden wollte. Der arme Pastor Novak denkt nun, er wurde für seinen Stolz bestraft."

„Oh du meine Güte! Aber das ergibt doch überhaupt keinen Sinn."

Plötzlich sah Helen klar. Ihre Schuld ergab genauso wenig Sinn. Sie war nicht verantwortlich für Jims Tod und für Rays auch nicht. Seine inneren Kämpfe hatten ihn an die Front getrieben und er hatte sich für eine zweite Einsatzrunde entschieden. Außerdem waren dort sein Selbstvertrauen gewachsen, sein Mut und seine innere Stärke. Vielleicht war es der richtige Schritt gewesen. Und er war in Frieden gestorben.

Helen streichelte die weiche Wange des Babys. Diese Gedanken ließen ihre Schuldgefühle bröckeln. Um Rays und um ihrer selbst willen musste sie diesen Heilungsprozess fortführen, bis sie so eine innere Zufriedenheit erreichte, wie Ray sie gehabt hatte. Sobald sie mit Vic verheiratet war, würde sie mehr Zeit für ihre Beziehung zu Gott haben.

„Guten Morgen Helen. Hallo Jay-Jay." Mrs Novak schlüpfte ins Wohnzimmer und setzte sich in den Sessel. Sie war in den letzten Monaten um Jahre gealtert, aber beim Anblick ihres Enkels strahlte sie. „Er ist so süß, nicht wahr?"

„Hinreißend."

„Der Herr wusste, was wir brauchen." Mrs Novaks Blick wanderte zum Fenster, wo das weiße Banner mit rotem Rand hing, auf dem zwei blaue und ein trauriger goldener Stern prangten. „‚Der Herr hat's gegeben und der Herr hat's genommen. Der Name des Herrn sei gelobt.'"

Helen hatte sofort einen Kloß im Hals.

Mrs Novak lächelte schon wieder. „Und er hat uns doch wieder beschenkt. Übrigens freuen wir uns darauf, deine Freundin Esther bei uns aufzunehmen. Sie kommt am Montag."

„Sie ist euch wirklich dankbar. Die Wohnraumknappheit ist in dieser Gegend ziemlich schlimm und die Diskriminierung der Schwarzen macht es nicht leichter."

„Sammelt sie Beweise für einen neuen Berufungsantrag?"

„Ja, für Thurgood Marshall von der NAACP. Er reicht das dann direkt in Washington D.C. ein. Die Arbeit tut ihr sehr gut. Sie kann ihre Fähigkeiten einsetzen und zugleich ihrem Mann helfen."

Mrs Novak nickte und ließ ihren Blick durch den Raum wandern, als wäre sie mit ihren Gedanken woanders. „Ich … ich habe etwas für dich."

„Oh?"

„Jack hat ein Paket mit … mit Rays Sachen geschickt. Schon vor einer Weile. Aber ich habe es lange nicht übers Herz gebracht hineinzusehen." Mrs Novak stieg über Jay-Jays Schlachtfeld zum Klavier, wo ein Stapel Briefe neben Rays Porträt lagen.

Helen wurde von Trauer übermannt. Sie hatte es bis jetzt vermieden, das Foto noch einmal anzusehen. Nie wieder würde sie sich in seinem Lächeln verlieren oder die Stoppeln auf seiner Wange streifen.

„Das sind die Briefe, die du ihm geschrieben hast."

Helen fiel die Kinnlade herunter.

Allie nahm ihr das Baby ab und Mrs Novak legte ihr das Bündel Briefe in den warmen Schoß, wo gerade noch Frankie gewesen war.

Helen drückte die Umschläge an sich. „Ich habe ihn geliebt, Mrs Novak." Es tat so weh, das zum ersten Mal laut zu sagen.

Mrs Novaks Augen waren feucht. „Er dich auch."

Helen sah schnell zu Boden, um nicht unhöflich zu widersprechen. Ray hatte sie geliebt, ja, aber nicht auf romantische, sondern auf die beste Art – als liebevoller, hilfsbereiter, wahrer Freund.

* * *

Lechfeld
Montag, 19. März 1945

„Hast du schon gehört, ob wir verlegt werden?"

„Nein. Aber lange kann es nicht mehr dauern."

Ray lief unauffällig hinter zwei Luftwaffenoffizieren her, die von einem Gebäude zum anderen gingen. Irgendetwas war im Busch, etwas Großes, gemessen an den vielen Fliegeralarmen und Einsätzen. Es erschien ihm so groß, dass er sich in den Fliegerhorst geschlichen hatte, um Informationen zu sammeln. Mit seiner versteinerten Miene versuchte er jedes Gespräch schon im Keim zu ersticken. Er fühlte sich wie Gideon, der in das Lager der Midianiter schlich.

„*Wir müssen die Flugzeuge verlegen und verstecken*", sagte der größere der beiden Offiziere. „*Die wissen, dass wir fast kein Flugbenzin mehr haben und diese Feiglinge zerschießen uns die Flieger am Boden.*"

Der kleinere Offizier boxte dem anderen gegen den Arm. „*Quatsch. Wir holen ihre Vögel vom Himmel. Und die Rheinbrücke in Remagen haben wir auch zerstört.*"

„*Ja, aber das war eine Arado 234, keine Messerschmitt. Und am nächsten Tag haben die Amis eine Pontonbrücke gebaut.*"

Ray bekam große Ohren. *Ponton?* Hatte er gerade *Pontonbrücke* gesagt? Egal, die Amerikaner standen am Rhein, dem deutschesten Fluss von allen. Aber der Rhein verlief bestimmt gut hundert Meilen westlich von hier. Ray sah wieder finster drein.

Die Offiziere blieben stehen und salutierten einem jungen Piloten, der noch fast wie ein Kind aussah. „*Na, Reinhardt. Bist du auf dem Weg zum Film?*"

Ray hielt an und nestelte an seiner Brusttasche herum, als würde er nach Zigaretten suchen.

Reinhardt stand stramm. „*Jawohl. Dann darf ich endlich die Schwalbe fliegen.*"

Ein Übungsfilm für die Me 262? Rays Nacken begann zu kribbeln. Er machte kehrt und folgte dem jungen Piloten in einigem Abstand. Jeden Tag wurde der Plan, ein Flugzeug zu stehlen, konkreter. Er wurde angefacht von Hunger, Krankheit und Schwäche. Gestern Nacht hatte er die letzte Kartoffel verspeist. Und jetzt hatte der Herr ihm diesen Film vor die Nase gesetzt.

Ray überlegte. Würden sie ihn hineinlassen? Bestimmt müsste er den Ausweis vorzeigen und ein Johannes Gottlieb stand nicht auf der Liste. Oder noch schlimmer, einer der Anwesenden kannte Gottlieb und alles wäre vorbei.

Ray verdrängte den Gedanken und ging weiter. Wenn dieser Reinhardt Papiere vorzeigen musste, würde er einfach vorbeilaufen.

Reinhardt traf einige Freunde und sie flachsten miteinander herum, wie amerikanische Piloten es taten.

Sie gingen auf ein Gebäude zu. An der Tür stand eine Wache. Ray seufzte und bog ab. Aber die Wache salutierte nur und ließ sie eintreten. Ob er sie kannte? Oder gab es drinnen eine Identitätskontrolle?

Ray steuerte auf das Gebäude zu. Wenn man ihn aufhalten sollte, würde er in seinen Taschen kramen, entsetzt schauen, als hätte er seine Papiere vergessen, und verschwinden. Der Herr hatte ihm diese Chance gezeigt und er musste sie nutzen.

Kurz vor der Tür schlug ihm das Herz bis zum Hals. Der Blick der Wache wanderte zu den Schulterklappen auf Rays Mantel, gelb mit silbernen Streifen und einem Stern für Gottliebs Rang eines Oberleutnants. Wie eine Zugbrücke ging der Arm der Wache nach oben.

Rays Puls beruhigte sich etwas, er salutierte ebenfalls und trat ein.

Kein Kontrolltisch. Kein Mann mit einem Klemmbrett. Nur ein paar Dutzend Stühle vor einer Leinwand mit Bildern von Hitler und Göring. Bevor ihn der Mut verließ, setzte Ray sich in einer leeren Reihe hinter einen großen, dunkelhaarigen Burschen, hinter dem er sich gut verstecken konnte.

Er verschränkte die abgemagerten Arme und setzte seine unfreundlichste Miene auf.

In einer beißenden Dunstwolke aus Pfeifen- und Zigarettenrauch waberte die Unterhaltung der Männer dahin, aber nicht mit der nervösen Ausgelassenheit der Pilotenanwärter, die er bei seinen Schülern in Texas erlebt hatte. Schicksalsergebenheit hing spürbar im Raum. Demzufolge, was Ray mitbekommen hatte, waren die Verluste der deutschen Luftwaffe immens und die Piloten wussten sicher besser als andere über die Fortschritte der Alliierten Bescheid.

Diese Soldaten waren so jung, keiner über zwanzig. Wie viele würden diesen Monat überleben? Den Krieg? Wie viele von ihnen wussten sich in Gottes Hand?

Rays Hände verkrampften sich. Wenn er ihnen doch nur von der Erlösungstat Jesu erzählen könnte. Aber er brauchte nur einen Satz zu sagen und würde sofort als Spion auffliegen. Und dadurch fände bestimmt niemand zu Gott.

Ein Offizier ging durch den Mittelgang nach vorn, sicher mindestens ein Captain, denn alle Pilotenanwärter sprangen auf und salutierten. Ray tat es ihnen gleich und fühlte sich, als wäre er mitten in der Wochenschau der Nationalsozialisten gelandet.

Als der Offizier den Befehl zum Hinsetzen gab, versteckte Ray sein Gesicht hinter dem Kopf des Mannes vor ihm. Zum Glück war die Vorrede nur kurz und dann begann der Film.

Ray versuchte sich zu konzentrieren und möglichst viel zu verstehen, aber es wurde sehr schnell gesprochen und obwohl er das Handbuch übersetzt hatte, kannte er viele Wörter nicht.

Der Ausbilder im Film stand auf der Tragfläche und erläuterte zunächst die Instrumente im Cockpit, dann den ziemlich komplexen Vorgang zum Starten der Strahltriebwerke. Man musste die Gashebel sehr langsam nach vorn drücken – das stand nicht im Handbuch – und mit einem Knopf an der Seite Kraftstoff in die Brennkammern pumpen.

Ray sog die Informationen auf wie frischen Kaffeeduft. Er könnte das schaffen. Er könnte eins dieser Flugzeuge steuern. Wenn das Chaos nur groß genug wäre, könnte er die Gelegenheit nutzen.

Und er musste es versuchen. Sicher, er könnte dabei geschnappt werden oder in einem großen Feuerball enden, aber wenn er hierbliebe, wartete sowieso der Tod auf ihn. Entweder würde er enttarnt oder beim Versuch, sich den Alliierten zu ergeben, erschossen … oder er verhungerte. Lieber wollte er bei dem Versuch draufgehen, seinem Heimatland zu helfen.

Außerdem war er in den Augen von Helen und seiner Familie sowieso schon tot. Sie hatten um ihn getrauert und lebten nun ihr Leben weiter. Allein bei diesem Gedanken fühlte er eine Leere in seinem Herzen, die seinem Magen Konkurrenz machte.

Aber dafür war er frei. Als toter Mann konnte er Dinge tun, die er als Lebender nie in Erwägung gezogen hätte.

Im Film machte der Flugschüler gerade einen Satz aus dem Cockpit auf den Asphalt und ging mit seinem Lehrer davon, während sie in der universellen Pilotensprache miteinander redeten – durch die Luft gleitende Hände.

Der hochrangige Offizier entließ die anwesenden Schüler und Ray reihte sich mit nach unten gesenktem Gesicht ein.

Gerade als er nach draußen trat, ertönte die Alarmsirene.

Die Flugschüler riefen sich erschrocken etwas zu und rannten los. Ray rannte auch, aber in eine andere Richtung. Sie liefen sicher in Deckung, weil sie noch nicht fliegen konnten.

Genauso wenig wie Ray. Er bräuchte zum Fliegen eine Fliegerjacke und einen Helm, das Handbuch und etwas mehr Mut. Aber der Fliegerangriff gab ihm die Gelegenheit, seinen ehrgeizigsten Sabotageplan in die Tat umzusetzen. Er rannte zum Ende der Landebahn, wo ein Tanklastzug stand. Als dieser am Vortag eingetroffen war, hatten die Männer gejubelt, als wäre Santa Claus mit der Weihnachtsparade vorbeigefahren. Flugbenzin war die Achillesferse der Nazis und einen Laster in die Luft zu jagen war dasselbe wie Dutzende von Jets lahmzulegen. Wenn er mitten während eines Fliegerangriffs in Flammen aufginge, würde niemand Sabotage vermuten.

Aus dem Norden dröhnte ein Rolls-Royce Merlin-Motor heran und die Flakgeschütze des Fliegerhorstes eröffneten ihr ohrenbetäubendes Feuer.

Ray sah sich um, aber niemand schien auf ihn zu achten. Obwohl seine Hände zitterten, holte er Gottliebs Pistole aus dem Halfter und zielte auf den Lkw.

Wie ein silberner Pfeil sauste eine P-51 Mustang mit ratterndem Maschinengewehr vorbei.

Ray drückte ab. Dann warf er sich auf den Boden, wandte dem Tanklaster den Rücken zu und krümmte sich zusammen.

Nichts geschah.

Er stöhnte und setzte sich auf. Großartig. Vorbeigeschossen.

Etwas weiter entfernt stieg Rauch von einer getroffenen Me 262 auf. Dann bemerkte Ray ein Schimmern, ein goldenes Rinnsal am Lkw. Mit gerunzelter Stirn nahm er es genauer in Augenschein. Ein zerklüftetes Loch war im Tank, Benzin strömte heraus und die Dämpfe ließen ihn husten. Er hatte genau in der Mitte getroffen, ein guter Schuss. Warum war der Tank nicht in die Luft geflogen? In Filmen klappte das doch auch.

Ray seufzte. Er hatte zwar Streichhölzer, aber weiter als einen halben Meter würde er sie nicht werfen können. Und das wäre sein Ende. Wenn er doch nur so etwas wie eine Zündschnur hätte. Ray sah sich um und entdeckte einige Ölfässer und Kanister.

Jemand schrie etwas und Ray wirbelte herum. Soldaten zeigten nach Norden, nicht auf ihn, und rannten davon. Drei silberne Propellermaschinen nahmen Anflug auf den Fliegerhorst.

Ray musste sich beeilen, bevor die Gelegenheit verstrich. Schnell schnappte er sich einen der Kanister und schüttete eine Benzinspur von der wachsenden Pfütze unter dem Lkw aus.

Er warf den Kanister weg und zog die Streichholzschachtel heraus. Das Adrenalin machte seine Finger ganz starr. Immer wieder versuchte er, das Streichholz zu entzünden, aber es gelang ihm nicht.

Die erste P-51 dröhnte über die Landebahn und hinterließ einen weiteren brennenden Jet.

Ray sprach ein Stoßgebet und führte das Streichholz wieder über die Reibefläche. Ein Funken und es erwachte zum Leben. Dann hielt er es an die Benzinspur.

Orangefarbene Flammen rasten auf den Tanklastzug zu. Ray sprintete in die entgegengesetzte Richtung, während seine geschwächten Beine unter ihm zusammenzubrechen drohten.

Hinter ihm donnerten zwei P-51 vorbei. Kugeln klatschten im Stakkatorhythmus in den Boden.

Eine Wand aus Hitze und Getöse erfasste ihn und schleuderte ihn mit dem Gesicht voran auf den Asphalt. Er vergrub den Kopf unter den Armen. Ein sengend heißer Sturm fegte über ihn hinweg.

Dann war es vorbei.

Ray befühlte seinen Hinterkopf. Die Haare waren noch da, sogar die Offiziersmütze. Er rappelte sich auf.

Anstelle des Tanklastzugs war da ein einziges Inferno, ein tobender Drache, der Feuer und Rauch spuckte.

Ray musste lachen. Was würde Helen dazu sagen? Er hatte keinen Drachen erlegt, sondern einen erschaffen.

Kapitel 36

Port Chicago
Mittwoch, 21. März 1945

„Meuterei?“ stand in großen Lettern auf der Broschüre. „Die wahre Geschichte, wie die Navy 50 verängstigte Matrosen zu Meuterern machte.“

Helen gab Esther das Faltblättchen zurück. „Es ist gut geworden. Das wird einigen die Augen öffnen.“

„Und genau das ist der Plan der NAACP.“ Esther setzte sich vor Helens Schreibtisch. „Wenn Thurgood Marshall den Berufungsantrag in Washington einreicht, wird unsere Anwaltskanzlei diese hier verteilen und Petitionen in Umlauf bringen, das ganze Programm.“

Helen schob einen Stapel Akten zusammen. „Carver ist bestimmt stolz auf dich.“

Esther zuckte mit den Schultern. „Er ist froh, dass ich beschäftigt bin. Wenn ich mir vorstelle, wie mein Mann in einer Gefängniszelle sitzt … nun, ich kann jedenfalls nicht stillsitzen. Ich muss etwas tun.“

Helen zog den Aktenschrank auf. „Dann macht es dir bestimmt nichts aus, dass ich Akten einsortiere, während wir uns unterhalten.“

„Ich hatte auch nicht erwartet, dass du die Hände in den Schoß legst.“

„Lieutenant Llewellyn ist sicher gleich zurück.“ Helen steckte eine Aktenmappe hinter den Buchstaben W. „Er hilft dir, die Dokumente zu bekommen.“

„Es ist einfach so frustrierend. Carvers Akten sollten bei der Militärstaatsanwaltschaft in Washington D.C. liegen, schließlich ist der Lieutenant im Dezember dort in Berufung gegangen. Aber die Mitarbeiter vor Ort sind alles andere als hilfsbereit. Dabei will Mr Marshall den gesammelten Berufungsantrag für die ganze Gruppe schon am 3. April einreichen.“

„Bürokratische Blockadepolitik gepaart mit Diskriminierung. Da brauchst du wohl noch etwas Gebetshilfe, wenn du diese Barriere einreißen willst." Nur eine Akte für Y, keine für Z.

„Mit Gott und dem Lieutenant an unserer Seite werden wir das durchstehen, das weiß ich. Der Mann ist ein großes Geschenk und ein Segen für uns. Und für dich natürlich." Die letzten Worte klangen wie ein Singsang.

Helen warf ein Lächeln über ihre Schulter. „Ja, das ist er."

„Er ist ein Mann von der besten Sorte. Und er wird dich und deinen Jungen gut behandeln."

„Das hat er schon." Vic hatte ein hübsches kleines Sommerhäuschen an der Fifth Street gemietet und Helen Geld gegeben, um es einzurichten. Jedes Möbelstück, jeder Meter Stoff für die Vorhänge, jedes Geschirrteil brachte seine Augen zum Leuchten.

Noch siebenunddreißig Tage, dann würde sie bei den Carlisles ausziehen und fortan unter dem Schutz eines Mannes stehen, der sie anhimmelte und den sie immer mehr mochte. Die Rolle der Mrs Victor Llewellyn würde gar nicht so schwer werden.

Die hinteren Aktenmappen hingen halb unter den vorderen. Helen zog sie hoch und richtete sie. Auf der allerletzten stand „Judas".

„Ts ts." Helen zog die Mappe heraus. In Gesetzesdingen war Vic ein Genie, aber Akten einsortieren konnte er überhaupt nicht.

Die Tür ging auf. „Hallo, Lieb…" Vic stutzte. „Oh, hallo Esther. Hab Sie gar nicht erwartet."

Esther reichte ihm die Hand und lächelte. „Man wird doch alte Freunde besuchen dürfen?"

Vic grinste und schüttelte ihre Hand. „Alt? Ich fühle mich mit jedem Tag jünger." Dabei zwinkerte er Helen zu.

Helen verdrehte lächelnd die Augen und wandte sich der Akte zu. Judas? Komisch. An einen Mandanten mit diesem Namen konnte sie sich gar nicht erinnern.

„Ich hoffe, Sie können uns helfen, Carvers Akten aus Washington zu bekommen."

„Ich werde es versuchen, aber versprechen kann ich nichts." Vic ging in sein Büro und stellte die Aktentasche ab. „Marshall hat sich möglicherweise einen hoffnungslosen Fall ausgesucht."

„Das sehe ich anders", erwiderte Esther. „Jeder, der nur ansatzweise logisch denkt, wird angesichts der Fakten die Ungerechtigkeit erkennen."

„Aber hier geht es nicht um Logik." Vic lehnte sich gegen den Türrahmen und verschränkte die Arme. „Ich habe lange gebraucht, aber jetzt habe ich verstanden, dass es in diesem Fall nie um Gerechtigkeit ging, sondern um Politik. Die Navy lässt sich nicht beeinflussen. Nach den Rassenunruhen in Detroit, Mobile, Harlem, Los Angeles … die Navy hat beschlossen, gegen die Jungs von Port Chicago hart durchzugreifen. Die Gerechtigkeit wurde mit Füßen getreten, damit Ruhe einkehrt."

„Und die Navy hat sich ja auch Gehör verschafft." Esther setzte sich gerade hin. „Aber in der Berufung kann endlich die Gerechtigkeit den Sieg davontragen."

„Und die Navy gibt zu, dass sie im Kriegszustand Fehler macht?" Vic schüttelte den Kopf. „Niemals. Letzten Monat hat die Army fünfundsiebzig schwarze Soldaten aus einem Pionierbattalion in Oahu wegen Arbeitsverweigerung verurteilt. Das ist dasselbe wie Meuterei. Es wird keine Bewegung in der Sache geben, bis die Waffen schweigen. Und so wie es im Pazifik aussieht, kann das noch Jahre dauern."

Helen seufzte und klappte die Akte auf. Augenblick mal, diese Dokumente kannte sie … das waren die Berufungsunterlagen von George Washington Carver Jones, die Krankenakte, alles.

„Mag sein", sagte Esther. „Aber wir kämpfen für mehr als nur diese fünfzig unschuldigen Männer und wir kämpfen mit den Waffen des Systems, nicht durch Revolte und Unruhen. Deswegen brauche ich Carvers Akte."

„Diese hier vielleicht?" Helen musste über den Zufall lachen und hielt Vic den Ordner hin. „Das ist doch genau das, was sie sucht, oder?"

„Oh. Richtig."

„Du hast sie gefunden? Gott sei Dank." Esther nahm die Dokumente strahlend entgegen. „Die schicke ich morgen gleich ab. Aber ich dachte … waren sie nicht eigentlich in Washington?"

„Hm, das muss ich vergessen haben." Vic rieb sich den Nacken. „Als sie die Berufung abgelehnt haben, haben sie die Sachen wohl zurückgeschickt. Hab ich wohl vergessen."

Helen sah ihn mit hochgezogener Augenbraue an. „Und dann hast du sie einsortiert, und zwar unter …"

Vic lachte los. „Du kennst mich doch. Ich und das Alphabet. Deswegen habe ich dich ja hergeholt." Er gab ihr einen Kuss auf die Wange.

„Ach, ich habe vergessen, das hier zur Post zu bringen. Könntest du das erledigen?"

Helen nahm den Umschlag. „Natürlich. Ich bringe Esther nach draußen."

Ester drückte die Papiere beim Hinausgehen an sich. „Da hat der Herr deine Hand geführt, nicht wahr?"

„Nur Gott sieht bei Vics Ablagesystem durch. Ich sollte ihm den Schlüssel von seinem eigenen Aktenschrank abnehmen."

„Er braucht dich eben." Esther bog in Richtung Bahnhof ab. „Wir sehen uns in der Stadt. Danke übrigens noch mal, dass du mich den Novaks vorgestellt hast. Was für großartige Leute."

„Das stimmt." Der Gedanke an den großartigsten Mann, den sie je gekannt hatte, versetzte Helen einen Stich, aber sie zwang sich, weiter zur Post zu gehen und ihr neues Leben zu leben. Selbst wenn Ray überlebt hätte, hätte er ihre Liebe nicht erwidert. Er hatte sie zu gut gekannt. Sie wäre am Ende trotzdem bei Vic gelandet.

Es sollte so sein. Und es war wichtig, nicht nur für Helen und Jay-Jay, sondern auch für Vic. Seine Unfähigkeit in manchen Dingen tat ihr gut. Wenigstens würde sie so mehr zur Ehe beitragen als nur ihren Körper und die Hausarbeit.

Ein Matrose war gerade damit beschäftigt, die Mülltonnen zur Straße zu bringen. Verrückt. Wie hatten Carvers Dokumente bei Judas landen können und Judas unter Z? „Judas ..."

„Alles in Ordnung, Ma'am?"

„Verzeihung?"

Der Matrose zuckte mit seinen dünnen Schultern. „Tschuldigung, Ma'am. Ich dachte, Sie beten zum heiligen Judas und Ihnen ist vielleicht schlecht."

„Wieso ... ist er der Schutzpatron der Kranken?"

„Der Kranken, der Verzweifelten, alles Mögliche. Er ist der Schutzpatron der hoffnungslosen Fälle."

Hoffnungslose Fälle? Helen ging langsam weiter. Wieder einmal wollte ihr linker Fuß nicht so, wie er sollte. Vic hatte Carvers Fall „hoffnungslos" genannt. Helen schlang die Arme um ihre Taille. Vielleicht war ihr doch schlecht.

Kapitel 37

Lechfeld
Donnerstag, 22. März 1945

Ray kauerte hinter einem Baum und hatte die Me 262, die am entferntesten vom Kontrollturm parkte, fest im Blick.

Sein Hals war trocken, seine Atmung flach, aber was in den Taschen seiner Fliegerjacke steckte, spornte ihn an – das Pilotenhandbuch und das geschnitzte Flugzeugmodell für Walt, das Kinderbuch für Jay-Jay und seine Bibel.

Bald würde er entweder bei seiner Familie und der Frau seines Herzens sein oder bei Gott.

Gestern hatte es einen Alarmeinsatz gegeben, aber Ray war zurückgeschreckt, als er den Piloten hatte herbeilaufen sehen. Das würde ihm nicht noch einmal passieren.

Irgendetwas bahnte sich an der Westfront an. Die Aktivitäten im Fliegerhorst waren explosionsartig angestiegen und es schien nur noch zehn funktionstüchtige Me 262 zu geben. Parallel hatte sich Rays Gesundheitszustand zusehends verschlechtert.

Die Alarmsirene heulte auf. „Herr, es ist so weit. Ich brauche jetzt Kraft, Mut und Schnelligkeit."

Ray sprang auf, aber Magenkrämpfe schüttelten ihn und er bog sich vor Schmerzen. Doch er riss sich hastig zusammen. Ruhr hin oder her, jetzt oder nie.

„Augen zu und durch." Ray lief auf das Flugfeld und hielt auf den dreieckigen Rumpf der Messerschmitt zu.

Am linken Flügel stand ein Mitglied des Bodenpersonals im schwarzen Overall, die erste Hürde.

Ray hob eine Hand zum Gruß. Dann zog er sich auf die gesprenkelte Tragfläche hoch, steckte einen Fuß in das kleine Loch, unter dem „*Einsteigklappe*" stand und schwang das rechte Bein ins Cockpit.

„*Entschuldigung?*"

Ray erstarrte. Jetzt schlug seine Stunde. Er richtete sich auf, sah den

Mann abfällig an und hoffte, dass das als preußische Arroganz durchging.

Der Mann im schwarzen Overall richtete seine Mütze. *„Entschuldigung, Herr Oberleutnant. Ich habe Sie hier noch nie gesehen. Das Flugzeug hier fliegen eigentlich andere. Wer … wer sind Sie überhaupt?"*

Ray atmete extralaut aus und streckte ihm entnervt Johannes Gottliebs Ausweis hin, als begreife er nicht, wie dieser Soldat sich erdreisten konnte, ihn aufzuhalten. Adrenalin schoss durch seine Adern.

„Ja! Sehr wohl, Herr Oberleutnant." Der Mann salutierte.

Ray ließ sich in den Pilotensitz gleiten und atmete erleichtert aus. Sein Blick überflog das Cockpit – genau wie im Handbuch. Die Gashebel links, die elektrische Schalttafel rechts und auf der Konsole die Fluginstrumente zur Linken, die Triebwerksanzeigen zur Rechten.

Von ferne kam jemand gelaufen – der echte Pilot? Er sah zum Mechaniker. Wenn dieser nicht schnell machte, war Ray erledigt. *„Bereit?"*, bellte er, um seinen Akzent zu überdecken.

„Ja, aber sollte heute nicht Leutnant Schmidt fliegen?"

„Nein. Bereit? Links." Ray zeigte auf das linke Triebwerk und legte die Schalter für die Batterie, den Inverter und die Generatoren um.

Der Mann im schwarzen Overall runzelte die Stirn und legte den Kopf schief.

Oh nein, der Akzent. Könnte Ray Zweifel mit Furcht zerstreuen? Er sah den Mechaniker wütend an und zeigte auf das Triebwerk. *„Links!"*

Der Mann blinzelte. *„Jawohl."* Er griff nach einem kleinen Ring an der Stirnseite des Strahltriebwerks und zog so ruckartig ein Seil heraus, als wollte er einen Rasenmäher starten. Der kleine Zweitaktmotor des Anlassers erwachte stotternd zum Leben.

Ray zog das Kabinendach zu und verriegelte es. Mit der rechten Hand am Startknopf und der linken am Gashebel wartete er. In wenigen Augenblicken würde er zum ersten Mal ein Strahltriebwerk starten.

Er legte die Kupplung ein und drückte auf den Anlasser. Ein tiefes Dröhnen gesellte sich zu den Geräuschen im Cockpit. Langsam schob Ray den Gashebel nach vorn, bis das Triebwerk 2.000 Umdrehungen pro Minute erreicht hatte. Dann ließ er den Anlasserknopf los.

Schnell zeigte Ray auf das rechte Triebwerk. *„Rechts"*. Wenigstens übertönte das Dröhnen seine schlechten Rs.

In etwa dreißig Metern Entfernung fiel dem echten Piloten gerade die

Kinnlade herunter. Rays Herz versuchte mit den steigenden Drehzahlen mitzuhalten. Er musste noch die rechte Turbine starten und den Mechaniker dazu bringen, die Bremsklötze von den Rädern wegzuziehen.

„*Start rechts!*“, brüllte Ray und der Mann gehorchte.

Der Pilot rannte winkend auf das Flugzeug zu.

„Herr, hilf!“ Ray konzentrierte sich auf den komplexen Startvorgang für das rechte Triebwerk.

Der Pilot war inzwischen beim Mechaniker angekommen. Er rief etwas und gestikulierte wild.

Die Drehzahlmesser zeigten 4.000 Umdrehungen. Ray musste beide Triebwerke auf 7.500 bringen und dann für den Rollvorgang auf 6.000 reduzieren.

Die Diskussion draußen wurde heftiger. Der Pilot stampfte mit dem Fuß auf und warf seinen Fallschirm auf den Boden. Ray hätte ihn gern genommen.

Neben aller Geschäftigkeit stand Ray innere Qualen aus. Der Mechaniker hatte es nicht verdient, Schwierigkeiten zu bekommen.

Endlich, 7.500 Umdrehungen. Nachdem er die Gashebel sanft zurückgestellt hatte, donnerte Ray mit der Faust gegen das Plexiglas, bis der Mechaniker ihn ansah und winkte mit dem Daumen wie ein Anhalter, um ihm das Signal für die Bremsklötze zu geben.

Der Pilot stellte sich dem Mann im schwarzen Overall in den Weg und schrie ihn an. Der Blick des Mechanikers sprang zwischen ihm und Ray hin und her.

Ray durfte jetzt nicht nachgeben. Er nahm seine ganze Angst, den Hunger und die Verzweiflung zusammen und starrte den Mechaniker wütend an. Dann zerteilte er mit dem Zeigefinger die Luft, deutete auf die Reifen und mit dem Daumen über die Schulter.

Der Mechaniker nickte und schob sich an dem Piloten vorbei. Dann zog er die Bremsklötze weg.

Das Flugzeug rollte los. Rays Hände zitterten vor Adrenalin. „Danke, Herr.“

Der Pilot der deutschen Luftwaffe riss sich den Fliegerhelm vom Kopf, donnerte ihn auf den Boden und stürmte fluchend davon.

Zu rollen war die nächste Hürde. Anstatt über die Seitenruder und die Gashebel musste er es allein mit den Bremsen schaffen, den Düsenjet zu manövrieren.

Das Flugzeug rumpelte über die holprige Piste. Im Cockpit roch es nach Benzin. Ray nahm jedes Detail wahr – den dichten Waldstreifen, in dem er zwei Monate überlebt hatte, die verbliebenen Me 262, die sich auf der Startbahn sammelten, den Kontrollturm. Er musste den Vogel in die Luft kriegen, bevor der andere Pilot den Kontrollturm erreichte. Zuerst würden sie eine simple Verwechslung vermuten, aber sobald sie die Listen kontrollierten, würden sie merken, dass ein Johannes Gottlieb nirgendwo als Pilot registriert war.

Rays Lippen waren trocken. Es gab kein Zurück mehr. Sein Schicksal entschied sich in der nächsten halben Stunde. „Was habe ich nur getan?"

Die Startbahn kam näher. Fünf Jagdflieger rollten vorbei. Er würde der letzte sein. Seine Me 262 holperte auf den Asphalt. Er drückte die rechte Bremse und das Flugzeug kreiselte nach rechts. Zu weit. Ray tippte kurz auf die linke Bremse, um wieder gerade zu stehen.

Die nächste Hürde war die Starterlaubnis. Ray griff nach dem Kabel, das von seinem Fliegerhelm herabhing und steckte es in das Funkgerät neben seinem rechten Ellbogen. In den Kopfhörern hörte er ein Rauschen und deutsche Sätze und irgendwann verstand er *„Vierundzwanzig? Vierundzwanzig?"*.

Vierundzwanzig – die letzten beiden Ziffern der Seriennummer seines Flugzeugs. Sie riefen ihn, aber er hatte nicht vor, zu antworten.

Vor ihm winkte eine Frau in Uniform jedes Flugzeug einzeln mit einer Flagge durch. Ein Jet nach dem anderen donnerte die Startbahn hinunter. Die Luft hinter ihnen flimmerte und Rays Flugzeug wurde nach hinten gedrückt. Einer nach dem anderen stieg in die Freiheit auf.

Ray stieß ein Gebet aus. „Herr, ich möchte auch!"

Er trat auf die Bremse und salutierte lächelnd der Frau mit der Flagge. Vielleicht brachte das etwas.

Sie lächelte zurück und sah zum Kontrollturm.

Ray stellte die Landeklappen auf zwanzig Grad und brachte die Turbinen auf 8.500 Umdrehungen pro Minute.

Die Frau runzelte die Stirn und winkte Ray zu. Dann tippte sie sich auf die Ohren und die Kehle. Dazu formte sie das Wort *„Funkgerät?"* mit den Lippen.

Ja, das Funkgerät. Rays Anspannung wuchs, aber er grinste nur und tippte gegen seine Kopfhörer. *„Ja, ja. Alles gut."*

Befehle dröhnten ihm in den Ohren. Viel mehr als „*Nein*“ und „*Nicht*“ verstand er nicht. Er bekam keine Startfreigabe. Aus gutem Grund. Wenn sie wüssten, wer er war, würden sie ihn zu Tode foltern.

Die Frau befahl Ray mit einer Handbewegung stehen zu bleiben und sah stirnrunzelnd zum Kontrollturm hinüber.

Rays Herz pochte so wild in seiner Brust, als wollte es aus dem Rippenkäfig ausbrechen. Jetzt oder nie. Die Startbahn war frei. Er schob den Gashebel bis auf 8.700 Umdrehungen hoch und warf schnell einen Blick auf die Temperaturanzeige des Strahlrohrs, den Druck im Brenner und die Benzinpumpe.

„Herr, steh mir bei.“ Er ließ die Bremsen los.

Das Flugzeug schlingerte voran. Wo blieb die Geschwindigkeit? Der Druck? War die Startbahn überhaupt lang genug?

Die Dämpfe und der Lärm erreichten ein fast unerträgliches Niveau und allmählich wurde das Flugzeug schneller.

Bei 160 Kilometern pro Stunde drückte Ray auf den „*Ein*“-Knopf des Bugrads. Der Bug hing in der Luft.

Wie viele Me 262 hatte er beobachtet, die beim Start verunglückt waren? „Bring mich hoch, Herr, bring mich hoch!“ Bei 200 Kilometern pro Stunde zog er am Steuerknüppel.

Das Rumpeln hörte auf. Der Himmel hatte ihn wieder. Ray drückte auf die Bremse, um die Räder anzuhalten, und fuhr das Fahrwerk ein. Klappen auf zehn Grad, Steuerknüppel leicht nach vorn. Er musste noch schneller werden.

Bei 290 Kilometern pro Stunde fuhr er die Klappen ganz ein.

Ein Lachen sprudelte aus ihm heraus. Er hatte es geschafft! Er hatte ein feindliches Jagdflugzeug gestohlen. Jack und Walt wären grün vor Neid!

Er hängte sich an die Formation der anderen und gewann an Höhe und Geschwindigkeit. Vorsichtig spielte er mit seinem neuen Spielzeug. Die Me 262 ließ sich gut steuern. Die Querruder reagierten butterweich. Wenn doch bloß der Kontrollturm in seinem Ohr endlich Ruhe geben würde.

Zeit für den nächsten Schritt. Er hätte nie gedacht, dass er ihn tatsächlich erreichen würde. Er musste die anderen Piloten hinters Licht führen und dann abhauen, bevor man im Kontrollturm merkte, dass hier nicht nur ein verwirrter Anfänger mit einem kaputten Kopfhörer saß. Und bevor das Misstrauen der anderen Flieger so groß wurde, dass sie ihn ins Fadenkreuz nahmen.

„Dann werde ich mal das Unschuldslamm spielen." Er suchte sich den freien Platz in der Formation und reihte sich ein.

Der vorderste Düsenjet ließ sich zurückfallen und flog direkt neben Ray. „*Was ist los? Haben Sie den Verstand verloren? Sie hatten keine Startfreigabe. Ihr Funkgerät ist kaputt.*"

Nein, das Funkgerät funktionierte sehr gut, aber Ray hatte nicht vor, den „*Sprechen*"-Knopf auf dem Steuerknüppel zu drücken. „*Nichts ist los. Es funktioniert.*"

„*Ich kann Sie nicht hören.*"

„*Ich höre Sie.*" Das war nicht gelogen. Er war einwandfrei zu verstehen.

„*Dummkopf. Landen Sie unverzüglich. Und fliegen Sie nie wieder ohne Starterlaubnis.*"

Ray machte ein langes Gesicht, als wäre er enttäuscht. „*Jawohl, Herr Hauptmann.*"

Der Hauptmann knurrte etwas von Anfängern, die so neu waren, dass er sie noch nicht mal gesehen hatte und die zu dumm zum Fliegen waren.

Ray war es egal. Innerlich vollführte er einen kleinen Siegestanz und schlüpfte nach unten aus der Formation. Dann flog er eine Kurve nach Südost und hielt auf Lechfeld zu.

Auf einer normalen Flughöhe von zweitausend Metern erhöhte er seine Geschwindigkeit auf 750 Kilometer pro Stunde. Sobald die Formation außer Sichtweite war, rollte er herum und flog gen Westen. Der Rhein war gute hundert Meilen entfernt, was bei dieser unglaublichen Geschwindigkeit nicht länger als eine Viertelstunde dauern konnte. Ray war für Kunststückchen nie zu haben gewesen, aber es juckte ihm in den Fingern, eine Fassrolle zu fliegen.

Nein. Das würde er den amerikanischen Testpiloten überlassen.

Seine Mundwinkel zogen sich nach oben. Alles, was er jetzt noch tun musste, war den alliierten Jagdfliegern aus dem Weg zu gehen, ein unvertrautes Flugzeug hinter „feindlichen" Linien zu landen und die amerikanischen Soldaten zu überzeugen, dass er einer von ihnen war. Ein Spaziergang.

Ray korrigierte seinen Kurs in Richtung Norden, wo er die Alliierten vermutete. Ein Fluss kam in Sicht, der sich nach Westen in Richtung Rhein durch ein bewaldetes, hügeliges Tal schlängelte, und Ray folgte ihm. Auf einem Hügel thronte ein Schloss. Es war stattlich und sah dem Heidelberger Schloss ziemlich ähnlich, das er auf Postkarten gesehen hatte. Wäre das nicht großartig? Dann wäre der Rhein nicht mehr weit. Ray drückte den Steuerknüppel sanft nach vorn und verlor an Höhe. Er überflog eine Ebene, auf der einiges Treiben herrschte. Panzer und Truppen strömten gen Westen. Deutsches Hoheitsgebiet.

„Aber nicht mehr lange", murmelte Ray. In eintausend Metern Höhe überflog er eine große, halbkreisförmige Stadt mit einem rechteckigen Straßennetz. Wie ein Gummibonbon aus Millimeterpapier.

„Mannheim." Ray erkannte die Stadt aus früheren Einsätzen, aber noch nie war er so froh gewesen, sie zu sehen. Hinter Mannheim floss ein breiter, graublauer Fluss.

„Der Rhein." Auf der anderen Seite wartete die Freiheit. Und vielleicht ein ordentliches Essen.

Sinkflug auf fünfhundert Meter. Landeklappen auf fünfzehn Grad.

Ray segelte über den Rhein. Bald zeigten die Rohre der Panzer nach Osten und Gewehrschüsse hießen ihn willkommen.

Sie schossen auf ihn, aber Ray jubelte vor Freude. „Amerikaner! Hey, ich bin's! Ich bin einer von euch." Er lachte über sein törichtes Benehmen. Aber er hatte es geschafft. Er hatte alliiertes Territorium erreicht.

Nun ja, fast. Erst musste er noch landen. Lebend.

Geschwindigkeit auf 420. Noch etwas weniger und er könnte das Fahrwerk herausfahren, das internationale Signal für Kapitulation, wie die weiße Fahne.

Ray suchte den Horizont ab, drehte nach Süden und hielt auf ein Feld zu.

Es knackte und der Bug sprang nach oben.

„Na großartig. Getroffen." Aber konnte er es ihnen verübeln? Sie dachten, er würde sie jeden Moment mit Blei beharken.

Ray drückte auf den „*Aus*"-Knopf für das Fahrwerk und das Flugzeug wurde durch den verschobenen Schwerpunkt kurz instabil.

Der Boden kam näher und Ray richtete die Maschine auf das Feld aus. Männer zeigten auf ihn, aber es fielen keine Schüsse mehr. Entweder dachten sie, er müsse notlanden oder er wolle die Seiten wechseln.

Plötzlich roch es süß und beißend zugleich. Das letzte Mal hatte er nach diesem Geruch am Fallschirm gehangen. „Feuer? Nicht schon wieder."

Geisterhafte Rauchfäden schlängelten sich aus der Konsole und Flammen züngelten nach seinen Händen, als hätte das Flugzeug, bis ins Innerste ein deutsches Produkt, ihn als Verräter erkannt.

„Nein. Nicht jetzt." Ray biss die Zähne zusammen und stellte trotz Hitze die Gashebel und Landeklappen nach. Seine Lederhandschuhe halfen nicht viel.

Er griff durch die Flammen, um das Bugrad auszufahren und schrie vor Schmerzen, aber jetzt abzustürzen würde noch mehr wehtun.

Der Boden raste auf ihn zu. Er setzte hart auf, stieß sich den Kopf am Plexiglas und trat fest auf die Bremsen. „Halt an!", schrie Ray und klammerte sich am sengend heißen Steuerknüppel fest.

Soldaten rannten mit Gewehr voraus auf ihn zu.

Das Flugzeug kam rumpelnd zum Stehen. Ray zog den Gashebel ganz zurück und legte alle Schalter um, damit seine Trophäe gesichert war. Rings um den Hebel für das Kabinendach loderten die Flammen. Ray biss die Zähne zusammen, streckte die Hand aus und riss am Hebel. Vor Schmerz schrie er auf und drückte das Kabinendach nach oben. Endlich frische Luft.

„Hände hoch. Keine Bewegung."

„*Nein. Feuer. Ich muss aussteigen.*" Ray kraxelte aus dem Cockpit auf den Flügel und sprang dann auf den Boden. Wieso redete er noch Deutsch? Zu Amerikanern?

Er stand einem Dutzend GIs und einem Dutzend Gewehren gegenüber. Seine Hände brannten, aber noch mehr brannte sein Herz. „Mann, bin ich froh euch zu sehen", sagte er erleichtert.

„Hände hoch!"

„Ich ergebe mich." Ray gehorchte. Er musste so sehr grinsen, dass es wehtat. „Besser, ihr löscht das Feuer. Die Jungs von der Air Force wollen den Vogel lieber intakt, nehme ich an."

Ein Sergeant trat auf ihn zu und hielt ihm den Gewehrlauf unters Kinn. „So, du Sauerkrautfresser, wo hast du denn Englisch gelernt? Spionageschule?"

„Nein. Kalifornien." Das Brennen an den Händen war unerträglich und der Geruch von verbranntem Leder stieg ihm in die Nase. Seine

Handschuhe. Er musste die Handschuhe ausziehen! Ray stöhnte, sank auf die Knie und zerrte am rauchenden Leder.

„Hände hoch, habe ich gesagt!" Der GI holte mit dem Gewehrkolben aus und rammte ihn Ray in den Kiefer.

Sein Kopf wurde zurückgeschleudert. Stechender Schmerz durchfuhr seinen Schädel. Ray sah Sterne. Dann war alles schwarz.

Kapitel 38

Antioch
Samstag, 7. April 1945

Helen saß auf Bettys Sofa und blätterte in ihrem Hochzeitsbüchlein. „Also, Mrs Carlisle ist mit meinem Kostüm schon weiter, als ich dachte. Du solltest es mal sehen. Ein traumhaftes Crème. Und es schimmert golden. Die Hochzeitstorte hingegen … Mrs Llewellyn besteht darauf, sich darum zu kümmern, und ich fürchte, sie wird uns mit einem völlig überzogenen Zuckerwerk blamieren, das jede Sparsamkeitsregel über den Haufen wirft."

„Der Tee schmeckt aber hervorragend, Miss Anello." Betty kniete neben dem kleinen weißen Tisch, den Papa Jahrzehnte zuvor einmal für Betty und Helen gebaut hatte, und tat, als würde sie aus einer winzigen blauen Holztasse trinken.

„Nomehr?" Die kleine Judy schob sich einen großen Hut aus dem Gesicht und hob den Teekessel hoch.

„Aber gern. Sie sind eine wunderbare Gastgeberin."

„Will teinen Tee", schmollte Jay-Jay unter Georges großem Filzhut. „Is will Taffee."

„Nein." Judy schüttelte energisch den Kopf, bis ihre dunklen Locken über ihrem rosa gepunkteten Kleid hin und her flogen.

Helen ließ das Büchlein in ihren Schoß fallen. „Mensch Betts. Erst fragst du mich nach den Hochzeitsvorbereitungen und dann hörst du überhaupt nicht zu."

„Tut mir leid." Mühevoll stand Betty auf, kein leichtes Unterfangen im achten Monat, und ließ sich aufs Sofa fallen. „Ich wollte nur einen Satz hören, aber ich hätte wissen müssen, dass du mir jedes Detail aus allen deinen Notizbüchern vorliest."

„Es ist ein einziges Büchlein." Helen lächelte reumütig. „Tut mir leid. Ich weiß, ich bin eine kleine Martha, aber es sind nur noch drei Wochen, ich arbeite Vollzeit und es ist noch so viel zu tun."

„Warum dann die Eile? Lasst euch Zeit. Wartet noch ein paar Monate."

Judy legte Jay-Jay einen Haferkeks auf den kleinen Teller. „Tootie? Tee?"

„Tee is was für Mädsen. Is will Taffee." Jay-Jay lehnte sich zurück und verschränkte die Arme, ganz das Ebenbild seines Großvaters.

Helen erschauderte. „Warum sollten wir warten? Vic und ich wissen, was wir wollen. Wir kennen uns schon lange. Und wir wollen unser gemeinsames Leben beginnen."

Betty beugte sich näher. „Das kannst du sonst wem erzählen", raunte sie. „Was ist los? Sag mir die Wahrheit. Ich weiß, dass du ihn nicht liebst."

Helen blätterte in ihrem Büchlein und sehnte sich danach, offen und ehrlich mit ihrer Schwester zu sein.

Eigentlich gab es nichts, wofür sie sich schämen musste. Es war nicht ihre Schuld, dass Jim sie geschlagen hatte. Aber welche Motivation steckte hinter dem plötzlichen Bedürfnis nach Offenheit? Wollte sie die nächste Tratschtante werden? Die neue Mrs Llewellyn? Sie hatte kein Recht, Mr Carlisles Schande herauszuposaunen – und genauso wenig Jims und damit Jay-Jays. Für Jay-Jay spielte sie die ganze Zeit schon Theater. Was war da schon eine weitere Vorstellung?

Helen setzte ein Lächeln auf. „Du hast ja keine Ahnung, wie verrückt ich nach ihm bin." Wenn sie es so formulierte, war es noch nicht einmal eine Lüge.

„Tein Tee! Is will Taffee. Los, dehorche!" Jay-Jay stand mit hochrotem Gesicht vor seiner Cousine und holte mit einem Teller aus.

„Nein!" Helen stürzte zu ihrem Sohn, schnappte ihn sich, trug ihn ins Bad und schlug die Tür hinter sich zu. Dann setzte sie ihn aufs Linoleum. Er starrte sie mit großen Augen an. „Mach das nicht noch einmal", sagte sie streng. „So redet man nicht mit Mädchen. Man redet überhaupt nicht so! Und man schlägt keine Mädchen! Niemals."

„Aba sie hat nis …"

„Es ist mir egal, was sie hat und was nicht. Ein Gentleman redet nicht so. Ein Gentleman schlägt keine Mädchen."

Jay-Jay schob die Unterlippe vor. Er hatte jetzt fast ein Jahr im Haus der Carlisles gelebt, für ihn sicher eine Ewigkeit. „Aba …"

„Nein. Menschen sollen nett zueinander sein. Ohne Hauen."

„Aba …"

„Nein." Helen hob einen Zeigefinger. „Du – wirst – ein – Gentleman – sein. Und lieb. Ohne Hauen. Das lasse ich nicht zu."

Jay-Jay kreischte und trat nach ihr.

Helen wich aus. „Du bleibst hier drin, bis du bereit bist, dich wie ein Gentleman zu benehmen."

„Helen?" Betty stand vor der Badtür. „Alles in Ordnung?"

Helen kam heraus und machte die Tür vor dem tobenden Jay-Jay zu.

„Was für ein Temperament", stellte Betty fest.

Mit einem Mal schwappte die Wut auf Helen über. Sie trat bis auf wenige Zentimeter an ihre Schwester heran. „Deswegen will ich einen Gentleman heiraten, meinen Job aufgeben und endlich mehr Zeit haben, meinen Sohn zu erziehen. Kümmere du dich um deinen eigenen Kram."

Mit diesen Worten drehte sie sich um und marschierte in Richtung Tür. Dann dämmerte es ihr. Sie konnte nicht einfach hinausspazieren und ihren Sohn in Einzelhaft zurücklassen. Jetzt wollte Betty bestimmt erst recht reden. Und sie hatte schon mehr verraten, als sie sollte.

Helen machte kehrt und ging ins Wohnzimmer. Auf der Türschwelle blieb sie erschrocken stehen. Esther Jones und Allie Novak saßen auf dem Sofa. Helen rang sich ein Lächeln ab. „Oh, hallo. Hab euch gar nicht reinkommen hören."

Betty schob sich an Helen vorbei und warf ihr einen vielsagenden Blick zu. „Sie sind gekommen, als du Jay-Jay im Bad geholfen hast."

Selbst Betty hatte wohl begriffen, wie wichtig es war, die Familienschande zu verstecken. Dabei kannte sie noch nicht einmal das Ausmaß.

Esther starrte mit finsterer Miene auf einen Umschlag auf ihrem Schoß. „Helen, kann ich dich kurz allein sprechen?"

„Natürlich."

Betty ging in Richtung Küche. „Allie, hilf mir doch bitte beim Essenmachen. Nimm den kleinen Frankie mit, in der Küche ist genug Platz. Judy, na komm, Süße."

Sie zogen sich hinter die Küchentür zurück.

Esthers Fingerknöchel waren ganz weiß, so fest umklammerte sie den Umschlag. Sie sah Helen mit versteinerter Miene an. „Und ich dachte, du wärst auf unserer Seite."

Helens Lippen kribbelten. „Ich … Das bin ich doch."

„Und wie erklärst du dir das hier?" Sie fuchtelte mit dem Umschlag der Western Union herum.

„Was ist das?" Helens Lippen wurden zu einem Strich. Ihr ganzer Nacken spannte sich an. Das Blumenmuster auf ihrem Kleid kam ihr plötzlich unpassend vor.

„Als ich Mr Marshall Carvers Akte schickte, habe ich ihm auch telegrafiert, dass er die Suche in Washington einstellen kann."

Helen umklammerte die Armlehnen.

„Und das ist seine Antwort." Das dünne Papier in Esthers Hand zitterte. „Die Dokumente waren in Washington unauffindbar, weil sie nie dort eingetroffen sind. Lieutenant Llewellyn hat den Berufungsantrag für meinen Mann nie eingereicht."

„Das kann nicht sein. Ich habe den Antrag doch selbst abgetippt."

„Er wurde aber nie eingereicht. Die Militärstaatsanwaltschaft hat keine Papiere zu Carver, nicht seit Admiral Wright das Gnadengesuch im November abgelehnt hat. Lieutenant Llewellyn ist nie in Berufung gegangen."

„Aber er hat doch gesagt …" Helen konnte nicht weitersprechen. Sie hatten gemeinsam die Dokumente zusammengestellt, die Formulare ausgefüllt. Wieso hätte Vic den Antrag nicht einreichen sollen? Das ergab doch keinen Sinn. Natürlich hatte er ihn eingereicht.

Esthers Kinn war trotzig nach vorn geschoben und ihre Augen glänzten feucht. „Ich dachte, ich könnte dir vertrauen. Ich dachte, du seist anders."

„Aber er … aber er hat es mir doch gesagt. Er hat es versprochen. Das kann nicht sein."

„Du wusstest also nichts davon?"

Helen massierte sich die Schläfen. Ihre Augen brannten. „Das kann nicht sein. Er hat es mir doch gesagt. Da muss ein Fehler vorliegen."

„Warum hat er dann die Akte versteckt?" Tränenspuren schimmerten auf Esthers Wangen. „Er hat sie nämlich nicht falsch einsortiert. Sondern versteckt."

Judas, der Schutzpatron der hoffnungslosen Fälle. Helen kniff die Augen zu. Nein, das konnte nicht sein. Vic war ein ehrenwerter, ehrlicher Mann, der für die Unterdrückten kämpfte. An dessen Bürowand ein Gerechtigkeitsspruch hing.

„Ich habe ihm vertraut." Esthers Stimme brach. „Er hat mir versprochen, für Carver einzutreten. Stattdessen hat er seine Pflichten gegenüber seinem Mandanten verletzt. Wir könnten ihn dafür vor Gericht bringen, weißt du das? Mein lieber Mann steckt im Gefängnis, verurteilt wegen Meuterei – Meuterei! – und niemand kämpft für ihn. Niemand."

Helen drückte sich die Hände vor die Augen, bis sie Sterne sah. Vic würde nicht lügen. Er brach seine Versprechen nicht. Vielleicht hatte er es einfach vergessen, die Formulare verlegt oder er dachte, es wäre längst abgeschickt gewesen. Es musste irgendeine Erklärung dafür geben.

Aber das ungute Gefühl in ihrer Magengegend sagte ihr etwas anderes.

* * *

Frankreich
Montag, 9. April 1945

Eine Krankenschwester ging im Feldlazarett von einem deutschen Kriegsgefangenen zum nächsten und trällerte broadwaytauglich „Marching Through Berlin". Die meisten Männer ignorierten sie, andere warfen ihr wütende Blicke zu – diejenigen, die Englisch sprachen.

Ray wollte lächeln, aber sein gebrochener Kiefer ließ es nicht zu. Der Schmerz, die Schwellung, die Drähte und Verbände um sein Gesicht verhinderten jede Gesichtsregung und auch das Sprechen. Sogar das Trinken von Brühe durch einen Strohhalm fiel ihm schwer.

Und mit einer dicken Schicht Vaseline unter Druckverbänden um seine verbrannten Hände konnte er noch nicht einmal schreiben.

Er blieb Johannes Gottlieb.

Die Geheimdienstoffiziere der Army Air Force hatten mehrfach versucht, ihn zu vernehmen, aber über die erste Frage waren sie nicht hinausgekommen: Ob er Johannes Gottlieb sei. Ray hatte stets den Kopf geschüttelt. „Der tickt nicht mehr ganz richtig, bestimmt Gehirnschäden", hatte einer der Offiziere dem Arzt zugeraunt.

Die Schwester stemmte die Hände in die Hüften und legte den Kopf schief. „So, Jungs, euer Flugzeug steht bereit. Ich weiß, ihr hättet England lieber von einem Landungsboot aus gesehen als aus einer C-47. Pech gehabt, würde ich sagen. Aber so ist das nun mal, wenn man verliert."

Für Unverfrorenheit hatte Ray nie viel übrig gehabt, aber im Augenblick tat diese amerikanische Überheblichkeit einfach gut.

„Lieutenant La Rue, jetzt sei doch mal ein bisschen netter." Eine blonde Krankenschwester ging mit einem Stapel Bettlaken an Rays Rollstuhl vorbei.

„Ich kann nicht anders. Diese Gefangenentransporte sind doch ein Graus."

„Sergeant Rosenberg fliegt hinten mit. Und ein bewaffneter MP."

„Trotzdem. Das macht mich einfach nervös."

Irgendetwas an der Blonden kam Ray bekannt vor. Die weiche Stimme, der Akzent – das klang nach Minnesota. Charlies Freundin, wie hieß sie noch? May Jensen. Konnte das sein?

Rays Puls beschleunigte sich. Er hatte May erst ein paarmal gesehen. Ob sie ihn erkennen würde? Oder aber … sein Herz verdoppelte seine Schlagfrequenz. War Jacks Verlobte Ruth auch hier? May und Ruth waren doch in derselben Abteilung der Fliegenden Krankenschwestern.

Ray ließ den Blick durchs Lazarett schnellen. Ob Ruth ihn erkennen würde? Er hatte sich selbst lange nicht im Spiegel gesehen. Wie sehr hatte er sich verändert? Der starke Gewichtsverlust, die vielen Verbände – ob er sich selbst erkennen würde?

Die Brünette las das Namensschildchen an Rays Bademantel und notierte etwas auf ihrem Klemmbrett. „Johannes Gottlieb" sagte sie. Bei ihr klang das *J* eher nach *Dsch* von „Dschungel" als nach dem deutschen Konsonanten. „Pfui. Das klingt ja, als hätte ich einen Frosch verschluckt. Ich nenne dich einfach Johnny."

Sie schob Rays Rollstuhl aufs Rollfeld, wo eine doppelmotorige C-47 wartete. Die Motoren liefen schon und es duftete nach Flugbenzin, aber Ray war nur damit beschäftigt, seine zukünftige Schwägerin zu suchen.

Lieutenant La Rue stellte Ray an der hinteren Ladeklappe ab. „Passen Sie auf den hier auf, ja?", rief sie einem Militärpolizisten mit weißem Helm zu. „Ich hole den Nächsten."

Am Nachbarflugzeug beugte sich eine Krankenschwester über ein Feldbett. Als sie sich aufrichtete, leuchtete ihr rostbraunes Haar in der Sonne.

„Ruth!“, versuchte Ray zu rufen, aber es kam als lautes Stöhnen heraus und sorgte für heftige Schmerzen in seinem Kiefer.

Sie sah kurz zu ihm herüber, dann zum Feldlazarett.

Ray fing an zu winken. Wenn man ihn nicht an den Rollstuhl gekettet hätte, wäre er zu ihr gelaufen. Diese ganze Tortur könnte in einer Minute vorbei sein und Helen und seine Familie würden endlich erfahren, dass er noch lebte. *Bitte, Herr, lass sie hier herüberkommen!*

„Hey, hast du ein Problem, Kumpel?“ Der MP trat mit seinem Gewehr auf ihn zu.

Ray sah ihn verzweifelt an, zeigte mit seinem riesigen weißen Ofenhandschuh auf Ruth und winkte sie herbei.

Sie kam mit gerunzelter Stirn näher. „Was ist los?“

„Das ist einer von den Deutschen, Lieutenant.“ Der MP tippte Rays Schulter mit dem Gewehrkolben an. *„Sprecken zieh English?“*

Ray nickte und winkte Ruth weiter, bis sie vor ihm stand. Das letzte vertraute Gesicht hatte er vor über drei Monaten gesehen und er wäre ihr am liebsten um den Hals gefallen, aber dann hätte man ihn wohl sofort erschossen.

Stattdessen zeigte er auf seine Augen. *Komm, sieh mich an.*

„Haben Sie Hunger?“, fragte Ruth. „Durst?“

Er schüttelte den Kopf und tippte auf seine Wangenknochen. War er ihr vertraut genug, dass sie ihn erkennen würde? Sah er Jack ähnlich genug?

„Haben Sie Kopfschmerzen? Etwas im Auge?“

Wie sollte sie ihn erkennen, wenn er doch überall einbandagiert war? Ray rieb mit den Händen über sein Gesicht und versuchte, die Verbände nach unten zu ziehen.

„Nein. Hören Sie auf.“ Ruth griff nach seinen Unterarmen, aber Ray machte weiter.

Ein Gewehrlauf drückte sich in seine Brust und irgendjemand packte von hinten seine Ellbogen. Ray ließ sich in den Rollstuhl sinken und stöhnte. Das mit den Verbänden konnte er vergessen.

Ein Sanitäter band seine Arme an den Armlehnen fest. „Hat er Sie angebaggert, Lieutenant?“

„Nein, er … ich glaube, er will mir etwas sagen.“ Ruth beugte sich vor und schob die Verbände zurecht. Sie war blass geworden.

Das war seine letzte Chance. Er beugte sich so weit er konnte vor, sah

Ruth an und versuchte mit den Augen zu sprechen. *Ja, ich will dir etwas sagen. Ich bin Ray Novak.*

Sie bekam große Augen und ihr Mund stand offen.

Ray ging das Herz auf. *Erkennst du mich? Herr, lass sie mich erkennen!*

Sie kniff die Augen zu und schüttelte den Kopf.

Schritte kamen näher. „Du meine Güte“, sagte Lieutenant La Rue. „Und ich dachte, er wäre harmlos.“

„Ich habe ihn schon unter Kontrolle.“ Der Sanitäter prüfte die Knoten. Die Fessel aus Stoff schnitt Ray in den Ellbogen. „Aber harmlos ist er nicht gerade. Wir sollten lieber ein Beruhigungsmittel holen.“

Lieutenant La Rue legte Ruth einen Arm um die Schulter und führte sie davon. „Alles in Ordnung? Du siehst aus, als hättest du einen Geist gesehen.“

Ruth warf einen völlig aufgelösten Blick zurück. „Ich glaube, das habe ich auch. Er … er erinnert mich an jemanden, den ich kannte.“

Ray sackte in sich zusammen und schloss die Augen. Alles tat ihm weh. Wie lange noch, bis er schreiben oder reden konnte? Wann würde er endlich wieder Ray Novak sein?

Kapitel 39

Antioch
Samstag, 14. April 1945

Helen wiegte sich in Vics Armen zu „Stardust" auf der Tanzfläche im Forum Club und versuchte nicht zu weinen. Ihre Tränenzurückhaltetechnik hatte damals auf der Poliostation bei schmerzhaften Behandlungen funktioniert. Gute Patienten waren schließlich tapfer. Und jetzt musste sie auch funktionieren. Das Lied rief Erinnerungen wach, die auf ihre Tränendrüsen drückten – der Tanz mit Ray im Wohnzimmer seiner Eltern, Ray, der unterm Sternenhimmel summte, sein Duft, seine Haut.

Helen blinzelte und eine Träne rollte ihr aus dem Auge. Schnell wischte sie sie ab. Zwei Monate waren seit der Todesnachricht vergangen, aber Trauer – echte Trauer – verstand es, einen hinterrücks zu überfallen.

Heute waren diese Gefühle noch weniger willkommen als sonst. Helen brauchte all ihren Mut, um Vic nach der Wahrheit zu fragen. Die ganze letzte Woche hatte sie sich eine Ausrede nach der anderen für ihn einfallen lassen. Aber keine hatte sie überzeugt.

Er vergrub seine Nase in ihrem Haar. „In zwei Wochen sind wir Mann und Frau."

Zwei Wochen. Sie musste unbedingt vorher herausfinden, was für ein Mann er war. Sie und Jay-Jay konnten sich nicht noch ein Ehedesaster leisten. „Vic, ich muss dich etwas fragen."

„Ja?"

So plötzlich, als hätte jemand eine Schlinge zugezogen, schnürte sich ihr der Hals zu. Helen hustete, um das Würgegefühl zu überspielen.

„Liebling, alles in Ordnung?"

Sie lächelte gequält. „Alles prima."

„Gut. Ich mache mir nämlich schon Sorgen. Die ganze Woche warst du irgendwie nicht du selbst. Präsident Roosevelts Tod hat uns alle mitgenommen, aber ich nehme an, du hast auch Lampenfieber wegen der Hochzeit. Wenigstens hast du frei und kannst dich auf die Vorbereitungen und das Haus konzentrieren.“ Er lächelte, aber die Anspannung auf seiner Stirn verriet ihn. Er hatte Angst.

Helen seufzte still. Er war so nahe dran, seinen Traum von einer Hochzeit mit ihr zu verwirklichen, und nun hatte er Angst, sie zu verlieren.

Das Tanzorchester änderte die Tonart und spielte die ersten Akkorde von „Every Time We Say Good-Bye“.

Mitleid oder Angst durften sie nicht abhalten. Sie musste jetzt auf Hilfe von oben vertrauen. „Ich habe mit Esther gesprochen.“

„Wie schön.“ Vic zog sie an sich. „Wann fährt sie nach Washington?“

„In ein paar Wochen. Es gibt hier noch zu viel zu tun.“

„Die Zeit dort wird ihr guttun. Washington ist sicher ein aufregendes Pflaster. Ich meine, wer will nicht das Capitol oder das Lincoln Memorial sehen?“

Helen holte tief Luft. „Sie hat von Thurgood Marshall gehört. Der Militärstaatsanwalt in Washington hat ihnen mitgeteilt, sie hätten keine Akte zu Carvers Berufung.“

Vic stöhnte. „Diese Bürokraten. Wenn ihr Kopf nicht angeschraubt wäre, würden sie den auch noch verlieren.“

„Bitte nicht, Vic. Sie haben keine Akte. Weder in Washington noch in Oakland. Der Berufungsantrag wurde nie eingereicht. Du bist nicht in Berufung gegangen.“

„So ein Quatsch.“ Helen spürte, wie sich sein Schultergürtel anspannte. „Du weißt, dass ich …“

„Bitte nicht, Vic. Mach es nicht noch schlimmer. Du hast gelogen. Du hast Carver angelogen, Esther und mich.“

„Du bist kein Anwalt.“ Er klang plötzlich gereizt. „Du weißt überhaupt nichts.“

Das tat fast genauso weh wie einer von Jims Schlägen. „Ich habe vielleicht keine Ausbildung, aber eins weiß ich: Du hast gesagt, du hättest den Antrag eingereicht, und du hast es nicht getan.“

„Du verstehst das nicht.“ Sein Blick durchbohrte sie. „Das ist ein hoffnungsloser Fall. Die Navy hat zwei andere genauso verurteilt, obwohl sie ärztliche Atteste hatten. Carver hatte nie eine Chance. Ich hatte keine Wahl.“

„Das hattest du überhaupt nicht zu entscheiden. Du hast versprochen …“

„Hast du eine Ahnung, was ich durchgemacht habe? Hast du das nicht mitbekommen?“ Er sprach extra leise und sah sich dabei auf der Tanzfläche um. „Ich habe versucht zu helfen, das weißt du. Wir hatten das Recht auf unserer Seite. Aber als das Urteil kam, habe ich die Wahrheit begriffen. Ich war nur ein Bauernopfer, damit die Navy so tun konnte, als hätte sie das Richtige getan.“

„Aber das bedeutet nicht, dass …“

„Es bedeutet, ich stehe auf der falschen Seite. Der falschen Seite, verstehst du das? Du weißt nicht, was man über mich gesagt hat. Ich habe Freunde in der Navy verloren, Kollegen, weil ich Schwarze verteidigt habe. Ist dir das klar? Wenn ich weitergemacht hätte, wäre meine Karriere beendet gewesen.“

„Deine Karriere?“ Helen blinzelte. „Und was ist mit Carvers Karriere? Mit seinem Leben?“

Vic kniff die Augen zu. „Seine Karriere ist sowieso schon dahin. Ich kann nichts dagegen machen. Das Beste ist, wenn er sich ruhig verhält, dann wird er vielleicht vorzeitig entlassen. Ich muss mich um andere Dinge kümmern.“

„Andere Dinge? Was ist wichtiger als …“

„Du zum Beispiel. Du hast so vieles verdient.“ Sein Blick wurde weich. „Ich kann nicht zulassen, dass du einen Mann mit einer farblosen Karriere und einem angeschlagenen Ruf heiratest.“

„Angeschlagen?“

Vic seufzte und versuchte, sie an sich zu ziehen, aber Helen wehrte sich. „Ich habe dir nichts davon erzählt, weil ich dich nicht belasten wollte. Mein Vater hat Briefe bekommen, Drohungen, weil ich für die Schwarzen gekämpft habe. Er hatte Angst, seinen Richterposten zu verlieren, und wenn ich weitergemacht hätte, wäre genau das passiert.“

Helen spürte, wie ihr Bild von ihrem Tanzpartner völlig ins Wanken geriet. Er hatte sich von politischem Kalkül genauso beeinflussen lassen wie die Geschworenen vor Gericht.

Vic streichelte ihr über den Rücken. „Verstehst du das, Liebling? Es war das Beste so. In Berufung zu gehen hätte für Carver nicht das Geringste gebracht, aber es hätte meiner Familie geschadet. Und das heißt, dir auch. Du willst doch nicht in eine Familie mit einem schlechten Ruf einheiraten.“

Helen schüttelte den Kopf. Genau das war sie im Begriff zu tun.

Er wischte ihre Tränen mit seinem Taschentuch weg. „Am besten, wir vergessen das Ganze und genießen den Abend.“

„Ich kann nicht.“ Wie sollte das gehen, wenn alles in ihr in Aufruhr war? „Ich muss nach Hause.“

„Helen …“

„Nein!“ Sie wand sich aus seinen Armen und kämpfte sich über die Tanzfläche in Richtung Garderobe durch.

„Helen …“ Vics Stimme war dicht hinter ihr und er hielt sie am Ellbogen fest. „Du kannst nicht einfach allein gehen. Die Leute werden reden …“ Mit einem breiten, nichtssagenden Lächeln half er ihr in den Mantel und begleitete sie nach draußen. Unterwegs grüßte er freundlich alle Leute.

Vor dem Restaurant legte er ihr den Arm um die Schulter und begleitete sie die Fourth Street hinab. Eine steife Brise von hinten blies ihr die Haare wie Scheuklappen ins Gesicht und Vic erzählte schneller, lauter und mit höherer Stimme als üblich lustige Anekdoten von früher.

In Helen rumorte es. Was für einen Mann heiratete sie da? Einen Mann mit Prinzipien – der sie aber nicht umsetzte. Einen Mann, der das Richtige tat – bis sein Ruf auf dem Spiel stand. Einen Mann, dem Gerechtigkeit wichtig war – aber nicht so wichtig wie die Meinung der anderen über ihn. Einen Feigling.

Sie bogen in die G Street ein und das Rumoren in Helens Magen wurde zu einem ausgewachsenen Krampf. Sie hatte Ray als Feigling bezeichnet, weil er nicht in den Krieg gezogen war. Er hatte ihr das Gegenteil bewiesen. Bis in den Tod. Und jetzt konnte sie nicht mehr atmen.

Der Mann, der an ihrer Seite lachend Geschichten zum Besten gab, war ein echter Feigling. Ein Feigling in Sachen Moral. Und er hatte gelogen. Er konnte noch nicht einmal ein ehrlicher Feigling sein.

Vic rüttelte ihre Schulter. „Erinnerst du dich? Ganz bestimmt. Ich weiß noch, wie du im Wohnzimmer deiner Eltern standst, als mein Vater mich zu euch in die Praxis gebracht hat. Du hattest ein rosafarbenes Kleid an. Ich glaube, ich habe dich schon damals geliebt.“

Helen murmelte etwas, das der Wind sofort wegtrug.

„Verrückt, oder?“ Vic schob sie um die Ecke in die Fifth Street. „Eigentlich hatten mir meine Eltern ja verboten, mit den anderen im Fluss schwimmen zu gehen, weil sie Angst hatten, ich ertrinke. Aber das ging wohl nach hinten los. Sie hatten nämlich nicht damit gerechnet, dass ich heimlich aus dem Fenster klettern würde. Na ja, und dann bin ich vom Baum gefallen und hab mir beide Arme gebrochen. Meine Eltern wollten mich beschützen, aber ich habe mir so oder so wehgetan. Manches haben wir eben einfach nicht in der Hand."

„Wir haben es nicht in der Hand", flüsterte sie.

Vic war längst zur nächsten Geschichte gesprungen, aber Helen dachte weiter über seine Worte nach, drehte und wendete seinen Satz vor ihrem inneren Auge.

Sie wollte Vic heiraten, um Jay-Jay zu schützen, aber könnte das auch nach hinten losgehen? Setzte sie ihren Sohn womöglich einer anderen Gefahr aus? Was würde er von Vic lernen? Dass Wahrheit, Gerechtigkeit und Mut entweder hochgehalten oder vernachlässigt werden konnten, je nach Situation. Dass manche Menschen wichtiger waren als andere. Dass man zuerst an sich denken musste.

Victor Llewellyn war vielleicht ein kleineres Übel als Jim Carlisle, aber eine gute Partie war er wohl kaum.

Helen verkniff sich ein Stöhnen. *Herr, was soll ich tun? Ich muss doch Jay-Jay beschützen.*

Aber konnte sie das überhaupt? Sie hatte sein Schicksal nicht in der Hand. Das Einzige, was sie tun konnte, war, es in die fähigsten Hände überhaupt zu legen: die des Allmächtigen. Und was sie betraf, musste sie tun, wozu Vic nicht in der Lage gewesen war … das Richtige.

Sofort meldeten sich Zweifel. Wenn sie Vic nicht heiratete, wäre sie bei den Carlisles gefangen. Vic würde sie bestimmt nicht wieder einstellen, aber wie sollte sie ohne Arbeit ihren Sohn retten?

Es gab keinen Ausweg. Sie musste Vic heiraten. Ohne eigenes Geld blieb ihr keine Wahl.

Aber war nicht genau das auch Vics Ausrede? Dass er keine Wahl gehabt hatte? Aber das stimmte nicht. Er hätte das Richtige tun können, trotz der Konsequenzen.

Helen fing an zu zittern. Gott liebte Jay-Jay doch noch mehr als sie. Sie musste ihn machen lassen.

Vic rieb ihren Oberarm. „Kalt heute. Du zitterst ja wie Espenlaub."

Helen strich sich die störrischen Haare aus dem Gesicht. Aus Vics Blick sprach Mitgefühl und Liebe. Er liebte sie. Und er würde ihr nie wehtun. Aber das genügte nicht.

Helen zwang sich, die Worte zu sagen. „Ich kann dich nicht heiraten."

„Wie bitte?" Vic blieb mitten auf der Straße stehen.

„Ich … ich kann dich nicht heiraten."

Er lachte, hoch und schrill wie ein Glöckchen. „Lampenfieber. Mom hat mich gewarnt. Jetzt beruhige dich. In zwei Wochen ist das ganze Theater hier vorbei und wir bauen uns unser kleines Nest."

„Nein. Ich kann nicht. Du hast dein Versprechen gebrochen. Und gelogen, um es zu vertuschen. Du hattest deinem Mandanten gegenüber eine Pflicht und du hast sie missachtet. Das ist strafbar."

Vics Griff um ihre Schulter wurde fester. „Carver wird mich doch nicht verklagen, oder?"

Helen wand sich aus der Umklammerung heraus. „Er … das ist noch nicht entschieden."

„Was? Wie kann er mir denn so in den Rücken fallen? Nach allem, was ich für ihn getan habe?"

„Nach allem, was du für ihn getan hast? Was hast du denn für ihn getan? Leere Versprechungen, mehr nicht."

„Das ist doch Schwachsinn."

„‚Und gehe die Welt darüber zugrunde.' Das steht auf deinem Motto. ‚Es soll Gerechtigkeit geschehen, und gehe die Welt darüber zugrunde.'"

„Das ist das Ideal, ja. Aber das hier ist die Realität, die echte Welt."

Helen hielt sich die Haare mit so viel Kraft aus dem Gesicht, dass es wehtat. „Ich kann keinen Mann heiraten, der seinem eigenen Motto nicht folgt."

„Sei doch vernünftig. In zwei Wochen ist die Hochzeit!"

„Das ist mir egal. Ich muss das Richtige tun. Ich werde dich nicht heiraten." Mit diesen Worten zog sie ihren Verlobungsring ab.

„Jetzt mach keinen Quatsch. Komm, wir gehen zu den Carlisles und besprechen alles in Ruhe."

Die Carlisles? Angst kroch ihr den Rücken hinauf. Wenn Mr Carlisle herausfand, dass sie die Verlobung gelöst hatte … was würde er dann tun? Schön, sie war in Gottes Hand, aber genügte das? Helen würgte den Ring wieder über ihren Fingerknöchel.

„Oh nein. Nein." Sie zitterte und alles verschwamm vor ihren Augen. „Bitte, Vic. Tu mir einen Gefallen. Einen einzigen. Verrate es niemandem."

„Was?"

Sie musste einen Job finden und einen Unterschlupf, irgendwo. „Bitte verrate niemandem, dass ich die Verlobung gelöst habe."

Wieder erklang sein Glöckchenlachen. „Und was soll ich deiner Meinung nach machen? So tun, als wäre ich glücklich? Verdammt noch mal, unsere Hochzeit ist in zwei Wochen! Soll ich hübsch weiterplanen und immer schön lächeln? Spinnst du?"

Helen vergrub ihr Gesicht in ihren Händen. „Bitte. Nur eine Woche. Gib mir eine Woche. Wenn nicht um meinetwillen, dann für Jay-Jay."

„Du hast doch nicht mehr alle Tassen im Schrank."

„Ich kann es dir nicht erklären. Bitte, glaub mir, es geht um Leben und Tod. Ich brauche eine Woche. Das ist alles, worum ich dich bitte!"

„Du wagst es, mit mir Schluss zu machen, und bittest mich dann noch um einen Gefallen? Wie unverfroren bist du eigentlich! Du hast wirklich nicht mehr alle Tassen im Schrank. Was bitte schön habe ich denn davon?"

„Ich weiß, es ist nicht fair. Und es ergibt keinen Sinn. Aber bitte glaub mir. Bitte."

„Klär das mit Esther", sagte er mit Nachdruck in der Stimme. „Bring sie dazu, die Idee mit der Anklage zu vergessen. Wenn ich verurteilt werde, bin ich erledigt. Ich verliere meine Anwaltslizenz. Also bring sie zur Vernunft."

Helen sah in Vics versteinerte Miene. Er wusste also, welche Konsequenzen sein Handeln haben könnte. Er wusste, dass er gegen alle möglichen Regeln verstoßen hatte. „Ich rede mit ihr. Aber versprechen kann ich nichts."

Vic wandte den Blick ab. „Du versuchst es also, ja? Na schön. Genau das bekommst du von mir auch. Ich versuche, niemandem etwas zu verraten. Für eine Woche. Aber versprechen kann ich nichts."

„Danke. Ich … es tut mir so leid."

„Ja. Natürlich." Er marschierte davon.

Helen stand mitten auf der Kreuzung, drehte sich um ihre eigene Achse und wusste nicht, wo lang. Es war dunkel und sie war allein. Mutterseelenallein. „Oh Herr, war das jetzt richtig? Ich habe solche Angst."

Eine Windböe rauschte durch einen Apfelbaum an der Straße und Hunderte von blassen Blütenblättern tanzten im Sternenlicht um Helen. Sie hob die Hände. Die Blütenblätter streiften ihre Finger und ihre Wangen. Sie musste an den Tag denken, als Ray ihr nach dem Fahrradunfall geholfen hatte. *„Und wie sollte ich das Mädchen mit den Blumen im Haar vergessen?"*

Neue Tränen bahnten sich den Weg über Helens Wangen, aber es waren Tränen der Erleichterung. Sie hatte das Richtige getan. Trotz aller Konsequenzen.

* * *

England
Mittwoch, 18. April 1945

Dr. Robinson nahm den Verband von Rays rechter Hand ab. „Schon viel besser. Es geht jetzt ohne Verband. Haben Sie verstanden?"

Ray nickte. Sein Kiefer war noch immer dick einbandagiert. Seine Hände glänzten rosa. Durch die Schwellung konnte man weder Adern, Sehnen noch die Fältchen an den Fingerknöcheln sehen. Aber heute würde er endlich wieder er selbst werden.

Hinter dem Arzt stand Major Siegel, der Geheimdienstoffizier der Army Air Force, der ihn schon oft verhört hatte. *„Können Sie jetzt schreiben, Herr Oberleutnant?"*

Ray nickte. Sein Herz klopfte. Schreiben konnte er auf jeden Fall. Vielleicht würde er morgen seine Brüder wiedersehen, womöglich schon heute. Sie könnten Helen und seinen Eltern telegrafieren. Die Gesichter würde er gern sehen.

Dr. Robinson sah finster drein und reichte die alten Verbände an einen deutschen Sanitäter weiter. „Major Siegel, ich habe es doch schon gesagt. Seine Hände sind zu steif, zu schwach und ohne jedes Gefühl. Er kann noch nicht schreiben."

Ray knurrte und brachte seine Hände in Schreibhaltung.

Der Arzt sah ihn verblüfft an. „Aber wie …?"

Ray zog Kreise in der Luft, als würde er schreiben. Jeden Tag beim Verbandswechsel und beim Salzbad hatte er die Hände heimlich bis zur Schmerzgrenze bewegt und sich auf diesen Tag vorbereitet. Seine Geschichte musste raus.

Major Siegel knallte ihm ein Klemmbrett auf den Nachttisch und reichte Ray einen Stift. Dieser rutschte ihm durch die Finger und fiel zu Boden.

„Sehen Sie, Major. Sie müssen noch warten."

Ray schüttelte den Kopf, schwang die Beine aus dem Bett und streckte sich nach dem Stift aus. Major Siegel hob ihn auf und hielt ihn so lange fest, bis Ray seine rosafarbenen Ballonfinger darum gekrümmt hatte.

Unter größten Anstrengungen krakelte er: „Können wir unter vier Augen sprechen?"

Der Major las. „*Sie können auf Deutsch schreiben. Mein Deutsch ist sehr gut.*"

Ja – besser als Rays. Er tippte auf den Satz und sah den Major auffordernd an.

Dieser kniff ein Auge zusammen. „Wieso?"

„Wichtig", schrieb Ray. Die Patienten hier waren Deutsche und wer sich erholt hatte, versorgte die anderen. Ein amerikanischer Militärpolizist hielt Wache, eine amerikanische Schwester beaufsichtigte die Sanitäter und Dr. Robinson machte seine Visite, aber Ray fühlte sich trotzdem unwohl. Er war schon überall Gesprächsthema – war er ein Fliegerass, das hinter feindlichen Linien abgeschossen worden war, oder ein feiger Überläufer? Sobald Rays Identität herauskam, würde man ihn zwar auf eine andere Station verlegen, aber er wollte auf Nummer sicher gehen.

„Na schön." Major Siegel nahm das Klemmbrett an sich. „Captain Robinson, gibt es einen Raum, wo ich den Gefangenen unter vier Augen verhören kann?"

Im Gesicht des Arztes regte sich Widerstand. „Er ist ein Patient, kein Gefangener."

„Er ist beides und das wissen Sie. Also?"

„In meinem Büro", knurrte der Arzt. „Den Flur hinunter, zweite Tür rechts."

„Mein Adjutant und ich sind bewaffnet. Wir brauchen keine Wache." Major Siegel winkte einen dürren jungen Lieutenant herbei und gab Ray das Zeichen, mitzukommen. „*Kommen Sie, Herr Oberleutnant.*"

Ray schob die Füße in die Pantoffeln und folgte den beiden. Der Adjutant schien fürchterliche Angst zu haben, also versuchte sich Ray an einem Lächeln. Jetzt, wo die Schwellung und der Schmerz allmählich nachließen, konnte er seine Gesichtsmuskeln vorsichtig wieder einsetzen.

Die Hand des Adjutanten ging zum Pistolenhalfter.

Wenn er hätte reden können, hätte er gern „Howdy, Sheriff" gesagt. Stattdessen folgte er dem Major den nach Reinigungsmitteln riechenden Gang hinunter. Die Kriegsgefangenen waren irgendwo im englischen Hinterland in einem richtigen Krankenhaus untergebracht, nicht in einer Ansammlung von Wellblechhütten wie die meisten Lazarette. Wahrscheinlich sollten jedwede Fluchtversuche dadurch vereitelt werden, dass die Gefangenen im obersten Stockwerk einquartiert waren.

„*Setzen Sie sich.*" Major Siegel zog einen Stuhl vor den Schreibtisch und setzte sich selbst in den Arztstuhl.

Ray nahm Platz, deutete auf Stift und Papier und fing an zu schreiben.

„*Sie sind eine harte Nuss, Herr Oberleutnant*", sagte der Major. „*Sie sehen aus wie ein Überläufer mit einer intakten Messerschmitt. Aber da sind noch einige Fragen offen.*"

Ray schob dem Major das Klemmbrett hin. Darauf stand: „Ich bin Amerikaner. Mein Name ist Captain Raymond G. Novak, U.S. Army Air Force, 94. Bombergeschwader."

Siegels Augenbrauen schnellten nach oben und er blinzelte mehrfach. „Das kommt unerwartet. Sie sind also Captain Novak, ja?"

Ray nickte heftig.

Major Siegel klappte seine Aktentasche auf. „Das würde natürlich erklären, warum Sie so gut Englisch sprechen und amerikanische Militärausrüstung bei sich hatten – inklusive der Unterwäsche, eigenartigerweise, und ein Überlebenskit. Und das würde diese Bibel erklären."

Seine Bibel! Ray streckte die Hand aus. Vier Wochen ohne einen einzigen Vers waren für ihn eine echte Qual gewesen.

„Captain Novaks persönliche Bibel." Der Major legte sie zurück in die Aktentasche.

Rays Gesicht fing an zu kribbeln. Der Major glaubte ihm nicht.

„Wissen Sie, wann Captain Novak abgeschossen wurde? Und wo?"

Ray schrieb: „15. Januar, vor Augsburg."

„Sehr gut. Sie müssen dort gewesen sein. Aber glauben Sie wirklich, ich kaufe Ihnen ab, dass sich ein amerikanischer Pilot mehr als zwei Monate in Deutschland versteckt hat?"

Eine unglaubliche Geschichte wurde dann zum Albtraum, wenn jemand sie glauben sollte. Ray streckte seine verkümmerten Fingermuskeln, die schon nach diesen wenigen Sätzen völlig erschöpft waren. Wie sollte er da seine ganze Geschichte aufschreiben?

Sein Blick fiel auf die Schreibmaschine in der Ecke. Begeistert sprang er auf.

Der Adjutant schrie etwas und zog seine Pistole. Schnell hob Ray die Hände und deutete mit dem Kopf auf die Schreibmaschine. Dabei ließ er den schießwütigen Sheriff nicht aus den Augen. Langsam nahm er die Hände herunter und tat so, als würde er tippen.

„Er will die Schreibmaschine", erkannte Siegel. „Na los, Gottlieb."

Gottlieb. Endlich konnte Ray die Geschichte des Mannes erzählen. Und seine eigene. Er setzte sich an die Schreibmaschine und spannte unter großer Anstrengung ein Blatt ein. Ständig wollte es zwischen seinen Fingern hindurchrutschen. Das Tippen war eine ganz andere Herausforderung für seine steifen Finger, aber Ray ließ nicht locker und bannte alles Taste für Taste aufs Papier – den Lynchmob, der seine Crew tötete, den Mord an Johannes Gottlieb, seine Entscheidung, in Lechfeld zu bleiben, die Übersetzung des Pilotenhandbuchs, die Sabotageakte und seinen Diebstahl der Me 262. Dabei achtete er nicht auf die Wortwahl, schrieb Bandwurmsätze, ließ alle Fehler stehen und vermied Großschreibungen und Zeichensetzung – Hauptsache, er konnte alles aufschreiben, bevor seine Finger ihm den Dienst versagten.

Nach ein paar Minuten merkte er, wie Siegel hinter ihn trat. Ray zog die erste Seite heraus und reichte sie über seine Schulter nach hinten. Dann tippte er weiter, bis er drei Seiten mit einem fortlaufenden Absatz vollgeschrieben hatte.

Der Major las mit unbeeindruckter Miene. Er verstand sein Handwerk.

Rays Hände brannten und schmerzten wie an dem Tag, an dem er die Messerschmitt gelandet hatte. Hatte er auch alle wichtigen Details erwähnt?

Siegel wischte sich über den Mund. Ein Lächeln huschte über sein Gesicht. „Und das soll ich glauben, ja?"

Ray wirbelte zur Schreibmaschine herum. „jedes wort stimmt um meine identitaet festzustellen kontaktieren sie meine brueder lt col jack novak luftkommandeur im 94 bo-gsw und walt novak ingenieur bei boeing zzt bei der 8 us-fl."

Walt nahm wahrscheinlich gerade Handbuch und Düsenjet unter die Lupe. Vielleicht hätte Ray doch eine persönliche Nachricht hineinschreiben sollen.

Major Siegel zog das letzte Blatt aus der Schreibmaschine. „Lieutenant, bringen Sie den Gefangenen zurück auf Station."

Ray seufzte erleichtert. Sein Albtraum würde bald vorbei sein. Wenigstens würde Siegel Jack und Walt kontaktieren. Ein einziger Besuch reichte ihm.

Am Schreibtisch blieb Ray stehen und krakelte eine letzte Botschaft aufs Papier. „Darf ich bitte meine Bibel haben?"

Siegel legte Rays Aussage in die Aktentasche, las die Nachricht und holte die kleine schwarze Bibel heraus. „Sie meinen Captain Novaks Bibel?"

Ray konnte das geschmeidige Leder und die dünnen Seiten fast riechen. Schnell griff er nach dem Stift. „Meine Bibel. Von meinem Großvater zum zwölften Geburtstag. Trage sie stets bei mir."

Major Siegels Miene versteinerte. Er fuchtelte mit der Bibel vor Rays Nase herum. „Wie viel haben Sie noch aus Captain Novak herausgepresst, bevor Sie ihn ermordet haben?!"

Blassrosa Blütenblätter fielen aus den Seiten, die Blüten aus Helens Haar. Rays Hoffnungen schwanden.

Kapitel 40

Antioch
Freitag, 20. April 1945

Helen reichte dem Manager der Hickmott-Konservenfabrik ihre Bewerbung. Fließbandarbeit. Ihre Eltern würden schrecklich enttäuscht sein, aber noch wichtiger war es, den Sommer über gute, bezahlte Arbeit zu haben.

Der Manager überflog die Bewerbung. „Helen Carlisle. Ich habe schon gehört, dass Sie vorbeischauen. Ich … ich fürchte, wir haben im Moment keine Stellen mehr frei."

„Wie bitte?" Riesige Anzeigen im *Ledger* verkündeten den großen Bedarf an Arbeitskräften, erklärten es zur Vaterlandspflicht, Konservendosen mit Aprikosen, Spargel und Tomaten an die Front zu liefern. „Aber …"

„Tut mir leid. Wir haben gerade die letzte Stelle besetzt."

Helens Mund fühlte sich trocken an. Er hatte gehört, dass sie kommen würde? Von wem? „Wenn Sie doch noch jemanden brauchen, rufen Sie bitte nicht die Nummer an, die auf der Bewerbung steht. Ich ziehe gerade um. Lieber komme ich später noch mal vorbei. Wann wäre denn ein guter Zeitpunkt?"

Der Manager schob ihre Bewerbung beiseite. „Für dieses Jahr sind wir voll."

Das ganze Jahr? Unsinn. Die Arbeit in der Konservenfabrik war hart und immer wieder schmissen junge Frauen hin.

Helen lief zurück in die Stadt. Was war nur los? Die ganze Woche hatte sie sich überall beworben und war dabei den Freunden der Llewellyns und Carlisles geflissentlich aus dem Weg gegangen. Wieso sollte Vics Braut auch nach Arbeit suchen? Bis die Nachricht von ihrer Trennung durchsickerte, konnte sie nur im Geheimen nach einem Job und einem Zimmer Ausschau halten, aber sie brauchte beides vorher.

Hinter ihr floss der San Joaquin unaufhaltsam in die Bucht. Offensichtlich war die Neuigkeit von ihrer Trennung genauso unaufhaltsam gewesen.

Hatte Vic seiner Mutter gesagt, was los war? Wollte sie deshalb niemand einstellen? War das die Rache der Llewellyns an der Frau, die ihrem Sohn das Herz gebrochen hatte?

Helen bog verzweifelt in die Second Street ein. Morgen war die versprochene Woche vorbei. Ohne eine Arbeitsstelle konnte sie kein Zimmer mieten und wie sollte sie Arbeit finden, wenn die Llewellyns die Stadt gegen sie aufbrachten? In einer anderen Stadt hätte sie mit Sicherheit mehr Glück, aber es herrschte überall Wohnraumknappheit und wer sollte sich dann um Jay-Jay kümmern?

Die warme Frühlingsluft lastete schwer auf Helen. Mit hängendem Kopf schlich sie an den Geschäften vorbei, die gerade Feierabend machten und eigentlich verzweifelt nach Verstärkung suchten, nur nicht nach Helen.

Was, wenn die Carlisles es auch schon gehört hatten?

Helen stockte der Atem. War es überhaupt sicher zu Hause? Wohin sollte sie gehen? Sie könnte nicht ewig auf Bettys Sofa schlafen. Das Kind konnte jetzt jeden Tag kommen und Jay-Jay war bei den Carlisles. Sie musste ihn holen und ein paar Sachen einpacken.

Helen beschleunigte ihren Schritt.

Schwungvoll öffnete sie die Tür bei den Carlisles. Sie würde einen Koffer packen, sich ihren Sohn schnappen und verschwinden.

„Oh, Helen. Schön, dass du da bist.“ Mrs Carlisle stand vor dem Esszimmer und nestelte an ihrer Schürze. „Das Essen steht auf dem Tisch.“

„Tut mir leid“, brachte Helen mühsam heraus. „Ich bin zum Essen bei Betty. Wo ist Jay-Jay?“

„Er sitzt schon. Du kannst nicht zu Betty gehen. Wir haben doch Koteletts.“

„Ich kann Koteletts nicht ausstehen. Und Jay-Jay mag sie auch kein bisschen.“ Sie schob sich an ihrer Schwiegermutter vorbei ins Esszimmer.

Jay-Jay saß mit Mr Carlisle am Tisch – und mit Victor Llewellyn. Helen gefror das Blut in den Adern. Vic hatte sie verraten. Er hatte wieder ein Versprechen gebrochen.

Mit zitternden Armen hob sie ihren Sohn aus dem Stuhl und erwiderte seinen überschwänglichen Kuss. „Hallo, Schätzchen. Wir gehen zu Tante Betty zum Abendbrot."

„Juhu! Dudy!"

Mr Carlisle erhob sich. „Das würde ich nicht tun."

„Sie erwartet uns aber." Helen arbeitete sich zentimeterweise zur Tür vor. Vics Gegenwart war ihr alles andere als willkommen, aber wenigstens würde sie so Zeit zum Packen gewinnen.

„Du wirst dieses Haus nicht verlassen. Wir müssen mit dir reden."

Helen sah Vic wütend an. „Du hast es verraten."

Vic schnaubte. „Das musste ich gar nicht. Sie haben es auch so rausgekriegt."

„Du hast gesagt, du würdest jeden Tag am Haus weitermachen." Mrs Carlisle setzte sich neben ihren Mann. „Am Dienstag bin ich gucken gegangen und du warst nicht da. Alles war noch genauso unfertig wie vorher."

Mr Carlisle nahm wieder Platz und legte sich ein Kotelett auf seinen Teller. „Am Mittwoch kam Mr Lindstrom ins Möbelgeschäft. Er meinte, du hättest dich beworben und nach dem Zimmer über seinem Laden gefragt."

Helen sank auf einen Stuhl und umklammerte Jay-Jay. Die Lindstroms und die Carlisles hatten nie viel miteinander zu tun gehabt. Sie hatte geglaubt, auf der sicheren Seite zu sein.

Mr Carlisle tat sich Erbsenpüree auf. „Ein sehr eigenartiges Verhalten, wenn man mich fragt. Klares Anzeichen für Instabilität."

„Instabilität?"

„Eins von vielen. Das sieht überhaupt nicht gut aus." Er ließ eine Portion Kartoffelbrei auf seinen Teller plumpsen. „Du steckst dein Haus an, lässt einen Llewellyn vorm Altar stehen und suchst nach einer Arbeit und einem Zimmer, wo doch jeder weiß, dass wir gut für dich sorgen. Was soll dieses ganze hysterische Verhalten? Und jetzt versuchst du auch noch Vics Namen in den Schmutz zu ziehen."

„Was? Niemals habe ich …"

„Redest diesem schwarzen Mädchen ein, Anklage zu erheben."

„Das habe ich nicht." Helen funkelte Vic an.

Er schob das Kinn vor. „Hast du es ihr ausgeredet?"

„Ich habe am Montag mit ihr geredet. Wie ich es versprochen hatte." Sie hatte Esther die Konsequenzen klargemacht und sie nach ihren

Plänen gefragt, aber dazu, ihre Entscheidung zu beeinflussen, hatte sie kein Recht. „Außerdem ist das Carvers Entscheidung, nicht Esthers."

Vics Hals wurde fleckig. „Erst löst du unsere Verlobung und jetzt versuchst du meine Karriere zu zerstören."

„Ich? Du bist doch hier derjenige, der ..."

„Habe ich's mir doch gedacht." Mr Carlisle reichte Vic den Teller. „Instabil. Als Mutter einfach ungeeignet."

„Wie bitte?" Helen streichelte Jay-Jays Locken.

Der Kleine wand sich auf ihrem Schoß. „Mama, runter."

Sie hielt ihn noch fester. Mr Carlisle verteilte mit unveränderter Miene das Essen, Mrs Carlisle saß wie immer fügsam da und Vic starrte zu Boden.

„Ungeeignet?", krächzte Helen. „Ich liebe meinen Sohn."

Mr Carlisle sah sie kühl an. „An deiner Liebe zweifelt niemand, nur an deiner Zurechnungsfähigkeit. Deswegen haben wir das Sorgerecht für Jay-Jay beantragt."

Das traf sie heftiger als Jims härtester Schlag. „Ihr habt was?"

„Wenn du endlich Vernunft annimmst und diese Frau zur Besinnung bringst, ziehen wir den Antrag zurück. Unter einer Bedingung: Du bleibst hier wohnen. Jay-Jay und du allein irgendwo, das ist nicht gut für ihn."

Helen konnte nicht atmen, nicht denken. Das musste ein böser Traum sein.

Vic schob seinen Stuhl zurück. „Danke für die Einladung, aber ich denke, ich sollte lieber gehen."

„Wie kannst du mir das antun? Wie kannst du gemeinsame Sache mit ihnen machen?"

„Das habe ich nicht." Er stand auf. „Ich habe es erst erfahren, nachdem der Antrag schon eingereicht war. Nicht, dass ich was dagegen gehabt hätte."

Helen fühlte sich wie vor den Kopf gestoßen. Dass sie so einen berechnenden Mann beinahe geheiratet hatte!

Mr Carlisle belud einen weiteren Teller. „Jay-Jay braucht ein sicheres Umfeld und das ist hier, in diesem Haus. Als Vorsitzender der Handelskammer habe ich die Geschäftsinhaber der Stadt darüber informiert, dass du leider nicht ganz klar im Kopf bist. Niemand wird dich also einstellen. Niemand wird an eine mittellose, arbeitslose Frau ein Zimmer vermieten. Und denk erst gar nicht daran, die Stadt zu verlassen. Jetzt, wo das Sorgerechtsverfahren läuft, würden die Behörden das sicher als Versuch werten, sich der Justiz zu entziehen. Am Busbahnhof und am Bahnhof hält man schon die Augen nach dir offen."

Helens ganzer Körper fühlte sich taub, kraftlos, leblos an.

„Mama, zu eng." Jay-Jay wand sich von ihrem Schoß.

„Armer Kleiner." Mrs Carlisle schnalzte mit der Zunge. „Komm zu Grandma."

Der kleine Junge flitzte um den Tisch zu seiner Großmutter.

Helens Arme hingen unverändert in der Luft und umarmten wie erstarrt die Leere vor ihr. Ihr Sohn. Sie hatten ihr den Sohn genommen. Sie an dieses Haus gekettet. Und sie konnte nichts dagegen tun.

Vic, die Schlange, glitt zur Tür, und Mr Carlisle stellte Helen einen Teller vor die Nase.

Kotelett. Sie hasste Kotelett, hasste alles, wofür es stand – Strenge, Kontrolle, Gewalt.

Helen schob den Teller fort, sprang auf und fing Vic an der Tür ab. „Wie konntest du? Wie konntest du mir das antun?"

Er drehte sich mit feuriger Miene zu ihr um. „Erstens: Ich habe das nicht getan, sondern sie. Zweitens: Du bist ganz schön dreist, nach allem, was du mir angetan hast."

Helen erwiderte seinen Blick. „Ich habe eine Hochzeit abgesagt, schön. Und du? Du nimmst mir mein Baby weg!"

„Wie ich schon sagte: Ich habe nichts damit zu tun. Und du hast sie gehört – bring Esther dazu, einen Rückzieher zu machen, und die ganze Sache ist vom Tisch."

„Und wenn sie sich weigert? Sie werden …"

„Na und? Dann haben sie eben das Sorgerecht, aber du darfst trotzdem hier wohnen. Es ändert sich überhaupt nichts, außer, dass sie für Jay-Jays Wohl sorgen. Eine weise Vorsichtsmaßnahme."

„Weise?", flüsterte Helen mit Nachdruck. „Ist es weise, einen Jungen den Wölfen vorzuwerfen?"

Vic lachte leise. „Diese liebevollen Großeltern sind wohl kaum Wölfe. Übertreibst du nicht ein bisschen? Bist du nicht ein bisschen … hysterisch?"

Helen ballte die Hände zu Fäusten und zwang sich, ruhig zu bleiben.

Wenn sie jetzt nicht aufpasste, würde sie die Nacht in der Psychiatrie verbringen.

„Weißt du was?" Vic öffnete die Tür und trat nach draußen. „Ich bin froh, dass du mit mir Schluss gemacht hast. Das Letzte, was ich brauche, ist eine verrückte Ehefrau."

„Du hast ja keine Ahnung, was du da tust", flüsterte Helen, aber die Tür war schon wieder zu.

Ihr lief ein kalter Schauer den Rücken hinunter. Alle ihre Türen, ihre Fenster waren zu, verschlossen und verbarrikadiert. Was blieb, war Finsternis.

* * *

England
Freitag, 27. April 1945

Ray lief den Stationsflur hinunter und machte am Ende entschlossen kehrt, um den Rekord von sechzehn Runden, den er am Vortag aufgestellt hatte, zu brechen. Er lief, er dehnte sich, machte Liegestütze, Rumpfbeugen und kreiste die Arme – alles, um kräftiger zu werden.

Vorsichtig befühlte er sein Kinn, das vom Kieferbruch noch immer schmerzte. In einer Woche kamen die Drähte ab und er würde wieder feste Nahrung zu sich nehmen können. So dankbar er auch für Brühe und Eierflip war, inzwischen hatte er sie genauso satt wie einst Fisch und Kartoffeln.

Ray lief an Dutzenden Männern vorbei, die ein gutes Wort gebrauchen konnten, aber er konnte nichts für sie tun. Jetzt konnte er weder im Cockpit noch durch Sabotage einen Kriegsbeitrag leisten. Er konnte noch nicht einmal Formulare in dreifacher Ausführung ausfüllen. Aber zum ersten Mal machte ihm das alles nichts aus.

Er konnte Zeit mit Gott verbringen und in der deutschen Bibel lesen, die er bekommen hatte. Alles, was ihm geblieben war, war seine Beziehung nach oben.

Und das genügte.

Ray blieb am Flurende stehen und streckte die Arme nach oben, nach links, dann nach rechts. *Herr, wenn ich wieder auf der Kanzel bin, hilf mir, an diese Zeit zu denken.*

„*Oberleutnant Gottlieb?*", rief Major Siegel.

Ray reagierte mittlerweile auf den Namen. Als Mom ihre drei Söhne immer wieder durcheinandergebracht hatte, hatte er sich auch irgendwann daran gewöhnt. Außerdem wollte er unbedingt mit dem Major sprechen. Neun Tage waren vergangen, seit er seine schriftliche Aussage verfasst hatte, und weder Jack noch Walt waren aufgetaucht.

Major Siegel brachte Ray in Dr. Robinsons Büro und gab ihm einen Notizblock. „*Nächste Woche werden Ihre Drähte abgenommen. Dann kommen Sie bei der Air Force in Haft. Wollen Sie bei Ihrer Geschichte bleiben?*"

„Ja", schrieb Ray auf Englisch. „Haben Sie meine Brüder kontaktiert?"

„*Wenn sie bei der Wehrmacht sind, sind sie entweder schon unsere Gefangenen oder werden es bald sein. Die Russen sind in Berlin. Bald wird das Dritte Reich fallen.*"

Ray seufzte. „Meine Brüder – Jack und Walter Novak."

Siegel las die Zeile. „Sie bleiben also bei Ihrer Geschichte."

„Ich bleibe bei der Wahrheit. Was ist mit meinen Brüdern?"

„Sie haben Ihren Bericht gelesen."

„Wann kommen sie?" Ray schrieb so hastig, dass die Buchstaben kaum zu entziffern waren.

„Gar nicht. Sie fallen nicht auf Ihre Lügen herein." Siegel verschränkte seine massigen Arme. „Eins konnten Sie nämlich nicht aus Captain Novak herausfoltern: seinen Charakter. Er war ein freundlicher, sanfter Mann, der solche Taten, wie Sie sie beschrieben haben, nie hätte vollbringen können."

Ray wurde schwindlig. In Deutschland hatte er noch mit sich selbst gescherzt, dass ihm seine Brüder niemals glauben würden. Jetzt fand er das gar nicht mehr lustig.

„Abgesehen davon, dass Ihre Handschrift seiner nicht einmal nahekommt."

„Der Verband war gerade erst ab. Zeigen Sie ihnen das hier." Ray schob Siegel den Notizblock hin.

Siegel ignorierte ihn. „Sie meinten, Ihre getippte Aussage passe nicht zu Captain Novaks Stil. Die Grammatik nicht, die Zeichensetzung nicht, gar nichts."

„Meine Hände taten weh. Ich wollte …"

„Was genau waren Ihre Befehle, Gottlieb? Sie haben eine Me 262 über die Frontlinie geflogen, hatten zufälligerweise ein Pilotenhandbuch dabei, trugen deutsche Uniform und amerikanische Unterwäsche. Was wollten Sie erreichen?"

„Ich wollte nach Hause."

Siegel warf einen Blick auf Rays Antwort und schüttelte den Kopf. „Verraten Sie uns Ihre Pläne und wir behandeln Sie gut. Steckt eine geheime Sprengladung im Flugzeug? Soll das gefälschte Handbuch unsere Ingenieure in die Irre führen? Wenn das Ihr Plan war, ist er gescheitert. Niemand traut dem Flugzeug oder dem Handbuch."

Ray schnaubte. So viel zu seinem Geschenk an die Air Force.

Der Major lehnte sich über den Schreibtisch und sah Ray finster an. „Die Uniform – das war der Fehler, nicht wahr? Sie haben Novak getötet, um an seine Identität zu kommen, aber die Uniform passte nicht. In Ihren Papieren steht, Sie sind mindestens einen halben Kopf größer als Novak. Die Ärmel, die Hosen, alles zu kurz. Ohne amerikanische Uniform konnten Sie schlecht das Flugzeug abliefern, Informationen sammeln und sich wieder auf deutsches Territorium verziehen. Aber Sie konnten es nicht lassen und sind trotzdem gekommen, mit dieser lächerlichen Geschichte. Wieso? Hat man Ihnen eine Waffe an den Kopf gehalten? Ihrer geliebten Mutter? Was Sie da getan haben, war ein Selbstmordkommando. Sehen Sie, wie verzweifelt, menschenverachtend und degeneriert Ihr Volk geworden ist?"

Ray starrte den Major fassungslos an.

„Sie wissen, welche Strafe auf Spionage steht. Auf Spionage, Folter und Mord." Siegel spuckte ihm tabakgeschwängerte Worte ins Gesicht. „Während der Ardennenoffensive haben sich deutsche Spione als Amerikaner ausgegeben. Einige von ihnen haben wir aus Krankenhäusern geholt und hingerichtet. In völliger Übereinstimmung mit der Genfer Konvention. Spione erwartet nun mal die standrechtliche Erschießung."

Rays Hände wurden eiskalt.

Major Siegel richtete sich auf und lächelte grimmig. „Wenn Sie kooperieren, werden wir sehen, was sich machen lässt. Also, noch einmal von vorn. Was waren Ihre Befehle?"

Rays kalte Finger umklammerten den Stift. „Meine B-17 über Deutschland zu bringen und den Fliegerhorst Lechfeld oder das Sekundärziel, den Rangierbahnhof Augsburg, zu bombardieren. Wenn man mich gefangen nehmen sollte, sollte ich nur meinen Namen, Rang und meine Ordnungsnummer nennen, die Flucht versuchen und den Alliierten helfen, soweit möglich. All das habe ich nach Kräften getan.“

„Sie schwören immer noch auf diesen Schwachsinn?“

„Der Herr ist mein Zeuge.“

„Der Herr?“, spottete Siegel. „Das können Sie ihm selbst sagen – sehr bald. Er möge Ihrer Seele gnädig sein.“

Kapitel 41

Antioch
Sonntag, 29. April 1945

Helen zögerte, in den Mehrzweckraum zu gehen, aber sie musste sich zeigen und der Stadt beweisen, dass sie keinen Dachschaden hatte.

Sie musste beweisen, dass sie nicht Helen, das kleine Krüppelmädchen, war.

Ein letztes Mal holte sie tief Luft und drückte dann die Tür auf. Manche Gespräche verstummten, andere wurden plötzlich hinter vorgehaltener Hand fortgeführt. Pastor Novaks Predigt über die Gefahren von Klatsch und Tratsch hatte nichts bewirkt. Wenn überhaupt, dann konzentrierten sich alle noch mehr auf die Gerüchte, die wie Schlangen durch die Stadt krochen.

Betty hatte ihr wütend berichtet, was man sich erzählte: Helen habe den netten Jungen der Llewellyns vorm Traualtar stehen lassen, ihr eigenes Haus niedergebrannt und führe andauernd Selbstgespräche. Ob Polio langfristig Gehirnschäden verursache? Wie liebenswürdig von den Carlisles, den kleinen Jay-Jay aufziehen zu wollen. Und wie traurig, dass sie mit einer so labilen Schwiegertochter belastet waren, aber ihre Eltern wohnten weit weg und sie konnten das arme Ding doch nicht auf die Straße setzen, oder?

„Oh, Helen, bin ich froh, dass du hier bist.“ Mrs Novak kam zu Helen gelaufen. „Mrs Anello ist leider krank. Könntest du mit den Getränken aushelfen? Bei dir weiß ich das in guten Händen.“

Helen blinzelte Tränen fort. „Vielen Dank. Ich helfe sehr gern.“

Inzwischen war ihr klar, dass Arbeit kein echter Ausweg war, aber heute konnte sie so wenigstens halbwegs normal aussehen.

„Der Tee zieht noch“, sagte Mrs Novak lauter als nötig, während sie Helen durch die Menge führte. „Die Tassen sind auf dem … ach, du weißt schon, was zu tun ist. Das weißt du doch immer.“

„Danke“, krächzte Helen und floh dankbar in die sichere Küche. Sie belud ein Tablett mit Tassen, stellte sie auf den Buffettisch, füllte zwei Teekannen und brachte sie hinaus. Zucker und Kaffee gab es nicht, also musste sie nur die Kannen nachfüllen, neue Tassen hinstellen, verkleckerten Tee wegwischen und die dreckigen Tassen spülen.

„Guten Morgen, Mrs Jeffries. Morgen, Mrs Lindstrom", sagte sie bewusst lächelnd.

„Oh, guten Morgen." Die beiden Frauen warfen sich nervöse Blicke zu und zogen sich mit ihren Teetassen zurück.

Helen passte auf, dass ihr Lächeln kein bisschen flackerte.

„War die Predigt heute wieder gut." Mrs Llewellyns Stimme war aus der Schlange am Teetisch zu hören. „Der arme Victor hat so unter den ganzen Gerüchten gelitten. Und wie tapfer er war, trotzdem zum Gottesdienst zu kommen. Gestern sollte doch die Hochzeit sein. Das arme Lämmchen ... Und dieses Ding besitzt die Frechheit, hier auch noch aufzutauchen. Daran sieht man doch sofort, dass bei ihr im Kopf ..."

Mr Peters trat mit seinem Tee beiseite, Mrs Llewellyn griff nach einer Tasse – und entdeckte Helen. Der unvollendete Satz hing im Raum.

„In meinem Kopf, Mrs Llewellyn?" Helen zwang sich zu sprechen und zu lächeln, obwohl es in ihr brodelte. „In meinem Kopf herrscht Frieden, denn ich weiß, Pastor Novak meinte mit seiner Predigt bestimmt nicht *mich*." Sie wandte sich ab und ging mit klopfendem Herzen in die Küche.

Dort riss sie den Tassenschrank so weit auf, dass die Tür gegen den Küchenschrank knallte. Mit zitternden Händen belud sie das Metalltablett mit Tassen.

Die Küchentür schwang in ihren Angeln. „Darf ich dieser schrecklichen Person da draußen bitte eine scheuern?" Esther stand mit verschränkten Armen im Kücheneingang.

Helen schmunzelte. „So sehr mir das gefallen würde, ich glaube, das wäre nicht gerade schlau."

„Irgendjemand muss dich doch verteidigen. Was höre ich da über einen Sorgerechtsantrag der Carlisles?"

„Ich fürchte, dieses Gerücht ist wahr." Helen drehte sämtliche Henkel in die gleiche Richtung. „Aber ich habe mit Matthew Ward gesprochen, dem Anwalt meines Vaters, und er sagt, meine Chancen stehen gut. Die Carlisles haben nur Gerüchte und die allgemeine Meinung der anderen vorzuweisen. Ich muss nur zeigen, dass ich eine gute Mutter bin.“

„Und wer wird die Sache anhören und verhandeln? Richter Llewellyn?“

„Er … er ist nun mal der einzige Richter in der Stadt, aber Mr Ward versucht, den Verhandlungsort verlegen zu lassen.“

„Dieser Victor Llewellyn. Ich wusste ja, dass er aalglatt ist, aber dass er so ein gemeines, niederträchtiges …“

„Er ist nicht schuld. Wirklich nicht.“

„Du glaubst nicht, dass er die Carlisles beraten hat? Dass er sie überhaupt erst auf die Idee gebracht hat?“

„Nein. Ich weiß nur, dass er sie nicht aufhält, es sei denn …“ Oh nein, sie wollte die Bedingung der Carlisles doch niemandem verraten, am allerwenigsten Esther. Helen schnappte sich das Tablett und schob sich an Esther vorbei aus der Küche.

„Es sei denn was?“

Helen stapelte die frischen Tassen neben die Teekannen und sammelte die dreckigen Tassen ein. „Esther, würdest du bitte nachsehen, ob die Teekannen noch voll sind?“ Sie floh in die Küche.

„Es sei denn was? Was hat sich diese Schlange von einem Lieutenant jetzt ausgedacht?“

„Nichts.“ Helen griff nach der Teekanne in Esthers Hand.

Esther hielt sie fest. „Du kriegst sie erst, wenn du mir verrätst, was hier los ist.“

Helen stellte die benutzten Tassen in die Spüle. „Es hat seinen Grund, warum ich es dir nicht verraten habe. Du musst deine eigene Entscheidung treffen.“

„Ich? Was hat das denn mit mir zu tun?“

„Eben nichts. Genau das meine ich. Vic, der feige Hund, will, dass ich dir die Anklage gegen ihn ausrede. Aber ich weigere mich. Du hast jedes Recht dazu. Er hat seine Pflichten verletzt und sollte die Konsequenzen dafür tragen.“

Esther stellte die Kanne ab. „Und was hat das mit dir und Jay-Jay zu tun?“

Helen warf einen verzweifelten Blick aus dem Fenster. Auf der Wiese vor der Kirche spielten die Kinder Fangen und Jay-Jay rannte gerade Donald Ferguson hinterher, der extra langsam lief, damit der Kleine ihn bekam. „Überhaupt nichts. Mr Carlisle hat gesagt, er ziehe den Antrag zurück, wenn ich dir die Anklage ausrede. Er meint, das wäre ein Zeichen von Vernunft. So ein Schwachsinn."

Esther seufzte und lehnte sich gegen die Küchentheke. Dann berührte sie eine Narbe auf Helens Unterarm. „Dein Mann hat dich geschlagen, oder?"

Helen sah ihre Freundin an. Bisher waren Ray und Dorothy die Einzigen, die davon wussten. „Ja, das hat er."

„Hat er das von seinem Vater gelernt?"

Helens tapfere Haltung fiel in sich zusammen. Sie nickte.

„Und wenn sie Jay-Jay jetzt auch noch so erziehen …"

Die Vorstellung brach ihr das Herz. Ohne dass Helen es verhindern konnte, entfuhr ihr ein Schluchzen. Erschrocken schlug sie sich eine Hand vor den Mund.

„Das werden wir nicht zulassen." Esther marschierte zur Küchentür.

„Wohin gehst du?"

„Ich suche den Lieutenant und beende diesen ganzen Spuk." Schwungvoll stieß sie die Tür auf.

„Nein! Esther, nicht." Helen lief hinterher und hielt ihre Freundin am Arm fest. Doch die ließ sich nicht beirren.

„Es ist schlimm genug, dass Carver im Gefängnis sitzt. Wir lassen sie dir nicht auch noch deinen kleinen Jungen wegnehmen."

Um kein Aufsehen zu erregen, setzte Helen ein Lächeln auf und flüsterte nur noch. „Das werden sie nicht. Meine Chancen stehen gut."

„Ach ja? Hast du die Gerüchte gehört? Sie haben die ganze Stadt gegen dich aufgebracht. Du hast keine Chance."

Helen entdeckte Vic am Eingang und zog an Esthers Arm. „Gott wird Jay-Jay beschützen. Selbst wenn ich verliere, wird er auf ihn aufpassen. Aber wir müssen das Richtige tun. Wir müssen mutig sein und kämpfen."

Esther sah Helen an. „Manchmal schickt uns der Herr in die Schlacht, aber manchmal will er auch, dass wir die Waffen strecken. Aufzugeben kostet manchmal mehr Mut als zu kämpfen."

„Aber doch nicht du. Du hast alles Recht der Welt …"

„Das ist mir egal." Esther löste Helens Hand von ihrem Arm und trat mit einem breiten Lächeln auf Victor zu. „Guten Tag, Lieutenant. Dürfte ich Sie wohl kurz draußen sprechen?"

Vics Blick schnellte zu Helen und aus der Überraschung in seinem Gesicht wurde Erleichterung. „Aber gern." Er hielt Esther die Tür auf.

Helen erlangte rechtzeitig die Fassung, um den beiden zur Eiche am Rand des Kirchengeländes zu folgen.

Unter dem Baum wirbelte Esther herum und fuchtelte mit dem Zeigefinger vor Vics Gesicht herum. „Ich habe jeden Respekt vor Ihnen verloren. Sie sind bereit, für Ihre Karriere eine Frau und ihr Kind zu opfern!"

Vic wurde wütend. „Wie können Sie es wagen …"

„Sie hätten es verdient, öffentlich gerügt zu werden und Ihre Lizenz zu verlieren, aber ich werde nicht zulassen, dass Sie Helen und Jay-Jay da mit hineinziehen."

Helen griff nach Esthers Arm. „Bitte nicht. Das ist nicht dein Problem."

„Er hat es zu meinem Problem gemacht." Sie klappte ihre Handtasche auf und zog ein zusammengefaltetes Formular heraus. „Carver hat mich gebeten, das hier mit zum Gottesdienst zu bringen und mit Gott über unsere Entscheidung zu reden. Scheint, als hätte er mein Gebet erhört."

Vic wurde blass. „Das heißt, Sie erheben keine Anklage?"

„Nein." Sie riss kleine Stücke vom Formular ab und warf sie Vic ins Gesicht. „Ich übergebe Sie in die Hände des Allmächtigen. Und ich schlage vor, Sie bekennen Ihre Sünden und tun Buße."

„Sie … wie können Sie es wagen …" Vic bürstete sich entrüstet die Papierschnipsel von der Uniform und aus dem Gesicht.

Esther legte den Kopf schief und lächelte. „Die richtige Antwort lautet ‚Danke'."

Sein Mund verzerrte sich. „Danke."

„Gern geschehen. Und ich vergebe Ihnen. Von Ihnen lasse ich mich nicht zu einer verbitterten Frau machen. So, und jetzt räumen Sie diese Sorgerechtsklage aus dem Weg und sagen Ihrer Mutter, sie soll der Gerüchteküche das Gas abdrehen."

Vic nickte. „Ich verspreche es."

Helen presste die Lippen aufeinander, um nicht damit herauszuplatzen, was sie von seinen Versprechungen hielt.

Esther nahm Helens Arm. „Komm. Wir gehen zum Sonntagsessen zu den Novaks, während der gute Lieutenant sich mit den Carlisles unterhält. Das wird er doch, oder?"

„Ja."

Beim Weggehen warf Helen einen Blick über die Schulter. Vics Augen waren nur noch Schlitze und ein Lächeln lag auf seinem Gesicht – ein Siegerlächeln. Aber der wahre Sieger war sie. Sie hatte ihn nicht geheiratet.

* * *

Helen hängte das goldgelbe Jackett auf, das zu ihrem gelb-grün karierten Kleid passte. Dann beugte sie sich zu Jay-Jay herunter, um ihm beim Ausziehen zu helfen.

„Wo warst du?"

Bei Mr Carlisles strengem Ton verkrampften sich sofort ihre Nackenmuskeln. Sie hängte Jay-Jays kleine blaue Jacke an die Garderobe. „Zum Mittagessen bei den Novaks und zum Abendbrot bei George und Betty. Hat euch Dorothy nichts gesagt? Ich konnte euch nach dem Gottesdienst nicht finden und da habe ich sie gebeten, euch Bescheid zu sagen …"

„Bescheid sagen? Du sagst nicht Bescheid, du fragst um Erlaubnis!" Seine Hand fuhr durch die Luft und hinterließ einen brennenden Abdruck auf ihrer Wange.

Helen schrie auf und presste eine Hand auf die schmerzende Stelle. „Fragen? Ich muss doch nicht um Erlaubnis …"

„Die Dinge haben sich geändert. Du darfst meinen Enkel nicht ohne meine Erlaubnis mitnehmen."

„Aber … aber das gilt doch nur, wenn ihr gewinnt … Augenblick. War Vic nicht hier?"

Mr Carlisles Gesichtszüge versteinerten. Er wandte sich ab, ging ins Wohnzimmer und setzte sich mit einer Zeitschrift in den Sessel.

Helen folgte ihm widerwillig. „Heißt das, Vic war nicht da? Er hat es doch versprochen."

„Er war da."

„Und hat er euch gesagt, dass die Jones' doch keine Anklage erheben?"

„Ja." Mr Carlisle blätterte um.

Helens Beinmuskel fing an zu zittern. „Also zieht ihr den Sorgerechtsantrag zurück."

„Nein." Er löste den Blick nicht von der Zeitschrift. „Das wäre unklug. Du bist als Mutter nicht geeignet. Das hat dein Verhalten heute unzweifelhaft bewiesen. Erst gehst du Mrs Llewellyn an wie eine Verrückte, dann fragst du nicht um Erlaubnis und Victor meinte, du hättest versucht, dieser Frau ihre Entscheidung auszureden. Hatte ich dir nicht das Gegenteil aufgetragen?"

„Aber … aber …" Jay-Jay lehnte an ihrem Bein und sie tastete nach seiner kleinen warmen Hand.

„Reine Vorsichtsmaßnahme. Du kannst hier wohnen, solange du dich benimmst, aber ich verbiete dir, meinen Enkel in irgendeinen schädlichen Haushalt zu entführen."

Helen konnte sich keinen schädlicheren Haushalt vorstellen als diesen. Alles in ihr wollte schreien. Sein Versprechen war ein reines Lippenbekenntnis gewesen. Esthers Opfer war umsonst. Aber sie presste die Lippen aufeinander. Wie Esther und Ray bewiesen hatten, hatte Mut viele Gesichter: Aufgeben, Frieden stiften, Kämpfen und in ihrem Fall … Flucht. „Na komm, Jay-Jay. Schlafenszeit."

Gott sei Dank beschwerte er sich nicht und sie konnte ihn nach oben bringen. Sie musste jetzt nachdenken. Und planen. Mr Ward hatte gesagt, die Carlisles könnten sie vor der Verhandlung nicht zwingen, bei ihnen zu wohnen, genauso wenig hinterher, falls Helen das Sorgerecht behielt. Wenn sie hierbliebe, würde alles aus dem Ruder laufen. Sie musste weg hier, noch heute Nacht.

Hilf mir, Herr. Sie zog Jay-Jays Tür zu. „Du bist heute so brav. Komm, wir ziehen deinen Schlafanzug an."

Sie summte ein Lied und dachte dabei angestrengt nach. „Heute lese ich dir mal keine Geschichte vor." Sie zog das Büchlein mit Kinderreimen aus dem Regal. „Du zeigst auf einen Reim und ich sage ihn auf."

„Okay, Mama." Jay-Jay setzte sich im Schneidersitz aufs Bett und blätterte im schwarz-weiß karierten Buch. „Humpty Dumpty."

„‚Humpty Dumpty sat on a wall'", zitierte Helen in einer Singsangstimme und holte derweil einen Koffer aus dem Schrank. Sie sagte „Miss Muffet" und „Mary had a little Lamb" auf, während sie den Koffer mit Jay-Jays Sachen füllte und noch Platz für ihre Sachen ließ.

Später, wenn alle schliefen, würde sie sich mit dem Koffer und ihrem kleinen Schatz, der zum Glück immer wie ein Stein schlief, aus dem Haus schleichen. Eigentlich blieb ihr nur Bettys Haus als Zufluchtsort.

Und dann würde sie das Undenkbare tun.

Sie würde um Hilfe bitten. Schon allein der Gedanke trieb Helen Tränen in die Augen. Sie würde zugeben, dass sie versagt hatte, und ihre Eltern per Telegramm um Geld anbetteln. Wahrscheinlich würden sie sich weigern, aber wenn sie ihnen von dem Sorgerechtsstreit berichtete, würden sie sich erweichen lassen. Sie brauchte Geld für das Zimmer über Mr Lindstroms Laden. Arbeit würde sie sich in Pittsburg suchen, der nächstgelegenen Stadt am Fluss.

Still liefen ihr die Tränen über die Wangen, aber sie sang weiter Kinderreime. So hatte sie sich das Leben wirklich nicht vorgestellt.

Die Tür ging auf und Mrs Carlisle kam herein. „Da ist ja mein Engel. Deine Mama hat dich den ganzen Tag vor mir versteckt." Sie starrte auf den Koffer. „Was ist das?"

Helen sprang zur Tür und drückte sie zu. Dann nahm sie schnell die Hände ihrer Schwiegermutter. Sie musste jetzt von Frau zu Frau mit ihr reden, von Mutter zu Mutter, von Opfer zu Opfer. „Bitte. Dein Mann hat mich heute wieder geschlagen. Du weißt, wie das ist. Es wird schlimmer werden, immer schlimmer, bis er mich fast zu Tode prügelt. Ich muss hier raus. Aber ich verspreche, dass wir in der Stadt bleiben. Ich muss einfach aus diesem Haus raus, verstehst du?"

Mrs Carlisle sah auf den Koffer. Eine traurige Sehnsucht stand ihr ins Gesicht geschrieben, die Helen noch nie gesehen hatte.

„Bitte." Helen drückte ihre knöchernen Hände und versuchte all ihre Gefühle in ihren Blick zu legen. „Du weißt, wie das ist. Bitte lass mich gehen."

Mrs Carlisle sah Helen an. „Wenn du gehst und er findet raus, dass ich davon wusste …"

Er würde sie schlagen. Und nicht nur einmal. Helen wurde bleich und das letzte Quäntchen Hoffnung verflog.

Einer von ihnen beiden würde heute noch verprügelt werden. In Mrs Carlisles trüben braunen Augen flackerte etwas auf. Macht. Zum ersten Mal seit ihrer Hochzeit hatte sie die Macht.

Die ältere Frau riss sich los und die Tür auf. „James! Sie will fliehen! Sie klaut unser Baby!"

„Oh nein!" Helens Kehle schnürte sich zu. Sie schnappte sich den Koffer, schüttete den Inhalt in die oberste Kommodenschublade, drückte ihn zusammen und versuchte den Schub zu schließen, aber was brachte das noch? Es gab keinen Ausweg, keinen Weg vorbei an dem Mann, der die Treppen hinaufgestürmt kam.

„Sie wollte verschwinden, aber ich habe sie aufgehalten." Mrs Carlisle zeigte auf den Koffer, der aufgeklappt auf dem Boden lag.

„Was soll das werden?" Mr Carlisle hielt ihr den Koffer vors Gesicht.

Helen wich zurück. Sie hatte keine Ausrede, keinen Grund. „Ich … ich verlasse die Stadt nicht. Versprochen."

„Du verlässt noch nicht mal dieses *Haus*!" Er holte mit dem Koffer aus und drosch ihn ihr gegen den Kopf.

Ihr Schädel dröhnte vor Schmerzen und sie fiel hin. Automatisch nahm sie die altbekannte Haltung ein – gekrümmt, Knie vor die Brust, Arme über dem Kopf.

Die Schläge prasselten auf sie nieder – auf die Seite, die Arme, die Beine –, bis der Koffer auseinanderfiel. Mr Carlisle fluchte und trat auf sie ein. Helen schrie, er solle aufhören, bitte aufhören, Jay-Jay heulte und bettelte und Mrs Carlisle stand in der Ecke, die Arme um ihre Taille geschlungen, und sah mit leeren Augen zu. Sie sagte kein Wort. Sie konnte ihn nicht aufhalten.

Niemand konnte das.

Als er müde wurde, zerrte er sie in ihr Zimmer, sperrte von außen zu und rief, wenn sie je wieder mit Jay-Jay das Haus verlassen würde, würde er sie wegen Kindesentführung anzeigen.

Helen lag zusammengekrümmt auf dem harten Holzboden. Blut und salzige Tränen vermischten sich in ihrem Mund. Sie würde nie von hier wegkönnen, niemals aus dieser Hölle entkommen. Die Carlisles würden das Sorgerecht erstreiten und das hier würde sich wiederholen und wiederholen, bis er sie totgeschlagen hatte.

Dieses Mal würde kein japanischer Torpedo sie retten.

Helen schluchzte und ein stechender Schmerz durchfuhr sie. Er musste ihr einige Rippen gebrochen haben. Sie kauerte sich zusammen und ließ den Tränen freien Lauf.

Dann kam ihr ein Gedanke. Den Carlisles war es egal, ob sie lebte oder starb, im Haus war oder verschwand. Ihnen ging es nur um Jay-Jay. Ihn würde Mr Carlisle niemals schlagen, genauso wenig wie er Jim geschlagen hatte.

Der Gedanke war rabenschwarz, aber er zog sie unausweichlich in seinen Bann.

Ihren Sohn konnte sie nicht retten. Aber sich selbst.

Helen ließ es geschehen und klammerte sich mit aller Macht an den letzten Strohhalm.

Kapitel 42

England
Montag, 30. April 1945

Dr. Robinson schnitt den letzten Draht durch und Rays Kiefer klappte nach unten. Mit Mühe schloss er den Mund, aber er ging sofort wieder auf. Ray massierte seine Kiefermuskeln, die nach sechs Wochen Ruhigstellung steif und schwach geworden waren.

„Kann er jetzt reden?“ Major Siegel stand hinter dem Arzt.

„Ja“, krächzte Ray. Er räusperte sich. „Ja, ich kann reden.“ Seine Stimme klang dünn und anders, als er sie in Erinnerung hatte.

Dr. Robinson lächelte Ray an. „Sie dürfen jetzt wieder gekochte Nahrung zu sich nehmen. Sind Sie bereit für Ihre erste Mahlzeit?“

„Und ob.“

„Seine Henkersmahlzeit“, stellte Major Siegel fest. „Und wir kümmern uns darum. Kommen Sie, *Herr Oberleutnant*.“

Dr. Robinson stand empört auf. „Er ist noch immer mein Patient. Ich habe noch keinen Entlassungsbefehl unterschrieben.“

„Dann machen Sie das, Captain. Er hat einen Termin.“

Ja, beim Erschießungskommando. Ray rutschte das Herz in die Hose.

Der Arzt beugte sich über die Patientenkurve und murmelte etwas von Soldaten, die sich um ihren eigenen Kram kümmern und die Ärzte ihre Arbeit machen lassen sollten.

Ray strich über Johannes Gottliebs Luftwaffenuniform, die an den Knien ziemlich abgewetzt war, aber viel besser roch als beim letzten Mal, als er sie getragen hatte.

„Na, Gottlieb, fühlt es sich gut an, wieder die eigene Uniform zu tragen?“

„Noch nie hat jemand gern die Uniform des Feindes getragen.“

Der Major grinste höhnisch und reichte Ray die Fliegerjacke und Helens Schal.

Ray streichelte die weiche graue Wolle, schlang sich den Schal um und klammerte sich daran fest. Wenn er doch Helen nur schreiben könnte, wie sehr er sie liebte. Oder seiner Familie. Aber es war besser so. Sie hatten sowieso alle schon seinen Tod betrauert. Wenn seine Brüder jetzt noch entdeckten, dass sie seine Hinrichtung hätten verhindern können, würden sie zeitlebens unter Schuldgefühlen leiden.

„Ist der von Ihrer Mutter?“

„Nein. Von meinem Mädchen aus Kalifornien.“

„Sie geben immer noch nicht auf? Sturer Hund.“

„So sind die Novaks nun mal.“

Major Siegel hielt Handschellen hoch. „Jacke anziehen.“

Ray seufzte und streifte die Fliegerjacke über. Sie hing immer noch an ihm herunter, aber er hatte dank der Flüssigkeitsdiät wieder ein wenig zugenommen. Nur wofür?

Siegel legte Ray hinter dem Rücken die Handschellen an. „Los.“ Er nickte zwei Militärpolizisten und seinem Adjutanten zu.

Ray wandte sich an den Arzt. „Danke, Dr. Robinson. Ich danke Ihnen für Ihre Hilfe und Freundlichkeit.“

Der Arzt funkelte den Major an. „Für mich hört sich das sehr amerikanisch an.“

„Er ist gut, nicht wahr?“ Siegel führte Ray aus der Station, die Treppen hinunter und nach draußen.

Ray streckte das Gesicht der kühlen Brise entgegen. Am Himmel zog eine Herde Schäfchenwolken vorbei. Ray war zum ersten Mal seit Wochen draußen. Und zum letzten Mal.

Was für eine Ironie. Ein amerikanischer Pilot, der über dreißig Einsätze geflogen war und hinter feindlichen Linien Sabotage betrieben hatte, wurde als Spion von den eigenen Leuten hingerichtet.

Und niemand würde es je erfahren.

Wenigstens starb er mit reinem Gewissen. Und er wusste jetzt, aus welchem Holz er geschnitzt war.

Als sie den Gefangenentransporter erreicht hatten, verband Major Siegel Ray die Augen und Ray verabschiedete sich vom Blau über sich.

* * *

Es war nach Mitternacht, draußen schien der bleiche Mond und Helen setzte ihren dunklen Gedanken in die Tat um.

Sie zog die Überdecke von ihrem Bett und breitete sie auf dem Boden aus. Dann stapelte sie das Allernötigste darauf – Arbeitskleidung, Unterwäsche, Nachthemd, Schuhe, Handschuhe und eine Baskenmütze, die man ruhig quetschen konnte.

Ihr finsterer Plan lastete auf ihr. Sie ließ ihr eigenes Kind im Stich. Den Rest ihres Lebens würde sie sich Vorwürfe machen und Höllenqualen erleiden. Aber die Alternative war nicht weniger grauenvoll: Entweder sie blieb, bis Mr Carlisle sie totgeschlagen hatte, oder sie ging und ließ ihren größten Schatz zurück.

Helen wollte leben.

Ihr Fenster war genau über der Überdachung der hinteren Terrasse. Sie könnte ihr Bündel auf die Wiese werfen, auf das Dach steigen und sich von dort hinunterfallen lassen. Ein paar neue Verletzungen, was machte das schon?

Der Rest ihres Plans war ein nebulöses Durcheinander. Sie wollte nach Pittsburg laufen, ihr weniges Geld für eine Fahrkarte nach San Francisco aufbrauchen und bei der Frauenorganisation YWCA unterkommen, bis sie eine Arbeit und ein Zimmer gefunden hatte. In der Stadt würde sich ihre Spur verlieren.

Helen bekam einen Kloß im Hals, aber sie schluckte die Zweifel hinunter. Sie durfte jetzt nicht die Kontrolle verlieren.

Von der Kommode nahm sie ihr Maniküreset, die Kosmetiktasche und die Bürste. Dann zog sie die oberste Schublade auf.

Rays Briefe lagen darin, von einer Schleife zusammengehalten. Helen verspürte einen Stich im Herz. Sie drückte das Bündel Briefe an sich und sank auf die Knie. Was hätte er von ihrem Plan gehalten? Er hatte immer Verständnis für sie gehabt, aber das hier ging zu weit, oder nicht?

Trauer machte sich in ihr breit. Sie hatte ihn verloren, war schuld an seinem Tod und nun würde sie auch noch die letzte Person verlassen, die sie liebte. Aber es war besser so. Schließlich war sie das kleine Krüppelmädchen, das sich ständig wehtat und die Männer in den Tod trieb. Sie würde Jay-Jay genauso zerstören. Ohne sie war er besser dran.

Sie hatte als Ehefrau versagt, als Mutter, als Frau. Die Schläge waren ihre gerechte Strafe gewesen. Und es war richtig, dass sie ihren Sohn verlor. Sie hatte Schmerzen und Schande verdient, und zwar für den Rest ihres Lebens.

Ein Umschlag rutschte aus dem Päckchen und fiel zu Boden.

Helen hob ihn auf. Er fühlte sich dick und ungleichmäßig an und sie zog das Blatt heraus, das Ray ihr geschickt hatte. Es schimmerte silbergrau im Mondschein.

Sie schluckte. Ray war mutig gewesen. Ihm war nicht sein eigenes Leben am Wichtigsten gewesen, sondern er hatte lieber das Richtige tun wollen. Er hatte seinen Drachen erlegt. Und Helen floh vor ihrem.

Ein unterdrücktes Schluchzen entfuhr ihr. „Oh Herr! Was kann ich denn schon ausrichten?"

Sie streichelte das silbergraue Blatt, das so zerbrechlich war wie ihr Sohn. Wenn sie jetzt eine Faust machte, würde es in seine Einzelteile zerfallen. Was würde mit Jay-Jay passieren, wenn sie ihn zurückließe?

Was, wenn sie das alles ganz falsch sah? Wenn sie Jay-Jay gerade durch ihr Weggehen schadete? Hatte sie ihn denn je absichtlich verletzt? Nein, nicht ein einziges Mal. Sie liebte ihren Sohn.

Was würde es für ihn bedeuten, wenn sie verschwände? Er würde von den Carlisles aufgezogen werden, lernen, dass ein Mann seine Frau herzlos behandeln sollte, dass seine Mutter ihn nicht liebte und dass man seine Wut nie zu zügeln brauchte. Er würde wie sein Vater werden. Oder noch schlimmer.

War Jay-Jay nicht Gottes Geschenk an sie gewesen? Ja. Hätte er ihn ihr geschenkt, wenn er damit gerechnet hätte, dass sie ihn zugrunde richtete? Wenn Gott ihr vertraute, sollte sie selbst vielleicht auch damit anfangen.

Die Wahrheit brach sich still und hartnäckig Bahn.

Helen stand mühsam auf. „Ich ... ich gehe nicht ohne meinen Sohn."

Das Terrassendach führte bis unter Jay-Jays Zimmer. Und ihre Tür mochte zwar verschlossen sein, aber seine war es nicht.

Helen steckte die Briefe in ihre Handtasche und band die Ecken der Überdecke zusammen. Ihr Fenster bekam sie ohne ein Geräusch aufgeschoben. Sie zog ihre Espadrilles aus, band die Schnürriemchen zusammen und hängte sie sich um den Hals.

Auch wenn jede Bewegung schmerzte, kletterte sie nach draußen auf das Dach. Die Schindeln unter ihren nackten Füßen fühlten sich rau an. Sie ging langsam seitwärts zu Jay-Jays Fenster und versuchte es nach oben zu drücken. Es rührte sich kein Stück.

Helen stöhnte. Ohne ein offenes Fenster würde sie sich erst herunterfallen lassen und dann durch die Haustür wieder hineingehen müssen, was die Wahrscheinlichkeit erhöhte, entdeckt zu werden.

„Komm schon." Sie drückte noch einmal. Das Fenster wackelte, quietschte protestierend und ging mit einem lauten Ruck auf.

Helen duckte sich unters Fensterbrett, aber außer dem rauschenden Blut in ihren Ohren war nichts zu hören.

Sie holte ihr Bündel, schob es durchs Fenster und kletterte zu ihrem Sohn ins Zimmer.

Jay-Jay lag auf dem Bauch, den Hintern in die Höhe, zwei Finger im Mund. Das hatte er sich eigentlich längst abgewöhnt. Auf dem Kissen um sein Gesicht war ein dunkler, feuchter Kreis. Der Arme hatte sich in den Schlaf geweint. Wegen ihr. Sie musste ihn retten, bevor er zu abgebrüht für so etwas war.

Nachdem sie seine wenigen Habseligkeiten in ihr Bündel gestopft hatte, schnallte sie ihren Ledergürtel ab, schob ihn unter dem Knoten durch und hängte sich das Bündel auf der unverletzten Seite über die Schulter.

So sanft wie möglich hob sie ihren Sohn mitsamt seiner Decke hoch. Dabei redete sie ganz leise mit ihm, wie früher, als er noch ein Baby gewesen war. Er schmiegte sich an sie.

Helen lehnte ihren Kopf gegen sein feuchtes Haar. Wie hatte sie auch nur für einen Augenblick in Erwägung ziehen können, ihn zu verlassen? Er war ein Teil von ihr und sie konnte ihn genauso wenig abstoßen wie ihr eigenes Herz.

Helen machte einen Schritt in Richtung Tür. Die Diele knarrte, wohl wegen ihres Mehrgewichts durch Sohn und Bündel.

Mit pochendem Herzen blieb sie wie angewurzelt stehen und lauschte. Dann arbeitete sie sich Schritt für Schritt zur Tür vor, wobei sie jede Diele erst testete und balancierte wie auf einem Schwebebalken.

Langsam drehte sie den gläsernen Türknauf und zog die Tür auf. Bei jedem Klick zuckte sie zusammen.

Das Schlafzimmer der Carlisles war direkt gegenüber. Leises Schnarchen war zu hören. Sobald es aussetzte, würde sie um ihr Leben laufen.

Helen belastete vorsichtig jede Diele, bis sie eine feste gefunden hatte, und nutzte ihre Balletttechnik, um große und zugleich leichte Schritte zu machen.

Auf der Treppe rollte sie mit dem ganzen Fuß ab – Zehen, Ballen, Ferse –, um die Belastung zu vermindern.

Oben wurde es still. War sie zu weit entfernt, um das Schnarchen noch zu hören, oder war Mr Carlisle aufgewacht? Die Haustür war direkt vor ihr und Helen lief schneller. Zum Glück schluckte der Läufer ihre Schritte. An der Garderobe griff sie nach Jay-Jays Jacke und ihrem Mantel.

Die Haustür gab ein lautes Knacken von sich, als Helen sie öffnete, und ein noch lauteres beim Schließen, aber dann war sie draußen an der frischen Luft. Sie stürzte die Einfahrt hinunter und immer weiter den Bürgersteig entlang. Kleine Steine stachen ihr in die Fußsohlen und sie stieß sich den Zeh. Ihre Beine drohten nachzugeben. Helen stolperte, doch sie kämpfte sich weiter.

An der Ecke der Sixth Street knickten ihr die Beine ein und sie fiel auf die Knie. Sie konnte nicht mehr. Zu viel Gewicht, zu viele Schmerzen, zu wenig Kraft nach der Prügelattacke.

Jay-Jay hob seinen Kopf und wimmerte. Dann sah er Helen an. „Mama?"

„Pscht, Schätzchen." Helen warf einen Blick hinter sich. War da bei den Carlisles gerade Licht angegangen? Oder spiegelte sich nur der Mond in der Fensterscheibe? Sie konnte es von hier aus schlecht sehen, außerdem waren einige Bäume im Weg.

„Wo sim wir?"

Helen legte ihrem Sohn schnell eine Hand auf den Mund. „Leise, Mäuschen", flüsterte sie. „Kannst du laufen?"

„Will slafen", murmelte er und legte seinen Kopf wieder an ihre Schulter.

Die Luft war kühl, feucht und zugleich stickig. Sie machte das Atmen schwer. Helen schaffte nicht beides, ihren Sohn und das Bündel. Sie machte sich am Gürtel zu schaffen und sah dabei unentwegt zum Haus der Carlisles. Ihre Finger zitterten und wollten nicht kooperieren. Dann, endlich, fiel das Bündel zu Boden.

Helen rappelte sich auf und taumelte die Sixth Street hinunter. Ein Haus, zwei, drei, immer noch kein Carlisle in Sicht, und dann trommelte sie gegen die Tür der Anellos, bis im Haus Licht anging.

George machte auf, im Bademantel, die Haare verwuschelt. „Was zum … Helen? Was machst du hier? Was ist denn mit dir passiert?“

Sie hatte sich noch nicht wieder im Spiegel gesehen, aber der drückende Schmerz in ihrer linken Wange stammte wohl von einer bösen Schwellung und getrocknetem Blut.

„Bitte lass mich rein.“ Als ihre Beine nachgaben, fing George sie am Ellbogen auf und führte sie ins Haus.

„Helen? Du meine Güte! Was ist denn passiert?“ Betty kam und stützte sie. Ihr Bademantel ging über dem schwangeren Bauch nicht mehr zu.

„Nimm Jay-Jay, bitte.“ Er war wieder eingeschlafen.

Betty nahm ihn ihr ab und Helen sank aufs Sofa.

George drehte ihr Kinn ins Licht und sah sie mit tiefen Furchen auf der Stirn an. „Was ist passiert? Wer hat dir das angetan?“

Die Wärme im Haus der Anellos ließ ihre Panik abtauen. Entschlossenheit rückte an ihre Stelle. Jahrelang hatte sie das dunkle Geheimnis der Familie Carlisle gedeckt. Damit war jetzt Schluss. Sie hatte versucht, Jay-Jay zu beschützen, aber genau das Gegenteil bewirkt. „Mr Carlisle hat mich geschlagen. Er hat gemerkt, dass ich mit Jay-Jay abhauen wollte.“

„Du liebe Güte!“ Betty setzte sich neben sie, den schlafenden Jay-Jay auf dem Arm. „Wie konnte er so was nur tun?“

George lief in Richtung Flur. „Ich rufe die Polizei an. Und einen Arzt.“

„Nein, tu das nicht. Die Polizei wird nichts tun. Sie wissen doch von dem Sorgerechtsstreit. Mr Carlisle wird sagen, ich sei die Treppe hinuntergefallen oder habe mich in einem Wutanfall selbst hinuntergestürzt, damit es so aussehe, als würde er mich schlagen. Damit ich das Sorgerecht bekomme. Ich weiß genau, wie das abläuft. Und der Arzt kann bis morgen warten. Glaubt mir, ich habe Erfahrung darin.“

„Du armes Ding!“, rief Betty. „Die vielen Unfälle …“

„… die eigentlich Prügelattacken waren.“

„Was?“ George kam zurück ins Wohnzimmer. „Er hat dich schon einmal geschlagen?“

„Nein. Aber Jim. Und zwar ständig.“ Endlich war die Wahrheit heraus.

„Jim?“, piepste Betty ungläubig und drückte den schlafenden Jungen näher an sich, als wollte sie ihn beschützen. „Aber er … er hat dich doch geliebt."

„Liebe hieß für Jim nichts anderes als Macht und Kontrolle zu haben." Helen strich sich über eine der Narben auf dem Handrücken. „Das hier waren keine Kochunfälle. Jim hatte ein Faible dafür, mir Brandwunden zuzufügen. Er hat mich getreten und umhergeworfen und geboxt und Möbelstücke auf mich krachen lassen. Zwei Fehlgeburten gehen auf sein Konto. Und sämtliche Verletzungen hat er auf meine Tollpatschigkeit geschoben."

„Du lieber Himmel, nein." George sank in den Sessel und raufte sich die Haare. „Nein. Ich kannte Jim schon als Kind. Wir waren Freunde. Ja, er hatte manchmal eine fiese Ader, aber … Ich hatte ja keine Ahnung."

„Du hast das alles über dich ergehen lassen und mir nie davon erzählt?" Betty hatte Tränen in den Augen.

Helen seufzte. Warum hatte sie immer gedacht, die anderen würden sie verurteilen? Stattdessen zeigten sie nur Mitgefühl. Die Lügen hatten sie blind gemacht – hatten sie glauben lassen, dass sie fehlerlos sein musste, um Liebe zu verdienen. Dass sie versagt hatte. Dass sie das bekam, was sie verdiente. „Ich wollte nicht zugeben, dass ich einen Fehler gemacht habe. Alle haben mir gesagt, ich solle noch warten mit der Hochzeit, aber ich wollte nicht auf euch hören, weil ich Angst hatte, Jim zu verlieren. Und dann wollte ich nicht zugeben, dass ich dumm genug war, auf so einen Mann hereinzufallen. Ich hatte Angst, dass ihr mich für blöd haltet."

Betty schluchzte. „Das hätten wir niemals von dir gedacht."

Die Anteilnahme ihrer Schwester rührte Helen. „Jetzt weiß ich das, aber damals …"

„Du hättest es uns sagen sollen. Wir hätten dir doch sicher helfen können!"

„Und wie? Ich hatte keinen Grund für eine Scheidung. Er ist nie fremdgegangen."

„Aber als er dann tot war … warum hast du es mir da nicht gesagt?"

Helen strich ihrem Sohn über den Kopf. „Ein Junge soll doch zu seinem Vater aufsehen. Ich wollte nicht, dass er erfährt, wie sein Vater wirklich war. Aber das ging nach hinten los. Jetzt musste er aus erster Hand erfahren, wie sein Großvater wirklich ist."

George richtete sich auf. „Er wird dich suchen. Wenn er herausfindet, dass du abgehauen bist, meine ich. Und hier wird er als Erstes nachsehen."

Helen brach in kalten Angstschweiß aus.

„Du darfst nicht hierbleiben. Hier bist du nicht sicher." Er ging in den Flur und zog sich den Mantel über.

„Es tut mir leid. Ich wollte euch nicht in Gefahr bringen."

„Quatsch." Betty deutete auf Helens Schuhe, die noch immer um ihren Hals hingen. „Zieh die Schuhe an, Süße. George kümmert sich um dich."

George nahm seiner Frau Jay-Jay ab. „Schließ hinter uns ab und mach niemand anderem auf. Wenn nötig, ruf die Polizei."

„Ja, Liebling. Seid vorsichtig." Betty drückte Helen. „Ich bete für dich."

„Danke." Helen löste sich aus der schmerzhaften Umarmung und bemerkte die Blutflecken auf ihrem Kleid. Sie hatte es so satt, Blutflecken auszuwaschen.

Helen und George gingen die Sixth Street entlang. „Wohin gehen wir?", flüsterte Helen.

„Zu den Novaks."

„Oh nein. Wir dürfen sie nicht aufwecken. Es ist doch schon nach Mitternacht."

„Wir müssen dich zu jemandem bringen, der im Dorf angesehen ist. Pastor Novak ist auf deiner Seite. Er wird dich beschützen und verteidigen. Außerdem: Irgendjemanden müssen wir aufwecken und da nehme ich lieber jemanden, den ich kenne."

Helen seufzte resigniert.

Sie gingen durch die Nacht, so schnell Helen konnte. Mr Carlisle hatte ihr Verschwinden offensichtlich noch nicht bemerkt, denn ihr Bündel lag unversehrt an der Ecke C Street und Sixth Street. Als George es aufhob, hielt Helen vor Anspannung die Luft an, aber aus Richtung der Carlisles war nichts zu hören.

George schlug kräftig gegen die Tür der Novaks. Helen wurde schwindlig. Der flotte Marsch hatte ihre letzten Kraftreserven aufgebraucht. Erschöpft lehnte sie sich gegen die Wand.

„Ich komme." Pastor Novak öffnete. „Was ist denn … George? Was ist los?"

„Es geht um Helen. Mr Carlisle hat sie geschlagen. Sie braucht einen sicheren Ort für die Nacht.“

Pastor Novak beugte sich erschrocken nach draußen. „Oh nein. Ich hätte nie gedacht, dass … warum habe ich bloß nichts gesagt?“

Er legte ihr den Arm um die Taille und führte sie ins Haus. „Edie!“ Aber Mrs Novak kam schon von oben herunter und knotete ihren Bademantel zu. Allie und Esther tauchten oben am Treppenansatz auf.

„Es tut mir leid“, sagte Helen. „Ich wollte euch nicht wecken …“

„Allie, hol den Verbandskasten“, befahl Mrs Novak. „Esther, würden Sie Jay-Jay in Rays Zimmer legen?“

Rays Zimmer. Helen klappte auf dem Sofa zusammen.

„Ich rufe den Arzt“, beschloss Pastor Novak.

„Nein. Ich gehe morgen früh hin.“

„Wir sollten das Helen überlassen“, meinte George.

Mrs Novak kniete sich vor Helen und hielt ihre Hand. „Die Tochter des Arztes wird schon wissen, was sie tut.“

Helen lächelte grimmig. „Jim Carlisles Witwe wird schon wissen, was sie tut.“

Mrs Novak riss die Augen auf. „Was? Er hat doch nicht etwa auch …“

„Nicht nur einmal. Und er hat mir die Schuld gegeben. Aber ich weigere mich, das noch länger für mich zu behalten.“ Helen war selbst überrascht, wie kräftig und ruhig ihre Stimme klang. Sie hatte immer gedacht, dieses Geständnis würde ihr das Rückgrat brechen, aber stattdessen war es befreiend.

Pastor Novak sank in den Sessel und rieb sich die Stirn. „Wie sein Vater! Ich hätte es wissen müssen. Ich hätte dich warnen müssen. Aber du warst verliebt und Jim hatte mir bis dahin nie einen Grund gegeben, an ihm zu zweifeln. Ich musste ihm erst einmal vertrauen.“

„Natürlich.“ Pastor Novaks Reaktion bewies das Gegenteil von dem, was die Carlisles immer gesagt hatten – dass es nur sie etwas anging, was in ihrer Familie passierte.

„Spätestens, als du bei den Carlisles eingezogen bist, hätte ich etwas sagen müssen. Aber ich dachte, das stünde mir nicht zu. Niemals hätte ich gedacht, dass … Ich habe einfach gehofft, dass schon alles gut werden würde. Seine Kinder hat er nie geschlagen, soviel weiß ich.“

„Nur seine Frau.“

Pastor Novak sah mitgenommen aus. „Ich habe ihn schon so oft darauf angesprochen, aber er sagt immer, ich solle meine Nase nicht in Dinge stecken, die mich nichts angehen."

Jetzt verstand Helen, warum die Carlisles die Novaks nicht ausstehen konnten. Endlich gab es einen Grund für die Fehde.

Allie kam mit dem Verbandskasten. „Wir müssen die Wunde erst säubern. Das tut jetzt vielleicht ein bisschen weh." Sie tupfte Helens geschwollene Wange mit einem feuchten Tuch ab.

Helen zuckte zusammen, aber es tat längst nicht so sehr weh wie der Schlag.

Esther setzte sich an Helens andere Seite. „Der Kleine schläft ja wie ein Stein."

„Nur so konnte ich überhaupt fliehen. Ich bin aus meinem Fenster geklettert, bei ihm ins Zimmer und dann zur Haustür heraus."

„Ist nicht wahr!" Allie war inzwischen mit Jod bei der Sache. „Und was hast du jetzt vor?"

„Ich weiß nicht." Helen konnte keinen klaren Gedanken fassen. „Er hat die Kontrolle über mein Geld. Ich kann die Stadt wegen des Sorgerechtsstreits nicht verlassen, aber einen Job finde ich auch nicht, bei all den Gerüchten. Es gibt einfach keinen Ort, wo ich …" Helen schnürte es die Kehle zu.

„Aber natürlich! Du kannst hierbleiben, solange du willst." Mrs Novak sah sie voller Mitgefühl an. Alles an ihrem Blick erinnerte Helen an Ray.

„Ich … aber ich kann nicht …"

„Paperlapapp. Wir würden uns freuen, dich aufzunehmen. Weißt du, früher hatte ich das Haus voller Jungs und jetzt habe ich das Haus eben voller Mädchen."

„Danke", brachte Helen mühsam hervor. „Aber ich muss trotzdem eine Lösung finden."

„Aber nicht jetzt." Allie klebte ein Pflaster auf die Schwellung. „Jetzt musst du dich ausruhen."

„Du kannst morgen nach einer Lösung suchen", warf Esther ein. „Und denk dran, wir sind alle für dich da."

Pastor Novak und seine Frau, George und Allie nickten allesamt. Die Carlisles und die Llewellyns konnten machen, was sie wollten; ihre wahren Freunde hielten zu ihr. Vor lauter Dankbarkeit konnte Helen nichts sagen.

„Na komm, wir gehen alle schlafen", meinte Esther.

Sie und Mrs Novak halfen Helen auf und begleiteten sie die Treppe hinauf. „Schläfst du mit Jay-Jay in einem Bett oder soll ich ihm noch ein kleines Nest bauen?"

„Wir schlafen in einem, kein Problem."

Mrs Novak zog eine Tür auf. „Das hier war Rays Zimmer. Ich hatte einfach noch nicht die Kraft …"

Das Zimmer roch noch immer nach ihm, nach Büchern und Gras und Leder. Nachdem Mrs Novak gegangen war, zog Helen ihr Nachthemd an und kroch unter die Decke. Sie legte den Arm um ihren Sohn und zog ihn so nah an sich, wie ihre Schmerzen es erlaubten.

An der Wand hing ein Aquarell. Im fahlen Mondlicht machte Helen eine idyllische Landschaft mit einem großen, weiten Himmel aus.

Dieses Bild hatte Ray sicher oft verträumt angesehen. Er fehlte ihr so – seine sanften Augen, seine tiefgründigen Worte, seine leidenschaftlichen Küsse.

Helen vergrub ihr Gesicht im Kissen. Der Duft von Ray und der von Jay-Jay vermischten sich und entführten sie in ihre Erinnerungen.

Kapitel 43

England

Die Augenbinde wurde abgenommen. Ray blinzelte und versuchte, seine Augen an die Umgebung zu gewöhnen.

Major Siegel führte ihn in einem kleinen Gerichtssaal nach vorn. „Sie haben zwar eine standrechtliche Erschießung verdient, aber Sie bekommen trotzdem eine formelle Verurteilung."

Ray atmete tief ein. So oder so, er war tot. Wie weh würde es tun? Wie lange würde er den Schmerz spüren? Wenn er im Himmel war, interessierte ihn das bestimmt nicht mehr, aber er wollte mit Würde abtreten.

Ein Dutzend Männer saßen im Publikum und sahen zum Richter, einem Mann mit schlankem Gesicht und kargem Schnurrbart. Auf seinem Namensschild stand Col. Elton Maxwell.

Der Colonel nahm ein Blatt Papier in Augenschein. „Lt. Johannes Gottlieb, das Gericht hat Ihre Aussage vorliegen. Haben Sie ihr noch etwas hinzufügen?"

Ein Offizier neben dem Richter stand auf und setzte auf Deutsch an. „*Oberleutnant Johannes ...*"

„Verzeihung, Sir", unterbrach ihn Ray. „Ich brauche keinen Dolmetscher."

„Also schön", meinte Colonel Maxwell. „Ich wiederhole meine Frage."

„Sir, zunächst möchte ich Folgendes klarstellen: Mein Name ist Captain Ray Novak." Ray erkannte kaum seine eigene Stimme, so dünn war sie geworden. „Meine Aussage ist vollständig und wahrheitsgemäß."

„Lieutenant Gottlieb", sagte der Colonel schwerfällig. „Sie sollten sich das vielleicht anders überlegen. Das Gericht hat ausreichende Beweise, um Sie der Spionage und Beihilfe zum Mord an Captain Novak zu verurteilen."

Rays Mundwinkel zuckten. Wenn sich hier jemand der Beihilfe zum Mord an Captain Novak schuldig machte, dann das Gericht.

Colonel Maxwells Blick verfinsterte sich. „Sie finden das wohl lustig?"

„Nein, Sir. Ich bitte Euer Ehren um Verzeihung, dass ich gelächelt habe. Aber ich habe inneren Frieden. ‚Es streit für uns der rechte Mann, den Gott hat selbst erkoren.'

Der Blick des Richters sprang für einen Augenblick ins Publikum. „‚Ein feste Burg.' Ein guter deutscher Choral."

Ray seufzte. Alles wurde gegen ihn verwendet. „Ja, Sir. Von Martin Luther."

„Haben Sie dem Gericht noch irgendetwas zu sagen?"

„Nein, Sir."

„Also schön. Setzen Sie sich, während ich die Unterlagen prüfe." Er deutete auf einen Stuhl zu seiner Linken.

Ray nahm Platz, die Hände hinter dem Rücken in Handschellen, und schloss die Augen. Der Choral erfüllte seinen Kopf. Er konnte Mom an der Orgel sehen und Dad, der von vorne sang, während Ray sich mit seinen Brüdern ein Gesangbuch teilte.

Bitterkeit drohte seinen Frieden zu ersticken. Er würde sie nie wiedersehen. Sein Leben war vorbei. Irgendwie fühlte es sich unvollendet an. So viel blieb unerledigt. Wie vielen Männern hier hätte er noch von Gott erzählen können? Da hatte er eine Idee.

Warum nicht die letzte Chance nutzen? Warum nicht predigen, bis ihn die Kugeln zum Schweigen brachten? Mit neuer Entschlossenheit hob er den Kopf und sah ins Publikum. „‚Gott aber erweist seine Liebe zu uns darin, dass Christus für uns gestorben ist, als wir noch Sünder waren …'"

Ein Dutzend Männer saß im Publikum, sechs Offiziere der Air Force und sechs Zivilisten. Beim Hereinkommen hatte er sie nur von hinten gesehen, aber jetzt sah er ihre Gesichter.

Zwei davon kannte er.

Alles um ihn fing an sich zu drehen. „Jack? Walt?"

„Bitte?", unterbrach ihn der Richter.

„Meine Brüder!" Ray sprang auf und stolperte. „Jack! Walt!"

„Wachen!"

Zwei Militärpolizisten packten Ray an den Armen, aber er lachte nur benommen. Das Ganze war eine Gegenüberstellung, nichts als eine einfache Gegenüberstellung. Seine Brüder starrten ihn mit aufgerissenen Mündern an.

„Erkennt ihr mich? Ich weiß, ich habe mich verändert, bin dünn geworden, die Stimme ist komisch, aber ihr erkennt mich, oder?"

„Welche Männer meinen Sie genau?", fragte der Richter.

Ray versuchte sich zu konzentrieren. „Der zweite Mann von rechts – nein, links –, zweite Reihe. Das ist Jack Novak. Der dritte von links ist Walt. Das sind meine Brüder. Meine Brüder!"

Walt lächelte freudestrahlend und wollte aufstehen, doch Jack hielt ihn mit ausgestrecktem Arm zurück und starrte Ray mit zerfurchter Stirn an. „Das kann nicht sein."

„Ist es aber. Ich bin es, Jack." Ray sah seinen jüngeren Bruder so intensiv an, als würde sein Leben davon abhängen. Was es auch tat.

„Nicht vergessen, meine Herren", ging der Richter dazwischen. „Stellen Sie Fragen, auf die nur Ihr Bruder die Antwort wissen kann."

Jack nickte. „Was ist oben auf unserem Klavier zu Hause?"

Ray lachte befreit. Tränen liefen ihm über die Wangen und er konnte sie nicht zurückhalten, auch wenn es ihm peinlich war. Es war vorbei. Die Tortur hatte ein Ende. Er würde leben. „Drei Fotos. Unsere blöden Visagen in Uniform. Moms Häkeldeckchen. Und der Tintenfleck."

„Was ist mit dem Tintenfleck?" Jack blinzelte viel zu häufig.

Ray grinste, zum ersten Mal seit Monaten. Es tat weh. „Ich war's."

Walt lachte kehlig und rieb sich die Augen. „Bist du verrückt? Ich war das."

„Hört auf. Hört auf zu lügen, ihr Idioten", sagte Jack schmunzelnd. „Ihr wisst beide, dass ich das war."

Major Siegel erhob sich. „Euer Ehren, der Gefangene wusste offensichtlich nicht die richtige Antwort."

Jack stand auf. „Bei allem Respekt, Major, wir führen diese Diskussion seit über zwanzig Jahren. Das ist mein Bruder. Mein Bruder! Würde ihm bitte endlich jemand diese verdammten Handschellen abnehmen."

Der Richter nickte und die MPs befreiten Ray.

Er stolperte sofort auf seine Brüder zu, die mittlerweile im Gang standen, und sie fielen sich in die Arme, lachten, versuchten nicht gleichzeitig zu weinen und taten es trotzdem.

„Du fiese Socke." Jack gab Ray einen Klaps auf den Hinterkopf. „Erst lässt du dich vom Himmel schießen und dann lässt du uns glauben, du wärst tot?"

Ray schlug zurück. „Wer ist hier die fiese Socke? Wieso habt ihr mich nicht im Krankenhaus besucht? Die wollten mich hinrichten!"

Jack und Walt lösten sich mit betretener Miene aus der Umarmung. „Tut mir leid", sagte Jack. „Wir haben deine Aussage gelesen. Das klang überhaupt nicht nach dir. Ich kann nicht glauben, dass du das alles wirklich gemacht hast."

„Ich auch nicht."

Walt fiel die Kinnlade herunter. „Soll das eigentlich heißen, das Pilotenhandbuch ist echt?"

„Es hat mich schließlich hierher gebracht."

„Wahnsinn. Du bist einen Düsenjet geflogen. Mit einem Handbuch."

„Und einem Trainingsfilm."

Jack und Walt starrten Ray an. Dann brach Jack in Gelächter aus. „Erst gewinnt Walt das Rennen zum Traualtar und jetzt wirst du der Abenteuerheld. Was ist nur aus dieser Familie geworden?"

„Verzeihung, Gentlemen." Der Richter tippte Ray auf die Schulter. „Captain Novak, da warten ein Dutzend Geheimdienstfritzen darauf, Sie zu befragen. Ich habe ihnen gesagt, dass sie Sie und Ihre Brüder erst einmal durchatmen lassen sollen. Möchten Sie vielleicht in mein Büro gehen? Ich lasse etwas zu Essen kommen."

„Essen." Das Wort hallte in Rays leerem Magen wider. „Ja, bitte."

„Tut mir leid wegen der Prozedur, junger Mann. Aber hier hat nun mal der Geheimdienst das Sagen."

„Ich verstehe." Ray sah sich im Gerichtssaal um, aber Major Siegel war nirgendwo mehr zu sehen. Um Entschuldigung zu bitten, war wohl nicht seine Stärke.

Der Richter brachte sie zu seinem Büro. „Ich lasse niemanden herein, es sei denn, er hat Essen dabei."

„Danke, Sir." Ray ließ sich erschöpft in einen Holzstuhl vor dem Schreibtisch fallen. Er würde nicht sterben. Sein Zuhause wartete auf ihn. Er durfte essen. „Wie geht es Mom und Dad? Und Grandma und Grandpa?"

Walt setzte sich mit ernster Miene auf den Stahltisch. „Sie trauern. Natürlich sind sie stark, aber das hat sie alle ziemlich mitgenommen und uns auch. Wir dachten, du wärst tot, Himmel noch mal!"

„Wenn sie diese Neuigkeit erfahren, sind sie wieder fit wie eh und je." Jack lehnte sich an die Wand und verschränkte die Beine.

Ray wurde plötzlich schwermütig. Trauer ließ Menschen altern. Irreversibel.

„Das Baby hat ein wenig geholfen." Walt holte sein Portemonnaie hervor und zog ein Foto heraus. „Es ist ein Junge. Francis Raymond. Wir nennen ihn Frankie. Frank für meinen Freund, der gefallen ist, und Raymond für … na ja, für dich. Aber du bist gar nicht tot. Unglaublich!"

Ray betrachtete das kleine schwarz-weiße Gesicht. Sein Neffe. „Hast du ihn schon gesehen?"

„Nein. Er ist jetzt zwei Monate. Und lächelt, sagt Allie."

„Bald kannst du nach Hause. Wir alle", stellte Jack fest. „Der Krieg ist fast vorbei. Den letzten Einsatz gegen die Kriegsindustrie hatten wir am 16. April, den letzten gegen taktische Ziele am 25. April. Es gibt einfach keine Ziele mehr."

Walts Fersen tippten gegen den Schreibtisch. „Also ist der Flieger auch echt. Den verschiffen wir nach Ohio zum Luftwaffenstützpunkt und nehmen ihn richtig auseinander."

„Was für ein Wahnsinnsflugzeug." Jack standen Hunderte Fragen ins Gesicht geschrieben.

Aber bevor Ray Fliegergespräche führen konnte, musste er noch eine Sache wissen. „Wie geht es Helen?"

„Helen? Hat sie ziemlich mitgenommen, meinte Allie." Walt zögerte.

„Ich hab's gewusst." Jack stöhnte.

Ray rutschte auf dem Stuhl nach vorn. „Was? Was ist mit Helen?"

Walt verzog das Gesicht. „Nichts. Sie … na ja, sie heiratet."

„Heiratet?", flüsterte Ray ungläubig.

„Hat geheiratet. An Moms Geburtstag. Also vor zwei Tagen."

„Victor Llewellyn", ergänzte Jack.

Geheiratet? Vor zwei Tagen? Vic? Ray wurde so bleich, als hätte ihn das Erschießungskommando doch durchlöchert.

Monatelang hatte die winzige Hoffnung, dass er einst zurückkehren und Helen zur Frau nehmen würde, wie ein Kolibri in seinem Herzen geflattert.

Die kleinen Flügel hörten nun auf zu schlagen. Dieser Traum war ausgeträumt.

Kapitel 44

Antioch
Freitag, 4. Mai 1945

Helen stand am Zeitungsstand an der Ecke von Third und G Street, wo auf dem *Ledger* in großen Lettern „250.000 Nazis kapitulieren im Norden“ und „Nur noch zwei deutsche Armeen übrig“ stand.

Mrs Kramer ging vorbei und starrte schockiert auf das große Pflaster auf Helens Wange. Dann murmelte sie nervös „Guten Morgen“ und verschwand in Dellas Boutique.

Darauf hatte Helen gewartet. Sie schloss die Augen und sammelte sich. Über das hier hatte sie mit den Novaks und den Anellos gesprochen. Sie hatte dafür gebetet. Und jetzt musste sie es durchziehen. „Herr, schenk mir Mut.“

Mit nach vorn gerecktem Kinn betrat sie den Laden. Die Glocke an der Tür bimmelte.

Mrs Carlisle lächelte. „Guten Mor… Helen! Oh.“ Sie ging schnell zum Hinterzimmer. „James, Helen ist da.“

Mr Carlisle kam heraus. Seine Miene verriet unterdrückte Anspannung. „Wie schön dich zu sehen. Komm doch bitte einmal nach hinten. Ich möchte dir etwas zeigen.“

„Nein, danke“, erwiderte Helen freundlich. „Ich bleibe lieber hier am Fenster, wo man mich sehen kann.“ Pastor Novak hatte ihr angeboten, sie zu begleiten, aber Helen hatte abgelehnt. Sie musste für sich selbst eintreten.

Mr Carlisle lächelte gekünstelt und kam auf sie zu. „Wo warst du? Ich habe dich überall gesucht. Wir haben uns Sorgen gemacht.“

Nun stand sie dem Drachen direkt gegenüber, aber sie weigerte sich, in die Rolle der verängstigten Maid zu schlüpfen. „Wieso? Hattest du Angst, dieses Mal etwas zu hart zugeschlagen zu haben? Hattest du Angst, ich sei ernsthaft verletzt?“

„Sprich gefälligst leise.“ Er packte sie am Arm.

„Lass los“, raunte sie und deutete mit dem Kopf auf Mrs Kramer, die an einem Kleiderständer mit Sommerblusen stand.

Er ließ los, aber seine Finger blieben zu Krallen geformt. „Du wirst nicht in der Öffentlichkeit davon sprechen.“

„Ja, diese Schande soll unser kleines Familiengeheimnis bleiben – aber nur um Jay-Jays willen. Deswegen wirst du heute noch den Sorgerechtsantrag zurückziehen.“

Er ballte die Fäuste.

Helen machte einen Schritt zurück und funkelte ihn und seine Fäuste an. „Dr. Dozier hat mich untersucht und Officer Mandeville hat eine Polizeiakte angelegt. Ich kann dich wegen Körperverletzung anzeigen.“

„Was?“, zischte er. „Dazu hast du kein Recht.“

„Ich habe jedes Recht der Welt.“

„Niemand schreibt mir vor, wie ich meine Familie zu behandeln habe.“

„Vor dem Gesetz gehöre ich nicht zur Familie. Ich kann dich vor Gericht bringen, aber ich tue es nicht, wenn du den Antrag zurückziehst.“

Er wurde so rot vor Wut wie der Striemen auf Helens Wange. „Du glaubst wohl, du kannst mich erpressen?“

„Das ist keine Erpressung. Ich schütze den Ruf deiner Familie. Wenn der Sorgerechtsstreit vor Gericht geht, muss ich schwören, die Wahrheit zu sagen, und genau das werde ich tun. Ich werde bezeugen, dass du deine Frau schlägst, dass Jim mich geschlagen hat und du auch und dass Jay-Jay genauso gewalttätig wird, wenn er bei euch aufwächst.“

Mr Carlisle lächelte höhnisch. „Dein Wort gegen meins. Wer wird schon dem Krüppelmädchen Helen glauben?“

Helen richtete sich auf. „Du hast da etwas vergessen. Es gibt noch eine Zeugin, jemanden, der in deinem Haus aufgewachsen ist und genau weiß, was da läuft.“

Mr Carlisle wurde bleich. „Das würde sie nie wagen.“

„Dorothy hat schon eingewilligt. Sie will nicht, dass Jay-Jay so wird wie du und Jim.“

Mr Carlisle starrte sie an. Sein Brustkorb hob und senkte sich, als wollte er Feuer spucken.

Aber sie hatte seine Flamme schon gelöscht. Allerdings war ein Eimer voll Wahrheit noch übrig. „Und selbst wenn du gewinnst und das Sorgerecht bekommst, weiß die ganze Stadt, was du für einer bist. Das wäre sehr schlecht fürs Geschäft, vor allem für eins, das hauptsächlich Frauen als Kunden hat.“ Helen deutete wieder mit dem Kinn auf Mrs Kramer. „Zieh den Antrag zurück. Noch heute.“

„Also schön“, knurrte er. „Aber wenn sie dich in die Klapsmühle stecken, hole ich mir meinen Enkel.“

So wie Helen das sah, war sie der Klapsmühle gerade entkommen. „Jetzt, wo ich nicht mehr bei euch wohne, werden Jay-Jay und ich die monatliche Unterstützung brauchen, die du deinem Sohn versprochen hast. Und die für die nächsten zwei Monate nehme ich jetzt gleich mit.“

„Zwei?“

Helen streckte ihre Hand aus. „Für die Arzt- und Anwaltskosten, die du mir aufgehalst hast. Zwei Monate. Jetzt sofort.“

Mr Carlisle stürmte hinter die Kasse. „So viel habe ich nicht.“

„Doch, hast du. Hast du immer.“

Aus seinem Blick vom anderen Ende des Ladens sprach unverhohlener Hass. „Komm und hol es dir.“

„Nein, danke. Ich möchte es hier am Fenster haben. Draußen scheint doch so schön die Sonne. Nicht wahr, Mrs Kramer?“

„Ja. Wunderschön.“ Ihr Blick wanderte zwischen Helen und Mr Carlisle hin und her.

Selbst wenn sie nichts gehört hatte, spürte sie, dass die Luft so dick war, dass man sie hätte schneiden können. „Eine tolle Sommerkollektion. Ich werde später noch einmal wiederkommen.“

Mrs Kramer ging in Richtung Tür, aber Helen versperrte ihr den Weg. „Es ist so schön, Sie zu sehen. Wie geht es denn Evelyn? Sie ist jetzt in der zwölften Klasse, oder? So eine tolle junge Frau.“

Mrs Kramer strahlte. „Danke. Manchmal albert sie nur herum, aber so sind Mädchen nun mal, nicht wahr?“

„Ja, das stimmt.“ Helen ließ Mr Carlisle mit einer Winkbewegung wissen, dass sie auf das Geld wartete. „Macht ihr der Job im El Campanil noch Spaß?“

„Zu viel, fürchte ich. Larry Parker arbeitet doch an der Kasse und sie hat nur noch Augen für ihn.“

Ein Bündel Scheine landete in Helens Hand und sie griff zu. „Passen Sie bloß auf, dass Evelyn ihn richtig kennenlernt, bevor sie ihm ihr Herz schenkt. Man muss ganz genau wissen, worauf man sich einlässt, wenn man heiratet." Sie lächelte ihren ehemaligen Schwiegervater an. „Schönen Tag noch, Mr Carlisle. Und Ihnen auch, Mrs Kramer."

Helen ging nach draußen und schnappte nach Luft. An der Ecke Fourth und G Street musste sie stehen bleiben, um sich zu beruhigen. Sie hatte es geschafft. Sie hatte nicht klein beigegeben und ihr Ziel erreicht.

Unauffällig steckte sie das Geld in ihre Handtasche und zählte es. Zwanzig Dollar weniger, als ihr zustanden, aber hundert Dollar mehr, als sie erwartet hatte.

Genug, um mit Jay-Jay nach Washington D.C. zu gehen. Sie würde noch bis Montag warten, um sicherzugehen, dass der Sorgerechtsstreit beigelegt war, und um sich noch ein paar Tage zu erholen.

Gefasst ging Helen weiter. Von Jims Lebensversicherung würde sie keinen Penny mehr sehen und sie würde ihre Eltern um Geld anbetteln müssen, aber in Washington gab es genügend Arbeit. Die NAACP hatte Esther eine Wohnung besorgt und sie hatte angeboten, Helen und Jay-Jay ein Zimmer abzutreten.

Die Betreuung von Jay-Jay blieb ein Problem, aber Helen hatte gestern ihre Eltern angerufen und ihre Mutter hatte dafür spontan eine Frau aus der Kirche ins Auge gefasst. Ferngespräche waren auf fünf Minuten begrenzt, deshalb hatte Helen ihren Eltern nicht gesagt, warum sie kam, aber sobald sie bei ihnen angekommen war, würde sie ihren Stolz hinunterschlucken und ihnen alles erzählen.

Helen sah sich traurig um. Am Ende der G Street konnte man den Fluss sehen. Sie liebte das Wasser, die grünen Hügel und den schroffen Mount Diablo. Sie liebte die Stadt und die Leute und den Duft von Tomatensuppe, wenn in der Konservenfabrik Tomatensaison war. Sie liebte die bittersüßen Erinnerungen an ihre Kindheit, ihre Ehe und die romantischen Tage mit Ray.

Nach diesem Wochenende würde sie all das ein für alle Mal hinter sich lassen.

* * *

Über dem Nördlichen Eismeer
Sonntag, 6. Mai 1945

Jack beugte sich begeistert in seinem Klappsitz im Fluggastraum der C-54 nach vorn. „Also, Jungs, der Plan ist folgender …"

Ray schmunzelte. „Da macht der Kerl selbst aus einer Heimreise noch einen Kampfeinsatz."

„Darauf kannst du Gift nehmen." Jack zählte an den Fingern ab. „Dienstagmorgen kommt Allie mit dem Baby zur Bushaltestelle. Sie ist die Einzige, die Bescheid weiß, und sie glaubt, dass nur Walt kommt."

Walt kuschelte sich in seine dicke Fliegerjacke. „Bin gespannt, ob sie mein Telegramm begriffen hat. ‚BRINGE SELTENEN EXOTISCHEN VOGEL NACH HAUSE.' Sie wusste bestimmt sofort, dass ich einen Düsenjet meine. Aber wenn sie erst mal hört, wie wir da herangekommen sind ..."

Ray zog die Decke enger um sich. Hinten in der Frachtmaschine war es unter null Grad und ihm fehlte jegliche isolierende Fettschicht, auch wenn er in der letzten Woche dreieinhalb Kilo zugenommen hatte. Wenigstens hatten die Nachrichtenoffiziere ihn nicht nur ausgequetscht, sondern auch mit gutem Essen versorgt.

„Allie verplappert sich bestimmt nicht, weil sie in Ruhe Walt abknutschen will. Warum auch immer …" Jack zählte weiter. „Walt und Allie gehen zuerst rein. Fünf Minuten später werden Ruth und ich Mom und Dad überraschen. Fünf Minuten für die Begrüßung, fünf Minuten für das Neuste vom Tage, fünf Minuten Vorbereitung auf unseren Lazarus. Ray bleibt auf der Veranda, bis wir die Tür aufmachen. Und mit aufmachen meine ich weit aufmachen. Schließlich müssen Moms Tränensturzbäche irgendwo raus. Wie hört sich das an, Jungs?"

„Sehr gut", erwiderte Ray. „Lass uns einen Uhrenvergleich machen."

Ruth Doherty kam von hinten mit dem Arm voller Thermoskannen zu ihnen. „Kaffee für Jack und Walt und Brühe für meinen Patienten. Dafür, dass ich mit auf diesen Flug durfte, muss ich schließlich auch was tun."

„Danke." Ray hatte gedacht, er hätte Brühe ein für alle Mal satt, aber heute sehnte er sich nach der Kombination aus Wärme und Nahrhaftigkeit.

Ruth stemmte die Hände in die von der Fliegerkombi gut gefütterten

Hüften. „Dein Plan hört sich jetzt schon danach an, als würde er scheitern. Du wirst das genauso vermasseln wie die Sache mit Ray. Hatte ich dir nicht gesagt, dass ich in Melun einen Mann gesehen habe, der so aussah wie er? Und dann ließen die vom Nachrichtendienst verlauten, da wäre jemand, der behauptete, er sei Ray. Und hast du zwei und zwei zusammengezählt? Nein. Beschränk deine Pläne mal lieber auf die Fliegerei, mein kleiner Pilot."

Jacks Grinsen hob die Enden seines Schnurrbarts. „Und was ist mit meinem Plan, dich zu heiraten?"

Ruth lächelte zurück und schüttelte den Kopf. „Du hättest euren Eltern einfach ein Telegramm schicken sollen."

Jack streckte die Hand nach ihr aus und klopfte auf seine Oberschenkel. „Ach ja? Und was hätte ich schreiben sollen? ‚RAY LEBT STOP WIRKLICH STOP GANZ IM ERNST STOP LANGE GESCHICHTE STOP'? Sie hätten überhaupt nicht gewusst, was sie denken sollen, und außerdem sind wir schneller zu Hause als ein Brief."

Ruth ignorierte die Einladung ihres Verlobten. „Deine Eltern kriegen einen Herzinfarkt."

„Deswegen haben wir ja eine Krankenschwester dabei."

Ruth sah Ray an. „Und du findest das in Ordnung?"

„Es war ja meine Idee. Meine Eltern glauben es erst, wenn sie mich sehen." Ray hatte noch einen Grund dafür, warum er kein Telegramm schicken wollte. Er wollte Helen Zeit geben, in ihre neue Rolle als Ehefrau hineinzufinden. Je länger die Flitterwochen dauerten, desto weniger würde sie die Hochzeit bereuen, falls sie doch noch Gefühle für Ray hatte. Obwohl er das bezweifelte, gemessen daran, wie schnell sie sich in Vic verknallt hatte. Ray schluckte die Eifersucht hinunter. Vic würde ein guter Ehemann und Stiefvater sein und Ray sollte ihnen alles Gute wünschen.

Schade, dass sie nicht wirklich auf Hochzeitsreise fahren konnten. Aber Vic gehörte nun mal zur Navy. Hitler war zwar tot und die deutschen Soldaten kapitulierten in Scharen, aber in der Pazifikregion war der Krieg noch lange nicht vorbei. So, wie es in Okinawa aussah, würden die Japaner sich nicht so leicht ergeben, wenn sie es überhaupt taten.

Rays Brüder lachten über irgendetwas. Ray blinzelte und hörte zu.

„Endlich können wir dieser Messerschmitt mal unter die Haube gucken", meinte Walt. „Ich kann's kaum erwarten, nach Ohio zu kommen. Mit meiner Frau, meinem Sohn und meinem persönlichen Düsenjet-Experten." Er stupste Ray an.

Ray lächelte. Ohio war schön weit weg von zu Hause und Helen.

„Während ihr mit eurem Spielzeugflieger spielt, sitze ich am Steuerknüppel einer B-29 ‚Superfortress'", prahlte Jack. „Achttausendachthundert PS, könnt ihr euch das vorstellen?"

„Und dann auf zum Pazifik." Ruth schaute mürrisch drein und schrieb etwas auf ihr Klemmbrett.

„Heirate mich schnell und ich sorge dafür, dass du in meiner Nähe stationiert wirst."

„Du hast schon genug Strippen gezogen, damit ihr alle drei in demselben Flugzeug sitzt, ich Ray zugeteilt werde und ihr zehn Tage Heimaturlaub bekommt. Wenn du noch mehr Strippen ziehst, steht die Army Air Force bald nackt da." Ruth warf Jack einen vielsagenden Blick zu und ging davon. „Zeit für die Kontrollrunde."

Walt gab Jack einen Klaps. „Hättest mal ein paar Tage früher anfangen können. Dann wäre ich zum Hochzeitstag zu Hause gewesen."

Walt und Allie hatten vor einem Jahr geheiratet. An dem Tag hatte Rays großes Abenteuer begonnen.

„Ich muss mal ein bisschen herumlaufen und mich aufwärmen." Ray stand auf und schlang die Decke um sich. Wenn er gewusst hätte, was dieses Jahr bringen würde, hätte er sich anders entschieden. Und einen Fehler gemacht. Ja, er wäre dann wohl mit der Frau zusammen, die er liebte, aber nur als halber Mann, der keine Ahnung hatte, was er mit Gott an seiner Seite schaffen konnte.

Ray konnte das Dröhnen der Motoren selbst durch die Stiefel spüren. Er lief den Gang entlang, erst vorbei an Patienten auf Klappsitzen, dann an welchen auf Liegen, von denen jeweils vier übereinandergesteckt waren.

Im Heck lehnte er sich gegen den Rumpf und sah aus dem Fenster. Zerklüftete Bergspitzen ragten aus weißen Gletschern. Grönland. Noch so weit bis nach Hause.

Irgendwie war ihm die Lust auf die Heimkehr vergangen. Mit der amerikanischen Uniform und einem neuen Haarschnitt sah er wieder aus wie er selbst und auch die Stimme war seiner alten wieder ähnlicher geworden. Aber wer war er? Er hatte Dinge getan, die er nie für möglich gehalten hätte. Und zu Hause erwarteten alle den alten Ray. Selbst seine Brüder, die wussten, wie einen der Krieg veränderte, konnten ihn nicht wirklich verstehen.

„Na? Wie hältst du dich?“ Ruth umklammerte das Klemmbrett.

„Meinst du, ich stehe diesen großen Gefühlsausbruch durch?“

„Du schon, aber ich?“ Ruth sah ängstlich aus.

„Du hast doch keine Angst, meine Eltern kennenzulernen, oder?“

Sie zuckte die Achseln. „Ich weiß, es gibt keinen Grund dazu, aber trotzdem … Das Mädchen aus den Slums von Chicago trifft den Kleinstadtpastor, seine mustergültige Frau und ihre Schwiegertochter, eine Frau aus besten Kreisen.“

„Ach, sie werden dich sofort mögen. Und Allie macht sich wahrscheinlich selbst einen Kopf wegen Jacks hübscher Verlobten. Aber sie hat ein gutes Herz. Ihr werdet euch verstehen.“

„Ich hoffe es.“ Ruth legte den Kopf schief. „Und wie sieht's bei dir aus? Du bist stiller als sonst. Lebendig zu sein ist auch nicht mehr das, was es mal war, oder?“

Ray wandte sich ab und sein Seufzen beschlug das Fenster. „Nein, leider nicht.“

Kapitel 45

Antioch
Dienstag, 8. Mai 1945

Jay-Jay hüpfte begeistert auf der Wiese vor der Kirche auf und ab. „Dewonnen!"

Helen nahm ihn an der Hand und führte ihn die Treppe hinauf. Auch wenn Jay-Jays Begeisterung kaum zu bremsen war, würde Antioch das Kriegsende bescheiden feiern. Die Schulen und die meisten Geschäfte waren ganz normal geöffnet, nur die Kneipen blieben geschlossen, um ein heftiges Zechen zu verhindern.

Da die Japaner allem Anschein nach bis zum letzten Mann kämpfen wollten, fühlte sich die Siegesfeier sowieso verfrüht an. Aber trotzdem wollten die Amerikaner heute Gott dafür danken, dass in Europa Frieden herrschte.

Mrs Novak stand im Foyer und stapelte Flugblätter auf. „Hallo, ihr zwei."

Jay-Jay umarmte Mrs Novaks Beine. „Hi, Dandma Nobat."

Sie beugte sich vor und erwiderte seine Umarmung. „Gefällt mir, wenn du mich Grandma nennst. Du siehst ja so schick aus in deinem Anzug!"

„Dante." Er galoppierte zurück zu Helen und hängte sich an ihre Hand. Seit der Prügelattacke war er ihr nicht mehr von der Seite gewichen und hatte nicht ein einziges Mal den Wunsch geäußert, seine Großeltern zu sehen.

„Ihr seid aber früh dran."

„Mit Absicht. Wir wollen kein Aufsehen erregen."

Mrs Novak tätschelte Helens Arm. „Es kehrt langsam wieder Ruhe ein. Der Sorgerechtsstreit ist ja glücklicherweise beigelegt."

„Ich weiß." Trotzdem konnte sie es nicht erwarten, von hier zu verschwinden. Aber weder gestern, am Tag der Kapitulation der Deutschen, noch heute wäre es klug gewesen, eine Fernreise anzutreten. Also musste sie schweren Herzens bis morgen warten.

Im Gemeindesaal roch es nach Zitrone. Sonnenlicht durchflutete den Raum und ließ die Holzbänke und die cremefarbenen Wände leuchten. Hinter der Kanzel hing ein großes Banner, auf dem „Victory" stand. Vorn auf der Bühne waren auf über zwei Dutzend Notenständern Fotos von Männern in Uniform zu sehen, alle mit einer schwarzen Schleife versehen.

Antiochs Gefallene.

Alles in Helen sträubte sich dagegen, aber sie zwang ihre Füße einen Schritt nach dem anderen nach vorn. Die Toten waren alphabetisch sortiert. James Carlisle Junior stand ziemlich weit links. Helen betrachtete sein hübsches, anmutiges und grausames Gesicht.

„Das is Daddy."

„Ja, Schätzchen." Helen drückte dem besten Teil der Carlislefamilie die Hand. Dass ihre Ehe ein solcher Albtraum gewesen war, ging nicht auf ihr Konto und an Jims Tod trug sie auch keine Schuld.

Helen sah in Jims lächelnde, kalte Augen und fühlte weder Liebe noch Hass. „Mach's gut, Jim."

Sie ging von einem Foto zum nächsten, darunter ehemalige Klassenkameraden, bis sie vor Rays Bild stehen blieb. Sofort meldete sich ihre Sehnsucht.

„Den tenn ich", meinte Jay-Jay.

„Ja?" An die Begegnungen mit Ray vor einem Jahr konnte er sich in seinem Alter unmöglich zurückerinnern.

„Bei Dandma Nobat."

Das Bild auf dem Klavier. „Das ist Ray Novak, ihr ältester Sohn. Er war ein guter Mann und er mochte dich."

„Wirtlich?"

„Ja. Er hat dich immer ‚Zwerg' genannt."

Jay-Jay kicherte.

„Ja, er konnte lustig sein und tiefgründig und … er war eben ein toller Mann."

„Warum hat der ein Sal um?" Jay-Jay berührte die schwarze Schleife.

„Das bedeutet … er ist im Himmel bei Jesus."

Von hinten näherten sich Schritte. Helen drehte sich um und erkannte Esther.

Ihre Freundin hakte sich bei ihr ein und betrachtete die Fotos. „Was für einen schrecklichen Preis dieser Sieg hatte."

Rays Bild verschwamm. „Und wie."

* * *

Der Greyhound-Bus rollte auf die Kreuzung von Second und G Street zu, einen Ort, von dem Ray nicht geglaubt hatte, dass er ihn jemals wiedersehen würde.

„Da ist sie!" Walt sprang auf.

Auf dem Bürgersteig stand Allie und hielt ein blaues Bündel im Arm. Sie stand auf Zehenspitzen und winkte begeistert.

„Das ist meine Frau! Mein Sohn! Leute, ich bin Vater." Walt stürmte den Mittelgang nach vorn. Kaum waren die Türen aufgegangen, sprang er hinaus, umarmte seine Frau und küsste sie so stürmisch, dass ihr der Hut herunterfiel.

Ray stand auf, zog seine Uniformjacke über, schloss die Gürtelschnalle und knöpfte die verdeckte Knopfleiste zu.

Walt begutachtete derweil begeistert sein Baby. Seine Hand schwebte neben Frankies Kopf, als wäre sein Sohn ein empfindlicher Apparat. Er sah Allie erstaunt an und gab ihr noch einen Kuss.

Ray folgte Jack und Ruth den Mittelgang hinunter. Diese Freude würde er wohl nie erleben, aber immerhin würde er Neffen und Nichten um sich haben. Und so wie Walt Allie küsste, würden das einige werden.

Jack half Ruth aus dem Bus. Ray ließ sich zurückfallen.

Allie schrie erstaunt auf und umarmte Jack, dann lächelten Allie und Ruth sich schüchtern an. Aber kaum zeigte Allie ihrer Schwägerin in spe das Baby, steckten die beiden schon die Köpfe zusammen.

„Verzeihung, Sir?"

Ray erschrak und drehte sich zu der zierlichen Brünetten um, die hinter dem Lenkrad saß. Frauen als Busfahrerinnen, daran musste er sich erst noch gewöhnen.

„Steigen Sie aus?", fragte sie.

Am liebsten hätte er „Nein. Fahren Sie mich bitte nach Ohio – sofort" gesagt. Aber stattdessen murmelte er: „Ja, das ist meine Haltestelle."

Ray stieg aus, blieb aber am Bus stehen, anstatt sich zu der fröhlichen Runde zu gesellen. Fast vier Monate war er tot gewesen und jetzt fragte er sich, ob er überhaupt noch dazugehörte.

Walt drehte sich zu ihm um. „Allie, rate mal, wen wir gefunden haben."

Allie blinzelte und hatte dieses verwirrte, starre Lächeln im Gesicht, das man aufsetzte, wenn man wusste, dass man jemanden erkennen müsste, es aber nicht tat. Dann wurden ihre Augen plötzlich riesengroß. „Das kann nicht sein."

„Das sagen sie alle." Ray lächelte. „Aber ich bin es."

„Ray? Ich werd verrückt. Wir dachten, du … wie kann das sein?"

„Können wir damit warten, bis wir zu Hause sind? Ist 'ne lange Geschichte und ich möchte sie nur einmal erzählen."

„Das kannst du dir abschminken", lachte Jack.

Ray streckte die Arme aus. „Viel ist nicht von mir übrig, aber in den Arm genommen werde ich trotzdem gern."

Allies Augen glänzten feucht und sie umarmte ihn mit ihrem freien Arm. „Ist das verrückt. Wie zum …? Deine Eltern – die sterben vor Freude. Die fallen um. Der Tag wird ja immer besser."

Ray begutachtete seinen Neffen und der kleine Frankie zeigte sein zahnloses Lächeln.

„Guck mal, er freut sich, dass sein Onkel lebt. Das wird vielleicht ein Fest heute." Allie rieb sich die Augen. „Und Helen … sie wird sich erst freuen."

Wieso brachte sie ihn mit Helen in Verbindung? „Ja, ich freue mich schon, sie und all die andern zu sehen." Die Worte schmeckten wie trockene Haferflocken.

Jack zog die Nase kraus. „Die Frischvermählten sind nicht zufällig auf Hochzeitsreise?"

Allie blinzelte. „Frischvermählten?"

„Vic und Helen."

„Oh. Du hast meinen Brief noch nicht bekommen. Ihr wisst es ja noch gar nicht."

Rays Puls ging auf Warteschleife. „Sie haben doch am achtundzwanzigsten geheiratet, oder nicht?"

„Es ist viel passiert hier in letzter Zeit." Allie lächelte geheimnisvoll. „Nein, sie haben nicht geheiratet. Sagen wir so, es ist etwas dazwischengekommen."

Mit einem großen Windstoß war Rays Horizont wieder wolkenfrei. Die Hochzeit war verschoben worden. Er hatte noch Zeit, ihr seine Liebe zu gestehen. Es war noch nicht alles verloren. „Wo ist sie? Wo ist sie jetzt?"

„Na in der Kirche natürlich." Allie legte Frankies Köpfchen auf ihre Schulter. „Du kommst gerade noch rechtzeitig. Gott sei Dank. Morgen wäre es schon zu spät gewesen."

In der Kirche? Zu spät? Wieso wäre es morgen zu spät gewesen? Lief etwa gerade die Hochzeit? Hatte sie sie auf heute verschoben? Was war heute für ein Tag? Montag? Dienstag? Eigenartiger Tag für eine Hochzeit, aber vielleicht hatten sie den ersten verfügbaren Termin genommen. „Wann fängt die Zeremonie an?"

„Um elf. Wieso?"

Ray sah auf die Uhr. Es war schon elf und die Zeremonie dauerte selten länger als eine Viertelstunde. Jetzt oder nie. Ihm blieb keine Zeit zum Nachdenken, keine Zeit zum Planen.

Am Straßenrand stand ein Taxi und wartete darauf, dass die fröhliche Gruppe sich zu Ende begrüßt hatte, das Gepäck einlud und mit dem Baby einstieg.

Ray hatte keine Zeit. Die letzte Alarmsirene schrillte. Er musste den Vogel in die Lüfte bringen und zwar sofort. „Ich muss zur Kirche. Lasst euch Zeit, kümmert euch um das Gepäck. Bis später!"

Er rannte los und hielt den Kopf dabei geduckt. Hoffentlich erkannte ihn niemand und hielt ihn auf.

Die verschobene Hochzeit war ein Geschenk, ein Wink von Gott. Eine Garantie für Helens Liebe war das natürlich nicht, aber die unmissverständliche Aufforderung, dass er ihr seine Gefühle gestehen musste.

Ray wunderte sich über seine eigene Kraft und Ausdauer. Er bog in die Fifth Street ab, rannte zwei Straßen weiter, über die Wiese vor der Kirche, die Treppen hinauf und ins Foyer.

Sein Leben lang war er ein Mann der Worte gewesen, aber mittlerweile wusste er, er konnte auch ein Mann der Tat sein. Ray stieß die Saaltür auf und stürmte den Mittelgang hinunter. „Stopp! Anhalten! Die Hochzeit anhalten!"

Zweihundert Köpfe drehten sich um. Dad sah ihn von der Kanzel aus finster an. Mom lugte hinterm Klavier hervor.

Eine Welle der Emotionen rollte über ihn hinweg. Ein Jahr lang hatte er sie nicht gesehen. Und er war kurz davor, ihre Trauer in Freude zu verwandeln. Aber vorher musste er noch eine Hochzeit aufhalten.

„Nicht heira…"

Irgendetwas stimmte nicht. Wo war die Braut? Wo der Bräutigam?

Hinter Dad hing ein großes Banner. Welcher Mann war so arrogant, seinen eigenen Namen auf seiner Hochzeit aufzuhängen?

Nein. Da stand „Victory", nicht „Victor".

Das war gar keine Hochzeit.

Sondern ein Dankgottesdienst.

Rays Motoren stotterten. Die Strömung riss ab. Er segelte in einem Wolkenmeer von bekannten Gesichtern.

„Verzeihung, Sir", sagte Dad. „Kann ich Ihnen helfen?" Er erkannte seinen eigenen Sohn nicht. Aber Ray konnte ihm das nicht verübeln.

Ray nahm seine Mütze ab und lächelte verlegen. „Wie schon Mark Twain sagte: ‚Die Gerüchte über meinen Tod sind reichlich übertrieben.'"

Dad starrte ihn an. In seinen Augen spiegelte sich Verwirrung, Zweifel, dann Fragen, Erstaunen, Freude. Ein Raunen ging durch die Versammlung, Flüstern, Luftschnappen, sein Name wanderte von einem zum andern, die Leute wurden lauter, weinten, lachten, klatschten in die Hände. Einige standen auf, reckten die Hälse, schoben sich an anderen vorbei, jeder wollte es sehen.

Die Auferstehung des Totgeglaubten.

Den Vater, der auf ihn zustürzte.

Die Mutter, die aufschrie und in den Gang stolperte.

Ray stellte mit Erschrecken fest, wie sehr die Trauer seine Eltern verändert hatte. Sie stand ihnen tatsächlich ins Gesicht geschrieben.

Er lief ihnen entgegen und verlor fast die Balance, als sie aufeinandertrafen. Mom befühlte seine Schultern und sein Gesicht, als wäre sie blind. „Ray? Bist du es? Du lebst? Mein Junge."

Ray zuckte zusammen, als sie seine Kieferverletzung berührte, und schlang die Arme um sie. „Ich bin wieder da, Mom. Ich lebe noch. Tut mir leid, dass ihr das alles durchmachen musstet."

Dad packte Ray an den Schultern. „Mein Junge lebt", lachte er heiser. „Mein Junge! Gelobt sei Gott! Gepriesen sei der Herr!"

Grandpa und Grandma Novak kamen wankenden Schrittes und mit Tränen in den Augen auf ihn zu und Ray umarmte sie mit dem linken Arm, weil Mom ihn nicht mehr loslassen wollte. Sie vergrub ihr Gesicht an seiner Brust, weinte hemmungslos und klammerte sich an seiner Uniform fest.

„Verzeihung? Ruhe bitte!“ Mr Wayne klopfte laut auf die Kanzel.

Abgesehen von unterdrückten Schluchzern hier und dort wurde es still. Ray nutzte die Gelegenheit, um sich nach Helen umzuschauen, aber konnte sie nirgends entdecken.

„Pastor Novak, ich nehme an, Sie sind nicht in der Lage, diesen Gottesdienst fortzusetzen.“

Dad lachte befreit. „In keiner Weise.“

„Als Gemeindeältester möchte ich dann hiermit Ray Novak fragen, ob er bereit wäre einzuspringen. Sie haben sicher einiges erlebt, junger Mann, und ich kann mir keine bessere Dankfeier für das Kriegsende vorstellen, als wenn Sie uns davon erzählen.“ Er winkte Ray herbei.

Ray zögerte, aber die Gemeinde pflichtete Mr Wayne bei und die Gelegenheit, seine Geschichte nur einmal erzählen zu müssen, reizte ihn. „Mom, ich muss nach vorne gehen. Dad, hilf mir mal.“

Mit gutem Zureden schafften sie es, dass Mom sich von ihm löste. Sofort umklammerte sie Dad. Ray ging nach vorn, wo Mr Wayne ihm die Hand reichte.

Ray stellte sich hinters Pult und strich über das alte Holz, die dunkle, zerfurchte Maserung. Der Herr hatte ihm alles genommen, aber nun gab er ihm alles zurück – seine Identität, seine Familie, seinen Dienst.

Er umfasste das Pult am Rand und sah nach oben. *Herr, danke, dass du mein Leben wiederhergestellt hast. Lass meine Erlebnisse meinen Dienst für dich bereichern.*

Ergriffen sah er in den Saal.

Helen saß in der dritten Reihe ganz rechts. Sie hatte sich die behandschuhte Hände vor den Mund geschlagen und die Augen weit aufgerissen.

Rays Herz brannte vor Schmerz. Er hatte so viel verloren.

Was bildete er sich eigentlich ein? Vor einem Jahr war es zwischen ihnen vorbei gewesen und sie liebte jetzt einen anderen. Was er mit seinen verzweifelten Rufen wegen der Hochzeit hatte bezwecken wollen, konnte nicht an ihr vorbeigegangen sein. Was für einen Idioten hatte er aus sich gemacht!

Je früher er nach Ohio käme, desto besser.

Ray versuchte sich zu konzentrieren. Er sollte hier eine Geschichte erzählen, und zwar nicht über sich, sondern über Gott. „Liebe Gemeinde, das vergangene Jahr hat große Veränderungen mit sich gebracht und damit meine ich nicht nur mein Gewicht."

Das Gelächter ermutigte ihn. „Ich habe Dinge getan, die ich nie für möglich gehalten hätte. Ich habe Erkenntnisse über mich gehabt, von denen ich nie zu träumen gewagt hätte. Im vergangenen Jahr habe ich viel über Gott gelernt, über seine Liebe und Macht. Er hat mich verändert."

Für einen Augenblick trafen sich Helens und seine Blicke. Sie hatte sich auch verändert. Sie war innerlich reifer geworden, gesund, auch wenn er das bisher nur auf dem Papier hatte sehen können. Und was war in den vergangenen vier Monaten passiert? Wie sehr war sie durch Vics Liebe gewachsen?

Konnte er überhaupt sagen, dass er sie wirklich kannte? Dass er sie liebte?

Ray stürzte sich in seine Geschichte und ließ wegen der kleinen Kinder im Publikum die schlimmen Details weg. Den Gedanken an seinen großen Verlust schüttelte er ab. Stattdessen konzentrierte er sich auf das, was er durch Gott gewonnen hatte.

Kapitel 46

Nichts war schlimmer als gelähmt zu sein.

Monatelang hatte Helen auf der Kinderlähmungsstation gelegen. Egal, wie sehr sie sich konzentriert hatte, ihre Beine hatten nicht auf ihre Befehle gehört, ihre Bitten, ihr Flehen.

Und jetzt saß sie wie gelähmt auf ihrem Platz, die Hände vor den Mund geschlagen, die Augen fast schon trocken, weil sie befürchtete, beim nächsten Blinzeln würde er wieder verschwunden sein, wieder tot.

Und doch stand er da und erzählte seine Geschichte. Seine kratzige Stimme war wie Balsam für ihre Ohren. Wenn er lächelte, spürte sie denselben bittersüßen Schmerz wie beim Beobachten des schlafenden Jay-Jay.

Rays Geschichte machte aus ihm einen klassischen Helden, der in größter Gefahr mutig handelte. Aber zugleich war er schon immer auch ein Held der tiefgründigeren, der besseren Art gewesen, der für Gerechtigkeit und das Gute eintrat, komme, was wolle.

Obwohl er ziemlich abgemagert aussah, konnte sie sich keinen attraktiveren Mann vorstellen.

Aber er sah kaum in ihre Richtung. Ihre Liebesbeziehung war in Flammen aufgegangen und aus der Asche war eine tiefe Freundschaft entstanden, aber es war so viel passiert seitdem. Hatte er von ihrer Verlobung gehört? Wie sie geplatzt war? Dem Sorgerechtsstreit, den Gerüchten über ihren Wahnsinn? Wenn nicht, würde er es bald.

Wenn sie sich doch nur bewegen könnte! Wenn sie sich doch nur Jay-Jay schnappen und aus der Kirche schlüpfen könnte. Sie musste jetzt allein sein, um sich erst einmal zu sammeln. Ray lebte! Und jetzt? Ob er ihre Freundschaft erneuern wollte? Aber sie liebte ihn und er würde das merken. Ihre Liebe war so offensichtlich, dass keine ihrer Rollen sie überspielen könnte.

Als Ray fertig war, stieg er von der Kanzel in eine Traube aus Familie und Freunden.

Betty griff nach Helens Arm und zog ihre Hand vom Mund weg. „Da bist du platt, was?“

Helens Lippen fühlten sich taub an. „Ich … ich freue mich für seine Familie."

„Für seine Familie? Und was ist mit dir?"

„Mit mir?", flüsterte Helen. „Dafür ist es zu spät."

Im Mittelgang umarmte Ray gerade Mrs Anello, aber sein Blick wanderte durch den Saal und blieb auf Helen liegen.

„Siehst du?", raunte Betty. „Hast du nicht gehört, wie er ‚Die Hochzeit anhalten' gebrüllt hat?"

Vage konnte sich Helen an einen Offizier erinnern, der irgendetwas von einer Hochzeit gerufen hatte, aber als ihr klar geworden war, dass es sich um Ray handelte, war alles andere verblasst. „Aber das … das hatte doch nichts mit mir zu tun."

„Blödsinn. Was war denn noch für eine Hochzeit geplant? Er wollte dich aufhalten, damit du nicht Vic heiratest. Das ist wie im Film. Wie romantisch!"

„Quatsch. Das war sicher ein Streich." Ray war nicht der Typ, der in eine Hochzeit hineinplatzte … aber er war auch nicht der Typ für Streiche. Andererseits hatte sie auch nicht gedacht, dass er der Typ war, der ein Flugzeug stahl. Wer war dieser Mann?

„Na ja, jedenfalls kommt er hierher. Frag ihn doch selbst."

Ray ging durch eine Bank zum Nebengang. Sein Blick war die ganze Zeit auf Helen gerichtet.

Nicht jetzt. Sie musste weg, sich erst einmal beruhigen, beten und darüber nachdenken, was jetzt zu tun war. Helen sprang auf und nahm Jay-Jay an der Hand, aber Betty versperrte ihr den Weg.

„Ray! Hier drüben." Betty winkte ihn herbei und umarmte ihn. „Mensch, deine Mutter soll dich mal ein bisschen mästen."

„Was du nicht sagst." Er drehte sich zu Helen um, einen Arm leicht ausgestreckt, als wolle er sie umarmen, aber dann wahrte er ihre Privatsphäre und blieb stehen.

Genauso wie Helen. Sie fühlte sich wie eine Porzellanvase, dünnwandig und angeknackst. Eine Berührung von Ray und sie würde in tausend Stücke zerspringen.

Selbst sein Lächeln war gefährlich. „Hi Helen."

„Ich kann nicht … ich …"

„Ich kann es auch nicht glauben", sagte er schnell und zuckte die Achseln. „Ich höre, man darf gratulieren?"

„Gratulieren?“ Sein Gesicht verriet nichts.

„Du und Vic. Wann ist es so weit?“

Helen blinzelte und versuchte einzuordnen, was er da sagte. Er dachte immer noch, sie würde Vic heiraten. Hatte Betty doch recht gehabt? War er deswegen in den Gottesdienst hineingeplatzt? Um ihre Hochzeit zu verhindern?

„Das weißt du noch gar nicht?“, meinte Betty erstaunt. „Sie hat sich von Vic getrennt, Gott sei Dank. Du glaubst nicht, was er sich geleistet hat.“

Helens Blick sprang zu Betty. „Hör auf.“

Betty hängte sich ihre Handtasche um. „Sie hat ihn sowieso nie geliebt. Eigentlich wollte sie ihn nur heiraten, um bei den Carlisles rauszukommen, und wer könnte ihr das verübeln? Nach allem, was Mr Carlisle ihr angetan hat.“

„Betty, bitte. Hör auf zu tratschen.“

„Ich tratsche nicht. Das ist die Wahrheit.“

„Oh Helen.“ Ray starrte auf ihre geschwollene Wange. „War er das?“

Helens Hand flog automatisch vor ihre Wunde, aber sie zwang sich, sie wieder herunterzunehmen. Schluss mit dem Theater. „Deswegen bin ich ausgezogen. Morgen gehe ich weg, nach Washington D.C. Eigentlich wollte ich schon heute abreisen, aber …“

Einer seiner Mundwinkel ging langsam nach oben. „Das also hat Allie mit ‚gerade noch rechtzeitig‘ gemeint.“

„Wie bitte?“

Jay-Jay zog an Rays Hosenbein und Ray hockte sich hin. „Hallo, kleiner Zwerg. Na, du bist vielleicht groß geworden.“

„Mama, der sat wirtlich Zwert.“

„Ich habe dir was aus Deutschland mitgebracht. Das gebe ich dir später, ja?“

„Du hast Souvenirs mitgebracht?“, fragte Helen ungläubig.

Rays Lachen brachte sie gefährlich ins Wanken. „Nur dieses eine. Na ja, und das Flugzeug, das Pilotenhandbuch und die deutsche Luftwaffenuniform. Obwohl ich die irgendwie Johannes Gottliebs Familie zukommen lassen will.“

Jay-Jay balancierte wie ein Flamingo auf einem Bein. „Warum wollte dis Jesus nis?“

Ray sah Helen verwirrt an.

„Ich habe ihm gesagt, dass du … dass du bei Jesus bist." Dabei brach ihre Stimme.

Rays mitfühlender Blick ließ ihre Knie weich werden. Dann wandte er sich an Jay-Jay. „Tut mir leid, kleiner Mann. Ich war noch gar nicht bei Jesus. Scheint, als hätte er noch etwas mit mir vor hier auf der Erde." Dabei sah er Helen vielsagend an. Sein Blick war hoffnungsvoll und zugleich fragend.

Helen fiel das Atmen schwer und sie musste sich an der Kirchenbank festhalten. Tatsächlich, er empfand noch etwas für sie.

Mrs Novak kam hastig herbei. „Ray, wie konntet ihr nur! Alle drei Jungs zu Hause, Ruth auch, und nicht ein Telegramm zur Warnung."

Ray stand auf und legte seinen Arm um ihre Taille. „Ich wollte eben dein Gesicht sehen, wenn du es erfährst."

Sie schlug ihm spielerisch gegen den Bauch. „Du Schlingel. Zum Glück hatte ich sowieso einen kleinen Empfang nach dem Gottesdienst bei uns zu Hause geplant. Und jetzt haben wir so viel Grund zu feiern!"

Ein Empfang? Genau das brauchte sie jetzt. Arbeit – nicht als Flucht oder um ihren Wert zu beweisen, sondern um Zeit zu haben, sich über ihre Gefühle klar zu werden. „Ich kann helfen, wenn ihr noch Hilfe braucht."

„Das würdest du tun? Du bist ein Schatz."

Helen nahm Jay-Jays Hand und lief zum Ausgang.

„Helen", rief Ray. „Ich muss mit dir reden."

Sie winkte. „Wir sehen uns dort."

Betty bat sie, auf sie zu warten, aber Helen drängte in einer Geschwindigkeit voran, bei der ihre hochschwangere Schwester unmöglich mithalten konnte. Betty würde unverblümte Fragen stellen, die Helen jetzt nicht vertragen konnte. Von Rays verträumtem Blick war ihr ganz schwindlig.

Ja, verträumt. Er hatte den Blick eines Mannes gehabt, der keine Freundschaft wollte, sondern Liebe. Allein der Gedanke daran, dass der Mann, den sie liebte, ihre Liebe erwiderte … Helen war völlig durcheinander.

Kapitel 47

Grandpa Novak lehnte sich auf dem Sofa im Wohnzimmer zurück. „So, mein Junge, nun erzähl uns doch noch mal, wie du den Tanklaster in die Luft gejagt hast.“

Die alten Männer um Ray nickten zustimmend.

Ray fing wieder an, seine Erlebnisse zu schildern. So viel zu seinem Plan, alles nur einmal erzählen zu müssen.

Im Haus herrschte ein unglaublicher Trubel. In der Stube spielten Walt und Jack dreihändig Klavier. Die Kinder tanzten um sie herum und manchmal hörte Ray Jay-Jays vergnügtes Quieken heraus. *Dassn* sagte er bestimmt nicht mehr.

Helen kam mit einem Tablett aus der Küche, tauschte es gegen das auf dem Esszimmertisch aus und stieß die Küchentür mit einem süßen Hüftstoß wieder auf.

Sie ging ihm aus dem Weg. Entweder er hatte ihr seine Gefühle zu direkt offenbart und sie waren nicht willkommen oder sie nutzte die ganze Arbeit, um sich über ihre eigenen Gefühle klar zu werden. Ray musste herausfinden, was zutraf, und zwar schnell. Er würde nicht zulassen, dass sie die Stadt verließ, bevor nicht klipp und klar war, ob sie etwas für ihn empfand.

Irgendetwas an der Art, wie sie ihn in der Kirche angesehen hatte, sagte ihm, dass da noch etwas war.

Er beendete seine Geschichte mit einem Ka-Bumm und die Männer lachten und klopften sich begeistert auf die Schenkel. Jedem von ihnen hätten seine Abenteuer mehr Spaß gemacht als ihm.

Ray rutschte auf seinem Sessel nach vorn. „Verzeihung, die Herren. Ich brauche Kaffee.“

Allie ging gerade mit einem Stapel Teller vorbei. „Ich hole dir eine neue Tasse.“

So ging das schon die letzten anderthalb Stunden. Alle brachten ihm Essen und Trinken und wollten immerzu Geschichten von ihm hören.

Schluss damit. Ray stand auf. „Ich muss mir die Beine vertreten.“

Er ging in die Küche und stöhnte. Helen und vier andere Frauen wirbelten herum. Wie sollte er sie da einzeln erwischen?

„Oh nein“, meinte Helen erschrocken. „Ist irgendwas ausgegangen?“

„Nein. Ich wollte nur ... etwas Milch.“ Er nahm ein Glas aus dem Schrank und öffnete den Eisschrank. Wie könnte er nur die anderen loswerden?

„Du solltest dich ausruhen. Geh und setz dich hin. Ich bringe dir welche.“

Ray goss sich Milch ein. „Ich bin ein großer Junge. Das schaffe ich schon allein.“

Helen lehnte sich gegen die Anrichte und schmunzelte. „Du kannst dich doch hier nicht in der Küche vor der Party verstecken.“

Er trank einen Schluck. „Genauso wenig wie du.“

Helen sah ertappt aus. „Ruth, würdest du so nett sein und deinen Patienten zu seinem Ehrenplatz zurückgeleiten?“

Ruth nahm ihn am Ellbogen und schob ihn aus der Küche. „Das war ihre höfliche Version von ‚Du bist mir im Weg‘. Sie ist ganz schön beschäftigt, nicht wahr?“

„Oh ja.“ Beschäftigt damit, ihm aus dem Weg zu gehen. Aber er grinste. Da war noch etwas zwischen ihnen und er würde es zu neuem Leben erwecken.

Ruth brachte ihn zu seinem Sessel. „Hinsetzen. Befehl von der Krankenschwester.“

„Ja, Ma'am.“ Ray setzte sich, kippte den Rest Milch hinunter und stand auf. „Das tat gut. Ich hole mir noch mehr.“

„Das wirst du schön sein lassen. Ich mache das.“

„Sag mal, das ist doch dein erster Tag hier. Solltest du nicht bei Jack sein und seine Leute kennenlernen? Schick doch Helen vorbei.“

Ruth sah ihn prüfend an. „Ich dachte, Jack wäre der Strippenzieher in der Familie.“

„Das ist er auch. Ich bin der Nette.“

„Junge, Junge. Ihr seid allesamt hoffnungslose Fälle. Ich schicke sie raus.“

Ray setzte sich wieder in den Sessel und hörte mit halbem Ohr zu, wie die Männer über den Gefängnisaufstand in Alcatraz sprachen, bei dem die Navy eingreifen musste. Als ob sie nicht schon genug zu tun hätte.

Helen kam mit der Milchflasche aus der Küche. Sie blieb mit hochgezogener Augenbraue vor Ray stehen. „Sie haben geläutet?"

„Ja, Ma'am. Dürfte ich bitte noch etwas Milch haben?" Er hielt sein Glas extra tief, damit sie näher kommen musste.

„Ziemlich durstig, was?" Sie beugte sich vor und blonde Locken fielen ihr über die Schulter.

„Mh-hm." Am liebsten hätte er ihre Haare gestreichelt und Helen auf seinen Schoß gezogen, um sie ausgiebig zu küssen. „Martha, Martha ..."

Helen hielt inne und sah ihn mit ihren hinreißenden Augen an. „Martha?"

Er wollte keine Milch mehr. Er wollte Tee und zwar jede Menge. „Setz dich und unterhalte dich mit deinem Bruder Lazarus."

Helen richtete sich auf und legte amüsiert den Kopf schief. „Nein, danke. Weißt du nicht, was Martha über Lazarus sagte, nachdem Jesus ihn auferweckt hatte? Er stank." Sie wedelte mit der Hand vor ihrer hübschen kleinen Nase und ging davon.

Die Männer lachten, machten Späße auf seine Kosten und schlugen ihm gegen die knochigen Schultern.

Ray grinste wie ein Idiot, aber das war ihm egal. Es war an der Zeit, Nägel mit Köpfen zu machen. Er stand auf und stellte sein volles Glas Milch auf den Tisch. „Verzeihung, Männer, aber ich habe eine wichtige Mission."

* * *

Helen legte mit zitternden Händen ein kleines Häufchen Erdbeeren auf das Schneidebrett. Dieses Flirten mit Ray brachte sie völlig durcheinander.

Es war zu viel, zu viel für einen Tag. Ray lebte und er hatte noch Interesse an ihr. Die gegenseitige Anziehung war sofort wieder da und sie konnte fast schon seine Küsse schmecken. Aber wenn er sie nur einmal berührte, würde sie sich in eine Heulboje verwandeln.

Und was jetzt? Nun wollte sie die Stadt auf keinen Fall mehr verlassen, aber Ray würde wieder in sein Zimmer ziehen und wo sollte sie dann wohnen? Und wenn sie tatsächlich bliebe, würden dann nicht alle denken, sie verzehre sich nach Ray? Und was, wenn er doch nur freundschaftliches Interesse hatte? Vielleicht interpretierte sie seine Signale falsch …

Aber nein. Er hatte ihre Hochzeit mit Vic aufhalten wollen. Und so, wie er sie ansah, sie neckte, nach ihr sandte – es war zu schön, um wahr zu sein.

Helen setzte zum Schneiden an, aber vor ihren Augen verschwamm alles und sie legte das Messer wieder hin. Sie war nicht in der richtigen Verfassung für eine scharfe Klinge.

Die Küchentür schwang auf. Oh nein. Schon wieder Ray.

„Verzeihung, die Damen." Er ging durch die Küche, öffnete die Hintertür und sah Helen an. „Da du offensichtlich nicht drinnen mit mir sitzen und reden willst, gehen wir nach draußen. In der frischen Luft stört dich mein Gestank nicht so." Er zwinkerte ihr zu.

Seine Entschlossenheit brachte sie aus dem Gleichgewicht und sie musste sich an der Arbeitsplatte festhalten.

„Na nun geh schon." Esther schob sie von hinten.

Betty stemmte eine Hand in ihre ausladende Hüfte. „Wenn du nicht freiwillig gehst, zerren wir dich nach draußen."

„Bitte keine Gewalt." Helen knotete mühsam ihre Schürze auf und legte sie ab. Dann ging sie zur Tür, als wäre dies ein ganz gewöhnliches Gespräch, ein alltägliches Ereignis, aber der Schritt über die Schwelle war für sie ein gewaltiger Schritt – weg vom Erwartungsdruck und dem Spielen einer Rolle hin zu einem freien, echten Leben.

Helens Gesicht kribbelte. Sie lief mit Ray durch den Garten, vorbei an Bäumen im vollen Blätterkleid, die ihre Blüten gegen winzige grüne Früchte getauscht hatten. Am hinteren Zaun drehte sich Ray um und sah sie an – zärtlich, belustigt und schweigend.

Helen betrachtete schnell die Bäume, deren Äste über ihnen rauschten. „Es ist wunderschön hier draußen."

„Wunderschön." Aber er sah dabei nicht die Bäume oder den Himmel an.

Das musste ein Traum sein. Wieso lebte er? Wieso schaute er sie so an? Wieso stand er so nah? Sie bräuchte nur die Arme ausstrecken und könnte ihn berühren.

„Alle wollen mit dem Totgeglaubten sprechen. Alle, außer dir. Aber du kannst mir nicht ewig aus dem Weg gehen."

„Ich gehe dir überhaupt nicht …"

Er lächelte vielsagend.

Sie gab auf. „Also schön, du hast recht. Aber das ist alles zu viel für mich. Ich glaube … ich glaube, Freude kann genauso nervenaufreibend sein wie Trauer."

„Also freust du dich." Sein Blick sprach Bände.

„Sehr. Aber … aber ich kann noch gar nicht glauben, dass du lebst."

„Dann lass dir Zeit und gewöhn dich dran. Bitte geh nicht nach Washington."

„Mache ich nicht", platzte es aus ihr heraus.

„Gut." Er kam näher und in seinen grauen Augen flammte etwas auf, ein Feuer, das sie längst verloren geglaubt hatte. Er strich ihr zärtlich durchs Haar. „Ich möchte dich nämlich bei mir haben. Für immer."

Seine zärtliche Berührung strömte durch ihren ganzen Körper. Ihre Knie wurden weich, aber er hielt sie fest, zog sie an sich und seine Lippen fanden die ihren. Mit einem Schlag war die alte Leidenschaft wieder da, angefacht durch die erfüllte Sehnsucht und das Versprechen auf einen Neuanfang.

Tausend Gedanken rasten Helen durch den Kopf – all ihre Pläne und Emotionen, was sie von Ray zu wissen glaubte, dazu ihre ganzen Selbsterkenntnisse.

Helen spürte, wie ihre Kräfte zurückkehrten. Sie streichelte ihm den Rücken, die Schulter, das Gesicht – ausgemergelt, aber lebendig. Und er gehörte ihr. Ihr.

Ray löste sich und sah sie voller Entschlossenheit an. „Ich liebe dich. Ich liebe dich wie verrückt und lasse dich nicht mehr gehen. Komm mit mir nach Ohio. Du und Jay-Jay. Walt und Allie sind auch da. Wir suchen dir ein Zimmer und eine Arbeit und vielleicht kann Allie tagsüber auf Jay-Jay aufpassen. Bis du so weit bist zu heiraten."

Mit diesen Worten wischte er ihre trostlose Zukunft fort und ein neuer, strahlender Ausblick rückte an ihre Stelle. Er liebte sie! „In Ordnung."

„Keine Widerrede. Ich liebe dich und glaub ja nicht, dass ich dich noch einmal gehen lasse."

„Du hast mir nicht zugehört, Liebling." Sie zog die Konturen seines Gesichts nach. „Ich habe Ja gesagt."

„Du hast Ja gesagt?"

„Ja."

„Ja, du gehst mit mir nach Ohio, oder ja, du heiratest mich?"

„Beides." Sie gab ihm einen Kuss. „Ich liebe dich, Raymond Novak, und das schon sehr, sehr lange."

Seine Augenlider flatterten. „Wirklich? Seit wann?"

Helen schlang ihm die Arme um den Nacken und küsste ihn immer wieder auf die Wangen. „Seit du letztes Jahr die Blüten aus meinen Haaren gesammelt hast, seit du mich als Zehnjährige nach dem Fahrradunfall gerettet hast, seit du mit mir Dame gespielt hast, als ich noch Kinderlähmung hatte – wer weiß das schon so genau. Ich glaube ja, du hast mich angelächelt, als ich noch ein Säugling war, und da fing es an."

„Wow. Ich … ich kann es gar nicht glauben."

„Hm. Das hört sich so an, als könntest du etwas Überzeugungshilfe brauchen." Sie zog ihn an sich und ließ ihre Lippen sekundenlang mit seinen verschmelzen. „Glaubst du mir jetzt?"

Er hatte dieses verschmitzte Lächeln auf den Lippen, das sie so liebte. „Noch ein paar davon und ich bin überzeugt."

Helen lachte befreit und er stimmte in ihr Lachen mit ein. Zärtlich küsste er sie in die Halsbeuge. „Wann willst du heiraten?"

Ihr wurde ganz warm und schummrig. „Bald."

„Dann heute. Oder morgen, wenn du gern lange verlobt sein willst."

Helen kicherte, aber der furchtlose Unterton in seiner Stimme ließ ihr Herz höher schlagen. „Ich kenne da einen Pastor. Vielleicht ist er noch frei."

Ray lachte leise. Sie würde völlig ungeschminkt und unfrisiert sein, aber wen interessierte das schon? „Ich habe einen ganz guten Draht zu ihm. Vielleicht kann ich ihm das mit der langen Ehevorbereitung ausreden."

„Aber was ist mit Jay-Jay? Vielleicht sollten wir ihm doch lieber etwas Zeit geben."

„Ja, du hast recht. Und ich muss erst ein bisschen Fleisch auf die Knochen kriegen. Du sollst doch keine Vogelscheuche heiraten."

„Das tue ich nicht." Sie fuhr ihm durch die weichen, schwarzen Haare. „Ich heirate Sir Raymond, meinen Helden und den Mann meiner Träume."

Ray schluckte ergriffen. „Ich hätte nie gedacht, dass ich das mal sagen würde, aber das war das alles wert."

Helen schmiegte sich an ihn und atmete seinen Duft ein. Das vergangene Jahr mit all seinen Schmerzen löste sich nicht in Luft auf, aber das wollte sie auch nicht. Nur dadurch war das hier möglich geworden. „Ja, das war es."

Kapitel 48

Antioch
Samstag, 8. September 1945

Dad legte Ray eine Hand auf die Schulter. „Bist du dir sicher, dass du Pastor bleiben willst?"

Ray schmunzelte und balancierte zwei Tassen voll mit Moms Hochzeitspunsch, eine für sich und eine für seine Braut. „Für immer, Dad."

„Du musst nämlich nicht, wenn du nicht willst."

Grandpa Novak angelte sich einen Apfel aus der Schüssel auf dem Esstisch. „Himmel noch mal, John. Erst willst du, dass alle deine Kinder Pastor werden, und auf einmal soll keiner mehr …"

„Er soll nur das machen, was er wirklich will."

„Ich will Pastor sein." Ray warf seinem Vater einen leicht genervten Blick zu. „Steh mir lieber nicht im Weg. Vor allem nicht auf meiner Hochzeit."

Dad lachte und klopfte ihm auf die Schulter. „Dann geh und such deine Frau."

„Meine Frau." Ray ließ sich die Worte auf der Zunge zergehen und betrat das Wohnzimmer.

„Is bin ein Düsenjet. Fangt mis doch!" Jay-Jay rannte genau auf ihn zu, die Arme ausgebreitet. Die kleine Judy Anello und Susie Wayne tippelten hinter ihm her.

„Hey, langsam." Ray lächelte seinen Stiefsohn an. Seinen Sohn. Er hätte nicht stolzer auf ihn sein können, auch wenn er nicht sein leibliches Kind war. Ray war froh, dass Gott ihn zu einer Kirche in Martinez gerufen hatte, keine zwanzig Meilen von Antioch entfernt. So konnte Jay-Jay in der Nähe seiner Familie aufwachsen.

Die Uniform der Army Air Force saß bequem um Rays Schultern, aber er würde sie nicht vermissen. Jetzt, wo die Japaner kapituliert hatten, würden sicher bald seine Entlassungspapiere kommen.

„Schade, dass ihr nicht noch länger bleiben könnt. Ihr seid doch gerade erst aus Ohio gekommen." Betty Anello schmollte Allie Novak an, die neben ihr auf dem Sofa saß.

Allie ließ den kleinen Frankie auf seinen Babyspeckbeinchen hüpfen. „Boeing braucht Walt in Seattle."

„Und die letzten Tage wollten wir nun einmal gerne in Riverside verbringen." Walt legte seiner Frau den Arm um die Schulter. „Ich habe endlich Allies Freundinnen kennengelernt. Cressie und Daisy, zwei echte Charaktere."

„Und ich habe Eileen Kirkpatrick getroffen."

Ray nickte Walt zu. „Das ist die Witwe von deinem Kumpel Frank, oder?"

„Genau. Aber es geht ihr recht gut. Sie hat bei Lockheed Vega am Fließband gearbeitet und sich in den Vorarbeiter verliebt. Nächsten Monat ist die Hochzeit."

Betty hob ihr Baby hoch. „Ich liebe Happy Ends. Und jetzt auch noch mit Allies Eltern!"

Allie und Walt lächelten sich an. „Na ja, happy würde ich das nicht gerade nennen", meinte Allie. „Aber es war immerhin eine Verbesserung."

Walt schnitt für seinen Sohn eine Grimasse. „Man braucht keine Friedenspfeife, wenn man das süßeste Baby auf der Welt hat."

„Stimmt", antwortete Ray. „Wer würde diesem kleinen Wesen die Tür vor der Nase zuschlagen?"

„Noch nicht mal meine Eltern." Allie wischte Frankie das Kinn ab. „Der Empfang war ziemlich kühl, aber immerhin haben sie uns reingelassen. Das war ein guter Anfang."

Gelächter aus einer anderen Ecke zog ihn an. „Entschuldigt mich", sagte Ray. „Ich muss meine Frau finden."

„Deine Frau?", erwiderte Walt. „Echt? Ist sie deine Frau? Du hast das heute erst ungefähr eintausend Mal gesagt."

Ray grinste. „Der Tag ist noch jung und meine *Frau* wartet auf mich." Er nahm die Tassen mit dem Punsch und ging rüber zum Klavier.

Jack spielte gerade „Till the End of Time" und Ruth saß in ihrem Hochzeitskleid neben ihm auf der Klavierbank. Da sich sowohl Helen als auch Ruth eine kleine Hochzeit gewünscht hatten, hatten sie eine Doppelhochzeit daraus gemacht.

„Sag mal, Ray", setzte Jack an. „Bist du dir sicher, dass du nicht beim Militär bleiben willst? Und in der Wüste Düsenjets testfliegen?"

Ray stützte den Ellbogen genau auf den Tintenfleck auf dem Klavier, der ihm eine Tracht Prügel eingebracht und zugleich das Leben gerettet hatte. „Bist du dir sicher, dass du nicht im Pastorendienst bleiben willst? Und Predigten schreiben mit mir?"

Jack lachte. „Schon gut, schon gut."

Ruth lehnte sich an ihren Mann, auf dessen Schulterstück ein silberner Adler prangte. „Ich werde schon auf dich aufpassen … Colonel."

„Ich weiß. Aber ist das nicht verrückt? Sie haben mich befördert, obwohl ich nie mit der B-29 im Kampfeinsatz war."

Ray schnalzte mit der Zunge. „Was mussten die auch kapitulieren! Schwupps, ist der Krieg vorbei und der ganze Spaß auch."

„Ach, ich werde auf dem Stützpunkt in Muroc genug Spaß haben."

„Du und die Mojave-Wüste. Das wird so aufregend! Meinst du, da gibt es auch Cowboys und Indianer?" Ruths jüngste Schwester Maggie, eine Bohnenstange von dreizehn Jahren, tanzte mit Jay-Jay herum. Ruths andere Geschwister waren entweder in Chicago oder im Militärdienst, also war Maggie die einzige Vertreterin der Dohertys.

„Höchstens Flyboys, keine Cowboys", meinte Ruth.

„Wie schade." Maggie erzählte jedem, dass sie Chicago verlassen und bei Jack und Ruth wohnen würde. Sie knuddelte Jay-Jay. „Können wir ihn mitnehmen? Er ist so süß."

„Tut mir leid. Er bleibt schön bei uns", erwiderte Ray. Aber Jay-Jays seliger Gesichtsausdruck ließ vermuten, dass er viel lieber mit Maggie die kalifornische Wüste unsicher gemacht hätte. „Komm nicht auf falsche Gedanken, kleiner Mann. Zwei Hochzeiten an einem Tag sind genug."

„Sie können doch im Dezember mit Charlie und May Doppelhochzeit feiern", schlug Jack vor.

„Nichts da. Meinen Segen kriegt er nicht, bevor er fünf ist." Ray sah sich um. „Apropos Hochzeiten, hat jemand meine Frau gesehen?"

„Hast du schon in der Küche nachgesehen?", fragte Ruth.

„Mom und Grandma haben sie von dort verbannt. Ist ihr mächtig schwergefallen zu akzeptieren." Ray machte sich auf die Suche. Obwohl die anderen sie gern damit aufzogen, hatte Helen inzwischen ein gutes Gleichgewicht zwischen der geschäftigen Martha und der zu Jesu Füßen lauschenden Maria entwickelt. In Rays neuer Gemeinde gab es einen fast eingeschlafenen Frauenkreis, aber bestimmt nicht mehr lange. Helen würde ihn mit Sicherheit wieder zum Leben erwecken.

Dr. Jamisons tiefe Stimme dröhnte durch den Flur und Ray folgte ihr bis in Dads Arbeitszimmer. „Schade, dass deine Freundin Esther nicht da ist. Die hätte ich zu gern kennengelernt."

„Ich weiß. Aber der letzte Brief hat endlich Bewegung in die Sache gebracht. Die Navy hat das Strafmaß der Männer auf zwei bis drei Jahre reduziert und ein Jahr ist bereits um. Wir glauben ja, dass sie bald ohne großes Aufsehen freigelassen werden, jetzt, wo der Krieg vorbei ist." Helen saß in Dads Ledersessel und sah in ihrem cremefarbenen Kostüm und mit dem Ring am Finger besser aus denn je.

Ray musste schlucken. Er hatte seine Träume von einer Familie, von Kindern und dem Predigtamt schon begraben gehabt und nun waren sie Wirklichkeit geworden.

„Liebling!" Helen strahlte. „Da bist du ja."

Ray grinste wie ein Honigkuchenpferd, aber das war ihm egal. „Ich habe dir Punsch mitgebracht."

Ein Teil der Flüssigkeit tropfte auf die Armlehne und Helen sprang auf. „Schnell, dein Taschentuch!"

„Das war meine Schuld. Ich habe mich von meiner Braut ablenken lassen." Er stellte die Tassen auf Dads Schreibtisch, zog sein Taschentuch hervor und wischte die Tropfen auf. „Wieso hast du nicht deins genommen?"

„Nie im Leben." Sie tätschelte ihre Brusttasche, in der das viereckige Stück Fallschirmseide steckte, das Ray einst als weiße Flagge hatte benutzen wollen. Jetzt war es gesäumt und mit ihren Initialen und ihrem Hochzeitsdatum bestickt.

Ray setzte sich in den Sessel und zog Helen auf seinen Schoß. „Es ist wohl was Besonderes?"

„Und wie." Sie strich über den kleinen Raupenanstecker an seiner Uniform, den er für den erfolgreichen Fallschirmsprung im Kampfeinsatz bekommen hatte.

Ihr Blick war so verträumt, dass er sie am liebsten geküsst hätte, bis sie beide atemlos waren.

Mrs Jamison erhob sich. „Komm, Henry. Lassen wir den Frischvermählten etwas Privatsphäre."

Dr. Jamison nahm Helens Hand und warf Ray einen finsteren Blick zu. „Behandle sie ja gut!", knurrte er freundschaftlich.

„Das werde ich. Ich liebe Helen von ganzem Herzen, Sir."

„Ich weiß." Besänftigt legte er ihre Hand in Rays.

Helens Kinn war nach vorn gereckt, ein Zeichen für ihren neuen Mut, aber in ihren Augen zeigte sich in einem feuchten Glänzen auch ihre Verletzlichkeit.

Ray drückte ihre Hand an sich. „Von ganzem Herzen."